DROEMER

Von der Autorin sind bereits im Knaur Taschenbuch erschienen:
Als wir unsterblich waren
Als der Himmel uns gehörte
Weil sie das Leben liebten
Bis wieder ein Tag erwacht
Wenn wir wieder leben
Wir sehen uns unter den Linden

Im Droemer Hardcover ist erschienen:
Die Königin von Berlin

Über die Autorin:
Charlotte Roth, Jahrgang 1965, ist gebürtige Berlinerin, Literaturwissenschaftlerin und seit zehn Jahren freiberuflich als Autorin tätig. Charlotte Roth hat Globetrotter-Blut und zieht mit Mann und Kindern durch Europa. Sie lebt heute in London, liebt aber Berlin über alles.
Ihr Debüt, »Als wir unsterblich waren«, war ein Bestseller, dem seitdem zahlreiche weitere Romane über Frauenschicksale vor dem Hintergrund der deutschen und europäischen Geschichte folgten.

Charlotte Roth

Grandhotel Odessa

Die Stadt im Himmel

Roman

DROEMER

Besuchen Sie uns im Internet:
www.droemer.de

Aus Verantwortung für die Umwelt hat sich die Verlagsgruppe Droemer Knaur zu einer nachhaltigen Buchproduktion verpflichtet. Der bewusste Umgang mit unseren Ressourcen, der Schutz unseres Klimas und der Natur gehören zu unseren obersten Unternehmenszielen. Gemeinsam mit unseren Partnern und Lieferanten setzen wir uns für eine klimaneutrale Buchproduktion ein, die den Erwerb von Klimazertifikaten zur Kompensation des CO_2-Ausstoßes einschließt. Weitere Informationen finden Sie unter: www.klimaneutralerverlag.de

FSC
www.fsc.org
MIX
Papier aus verantwortungsvollen Quellen
FSC® C083411

Originalausgabe Dezember 2020
Droemer Taschenbuch

Ein Projekt der AVA International
Autoren- und Verlagsagentur
www.ava-international.de
Die Zitate stammen aus: Vladimir Jabotinski. Die Fünf. Roman.
Aus dem Russ. übers. von Ganna-Maria Braungardt.
Die Lyrik wurde übertr. von Jekatherina Lebedewa

(erschienen als Band 336 der Anderen Bibliothek)
Redaktion: Silvia Kuttny-Walser
Covergestaltung: ZERO Werbeagentur, München
Coverabbildung: Collage unter Verwendung von Motiven von Richard Jenkins Photography und shutterstock.com
Satz: Adobe InDesign im Verlag
Druck und Bindung: CPI books GmbH, Leck
ISBN 978-3-426-30802-8

2 4 5 3 1

Für Maren,
immer vermisst.

Und für Taika Waititi.

Tausend Dank für all die Geschichten.

EIN PAAR WEGWEISER, UM SICH IN DER SCHÖNEN, FERNEN STADT NICHT ZU VERLAUFEN

Die in meinem Roman erwähnte Konditorei und Confiserie *Seibman* hat, wie zahlreiche andere erwähnte Lokale, Hotels, Vergnügungsstätten und Geschäfte in Odessa, tatsächlich existiert. Sie wurde von einer deutschen Familie geführt, bot deutsche Gebäckspezialitäten und Süßigkeiten an und erfreute sich großer Beliebtheit. Zu trauriger Berühmtheit brachte es *Seibman,* als im Jahr 1905 ein anarchistischer Bombenanschlag auf das Kaffeehaus verübt wurde.

Seibman erholte sich jedoch und verkaufte bald wieder Süßes auf Odessas Flaniermeile. Das Gebäude, in dem die Familie ihr Geschäft betrieb, steht noch heute.

Nur hießen Geschäft und Familie nicht *Seibman,* sondern *Libman.*

Den Namen habe ich geändert, um allzu große Ähnlichkeit mit dem Familiennamen meiner Hauptdarsteller zu vermeiden, und bitte dafür um Verständnis.

Nach längerer Überlegung habe ich mich entschieden, auf den bis zur Russischen Revolution noch bestehenden Unterschied zwischen dem julianischen und dem gregorianischen Kalender in meinem Roman nicht einzugehen. Die kalendarische Frage hat auf meine Geschichte keinen Einfluss, also erzähle ich sie, als würde es diesen Unterschied nicht geben, um Leser nicht unnötig zu verwirren. Dabei fand ich als Kind diesen Unterschied ziemlich schick … Mein Großvater, der mit dem julianischen Kalender aufgewachsen war, hatte beim Umzug nach Deutschland sein Geburtsdatum angleichen lassen, seine Zwillingsschwester hingegen nicht. Und ich erzählte jahrelang stolz unter meinen Freunden herum, dass es auch Zwillinge gibt, bei denen einer im Mai geboren ist und einer im Juni …

Das weltberühmte Zitat des britischen Außenministers Edward Grey am Vorabend des Ersten Weltkriegs ist erst im Nachhinein – in den 1950er-Jahren durch die Publikation seiner Memoiren – der Öffentlichkeit zugänglich gemacht worden. Ich habe mir dennoch erlaubt, es zu verwenden, weil es mir als Prophezeiung dessen, was geschehen sollte, ohne Vergleich scheint.

Teilen meines Romans habe ich Zitate von Vladimir Jabotinsky vorangestellt, weil beide in Odessa geboren sind und getan haben, was ich – auf meine bescheidene Weise – auch gern tun wollte: eine Welt besingen, die es nicht mehr gibt.

»Ich bin ein Sohn der Zeit, in der wir alles hatten.
Elend und Glanz, ich kenne Schmutz und Licht.
Ihr Sohn bin ich und lieb auch ihre Schatten.
Ihr ganzes Gift lieb ich.«
Vladimir Jabotinsky: Die Fünf

»Damals war Odessa noch eine Königin. Dann wurde der Wald lichter und lichter, aber ich möchte, dass es so ist wie in meiner Kindheit. Ein Wald, und von allen Seiten die Rufe von Matrosen, Bootsführern, Schauerleuten, und wenn ich näher dran wäre, würde ich das schönste Lied der Menschheit hören: hundert Sprachen.«
Vladimir Jabotinsky: Die Fünf

1893

ODESSA

REZEPTION

Das Kind wusste, dass hinter ihm das Meer lag und dass das Meer kein Ende hatte. Der Himmel hatte auch kein Ende und erhob sich über ihm. Beides verband die Treppe, an deren Fuß sie standen und die der Vater Himmelsleiter nannte. Vor den Augen des Kindes aber hatte die Treppe so wenig ein Ende wie der Himmel und das Meer.

Das Kind hieß Oda. Seit das andere Kind zu Besuch war, nannten es alle *Oda Odessa,* lachten darüber und klatschten dabei in die Hände. Oda Odessa trug einen himmelblauen Mantel, fand aber, dass Himmelblau eine scheußliche Farbe war. Als die Mutter ihr an diesem Morgen den neuen Mantel hatte anziehen wollen, hatte sie sich losgerissen, war zu Katjuša in die Küche geflüchtet und hatte sich an deren weichen Leib mit der Schürze, die nach *Pyroschky*-Teig duftete, festgehalten.

»Ich kann dir doch nicht helfen, *Zainka,* mein armes schwarzes Häschen.« Katjuša hatte sich auch an Oda festgehalten und war mit ihr von einem Bein aufs andere geschaukelt wie eins der bauchigen, großen Schiffe, die in der Bucht vor der Stadt lagen. »Wenn deine Mutter kommt, dann wird sie schimpfen.«

Die Mutter kam nicht, aber der Vater. Er hatte Oda gefunden und von Katjuša losgerissen. »Du hast deine Arbeit zu tun«, hatte er Katjuša angewiesen, »Fräulein Oda muss gehorchen lernen, es tut ihr nicht gut, wenn du sie verziehst.«

Zu Oda hatte er gesagt: »Zieh den Mantel an, benimm dich nicht albern. Warum freust du dich denn nicht, dass du einen neuen Mantel bekommst, so wie Belle?«

Belle hieß das andere Kind. Seit sie da war, nannten alle sie *Belle Berlin,* lachten darüber, klatschten dabei in die Hände und küssten sie auf den blonden Schopf. Jetzt standen beide Kinder nebeneinander am Fuß der endlosen Treppe zwischen Meer und Himmel, wie der Vater sie hingestellt hatte. »Belle Berlin und Oda Odessa.« Er lachte, ohne zu klatschen. Oda hasste das Kind, das Belle hieß und in seinem himmelblauen Mantel allerliebst aussah.

»Nehmt euch an den Händen«, sagte der Vater.

Belle streckte schüchtern, vielleicht sogar ängstlich ihre Hand nach Oda aus.

Oda behielt ihre Hand bei sich und verschränkte die Arme, sodass Belle nicht drankam. Sie erwartete, einen Klaps zu bekommen und am Arm gezerrt zu werden, bis Belle ihre Hand doch noch fassen konnte, aber nichts dergleichen geschah.

Stattdessen wies der Vater nach oben, dorthin, wo sich die endlose Treppe im Blau des Himmels verlor. »Ihr zwei steigt jetzt zusammen die Treppe hinauf«, sagte er. »Ihr seid Wahlschwestern. Wenn ihr euch fest an den Händen haltet, schafft ihr es bis ganz nach oben in den Himmel, oder wohin auch immer ihr sonst wollt.«

Die anderen, die darum herumstanden, lachten. Odas Mutter, die sonst nie lachte, Belles Mutter, die mit ihrer bleichen Haut und den blassblonden Haaren wie eine Porzellanpuppe aussah, Belles Bruder, der einen Kopf größer und ein lästiger Flegel war, die schöne Tante Tessa und ein Kreis von erlesenen Gästen aus dem Hotel.

Das war das Schlimmste. Was der Flegel und die Puppe dachten, war Oda egal, Tante Tessa verachtete sie ohnehin, und ihre Mutter zählte nicht, doch vor den Gästen wollte sie sich nicht blamieren. Vor dem Vater auch nicht. Entschlossen trat sie vor und setzte an, die erste Stufe zu erklimmen. Ihr Herz hämmerte wie eine Faust an eine verschlossene Tür. Die Stufe war viel zu hoch für ihre kurzen Beine. Zu ihrem Entsetzen wäre sie um ein Haar hintenübergekippt, bis sie den Fuß doch noch aufsetzte und ihr Gewicht hinterherschwang.

Sie blickte nicht auf. Starrte stur auf den Sandstein zu ihren Füßen. Die Treppe kannte jeder in Odessa. Von oben sah sie aus, als hätte sie gar keine Stufen und als könne man einfach hinuntergleiten wie im Winter auf der Rodelbahn. Von unten aber reihte sich Stufe an Stufe, ohne Ende. Es konnte unmöglich dieselbe Treppe sein. Odas Vater hatte sie getäuscht. Er hatte sie eine Treppe hinaufgeschickt, die ins Nirgendwo führte, um sie loszuwerden, weil sie ein struppiges, störrisches Kind war, das niemand mochte.

»Weiter, weiter«, hallte die Stimme des Vaters in ihrem Rücken. »Das wird euch beide verbinden. Fürs ganze Leben.«

Schweiß troff ihr in die Augenbrauen, die wie zwei schwarze Balken auf ihrer Stirn saßen. Für einen Kosaken angemessen, doch bei einem Mädchen unfein, hatte Belles blassblonde Mutter gesagt. Als nutzlos erwiesen sie sich obendrein: Die brennenden Tropfen rannen Oda in die Augen, und wer ihr Gesicht sah, musste glauben, dass sie weinte.

Aber es sah sie ja niemand. Sie war allein. Sie setzte den Fuß auf die nächste Stufe und spürte einen ziehenden Schmerz in den Waden. Ihre Beine waren zu kurz, aber Oda zwang sich einfach weiter.

Noch eine Stufe und noch eine. Keuchend stieg sie hinauf, bis ihre Brust so schmerzte wie die Waden und sie innehalten musste, um nach Luft zu ringen. Mit dem Atem kehrte die Hoffnung zurück: Ihr Vater konnte schließlich nicht wollen, dass sie im Nirgendwo verschwand. Er würde stolz auf sie sein, wenn sie es geschafft und den Himmel erreicht hatte. Oda, nicht Belle. Lang konnte die Treppe nicht mehr sein, sie war schließlich schon so weit gekommen. Zögernd riskierte sie einen Blick und erschrak wie niemals zuvor.

Die Treppe war überhaupt nicht kürzer geworden. Der Platz mit dem Denkmal, an dessen rechter Seite das Hotel stand, war nicht zu entdecken, und die endlosen Stufen führten wahrhaftig ins Nirgendwo. Flüssigkeit strömte ihr aus den Augen, und sie fürchtete, gleich hier auf den Steinen umzufallen und sich nicht mehr aufrappeln zu können. Um keinen Preis hätte sie gewagt, sich umzudrehen und einen Blick in die Tiefe zu werfen.

Vielleicht war nicht nur der Platz mit dem Hotel verschwunden, sondern ebenso die Hafenstraße, die die Treppe vom Meer getrennt hatte. Vielleicht gab es zwischen Himmel und Meer gar keine Welt mehr, nur noch Endlosigkeit.

Etwas berührte ihre Hand, stupste sie an wie eine Hundeschnauze. Belles Hand war so nass geschwitzt wie die ihre. Ohne es zu wollen, schlossen Odas Finger sich um Belles. Sie hielten sich fest. Begannen langsam, mühsam, Stufe für Stufe ihren weiteren Aufstieg. Von weit her drangen ihnen Stimmen und Gelächter entgegen. Oda und Belle sahen sich nicht an und sprachen auch nicht miteinander. Sie konzentrierten all ihre Kräfte aufs Atmen und aufs Gehen.

Dass die anderen – der Vater, die Puppe, der Flegel und der Rest – an ihnen vorbei hinaufgelaufen waren, hatten sie nicht bemerkt. Vielleicht war der ganze Haufen auch mit der Droschke durch den botanischen Garten kutschiert, denselben Weg, den sie vorhin gemeinsam hinuntergefahren waren. So oder so – sie standen lachend und mit ausgestreckten Armen am Absatz, als Oda und Belle das Ende der Treppe erreichten. Vor Erschöpfung zitternd und die verschwitzte Hand der anderen umklammernd, erklommen die Kinder die letzte Stufe und brachen zweistimmig in Geheul aus. Hinter den lachenden Gestalten der Erwachsenen erstreckte sich der Platz mit dem Denkmal, und zur Rechten erhob sich das Hotel.

»Ach Gott, mein süßes Mädchen mit den Zauberaugen!«, rief Odas Vater und hob Belle hoch über seinen Kopf. »War es wirklich so schlimm? Aber dafür seid ihr jetzt echte Wahlschwestern, für immer verbunden, und du kommst jeden Sommer zu uns.«

Oda war im Grunde zu klein gewesen, um sich an all das zu erinnern, vielleicht drei oder vier Jahre alt, doch sie hatte nichts davon vergessen. Schon gar nicht, dass sie an jenem Tag beschlossen hatte, nie wieder Himmelblau zu tragen, dass sie danach nie mehr heulte und dass Belle Berlin fortan in jedem Sommer auf Besuch zu Oda Odessa kam.

1910

ODESSA

REZEPTION

1

Wonach wir uns sehnen, ist immer Zeit.

»Wenn du einen Menschen vermisst«, sagte Lidija Petrowna Bezborodko zu Oda, »vermisst du in Wahrheit nicht den hochnäsigen Rotzlöffel, der dir längst nicht mehr ins Ohr flüstert, dass du seine liebste und süßeste Maminka bist, und erst recht nicht die Handvoll vermoderter Knochen, die etliche Werschock tief unter der Erde liegen. Du vermisst die Seligkeit, die du mit einem Menschen, den es nicht mehr gibt, erlebt hast, und das schlanke Zauberwesen im Spiegel, das du selbst einmal gewesen bist.«

Sie seufzte kehlig, lehnte sich in ihrem Sessel zurück und zog an der dünnen, schwarzen Zigarette. Der Sessel stammte aus Paris, war mit rot gemustertem Atlasbrokat bezogen und ein Einzelstück. Die meisten Einrichtungsgegenstände im Raum waren Einzelstücke. Odas Vater hatte sich bei der Ausstattung der Royal Suite nicht lumpen lassen, und Lidija Petrowna hatte sich mit erlesenstem Geschmack noch dieses und jenes dazu ausergebeten, ohne das eine Frau ihres Standes keinesfalls ihr Leben fristen konnte. Ihre Zigaretten hingegen ließ sie sich von einem der Liftboys in Odessas Unterleib, der Moldawanka, besorgen und stopfte das Kraut zu zwanzig Kopeken, das Gauner, Gaukler, Krämer und Langfinger rauchten, in ihre Zigarettenspitze aus Elfenbein. Andere schmeckten ihr nicht. Sie wolle rauchen, keine Veilchendrops lutschen, hatte sie erklärt, als Oda sie danach fragte.

Ihrer Stimme war die Tabakleidenschaft bereits anzuhören. Sie klang wie ein düsteres Echo, das durch Odessas Katakomben hallte.

Frauen, die rauchten, waren Oda natürlich schon früher begegnet. In einem Hotel mit Gästen aus aller Welt sah man manches, das anderswo als Kuriosität galt. Nur waren die Frauen für gewöhnlich keine russischen Fürstinnen, und sie rauchten auch keinen Tabak, der wie ein Fabrikschornstein qualmte.

»*Mais ma belle demoiselle,* um so etwas zu begreifen, sind Sie ja noch viel zu jung«, wechselte die Fürstin aus dem Russischen ins Französische und vom Du zum Sie. »In Ihrem zarten Alter …«

»In meinem zarten Alter sehnt man sich durchaus auch!«, fuhr Oda ihr beherzt in die Rede. Dass sie sich so etwas bei den Gästen herausnahm, hätte ihr Vater nicht gutgeheißen. Andererseits war jedoch auch ihrem Vater klar, dass Oda sich bei den Gästen würde durchsetzen müssen und dass sie das nicht auf seine, sondern nur auf ihre eigene Weise tun konnte. Oda liebte das Hotel, sie liebte es gewiss nicht weniger als er selbst, aber die Gäste waren für sie nichts als Mittel zum Zweck. Auch ein Zuckerfabrikant konnte schließlich seine Raffinerie lieben, ohne sich daheim, am privaten Teetisch, viel aus Zucker zu machen.

Mit Lidija Petrowna verhielt es sich allerdings anders. Zum Ersten war die Fürstin kein gewöhnlicher Gast, der bestenfalls einen Monat lang blieb, sondern gehörte sozusagen zum Image des Hotels. Zum Zweiten bekam wenig dem Ruf eines Hotels so gut wie eine Fürstin, die darin logierte, und zum Dritten fühlte sich Oda in Lidija Petrownas Gesellschaft merkwürdig wohl. Vertraut fühlte sie sich, nicht aus der Art geschlagen, nicht so, als müsse sie die meisten ihrer Gedanken für sich behalten, damit ihr Gegenüber nicht vor Entsetzen aufkreischte. Die Gedanken der Fürstin, die vor revolutionären Unruhen von ihrem Gut bei Sankt Petersburg geflohen war, um in Odessa Erholung zu finden, schienen mitunter nicht weniger skandalös als ihre eigenen.

Oda konnte natürlich nicht wissen, ob die Fürstin ihr gegenüber genauso empfand. Sie war ja keine Adlige, wie Belle ihr nicht oft genug ins Gedächtnis rufen konnte, sondern lediglich eine Hotelerbin, wenngleich Oda das eine nicht gegen das andere hätte tauschen wollen. Sie war außerdem erst zwanzig – genau seit heute war sie zwanzig –, während die verschrobenen Weisheiten, die die Fürstin von sich gab, zweifellos einem weit höheren Lebensalter entstammten.

Wie alt Lidija Petrowna tatsächlich war, ließ sich unmöglich schätzen. Sie trug ihr Haar, das Ähnlichkeit mit einem Mopp in undefinierbarer Farbe hatte, mit einem um die Stirn geschlungenen Seidentuch in die Höhe gebunden, schminkte ihr Gesicht, als wollte sie im Stadttheater als Bajazzo auftreten, und bewegte ihre Leibesfülle langsam und selten. Letzteres war allerdings nicht ihrem Alter, sondern ihrem Stand geschuldet. »Wenn du einem Haushalt wie dem meinen auf Gut Flenowo in Pargolovo vorgestanden hast, vermeidest du Bewegung, wo du nur kannst«, hatte sie Oda erklärt. »Die Dienstboten könnten andernfalls auf den Gedanken kommen, man dürfe dir zumuten, etwas selbst zu tun.«

Oda betrachtete sie. Älter als ihr Vater, der noch immer zu den schönsten Männern von Odessa zählte, erschien sie mit ihrem zerknitterten Gesicht und den dick ummalten Augen auf jeden Fall. Andererseits wirkte sie deutlich jünger und vitaler als Odas zimperliche, krumm dahinschleichende Mutter, die dabei nur ein Jahr älter als der Vater war.

Mit dem Alter also war das so eine Sache. Wer wie aussah, wie dachte und fühlte, ließ sich so einfach nicht daran festmachen. Ihr Protest war berechtigt, fand Oda. Lidija Petrowna mochte im Vergleich mit ihr selbst steinalt sein, doch das bedeutete nicht, dass die Fürstin von Sehnsucht mehr verstand als sie.

Niemand verstand von Sehnsucht mehr als Oda Liebenthal.

Ich bin die Sehnsucht auf zwei Beinen, dachte sie. Auch wenn das niemand vermutet und Cesar Seibman behauptet, ich wäre kalt wie eine Hundeschnauze. Es weiß ja keiner, wie es hinter der kalten Schnauze im Hund vielleicht brodelt, und ich habe mich schon gesehnt, solange ich denken kann.

Nach Belle, von der ich schon glaubte, sie wäre ein Geschöpf ohne Makel, als ich sie nur aus Schwärmereien kannte.

Nach meinem Vater, der mir unerreichbar schien, selbst wenn er keinen Schritt weit von mir entfernt stand.

Zuletzt nach Karol und nach ihm so heftig wie nach niemandem und nichts zuvor.

Heute Nacht würde die Sehnsucht nach Karol sich erfüllen, und sobald Oda diesen Gedanken nur streifte, musste sie sich die Hand aufs Herz legen. Heute Nacht würde sie Karol so nahekommen, dass sie sich nicht mehr nach ihm zu sehnen brauchte. Und sie würde ihn bei sich behalten. Für immer. Er und sie würden eine Einheit sein, wie zusammengeschmiedet, so eng, dass keine Sehnsucht zwischen sie passte.

Gewiss aber würde sie nie vergessen, wie die Sehnsucht in ihr gewütet hatte, einerlei, wie viele Lebensjahre ihnen beiden miteinander geschenkt würden.

»In meinem Alter sehnt man sich durchaus auch«, wiederholte sie also, um ihrem Standpunkt Gewicht zu geben.

Die Fürstin legte die Zigarette samt Spitze auf dem Aschenbecher ab und griff nach einem Würfel grünlichen türkischen Honigs. Den ließ sie sich auch von den Liftboys mitbringen, denn der aus Seibmans Konditorei, der im Hotel serviert wurde, schmeckte ihrem Urteil zufolge nach Seife. »Das habe ich ja nicht bestritten«, sagte sie, ehe sie sich das klebrige Konfekt in den Mund schob. »Wir Alten sehnen uns nach einer Zeit, die es nicht mehr gibt, und ihr Jungen nach einer, die es niemals geben wird. *Mais ma belle demoiselle,* das wollten Sie ja nun so gar nicht von mir hören, habe ich recht?«

Warum Lidija Petrowna sie auf Russisch duzte, im Französischen aber zum förmlichen Sie wechselte, wusste Oda nicht, und sie hütete sich, zu fragen. Am Ende hatte es mit irgendeiner Eigenheit des Französischen zu tun, die ihr, die sich mit der Sprache der eleganten Welt schwertat, entgangen war, und sie stand als törichte Trine da. Für kalt und hundeschnäuzig mochte sie halten, wer wollte, doch sie hatte schier panische Angst davor, als ungebildet, dumm oder gar provinziell zu gelten.

»Nein, das wollte ich nicht von Ihnen hören«, bekannte sie grammatikalisch korrekt und wusste schon kaum noch, worum es eigentlich ging. Offiziell war sie in die Royal Suite hinaufgefahren, um fürsorglich nachzufragen, ob es dem vornehmsten Gast des Hotels für den bevorstehenden Ball an nichts fehle, ob eins der Zimmermädchen als Zofe geschickt werden solle oder etwas aufgebügelt werden müsse. Inoffiziell war sie hier, um Lidija Petrowna um einen Gefallen zu bitten, den außer ihr niemand für sie erledigen konnte.

Sie hatte Belle darum gebeten, hatte fest damit gerechnet, dass diese ihr eine so dringende Bitte nicht abschlagen würde. Das Gefühl, auf viel zu schwachen Beinen in den Himmel steigen zu müssen, vergaß man nicht, und die Verbindung, die aus den verschlungenen, schwitzigen Kinderhänden erwachsen war, hatte etwas ebenso Unzerstörbares wie Odas Entschluss, nie wieder Himmelblau zu tragen.

Natürlich hatte ihr Vater dieselbe Idee ein zweites Mal gehabt, hatte geplant, seine unansehnliche Tochter noch einmal in diese Farbe zu hüllen wie seinen zauberäugigen Liebling, aber diesmal hatte er die Rechnung ohne Oda gemacht. Nicht einmal für ihn, den sie vor Karols Ankunft in ihrem Leben am meisten geliebt hatte, würde sie sich einer solchen Blamage ein zweites Mal aussetzen. Schon gar nicht vor Karols Augen. Sobald die zwei haargenau gleichen Ballkleider aus himmelblauer Duchesse, die ihr Vater bestellt hatte, eingetroffen waren, hatte Oda sich ihres geschnappt und stillschweigend für Abhilfe gesorgt. Es reichte schon aus, dass sie den Ball zu ihrem Geburtstag teilen musste, weil die Eltern der armen Belle sich doch einen eigenen nicht leisten konnten und die arme Belle doch ohnehin auf so vieles zu verzichten hatte. Die arme Belle würde sich damit abfinden müssen, dass Oda an diesem Abend nicht in ihrem Schatten stand.

»Was ist das eigentlich mit dir und Belle?«, hatte Bodo, Belles Bruder, sie einmal gefragt. »Manchmal kommt es mir vor, als ob ihr aneinander hängt wie zwei Kletten, und dann wieder, als ob ihr euch am liebsten die Augen auskratzen würdet wie zwei Katzen.«

»Wir sind Wahlschwestern«, hatte Oda nur erwidert. Das sagte alles, auch wenn Blödsinn-Bodo, der als Halbwüchsiger noch mit seiner Modelleisenbahn spielte und den ohnehin niemand ernst nahm, sich verständnislos am Kopf kratzte. Man ließ keine Hand los, die einmal auf dem Weg in den Himmel oder ins Nirgendwo der einzige Halt gewesen war. Eben deshalb war Oda überzeugt gewesen, dass Belle sich ohne Wenn und Aber bereitfinden würde, ihr den winzigen Gefallen zu tun, an dem ihr Lebensglück hing.

Sie selbst hatte schon unzählige abstruse und nicht selten peinliche Dinge getan, weil Belle sie mit flehendem Augenaufschlag darum gebeten hatte. Sie hatte unzählige öde Gesellschaften besucht, weil sich dort irgendein rachitisch wirkender Jüngling herumtrieb, den sich Belle vorübergehend zum Helden ihrer Träume auserkoren hatte. Sie war an einem Regentag in offener Droschke von Pontius nach Pilatus gezockelt, um Belles Flirt mit einem pockennarbigen Polen als Alibi zu dienen, und hatte einmal einem eher windigen georgischen Journalisten Belles Abschiedsbrief auf den Bahnhof nachgetragen, weil diese ihr versicherte, der um gut zwanzig Jahre Ältere sei der Mann ihres Lebens.

Kaum hatte der Mann ihres Lebens die Stadt jedoch verlassen, tröstete Belle sich mit einem Offizierskameraden ihres Bruders, der in Odessa Verwandte besuchte und tanzte wie ein zumindest mittelprächtiger Gott. Oda hatte auch diesem wieder Nachrichten übermittelt, ihn durch Hintertüren eingeschleust und ihn am Ende, während Belle mit seinem Nachfolger im *Café Fanconi* Tee trank, mit Ausreden getröstet. Somit hatte sie allen Grund gehabt, sicher zu sein: Nachdem sie für die Wahlschwester bei allen erdenklichen Amouren in die Bresche gesprungen war, würde diese ja wohl das eine Mal springen, wo es für Oda um den einen und Einzigen ging.

Sie hatte sich getäuscht.

Statt mit fliegenden Fahnen zuzustimmen, hatte Belle ihre Händchen, die seit jener Besteigung der Treppe kaum gewachsen zu sein schienen, über dem blond gelockten Köpfchen zusammengeschlagen und ausgerufen: »Um Gottes willen, Oda! So lieb ich dich habe, aber das geht auf gar keinen Fall!«

»Was soll das heißen, es geht auf gar keinen Fall?«

»Ich bringe es nicht fertig, Liebes. Ich kann nicht Onkel Philipp und Tante Lene belügen, die immer so nett zu mir gewesen sind.«

»Und was ist mit mir?«, hatte Oda sie angefaucht. »Bin ich vielleicht nicht nett zu dir?«

»Doch, natürlich«, hatte Belle rasch beteuert, obwohl Nettigkeit nicht gerade zu Odas herausragendsten Tugenden zählte, wie sie selbst wusste. »Aber auch um deinetwillen bringe ich es nicht fertig. Es wird einen Skandal geben, Liebes, wer weiß, ob Onkel Philipp dir jemals verzeiht, vor allem nach dem, was mit deiner Tante Tessa passiert ist.«

»Ich habe keine Tante Tessa«, sagte Oda, denn die entlaufene Schwester ihres Vaters wurde grundsätzlich nicht erwähnt. »Und du nenn mich nicht Liebes. Das ist affig. Erst recht, wenn du mich verrätst.«

»Ich verrate dich doch nicht!«, hatte Belle mit spitzem Stimmchen ausgerufen, aber Oda war schon aufgestanden und hatte es dabei belassen. Mit Belle konnte man einfach nicht reden. Höchstens Händchen halten. Sie würde einen anderen Weg finden müssen, denn was sie sich in dieser Nacht zu eigen machen wollte, würde sie sich von niemandem nehmen lassen.

»Na, nun mal raus mit die Sprache, Kindchen«, sagte Lidija Petrowna plötzlich auf Deutsch, wobei das R brausend rollte und die Grammatik ein wenig holperte wie eine antiquierte Stadtbahn. Sie hatte deutsches Blut. Odas Vater behauptete, unter dem russischen Adel gebe es niemanden, der kein deutsches Blut hatte. »Erzähl mir von die Sehnsucht, du willst es doch so gerne, das sehe ich dir an. Eine junge Mann, ja? Eine schöne Herrchen, dem diese Sehnsucht gilt?«

Oda nickte. Herumreden würde nicht zum Ziel führen. Wenn sie die Fürstin für ihre Pläne einspannen wollte, musste sie ihr vertrauen. Sie schluckte trocken. »Karol Albus«, sagte sie.

Durch die Spirale beißenden Qualms, die sich von der Zigarette in die Höhe ringelte, blitzten Lidija Petrownas blutrot geschminkte Lippen. »Oh, là, là! Ich wusste es ja immer: *Ma belle demoiselle* hat einen exquisiten Geschmack.«

Vielleicht mochte Oda die Fürstin ja deshalb: Weil die ihr etwas zutraute und sie *mein schönes Fräulein* nannte. Kein anderer nannte sie schön. Nicht einmal Blödsinn-Bodo, der ihr einmal so gut wie einen Antrag gemacht hatte, oder Cesar Seibman, der verrückt nach ihr war.

»Genau wie ich, mein Täubchen. Genau wie ich.« Die Fürstin fuchtelte mit den Händen. »Und sage bloß, er wird kommen heute Abend?«

Oda nickte noch einmal. Karol war *primo ballerino* an Odessas prachtvollem, von Wiener Stararchitekten entworfenem Stadttheater und der Gott, dem die Stadt zu Füßen lag.

Ihn zu Odas Ball einzuladen, erhöhte Reiz und Wert der Veranstaltung – wie der eigens aus Frankreich importierte Jahrgangschampagner und der Beluga-Kaviar für die *Mlynzi* und Kanapees des Büfetts. Odas Vater scheute weder Kosten noch Mühen. Das bedeutete allerdings noch lange nicht, dass ein Balletttänzer ihm als Bewerber um die Hand seiner einzigen Tochter recht gewesen wäre. Philipp Liebenthal war ein Snob, was Oda nicht störte. Es galt lediglich, ihn davon zu überzeugen, dass Karol Albus sogar dem snobistischsten Anspruch gerecht wurde. Er war kein Schandfleck, den der Inhaber von Odessas *Grandhotel* hätte vertuschen müssen, sondern eine Medaille, die er sich an die Brust heften konnte.

Es gab etwas, das ihr Vater bis heute nicht begriffen hatte: Wenn jemand das Hotel, das er gegründet hatte, so sehr liebte wie er selbst, dann war es die Tochter, von der er so wenig hielt. Oda hätte vieles getan, um das Leben mit Karol zu führen, nach dem sie sich mit solcher Kraft sehnte. Aber sie hätte keinesfalls etwas getan, das die Zukunft des Hotels gefährdete. Ihr Plan bezog das Hotel mit ein, und so hatte sie es Karol auch erklärt: »Wenn ich das Hotel verliere, verliere ich mich selbst. Der Mann, der mich heiratet, muss wissen, dass er mich mit dem *Grandhotel Odessa* teilt.«

Karol hatte gelacht. »Die Frau, die mich heiratet, muss wissen, dass sie mich mit der Bühne teilt.«

Sein Lachen war so schön, dass es etwas in ihr zum Schwingen brachte. Ein kleines Pendel, von dem sie nicht gewusst hatte, dass sie es besaß. Oda wäre die Letzte gewesen, einen Mann zu heiraten, weil sie von seinem Lachen innerlich schwang. Aber bei Karol und ihr passte alles zusammen, und das Schwingen war wie eine Zugabe: Sie konnte ohne ihr Hotel nicht leben und er nicht ohne seinen Tanz. Sie würden einander die Freiheit lassen, die sie brauchten, und dennoch untrennbar sein.

»Ich wollte sie Karols wegen sprechen«, sagte sie zu Lidija Petrowna.

Die bot ihr das Silbertablett mit dem türkischen Honig an. »Das habe ich mir schon fast gedacht.«

»Karol und ich«, sagte Oda und lehnte das Konfekt mit einer Handbewegung ab, »wir lieben uns und wollen heiraten. Wenn er sich meinem Vater erklärt, wird mein Vater es mir verbieten. Schlimmstenfalls wird er mich sogar enterben, und das *Grandhotel* fällt an Anselm den Zweiten. Meinen Vetter. Den Sohn von Anselm dem Ersten.«

Der Sohn war vermutlich nicht viel mehr als ein unangenehmer Hanswurst. Der Vater hingegen war im Hotel und in seinem gesamten Dunstkreis derart berüchtigt, dass man unmöglich seit zehn Monaten hier wohnen konnte, ohne in die finstere Bewandtnis, die es mit ihm hatte, eingeweiht zu sein. Dementsprechend wiegte Lidija Petrowna den Kopf. »Das muss natürlich unter allen Umständen vermieden werden.«

»Deshalb haben wir beschlossen, zusammen zu fliehen«, erklärte Oda. »Mit dem Nachtzug hinüber nach Bessarabien, nach Ryschkanowka, wo Karol herstammt und einen Priester kennt, der nicht allzu genau auf die Papiere schauen wird, ehe er uns traut.«

»Einen Priester?«, fragte Lidija Petrowna. »Einen Katholiken?«

Oda nickte tapfer. »Wir haben keine Wahl. Wir werden mich als Katholikin ausgeben, die ihren Taufschein verloren hat. Ordentlich konvertieren kann ich dann später, wenn wir erst einmal Mann und Frau sind.«

»Ich verstehe.« Die Zähne der Fürstin mahlten. »Du bist eine mutige Mädchen, Oda Liebenthal. Setzt alles auf eine so gefährliche Karte wie die Liebe?«

»Es ist nicht, wie Sie glauben«, widersprach Oda. »Karol und ich haben alles bedacht. Wir werden uns trauen lassen und als verheiratetes Paar zurückkehren. Bis dahin wird mein Vater Zeit gehabt haben, sich zu beruhigen und die Sache mit Besonnenheit abzuwägen. Was ist schon geschehen? Ein Schwiegersohn, den er nicht selbst gewählt hat, ist weit weniger belastend fürs Geschäft als ein Familienzerwürfnis, und dass ich mit Karol an der Seite in der Lage bin, das Hotel zu führen, werde ich ihm beweisen. Letzten Endes will er ja selbst nicht, dass Anselm der Zweite das *Odessa* in seine schmutzigen Finger bekommt, und wird froh sein, wenn sich der ganze Staub ohne viel Aufsehen wieder legt.«

»Donner und Doria«, bekundete die Fürstin. »Ich glaube, darauf brauche ich einen armenischen Brandy. Trinkst du einen mit mir?«

Oda erhob sich, ging zum Servierwagen vor dem Kamin und füllte für die Fürstin ein Glas fingerbreit mit der goldbraunen Spirituose, die in einer Kristallkaraffe immer vorrätig sein musste. »Für mich nicht«, wehrte sie ab. Sie hätte recht gern etwas getrunken, um ihre flatternden Nerven zu beruhigen, doch es war besser, einen klaren Kopf zu bewahren. Stattdessen warf sie einen raschen Blick aus dem Fenster. Die Suite befand sich in der Kuppel auf einem der beiden Wohntürme des Hotels, und zu ihren Füßen erstreckte sich Odessa, die glückliche Stadt.

Diese Aussicht beruhigte besser als Alkohol.

Lidija Petrowna nahm das Glas entgegen. »Es klingt tatsächlich so, als hättet ihr alles bedacht. Das habt ihr natürlich in Wahrheit nicht. Verliebte junge Leute tun das nie. Aber um zu sein ehrlich, ich habe mein Leben lang dem Abenteuer gehuldigt, nicht dem Pfad der Vernunft. Also – wenn ich alte Schleiereule euch zwei Turteltäubchen kann behilflich sein, dann sag mir, was ist zu tun.«

Oda atmete auf. Die erste Hürde schien genommen. »Es ist nur eine Kleinigkeit, um die ich Sie bitte«, begann sie. »Ich hatte

Karol versprochen, einen Treffpunkt für uns zu finden und etwas Reisekleidung sowie das nötigste Gepäck dorthin zu schaffen. Wir hatten vor, uns dort ungestört für die Reise zu rüsten, und den Treffpunkt wollte ich ihm durch die Patentochter meines Vaters übermitteln lassen. Sie sollte Karol einen Brief zum Faunenbrunnen bringen, doch sie will mir nicht helfen. Wenn ich niemanden sonst finde, weiß ich nicht, wie ich Karol benachrichtigen soll.«

»Belle von Arndt?« Lidija Petrowna machte aus ihrer Neugier keinen Hehl. »Belle von Arndt weigert sich, dir zu helfen, obwohl sie in deinem Elternhaus wie eine Tochter behandelt wird? Um zu sein ehrlich, ich hätte erwartet, die Fräulein kommt einmal, um mir ihre Aufwartung zu machen. Ich denke, ich darf sagen, ich bin hier wichtigste Gast, und Fräulein Patentochter hält nicht für nötig, sich mir bekannt zu machen?«

Tatsächlich, Belle und die Fürstin waren einander noch nicht begegnet. Im Sommer war Belle nicht wie üblich in Odessa gewesen, um die Saison am Strand zu genießen. Stattdessen war Oda dieses Mal nach Berlin gereist, wie sie es sonst im Winter tat, wenn Odessas buntes Treiben in Kälte erstarrte. Seit April, als die Fürstin angekommen war, war Belle jetzt zum ersten Mal hier.

In den vergangenen zwei Wochen hätte sie allerdings Zeit genug gehabt, Lidija Petrowna einen Besuch abzustatten. Zwar hatten sie einiges unternommen, waren zum Tee im *Fanconi* und bei *Seibman* gewesen, hatten verschiedene Bekannte besucht und als Höhepunkt Karol in Massenets neuer Oper *Ariane* bewundert, aber Gelegenheiten, bei der Fürstin vorzusprechen, hätte es dennoch in Hülle und Fülle gegeben. Belle war träge, lag oft bis zum Mittag im Bett und vertrödelte den Tag. Sie mochte von Adel sein, aber sie war genau wie ihr Bruder schlecht erzogen. Der Bruder riss fortwährend Witze, die nicht nur unziemlich, sondern vor allem dämlich waren, und die Schwester wusste nicht, was sich gehörte.

»Ich sorge dafür, dass sie Ihnen heute Abend vorgestellt wird«, versprach Oda.

»Nun mach dir mal darüber keine Gedanken, Täubchen«, sagte die Fürstin, ins Russische zurückfallend. »Ich werde nicht daran sterben, der Tochter von Gottfried und Sigrid von Arndt nicht begegnet zu sein.«

Diese Adligen kannten einander alle beim Namen, ob sie sich nun je begegnet waren oder nicht. Lidija Petrowna war ein wandelnder Adelskalender. »Du bringst mir jetzt diesen Brief«, fuhr sie fort. »Und dann beeilst du dich, um dich für die paar Augenblicke, die du auf deinem Geburtstagsball verbringen wirst, in Schale zu werfen. Und mir schickst du die kleine Sonya, damit sie mir meine Ajourspitzen aufbügelt, ja? In meiner neuen Rolle will ich schließlich etwas hermachen.«

Sonya war eins der Küchenmädchen, ein Kind von dreizehn oder vierzehn Jahren, das die Kaltmamsell Katjuša ohne ehelichen Segen aufzog. Oda, die für Katjuša eine Art nostalgischer Dankbarkeit empfand, versprach, deren Tochter sofort zu schicken.

»Ich warte also am Faunenbrunnen auf den Liebsten und übergebe ihm die geheime Botschaft? Ach!« Die Fürstin klatschte in die Hände. »Das weckt doch die Lebensgeister, endlich wieder einmal am Geschehen beteiligt zu sein. Ich spiele den *Postillon d'Amour*. Habe ich sonst noch etwas zu tun? Oder ist mein Part beendet, sobald Romeo mit dem Brief entfleucht ist?«

»Das ist so gut wie alles«, beeilte sich Oda zu versichern. »Nur … für den Fall, dass nach mir gefragt wird, wäre es natürlich von Nutzen, wenn Sie demjenigen erklären könnten, Sie hätten mit mir gesprochen …«

»Aha. Und was sprachen wir?«

»Nichts Besonderes. Sagen Sie einfach, ich wäre wohlauf und würde nur ein wenig umherspazieren, um mir über manches klar zu werden.«

»Umherspazieren, um sich über manches klar zu werden«, wiederholte die Fürstin und blickte unverwandt zu Oda auf. »Wird gemacht, *ma belle demoiselle.* Ich werde die Gelegenheit ergreifen und den Herrn Bräutigam wissen lassen, dass er ein Glückspilz vor dem Herrn ist. Aber auch einer, der besser auf der Hut sein sollte, denn mit unserer Oda vom *Grandhotel* ist nicht gut Kirschen essen, wenn man sie einmal gegen sich aufgebracht hat.«

2

Dass der Tourismus nach Odessa kommen würde – der betuchte, glamouröse, in Luxus schwelgende Tourismus, dem für Genuss und süßes Leben nichts zu teuer war –, hätte man bereits vor Jahrzehnten erahnen können. Wenn man klug war. Klüger als die anderen. Wenn man die Augen offen hielt und es wagte, einen Traum zu träumen.

Die Lage Odessas, in ihre Schwarzmeerbucht geschmiegt und auf Hügeln wie auf Terrassen erbaut, die den Gästen den Blick in eine blau glitzernde Ferne gewährten, war unwiderstehlich. Das kleine Paris, das Petersburg des Südens, die Vielvölkerstadt, in der sich Orient und Okzident die Hände reichten, lockte mit einer Mischung aus behaglicher Vertrautheit und fremdem, rätselvollem Zauber.

Mit dem Wetter verhielt es sich genauso: Europas *Crème de la Crème* schwitzte sich nicht gern nass, das galt als *dégoutant.* Die zartgesichtigen Damen wollten sich die Haut nicht verbrennen lassen und unternahmen ihre Exkursionen mit dem *Baedeker* höchstens widerwillig in sengender Schwüle. Aber sie planschten samt ihren Herren gern im seichten Meerwasser, luden zu Picknicks an schneeweißen Stränden ein und flanierten an lauen Abenden über erleuchtete, belebte Strandpromenaden. Odessa bot ihnen das Beste aus beiden Welten: Das Klima war mediterran, das Treiben südlich, die Sommer mild, hell und regenarm, doch die gefürchtete Hitze der Riviera oder der Côte d'Azur kam nicht auf.

Odessa war anders, war nicht nur eine Stadt, sondern ein Kaiserpanorama aus hundert Städten. Odessa war das Besondere, der Geheimtipp für die, die schon alles gesehen hatten und sich auf ausgetretenen Pfaden zu Tode langweilten.

In Odessa, wenn es auch noch so weit entfernt lag, war es leicht, sich zu Hause zu fühlen: Ein Türke ging zum Frühstück ins osmanische Kaffeehaus und ließ sich zu sündenschwarzem Mokka seine *Menemen*-Eier mit Knoblauch braten. Ein Brite nahm im englischen Club seinen Tee ein, ein Grieche konnte sich vor fliegenden Händlern mit *Kataifi* und *Baklava* kaum retten, ein Deutscher fand sich von Siedlungen der Schwarzmeerdeutschen vereinnahmt wie von eigenen Verwandten, und ein Pariser begann den Abend auf einem Ball im Palast des Prinzen Woronzow und tanzte sich anschließend in den Etablissements auf der Flaniermeile durch die Nacht.

Odessa war nämlich genau wie Paris eine Stadt, die nicht schlafen ging, sondern erst richtig erwachte, wenn auf ihrem Boulevard, der von Akazien gesäumten, schönsten Strandpromenade Europas, die Laternen angezündet wurden.

Der Italiener fand sich in den Werken der großen Architekten seines Landes von Boffo bis Bernardazzi wieder, und von den Russen, Juden, Polen und denen, die neuerdings darauf beharrten, Ukrainer zu sein, war erst gar keine Rede, denn denen gehörte die Stadt sowieso. Im Russischen Reich herrschten Besiedlungsgrenzen, aber nach Odessa kam jeder, dem der Sinn danach stand.

Odessa war jung. Erst 1794 von Katharina der Großen ins Leben gerufen, besaß die Stadt keine eigene Tradition und konnte somit die Traditionen aller Herren Länder zu sich einladen. Auch jene Siedler aus dem Westen und Süden Deutschlands, die man heute als Schwarzmeerdeutsche kannte, hatte die große Katharina eingeladen, weil sie sich von den als robust und strebsam geltenden Leuten Wachstum und Blüte versprach. Zu den ersten Siedlern, die 1803 ins Land gekommen waren, hatten die Familien von Odas Eltern gehört. Die ihres Vaters hatte sogar ihren Namen – Liebenthal – dem Namen der Kolonie angeglichen, die die Deutschen am

Rand der jungen Stadt gegründet hatten, und ihr Urgroßvater hatte es dort mit einem Getreidehandel zu Wohlstand gebracht.

Jeder fand seine Nische hier. Und aus der Nische konnte er den Kopf hinausstrecken und den Duft der weiten Welt einatmen.

Oda hätte von all dem im Grunde nur wenig wissen können, denn außer den jährlichen Besuchen bei Belle in Berlin und ein paar Ausflügen in die Umgebung war sie nie gereist. Wer aber ein Grandhotel führte, in das die Welt zu Besuch kam, reiste, ohne sich vom Fleck zu rühren. Sie wusste, was man in Paris zur blauen Stunde trug, welche Cocktails man sich in den Bars von Manhattan mixen ließ, welchen Stars in der Mailänder *Scala* zugejubelt wurde und wer in den Häfen des britischen Weltreichs ein Schlachtschiff, eine *Dreadnought,* taufte.

Sie wusste vor allem, was das *Grandhotel Odessa* brauchte, um ganz vorn, unter den ersten Häusern des Kontinents mitzumischen. Neben zahllosen Dingen, die man kaufen konnte und kaufen musste, gehörte dazu vor allem Nonchalance, vollkommene Gelassenheit.

In einem Luxushotel wollte ein Gast sich verlieren wie in einem Wunschtraum, einem Schlaraffenland, einer Wolke sieben, die mit der Wirklichkeit nichts zu tun hatte. Aufgabe eines Hoteliers und seines Personals war es, dafür zu sorgen, dass der Gast sich in diese Wolke fallen lassen konnte wie in sein frisch bezogenes Bett. Ein Luxushotel sollte ein Kosmos sein, der weitab vom Tagesgeschehen störungsfrei vor sich hin trieb und seine Bewohner so beschützend einhüllte, dass sie die Stöße des Alltags nicht länger spürten.

In einem Haus wie dem *Odessa* war jeder einzelne Tourist eine Prinzessin auf der Erbse.

Odas Vater schuf die Atmosphäre, die dies möglich machte, Tag für Tag. Er hatte seinen Finger am Puls des Hotellebens und reagierte auf kleinste Abweichungen mit Ausgleich.

Er hatte das Leben in den majestätisch aufragenden, weiß verputzten Wänden beschwingt und harmonisch gehalten, während im Hafen das Schlachtschiff *Potemkin* lag und die meuternden Matrosen sich auf der nur einen Steinwurf entfernten Treppe mit den Kosaken Schussgefechte lieferten. An dem Juniabend, als ein Generalstreik die gesamte Stadt lahmlegte, hatte er auf einer Soiree, die Graf Michail Tolstoi im großen Saal des Hotels für Gäste aus dem gesamten russischen Reich gab, Halbgefrorenes zum Dessert servieren lassen, ohne mit der Wimper zu zucken.

Später, in der Winternacht, in der das Blutbad eines Pogroms nicht nur die Moldawanka, sondern jedes jüdische Haus in Odessa erschütterte, hatte er seinen durchreisenden Gast Maximilian von Rothschild, der angeblich reicher als der deutsche Kaiser war, persönlich in das eleganteste Raucherzimmer – den Bernsteinsalon – gebeten, um ihm seine Auswahl kubanischer Zigarren zu präsentieren.

Die Geschichte war legendär: Philipp Liebenthal hatte das Personal angewiesen, sämtliche Fenster und Türen zu schließen und dafür zu sorgen, dass kein Laut von draußen ins Innere des Hotels drang. Dabei, so berichtete man, hätte ihm einen Atemzug lang die Stimme gezittert, als einziges Zugeständnis an die mit den Händen greifbare Angst. Seinem Gast gegenüber betrug er sich, als wären die Grenzen des Hotels auch die Grenzen der Welt. Zeugen zufolge hatten die beiden Herren stundenlang im sich verdichtenden Qualm ihrer Zigarren gesessen und über ihre Reisen nach Kuba geplaudert, das Odas Vater in Wahrheit nie gesehen hatte.

Und dann der Russisch-Japanische Krieg, die schweren Niederlagen des Reiches bei Mukden und Tsushina und am Ende die schändliche Kapitulation! Ein Hotelier war grundsätzlich neutral, ergriff für keine Seite Partei. Ein japanischer Gast war ihm ebenso willkommen wie einer aus Petersburg oder Nowgorod, und wenn sich bei politischen Gesprächen in einem der Salons die Gemüter allzu sehr erhitzten, hatte er schlichtend einzuschreiten. »Meine Herrschaften, Sie sind im Urlaub, nicht in der Kaserne«, pflegte Philipp Liebenthal zu sagen, und damit war es meist getan.

Manche natürlich blieben hartnäckig. »Sie als Russe …«, hatte ihn einmal ein Gast aus Moskau angesprochen, um ihn dazu zu bewegen, im Angesicht der heroischen Kämpfe Patriotismus an den Tag zu legen.

»Ich bin kein Russe«, hatte Odas Vater erwidert.

»Ach nein, Sie sind ja Deutscher«, hatte der Moskowiter pikiert angemerkt. »Unsere tapfer kämpfenden Männer zur See betrachten Sie daher wohl nicht als Ihre Brüder.«

»Ich bin ein Mann aus Odessa«, hatte Philipp Liebenthal mit jener Gelassenheit entgegnet, die ihm im privaten Leben völlig wesensfremd, im beruflichen jedoch wie eine zweite Haut war. »Und solange ich ein Hotel betreibe, bin ich Weltbürger und betrachte als meinen Bruder jeden, der mein Haus mit seinem Besuch ehrt. Sie heute ganz besonders, Nikolai Nikolajewitsch. Darf ich Sie um Ihre Meinung zu einem neuen Wodka bitten, von dem ich mir einige Flaschen aus Nemyriw habe schicken lassen? Mir scheint er recht gut zu sein, und ich überlege, ob ich nicht eine größere Menge davon ankaufen sollte, aber ihr Leute aus dem Herzen des Reiches versteht doch mehr davon als wir hier in unserem verschlafenen Süden.«

Für Oda war ihr Vater ein Genie. Sie kannte ihn, war sicher, außer Karol keinen Menschen so genau zu kennen, und hätte ihn als feinnervig und aufbrausend wie ein Vollblutpferd beschrieben, als Eigenbrötler, der am zufriedensten war, wenn die Mitglieder seiner Familie in seiner Gegenwart auf Zehenspitzen gingen. Sobald er jedoch die privaten Räume verließ und hinüber in den Hotelbereich trat, streifte er wie ein Schauspieler ein unsichtbares Kostüm über, eine Maske, die nie verrutschte. Vor den Gästen war er freundlich, jovial, nie um das eine Wort verlegen, das in der Situation das richtige war.

Die Stürme, die in seinem Innern toben mochten, blieben denen, die ihm am Empfang, auf den Treppen, in den Sälen und Salons begegneten, verborgen. Er erschien milde wie Odessas Wetter und trat als ein Mann auf, der nur eine Leidenschaft kannte: das Wohl der Menschen, die unter seinem Dach logierten.

Dafür bewunderte Oda ihn grenzenlos und tat, was sie nur konnte, um ihm nachzueifern. Vielleicht noch mehr bewunderte sie ihn dafür, dass er vorausgesehen hatte, was so vielen anderen entgangen war, als er nicht älter gewesen war als sie jetzt: dass der Tourismus nach Odessa kommen würde. Der mondäne, luxuriöse, in ganz großem Stil aufgezogene Tourismus, der einen Mann über Nacht zum Millionär machen konnte.

Odas Vater hatte sich für seinen Traum verlachen, enterben und so tief erniedrigen lassen, dass niemand jene Zeit auch nur erwähnen durfte. Er hatte jeden Rat, jede Warnung, jedes Verbot in den Wind geschlagen und das Land gekauft, auf dem sein *Grandhotel* erstehen sollte. Das beste Stück Land, das in Odessa damals zu bekommen war: hoch oben beim Platz mit dem Denkmal des Herzogs von Richelieu, dort, wo die große Treppe hinführte, die Himmelsleiter. Von den Balkonen an der Vorderseite bot sich den Gästen der Blick über das Meer und von denen nach hinten das schimmernde Gewirr der Dächer. Dabei lag das Grundstück jedoch ein wenig versetzt an der rechten Flanke des Platzes, sodass Raum blieb, eine Reihe von Gärten in Terrassen bis hinunter auf die berühmte Promenade anzulegen, einen jeden in einem anderen Stil.

Unten warteten Kutscher in der Livree des Hotels mit ihren Droschken darauf, die Gäste unter den Akazien hindurch an den Strand zu kutschieren, zu einem Ausflug durch die Anlagen des botanischen Gartens oder hinauf zur Deribasowskaya, Odessas

Flaniermeile, die Königin der Straßen. Weiß und blau waren die Farben des Hotels, und Odas Vater achtete darauf, dass die Droschkenkutscher nur makellose Schimmel einspannten und die königsblauen Beschläge am Zaumzeug wienerten, bis sie glänzten.

Er achtete auf alles, auf jedes Detail, und das hatte er schon damals getan, als er mit gerade mal zwanzig ohne Unterstützung dastand und für seinen Traum als weltfremder Fantast verhöhnt wurde.

»Reiche Leute fahren nach Nizza, was sollen die hier bei uns?«

»Dein Vater verkauft Getreide, und das nicht schlecht. Bleib bei deinem Leisten, Schuster, lass die Kirche im Dorf.«

»Hochmut kommt vor dem Fall, schönes Herrchen. Die Flausen, die du und deine Schwester im Kopf habt, brechen euch noch eure hübschen Hälse.«

Odas Vater hatte nicht hingehört. Glasklar hatte er vor sich gesehen, wie ein Grandhotel für Odessa beschaffen sein musste, und davon hatte er sich nicht abbringen lassen, war in keinem Punkt einen Kompromiss eingegangen. Auch dass das Hotel, das er erschaffen würde, *Grandhotel Odessa* heißen musste, hatte für ihn von Anfang an festgestanden. Und er hatte recht behalten, hatte wie Galileo Galilei über die Köpfe aller Skeptiker hinweg gerufen: *Und sie bewegt sich doch!*

Im Schaltjahr 1888, an jenem 29. Februar, den es nur alle vier Jahre gibt, war das Hotel, das er sich in seinem Kopf zurechtgewoben hatte wie eine Spinne ihr Netz, Wirklichkeit geworden und hatte mit nicht mehr als drei halbherzigen Buchungen Eröffnung gefeiert.

Ihr Vater sprach nicht darüber, er weigerte sich, die Geschichten rund um die Entstehung des Hotels, auf die Oda brannte, mit ihr zu teilen. Er gab nicht mehr preis als das, was er in den Ansprachen zum Gründungsjubiläum sagte: »Man hatte mir den völligen Ruin in höchstens vier Wochen prophezeit, dabei war ich doch schon völlig ruiniert, als auf dem Grundstück des *Odessa* der erste Spatenstich getan wurde. Eine Woche später war ich ausgebucht. Und als der Februar das nächste Mal neunundzwanzig Tage hatte, war ich ein gemachter Mann.«

Das war er noch immer. Jetzt, wo in Odessa die große internationale Ausstellung für Industrie und Landwirtschaft bevorstand, war im Hotel bis in den Herbst hinein selbst die letzte Kammer ausgebucht.

Andere hatten versucht, es ihm nachzutun. Wie Pilze schossen das *Bristol,* das *Moskau,* das *London* und das *Arcade* aus dem Boden, eines prunkvoller als das andere, aber keines, das in Zeit, Ort und Ausführung derart ins Schwarze traf wie das *Odessa.* Die Inhaber des *Moskau* waren bereits nach Ablauf eines Jahres pleite und mussten verkaufen, das *Passage* mit seiner gläsernen Arkade kämpfte ums Überleben, und das *Bristol* gab es nicht mehr. Das *London* hielt sich als ernst zu nehmender Konkurrent, musste jedoch fortlaufend horrende Summen investieren, und weitere Neugründungen verschwanden, noch ehe sie sich richtig etabliert hatten. Das *Odessa* hingegen florierte scheinbar ohne Mühe, und was dieser reibungslose, geradezu träumerische tagtägliche Ablauf die Menschen, die es betrieben, tatsächlich kostete, bekam niemand mit.

So sollte es bleiben.

Daran gab es für Oda nichts zu rütteln.

Auch die Tatsache, dass sie Karol Albus, den Helden des Stadttheaters, liebte und heiraten würde, änderte daran nichts.

Bevor sie sich umkleidete und zu Belle ging, um wie vorgesehen mit ihr gemeinsam die Treppe in den Ballsaal hinunterzuschreiten, hätte Oda ihren Vater gern kurz noch gesprochen, um sich für all das zu bedanken. Für den Ball zu ihren Ehren, für ihre grandiose Abendtoilette, für den Reichtum und die Sorglosigkeit, in der sie aufgewachsen war. Vor allem jedoch für das Hotel, das sie eines Tages erben würde.

Sie hätte dem Vater jetzt, ehe das Drama, in das diese Nacht zweifellos münden würde, seinen Lauf nahm, gern all das gesagt, was ihr beim Gang durch das Haus durch den Kopf gegangen war: Dass sie ihn bewunderte. Dass sie sich seiner würdig erweisen wollte. Dass sie sich wünschte, er möge ihr einmal, wenn sie beide älter waren, erklären, wie froh er war, sie und nicht Belle zur Tochter zu haben.

Und überdies hätte sie ihm sagen wollen, dass sie Sonya nirgendwo auftreiben konnte und sich deshalb gezwungen sah, stattdessen Galina zu schicken, ein noch recht neues, besonders emsiges Zimmermädchen. Sie hätte das Trinkgeld der Fürstin gern Katjušas Tochter zugeschanzt, weil sie der Kaltmamsell in gewisser Weise etwas schuldig war. Außerdem hatte die Fürstin ausdrücklich nach Sonya verlangt, und was ein Gast des *Odessa* verlangte, das sollte er bekommen.

Da aber Sonya nicht zur Verfügung stand, ließ sich nichts machen. »Ich habe sie auf den Privoz-Markt nach Meerrettich geschickt«, hatte Katjuša beteuert und die Hände gefaltet wie zum Gebet. »Der Lieferant hat einen Fehler gemacht, und anderswo bekommt man jetzt nicht so viel, wie ich brauche.« Sie hatte auf die *Deruny* gedeutet, die Kartoffelplätzchen, die sie bereits abgebraten und für das Büfett zur Pyramide aufgetürmt hatte. Die *Smetana*-Sauce, die sie nach ihrem geheimen Rezept zubereitete, enthielt geriebenen Meerrettich und war bei den Gästen äußerst beliebt.

Die ganze Küche summte vor Geschäftigkeit. Mehr als ein Dutzend Menschen, fast ausschließlich Frauen und Mädchen, beugte sich emsig über Hackbretter, Rührschüsseln und dampfende Töpfe. Niemand schien abkömmlich, also hatte eben Sonya zum Markt gehen müssen. So leid es Oda für die Kleine und ihre Mutter tat – die lukrativere Aufgabe ging an Galina.

»Können Sie ihr nicht bitte noch ein Augenblickchen geben, Fräulein Oda?«, hatte Katjuša gebettelt. »Ich erwarte sie ja schon seit einer Weile zurück, aber der Weg zum Privoz ist nun einmal weit.«

»Ich kann deswegen keinen Gast warten lassen, das weißt du selbst«, hatte Oda erwidert, hatte Katjuša stehen lassen und war gegangen.

Ihr Gewissen zwickte sie deswegen, aber ihr Vater hätte ihr bestätigt, dass sie das Richtige getan hatte. Die Gäste gingen vor. Ihr Vater hätte sie bestärkt, und sie hätte ihm stumm, mit einem Händedruck, versichert, dass sie es für immer so halten würde, auch wenn sie ihn scheinbar heute Nacht verriet.

Nur war ihr Vater im ganzen Haus so wenig aufzutreiben wie Sonya, und Oda lief die Zeit davon. Ihr blieb nur, darauf zu hoffen, dass der Vater das, was ungesagt blieb, trotzdem wusste.

3

Belle von Arndt lag rücklings auf dem unglaublich weichen Bett im Schlafzimmer ihrer Suite, streckte ein langes, seidenbestrumpftes Bein in die Luft und betrachtete es mit wachsendem Wohlgefallen. Es hatte seine Vorteile, nicht vollkommen schlank oder sogar mager zu sein, auch wenn letzthin solche Frauen offenbar in Mode kamen. Oda beispielsweise war gebaut wie ein Jüngling, und Belle leugnete nicht, dass sie die neuen Tunikakleider mit der schmalen Silhouette, die der französische Modeschöpfer Poiret entwarf, beneidenswert gut tragen konnte. Geradezu majestätisch wirkte sie darin mit ihrem hohen, athletischen Wuchs.

Aber wenn die Zeit kam, die teuren Kleider abzulegen? Wenn sie nackt war?

Das Wort ›nackt‹ durfte eine junge Dame von Belles Abkunft nicht einmal denken, und natürlich tat sie es gerade deshalb immerzu. Die jungen Männer taten nichts anderes. Um das zu wissen, musste man kein leichtes Mädchen sein, sondern nur Berlinerin und ein kleines bisschen schlau.

Wenn ein Mann eine Frau in einem eleganten Kleid sah, dachte er nicht: *Ach du lieber Himmel, was für ein göttlich geschnittenes Kleid, und wie wunderbar die Farbe ihre Augen zur Geltung bringt!* So dachten Frauen. Männer hingegen fragten sich, wie es wäre, diese Frau aus dem vornehmen Kleid herauszuschälen wie eine saftige Orange. Natürlich hätte jeder wohlerzogene junge Mann das geleugnet, und das gehörte sich ja auch so. Belle jedoch war mit einem Bruder aufgewachsen, für dessen Erziehung niemand Zeit gehabt hatte und der das Leugnen von Tatsachen für Zeitverschwendung hielt.

Die Königlich Preußische Hauptkadettenanstalt in Lichterfelde, die Bodo und seine Kumpane absolviert hatten, lehrte alles andere als verfeinerte Manieren. Die Horde war in der engen Lichterfelder Wohnung der Familie ein und aus gegangen, weil »der von Arndt die schönste Schwester in ganz Preußen« hatte, und während die Jungen an der Ehrenschmiede der preußischen Armee Militärwesen studierten, konnte Belle gar nicht anders, als sich zu einer Expertin für die männliche Gefühlswelt zu entwickeln. Zwar wurden Jungen weit langsamer erwachsen als Mädchen und lagen als Gymnasiasten noch mit Bodos *Märklin*-Eisenbahn auf dem Boden, aber irgendwann fiel auch bei ihnen der Groschen.

Bodo und seine Freunde begrüßten beispielsweise die neue Frauenmode, das sogenannte Reformkleid, nicht etwa, weil sie für die Frauen bequem war, sondern »weil nun kein Korsett mehr verbergen kann, was daruntersteckt.«

Und wozu hätte wohl Poiret, der Meister der Modeschöpfer, ein Kleid entwerfen sollen, bei dem das Korsett nicht verbarg, was daruntersteckte, wenn es gar nichts zu verbergen gab? Belle ließ ihre Fingerspitzen über das kleine Stück Haut ihres Schenkels gleiten, das der Strumpfhalter frei ließ. Ein Mann, der in eine Frau verliebt war und über dieses weiche, seidige Fleisch strich, wäre überzeugt, dass die Frau auch im täglichen Leben weich und schmiegsam wie Seide sein würde, dass sie nichts von ihm fordern und ihn nicht mit anderen vergleichen, sondern ihn nehmen würde, wie er war.

Belle mochte jung sein, sie mochte wirken wie eine, die sich lieber auf Bett und Diwan räkelte, als sich in den Strom des Lebens zu stürzen – und daran war ja nichts falsch: Sie räkelte sich tatsächlich gern auf Bett oder Diwan, und was Mädchen wie Oda in aller Herrgottsfrühe zu Turnübungen aus den Federn trieb, würde sie nie begreifen –, wenn es jedoch um Männer ging, machte ihr niemand etwas vor.

Vielleicht war ein Mädchen wie sie einfach dazu geboren, Männer zu durchschauen. Oder es lag an dem Leben, das sie führte und das ihr statt der Trägheit, die ihrem Wesen entsprach, Wachsamkeit aufzwang.

Sie ließ das Bein sinken, lehnte den Kopf zurück ins Daunenkissen und warf einen Blick zur Seite, wo über zwei Sessel gebreitet ihr himmelblaues Ballkleid lag. Ein Lichtschein spielte darauf und erweckte den Anschein, als hätte es ein Eigenleben, wäre eine Freundin, die nur darauf wartete, mit Belle loszuziehen und sich all die aufregenden Dinge ins Ohr flüstern zu lassen, die in dieser Nacht bevorstanden. Sie seufzte leise und schloss flüchtig die Augen. Sie liebte es, in Odessa zu sein, sie hatte es geliebt, solange sie denken konnte. Der Grund lag auf der Hand: Nirgendwo sonst in ihrem Leben wurde sie so sehr behütet, verwöhnt, gehätschelt und geliebt. Nirgendwo sonst bedeutete ein neuer Tag Erregung und Abenteuer, aber ohne Schrecken.

Dass sie nun auf einmal noch einen weiteren und noch viel wundervolleren Grund hatte, das Leben in Odessa zu lieben und nie wieder nach Berlin zurückzuwollen, vermochte sie selbst kaum zu glauben. Wieder schloss sie die Augen und sog den süßen Duft ein, den das Bukett aus zartrosa Rosen verbreitete. Längst hätte sie aufstehen und sich für den Ball ankleiden müssen, ehe Oda kam und ihr mit ihren Haaren half. Ganz kurz noch wollte sie jedoch die Vorfreude genießen, den Augenblick, in dem noch nichts geschehen und dafür alles möglich war.

Sie würde glücklich sein. Ein neues Leben beginnen. Dass andere Menschen dafür leiden mussten, widerstrebte ihr, denn Belle war ein Mensch, der allen Glück und niemandem Böses wünschte. Aber es lag ja auf der Hand, dass das Leid nicht lange dauern, sondern jeder Betroffene rasch einsehen würde, wie gut und richtig, ja unvermeidlich der Lauf der Dinge letztendlich gewesen war.

Die anderen würden auch noch ihr Glück finden. Dass Belle jetzt schon an der Reihe war, lag gewiss daran, dass irgendwer da oben in den Wolken eine gehörige Schwäche für sie hatte.

Es klopfte zweimal kurz und hart, dann wurde schon die Tür aufgeschoben. Das Zimmermädchen konnte es somit nicht sein, denn das hatte zu warten, bis Belle *Herein!* rief. Bei Onkel Philipp wäre es das Gleiche, Tante Lene kam nie zu ihr herauf, und ihre Mutter war sicher voll und ganz mit ihrem Äußeren beschäftigt. Somit blieben zwei Menschen übrig, um das zu wissen, brauchte Belle nicht die Augen zu öffnen. Entweder Oda oder Bodo. Es war Oda.

»Bist du noch nicht angezogen?«

»Ich dachte, du hilfst mir.« Belle streckte und räkelte sich, setzte sich auf und öffnete die Augen. Vor ihr stand Ihre Majestät, Königin Oda von Odessa, in einem Kleid, das Belle den Atem stocken ließ. Der Stoff war durchwirkt mit einem Muster aus Goldfäden, hatte etwas Metallisches, saß auf Odas Statur wie die Rüstung eines schlanken Ritters in einer dieser romantischen Legenden. Lancelot oder Tristan? Wäre Oda ein Jüngling gewesen, kein Mädchenherz hätte ihr widerstehen können.

Das Erstaunlichste an dem formidablen Stoff war jedoch seine Farbe. Die Seide war mitnichten himmelblau – sie schillerte in dem kraftvollen, klaren Türkis, wie man es manchmal auf dem Meer sah, im Sommer, wenn die Sonne Sprenkel darauf warf.

»Oh!«, entfuhr es Belle. »Ich hatte gedacht …«

»Was hattest du gedacht?«, fauchte Oda. »Dass ich mich in dieselbe blässliche Farbe hüllen lasse wie du, damit wir wie üblich als Goldmarie und Pechmarie daherkommen? Besten Dank. Mit einer Berlinerin mag ich vielleicht nicht mithalten können, aber das macht mich noch lange nicht zur Landpomeranze. Ich werde nicht so dumm sein und Karol auf Ideen bringen.«

»Ach, Oda.« Belle konnte nicht anders, als aufzuseufzen.

Sie liebte Oda. Wer das Gegenteil behauptete, war ein Lügner oder hatte von Liebe keinen Schimmer. Belle und Oda hatten einander Briefe geschrieben, seit sie in der Lage waren, einen Federhalter zu benutzen. Anfangs schrieben sie sich, weil Belles Mutter und Odas Vater sie drängten, doch schon bald wurde aus dem Zwang eine Gewohnheit:

»Liebste Oda Odessa, gestern waren wir alle im Tiergarten spazieren. Alle bis auf Vater natürlich, also Mutter, Onkel Georg, Bodo, ich und dieser neue Freund aus dem Rheinischen, den Bodo sich zugelegt hat …«

Es hatte etwas Beruhigendes, Vertrautes, am Ende eines Monats alles, was sich ereignet hatte, in einem Brief an Oda Revue passieren zu lassen. Es verlieh den banalsten Ereignissen Gehalt, wenn man sich dabei zu überlegen hatte: Was wird wohl Oda davon halten, was wird sie in ihrer Antwort dazu schreiben?

Oda war zuverlässig wie ein preußischer Feldwebel. Sie beantwortete jeden Brief, nicht weil sie aufs Schreiben versessen war, sondern weil es sich so gehörte. Belle war schlampiger, doch wenn etwas ihr Herz bewegte, schrieb sie ellenlange nächtliche Episteln. So stellten sie schließlich nicht ohne Verblüffung fest, dass sie fünfzehn Jahre lang ununterbrochen einen Briefwechsel geführt und einander womöglich mehr anvertraut hatten als jedem anderen Menschen.

War das etwa keine Liebe? Sich jemanden aus dem eigenen Leben nicht mehr wegdenken zu können, auch wenn man ihn nicht immer mochte? Und gegen die Einsamkeit, von der man niemandem erzählen durfte, hatte nichts so sehr geholfen wie die nächtliche Zweisamkeit mit einer Oda, die viele Meilen entfernt in Odessa saß.

Belle liebte Oda. Sie wollte sie niemals verlieren. In diesem Augenblick aber hätte sie sie liebend gern in die tiefste sibirische Tundra gewünscht. Es würde hart werden, ihr Zusammenhänge begreiflich zu machen, gegen die sich ihr starker Charakter mit aller Kraft zur Wehr setzen würde.

»Ach, Oda«, seufzte Belle noch einmal. »Wenn du so anfängst und ein Kleid nicht trägst, weil dein Liebster es an einer anderen hübscher finden könnte, wird du in einer Ehe nicht froh. Männer sind wie Kater, sie steigen allem hinterher, was sich in der Dunkelheit bewegt. Solange du nicht den einen gefunden hast, der dich genug liebt, um den Versuchungen zu widerstehen, tust du besser daran, weiterzusuchen.«

»Besten Dank, ich habe ihn gefunden«, versetzte Oda. »An Karols Treue zweifle ich nicht, denn unsere Verbindung geht über die Bedürfnisse von Tieren hinaus. Mein Kleid habe ich ändern lassen, weil in meinen Augen Hellblau eine Farbe für kleine Mädchen ist. Auf meinem Geburtstagsball will ich aber nicht als kleines Mädchen, sondern als Hotelerbin und künftige Gattin auftreten.«

Du tust mir so leid, dachte Belle und sagte: »Das ist dir gelungen. Du siehst sehr würdevoll aus, Liebes.«

»Na fein. Hättest du dann vielleicht die Güte, dich in deinen Traum in Himmelblau zu hüllen? Wenn du dein Haar auf griechische Weise aufgetürmt haben willst, beeilst du dich besser. Ich würde gern den Eröffnungswalzer mit meinem Vater tanzen, statt hier zu hocken und dir Engelslöckchen zu drehen.«

Belle seufzte noch einmal und stand auf. Sacht streichelte sie über die Seide des Kleides, ehe sie sich von Oda hineinhelfen ließ. Die hatte nicht unrecht: Himmelblau war tatsächlich eine Farbe für kleine Mädchen. Männer aber mochten Kleinmädchenhaftes an ihren Frauen gern. Sie liebten es, sich als Beschützer zu fühlen und ihrem naiven Fräulein Ahnungslos die Welt zu zeigen. Belle setzte sich an den Frisiertisch und betrachtete sich und Oda, die mit Kamm und Klemmen hinter sie getreten war, im Spiegel. Wer würde wohl auf die Idee kommen, Oda beschützen zu wollen? Sie stand so fest mit beiden Beinen im Leben, dass man sich fragte, wozu sie überhaupt einen Mann brauchte.

Und ebendas mochten Männer nicht.

Eine Frau machte einen Mann glücklich, wenn sie ihm das Gefühl gab, ohne ihn nicht leben zu können.

Für Oda hingegen war das Leben ohne Mann ein Kinderspiel. Nein, nicht *ganz* ohne. Einen brauchte selbst sie. Ihren Vater, mit dem kein Schwiegersohn sich hätte messen können. Ihn bewunderte sie, ihm brachte sie Respekt entgegen, doch auf gewöhnliche Sterbliche blickte sie mit einer Geringschätzung herab, die sogar den selbstbewussten Bodo verunsichert hatte.

Ein empfindsamer Mann, der sich mit Selbstzweifeln quälte, konnte an der Seite einer solchen Frau zerbrechen. Gelegentlich fragte sich Belle, ob ihr Vater immer so gewesen war, wie sie ihn kannte, oder ob auch er an der Seite ihrer Mutter zerbrochen war.

Wenn sie überhaupt noch überlegt hatte, ob sie dabei war, das Richtige zu tun, so gab sie sich die Antwort jetzt: Ja, sie tat das Richtige, sie tat das einzig Mögliche. Ebenso sehr für sich selbst wie für die Menschen, die sie liebte.

Oda griff zur Brennschere und drehte nach und nach dünne Strähnen, die sich wie zufällig aus Belles griechischer Haarkrone ringeln sollten, zu Locken. Sie tat ihr weh, weil sie das Haar allzu straff zog, doch keins der Mädchen erzielte so überzeugende Ergebnisse wie sie. Also ließ Belle die Prozedur über sich ergehen, auch wenn sie von Zeit zu Zeit vor Schmerz quiekte.

»Du eröffnest also den Ball mit Onkel Philipp«, nahm sie das Gespräch wieder auf. »Ich hätte gedacht, du würdest ihn mit Karol eröffnen wollen.«

»Bist du verrückt geworden?«, fuhr Oda auf und ziepte Belle an den empfindlichen Schläfenhaaren. »Dann könnte ich mir ja gleich eine Reklametafel umhängen mit der Aufschrift: *Meine Da-*

men und Herren, Oda Liebenthal brennt übrigens heute Nacht mit Karol Albus durch.«

»Man könnte aber auch denken, dass die Tochter des Hauses sich für den ersten Walzer den besten Tänzer gesichert hat«, konterte Belle.

»Ja, natürlich, so einen Unsinn könnte man denken«, blaffte Oda. »Aber spätestens wenn dieser Tänzer samt der Tochter des Hauses drei Stunden später wie vom Erdboden verschluckt ist, wird jeder, der seinen Verstand benutzt, die richtigen Schlüsse ziehen. Gerade deshalb haben Karol und ich ja vereinbart, den ganzen Abend hindurch jeglichen Kontakt zu meiden, ja nicht einmal einen Blick zu tauschen. Wir brauchen einen Vorsprung, andernfalls könnte ich ihm ja selbst sagen, dass ich in der Badehütte der Geibels auf ihn warte, und bräuchte nicht die Fürstin zu bemühen, nachdem du mich im Stich gelassen hast.«

»Ich habe dich nicht im Stich gelassen«, unternahm Belle noch einen Versuch, von dem sie wusste, dass er vergeblich war. »Ich habe mir lediglich Gedanken darüber gemacht, was gut für dich ist …«

»Gib dir keine Mühe«, fiel ihr Oda wie erwartet ins Wort. »Was gut für mich ist, entscheide ich selbst. Gott sei Dank war die Fürstin hilfsbereiter als du und wird meine Nachricht übermitteln. Wichtig ist, dass meine Leute auf Karol und Ryschkanowka erst kommen, wenn wir bereits beim Priester vorsprechen und hoffentlich ohne Verzögerung getraut werden.«

»Und du meinst wirklich, dieser katholische Priester traut dich, ohne nach deinem Taufschein zu fragen? So im Handumdrehen?«

»Der Priester hat Karol getauft«, erwiderte Oda. »Karol war Messdiener bei ihm, er kennt ihn schon sein ganzes Leben lang und wird ihm einen so dringenden Wunsch nicht abschlagen. Erst recht nicht, wo sein einstiges Beichtkind sich doch als ein

Ehrenmann erweisen will, statt ein schutzloses Mädchen in der Schande sitzen zu lassen.«

»Das heißt, ihr wollt ihm erzählen, du bist … du hast …« Ausgerechnet Belle, die sich mit allen Wassern gewaschen glaubte, bekam die Worte nicht heraus.

»Ja«, erwiderte Oda kaltschnäuzig. »Ja, wir wollen ihm erzählen, dass wir gesündigt haben und ich nun Karols Kind unter dem Herzen trage.«

»Aber du bist doch nicht … ich meine, du hast doch nicht …?«

»Was willst du wissen?« Ruppig zog Oda die Brennschere aus Belles Haar. »Ob ich tatsächlich ein Kind bekomme? Oder ob ich getan habe, was dazu nötig ist?«

Belle drehte sich um und spürte ein Kribbeln in ihrem Nacken, als wüchse ihr dort Fell, das sich sträubte. »Oda, wir sind doch Freundinnen. Fast so etwas wie Schwestern …« Sie brach ab, weil sie selbst bemerkte, wie hilflos ihr Gestammel klang. »Du bist nicht mit ihm bis zum Letzten gegangen, nicht wahr?«, sprudelte sie schließlich heraus.

»Bis zum Letzten gegangen?«

»Zum Kuckuck, Oda, du weißt doch, was ich meine.«

Oda legte die Brennschere in die dafür vorgesehene Schale und wandte sich zum Fenster, wo letztes rötliches Licht über dem Wald aus Schiffsmasten in Odessas Bucht erstarb. Belles Herz zog sich zusammen. Immer hatte sie Odessa als ihr Idyll empfunden, ihre Oase, hatte sich die Augen ausgeweint, sooft sie von hier wieder fortmusste, und sich geschworen: Das nächste Mal halte ich mich am Geländer der großen Treppe so fest, dass keiner mich losreißen kann. Dieses Mal würde sie es wirklich tun. Wenn ihre Mutter und Bodo abreisten, fuhr sie auf keinen Fall mit ihnen zurück.

Es durfte nichts dazwischenkommen, keine plötzliche Enthüllung ihren Plan zunichtemachen.

»Wenn es dich beruhigt«, sagte Oda, den Blick aufs Meer gerichtet, »nein, ich bin nicht bis zum Letzten gegangen, wie du es auszudrücken beliebst, auch wenn ich hoffe, dass zwischen mir und meinem künftigen Mann der Weg bis zum Letzten sehr viel weiter reicht. Karol ist Künstler, aber das macht ihn nicht zum Hallodri. Er will mich zur Frau, um gemeinsam ein Leben zu bestehen, nicht nur eine Nacht des Vergnügens. Ich finde es traurig, dass du dich nach allem, was ich dir von Karol erzählt habe, von den Vorurteilen von Waschweibern anstecken lässt.«

»Das tue ich nicht«, versicherte Belle und lauschte auf ihren eigenen Atem, der sich Zug um Zug beruhigte. »Im Gegenteil. Ich finde ihn reizend. Wenn du mit ihm nicht den Tanz eröffnen willst – darf ich es dann tun? Er tanzt wirklich zum Niederknien gut, und ich bekomme in Berlin beileibe nicht das Schlechteste an Tänzern zu sehen.«

Oda, die in der türkisfarbenen Seide vor dem Fenster stand, wirkte fast wie eine Statue. Langsam drehte sie sich um. »Warum nicht? Wenn du nicht anderweitig gebraucht wirst.«

»Wofür sollte ich anderweitig gebraucht werden?«

Oda zuckte die Achseln. »Wir haben allein reisende Gäste hier, die niemanden kennen. Leo Ullrich beispielsweise. Es gehört sich, dass jemand von uns ihm den ersten Walzer reserviert und er nicht leer ausgeht.«

»Igitt, Leo Ullrich! Gib mir jeden, aber nicht den!«, entfuhr es Belle. »Wenn der nur auf dem Gang an mir vorbeigeht, glaube ich, mir läuft eine Katze über mein Grab. Oder ich hab's mit diesem Rasputin zu tun, den sie bei euch den heiligen Teufel nennen.«

»Du hast weder eine Katze noch ein Grab, und Rasputin ist weder heilig noch ein Teufel. Deine hysterische Reaktion ist wieder einmal völlig überzogen. Herr Ullrich ist ein Schriftsteller, dessen Name in ganz Europa Furore macht, und er ist ein geschätzter Gast dieses Hauses.«

»Muss *ich* ihn deshalb schätzen?«, wagte Belle zu fragen.

Oda ging darauf nicht ein. »Dauergäste, die Suiten für mehrere Monate mieten, sind Gold wert, und solche wie Ullrich, die ihre Rechnung im Voraus begleichen, sind geradezu unbezahlbar«, sagte sie. »Außerdem weiß ich beim besten Willen nicht, was dich an dem Mann stört. Er lebt völlig zurückgezogen in seinen Zimmern, nimmt die Mahlzeiten allein ein, verlässt das Hotel höchstens, um in Lubinskys Papierhandlung einzukaufen oder allein bei Wind und Wetter spazieren zu gehen. Ich wüsste wirklich nicht, was der arme Mensch getan haben könnte, um dein Missfallen zu wecken. Ist er nicht galant, nicht gesprächig genug, wagt er es, die einzigartige Belle von Arndt nicht anzuhimmeln? Das ist natürlich ein unverzeihlicher Fauxpas, für den er verdient hätte, des Balles verwiesen zu werden.«

»Quatsch«, versetzte Belle. »Spiel dich nicht so auf. Wenn du ehrlich bist, weißt du selbst, dass ich nicht halb so ekelhaft bin, wie du mich hinstellst. Warum sich in mir alles sträubt, wenn ich an diesen Leo Ullrich nur denke, kann ich dir nicht sagen, aber so ist es nun einmal. Vielleicht liegt es ja daran, dass das doch nicht normal sein kann – ein gesunder, noch nicht einmal alter Mann, der immer allein unterwegs ist und sich in seinem Zimmer vergräbt wie ein Mönch.«

»Muss jeder auf sämtlichen Hochzeiten tanzen, um *normal* zu sein, Belle?«

»Natürlich nicht«, sagte Belle. »Aber komm, gib's zu – du kannst diesen Ullrich selbst nicht leiden.«

»Er ist ein Gast meines Hauses, er bezahlt für seine Suite gutes Geld, er …«

»Um Himmels willen, Oda, hör doch bitte mal fünf Minuten lang mit dieser Gast-meines-Hauses-Leier auf. Du magst zwar ein Hotel erben, aber deswegen bist du doch keines. Sprichst du so auch, wenn du bei Karol bist? Bekommt er statt Liebesgeflüster und netter Albernheiten von früh bis spät die Befindlichkeiten deines Hotels vorgebetet?«

Sie hatte es kaum ausgesprochen, da wünschte sie sich schon, sie könnte die Worte zurücknehmen. Oda, die schöne, statuenhafte Oda schien in sich zusammenzusinken, als hätte Belle mit einer Nadel in den Ballon ihres Selbstvertrauens gestochen. Sie stützte sich auf dem Fensterbrett ab und setzte sich dann auf einen Stuhl. »Karol macht es nichts aus«, murmelte sie. »Karol weiß, was das Hotel mir bedeutet, weil sein Tanz ihm das Gleiche bedeutet. Das Hotel steht für immer, so lange wie der Brunnen mit dem Faun sprudelt …«

Odas Stimme wurde rau, sie musste sich räuspern, um sich zu fassen und fortzufahren. »Du kannst das nicht verstehen, in deinem Leben gibt es keine andere Leidenschaft als Belle von Arndt. Aber Karol und ich verstehen uns. Wir verstehen uns so gut, und wir kennen uns so sehr bis ins Innerste, dass wir das Verständnis von anderen Leuten nicht mehr brauchen.«

Belle wollte ihr nicht länger zuhören. »Lass uns doch jetzt nicht streiten!«, rief sie. »Es ist unser Geburtstag, deiner und meiner, und unten beginnt gleich die Musik für den Ball der Wahlschwestern, die am selben Tag zur Welt gekommen sind: Oda Odessa und Belle Berlin.«

»Um Gottes willen!« Oda fuhr auf wie gestochen. »Du hast recht, der Ball beginnt gleich, und ich habe noch immer niemanden zur Fürstin Bezborodko geschickt. Ich muss gehen. Leg deinen Schmuck allein an. Wir sehen uns gleich an der Treppe.«

Sie griff ihr Tuch und ihr Handtäschchen vom Stuhl und eilte zur Tür.

»Oda«, rief Belle ihr leise hinterher, »jetzt halt doch mal inne, du wirst ja wohl nicht ausgerechnet jetzt noch Pflichten haben. Diese Fürstin Wie-immer-sie-heißt ist unverschämt, wenn sie dich ausgerechnet an deinem Geburtstag wie ein Zimmermädchen behandelt. Warum bringt sie sich keine Zofe mit, wenn sie eine braucht?«

»Weil sie vor revolutionären Übergriffen von ihrem Gut geflohen ist«, erwiderte Oda scharf. »Das ist kein Ausflug in die Sommerfrische, bei dem man sich gemütlich seinen halben Hausstand in ein Zugabteil verfrachten lässt. Im Übrigen heißt sie Bezborodko, Lidija Petrowna. Sie kennt deinen Namen aus dem Adelskalender, und dass du offenbar keinen Wert darauf legst, ihre Bekanntschaft zu machen, fand sie äußerst befremdlich.«

»Tut mir leid«, sagte Belle. »Meine Mutter findet auch, ich sollte den Adelskalender gewissenhafter lesen. Bodo dagegen wundert sich, wie ein in Berlin ansässiges Menschenkind durchs Leben kommen kann, ohne je eine Zeitung anzufassen. Recht haben sie sicher beide. Würde ich Mutters Adelskalender lesen, so wüsste ich, warum das so wichtig ist, dass du nach der Pfeife dieser Fürstin tanzt, und würde ich Bodos Zeitungen lesen, so wüsste ich, vor welchen Revolutionären im Jahre 1909 jemand fliehen musste. Das zeitunglesende Volk um mich herum behauptet nämlich, die revolutionären Umtriebe in Petersburg hätten sich spätestens 1907 gelegt.«

»Und was willst du damit zum Ausdruck bringen? Dass die Fürstin grundlos geflohen ist? Seine Heimat und seine Familie verlässt doch kein Mensch zum Spaß.«

Das kommt auf die Heimat und die Familie an, dachte Belle, ließ das Thema jedoch auf sich beruhen.

Oda griff nach der Klinke. »Ich muss jetzt gehen. Warum nur habe ich nicht sofort Galina geschickt, als Sonya nicht aufzutreiben war, statt mich hier bei dir festzuschwatzen?«

»Sonya, das ist die Kleine mit den Mauseschwänzen, richtig?«, fragte Belle. »Der Fehltritt von deiner Katjuša. Armes kleines Ding. Hab sie vorhin im zweiten Hof bei den Karnickeln gesehen, in diesem verschossenen grauen Strickjäckchen, dessen Wolle sicher einmal grün war, als ihre Mutter es ihr strickte. Sie mag Tiere, oder? Weiches Fell streicheln. Was hat so ein Wurm auch sonst vom Leben?«

»Jetzt ist sie jedenfalls nicht bei den Karnickeln, sondern hat sich auf dem Privoz-Markt vertrödelt«, gab Oda zurück. »Ich muss Galina finden. Hätte sie längst finden müssen.«

»Oda!«, hörte Belle sich rufen und wusste selbst nicht, was sie trieb. »Auf den einen Augenblick kommt es jetzt doch auch nicht mehr an. Bitte stell dich noch einmal hinter mich, als würdest du mir die Haare richten.«

»Was stimmt denn nicht mit deinen Haaren?«

»Alles stimmt, und du hast es großartig hinbekommen«, sagte Belle. »Aber ich will uns so gern noch einmal zusammen im Spiegel sehen, wie wir immer gestanden haben, wenn wir uns hier für Festlichkeiten angekleidet haben. Vorne ich himmelblaues kleines Mädchen, das nicht erwachsen werden will, und hinten du funkelnde Schönheit in Türkis, die es schon seit Jahren ist.«

Oda bedachte sie mit einem ihrer Blicke, als zweifle sie an Belles Geisteszustand, aber sie tat es dennoch, trat hinter den Stuhl, wie Belle sie gebeten hatte. Belle betrachtete sie beide im Spiegel und hatte das Gefühl, ein Bild anzusehen, das bei jemandem an der Wand hing. *Meine Großmutter und meine Tante,* mochte derjenige sagen und nicht mehr genau wissen, wie die beiden geheißen oder gar wie sie gelebt hatten. Würde einst dieses Bild von Belle und Oda im Salon eines Enkels oder Urenkels hängen, würde ein Besucher fragen: *Wer sind denn die?,* und würde der Enkel oder Urenkel dann antworten: *Irgendwelche Vorfahren. Genau weiß ich es nicht.*

Der Gedanke jagte ihr einen Schauder über den Rücken, und zugleich wollte sie sich dieses Bild von ihnen beiden so gründlich einprägen, dass es nicht verloren gehen konnte. Oda rührte sich so wenig wie sie selbst. Als hielte die Magie des Bildes sie fest, und die Zeit stünde still.

Ein weiterer Gedanke sprang Belle an und war noch unheimlicher: *Hinter jedem Menschen steht sein Geheimnis.* Wo hatte sie das gelesen? In dem grausigen Buch, das sie in der Bibliothek gefunden und gleich wieder weggestellt hatte. Eines Tages denke ich vielleicht, dass das Geheimnis, das hinter mir steht, immer du gewesen bist, dachte sie.

Dann schüttelte sie alles ab, sprang auf und warf Oda die Arme um den Hals. »Herzlichen Glückwunsch zum zwanzigsten Geburtstag, Liebes. Wenn ich mir von allen Wahlschwestern der Welt eine auswählen könnte, wählte ich immer wieder dich.«

»Darin besteht ja wohl der Sinn einer Wahlschwester«, knurrte Oda.

»In Berlin nennt man so was Humor«, parierte Belle.

Sie tauschten einen Blick, und auch Oda verkniff sich ein Grinsen.

»Willst du mir nicht auch zum Geburtstag gratulieren?«, fragte Belle.

»Und willst du mir zu meiner Verlobung kein Glück wünschen?«, fragte Oda zurück.

Belle überlegte. »Doch, mein Liebes, ich wünsche dir alles Glück der Welt«, sagte sie dann, denn das entsprach der Wahrheit.

»Alles Glück der Welt, das du nicht brauchst?« Oda grinste jetzt tatsächlich, und Belle hätte lachen wollen.

Sie lachte gern und viel zu oft, doch gerade jetzt saß ihr ein Kloß in der Kehle.

4

Den großen Saal des *Odessa* umrundeten übereinander zwei Galerien, auf die ringsum Zimmer hinausgingen. Es waren Zimmer für allein reisende Gäste oder Paare, die auf die Geräumigkeit einer Suite verzichteten, um im Zentrum des Geschehens zu logieren. Odas Vater hatte den großen Saal von der ersten Zeichnung an eingeplant. »Wenn ich will, dass der Zar in meinem Hotel logiert, dann werde ich dem Zaren wohl Platz zum Tanzen bieten müssen«, hatte er Gerüchten zufolge dem Architekten gesagt. Falls die Gerüchte böse gemeint waren, liefen sie ins Leere. Nicht nur ein, sondern zwei Zaren hatten inzwischen im *Odessa* logiert, Alexander III. ebenso wie der amtierende Nikolaus II., und ihre Töchter sowie Zarin Alexandra hatten im großen Saal getanzt.

Lediglich Maria Feodorowna, die Zarin Alexanders und inzwischen seine Witwe, hatte die Einladung abgelehnt, weil sie bei deutschen Kolonisten nicht logieren wollte. Sie war als Dagmar von Dänemark zur Welt gekommen und hasste alles, was deutsch war, weil das Deutsche Reich ihrem Land angeblich Schleswig-Holstein gestohlen hatte.

Der Saal war beinahe perfekt quadratisch und erinnerte damit an einen typischen Straßenblock in Odessa, das abgezirkelt wie eine Stadt der klassischen Antike geplant war. Rot und Gold waren die üblichen Farben für Ballsäle, aber Odas Vater hatte die Farben gewollt, die Odessa charakterisierten: das tiefe Blau des Meeres in den deckenhohen Samtvorhängen und Polstern und das gedeckte Weiß von Schaumkronen und Muschelkalk, das sich im Marmor und Elfenbein der Ausstattung fand. Die weiß-blauen Bodenfliesen hatte er wie den Faun für den ewig sprudelnden Springbrunnen im umbrischen Orvieto ausgewählt. Zusammen mit dem von einem einheimischen Künstler entworfenen Weinrebenmuster der Tapeten boten sie einen völlig unerwarteten und ebendeshalb atemberaubenden Anblick.

Wellensaal nannten die Leute aus Odessa den drei Stockwerke hohen Raum mit seiner hallenden Akustik, den eine gewölbte, dem Firmament nachempfundene Decke krönte. Auf den vorderen Teil des Gebäudes hatte Philipp Liebenthal längst eine gläserne Kuppel setzen lassen, um einen beheizten Dachgarten mit Palmen und Bistrotischen auszustatten und seinen Gästen das Gefühl eines ewigen Sommers zu schenken. Hier, über dem Wellensaal, durfte jedoch nichts den Blick des Tanzenden einschränken. Er sollte das Gefühl haben, dass an einem Abend im *Grandhotel Odessa* nur der Sternenhimmel und sonst nichts seinen Träumen eine Grenze setzte.

Der in Blau und strahlendem Weiß geschmückte Weihnachtsbaum wurde hier aufgestellt und bestand alljährlich aus der höchsten Tanne, die rund um Odessa zu finden war.

Wie um ein gutes Omen herabzubeschwören oder ein Stoßgebet hinaufzusenden, wandte Oda flüchtig den Blick nach oben zum künstlichen Sternenhimmel, ehe sie Seite an Seite mit Belle die spiralförmige, einer Schneckenmuschel nachgebildete Treppe hinunterschritt. Die Musik, die den Raum erfüllte, war gedämpft, doch mit ihrer Beschwingtheit und ihrem Zauber verhieß sie, dass heute Nacht alles möglich war.

Oda hatte nie viel von Musik verstanden, sie hatte sich in die Auswahl ihres Vaters nie eingemischt, aber dieses eine Mal hatte sie ihn gebeten: »Lass mich die Musik für den Empfang aussuchen.«

»Libiamo, libiamo ne'lieti calici. –
Lasst uns trinken, lasst uns trinken, in gierigen Zügen.«

Das waren der Auftakt und das Trinklied aus *La Traviata.*

Karol war es, der ihr, der nüchternen, hölzernen Oda, die Tür zur Zauberwelt der Musik geöffnet hatte. Niemals hätte Oda geglaubt, dass Musik in der Lage sein könne, ihr so viel zu bedeuten, so viel zu schenken. Bisher hatte sie jegliche Art von Kunst ausschließlich nach ihrem Wert für das Hotel beurteilt: Taugte ein Seestück des wirren Malers Kandinsky, um den Frühstücksraum aufzuwerten? War der skandalumwitterte, aus dem Baltikum stammende Schriftsteller Leo Ullrich geeignet, dem *Odessa* Flair zu verleihen? Würde Alexander Skrjabins neue *Mazurka* als Eisbrecher bei einem Tanztee taugen?

Mit Karol aber lernte sie, dass Musik so viel mehr vermochte: Gefühlen Ausdruck verleihen, für die Oda keine Worte kannte. In die Oper und ins Theater war sie bisher gegangen, weil man sich in dem prächtigen, noch so neuen Stadttheater eben sehen ließ, wenn man zu den Leuten gehörte, die in Odessa etwas galten. Dann aber war im vergangenen September die Saison mit der neuen Inszenierung von *La Traviata* eröffnet worden, und in allen Winkeln hatte Gemunkel eingesetzt:

»Karol Albus kommt zu uns!«

»Der schöne Karol, der Prinz Kalender, dem sie in Paris zu Füßen liegen.«

»Er hat für zwei Jahre unterschrieben. Bei diesen haarsträubenden Ballets Russes *konnten sie ihn wohl nicht halten.«*

Die *Ballets Russes* mochten haarsträubend sein, aber sie waren in aller Munde. Ein Mensch namens Djagilew hatte das Ballettensemble ein Jahr zuvor in Petersburg begründet, war damit nach Paris gezogen und hatte dort für Empörung und Ohnmachtsanfälle, in jedem Fall aber für Furore gesorgt. Angeblich war in einer Aufführung von Rimski-Korsakows *Scheherazade* ein Mann ohne Hosen über die Bühne gesprungen. Nicht Karol, der den Prinz Kalender getanzt hatte. Was Karol betraf, so hatte niemand etwas anderes zu erwähnen als seine Schönheit, seine Ausstrahlung und sein außergewöhnliches Talent.

Wie Oda erst später erfuhr, war er es gewesen, der Byalik, den Intendanten von Odessas Stadttheater, überredet hatte, den Auftakt von *La Traviata* als Ballett tanzen zu lassen, und er selbst hatte die Choreografie dazu entwickelt.

»Ich muss immer tanzen«, hatte er Oda später erzählt. »Als ich hier ankam und gesehen habe, die ersten zwei Wochen geben sie nichts als *La Traviata,* habe ich gedacht: Dann tanze ich eben in *La Traviata.*«

Karol musste tanzen, weil er aus Musik gemacht war. Sein Körper bewegte sich, als wäre er ein Teil davon. Er war Musik für die Augen. Gelangweilt war Oda in die Vorstellung gegangen, verärgert, weil es an jenem Abend ihre Mutter, nicht ihr Vater war, mit der sie sich die Loge teilen musste. Die Mutter liebte Opern. Ihr entrückter Gesichtsausdruck sprach Bände und war Oda so peinlich wie die Tatsache, dass die Mutter selbst in teuerster Abendgarderobe verhärmt und alles andere als repräsentativ wirkte. Die Leute, die sie im Foyer mit geheuchelter Freude begrüßte, gingen ihr auf die Nerven, und im Grunde war sie viel zu müde, um im Theater zu sitzen.

Die Wochen ihres Berlin-Aufenthalts forderten ihren Tribut. Die permanente Hektik der Stadt, das Eilen, Hetzen, Streben hatten auf sie übergegriffen und ihre ohnehin nervöse Natur regelrecht aufgepeitscht. Sie hatte kaum geschlafen und wäre jetzt, wo sich über Odessa die Ruhe der Nachsaison breitete, gern früh ins Bett gegangen, um Kraft zu sammeln.

Sobald jedoch der Vorhang aufging, waren ihre Mutter, die entnervenden Leute, die Hektik von Berlin und der Rest der Welt vergessen. Oda beugte sich vor, stützte sich auf die samtene Brüstung der Loge und bemerkte erst, als es zur Pause läutete, dass sie die ganze Zeit wie erstarrt gesessen hatte und sich nun an allen Gliedern steif fühlte.

Sie war in den Bann des Tänzers geraten, kaum dass dieser sich mit seinen weiten, schwebenden Sprüngen selbst auf die Bühne gezaubert hatte, und hatte für den Rest der Aufführung in der verzweifelten Hoffnung ausgeharrt, er möge noch einmal wiederkommen.

Dem übrigen Publikum ging es offenbar nicht anders. Das Opernhaus war das erste Gebäude in Odessa gewesen, das mit elektrischem Licht ausgestattet war, und als dieser gleißende Lichtschein nach dem letzten Vorhang den Saal erstrahlen ließ, schien er sich um Karols Gestalt auf der Bühne zu bündeln. Der Applaus geriet ohrenbetäubend. Sogar die Studenten, ganz oben auf den Rängen, die ihrem Missfallen bevorzugt mit faulen Früchten Ausdruck verliehen, johlten vor Begeisterung. Eine Dame im Parkett warf in wilder Ekstase ihren Hut. Als Karol zu Beginn des dritten Aktes mit dem Solo einer weiteren Balletteinlage aufwartete, brach ein Sturm los.

Einzig Oda war stumm in ihrem Logensessel sitzen geblieben und hatte sich gewünscht, man hätte den Leuten das Lärmen verbieten können. Sie verstand weder etwas von Musik noch von Tanz, jedenfalls nicht mehr als das, was Maître Donareux, ihr Tanzlehrer, ihr in qualvollen Lektionen eingetrichtert hatte. Aber sie verstand diesen Mann. Die Harmonie, die sein Körper mit den Klängen des Orchesters einging und die tiefer Leidenschaft für seinen Beruf entsprang, war ihr seltsam vertraut. Sie spürte in sich ein Echo darauf. Und wünschte sich, es ihm zu sagen.

»Ich denke, ich werde Byaliks Einladung annehmen und mich noch für ein Weilchen auf der Premierenfeier blicken lassen«, hatte Oda ihrer Mutter wie beiläufig mitgeteilt. »Fahr du ruhig schon nach Hause. Ich gehe später zu Fuß.«

Was hatte sie sich erhofft? Sie wusste selbst, dass sie kein hübsches Mädchen war, auch ohne all die Bekannten der Familie, die ihr in die Wange kniffen, um sich dann zu ihrem Vater umzudrehen und bedauernd festzustellen: »Eine Schönheit wie Tessa ist sie wahrlich nicht. Aber wenn man an das Ende denkt, das es mit Tessa genommen hat, ist das womöglich nicht das Schlechteste.«

Dass Karol Albus, der neue Abgott von Odessas Kulturleben, sich ausgerechnet ihr zuwandte und die gesamte Feier hindurch einzig mit ihr sprach, war das Letzte, was Oda erwartet hatte. Aber der strahlende Karol war kein oberflächlicher Leichtfuß. Er sah durch den Glanz hübscher Fassaden hindurch und erkannte in der herben, dunklen Oda das Gleiche, was sie in ihm gesehen hatte. Die kühl kalkulierende Hotelerbin und der wie schwerelos tanzende Künstler waren zwei von einer Art.

»Darf ich Ihnen Eintrittskarten schicken lassen?«, hatte er sie zum Abschied gefragt. »Wir spielen die kommenden zwei Wochen nichts als *La Traviata,* aber …«

Oda hatte gelacht. Ihr fiel Lachen sonst nicht leicht, doch es war seltsam leicht mit Karol. »Es ist mir egal, was Sie spielen. Wenn Sie mir eine Karte schicken, komme ich gern.«

»Ich schicke Ihnen zehn. Für jede Vorstellung eine. An den Abenden, an denen wir nicht spielen – darf ich Sie vielleicht in den Zirkus einladen, ins Cabaret, ins Hippodrom, essen Sie gern Fisch, wissen Sie, wo man hier in der Stadt den besten Fisch serviert bekommt?«

Er war Bessarabier polnischer Abstammung, und der Akzent, mit dem er sprach, war wie sein Tanz.

»Den besten Fisch bekommen Sie bei uns im *Grandhotel Odessa*«, sagte Oda. »Aber das kommt wohl kaum infrage.«

Von Anfang an hatte festgestanden, dass ihre Beziehung nichts Platonisches, Kameradschaftliches hatte, das man im Hotelrestaurant des Vaters zur Schau stellen konnte. Sie waren stattdessen zu *Kakousis* gegangen, dort, wo das Hafenviertel in die Moldawanka überging und wo Oda ihr Lebtag nicht gegessen hatte. Jemand vom Theater, Nastja, die lose, kleine Koloratursopranistin, hatte es Karol empfohlen, und Oda hatte nicht gewusst, dass Essen so schmecken konnte. Derb und echt, ohne Verfeinerung. Von dem Wein, der aus Georgien stammte, ganz zu schweigen. Und von Karol, von ihren Gesprächen und ihren stillen Blicken erst recht.

Sie waren beide keine Menschen, die sich mit Worten leichttaten. Mit der Zärtlichkeit, der Sehnsucht nacheinander taten sie sich noch schwerer. Aber sie waren zwei, die sich ihrer Sache ganz sicher waren: Sie würden es gemeinsam lernen, würden beieinander geborgen sein und keinen Spott, keine Ablehnung zu fürchten haben. Dass der gefeierte Stern von Odessas Theater von ebenso gnadenlosen Selbstzweifeln gequält wurde wie sie, schien Oda unglaublich, doch genau so war es. Er fand bei ihr Asyl und sie bei ihm.

»Ich habe nicht mehr geglaubt, dass mir tatsächlich ein Mensch begegnen könnte, der weiß, wie es in mir aussieht«, hatte Karol gesagt. »Dass aber dieser Mensch eine wundervolle, bärenstarke Frau ist, die über die Zustände in meinem Innern nicht in Entsetzen ausbricht, werde ich bis an mein Lebensende nicht fassen können.«

Als er das gesagt hatte, auf dem Heimweg von einem Ausflug an den winterlichen Strand von Langeron, waren sie stehen geblieben und hatten sich geküsst.

Zum ersten Mal. Karols Lippen schmeckten nach dem Salz vom Meer und nach dem Wein, den sie getrunken hatten, sie waren ein Siegel, das sich sehr langsam, als wäre es noch ein bisschen bang, auf ihre legte und dort einen Abdruck hinterließ, der bestehen blieb. Mit dem Kuss gehörte sie ihm und war dennoch zum ersten Mal in ihrem Leben frei.

Was er mit den Zuständen in seinem Innern meinte, wusste Oda: Er wirkte so sanft und in seinem Tanz so beherrscht, aber in ihm kämpften Dämonen. Dunkle Kräfte, die ihn glauben machten, er sei ein Scharlatan, könne in Wahrheit nicht besser tanzen als der linkischste Amateur, werde in der nächsten Vorstellung ausgleiten, tollpatschig stolpern, sich bis auf die Knochen blamieren.

Sein Vater war Treidler, er hielt ein Gespann, das Schiffe die Wolga hinauf- und hinunterschleppte. Um ihm das Tanzen auszutreiben, hatte er Karol mit seiner Peitsche auf die Beine geschlagen. »Bist du ein Mädchen? Bist du ein Hanswurst?«, hatte er zwischen den Schlägen geschrien. »Glaubst du im Ernst, mit deiner albernen Hopserei verdienst du jemals deinen Unterhalt?«

In seinem Kopf schrie der Vater noch immer. »Ich werde nie jemandem glauben können, dass ich gut genug bin«, sagte er an jenem Abend unter den Akazien zu Oda.

»Auch mir nicht?«

Sein Lächeln war zärtlich und traurig, und er küsste sie noch einmal. »Dir vielleicht. Wenn es dir nichts ausmacht, es mir wieder und wieder zu sagen.«

»Es macht mir überhaupt nichts aus. Ich sage es dir, solange wir leben. Jeden Tag.«

Was er ihr anvertraute, hatte er keinem anderen Menschen je erzählt: Er hatte die *Ballets Russes* verlassen, weil er wusste, der andere junge Tänzer, Vaslav Nijinsky, der Kiewer, den Djagilew entdeckt hatte, war besser als er.

»Ich kann es nicht aushalten, die zweite Geige zu spielen, weil es mir das Gefühl gibt, ein Versager zu sein. Bitte sag es niemandem. Es ist furchtbar, oder? Vermutlich sollte ich mich bei einem dieser Psychoanalytiker in Behandlung begeben, die angeblich alle Übel der Seele beheben können.«

»Das können sie nicht«, verwies ihn Oda, die sämtlichen lauthals verkündeten Heilsversprechen misstraute. Stumm, verliebt und radikal fügte sie hinzu: *Aber ich kann es. Mach dir darum keine Sorgen. Ich liebe deine Seele gesund.*

Auch sie vertraute ihm Dinge an, die sie sonst keinem Menschen erzählt hatte: »Für meinen Vater bin ich eine Enttäuschung.

Ich bin kein Sohn. Vor allem aber bin ich weder hübsch noch charmant, war als Kind nicht niedlich und habe keinen Zauber. Wenn er vor mir steht, kann ich in seinen Schädel hineinsehen und darin lesen. Er schaut mich an und wünscht sich, ich wäre Belle.«

»Ich kann das nicht glauben«, hatte Karol gesagt und ihr Gesicht in seine Hände genommen, sodass sie ihm in die Augen sehen musste. »Wie kann ein Mensch, der dich haben darf, sich irgendeinen anderen wünschen?« Seine Augen waren vielleicht das Schönste an ihm. Oda fand sie so klar und tief, dass es keinen Bodensatz zu geben schien, den er vor ihr verbarg. Zugleich kamen ihr diese in Grau und Grün schillernden Augen jedes Mal, wenn sie sie ansah, verändert vor. Sie waren voller Facetten, so wie Karol selbst. In jeder Facette, jedem Blick, in dem sie sich verlor, las sie jedoch von seiner Liebe zu ihr.

Oda blieb am Absatz der Treppe stehen, legte eine Hand auf die Brüstung der Galerie und wartete auf Belle, die wie üblich zu spät kam. Für gewöhnlich ärgerte es sie, dass die Berlinerin so schlampig mit der Zeit anderer Leute umging, aber heute genoss sie den Augenblick, der ihr allein gehörte.

Der Saal hatte sich bereits gefüllt. Menschen standen in Paaren und Gruppen, redeten und lachten durcheinander, der Champagner in den Gläsern funkelte mit den Geschmeiden der Damen um die Wette. Gekommen war, wer in Odessa Rang und Namen hatte, ganz gleich, ob er Deutscher, Russe, Jude, Ukrainer oder irgendetwas anderes war. Sie sah die Seibmans, deren zweitgeborener Sohn Cesar die Hoffnung auf ihre Gunst noch immer nicht aufgegeben hatte, und Belles blonden Bruder Bodo, schlaksig und hochgewachsen in seiner Uniform, umringt von einem Schwarm junger Leute.

Blödsinn-Bodo fand überall Freunde, was nicht leicht zu verstehen war, da seine Witze und Bonmots zumeist beleidigender Natur waren und niemanden verschonten.

Ein Stück weiter, in einem Kreis aus Frauen der Diplomatenfamilien, stand seine Mutter, die noch immer so vollkommen farblos wirkte, wie Oda sie von klein auf kannte. Bleiche Haut, weißblondes Haar, dazu ein Kleid, das wie Perlmutt im Innern einer Muschel schien. Trug diese Frau jemals eine farbige Brosche, legte anderen Schmuck als Perlen an, machte sich womöglich einen Fleck ins Kleid? Sie war sehr schmal, die Lippen dünn, und auch wenn es in den harmonischen Zügen manche Übereinstimmung gab, fiel es schwer zu glauben, dass dieses blutleere Wesen die sinnliche, üppige Belle hervorgebracht hatte.

Als Kind hatte Oda sich gewünscht, ihr den Champagnerkelch wegzunehmen und ihr stattdessen ein Glas ukrainischen Rotwein in die Hand zu drücken, den Katjuša in Krankheitsfällen mit Ei und Honig verquirlte. Sie hatte sehen wollen, ob sich die durchscheinende Haut an der Kehle verfärbte, wenn die kräftig rote Flüssigkeit hindurchschoss.

Odas eigene Mutter stand am Rand wie ein Zaungast, der auf eine fröhliche Gesellschaft blickt, zu der er nicht geladen ist. Das unglaublich teure Kleid aus Brokatstoff war an sie verschwendet. Sie ließ sich gehen, ihr Körper, obwohl nicht einmal sonderlich fett, kam Oda vor wie der *Kulesch,* der Getreidebrei, der im Topf beim langsamen Kochen aufquoll und zerlief. Es war grausam, so von der Frau zu denken, die sie geboren und ihr nie etwas zuleide getan hatte, doch Oda konnte nicht anders: Sie begriff einfach nicht, warum ihre Mutter überhaupt kein Rückgrat besaß. Warum nahm sie sich nicht zusammen, ließ sich die weichen Körpermassen schnüren, um ihnen zumindest Würde zu verleihen, und mischte sich mit ein wenig Souveränität ins Geschehen?

Sie war die Herrin des Hauses, doch niemand, der sie sah, wäre auf eine solche Idee gekommen. Und noch weniger hätte er angenommen, dass diese schlaffe, unansehnliche Person ausgerechnet mit Philipp Liebenthal verheiratet war.

Odas Vater, unendlich elegant, als wäre der Frack eigens für ihn erfunden worden, war wie gewohnt der Mittelpunkt des Festes. Er ging von Gast zu Gast, ließ sein Glas gegen das des Gegenübers klirren und wechselte mit jedem ein paar Worte. Besonders herzlich begrüßte er die Gäste des Hotels, deren Privileg es war, an allen Feiern im Hause teilzunehmen, selbst wenn diese familiärer Natur waren. Sein hellbraunes, ins Rötliche spielende Haar war noch kaum ergraut, und auch die Spannkraft und Straffheit seines Körpers ließen ihn jünger erscheinen, als er war. Die scharf geschnittenen Züge hatte Oda von ihm geerbt, doch was an einem jungen Mädchen allzu herb und wenig anziehend wirkte, machte den Besitzer des Hotels nur umso attraktiver.

Er war der schönste Mann im Saal.

Oder – nein.

Er war es immer gewesen, doch heute Abend war einer hier, der ihm die Krone stahl.

Das *Odessa* war inzwischen ebenso mit Elektrizität ausgestattet wie das Opernhaus – es war das zweite Gebäude der Stadt gewesen, das für eine horrende Summe sämtliche Gaslampen hatte austauschen lassen. Heute Abend kam es Oda vor, als wäre die strahlende Beleuchtung einzig dazu gedacht, ihren Liebsten ins angemessene Licht zu rücken, ihn mit dem goldenen Schimmer zu umgeben, der ihm gebührte.

Natürlich wusste sie, wie übertrieben und albern solche Gedanken waren, und wusste auch, dass sie die letzte Frau auf der Welt war, der derart alberne Gedanken zu Gesicht standen. Sie war keins von den schwärmerischen halben Kindern, die Karol wie aufgeregte Hühner umflatterten. Sie schwärmte nicht für ihn, weil er schön war und im Rampenlicht stand, sondern liebte ihn, weil er war, wie er war – in seinen glänzenden wie in seinen dunkelsten Facetten. Dennoch blitzte in ihr ganz kurz dieses Lachen auf, dieser unbändige Triumph: *Ihr habt über mich gelacht und gespottet, habt euch gefragt, was mein Vater wohl wird hinblättern müssen, um mir einen Mann zu kaufen. Dass ich am Ende mit dem durchbrenne, den ihr alle wolltet, und dabei keine Kopeke in der Tasche habe – wie sollt ihr darüber jemals hinwegkommen?*

Die Sorgen, die sie sich gemacht hatte, weil womöglich jemand zu rasch auf die Idee kommen könnte, nach ihrem Verschwinden Karol zu verdächtigen, waren völlig unnötig gewesen. Keiner der Anwesenden würde auf eine solche Idee kommen. Die Vorurteile der Leute saßen viel zu tief und brachten Oda Liebenthal und Karol Albus so wenig zusammen wie ein kirgisisches Vollblutpferd und das Maultier des Gemüselieferanten.

Für einen Balletttänzer war Karol breit in den Schultern, doch umso schmaler in Taille und Hüften. Der Frack, den er trug, war nicht ganz schwarz, sondern von einem tiefen Mitternachtsblau, und die Hosen, die locker um die langen Beine saßen, hatten die Farbe von Muschelkalk. Seine Kleidung passte perfekt zum Wellensaal. Oda mochte es, es verzauberte sie, und sie hätte ihn gern dafür umarmt.

»Entzückend, nicht wahr?«

Oda fuhr herum. Hinter ihr stand Lidija Petrowna, aufgetakelt wie ein britisches Schlachtschiff, am Arm von Leo Ullrich, dem einzigen weiteren Dauergast, der derzeit im *Odessa* wohnte. Sie waren offenbar aus dem vorderen Teil des Gebäudes, wo sich ihre Suiten befanden, herübergekommen, um die gewundene Treppe hinunterzuschreiten.

Sah Oda in dem Schriftsteller sonst nicht mehr als einen gut zahlenden und obendrein prominenten Gast, so musste sie jetzt an das denken, was Belle gesagt hatte. Umgab tatsächlich etwas Unheimliches den blassen, mageren Mann, der sein schwarzes Haar mit verrutschtem Scheitel und vor den unsteten Augen eine

Brille mit runden Gläsern trug? Sein Roman, der ihn über die Grenzen des russischen Reiches und der deutschsprachigen Länder hinaus berühmt gemacht hatte, hieß *Am Abgrund des Verderbens*. Oda hatte ihn nicht gelesen, aber im Frühstücksraum und in der Bibliothek erzählten sich die Leute, er handle von einem Mann, der dem Satanismus anhing und seine Geliebte, als er ihrer überdrüssig wurde, allein durch die Kraft seiner Gedanken ermordet hatte.

Oda musterte Leo Ullrich und stellte fest: So sah er nicht aus. Zerstreut und verschlossen, das ja, aber ganz bestimmt nicht wie ein Mensch, der die Wut und die Kraft zu einem Mord in sich trug.

Gewalt war seit den Vorfällen um die Meuterei der *Potemkin*-Besatzung immer wieder in Odessas Straßen aufgeflammt. Während die Streiks der Handelsmarine den Hafen lahmlegten, hatte Odessa Kosaken gesehen, die auf herumlungernde Matrosen schossen, und zornentbrannte Geschäftsleute, die mit bloßen Fäusten auf Getreidearbeiter losgingen, die bessere Bedingungen forderten. So sah Gewalt aus – rasend und unaufhaltsam. Nicht wie ein mittelalter, müder Intellektueller, der sich allem Anschein nach gern wieder in sein Zimmer verkrochen hätte, statt sich ins Getümmel des Festes zu stürzen.

Auch mit den Bildern des wild dreinblickenden Rasputin, in dem manche einen Dämon sahen, hatte Ullrich nichts gemein. Das, was Belle aufgefallen war, was ihr gefährlich oder sogar unheimlich an ihm vorkam, war kein Jähzorn oder Brutalität, sondern eine eigenartige, allumfassende Traurigkeit, die ihn niederzudrücken schien wie ein bleiernes Gewicht. Man mochte sich in seiner Nähe nicht gern aufhalten, aus Angst, diese Traurigkeit könne ansteckend wirken.

Lidija Petrowna schien solche Bedenken jedoch nicht zu teilen. Sie hing in ihrem pompösen, der höfischen Mode einer vergangenen Epoche entstammenden Staatskleid fröhlich an seinem Arm und blickte über die Brüstung auf den Glanz des geschmückten Saales. Am Morgen hatte man weiße Rosensträuße frisch geschnitten aus Odessas Gewächshäusern angeliefert und mit blauen Organza-Schleifen umwunden. In silbernen Leuchtern brannten auf Tischen und Simsen hohe blaue Kerzen. »Wirklich entzückend«, wiederholte die Fürstin. »Den jungen Herrn Albus meine ich, den neuen hellsten Stern an Odessas Theaterhimmel. Die Frisur lässt ja das eine oder andere zu wünschen übrig. Aber den Schönen verzeiht man jede Sünde, nicht wahr?«

Der Satz war so merkwürdig, dass nicht nur Oda, sondern auch Leo Ullrich aufmerkte. »Sind Sie tatsächlich dieser Ansicht?«, fragte er mit einer wie erloschen klingenden Stimme.

»Ach, Sie.« Lidija Petrowna lachte und versetzte ihm mit ihrem Fächer einen Klaps auf den Arm. »Ich habe ja Ihren Roman gelesen, eine wahre Räuberpistole übrigens, und weiß, dass der bedauernswerten Schönen darin ganz und gar nichts verziehen wird. Mit meiner Äußerung bezog ich mich selbstverständlich nur auf Sünden der Mode und des guten Geschmacks.«

Mit dem Fächer wies sie hinunter auf den Kreis junger Leute, die Karol umringten. Er trug sein dichtes, dunkelblondes Haar weit länger, als es derzeit für Männer *en vogue* war, sodass es ihm schwer auf die Schultern fiel. Zudem waren bei den versammelten Herren alle Arten von Bärten vom Schnurr- bis zum Kinnbart vertreten, doch außer Karol entdeckte Oda keinen weiteren Glattrasierten. Es stand ihm. Von seinem vollen, nur leicht geschwungenen Mund hätte ein Bart nur unnötig abgelenkt. Das lange Haar ließ ihn ein wenig wie einen Abenteurer wirken, was Oda an einem anderen Mann womöglich missfallen hätte. Aber Karol war Künstler. Ihn mit gewöhnlichen Maßstäben zu messen hieße, ihm unrecht zu tun.

Hatte die Baronin also recht, verzieh man den Schönen alle möglichen Sünden, die man ihren weniger anziehenden Artgenossen angekreidet hätte? Unweigerlich kam ihr Belle in den Sinn. Ob sie faul war, ob sie ihre Zeit vertrödelte und andere warten ließ, ob sie mit den Gefühlen anderer Menschen spielte und Herzen brach – es spielte alles keine besondere Rolle, sondern wurde mit einem Lachen und einem Schulterzucken beiseitegewischt:

»So ist eben Belle.«

Wie wenn man vom Teufel sprach, öffnete sich die Zwischentür, die in den vorderen Bereich und die beiden Seitenflügel führte, und Belle rauschte auf den Gang heraus. In der goldenen, aufgesteckten Haarpracht trug sie ein funkelndes Diadem mit weißen Steinen, das Oda kannte. Ein Stück aus dem Familienschmuck, das Tessa gehört haben musste, ehe sie in Ungnade gefallen war. Streng genommen hätte es Oda zugestanden, aber in ihrem dunklen, glanzlosen Haar hätte es seine Wirkung ohnehin verfehlt. Weshalb sich also darüber aufregen?

Belle sah aus wie einer der Rauschgoldengel, die sich die Geschäfte auf der Deribasowskaya in der Adventszeit in ihre Schaufenster stellten. »Oda, Liebes, hast du lange gewartet? Tut mir ganz schrecklich leid. Du weißt ja, Zeitgefühl gehört nicht zu meinen Stärken.«

»Und was gehört zu deinen Stärken?«

Belle lachte. »Liebe natürlich! Ich bin so voller Liebe, dass ich sogar eine Zimtzicke wie dich lieb haben kann.«

»Wir begeben uns dann mal in die Arena«, sagte Lidija Petrowna und klopfte Leo Ullrich mit dem Fächer aufs Handgelenk. »Schließlich wollen wir die feierliche Ankunft der Hauptpersonen nicht versäumen. Außerdem habe ich Durst. Sie nicht auch, Herr Ullrich?«

»Durst?«, erwiderte Ullrich, wie aus unruhigem Schlaf geschreckt. »Ich? Ja, ja doch. Sicher. Ich fürchte, ich habe immer Durst.«

Die beiden zogen die Treppe hinunter davon, wobei Lidija Petrownas mit einer prachtvollen Turnüre geschmücktes Hinterteil wie ein Schiffsheck schaukelte. Auf der ersten Stufe drehte sie sich noch einmal nach Oda um und sandte ihr den Blick einer Verschwörerin.

Die Tanzkapelle war mit *La Traviata* längst fertig und hatte begonnen, leise, lockende Klänge im langsamen Walzertakt zu spielen. In die Gruppen im Saal kam Bewegung. Man reckte sich unauffällig, ließ die Blicke schweifen, wurde zum Jäger auf Ausschau nach dem Wild. Erste Paare formierten sich, noch ohne sich einander körperlich zu nähern. Manche hatten sich die Partnerin ihrer Wünsche bereits durch eine Eintragung in die Tanzkarte gesichert, andere verständigten sich durch Zeichen und Blicke erst jetzt.

Dem Walzer waren die Leute noch immer verfallen, obwohl derzeit ständig neue Tänze aus aller Welt herüberkamen. Bei nichts anderem, das Männer und Frauen in Gesellschaft taten, durften sie einander so nahe sein, sich berühren, einer des anderen Duft einatmen und einander ins Ohr hauchen, was sonst ungesagt bleiben musste.

»Gehen wir?«, fragte Belle und griff nach Odas Arm, als wäre diese ihr Tanzherr. Oda ließ es geschehen und blickte über die Brüstung hinunter zu Sebastien, dem Empfangschef, der am Fuß der Treppe stand. Sebastien war Franzose aus einer im Süden gelegenen Stadt namens Bayonne. Er ließ manchmal durchblicken, wie weit er in der Welt herumgekommen war, ehe es ihn nach Odessa verschlagen hatte. Er kannte jeden Wein, jegliches Gericht der Gourmetküche aus sämtlichen Regionen rund um den Globus, und eine Sprache, die er nicht sprach, konnte es unmöglich geben.

Was jedoch Odas Vater veranlasst hatte, ihn als Empfangschef seines Hotels einzustellen, waren sein distinguiertes Äußeres und seine vollendeten Umgangsformen. Mit seinem ölig schwarzen, korrekt gelegten Haar, der stets blütenweißen, gestärkten Hemdbrust und dem schwarzen Gehrock, der seine Gestalt streckte, wirkte er wie eine Ikone, die orthodoxe Christen sich in die Fenster stellten, wie ein Aushängeschild für *Odessas* elegantestes Hotel.

Die Vorstellung, es könnte etwas geben, das Sebastien aus der Ruhe brachte, war geradezu absurd. Bei der Schießerei auf der großen Treppe hatten verzweifelte Frauen einen angeschossenen jungen Burschen in die Empfangshalle des Hotels gezerrt. Während zwei Damen, die an der Rezeption gestanden hatten, ebenso wie ein entsetztes Zimmermädchen kreischend das Weite suchten, hielt Sebastien in völligem Gleichmut die Lieferanten aus der Wäscherei zurück und bat sie, den Mann hinter den Tresen zu tragen. Dort breitete er eins der frisch gemangelten Laken mit dem Monogramm des Hotels aus, um die Teppichauslegeware vor dem kräftig strömenden Blut zu schützen, ehe der Verletzte niedergelegt wurde. Dann gab er einem der Lieferjungen eine Karte. »Geh zu Dr. Milstein, sag ihm, er soll durch den Hintereingang kommen und im Garten kein Aufsehen erregen.«

Dr. Milstein war der Bruder des Empfangschefs. Wenn ein Arzt gebraucht wurde, der Diskretion wahrte, gab es keinen besseren. Sebastien ließ die Empfangshalle absperren, bis der Mann versorgt und abtransportiert, der Boden gereinigt und die Gruppe der Frauen, die den Burschen gerettet hatte, gegangen war.

Jetzt erwiderte er Odas Zeichen mit einem kaum merklichen Nicken und stellte sich in Positur.

»Die beiden Ehrengäste des heutigen Abends«, rief er hintereinander in allen drei Sprachen, die im *Grandhotel Odessa* zählten: Russisch, die Sprache des Reiches, das Odessa beherbergte wie eine Auster ihre Perle; Deutsch, die Sprache der Familie, die das Hotel zu einer Perle in der Perle machten; und Französisch, die Sprache der Welt, die die wahre Auster der Perle Odessa war.

Seine Stimme war klar und volltönend, und allen drei Sprachen verlieh er Odessas eigene Färbung, deutlicher als jeder, der hier geboren war: »Mademoiselle Oda Liebenthal und Mademoiselle Belle von Arndt.«

5

So warst du immer«, sagte Sigrid von Arndt. »Was du willst, das nimmst du dir. Rücksicht auf andere kennst du nicht.«

»Ich habe nichts weiter getan, als dich zum Tanzen aufzufordern«, erwiderte Philipp, nahm Tanzhaltung ein und führte sie mit jenen raumgreifenden Vierteldrehungen, die sie von ihm kannte, in den Walzer. Niemand tanzte mit solchem Schwung, solcher Kühnheit, und doch setzte er jeden Schritt passgenau auf und manövrierte seine Partnerin, die seine leichte Hand kaum spürte, ohne ein anderes Paar zu touchieren. Nach der endlosen Reihe deprimierend schlechter Tänzer, die das Leben ihr zugemutet hatte, war Sigrid noch immer davon fasziniert.

»Aha, du hast also nichts weiter getan«, sagte sie. »Spiel nicht den Ahnungslosen, darin warst du schon immer ein Versager. Das hier ist der Geburtstagsball deiner Tochter, sie ist geradewegs auf dich zugestürmt, weil sie der Meinung war, dass du mit ihr den Tanz eröffnest. Du aber hast dich umgedreht, als hättest du sie gar nicht wahrgenommen, und bist mit mir auf die Tanzfläche gezogen wie ein General in die Schlacht.«

Philipp führte sie in eine volle Drehung und hängte im nächsten Takt noch eine zweite dran. Früher hatte sie dabei den Kopf verloren und sich ewig und drei Tage so weiterdrehen wollen, den Rock ihres Kleides schwingen sehen und die Welt vergessen. Heute war er noch immer der perfekte Tänzer, er war noch schlank, noch straff, noch der schöne Pirat vom Schwarzen Meer, gegen den all die öden einheimischen Bewerber verblassten. Aber der Schmelz war fort. Er war im Innern, hinter der kaum veränderten Fassade, nicht mehr derselbe Mann, und sie war nicht mehr dieselbe Frau.

Einst waren sie beide arrogant genug gewesen, auf das Leben selbst herabzublicken, und das hatte sich so berauschend angefühlt, dass sie vor Lachen kaum atmen konnten. Das lag jedoch Jahre zurück, und was ihre Umgebung womöglich noch immer für Arroganz hielt, war nur mehr der Wunsch, nie wieder berührt und verletzt zu werden.

»Meine Tochter ist zwanzig«, sagte er, nachdem er sie aus der Drehung aufgefangen und sich in perfekter Tanzhaltung wieder in den Strom der Tanzenden eingereiht hatte. »Nicht anders als deine. Mit zwanzig sollte ein Mädchen wohl andere Tanzpartner zum Träumen haben als den eigenen Vater.«

»Oda hat aber keine. Und das weißt du.«

Er führte sie in einem schnellen Bogen um die aufgedonnerte russische Scharteke, die mit dem dürren Erben des Prinzen Woronzow tanzte. »Willst du damit sagen, meine Tochter sei nicht attraktiv genug, um Verehrer zu haben?«, fragte er, nachdem das Manöver vollzogen war. »Es tut mir leid, dir mitteilen zu müssen, dass du dich täuschst. Wir haben durchaus Bewerbungen. Unter anderem eine vom jungen Seibman …«

»Dem jüngsten, meinst du«, fiel Sigrid ihm ins Wort. »Dem, der nichts erben wird.«

»Dein Sohn war ebenfalls nicht abgeneigt, soweit ich mich erinnere.«

»Mein Sohn weiß, wo der Hafer hängt.« Sigrid hätte sich fragen sollen, warum sie so ätzend war, so darauf erpicht, ihn dort zu treffen, wo er verletzlich war. Aber sie fragte sich nicht. Sie war einfach nur erschöpft, überdrüssig, hatte es bis dorthinaus satt, im Leben zu kurz gekommen zu sein.

»Ich habe nicht behauptet, sie könne mit Belle mithalten«, versetzte Philipp von oben herab, sodass sie wusste: Mehr würde er zu dem Thema nicht sagen.

Sigrid sagte auch nichts mehr dazu. In Wahrheit hatte Belle keinen einzigen Verehrer, der ernsthaft infrage gekommen wäre. Habenichtse, Glücksritter, windige Gestalten umschwirrten sie ohne Unterlass, aber die Junggesellen ihrer Kreise, die ihr ein standesgemäßes Leben hätten bieten können, wandten sich letztendlich Kandidatinnen zu, die samt ihren Familien in tadellosem Ruf standen.

Eben das hatte Sigrid gewollt: eine Familie von tadellosem Ruf. Was sie dafür aufgegeben hatte, konnte kein Außenstehender ermessen, und was hatte sie zum Lohn dafür bekommen?

Am liebsten hätte sie gestöhnt. Scham war ein körperlicher Schmerz.

Philipp schwieg. Sein schönes, stolzes Gesicht wies sie ab.

An der Längsseite des Saales, vor dem Büfett, führte er sie in eine Promenade, und im Vorbeischreiten sah Sigrid eine Gestalt herbeiflitzen, die zwischen Schüsseln und Etageren im blauen Zwiebelmuster des Hotels rasch Servierplatten mit aufgetürmten Kartoffelplätzchen und eine gefüllte Sauciere stellte. Die Gestalt trug unglaublicherweise eine Küchenschürze und eilte sofort wieder davon, als bestünde ernsthaft die Hoffnung, niemand habe sie gesehen.

Katjuša, die Kaltmamsell. Die aus unerfindlichen Gründen im Haus so etwas wie Narrenfreiheit genoss.

»Du bist zu nachlässig mit deinem Personal«, sagte Sigrid mit einer Kopfbewegung hin zu der enteilenden Küchenangestellten. »Was du davon hast, wirst du schon noch sehen. Im Moment tanzen sie dir nur auf der Nase herum, aber über kurz oder lang legen sie dir eine Bombe ins Bett.«

Philipp schnaubte. »Und was bringt dich auf diesen Gedanken? Dass eine meiner Angestellten ein wenig verspätet noch ein Gericht hereinträgt? Wirklich, Sigrid? Als junges Mädchen lag jede Art von Hysterie dir fern.«

»Hysterie nennst du das?« Sigrid meinte das Flattern ihrer Nerven zu spüren. »Merkst du nicht, wie es überall brodelt und gärt? Du lebst in einem Land vor dich hin, in dem Umstürzler einen regierenden Monarchen mit einer Granate zerfetzt haben, und scherst dich nicht darum.«

»Du hast dich auch einmal nicht geschert.«

»Zum Teufel mit dir, Philipp. Eurem Stolypin haben sie schon das Haus in die Luft gesprengt, und seine Tochter soll einen Arm verloren haben, aber du meinst noch immer, du könntest dich über alles lustig machen. Philipp Liebenthal steht ja über den Dingen und fürchtet sich vor nichts.«

»Jedenfalls nicht vor Katjuša«, erwiderte er. »Sie hat ihre Tochter wegen irgendetwas zum Markt geschickt, und die ist zu spät zurückgekommen. Was soll die arme Frau also machen? Sie arbeitet für mich seit mehr als zwanzig Jahren, und dass sie in ihrer Freizeit Bomben bastelt, würde mich überraschen. Außerdem war ich, als ich das letzte Mal nachgesehen habe, noch Inhaber des *Grandhotel Odessa,* nicht Premierminister des Russischen Kaiserreichs.«

Sigrid schüttelte sich und wäre um ein Haar aus dem Takt geraten, aber Philipp fing sie wieder auf. »Ich komme nicht mehr hierher«, stieß sie hervor. »Mich macht das alles krank, ich kann seit Tagen nicht schlafen, ich will diese verdammte Stadt für Wühlmäuse und Maulwürfe nicht mehr sehen. Bei jedem Schritt wimmelt es einem unter den Füßen, und man weiß nicht, was in der Finsternis da unten vor sich geht.«

Sie hatte die Katakomben nie gemocht, nicht einmal in der Zeit, als ihr Odessa ansonsten wie der siebente Himmel erschienen war, wie der schönste Ort der Welt. Die unterirdischen Gänge und Schächte, die angeblich bis zu drei Stockwerke tief in die Erde reichten, waren entstanden, als die Stadt erbaut wurde und die Bauherren sich das muschelhaltige Gestein dafür aus der Erde holen ließen. Nach und nach war auf diese Weise ein System von

Tunneln entstanden, ein Labyrinth, eine Stadt unter der Stadt, die den dunklen Elementen gehörte, den Verbrechern, den Aufrührern und Attentätern.

Männern wie Vitaly Pertsow, der vermutlich des Nachts neben der schönen Liebenthal-Tochter mit einer geladenen Pistole schlief.

Wie bedrohlich das überschäumende Völkergemisch von Odessa war, hatte Sigrid damals, als junges Mädchen, nicht bemerkt. Nicht einmal der andauernde jiddische Singsang, der ihr jetzt bei jedem Schritt in den Ohren zu dröhnen schien, war ihr sonderlich aufgefallen. Sie hatte überhaupt wenig wahrgenommen, und außerdem war es eine andere Zeit gewesen. Seither waren Dinge geschehen, die sich damals kein Mensch hätte vorstellen können.

In Russland hatte der Schrecken nach der Ermordung Alexanders II. nachgewirkt und für Ruhe gesorgt, während jetzt radikale Aufrührer damit drohten, der Zarenherrschaft überhaupt ein Ende zu machen. In Berlin hatte noch der nationale Taumel von Reichsgründung und Sieg von Sedan geherrscht, während jetzt Sozialdemokraten im Reichstag saßen und himmelschreiende Forderungen stellten. Und in Britannien, dem mächtigen alten Britannien, in dessen Grenzen die Sonne nie unterging, rauchten verkommene Weiber auf der Straße und verlangten das Recht, ihre Regierung selbst zu wählen.

Odessa aber war krankhafter als all das zusammen. Ein Kessel voll ungesunder Leidenschaften, ein Brennglas, das sämtliche Gefahren, die in ganz Europa an den Wurzeln nagten, in sich zusammenzog. Was anderswo im Sand verlief, kam hier zur Explosion. So war es schon damals, durchfuhr es sie. Sie hätte abreisen müssen, ehe sie zu viel von Odessas Gift getrunken hatte, aber sie war jung und töricht gewesen und hatte nicht geahnt, dass man das Gift nie wieder aus dem Körper bekam.

»Natürlich kommst du wieder hierher«, sagte Philipp nach einer Folge enger Vierteldrehungen. »Du kommst immer wieder. Weder du noch ich sind imstande, uns dagegenzustemmen.«

»Ich will aber nicht!« Sigrid warf den Kopf auf. »Nicht mehr in diese Stadt und schon gar nicht in dieses Hotel.«

»Ich dachte, ich tue dir einen Gefallen, wenn ich deiner Tochter in meinem Hotel eine angemessene Geburtstagsfeier biete.«

»Du kannst so widerlich sein«, entfuhr es ihr. »Ich kann mir sonst keinen Mann vorstellen, der taktlos genug wäre, darauf anzuspielen, dass ich Belle nichts Angemessenes bieten kann.«

»Nicht einmal deinen eigenen?« Er hob eine Braue.

Sie verspürte den Drang, ihn zu ohrfeigen. Genau hier, mitten im Getümmel und unter dem perlenden Gelächter seiner erlesenen Gäste. Aber die Blamage, die sie ihm an den Hals wünschte, hätte sie zugleich sich selbst angetan, und davor schreckte sie zurück. Ihr gesamtes Dasein war peinlich genug.

Ein weiteres Paar tanzte so dicht an ihnen vorbei, dass die Schulter der Dame die ihre geschrammt hätte, wäre Philipp nicht geistesgegenwärtig zur Seite geschwenkt. Es bestand kein Zweifel daran, dass der Tänzer die Karambolage beabsichtigt hatte, eine lachhaft primitive Methode, um nach Aufmerksamkeit zu heischen.

Anselm Fleißer. Der Zweite. Sein feistes, selbstgefälliges Grinsen ließ Sigrid einen Herzschlag lang glauben, sie hätte nicht den Sohn vor sich, sondern eine nie gealterte Version des Vaters. Ein rosiges Schweinchen, das sich für Napoleon Bonaparte hielt.

Auf dem Pfad zur Weltherrschaft, selbstverständlich ohne den Sankt-Helena-Teil.

»Kannst du mir verraten, warum du den Menschen immer noch einlädst?«, zischte sie Philipp an, sobald sie an dem Paar vorübergetanzt waren. »Reicht es nicht, was er dir, was er uns beiden zerschlagen hat?«

»*Er* hat mir nichts zerschlagen«, erwiderte Philipp mit jener eisigen Ruhe, die sie hasste, selbst wenn sie wusste, dass sie nur gespielt war. »Sein Vater hat es versucht, aber es ist ihm nicht gelungen.«

»Tatsächlich nicht?«, rief Sigrid so laut, dass sie selbst erschrak.

Köpfe drehten sich. Der Walzer nahm ein letztes Mal Fahrt auf, und Sigrid schoss Hitze ins Gesicht.

»Tatsächlich nicht«, gab Philipp zurück. »Was uns beide betrifft, so hätte es nichts zu zerschlagen gegeben, was nicht ohnehin morsch war, meine Rusalka. Du hattest deine Entscheidung getroffen, dazu brauchtest du meinen Cousin Anselm nicht.«

»Nenn mich nicht so!«

Die Oper von Dargomyschski, die sie damals im alten Stadttheater besucht hatten, hieß so, eine melodramatische Tragödie, am Ufer des Dnjepr spielend, die sie in ihrer Vernarrtheit wohl bewegend und bedeutsam gefunden hatten. Das allerdings war ein ganzes Leben lang her, und unterm Strich bedeutete *Rusalka* »ertrunkenes Mädchen«.

»Wie du meinst«, sagte Philipp. »Mein Cousin Anselm ist jedenfalls tot, Anselm der Zweite ist der Cousin meiner Tochter und außer dieser der einzige meiner Blutsverwandten, der mit mir verkehrt. Ich wüsste nicht, warum ich ihn von dieser Feier ausschließen sollte. Er war damals noch nicht einmal auf der Welt und hat mit all dem nichts zu tun.«

Ohne Vorwarnung stieß er sie in eine volle Drehung und fing sie punktgenau auf dem letzten Ton des Walzers in seinen Armen auf. Mit dem Verklingen der Musik erstarrte einen Herzschlag lang die gesamte Szene, als wären sie alle Figuren auf einer gigantischen Spieluhr, die neu aufgezogen werden musste. Gleich darauf kam wieder Bewegung in die Gäste. Sie lachten und redeten, griffen nach Champagnergläsern, die auf Tabletts herumgereicht wurden, und formierten sich zu neuen Paaren. Philipps Tochter

Oda, die ein Kleid in einem reichlich gewaltsamen Türkis trug, hatte mit diesem Schriftsteller getanzt, der das abscheulich anstößige Buch über Berlins Lasterhöhlen geschrieben hatte, und versuchte jetzt sichtlich, ihm zu entkommen.

Sigrids eigene Tochter hingegen schien nicht die geringste Eile zu haben, von einem Tanzpartner zum nächsten zu wechseln. Sie hatte den Walzer mit dem verboten schönen Menschen vom Ballett genossen, wie Sigrid es sich hätte denken können. Belle verfügte über ein bemerkenswertes Talent, ihre Zeit und ihre Reize an Männer zu vergeuden, die für sie so nützlich waren wie ein Kropf und Spielschulden.

Wobei man ihr in diesem Fall nicht einmal einen Vorwurf machen konnte. Der Mann, der sein Haar wie ein romantisierter Revolutionär des vergangenen Jahrhunderts trug, war in der Tat eine Augenweide, von der man sich schwerlich losreißen konnte. Sein Körper schien in vollkommener Harmonie mit sich selbst, die Bewegungen waren fließend und bei Weitem sinnlicher, als es sich gehörte. Um die ebenmäßigen Züge und die ausdrucksvollen Augen unter geschwungenen Wimpern hätte jedes Mädchen ihn beneidet, und doch war das Gesicht unzweifelhaft männlich. Die seltsame Unschuld darin verwirrte. Sie war gespielt, ohne Frage, aber er spielte sie meisterhaft.

Er tat besser daran, auf der Hut zu sein. Den Schönen verzieh man eine Zeit lang jede Menge Sünden, doch wenn sie einmal ins Straucheln gerieten, verzieh man ihnen keine einzige mehr. Philipp, der sie noch immer in steifer Tanzhaltung in den Armen hielt, gab dafür das traurigste Beispiel ab. Was hätte werden können, wenn man ihm aus einem einzigen Fauxpas keinen Strick gedreht hätte, und was für ein Leben hätte sie führen können, wenn sie nicht mit ihm bestraft worden wäre? Womöglich wäre keine verbitterte, innerlich abgestorbene Frau aus ihr geworden, sondern eine, die noch immer lachen, über die verschneite Eisdecke des Meeres laufen und zärtlich sein konnte. Aber so war es nicht gekommen, und sie durfte nicht immer wieder daran denken. Der Mensch war eine widerliche Kreatur, die sich von Missgunst und Schadenfreude nährte wie ein Vampir von Blut.

»Ich will nie mehr nach Odessa kommen«, sagte Sigrid. »Und ich will nie mehr mit dir tanzen.«

Langsam und gemessen ließ Philipp sie los. »Du wirst aber wiederkommen. Ob du es willst oder nicht.«

»Und warum sollte ich? Glaubst du, es gibt noch immer etwas, das mich an dich bindet?«

»Daran habe ich nicht gedacht«, erwiderte er. »Es hat eher etwas mit diesem Trieb eines Verbrechers zu tun, immer wieder an den Ort seiner Tat zurückzukehren.«

»Willst du jetzt etwa mich beschuldigen, ich hätte damals ein Verbrechen begangen?«, fuhr sie auf. »Ich hätte nicht alles getan, was in meiner Macht stand?« In der nächsten Drehung entdeckte sie die alten Geibels, bei denen auch niemand begriff, warum sie nicht aufhörten, hierherzukommen, und fragte sich, ob er womöglich recht hatte.

»Ich will gar nichts«, sagte er. »Ich hoffe, du hast einen angenehmen Abend in meinem Hotel, amüsierst dich und kommst auf deine Kosten.« Schon trat er einen Schritt zurück und wollte sich abwenden, sich um andere Gäste kümmern.

»Wann wäre ich denn je auf meine Kosten gekommen?«, brach es aus ihr heraus.

Er blieb noch einmal stehen und musterte sie. »Die Frage könnte ich dir ohne Schwierigkeiten beantworten«, gab er zurück. »Aber ich glaube nicht, dass du es hören willst.«

6

Leo Ullrich loszuwerden war alles andere als einfach gewesen. Dabei war er Oda nie aufdringlich erschienen, sondern vielmehr eigenbrötlerisch, verschroben, in sich gekehrt. Er konnte auch nicht tanzen. »Um ehrlich zu sein, lege ich keinen gesteigerten Wert darauf«, hatte er gesagt.

»Und warum fordern Sie mich dann auf?«, hatte Oda gefragt. Wie versteinert hatte sie am Rand der Tanzfläche gestanden, während Belle mit Karol und ihr Vater mit Belles Mutter davongetanzt war. Sie war arglos, mit einem Lächeln, das sie jetzt bereute, auf ihn zugelaufen, und er hatte sich Sigrid von Arndt zugewandt, als wäre seine Tochter unsichtbar. Hätte Oda sich nicht in einem Zustand völliger Fassungslosigkeit befunden, wäre ihr sicher ein Weg eingefallen, Ullrich abzuwimmeln. So aber ließ sie sich regelrecht von ihm davonschleifen und stolperte mit ihm durch den Tanz.

»Ich habe Sie aufgefordert, weil Sie an Ihrem Geburtstag ja wohl das Recht gehabt hätten, als Erste aufs Parkett geführt zu werden«, sagte er. »Wie gesagt, ich lege aufs Tanzen keinen Wert, ich hätte lieber ein Glas soliden, sehr dunklen Wein mit Ihnen getrunken. Oder auch Wodka, der Ihnen aber vermutlich nicht schmecken würde.«

Für gewöhnlich war er wortkarg und unzugänglich. Oda hatte ihn nie zuvor so lange zusammenhängend sprechen hören. Sie machte sich steif in seinen Armen, stellte jedoch zu ihrer Erleichterung fest, dass er nicht unangenehm roch. So nachlässig, wie er frisiert und gekleidet war, hatte sich unwillkürlich etwas in ihr gesträubt. Statt dem Mief von Menschen, die sich und ihre Kleidung selten wuschen, entströmte ihm jedoch ein Duft nach teurer

Seife, gutem Tabak und einem aromatischen alkoholischen Getränk.

Während des unsäglichen Walzers sprach er kein Wort. Erst danach, als Oda sich erleichtert befreite, sagte er: »Das war wohl kein sonderliches Vergnügen. Ich hatte es auch nicht erwartet. Haben Sie Dank. Sie ahnen nicht, wie sehr Sie mir geholfen haben.«

»Ich habe Ihnen geholfen? Aber womit denn?«

Sie wollte es im Grunde nicht wissen. Es kostete sie Mühe, nicht ständig zu Karol hinüberzublicken, der mit Belle zur Bar neben dem Büfett schlenderte und ihr ein frisches Glas Champagner reichte. Er machte seine Sache hervorragend. Oda hatte Sorge gehabt, weil Heuchelei und Verstellung Karols Wesen widersprachen, aber so wie er scheinbar vergnügt mit Belle flirtete, tat er das Beste, um keinen Verdacht zu erregen.

Ihr Herz begann, schnell und heftig zu schlagen.

Es dauerte nun nicht mehr lange. Sie würde den nächsten günstigen Augenblick abpassen, um unauffällig zu verschwinden, würde die Reisetasche, die sie bereits seit Tagen fertig gepackt hatte, hinunter zum Strand tragen, wo Bekannte ihrer Eltern eine Badehütte hatten, die sie seit einer Kette von tragischen Ereignissen nicht mehr benutzten. Dort würde sie auf Karol warten, der am Faunenbrunnen von Lidija Petrowna das Schreiben erhalten würde.

War es klug gewesen, die Fürstin einzuweihen?

Das Nachdenken lohnte sich nicht. Sie hatte sich dafür entschieden und konnte nun nur auf ihr Glück vertrauen. Das hatte sie nie zuvor getan, weil ihre Erfahrungen mit Glück nicht gerade Anlass zu Vertrauen gaben. Aber hieß es nicht, ein gnädiger Gott, ein gnädiges Schicksal sei auf der Seite der Liebenden? Sie musste daran glauben, durfte an nichts denken als an den Augenblick, in dem Karol mit wehendem Haar und flatternden Mantelschößen über den nächtlichen winterlichen Strand auf sie zugerannt kommen würde.

In dem Augenblick würde ihr gemeinsames Leben beginnen. Flüchtig überwältigte sie eine Welle von Sehnsucht nach der Vertrautheit, dem Verständnis ohne Worte, der Gewissheit, diesem einen Menschen willkommen zu sein, wie sie war. Was immer sich ihnen in den Weg stellte, würde sich ausräumen lassen. Selbst die Verachtung, mit der ihr Vater sie an ihrem Geburtstag abgewiesen hatte, würde nicht mehr so schwer ins Gewicht fallen, nicht mehr so höllisch brennen.

»Das zu erklären, wäre kompliziert, und ich bezweifle, dass Sie es gern hören würden«, antwortete Leo Ullrich auf eine Frage, die Oda bereits vergessen hatte. »Sprechen wir lieber von Ihnen. Sie haben heute Geburtstag. Ich bin ein stoffeliger Mensch ohne Umgangsformen, aber ich sollte wenigstens in der Lage sein, Sie mit einem dem Anlass angemessenen Getränk zu versorgen.«

Ehe sie protestieren konnte, führte er sie zur Bar, wo Karol und Belle noch immer standen und parlierten. Belles unverwechselbares Lachen klang hell wie ein Frühlingstag. Odas klopfendes Herz zog sich zusammen. Wie gut hätte jetzt ein beruhigender Blickwechsel, eine stumme Versicherung ihrer Liebe getan! Aber sie durfte daran nicht einmal denken. Bisher war alles ausgezeichnet gelaufen, hatten sie sich durch nichts verdächtig gemacht, und sie wäre Karols nicht würdig gewesen, hätte sie jetzt durch ihre Ungeduld alles zerstört.

Leo Ullrich ließ sich ein Glas Champagner geben, das er Oda reichte, und nahm für sich selbst ein bis knapp unter den Rand gefülltes Glas Wodka in Empfang. »Hätte ich fragen sollen, ob Sie auch etwas Stärkeres möchten?«, murmelte er vor sich hin und trank, ohne ihr zuzuprosten. »Zu den Männern, die annehmen, eine Frau wäre der Wucht eines ehrlichen Wodkas nicht gewachsen, gehöre ich eigentlich nicht. Schon gar nicht in Ihrem Fall, vielmehr denke ich …« Er brach ab und leerte das Glas. »Vergessen Sie's. Ich brauche Mut. Wenn es Ihnen nichts ausmacht, helfe ich mir noch einen ein.«

Das Verstörendste war weder das Kauderwelsch, das er von sich gab, noch sein ungehöriges Betragen, sondern die wie erstorbene Stimme. Er fuhr erst fort, als er das zweite Glas Wodka in der Hand hielt. »Wie gesagt, von mir wollte ich gar nicht sprechen. Sondern von Ihnen. Von Ihrem Ehrentag. Ich würde mir gern herausnehmen, Ihnen ein … nun, ein Präsent zu überreichen. Nichts Besonderes und mit Sicherheit die falsche Wahl, aber es war mir dennoch ein Bedürfnis. Sozusagen als Ihr Hausgenosse, ich meine, als Bewohner Ihres Hotels …«

Wieder trank er, statt den Satz zu beenden, zog dann aus der Innentasche seines Fracks ein längliches, in elegantes Glanzpapier gewickeltes Päckchen und presste es ihr hastig in die Hand.

Oda wusste nicht, was sie sagen, geschweige denn tun sollte. Sie starrte auf den Gegenstand in ihrer Hand. Die marineblau und golden gestreifte Verpackung erkannte sie. Solches Papier verwendete Michail Kark, der Juwelier auf der Deribasowskaya, der den teuersten Schmuck der Stadt anbot. Sie hatte mit Ullrich nie mehr als den nötigsten Umgang gepflegt. Wie kam er dazu, ihr ein Geschenk zu machen? Und wie sollte sie reagieren, ausgerechnet jetzt, wo ganz anderes ihre Gedanken und Gefühle beschäftigte?

Verprellen durfte sie ihn nicht. Er war Gast des Hotels, und der Gast war König. »Das ist sehr aufmerksam von Ihnen«, begann sie und kam sich vor wie eine Stammlerin. »Allerdings ist mir nicht recht klar, wie ich zu der Ehre komme.«

»Oh, ich wollte Sie nicht in Verlegenheit bringen. Über meine Motive zerbrechen Sie sich bitte nicht den Kopf. Nehmen Sie es einfach als ein Zeichen von Wertschätzung, die ein verdrehter Kauz nicht anders zum Ausdruck bringen kann.«

Als sie zu ihm aufblickte, sah sie, dass Schweiß ihm über die

Stirn strömte. An seiner Schläfe pochte eine geschwollene Ader, und sein Atem ging schwer, als wäre er gerannt. Sie musste ihm eine Antwort geben. Sie musste etwas mit dem Geschenk anfangen. Und dabei wünschte sie, sie hätte mit all dem nichts zu tun haben müssen und einfach hinauslaufen können, um im Badehaus auf ihren Liebsten zu warten.

Die Erlösung kam von unerwarteter Seite.

»Was denn, das Geburtstagskind tanzt nicht?«, erklang zu ihrer Rechten eine dunkle, vertraute Stimme. »Das würde ich nicht empfehlen. Wenn du um Mitternacht immer noch mit ungeschwungenem Tanzbein herumstehst, verwandelst du dich im neuen Lebensjahr in einen Fliegenpilz.«

Blödsinn-Bodo. Belles Bruder. Gut anderthalb Köpfe größer als Oda und auch deutlich größer als Leo Ullrich. Wie oft er ihr in den gemeinsam verbrachten Ferien auf die Nerven gegangen war, vermochte Oda nicht zu zählen. Jetzt aber fehlte nicht viel, und sie wäre ihm um den Hals gefallen.

»Sie gestatten, dass ich Ihnen unsere Oda Odessa entführe?« Militärisch knapp verbeugte sich Bodo vor Ullrich. »Schließlich gibt es ja nun wirklich nichts daran zu rütteln, dass wir so jung wie heute nicht wieder zusammenkommen. Außerdem ist die Musik eine Schönheit sondergleichen – sie könnte es übel nehmen, wenn man sie missachtet.«

Die Musik war ein Tango. Irgendetwas ganz Neues aus dem tiefsten Süden der Welt, gespielt von Geigen und einem Bandoneon, das Oda eigens bestellt hatte, um Karol, ihrem Zaubertänzer, eine Freude zu machen.

»Aber ohne Frage.« Ullrich hob die Hände. »Tanzen zu wollen ist schließlich eher die Regel als die Ausnahme. Ich habe selbst mehr als einmal erlebt, wie Menschen dabei in Rausch gerieten, und bedauert, dass ich zu jenen, denen ein solcher Rausch vergönnt ist, nie gehören durfte. Aber ich bitte Sie, darauf brauchen

Sie nichts zu geben. Amüsieren Sie sich. Es ist schließlich Ihr Tag.« Er machte eine Bewegung, wie um einen Hut zu lüften, den er nicht trug.

»Vielen Dank für das Geschenk«, murmelte Oda, reichte die Schachtel rasch an Bodo weiter, der sie unter seine Uniformjacke schob, und tanzte mit ihm davon.

»Wer ist denn dir im Dunkeln begegnet?«, fragte Bodo. »Dein Doppelgänger, der den Tod verkündet?«

Oda schüttelte den Kopf und drängte ihn im Tanzen rückwärts, wie es sonst die Herren mit den Damen taten, um zwischen sich und den Schriftsteller Abstand zu legen. Es spielte keine Rolle. Diesen neuen Tanz beherrschte sowieso niemand, er schien nur dazu gedacht, sich enger in die Arme seines Partners zu schmiegen.

»Leo Ullrich ist ein Gast des Hotels«, erklärte sie, sobald sie außer Hörweite waren. »Deine Schwester findet ihn unheimlich.«

»Das wird auf Gegenseitigkeit beruhen«, erwiderte Bodo trocken. »Das Buch, das er geschrieben hat, ist jedenfalls eine herrliche Schweinerei.«

»Dass du so etwas liest, hätte ich mir denken können.«

»Eros und Thanatos bis zum Abwinken«, grinste Bodo, der vor nicht allzu langer Zeit noch Spielzeuglokomotiven durch die Gegend geschoben hatte. »Nackte Nymphen, die auf Tischen tanzen, und ein Satan, der sie ins Grab dirigiert. Aber sicher lese ich das. Was denn sonst?«

»Und bei der Preußischen Armee erlauben sie euch das?«

»Bei der Preußischen Armee haben sie Besseres zu tun, als sich zu fragen, wovon Subalternoffiziere schwitzige Händchen kriegen. Sich eine reiche Erbin zum Heiraten schnappen beispielsweise. Um den mageren Sold aufzubessern.«

»Wie du es ja auch vorhattest«, versetzte Oda bissig.

Er machte die blond bewimperten Augen schmal und sah sie

an, als könne er kein Wässerchen trüben. »Weshalb hältst du es eigentlich für völlig ausgeschlossen, dass in meiner Brust ein Herz mit echten Gefühlen schlägt?«

Wider Willen musste Oda lachen. »Weil schon der Ton, in dem du das fragst, deutlich macht, dass es dir nicht ernst ist.«

»Dass mir etwas nicht ernst ist, heißt nicht zwangsläufig, dass es nicht der Wahrheit entspricht.«

Oda stöhnte. Sie war zu nervös für sein Geplänkel, für das Bombardement aus Spitzfindigkeiten, das er für komisch hielt. »Ach Gott, Bodo.«

Mitten in Takt und Tanzschritt blieb er stehen. Dass das Paar zu ihrer Rechten abrupt umschwenken musste, kümmerte ihn nicht. »He, Oda Odessa«, sagte er leise und legte ihr zwei Finger an die Grube unter der Kehle, wo ein Schmuckstück hätte glänzen sollen, das sie aber nicht besaß. »Was ist los?«

»Weshalb sollte etwas los sein?« Ihr Versuch, gleichmütig zu klingen, misslang.

»Deshalb«, sagte Bodo und presste die Fingerspitzen leicht auf ihre Haut. »Weil da drin ein Puls wie ein zu Tode erschrockener Vogel flattert.« Ehe sie ihm sagen konnte, er solle die ungehörige Berührung lassen, zog er seine Finger weg. »Komm, erzähl's mir. Wovor hat das unerschrockenste Mädchen, das ich kenne, denn auf einmal solche Angst?«

»Ach, ich weiß selbst nicht.« Plötzlich tat es gut, mit ihm zu reden, sich nicht länger zu verstellen. Immerhin kannten sie einander schon ihr ganzes Leben und waren selbst so etwas wie Bruder und Schwester. »Dieser Ullrich, dessen Buch dich so begeistert, hat mir ein Geschenk gemacht.«

»Ich weiß.« Bodo nahm sie am Arm und navigierte sie im Slalom um sich wiegende Paare von der Tanzfläche. »Ich trage es auf meinem Herzen, dem du kein aufrichtiges Gefühl zutraust.«

»Aber ich kenne Ullrich gar nicht«, brach es aus Oda heraus.

»Ich bin die Tochter seines Hoteliers, die ein paar Formalitäten für ihn erledigt hat, weiter nichts.«

»Und ein hübsches Mädchen.« Bodo zog sie in die Nische zwischen zwei Tischen des Büfetts, wo sie vor neugierigen Blicken zumindest halbwegs geschützt waren. Er tat es zu spät. Anselm der Zweite, der mit Cesar Seibmans Schwester Katrein tanzte, machte bereits Stielaugen über seine Schulter hinweg, dass Oda sich wunderte, wie er so überhaupt tanzen konnte. Sie beschloss, sich nicht darum zu kümmern. Sie hatte Sorgen genug.

»Dass ich nicht hübsch bin, wissen wir beide«, sagte sie zu Bodo. »Und aus Honig um den Bart mache ich mir nichts.«

»Du hast keinen.«

»Was?«

»Bart.« Mit den Fingern schnappte er sich eins der *Deruny* von der Pyramide, tunkte es in die Sauciere mit der *Smetana*-Creme und stopfte es sich in den Mund. »Schmeckt nicht«, bekundete er, ungeniert kauend. »Der Meerrettich darin ist modrig wie Rasputins Haupthaar. Da bin ich von eurer Katjuša anderes gewohnt.«

»Das spielt doch wohl jetzt keine Rolle«, zischte Oda unwirsch. »Der bestellte Meerrettich ist nicht geliefert worden, und Sonya wird auf dem Privoz-Markt keinen in guter Qualität bekommen haben. Du wirst nicht daran sterben, oder?«

»Ich hatte es nicht vor«, gab Bodo zurück und leckte sich ohne jede Scham die Fingerspitzen sauber. Dann langte er unter den Aufschlag seiner Uniformjacke und zog das Päckchen vom Juwelier Kark hervor. »Willst du's nicht aufmachen? Wenn ich was geschenkt bekomme, was sowieso viel zu selten der Fall ist, habe ich niemals solche Engelsgeduld.«

»Ich will es nicht haben«, sagte Oda. »Kannst du es ihm nicht zurückgeben, sozusagen stellvertretend für meinen Bruder?«

»Du hast keinen.«

»Was?«

»Bruder.« Er drehte das Päckchen in den Händen und studierte das Etikett des vornehmen Geschäfts. »Zurückgeben könnte ich's ihm trotzdem und behaupten, ich wäre dein Vetter um zwölf Ecken. Oder wir fragen den dicken Anselm, der ja wohl tatsächlich so ein Vetter ist.«

»Bitte frag Anselm nichts und gib es Ullrich einfach zurück«, sagte sie.

»Es wäre ein ziemlicher Affront«, gab Bodo zu bedenken. »Mir ist das egal, aber von dir dachte ich immer, du hasst nichts so sehr, wie deine Gäste zu brüskieren.«

Wie nett er ist, bemerkte sie überrascht. Zwar hatte der Eintritt ins Heer seine Manieren nicht gebessert, doch er bedachte mit geradezu rührender Umsicht ihre Empfindungen. Zu ihrer Verblüffung wünschte sie sich, er wäre wirklich ihr Bruder und sie hätte sich gegen seine uniformierte Brust lehnen können, ohne dass jemand daran Anstoß nahm. Jäh fühlte sie sich erschöpft. Die nervöse Anspannung der letzten Tage und Wochen war nicht spurlos an ihr vorübergegangen.

»Du hast recht«, gab sie zu. »Zurückgeben kann ich es ihm nicht.«

»Also kannst du es genauso gut aufmachen«, sagte Bodo und zupfte an der seidenen Schleife wie ein kleiner Junge.

Auf einmal wollte auch Oda unbedingt wissen, was in dem Päckchen war, nahm es ihm weg und riss es auf. Ein dunkelblaues Etui mit dem goldenen Schriftzug von Michail Kark kam zum Vorschein. Oda öffnete den Deckel und starrte ungläubig auf ein zierlich geschmiedetes Diadem, dessen Schimmer ein sehr reines Gold verriet. Die geschliffenen Steine, die es zierten, waren klar wie Kristall, jedoch von demselben auffälligen Türkiston wie ihr Kleid.

Aber das Kleid hatte sie doch heute Morgen erst von Lubin, ihrem Schneider, liefern lassen! Sie hatte es vor allen, selbst vor

Karol geheim gehalten, wie konnte also ausgerechnet Ullrich davon wissen? Die Beklommenheit, die sie vorhin beschlichen hatte, wurde stärker, doch zugleich musste sie das Diadem unbedingt berühren, mit einem Finger das filigrane Goldmuster nachfahren und die kühle Glätte der Steine ertasten.

Edeltopas.

In der Gegend um Odessa kam Topas häufig vor und war dementsprechend günstig zu haben. Der blaue Edeltopas war jedoch in etwa so selten wie ein Mann von Karols Charakter.

Oda hatte noch nie ein Schmuckstück geschenkt bekommen. Natürlich war alles, was für die Erbin des *Grandhotel Odessa* als notwendig erachtet wurde, für sie angeschafft worden, aber zu keinem einzigen Weihnachtsfest und keinem einzigen Geburtstag hatte ein Geschmeide auf dem Gabentisch gelegen, wie es ein stolzer Vater wohl für seine schöne Tochter ausgesucht hätte.

»Donnerwetter«, platzte Bodo heraus. »Dass der Herr Schreiberling sich lumpen lässt, kann man ihm wahrlich nicht vorwerfen.«

Er hatte recht. Das Diadem musste ein Vermögen gekostet haben. Sie würde es nicht tragen können. Einem fremden Mann kam es nicht zu, einer Dame ein solches Geschenk zu machen, sie wusste nicht einmal, wie sie es Karol hätte erklären sollen, und außerdem würde es sich in ihrem glanzlosen Haar albern ausnehmen. Verwundert bemerkte sie jedoch, dass sie leises Bedauern verspürte. Es war ein wunderschönes Stück, viel schöner als das seltsam bleiche Ding, das Belles blonde Locken zierte, es passte wie eigens dafür gemacht zu ihrem türkisfarbenen Kleid, und zudem war es kostbar und selten.

Er hat es für mich ausgewählt, weil er mich so sieht, durchfuhr es Oda.

Im nächsten Atemzug entstand vor den Doppeltüren, die hinüber in den Vordertrakt des Gebäudes führten, ein Tumult. Das

Gepolter von Schritten mischte sich mit aufgeregten Stimmen. Erst jetzt bemerkte Oda, dass der fremde, dunkle Tanz zu Ende war und kein neues Musikstück begonnen hatte.

»Die Revolution!«, kreischte Anna Fedorowna, die adlig geborene Frau von Odessas Bier-König Santsenbakher. »Jetzt kommt sie doch noch hierher, wie ich es Ihnen gesagt habe, aber auf mich wollte ja niemand hören!«

»Warum sollte das auch jemand wollen?«, ließ sich der rauchige Kontraalt der Fürstin Lidija Petrowna vernehmen. »Hysterie mag sich in gewissen Fällen als Ausweg erweisen, aber sie sollte doch die letzte Zuflucht bleiben.«

Jemand lachte. Die erregten Stimmen im Vorraum schraubten sich in die Höhe. Mehr und mehr Menschen eilten auf die Doppeltüren zu, darunter auch Odas Vater, der kurz davor in der Bewegung verharrte wie eingefroren.

Lidija Petrowna hingegen ließ den Herrn, mit dem sie getanzt hatte, stehen und mischte sich unter die Gäste, die durch die Doppeltüren aus dem Saal strömten. Oda kannte den Grund: Die Fürstin würde hinunter zum Brunnen gehen und dort auf Karol warten! Sie selbst musste sich beeilen, wenn sie rechtzeitig samt ihrem Gepäck im Badehaus sein wollte, und Lidija hatte die Gunst der Stunde erkannt: Was immer diesen Tumult auslöste, es würde von allem anderen ablenken. Wenn Oda jetzt aufbrach, würde kein Mensch auf sie achten, und sie käme ungesehen aus dem Gebäude.

»Ich glaube, ich brauche ein bisschen frische Luft«, sagte sie zu Bodo und schob ihm das Diadem wieder hin.

»Ich darf wohl kaum hoffen, dass du meine Begleitung wünschst?«, fragte Bodo.

»Nimm's mir nicht übel«, antwortete Oda. »Ich wäre jetzt einfach gern eine Weile allein.«

»Verstehe«, sagte er. »Und die heimgekehrte Tante willst du dir nicht ansehen?«

»Welche heimgekehrte Tante?«

Über die Köpfe der sich drängenden Gäste hinweg wies Bodo auf die Türen. Oda reckte sich auf Zehenspitzen und sah eine Frau dort stehen, die ebenso wie sie selbst schlank und hochgewachsen war. Ihr Haar war hell und rötlich wie das ihres Vaters, und noch immer war unverkennbar, wie schön sie einmal gewesen sein musste. Jetzt allerdings wirkte sie nur zerrauft, abgerissen und zu Tode erschöpft. Sie lehnte sich gegen einen der Türflügel und hatte die Arme um zwei dunkelhaarige Kinder geschlossen. Der Junge war vielleicht zwölf, das Mädchen zehn Jahre alt.

»Die Revolution ist das nicht«, hörte Oda ganz in der Nähe den gebrechlichen Adalbert Geibel murmeln, dessen Familie das alte Badehaus am Strand gehörte. »Das ist die verlorene Tochter, Tessa Liebenthal.«

7

Durch die funkelnde Februarnacht rannte Oda die große Treppe hinunter. Ihr Atem ging rasch und stoßweise, bildete kleine Wolken in der noch eisigen, winterlichen Luft. Wenn der Frühling kam, würde sie noch immer in dieser Stadt leben, die ihr ausgerechnet in diesem Augenblick wie die einzige Stadt der Welt erschien, sie würde noch immer ihr Hotel führen, das sie schon liebte, solange sie denken konnte, doch der Rest ihres Lebens würde völlig verändert sein: Sie würde nicht mehr allein sein. Ob ein Gast ihr unangemessene Geschenke machte oder ob ihr Vater sie mit seiner Ablehnung verletzte – sie würde jemanden haben, der alles mit ihr teilte.

Zu ihren Füßen erstreckte sich die Bucht mit Odessas geschäftigem Hafen, ragten die Masten und Schornsteine der Schiffe in den nachtschwarzen Himmel. Oda rannte aus Leibeskräften. Ihr Haar, das unter der Pelzmütze hervorsah, wehte ebenso wie die Schöße des Mantels, und auf ihrer Schulter hüpfte die Reisetasche. Sie trug flache, vernünftige Schuhe, um auf der Treppe nicht zu stolpern, und ein einfaches Reisekostüm aus grauem Wollstoff unter dem schweren Mantel mit der Pelerine. Ein wenig leid hatte es ihr schon getan, den Traum in Türkis abzulegen. Sie war nicht eitel, kein Mädchen, das aussah wie Oda Liebenthal, konnte es sich leisten, eitel zu sein. Bei diesem einen Kleid aber hatte sie gewusst, dass es ihr stand, dass es ihr etwas verlieh, das sich nicht in Worte fassen ließ, und einen unvernünftigen Augenblick lang hatte sie sich gewünscht, darin ihrem Karol das Jawort zu geben.

Natürlich war der Augenblick verflogen. Ihre Hochzeit würde schlicht und schnell vonstattengehen, ohne Feier, Prunk und Gäste. Das wahre Fest war schließlich ihre Liebe, und das würde es ein Leben lang sein, was immer auch geschah. Solange sie diese drei hatte – ihre Stadt, ihr Hotel und ihren Mann –, konnte ihr nichts etwas anhaben.

Am Fuß der Treppe schwenkte sie nach links und rannte unter den Akazien der Promenade entlang in Richtung Strand. Noch war hier alles wie ausgestorben, doch in kaum zwei Monaten würde sich auf dem breiten Boulevard das Leben tummeln, würden Menschen bis tief in der Nacht vor den Bars und Kaffeehäusern sitzen, die Geschäfte vor den Türen ihre Waren anbieten, die Paare flanieren und die jungen Leute in Gruppen umherziehen, grölen und singen. Odessa in der schönen Jahreszeit war wie ein kleines Kind, das sich sträubte, sich schlafen zu legen. Darin bestand ein Teil ihres Zaubers, der Menschen aus aller Herren Länder in diese Stadt zog. Zwischen die Kronen der noch kahlen Bäume waren Ketten mit Lichtern gespannt. Sie waren jetzt zwar erloschen, doch bei Ausbruch des Frühlings, wenn der Duft der Akazienblüten die Luft erfüllte, würden sie wie Reihen von winzigen Sternen die Nacht versilbern.

Odessa war wahrhaftig eine Stadt des zwanzigsten Jahrhunderts, der in Sachen Elektrizität niemand etwas vormachte. Pünktlich zur großen Ausstellung, die die ganze Welt in die Stadt holte, würde sie sogar eine elektrische Straßenbahn bekommen.

Den Winter über blieben die funkelnden Lichterketten jedoch aus, und es brannte allein das gelbe Licht der geschmiedeten Laternen, doch selbst das war Oda zu viel. Der Gedanke, dass sie von Lichtkegel zu Lichtkegel rannte und von allen Seiten, selbst vom Meer her sichtbar war, peitschte ihre angespannten Nerven weiter auf. Jedes Geräusch, selbst das Rauschen des Meeres, ließ sie im Lauf zusammenzucken, als blase ihr ein Verfolger bereits seinen Atem in den Nacken, bereit, sie zu packen und wegzureißen, ehe sie nach den Sternen griff, die schon zum Greifen nah waren.

Das durfte nicht sein. Bei der ersten Gelegenheit verließ sie den menschenleeren Boulevard und eilte ein hölzernes Treppchen hinunter an den Strand. Über den Sand zu laufen war mühsam, und sie kam langsamer voran, doch in der Dunkelheit fühlte sie sich besser geschützt.

Außer Atem erreichte sie die Hütte. Früher hatten sich zahlreiche Odessiten, die es sich leisten konnten, solche Badehäuser angeschafft, in denen sie sich züchtig umkleiden, ihre Habe sicher aufbewahren, aber auch im Kreise von Bekannten ihre Tees und Picknicks zubereiten lassen und diese bei schlechtem Wetter sogar drinnen einnehmen konnten. Inzwischen aber hatte sich der Seetourismus rasant entwickelt, und entlang des Strandes waren Umkleidekabinen, Lokale und Buden aus dem Boden geschossen, die für jedes erdenkliche Bedürfnis der Badegäste zur Verfügung standen.

Die Badehäuser waren mehr oder weniger überflüssig geworden, doch wer eines besaß, bewahrte Liegestühle und Sandspielzeug dort auf und hielt sein Häuschen den Winter über verschlossen. Nicht so die Geibels. Sie benutzten das Haus nicht mehr, weil sie an keinen Strand mehr gingen. Das Holz war verwittert, die einst leuchtend weiße Farbe abgeplatzt. Das alte Schloss hing verrostet an seinem Bolzen, und die Tür ließ sich mit leichtem Druck aufschieben.

Der Geruch nach Moder und Meer schlug Oda entgegen. Die Umrisse des alten Sofas und der Schränke verrieten im Dunkeln etwas von dem Leben, das sich einst hier abgespielt hatte. Oda war damals noch ein kleines Kind gewesen, und die schöne Tante Tessa war noch nicht verschwunden. War sie tatsächlich ausgerechnet heute zurückgekommen? Der ganze Tag kam Oda unwirklich vor, ein wirrer Traum aus Teilen, die nicht zusammenpassten. Noch immer keuchend, zog sie aus der Manteltasche eine Kerze und Streichhölzer, zündete sie an und befestigte sie mit ein paar

Wachstropfen auf dem niedrigen Tisch. Das Licht vermochte die beklemmende Stimmung zumindest etwas zu mildern. Sie klopfte das Polster des Sofas ab und ließ sich darauf fallen. Da sie so schnell gerannt war, spürte sie die Kälte noch nicht, doch der Nachtwind pfiff durch sämtliche Ritzen, und schon bald würde sie jämmerlich frieren.

Sie konnte nur hoffen, dass Karol rasch kam. Sobald er ihr Schreiben in den Händen hielt, würde ihn nichts mehr halten. Irgendwo in der Nähe hatte er seinen Fahrer hinbestellt, der sie zum Bahnhof Holovna an den Nachtzug bringen würde. In ihrem Abteil würde sie sich an Karol lehnen und von seiner Nähe wärmen lassen, nicht nur in dieser Nacht, sondern in allen Nächten, die kamen. Wenn sie in die Stadt zurückkehrte, würde sie statt der praktischen Pelzmütze den Hut einer verheirateten Dame tragen, einen Ring am Finger stecken haben und Frau Oda Albus sein.

Heftig flackerte die Flamme der Kerze. Der Schweiß, der Oda nach ihrem wilden Lauf aus allen Poren geströmt war, war längst auf ihrer Haut getrocknet. Unaufhaltsam kroch die Kälte unter sämtliche Schichten ihrer Kleider. Schon spürte sie, wie ihre Finger in den zu dünnen Handschuhen steif wurden. Sie spähte zur Tür. Kam da nicht schon Karol? Hoffnung flammte auf und erstarb. Was sie für einen Schritt gehalten hatte, war wohl nur das Knacken des alten Holzes gewesen.

Vermutlich verzögerte sich Karols Aufbruch, weil er nicht wusste, dass es die Fürstin war, die ihn am Faunenbrunnen mit der Nachricht erwartete. Er nahm gewiss an, Oda hätte wie geplant Belle beauftragt, und wartete deshalb darauf, dass diese den Saal verließ. Es würde eine Weile dauern, bis er begriff, dass Oda einen anderen Boten beauftragt hatte, und sie richtete sich besser auf eine längere Wartezeit ein.

Es war unglaublich, wie schnell die Kälte sich ins Unerträgliche steigerte. Oda spürte, wie erst ihr Rücken und Nacken, dann ihr

Hals und ihre Kiefer sich versteiften. Sie trampelte mit den Füßen auf den Boden und rieb die Hände in den Handschuhen, doch nichts davon half. Schließlich entnahm sie ihrem Reisegepäck ein Wollkleid und eine Stola, die sie morgen, an ihrem ersten Tag mit Karol, hatte tragen wollen, und wickelte sich beides um den Körper. Nicht einmal das bewirkte viel. Sie hätte aufstehen und in dem kleinen Raum auf und ab gehen sollen, aber ihre Glieder waren längst steif gefroren. Zudem überkam sie auf einmal eine bleierne Müdigkeit, doch sie war sicher: Weder die Kälte noch ihre Erregung würden es ihr erlauben, sich eine Weile in den Schlaf zu flüchten.

Statt auf ihre unwirtliche Umgebung musste sie sich ganz auf Karol konzentrieren, musste die Augen schließen und versuchen, sich ihre Zukunft mit ihm vorzustellen, wie sie es so oft getan hatte, wenn sie nachts in ihrem Bett lag. Diesmal war es anders. Kaum hatte sie die Lider gesenkt, kamen ihr die Erzählungen von der Revolution und den Straßenkämpfen in den Sinn, die sie selbst als halbes Kind nur aus dem sicheren Schutz des Hotels heraus mitbekommen hatte. »Es war, als sähe man dem Untergang der eigenen Welt zu«, hatte Lidija Petrowna gesagt und geschildert, wie eine Horde von Bolschewiki ihr friedlich verschlafenes Landgut gestürmt, ihren Bruder mit etlichen Messerstichen durchlöchert und auf einen Misthaufen geworfen hatte, wie sie nicht mehr als eine Handvoll Kleider zusammengerafft hatte, um bei Nacht und Nebel zu fliehen, wie sie auf der Flucht hatte hungern, frieren und um ihr Leben fürchten müssen.

Ich könnte das alles aushalten, ging es Oda durch den Kopf, während sie sich in der bitteren Kälte zusammenkauerte. Es macht mir keine Angst, nichts, das mir bevorstehen könnte, macht mir Angst, solange Karol an meiner Seite ist.

Trotz der erschreckenden Bilder, die vor ihrem geistigen Auge vorüberzogen, fühlte sie sich sicher und geborgen. Ehe sie es sich versah, glitt sie aus dem quälenden Wachzustand hinüber in einen Dämmerschlaf, in dem sie nicht länger fror und auch keine Ungeduld mehr spürte.

Als sie zu sich kam, war auf einen Schlag die Kälte wieder da, und eine Stimme rief ihren Namen: »Oda Philippowna? Herzchen, du musst aufwachen, du musst mit mir ins Warme kommen, du holst dir hier ja den Tod!«

Nicht Karols Stimme, kein zärtlicher Singsang, sondern der raue Kontraalt von Lidija Petrowna. Oda schlug die Augen auf und sah die imposante Gestalt der Fürstin, die sich vor ihr aus fast völliger Dunkelheit schälte. Die Kerze musste heruntergebrannt sein. Um Himmels willen – wie viele Stunden hatte sie denn geschlafen?

»Wo ist Karol?«, krächzte sie mühsam und schlang die Arme um den zitternden Leib.

»Jetzt komm erst mal, Kindchen. Ich würde dich nur sehr ungern als Eisblock nach Hause schleppen müssen.« Resolut packte Lidija Petrowna Oda am Arm, zog sie in die Höhe und hob ihre Reisetasche vom Boden auf. »Wo dein Karol ist, weiß ich nicht, auch wenn ich es liebend gern wüsste. Irgendetwas ist in dieser denkwürdigen Nacht gehörig in die Hosen gegangen.«

Die Redensart entsprach beileibe nicht dem, was Oda von einer Petersburger Adligen erwartet hätte. »Was wollen Sie damit sagen?«, rief sie und kämpfte gegen eine Woge an, die sie zu überrollen drohte.

»Am liebsten vorläufig gar nichts«, gestand Lidija Petrowna. »Der patente junge Mensch, der mir so reizend behilflich war, wartet oben an der Straße mit seiner Chaise. Wenn irgend möglich, würde ich dich gern erst sicher darin verstaut und auf dem Heimweg haben, ehe wir uns ans Reden machen.«

»Was für ein patenter junger Mensch?« Nie zuvor hatte Oda einen Gast mit solcher Schroffheit angefahren. Das Gefühl, dass etwas Entsetzliches geschehen war, etwas, das sich mit Worten nicht umreißen und in eine vernünftige Frage pressen ließ, raubte ihr jegliche Beherrschung.

»Strohblond, bildhübsch und ein preußisches Offzierchen«, antwortete die Fürstin unerschüttert. »Hat mich von sich aus angesprochen, als ich wie ein aufgescheuchtes Huhn zurück in die Hotelhalle gefegt kam. Bis mir klar wurde, dass es sich um den Bruder des Patentöchterchens handelt, hat es dann noch einmal eine Weile gedauert.«

»Bodo von Arndt«, konstatierte Oda.

»Leutnant«, ergänzte die Fürstin. »Leutnant von Arndt. Und jetzt komm.«

Weshalb wartete Bodo mit einer Chaise an der Straße, weshalb nicht Karol mit dem zweispännigen Reisewagen samt Fahrer, den das Theater ihm zur Verfügung stellte? Oda gab sich einen Ruck, zwang ihren schlaffen Körper, sich zusammenzureißen. »Was ist mit Karol? Ich rühre mich nicht vom Fleck, ehe Sie mir sagen, was mit meinem Verlobten ist.«

»Das kann ich verstehen, Kindchen.« In der Dunkelheit schien das Weiße in den Augen der Fürstin zu leuchten. »Nur wüssten wir das, um ehrlich zu sein, alle selbst gern. Du kannst mir glauben, ich habe mir an eurem ewig sprudelnden Brunnen die Beine in den Bauch gestanden, bis die Beine Eiszapfen waren, vom Bauch ganz zu schweigen. Wer sich jedoch nicht blicken ließ, war der Herr Bräutigam.«

»Sie hätten länger warten müssen!«, rief Oda. »Bestimmt war Karol noch im Wellensaal und hat es nicht geschafft, sich unauffällig von Belle loszueisen.«

»Dasselbe hatte ich auch gehofft.« Die Stimme der Fürstin klang betrübt. »Leider ist dem aber nicht so. Als ich mich schließlich aufmachte, um drinnen nach dem Heißersehnten zu suchen, fand ich den Saal in heller Aufregung vor. Offenbar ist heute eine dieser Spinnennetznächte, in denen sich genug Ereignisse für ein ganzes Jahr verfangen, um später unter so unappetitlichen Namen wie *Petersburger Blutsonntag* in die Geschichte einzugehen. Die Aufregung galt nämlich keineswegs mehr der wiedergefundenen Anverwandten, sondern diesem kleinen Mädchen, das mir vorhin mit meiner Ajourspitze helfen sollte, jedoch stattdessen spurlos verschwunden ist.«

»Sonya?«, fragte Oda perplex. »Die war für ihre Mutter Meerrettich holen und ist inzwischen doch längst wieder aufgetaucht.«

»Aufgetaucht schon«, erwiderte die Fürstin. »Aber abgetaucht auch gleich wieder. Gerade als ich durch die Tür kam, stürmte auch die Kaltmamsell in den Saal, warf sich tränenüberströmt vor deinem Herrn Vater auf die Knie und flehte ihn an, nach dem Mädchen suchen zu lassen, das sich in dieser wahnwitzigen Nacht in Luft aufgelöst hat.«

Oda stöhnte. Wo sollte Sonya schon sein? Das ungewöhnlich stille, fügsame Mädchen kam offenbar in das Alter, in dem sie sich auf ihren eigenen Willen besann und sich der Mutter widersetzte. Was sollte ihr in den Gärten des *Odessa* schon geschehen, außer dass sie sich eine Verkühlung holte und sich morgen früh, wenn sie reumütig heimkehrte, auf eine gehörige Tracht Prügel gefasst machen konnte?

»Sonya wird sich schon wieder einfinden«, sagte sie zu Lidija Petrowna. »Und was hat die Tatsache, dass sie ihrer Mutter weggelaufen ist, mit Karol zu tun?«

»Nun, zunächst ist es ja beachtlich, dass um ein verschwundenes Dienstmädchen so ein Wirbel gemacht wird«, antwortete die Fürstin, offenbar tief in Gedanken. »Da, wo ich herkomme, hätte man einem verschwundenen Huhn mehr Beachtung geschenkt, aber ebendas zeichnet diese verrückte Stadt und dieses noch verrücktere Hotel ja wohl aus. In jedem Fall entstand auf der Stelle ein gewaltiges Durcheinander, in dem jeder seine Theorie zum

Besten gab, wo die Kleine stecken könnte. Und im Zuge des Ganzen wurde auf einmal festgestellt, dass nicht nur ein Küchenmädchen, sondern obendrein ein höchst illustrer Gast fehlte.«

»Karol?«

»Du sagst es. Und jetzt komm, solange von unseren Gliedmaßen noch etwas übrig ist, das sich bewegen lässt.« Sie packte die völlig verstörte Oda fester und zog sie aus der Hütte. Den eisigen Wind, der ihnen entgegenschlug und ihnen den Weg hinauf zur Straße erschwerte, spürte Oda kaum. *Wo ist Karol, was ist ihm zugestoßen?* Sie konnte an nichts anderes denken.

Es musste etwas Furchtbares sein, denn andernfalls hätte er sich nicht abhalten lassen, zu ihr zu kommen. Während die Fürstin sie rigoros voranzerrte, wurde ihr klar, dass sie dieses Furchtbare die ganze Zeit schon gespürt hatte. Sie hatte sich nicht richtig freuen können, nicht so frei und überschwänglich, wie sie sich die letzten Wochen gefreut hatte. Etwas lag im Argen, und dieses Etwas brachte ihr Herz zum Rasen.

Bodo stand tatsächlich mit dem schmalen, offenen Wagen, der für höchstens zwei Personen gedacht war, oben an der Straße. Wie sie auf der Bank zu dritt – einschließlich der fulminanten Hinterseite der Fürstin – Platz finden sollten, war Oda ein Rätsel. Bodo sprang ab, sobald er sie kommen sah, und scherte sich nicht um das Pferd, das in die Nacht hätte davongaloppieren können.

»Zum Teufel, Oda Odessa! Bist du nicht nur von allen guten Geistern verlassen, sondern auch noch von den schlechten?« Er nahm sie bei den Armen, hob sie hoch und setzte sie auf die Bank der Chaise, als sei sie eine Pappfigur ohne Gewicht. Dann zog er sich den zur Galauniform gehörenden Mantel von den Schultern und hüllte sie darin ein. Der dichte Wollstoff war warm von seinem Körper und ohne Zweifel das Angenehmste, was sie in den vergangenen Stunden gespürt hatte.

Mit seinen warmen Händen streifte er ihre Wangen, während

er ihr auch noch seinen Schal um den Hals legte. »Erklärst du mir gefälligst, was du dir dabei gedacht hast? Ich wäre vor Sorge um dich fast tot umgefallen.«

»Der Herr Leutnant war nämlich der Einzige, dem auffiel, dass außer dem Küchenmädchen und dem Herrn vom Ballett noch eine dritte Person fehlte«, sagte Lidija Petrowna, die neben dem Wagen stand und hörbar mit den Zähnen klapperte. »Die Tochter des Hauses. Merkwürdig, dass das der Versammlung nicht als Erstes ins Auge sprang.«

Überhaupt nicht merkwürdig, dachte Oda. Für wen außer Karol zähle ich schon? Für meinen Vater gewiss nicht, und für Belle höchstens, wenn sie nichts Besseres zu tun hat.

»Mir geht es gut«, rang sie sich ab. »Ich will nur nach Hause.« Sie musste Karol suchen und herausfinden, was ihm geschehen war. Nichts anderes zählte, weder ihr Vater noch Belle, oder irgendwer sonst.

Bodo zog ihr die Pelzmütze tief über die Ohren. »Du hast mir noch nicht erklärt, was du dir dabei gedacht hast.«

»Ich habe auch nicht vor, das zu tun«, sagte Oda. »Nicht jetzt, Bodo. Ich bitte dich. Die Sache ist kompliziert, ich habe es eilig und bin ziemlich erschöpft. Für lange Erklärungen von Sachverhalten, die dich ohnehin nicht betreffen, fehlt mir die Zeit.«

»Und du bist dir sicher, dass sie mich nicht betreffen?«, fragte er.

Oda nickte.

»Also schön.« Wieder sprang er vom Wagen, nahm die Zügel vom Knauf und legte sie ihr in den Schoß. »Fühlst du dich in der Lage, nach Hause zu fahren?«

»Natürlich«, antwortete sie matt. »Warum?«

»Weil das kümmerliche Wägelchen, das man sich von meinem Sold mieten kann, mit uns dreien ein bisschen überfordert wäre«, erwiderte Bodo, streichelte ihr ungebührlich übers Knie und wandte sich Lidija Petrowna zu. »Hinauf mit Ihnen, Madame«, sagte er auf Französisch. »Benötigen Sie Hilfe?«

»Wenn ein Herr Ihres Alters einer Dame meines Alters ein solches Angebot macht, wäre sie töricht, es abzulehnen«, antwortete die Fürstin. »Schon gar nicht, wenn der Herr ein solcher Augenschmaus ist.«

Ohne zu zögern, fasste sie Bodo um die Taille und hievte sie auf die Sitzbank der Chaise. »Es war mir ein Vergnügen, Madame«, sagte er und tippte sich an den Schirm seiner Mütze. »Bringen Sie mir dieses aufmüpfige Stutenfohlen heil ins *Odessa,* tun Sie mir den Gefallen. Lassen Sie sich nicht von ihr zu irgendwelchen weiteren Abenteuern überreden, die sie nicht nur den Ruf, sondern den Hals kosten könnten. Ersteres ließe sich ja verschmerzen, aber das Zweite braucht der Kopf zum Draufsitzen.«

»Und was ist mit dir?«, rief Oda, ehe die Fürstin zu Wort kam.

»Ich benutze meine Füße und brauche nachher einen steifen Grog«, sagte Bodo in einer weißen Atemwolke und schlug dem Braunen klatschend auf die Kruppe. Mit einem Satz trabte das Pferd an, fiel mit dem nächsten in Galopp und stob davon. Oda blieb nichts übrig, als die Zügel zu ergreifen und ihre Kräfte aufs Lenken zu konzentrieren.

Nach Bodo konnte sie sich nicht noch einmal umdrehen. Sie durfte an nichts als an Karol denken. Während sie an die Leibesfülle der Fürstin gequetscht durch die stille Nacht jagte, hoffte sie, ihren finsteren Ahnungen zum Trotz, es könne doch noch alles gut werden, wenn sie nur mit genug Kraft an dem einen festhielt:

Ich komme zu dir, Karol. Meine Liebe wird dich finden. Wenn wir zusammen sind, kann uns niemand mehr etwas anhaben.

8

Die Fürstin hatte nicht übertrieben. Tatsächlich befand sich die gesamte Geburtstagsgesellschaft in heilloser Aufregung. Bereits auf dem Platz mit dem Richelieu-Denkmal, vor dem Haupteingang des Hotels, stürmten ihnen Trauben von Menschen entgegen, die sich über ihre Festkleidung lediglich Mäntel oder Tücher geworfen hatten und kopflos durcheinanderrannten. Einige jüngere Männer trugen Fackeln, andere hatten sich mit Stöcken und Eisenstangen bewaffnet, was sich zu Frack und Kummerbund höchst eigenartig ausnahm. Gerade als Oda vom Wagen sprang, nahte vom Prymorskyi-Boulevard eine Abordnung von berittenen Wachtmeistern der Polizei. Ihrem Hauptmann zur Seite ritt ein Mann auf einem Apfelschimmel, den Oda erkannte. Anselm Fleißer, der Zweite. Ihr Cousin aus Liebenthal, der neben dem Getreidehandel seine Liebhaberzucht von edlen Pferden betrieb.

»Was ist denn passiert?«, rief sie so schrill, dass ihre eigene Stimme ihr fremd vorkam.

»Oda.« Wie aus dem Boden gewachsen stand ihr Vater vor ihr, an seiner Seite die weinende Katjuša. »Wir suchen diesen Menschen vom Ballett, der vorhin hier gewesen ist. Du bist ihm wohl nicht begegnet, oder? Wie es aussieht, hat er ein Mädchen verschleppt. Die kleine Sonya.«

Katjuša heulte laut auf.

»Aber das ist doch Unsinn!«, rief Oda. »Was hat denn Karol mit Sonya zu schaffen? Sie war Meerrettich holen, es wird ihr auf dem Markt gefallen haben, also ist sie noch einmal losgezogen, und jetzt hockt sie irgendwo in einem Versteck und traut sich nicht nach Hause.«

»Dem ist leider nicht so.« Anselm zügelte sein Pferd dicht neben ihr und sprang ab. »Sosehr ich es bedaure, aber ich habe mit eigenen Augen gesehen, wie der Kerl mit dem Kind verschwunden ist. Onkel Philipp, dir kommt es wohl zu, den Hauptmann einzuweisen. Über die wichtigsten Vorfälle habe ich ihn bereits unterrichtet.«

Ohne ein weiteres Wort ging Odas Vater hinüber zu den Polizisten. Anselm legte den Arm um sie, und Oda, die das Gefühl hatte, in das falsche Leben hineingeraten zu sein, besaß nicht die Kraft, sich zu wehren. »Es tut mir aus tiefstem Herzen leid, dass dein Ehrentag ein solches Ende nehmen muss, Cousine Oda. Ich habe mir gedacht: Da blickt die arme Oda nun dem Anlass seit Wochen voller Freude entgegen, ihre Familie tut ihr Bestes, um ihr ein angemessenes Fest zu bereiten, und dann schlägt eine solche Kanaille ihr alles in Scherben.«

»Aber nicht doch ...«, begann Oda von Neuem, doch Anselm ließ sie gar nicht zu Wort kommen, sondern führte sie mit sanftem Druck in Richtung Portal, während er das tänzelnde, unruhige Pferd am langen Zügel hinter sich herführte. Vor dem Portal übergab er es einem Pagen des Hotels. Auf dem Platz blieb die herzzerreißend schluchzende Katjuša zurück. Oda fühlte sich schlecht, weil sie einst in ähnlicher Verzweiflung zu Katjuša gerannt und getröstet worden war. Andererseits jedoch war sie damals ein kleines Kind gewesen, und auf irgendeine Weise schien dieser ganze Schlamassel von Katjuša und ihrer Hysterie verschuldet worden zu sein.

Anselm strich ihr über den Arm. »Du musst in die Wärme, musst dich hinsetzen, zu Sinnen kommen.«

Alles an ihm hatte ihr immer widerstrebt – sein massiger, vierschrötiger Körper, die schmalen Augen, die rosige Gesichtshaut, die gestelzte Art, sich auszudrücken. Jetzt fragte sie sich, ob sie ihm damit nicht unrecht getan hatte. Ja, er sprach wie ein Großvater, aber das taten die meisten Deutschen, die in der engen Vorstadtsiedlung unter sich blieben, es kam vom Schmoren im eigenen Saft. Seine Körpermassen, die sie stützten, wirkten jetzt eher beruhigend, und aus seinem Blick schien ehrliche Besorgnis zu sprechen.

Er mochte in ihrer Familie verschrien sein, aber er war sichtlich das einzige Mitglied dieser Familie, das sich darum scherte, wie es ihr ging.

»Komm«, sagte er noch einmal und lotste sie durch die Empfangshalle, in der es vor aufgelösten Menschen wimmelte. Die plötzliche Helligkeit blendete sie. Zur Rechten standen sämtliche große Glastüren, die in den Garten führten, weit offen. Oda reckte sich und spähte nach draußen. Männer mit Fackeln liefen in Gruppen die über fünf Terrassen verschlungenen Gartenwege hinauf und hinunter und riefen Sonyas Namen. Der Anblick hatte etwas Gespenstisches, Unwirkliches, so etwas durfte einfach nicht in ihre Welt gehören.

Oda hielt den Atem an und vernahm unter all dem Lärm einen Augenblick lang, sehr leise, das Plätschern des Faunenbrunnens. Immer wieder wunderten sich Leute darüber, dass Odas Vater ihn das ganze Jahr hindurch bei Tag und Nacht sprudeln ließ, was beträchtliche Kosten verursachte. Mit ihm aber gab es darüber kein Reden: »Solange der Faun sprudelt, steht mein Hotel.« Das war alles, was er dazu sagte.

Der Faun sprudelte, das Hotel stand, und dieser Wahnsinn würde sich aufklären.

Aus dem Wellensaal kam Sebastien gerannt, den Oda noch nie hatte rennen sehen. »*Mademoiselle*, dem Himmel sei Dank. Sie zumindest sind unversehrt.«

»Natürlich bin ich unversehrt«, herrschte Oda ihn an. »Und Katjušas Tochter ist es auch. Ich habe keine Ahnung, was dieser Zirkus soll. Karol Albus ist ein Künstler von höchstem Rang, er ist von den *Ballets Russes* abgeworben worden, und Odessa kann sich glücklich schätzen, ihn beherbergen zu dürfen. Ihn zu unserem Kreis zu zählen, ist eine Ehre für das *Grandhotel Odessa*. Er ist ein feiner, kultivierter Mensch mit hervorragender Kinderstube, und was ihm hier unterstellt wird, ist einfach infam, es ist zu abartig, um es auch nur in den Mund zu nehmen.«

Sie sah, dass Sebastien etwas sagen wollte, sah, dass Anselm ihm einen Blick sandte und kaum merklich den Kopf schüttelte, und dann spürte sie den Druck von Anselms Arm und sein Gewicht, das sie zur Seite und von Sebastien fortsteuerte. »Ich kümmere mich um Mademoiselle Liebenthal«, sagte er in abgehacktem Französisch zu dem Empfangschef und wandte sich dann wieder Oda zu, führte sie zu einer der Sitzgruppen in den Nischen, auf deren Tischen die Gäste des Morgens druckfrische Zeitungen aus aller Welt vorfanden.

Er neigte den Kopf so tief, dass ihre Wangen sich beinahe berührten. »Du hast recht«, raunte er in ihr Ohr. »Es ist infam, und es ist zu abartig, um es in den Mund zu nehmen. Schon gar nicht in Gegenwart einer Dame, die ich so sehr wertschätze wie meine liebe Cousine.«

Sein Gerede klang derart gekünstelt, dass sich alles in ihr dagegen sträubte. Aber immerhin war er für sie da, half ihr fürsorglich in einen Sessel und war vor allem bereit, mit ihr zu sprechen.

Keine drei Schritte von ihnen entfernt eilten Gäste in Fracks und Ballroben, Personal in Livreen und Küchenschürzen, Helfer, die sich, was immer zur Hand war, übergeworfen hatten, und nun auch Wachtmeister in Uniformen durcheinander. Oda musste sich von all dem abwenden, um überhaupt ein vernünftiges Wort herauszubringen. »Dieses ganze Theater wegen Sonya?«, begann sie schließlich. »Herrgott, sie ist ein halbes Kind, sie war heute zum ersten Mal allein auf dem Markt, sie wird Gefallen daran gefunden und sich in irgendetwas verguckt haben, aber spätestens morgen früh taucht sie wohlbehalten wieder auf.«

Anselm strich ihr über die Schulter, ehe er sich selbst setzte und aus seiner Brusttasche ein billig wirkendes Zigarettenetui zog. »Cousine Oda«, sagte er. »Ich verstehe, was du meinst, und ich wünschte, ich müsste dir nicht widersprechen. Aber ich habe mir sagen müssen: Anselm, du hast keine Wahl. Du bist mit ihr verwandt, sie steht dir nahe, auch wenn unsere Familie sich mit der Nähe nicht eben leichttut. Wir sind zwei in einem Boot, du Liebe. Wir sollten es uns nicht zusätzlich durch Verstellung schwer machen.«

»Was meinst du mit Verstellung?«

Anselm sah ihr unverwandt in die Augen, während er eine Zigarette aus dem Etui fingerte und sie sich ansteckte. Das war unfein, aber so, wie die Dinge standen, konnte sie wohl kaum von ihm verlangen, dass er in einen der Rauchsalons ging. »Ich weiß, wie es zwischen dir und Albus steht«, sagte er. »Ich weiß, dass du heute Nacht vorhattest, dich ganz und gar in die Hände dieses Menschen zu begeben. Andernfalls hätte ich ganz gewiss nicht um einer kleinen Dienstmagd willen einen solchen Alarm ausgelöst. Als aber die völlig kopflose Kaltmamsell das Fest störte, weil sie ihre Tochter nicht finden konnte, setzte mein Hirn augenblicklich die Teile des Puzzles zusammen, und das Bild, das sich ergab, war alles andere als schön. Um ganz offen zu sein, es war so hässlich, dass man sich am liebsten mit Grausen abwenden und nie wieder ein Wort davon hören würde.«

Oda spürte, wie ihr Herz in heftigen Stößen Blut pumpte. »Können wir die Theatralik jetzt beiseitelassen und zum Thema kommen? Was fällt dir eigentlich ein, zu behaupten, du habest Karol Albus mit der kleinen Sonya gesehen, die ihm im Leben noch nie begegnet ist? Ich verlange von dir, dass du das zurücknimmst. Sag den Polizisten, sie können sich in ihre Kaserne verziehen, und den Leuten, die da draußen alles zertrampeln, sie sollen sich gefälligst schlafen legen. Sag, du hast dich geirrt, sag, was immer du willst, aber bereite diesem Irrsinn ein Ende.«

Sie hielt inne, weil ihre Stimme sich unwillkürlich in die Höhe schraubte. Nach einem tiefen Atemzug fügte sie hinzu: »Wie du dich über mich geäußert hast, betrachte ich als nicht gesagt. Es geht dich nichts an, Anselm. Und in ein Boot setze ich mich mit dir bestimmt nicht, auch wenn du es sicher nicht böse meinst.«

Etwas fiel ihr ein: »Wo ist eigentlich Belle?«

»Sie hat sich nicht recht auf dem Posten gefühlt«, antwortete Anselm. »Ich hatte mir gestattet, unseren Gast aus der deutschen Hauptstadt um die Ehre eines Tanzes zu bitten, doch Fräulein von Arndt zog es aufgrund ihrer Unpässlichkeit vor, sich auf ihr Zimmer zu begeben.«

»Und Karol?«, fiel ihm Oda ins Wort. »War Karol zu der Zeit noch bei ihr?«

Anselm blies Rauch aus und zwinkerte ihr mit einem Auge zu. »Wenn du nicht möchtest, dass das, was mich nichts angeht, publik wird, solltest du vielleicht von Herrn Albus sprechen, nicht von Karol. Und um deine Frage zu beantworten: Ja, dieser Mensch, den einen Herrn zu nennen auch ich mich sträube, stand noch in der Nähe, als das besagte Gespräch stattfand. Wenig später war er verschwunden. Ich war ein paar Schritte gegangen, hatte die Stille und die klare Luft genießen wollen, als ich von der offenen Tür zum Küchentrakt her Stimmen hörte. *Eine* Stimme, genauer gesagt. Die des Herrn Balletttänzers. Er stand dort im Lichtkegel mit dem Kind der Kaltmamsell und sprach auf die Kleine ein. Was sie geredet haben, konnte ich nicht verstehen, doch die Art, wie er sprach, jagte mir Schauder über den Rücken.«

»Bleib bei den Fakten!«, herrschte Oda ihn an. »Wenn ich ein Schauerdrama möchte, gehe ich ins Lichtspielhaus.«

»Ich kann dem nichts abgewinnen«, sagte Anselm. »Für meinen Geschmack gibt es im wirklichen Leben an Schaurigem und Bestialischem mehr als genug. Um nun also auf die Ereignisse der Nacht zurückzukommen: Nach kurzer Zeit gingen die beiden zusammen weg, wobei es mir vorkam, als zerre Albus das Kind gegen dessen Willen mit sich. Unglücklicherweise verwarf ich mein ungutes Gefühl jedoch und sagte mir: Anselm, damit wird es schon seine Richtigkeit haben. Gewiss kannst du dir vorstellen, was ich mir jetzt deswegen für Vorwürfe mache. Als dann die Kaltmamsell in den Saal stürmte und ich endlich zwei und zwei zusammenzählte, war es womöglich zu spät.«

»Du bist ja nicht bei Trost. Wofür soll es denn zu spät sein?«

»Für das unglückselige kleine Geschöpf, fürchte ich. Es gibt nämlich noch etwas, das du nicht weißt: Hauptmann Wolonsky von der berittenen Polizei ist nicht nur mein Kunde, sondern so etwas wie ein Freund. Durch ihn ist mir bekannt, dass die arme Sonya leider nicht das erste mittellose Kind ist, das in dieser Stadt verschwindet …«

Das Gerede war unerträglich. Oda hätte ihn am liebsten angeschrien, er solle den Mund halten. Plötzlich wünschte sie sich Bodo herbei – den stets gleichmütigen, amüsierten Bodo, der Probleme beiseitewischte und alles läppisch und leicht erscheinen ließ. Musste er nicht bald hier sein? Sie wusste es nicht, sie hatte jegliches Zeitgefühl verloren.

Anselm schwatzte weiter, doch seine Worte verschwammen zu einem Brei, dem Odas Gehirn keinen Sinn mehr entnehmen konnte. Gleich darauf übertönte ihn Geschrei von draußen, von den Gärten her, wo die Suchtrupps mit ihren Fackeln umherzogen.

»Ich hab ihn!«, schrie einer. »Das Schwein wollte sich dünnmachen, aber ich hab ihn mir geschnappt.«

»Wo hast du die Kleine, du Dreck?«, schrie ein anderer, dessen Stimme Oda als die von Rodja, dem Gärtnergehilfen mit dem steifen Bein, erkannte. Gleich darauf ertönte ein dumpfer Laut, als ein Körper auf den Boden prallte.

»Karol!«, brach es aus ihr heraus. Mit einem Satz sprang sie auf und wollte hinaus in den Garten laufen, doch da zerrte ein Pulk von Männern Karol schon an den Armen in den Raum. All diese Männer und Jungen kannte Oda seit Jahren. Es waren die grauen Eminenzen, die Pagen, Gärtner, Kutscher und Laufburschen, die still und ergeben das Getriebe des Hotels am Laufen hielten, doch diese Männer waren jetzt nicht wiederzuerkennen. Sie schäumten vor Zorn, waren in ihrer Rage wohl imstande, einen Menschen ums Leben zu bringen.

Karol, der wie leblos in ihren Händen hing, sah entsetzlich aus. Frack und Mantel hatten sie ihm vom Leib gezerrt, das Hemd war über Brust und Schulter zerrissen, Kragen und Schleife hingen in Fetzen herunter. Sein Haar war zerrauft, das schöne Gesicht zerschlagen, blutverschmiert, die Lippe aufgeplatzt. Wie von Sinnen rief Oda seinen Namen und wollte zu ihm rennen, aber Anselm hielt sie mit eisernem Griff zurück.

»Karol Pawlowitsch Albus?« Aus dem Menschenring, der sich im Nu um die Szene geschlossen hatte, trat der Hauptmann der Polizeiwachtmeister in marineblauer Uniform. Säbel und Schusswaffe ließ er stecken, wo sie waren, und hielt lediglich seine Peitsche in der Hand. »Darf ich fragen, was Sie hier um diese Uhrzeit treiben? Sie sind ja wohl kein Gast des *Grandhotel?*«

»Ich war Gast auf dem Ball.« Karol versuchte, sich auf die Füße zu kämpfen, und Oda bewunderte ihn dafür. Mitja, der Pferdeknecht, der ihn am Arm hielt, versetzte ihm jedoch einen Fausthieb in den Nacken, worauf er wieder in sich zusammensank.

Oda musste die Hand auf den Mund pressen, um nicht aufzuschreien. Die Verbindung zwischen ihr und Karol war noch stärker, als sie es sich je hätte vorstellen können: Den Schmerz, der ihm zugefügt wurde, spürte sie am eigenen Leib. Es erforderte unglaubliche Kraft, stehen zu bleiben, statt an seine Seite zu eilen, doch sie wusste, dass sie damit nichts erreichen und die Männer höchstens noch mehr gegen ihn aufbringen würde.

Sie konnte nichts tun, als dem Polizeiwachtmeister zu vertrauen. Die zaristische Polizei galt als korrupt und grausam, sie war in Odessa verhasster als Cholera und verdorbener Fisch. Als Hauptmann musste der Beamte jedoch ein gebildeter, zivilisierter Mann sein. Er würde gewiss nicht einen anderen Mann, der nichts verbrochen hatte, mit der Peitsche schlagen, sondern darauf aus sein, Licht in dieses Dunkel aus grauenhaften Missverständnissen zu bringen.

»Ich habe Sie gefragt, was Sie da draußen gemacht haben.« Der Hauptmann tat einen Schritt auf Karol zu, senkte die Peitsche und ließ den kurzen Riemen über seine Wange gleiten.

»Ich bin spazieren gegangen«, antwortete Karol. Aus seinem Mundwinkel troff ein dünner Faden Blut.

»Mit wem?«, blaffte der Hauptmann ihn an.

»Allein«, sagte Karol.

Oh Gott, mein Liebster, flehte Oda ihn stumm an. Warum sagst du nicht, weshalb du im Garten warst, nach wem du gesucht hast und was du vorhattest? Bitte versuch doch nicht, mich zu schonen, sondern rette dich!

Wenn aber herauskam, dass zwischen ihnen eine Verbindung bestand, würde ihr Vater ihr jeglichen Kontakt mit Karol untersagen. Alle Wege zur Flucht wären ihnen dann versperrt, und selbst wenn es ihnen nach ihrer Großjährigkeit doch noch gelang, zu heiraten, wäre das Hotel verloren.

Zählte das noch? Durfte es noch zählen?

»Allein?« Der Polizist strich Karol von Neuem mit der Peitschenschnur über die Wange. »Tatsächlich? Nicht in Begleitung eines vierzehnjährigen Küchenmädchens namens Sonya?«

»Ich war allein, das habe ich Ihnen doch gesagt«, erwiderte Karol. »Und ich kenne kein Küchenmädchen namens Sonya.«

So schnell, wie die Peitsche in die Höhe schnellte, schnalzend niederfuhr und Karol die Wange zerschnitt, konnte Oda gar nicht schauen. Sie schrie jetzt doch, aber es war Karols Schrei, der in ihren Ohren gellte.

»Na, na!«, rief eine raue, dunkle Stimme, die unverkennbar der Fürstin gehörte. »Sollte eine Schuld nicht bewiesen sein, ehe sie geahndet wird?«

Lidija Petrowna blieb die Einzige, die sich für Karol einsetzte, und ihre Worte verhallten ungehört. Oda war nicht imstande, sich noch länger zu beherrschen. Sie rannte los, fühlte sich aber augenblicklich von Neuem am Arm gepackt und zurückgehalten. Diesmal rechts, statt links. Als sie aufblickte, sah sie in das Gesicht von Bodo.

Dass er nicht lachte, dass dieser notorische Blödsinn-Bodo weder grinste noch flachste, war so, wie wenn man in der Nacht ein Geräusch hörte und einem Hund zusah: Sträubte sich sein Fell im Nacken, wusste man, dass man wahrhaftig Grund hatte, sich zu fürchten.

»Bleib ruhig stehen, du hilfst ihm nicht«, sagte Bodo, gab aber immerhin Anselm ein unmissverständliches Zeichen. Der trat endlich zurück und ließ Oda los.

»Hilf du ihm!«, bettelte Oda. »Sag dem Hauptmann, dass das alles Unsinn ist und Karol mit der Sache nichts zu tun hat. Du bist ein Mann, ein Offizier, auf dich müssen sie doch hören!«

»Mein Russisch würde nicht ausreichen, fürchte ich«, sagte Bodo.

»Sie sprechen Französisch«, rief Oda, »in Odessa spricht jeder Französisch.«

»Und selbst wenn«, erwiderte Bodo. »Weshalb sollte ein zaristischer Polizeihauptmann auf einen kleinen preußischen Leutnant hören, der ihm etwas einreden will, das er selbst nicht weiß? Ich weiß es nämlich wirklich nicht, Oda. Ob Albus etwas mit dem Verschwinden der Kleinen zu tun hat oder nicht, kann ich nicht wissen – und du auch nicht, so leid es mir tut.«

»Natürlich weiß ich es!« Fast schrie sie und konnte froh sein, dass um sie herum alle durcheinanderredeten und niemand auf sie achtete. »Ich kenne Karol, ich kenne ihn wie sonst kein anderer Mensch.«

»Sich zu verlieben trägt nach allgemeiner Erfahrung zur Schärfung der Menschenkenntnis nicht gerade bei«, entgegnete er.

»Spar dir wenigstens jetzt deine blöden Witze!«, herrschte sie ihn an.

»Ich meinte das ernst«, sagte Bodo und klang seltsam betrübt. Er schob Oda einen Gegenstand in die Hand. Sie senkte kurz den Blick und erkannte die Schmuckschachtel vom Juwelier Kark.

Im nächsten Augenblick hob der Hauptmann die Peitsche, um Karol einen weiteren Hieb zu versetzen, und Oda versuchte von Neuem, sich zu befreien. Diesmal ließ Bodo sie gehen. Sie rannte drei Schritte weit, dann verharrte sie mitten in der Bewegung. Doch nicht nur sie allein: Die ganze Szene erstarrte, als hätte irgendwo ein Dornröschen sich an einer Spindel gestochen. Der Arm des Hauptmanns hielt im Ausholen inne, und Karol hing reglos in seinem Griff. Die Gespräche verstummten.

»Was ist denn das hier für eine Aufstand? Ich dachte immer, an keinem Ort der Welt schliefe man so wohlig und vor Lärm geschützt wie im *Grandhotel Odessa.*«

In den Kreis getreten war ein liebliches Mädchen in Himmelblau, einem Ballkleid, das es sich sichtlich in Eile über die Nachtbekleidung geworfen hatte. Das blonde Haar fiel ihr in einer Wolke von seidigen Locken über Brust und Schultern. Das Gesicht wirkte rosig, unschuldig, wie aufgeschreckt aus einem süßen Traum.

Belle von Arndt.

Die Erstarrung löste sich, und die Versammelten drehten sich nach ihr um.

»Es tut mir leid, Belle.« Das war Odas Vater, der von irgendwoher aufgetaucht war. »Es gab leider einen unschönen Zwischenfall, dem dieser Radau geschuldet ist. Aber die Sache hat sich geklärt, der Unhold ist gefunden, und die Wogen werden sich sicher rasch glätten.«

»So klingt es aber gar nicht, Onkel Philipp«, erwiderte Belle, deren Füße in Pantöffelchen steckten, mit ihrer Mädchenstimme. »Um was für einen Zwischenfall geht es denn überhaupt?« Sie blickte in die Runde, entdeckte Karol und schlug beide Hände vor den Mund, um einen Schrei zu ersticken. »Um Himmels willen, was macht ihr denn mit Karol?«

Auch Oda wandte sich von Belle ab und wieder Karol zu. Aus der Wunde auf seiner Wange floss das Blut in Strömen. Sobald ihr Blick ihn erreichte, sah auch er auf, und ihre Augen trafen sich. In seinen las sie die Liebe, die sie an jedem Tag mit ihm gespürt hatte, und dazu die tiefste, hoffnungsloseste Traurigkeit. Sein Blick nahm Abschied, und das Wort, das sie ihm hätte zurufen wollen, gefror ihr im Hals.

»Ich hätte es vorgezogen, nicht mit dir darüber zu sprechen«, sagte Odas Vater zu Belle. »Aber wie ich sehe, bleibt mir keine andere Wahl. Aus meinem Haushalt ist heute Nacht ein junges Mädchen verschleppt worden, und zu meinem Bedauern hat sich herausgestellt, dass ein Gast meines Hotels der Schuldige ist.«

Das Entsetzen, das im Raum lag, ließ sich mit Händen greifen. Niemand wagte es, sich zu rühren oder seinem Nachbarn auch nur ein Wort zuzutuscheln.

Belle aber lachte hell und ungläubig auf. »Du meinst Karol?«, rief sie. »Aber nicht doch, du kannst unmöglich Karol meinen! Was immer diesem armen, kleinen Ding zugestoßen ist – Karol hat damit nichts zu tun.«

»Woher willst denn ausgerechnet du das wissen?« Die scharfe Stimme, die wie ein Messer durch die Menge schnitt, gehörte Belles Mutter. »Du mischst dich lieber nicht in Dinge, von denen du Gott sei Dank nichts zu verstehen brauchst, und ziehst dich am besten wieder zurück, ehe auch der Letzte im Raum deinen skandalösen Aufzug bemerkt.«

Belle achtete nicht auf ihre Mutter. Sie besaß diese beneidenswerte Gabe, alles, was ihr im Wege war, zu ignorieren. Odas Hand krampfte sich um die Schachtel mit dem Diadem, das Leo Ullrich ihr geschenkt hatte, und um ihre Schultern spürte sie Bodos Arm.

»Woher ich weiß, dass Karol nichts damit zu tun hat?«, fragte Belle und lächelte strahlend mit ihren himmelblauen Augen. »Nun, er kann nichts damit zu tun haben, weil er die ganze Nacht lang mit mir zusammen war. Zuerst haben wir der Form halber ein wenig getanzt und getrunken und geplaudert, doch sobald es ohne allzu großes Aufheben möglich war, haben wir uns verabschiedet. Ich, indem ich vorgab, mich hinlegen zu wollen, und Karol, weil er angeblich frische Luft brauchte. In Wahrheit aber haben wir all diese Stunden oben in meiner Suite verbracht, waren wunschlos glücklich und haben uns um nichts geschert. Mama und Onkel Philipp, es tut mir von Herzen leid, dass ihr es auf diese Weise erfahren müsst, doch es ist, wie es ist: Karol und ich, wir lieben uns. Wir haben keinen größeren Wunsch, als so schnell wie möglich zu heiraten.«

1886

ODESSA

IM LIFT ZURÜCK

9

Ich begleite Tessa in die Stadt«, sagte Philipp und stand vom Mittagstisch auf, um mit seiner Schwester, die in ihrem weinroten Winterkleid bereits an der Tür stand, den engen Raum zu verlassen.

»Ich habe dir doch gesagt, ich habe mit dir zu reden«, versuchte sein Vater ihn wie einen dummen Jungen zur Ordnung zu rufen. »Du weißt selbst am besten, dass dieses Gespräch schon viel zu lange aufgeschoben worden ist.«

Philipp aber setzte unbeirrt seinen Weg zur Tür fort. Soweit es ihn betraf, hatte er alle notwendigen Gespräche mit seinem Vater geführt, und sie waren sämtlich ergebnislos verlaufen. Jetzt mussten andere Maßnahmen her. Der heutige Tag besaß die Macht, über seine gesamte Zukunft zu entscheiden.

Tessa, seine vor Leben sprühende Schwester, die auch, was Herz und Verstand betraf, sein Zwilling war, zog die Tür auf und schlüpfte durch den Spalt. »Beeil dich, Philipp! Wenn du noch lange palaverst, ist das Eis geschmolzen, ehe wir einen Fuß darauf setzen.«

Just in dem Moment schlug die geschmacklose Tischuhr auf der Nussbaumanrichte, wie um Tessas Mahnung zu unterstreichen. Möbel und Zierrat in diesem Haus stammten sämtlich noch aus dem Biedermeier, nicht anders als die Ansichten von Philipps Vater.

»Du bleibst hier«, sagte dieser.

»Jetzt lass den Jungen doch gehen«, meldete sich seine Mutter zu Wort. Elsbeth Liebenthal war eine kleine, beinahe schmächtige Frau, die wohl jeder, der sie kannte, als ideale, fügsame Gattin beschrieben hätte. Sie verfügte über die Gabe, ihrem Mann ihren

Willen aufzudrängen, indem sie ihn glauben machte, es handle sich um seinen eigenen. »Allein kann Tessa schließlich nicht in die Stadt fahren«, erklärte sie ihm. »Du wirst ja wohl kaum wollen, dass deine Tochter ohne Aufsichtsperson in Odessas Straßen gesehen wird. Womöglich in Begleitung eines jungen Herrn, der bisher noch nicht einmal seine Absichten erklärt hat.«

»Ich sehe nicht ein, warum Tessa überhaupt in die Stadt fahren muss«, knurrte Joseph Liebenthal, hielt dann aber inne, weil ihm offenbar erst jetzt bewusst wurde, was seine Frau gerade gesagt hatte. »Was soll das überhaupt heißen – in Begleitung eines jungen Herrn, der seine Absichten nicht erklärt hat? Was wird mir in meinem eigenen Haus schon wieder verschwiegen?«

»Aber ich verschweige dir doch nichts!«, rief Elsbeth und wedelte Clara, das Mädchen, das mit der Suppenschüssel im Durchgang zur Küche stand und neugierig lauschte, aus dem Zimmer. »Es wird dir ja wohl kaum entgangen sein, dass die Bucht seit Tagen zugefroren ist und deine Tochter mit einer Schar jungem Volk dort zum Eislaufen will.«

»Und wie kommst du auf den Gedanken, dass ich für ein derart unsinniges und ungesittetes Vorhaben meine Erlaubnis erteile?«, fuhr ihr Mann ihr ins Wort.

»Nun, ich war der Überzeugung, du würdest Adalbert Geibels Sohn Christoph recht gern als deinen Schwiegersohn sehen«, erwiderte Elsbeth leichthin. »Oh, vergaß ich, das zu erwähnen? Der junge Christoph Geibel ist es, der seine Freunde zu diesem Ausflug eingeladen hat. Tessa hat mich gefragt, und in der Annahme, in deinem Interesse zu handeln, habe ich es gestattet. Selbstverständlich unter der Bedingung, dass Philipp seine Schwester begleitet. Sollte ich mich geirrt haben, bitte ich um Verzeihung. Ich dachte wirklich, eine Verbindung mit dem Haus Geibel wäre genau das, was du dir wünschst.«

Philipps Vater war Getreidehändler. Die junge Hafenstadt

Odessa, die Katharina II. in ebendieser Absicht in die geschützte Bucht hatte bauen lassen, war innerhalb weniger Jahrzehnte zum wichtigsten Exporthafen für Getreide aus dem gesamten Russischen Reich geworden. Philipps Urgroßvater, der vor mehr als hundert Jahren dem Ruf der Zarin gefolgt und aus dem Westpreußischen nach Neurussland gekommen war, hatte dies am Tag seiner Ankunft vorausgesehen und beschlossen, damit reich zu werden. Zumindest wenn man den Behauptungen von Philipps Vater glaubte. Wie der Familienname des Urgroßvaters gelautet hatte, wusste Philipp nicht, denn er wurde nicht erwähnt. Lutherisch getauft worden war er auf die Vornamen Robert Diethelm, und den unbekannten Familiennamen hatte er gegen den der neuen Siedlung vor den Toren Odessas – Liebenthal – getauscht.

In Liebenthal wohnte die Familie noch heute, in derselben Kate mit den kleinen Räumen, die der Urgroßvater gebaut hatte, obwohl sie sich ein elegantes Stadthaus in Odessas bester Gegend spielend hätten leisten können. Philipps Vater gefiel es in der Provinzialität, weil sein Kleingeist, seine Engstirnigkeit hier in ihrem Element waren. Die Firma R. D. Liebenthal & Söhne expandierte derweil fröhlich weiter. Sie unterhielt mehrere Getreidesilos hinter dem Hafen der Stadt, und in diesem Jahr würden zwei weitere dazukommen.

Alles, was Joseph Liebenthal sich in seiner Kleinstadtbehäbigkeit noch erträumte, war die Verbindung mit einem Bankhaus, und Adalbert Geibels Privatbank war dafür wie geschaffen. Die Geibels gehörten einer zweiten Welle von Auswanderern aus deutschen Ländern an. Sie waren jüdischer Herkunft, jedoch protestantisch getauft, weshalb es nichts gab, das einer Heirat zwischen Theresa Viktoria Liebenthal, die alle Welt Tessa nannte, und Christoph Geibel, dem einzigen Sohn der Bankiersfamilie, im Weg stand.

»Soso.« Philipp Liebenthals Vater wischte sich wie ein Bauer den Mund mit dem Tischtuch. »Der junge Geibel also. Na, wenn selbst der nichts Vernünftigeres zu tun hat, als auf Kufen auf dem Meer herumzuschlittern, werd ich's unseren Sprösslingen nicht verbieten. Junges Volk muss sich schließlich austoben, was?« Er richtete seinen drohenden Blick auf Philipp. »Aber wir reden später, Freundchen.«

Dein Freundchen bin ich die längste Zeit gewesen, dachte Philipp, sagte aber nichts, sondern erlaubte sich nur ein kurzes Schnauben, ehe er seiner Mutter zunickte und seiner Schwester nacheilte.

Die hatte inzwischen ihrer beider Pelzmäntel von der Garderobe gerissen und war hinaus in den klirrenden Dezembertag gelaufen. Den schweren Schlitten hatte Max, der Kutscher, längst angespannt, und die zwei lettischen Kaltblüter, Falben mit langen, weißen Mähnen, scharrten mit den Hufen im Schnee.

Philipp liebte Pferde. Wenn es überhaupt etwas gab, das er mit seinem Vater gemein hatte, dann war es diese Leidenschaft. Und wenn er vom Erbe seines Vaters irgendetwas behalten und nicht für seinen Traum zu Geld machen würde, dann war es dessen Stall voll ausgesucht edler Tiere, mit denen er eine Liebhaberzucht unterhielt.

Es war das einzige Geschenk des Vaters, das Philipp schätzte: *Topas,* sein Reitpferd, ein feinnerviger, turkmenischer Goldfuchs, mit dem er sich im Innersten verwandt fühlte.

»Nun komm schon, du Schlafmütze!«, rief Tessa lachend, warf Philipp seinen Mantel zu und sprang auf den Schlitten. Es war durchaus möglich, dass es schönere Mädchen als seine Schwester gab, und sogar dass es Männer gab, die ihre Züge zu kantig und ihren agilen, sportlichen Körper zu jungenhaft fanden. Unmöglich aber konnte es jemanden geben, der von Tessa Liebenthals Lebenshunger, ihrem Temperament und ihrem völlig natürlichen Charme nicht gefesselt war.

Um Tessas Gunst standen die Heiratskandidaten sämtlicher deutscher Familien in den Kolonien wie auch in Odessa selbst Schlange. Tessa konnte unter ihnen wählen wie Paris unter den Göttinnen des Olymp, nur standen ihr nicht drei, sondern Dutzende junge Männer zur Auswahl. Sie war durch und durch liebenswert, benahm sich reizend zu jedem und wählte ständig neu. Wenn Philipp sie fragte, ob es ihr mit diesem oder jenem der wechselnden Favoriten denn ernst sei, lachte sie und fragte zurück: »Muss es denn ernst sein? Sie sind alle so nett. Wie soll ich mich da nur für einen entscheiden?«

»Kannst du keinen von ihnen lieben?«, hatte Philipp nachgehakt.

Er selbst liebte auch keine und wusste nicht, wie es sich anfühlte, sich nach etwas anderem als der Erfüllung seines Traums zu sehnen. Halb und halb hatte er wohl angenommen, für ein Mädchen sei das etwas anderes.

Und wenn er Tessa Glauben schenkte, war es das auch. »Es ist durchaus nicht so, dass ich keinen von ihnen liebe«, hatte sie ihm zur Antwort gegeben. »Ich liebe eher zu viele von ihnen. Das ist mein Problem.«

Seit ein paar Tagen, vielleicht sogar schon seit dem Barbaratag, als es zu schneien begonnen hatte, war es nun Christoph Geibel, der die Krone des Favoriten erobert hatte. Anna, Christophs Schwester, die Philipp schon von klein auf anhimmelte, war Tessas beste Freundin. Besuche in der Vorstadt waren selten, wohingegen die Liebenthal-Geschwister im Haus der Geibels in der vornehmen Puschkinstraße ein und aus gingen. Die Geibels waren nett. Alle vier. Die Eltern Adalbert und Gretel, die Philipp und Tessa wie eigene Kinder behandelten, Christoph, für den die Bezeichnung *feiner Kerl* vermutlich erfunden worden war, und Anna, ein süßes Mädchen, das eines Tages zweifellos für ihren Mann ein süßes Frauchen abgeben würde.

Philipp mochte sie. Sein Problem bestand nur darin, dass er keinen kleinen Traum von süßen Frauchen träumte, sondern einen großen: den von einem Hotel.

Als Knirps in kurzen Hosen hatte er an der Hand seines Onkels im Hafen gestanden, als das Schiff mit dem hohen weißen Bug in der Bucht vor Anker gegangen war und seine bunt bemalten Beiboote herabgelassen hatte. Dass er das erste Kreuzfahrtschiff der Weltgeschichte vor Augen gehabt hatte, hatte er nicht gewusst, doch er hatte die lachenden, hell gekleideten Menschen gesehen, die aus den Beibooten gestiegen waren und in den Restaurants und Geschäften ihr Geld mit vollen Händen ausgegeben hatten.

»Da wünscht man sich, einer von ihnen zu sein, was?«, hatte der Onkel gefragt.

Philipp aber, so klein er gewesen war, hatte sich gewünscht, der Besitzer des Kaffeehauses zu sein, der nun vor seiner Tür stand und sich die Hände rieb, während die Touristen in Schwärmen in sein Lokal strömten.

Jahre später, als Dreizehnjähriger, hatte er zwei gloriose Nächte in einer Suite des neu eröffneten *Grand Hotel Europe* in Petersburg verbringen dürfen, weil ein Geschäftspartner seines Vaters dort ein Jubiläum beging.

Spätestens danach hatte sein Entschluss festgestanden: Er wollte ein *Grand Hotel Odessa.* Er war kein Getreidehändler, musste in der staubigen Luft der Silos bis zum Ersticken husten und hasste es, über dem Anzug eine Schürze zu tragen. Die wogenden, wie mit Schaum gekrönten Weizenfelder, die seinen sonst nüchternen Vater nahezu in Ekstase versetzten, ließen ihn kalt. Aber er wusste, wo sein Hotel stehen musste, und sah jeden Gang, jeden Raum, jedes Ornament der Fassade vor sich wie in einer Vision.

Daran hatte sich bis heute kaum etwas geändert. Er hatte seine Ideen lediglich verfeinert und in unzähligen Nächten überdacht, wie sie sich durchführen ließen. Wenn seine Altersgenossen sich verliebten und sich auf dem obersten Rang des Theaters versammelten, um Mädchen im Parkett anzuschmachten, stand er stumm daneben und dachte: Vielleicht ist das im Grunde gar kein so großer Unterschied – unbedingt ein Mädchen zu wollen, das in einem Theatersessel mit einem Fächer wedelt, oder unbedingt ein Stück Land zu wollen, das zwischen zwei Prachtstraßen und einer Treppe in den Himmel darauf wartet, dass jemand ein Hotel darauf baut.

Die Kälte rief ihn zurück in die Gegenwart. Eilig schloss er die Schnallen an seinem Mantel. Max, der Kutscher, wollte sich auf den Bock des Schlittens hieven, aber Philipp hielt ihn zurück. »Lass gut sein, Max. Ich fahre selbst.«

»Einen Schlitten, Herr Philipp?« Unsicher trat Max einen halben Schritt zurück. »Schwerer als die Britschka lenkt der sich aber schon.«

Philipp lachte auf. »Sehe ich aus, als würde der nächste Windstoß mich umpusten?« Er wusste, er war nicht das, was man stattlich genannt hätte, sondern schlank und beinahe zierlich. Aber er war auch sehnig und zäh und würde sich von dem Gespann der zwei Letten gewiss in keinen Straßengraben werfen lassen.

»Fahren wir heute noch los, oder muss ein Mädchen hier oben erst zur Schneekönigin werden?«, rief Tessa ihm vom Bock herunter zu.

»Musst du nicht, kleine Gerda«, rief Philipp zurück und schwang sich zu ihr hinauf. Sie beide liebten das Märchen, das ihre dänische Kinderfrau ihnen unzählige Male erzählt hatte. In Kay und Gerda, den beiden Nachbarskindern, die von der mörderischen Herrscherin der Kälte getrennt werden, hatten sie sich selbst erkannt und einander versprochen, dass nichts und niemand sie je trennen würde.

»Also, dann los.« Philipp nahm die Zügel, hob die Peitsche und ließ sie schnalzen. Ein wenig schleppend, doch mit jedem Schritt munterer setzten die Pferde sich in Trab, dass die Schellen an ihren Geschirren klirrten. Die Geschwister tauschten einen strahlenden Blick, in dem beinahe so etwas wie Triumph lag. Dies ist mein Tag, dachte Philipp. Alles in ihm war darauf vorbereitet, alles in ihm war sich seiner Sache sicher.

»Wo treffen wir die Geibels?«, fragte er seine Schwester.

»Bei *Seibman*. Auf eine Schokolade, ehe es losgeht.«

Das heiße, süße, von einer Sahnehaube gekrönte Getränk war in Russland weitgehend unbekannt und nur in der deutschen Konditorei zu haben. Die Jugend der Stadt kam dort zusammen, drängte sich um zu kleine Tische und genoss Süßigkeiten, Nähe und Tratsch. Welcher Volksgruppe sie angehörten, war dabei gleichgültig, nur dass sie aus betuchten Familien stammten, zählte.

»Tu mir einen Gefallen«, sagte Philipp. »Auch wenn's dir schwerfällt: Überlass mir eine halbe Stunde lang deinen Christoph. Hinterher hast du ihn dafür ganz für dich, das verspreche ich hoch und heilig.« Er zwinkerte ihr zu.

»Bleib mit ihm allein, solange du willst«, erwiderte Tessa. »Du willst ihn wegen des Kredits fragen?«

Philipp nickte.

»Sein Vater lässt ihm bei einer ganzen Menge von Entscheidungen, die die Bank betreffen, schon freie Hand«, sagte Tessa. »Aber wenn es um so viel Geld geht, wird er Papiere sehen wollen. Sicherheiten. Vaters Bürgschaft, die du nicht bekommst.«

»Das lass meine Sorge sein«, sagte Philipp. »Von dir verlange ich nur, dass du eine knappe halbe Stunde lang auf deinen Liebsten verzichtest.«

»Wenn's weiter nichts ist.« Tessa ließ ein langes Bein in einem zierlichen Schnürstiefel aus dem Schlitten baumeln und blies weiße Atemwolken in den blauen Tag. »Um die Wahrheit zu sagen – ich bin darüber nicht unfroh. Stoffel ist lieb. Er ist der Liebste von allen. Aber er ist auch eine Klette, die bei jedem Schritt mit ihrem ganzen Liebsein an mir klebt.«

Philipp musste lachen. »Wenn sich eines Tages ein Mann deinetwegen das Leben nimmt, wäre ich nicht überrascht.«

»Ich vielleicht auch nicht.« Tessa verschränkte die Hände im Nacken, lehnte sich zurück und sah in den strahlenden Himmel. »Männer sind so dramatisch. Sich einfach nur zu amüsieren, genügt ihnen nicht – es muss immer die ganz große Geste, der Tanz zwischen Paradies und Abgrund sein.«

Durch stiebenden Schnee glitt der Schlitten aus der Enge von Liebenthal hinaus in die glitzernde Weite der verschneiten Steppe. Philipp spürte, wie seine Lunge sich mit der kalten, kristallklaren Luft füllte, und hatte ein paar Atemzüge lang das Gefühl, unsterblich zu sein. Das Leben war eine grandiose Sache, wenn man jung war und voller Kraft steckte, wenn man einen Traum hatte und wusste, dass es in den eigenen Händen lag, ihn sich zu erfüllen.

Er wollte noch etwas zu Tessa sagen, als hinter ihnen lautes Rufen ertönte: »Halt, halt, so wartet doch! Tessa, Philipp, bitte nehmt mich mit!«

»Ach du liebe Zeit.« Tessa stöhnte. »Es wird uns wohl nichts anderes übrig bleiben.«

»Du sagst es.« Philipp zog die Zügel an, bis die Pferde in Schritt fielen.

Der junge Mann, der gerufen hatte, ein beleibter, rotgesichtiger Kerl im zu engen, abgeschabten Pelz, lief hechelnd wie ein Hund um den Schlitten herum und hievte sich mühsam auf einen der Sitze. »Tausend Dank«, rief er keuchend. »Ich hab euch vorbeifahren sehen und bin gleich losgerannt, aber ich hatte Angst, dass ihr mich nicht hört. Wohin geht's denn, Tessa? Zum Eislaufen? Und wir Herren machen es uns bei einem guten Glas gemütlich und sehen von drinnen zu?«

Anselm Fleißer.

Ihr Cousin.

Er war der Sohn ihrer Tante Waltraud, der Schwester ihres Vaters, die Pech gehabt und einen Menschen geheiratet hatte, der nicht richtig auf die Füße kam. Hannes Fleißer war kein schlechter Kerl, nur nicht sonderlich helle. Einer, der sich von jedem übers Ohr hauen ließ. Mit seinem Holzhandel hielt er sich und seine Familie gerade so über Wasser, und außerdem hatte er zu viele Töchter, für deren Verheiratung er keinen Rubel würde aufbringen können. Anselm, sein einziger Sohn, war ihm im Wesen ähnlich – ein unsäglicher Tölpel, fand Philipp, zwar harmlos, aber äußerst lästig.

Sein Vater hielt von der ganzen Familie nichts. Er steckte zwar gelegentlich seiner Schwester kleine Geldbeträge zur Unterstützung zu, doch ihr Mann und ihre Kinder sollten ihm gestohlen bleiben. Joseph Liebenthal hatte für Versager nichts übrig.

So wenig wie ich, bemerkte Philipp, der sonst heilfroh darüber war, mit seinem Vater weder den schlechten Geschmack noch den spießigen Kleingeist oder gar die von Scheuklappen verstellte Weltsicht gemeinsam zu haben. Auch äußerlich waren weder er noch Tessa dem Vater nachgeraten. Keines ihrer Elternteile war eine Schönheit, doch beider Züge hatten in der Mischung ein höchst erfreuliches Ergebnis gezeigt.

Von dem bedauernswerten Anselm ließ sich durchaus das Gegenteil behaupten. Die Summe seiner wenig anziehenden Elternteile ergab doppelte Unansehnlichkeit.

»Wir setzen uns doch in eine dieser Gastwirtschaften am Hafen, um den Mädchen zuzusehen, nicht wahr, Philipp?«, fragte er jetzt zwischen noch immer schweren Atemzügen und verzog das Gesicht zum Grinsen. »Sonderlich sauber ist es da ja nicht, und mit dem Volk, das sich da herumtreibt, möchte man sich auch nicht gemeinmachen, aber was tut man nicht alles für das schöne Geschlecht?«

»Wir gehen alle zusammen zu *Seibman*«, unterbrach Tessa seinen Sermon. »Zu Strudel und Schokolade. Hinterher ziehen wir hinunter in die Bucht, um uns auf dem Eis auszutoben. Mein Bruder hat allerdings noch eine Art geschäftlicher Unterredung mit Christoph Geibel und bleibt etwas länger bei *Seibman*.«

»Oh, dann bleibe ich auch!«, rief Anselm. »Solchen brüchigen, glitschigen Angelegenheiten wie dem überfrorenen Meer vertraue ich mich lieber nicht an.«

Tessa erstickte ein Glucksen, und die Blicke der Geschwister trafen sich. Philipp wusste, dass sie wie so oft dasselbe dachten: Bei Anselms Leibesfülle war es vermutlich weise, dem Eis fernzubleiben, und überdies war der dicke Cousin, wie er auf Kufen Pirouetten drehte, nur schwer vorstellbar.

»Aber muss es denn *Seibman* sein?«, fuhr Anselm fort und klang jäh betrübt. »Die Wucherpreise bei dem Juden kann ich mir nicht leisten. Es sei denn, du würdest mir aus der Verlegenheit helfen, Philipp. Nur für ein paar Tage. Oder allerhöchstens bis Anfang des Jahres.«

»Du hast nicht richtig verstanden«, sagte Philipp. »Meine Unterredung mit Christoph ist privat. Dabei kann ich keine Zuhörer brauchen.«

»Ich dachte ja nur ...«, begann Anselm und brach ab. Sie fuhren nach Odessa hinein, durch den Schlund, den die Balkovskaja, die Hauptstraße der Moldawanka, bildete. Rechts und links kragten die Vorbauten der verwahrlosten, zusammengestoppelten Häuser so weit über das Kopfsteinpflaster, dass sie sich an manchen Stellen um ein Haar berührten. Von dem blendenden Tageslicht gelangte kaum etwas in die Gasse. Für gewöhnlich wurde hier der Basar abgehalten, auf dem man von getrockneten Sardellen über lebende Hühner, von medizinischen Präparaten über bessarabischen Wein bis zu Zahngold, Elixieren für ewige Jugend und parfümiertem Schnupftabak alles bekam, was das Herz begehrte. In Bottichen wurden Nudeln gesotten, in Fässchen Oliven und Muscheln angeboten, und wer gewollt hätte, hätte auch seine Großmutter verkaufen können, wenn auch zu einem reichlich kläglichen Preis.

Der Schnee aber hatte die Händler und Handelnden in ihre Unterkünfte getrieben. In manchem Hauseingang ließ sich ein Schmuggler mit prallen Taschen oder ein leicht gekleidetes Mädchen blicken, doch wer mit denen Geschäfte machen wollte, ohne am Ende gerupft dazustehen, musste mit allen Wassern der Moldawanka gewaschen sein. Das Viertel war der Unterleib, die Gedärmehöhle von Odessa. Philipp machte es nichts aus. Sein Hotel würde weit genug davon entfernt liegen, damit selbst an heißen Tagen kein Mief an den Balkonen der Gäste vorbeizog, aber doch so nah, dass jeder, der das exotisch-anrüchige, das nicht ganz lupenreine Abenteuer suchte, seinen Weg leicht fand.

»Ich dachte ja nur, weil es doch draußen so kalt ist«, begann Anselm noch einmal, während Philipp den Pferden die Zügel schießen ließ, sobald die Enge der Basargasse hinter ihnen lag. »Deine Gespräche würde ich nicht stören, Philipp. Wirklich nicht. Versprochen.« Menschen wie Anselm beteuerten ständig alles doppelt und dreifach. »Wenn du mir nur das Geld für, sagen wir: einen kleinen Mokka und ein, zwei Stück Konfekt vorstrecken könntest, würde ich ganz still und stumm allein an meinem Tisch sitzen, bis du so weit bist und wir zusammen in den Hafen gehen. Ein Glas Wein, während wir den Mädchen beim Eistanz zuschauen, kann ich mir dann schon leisten, solange es nicht die teuerste Gastwirtschaft sein muss.«

Ehe Philipp antworten konnte, drehte Tessa sich um. »Tut mir leid, Anselmchen, aber das ist jetzt alles schon fest verabredet. Wir quartieren uns im Jachtclub ein. Wer aufs Eis will, geht aufs Eis, und wer nicht, der lässt sich im Clubhaus umsorgen. Sie haben ein recht ordentliches Büfett dort, zwar nur Kaltes, aber die Qualität lässt meist nichts zu wünschen übrig.«

»Leider sind ausschließlich Mitglieder zugelassen«, ergänzte Philipp.

»Im Ekaterina-Jachtclub?«, rief Anselm entsetzt aus. »Aber da bin ich ja kein Mitglied!«

Der arme Kerl hätte ihm leidtun sollen. Es war schließlich nicht Anselms Schuld, dass er auf der schattigen Seite des Gartenzauns zur Welt gekommen war und obendrein weder das Äußere noch die Lebensart mitbrachte, um eine halbwegs betuchte Partie zu ergattern. Der Dicke war sein Cousin, er hatte ihm nie etwas Böses getan, und jeder normal empfindende Mensch hätte Mitleid aufgebracht. Philipp aber suchte in sich vergeblich danach. Er hatte nichts gegen Anselm und wünschte ihm nichts Übles, sondern spürte nur völlige Gleichgültigkeit und wollte einfach seine Ruhe vor ihm.

Womöglich fehlte ihm etwas, das gewöhnlichen Menschen angeboren war wie die Fähigkeit, zu essen und zu trinken – die Fähigkeit, sich in einen leidenden Mitmenschen einzufühlen. Oder er würde zu all diesem Gefühlsüberschwang – Mitleid, Liebe, Verständnis – erst imstande sein, wenn er seinen Traum auf den Weg gebracht hatte. Vielleicht würde etwas in ihm freigesetzt, sobald er den Traum in Sicherheit wusste, sobald der Traum nicht mehr alles von ihm forderte, und er würde empfinden wie andere Menschen auch.

Heute Abend.

Dass es heute Abend endlich so weit war, brachte sein Herz in der Kälte zum Schlagen wie einen Pickel auf Eis.

Tessa dagegen war eben Tessa und hatte Mitleid mit jedem, einerlei, wie sehr er ihr auf die Nerven ging. Womöglich lag das daran, dass seine unwiderstehliche Schwester ein so traum- und wunschlos glücklicher Mensch war. Sie drehte sich wiederum nach Anselm um, der eine Decke von den Sitzen genommen und sich wie ein Mädchen darin eingewickelt hatte, und nickte ihm aufmunternd zu. »Darum mach dir keine Sorgen, wir als Mitglieder dürfen schon ein paar Gäste mitbringen. Nur die Zeit, uns um dich zu kümmern, wird wohl keiner von uns haben, denn wir sind ja schon bei unseren Freunden im Wort. Das verstehst du, oder? Wir drei wohnen schließlich in Liebenthal und können uns alle naselang treffen, aber meine Freundinnen vom Lyzeum sehe ich leider nicht oft.«

Sowohl Tessa als auch Philipp wären lieber gestorben, als sich alle naselang mit Anselm zu treffen, und Tessas Zeit auf dem Lyzeum für Odessas höhere Töchter war bereits seit drei Jahren beendet. Ihren Freundinnen hielt sie natürlich die Treue, Tessa hielt auf ihre Art jedem die Treue, aber zum Eislaufen ging sie gewiss nicht, weil sie sich nach weiblicher Gesellschaft verzehrte.

»Ja, natürlich, liebe Tessa, selbstredend«, murmelte Anselm eingeschüchtert. »Ich verspreche, ich werde nicht stören.«

Um ein Haar hätte Philipp die Abzweigung verpasst. Er lehnte sich zur Seite, um die Pferde in eine scharfe Wendung zu zwingen, und schaffte es im letzten Augenblick. Mit einem Satz schrammte der schwere Schlitten über das Trottoir, und eine Dame samt ihrer Dienerin, die ihr einen Turm von Paketen aus teuren Geschäften hinterdrein trug, ergriff kreischend die Flucht. Dann glitt das Gefährt wieder ungehindert, beinahe geräuschlos schwebend über die breite Deribasowskaya, und Philipp fühlte sich wie im Siegesrausch. Am liebsten hätte er laut gelacht.

Diese Straße musste einfach die schönste der Welt sein, sie war die Königin der Straßen. Ihre Häuser waren nur selten höher als zwei Stockwerke, sie ragten nicht turmhoch auf, sondern ließen dem Blick seine Freiheit, sie waren in weichen Pastellfarben verputzt und geschmückt mit aufwendig geschmiedeten oder gezimmerten Balkongittern, die von einem südlichen, sommerlichen Leben kündeten. Auch die Kaffeehäuser, Bars und Restaurants würden ihre Tische und Stühle auf die Straße räumen, sobald der erste wärmere Tag sein Gesicht zeigte. Im Geiste sah Philipp zwischen den Passanten mit ihren Einkäufen weiß gekleidete Touristen schlendern, die sich auf der Flaniermeile vergnügten und sich am nahen Strand tummelten, ehe sie zur Blauen Stunde in sein Hotel zurückkehrten, weil man nirgendwo eleganter seinen Cocktail einnehmen konnte und nirgendwo exquisiter zu Abend aß.

Heute würde er den Grundstein dafür legen, auch wenn noch niemand etwas davon sah. Den kleinen Stein, den er damals im Hof des Petersburger Hotels gefunden und für diesen Tag aufgehoben hatte, spürte er in seiner Manteltasche. Heute würde das Gebäude, das in seinem Kopf seit Jahren fertig ausgestattet war, in der Wirklichkeit Gestalt anzunehmen beginnen.

Als der Schlitten sich der Straßenecke näherte, die Seibmans Konditorei einnahm, stürmten ihre Freunde ihnen schon entgegen. Das Wetter hätte schöner nicht sein können, alles freute sich auf die kommenden Stunden, und wie immer, wenn junge Leute beiderlei Geschlechts zusammentrafen, schien die Luft etwas zu vibrieren.

»Da wären wir also«, konstatierte Anselm nutzlos. Kein Mensch achtete auf ihn.

Tessa war aufgesprungen und winkte. »Guten Tag, Maurice! Wie schön, dass Sie es einrichten konnten.«

»Wer ist Maurice?«, fragte Philipp, der einen livrierten Hausdiener herangewinkt hatte, damit er den Schlitten in den Hof schaffte und sich um die Pferde kümmerte.

Tessa wies auf einen hochgewachsenen Mann mit dunkler Pelzmütze, der im Eingang des Cafés stand und sich auf ihren Gruß hin lächelnd verbeugte. »Maurice Mirbeau. Erinnerst du dich nicht? Wir haben uns neulich beim Tanztee der Lopuchins kennengelernt. Er ist ein Bekannter von Boris Michailowitsch aus Paris, ein aufstrebender Architekt, und in einem Auftrag der Grafen Tolstoi hier.«

»Armer Christoph«, bemerkte Philipp, der seinen Freund im Pulk stehen und voller Sehnsucht zu Tessa aufblicken sah.

Tessa lachte. »Er hat ja dich.«

»In der Tat. Er hat mich.«

Beide sprangen gleichzeitig von der Bank, hakten sich unter und marschierten der Schar ihrer Freunde entgegen.

10

Ich weiß, ich hätte es mir denken können«, sagte Christoph und rührte in seinem *Pharisäer,* einer aus dem deutschen Norden stammenden Kaffeespezialität, zu der Philipp ihn überredet hatte und die einen beachtlichen Schuss braunen Rum enthielt. »Wir wissen ja alle, dass deine Schwester ein Schmetterling ist, der auf keiner Blüte länger als ein paar Tage verweilt. Aber wie so viele bin eben auch ich töricht genug gewesen, mir einzureden, ausgerechnet ich könnte der eine sein, bei dem alles anders ist.«

Flüchtig musterte Philipp seinen Freund. Christoph war ein netter Bursche, auch nicht übel anzusehen – mittelgroß, von mittlerem Körperbau, straßenköterblond und mit einem frischen, freundlichen Gesicht. Gegen ihn war nicht das Geringste einzuwenden. Bis auf das eine: Er war nichts Besonderes.

Wie Philipp es geplant hatte, saßen sie an einem der kleinen Tische mit den Marmorplatten, und die plüschige, nach Kaffee und Holzpolitur duftende Umgebung schuf genau die Atmosphäre, die ihm passte. Niemand würde auf die Idee kommen, in dieser etwas verschlafenen Behaglichkeit könne ein weltbewegendes Geschäft getätigt, eine Sensation aus der Taufe gehoben, eine Bombe zum Zünden gebracht werden. Schon gar nicht Anselm, der, wie er es versprochen hatte, im hintersten Winkel bei einem billigen Braunen saß und sich hinter den *Odessaer Nachrichten* versteckte, als könne er gut genug Ruthenisch lesen. Gewiss nahm er an, im Gespräch der beiden jungen Männer ginge es um Mädchen.

Das tat es ja auch. Zwangsläufig und zumindest vordergründig.

»Trink deinen Kaffee, bevor er kalt wird«, sagte Philipp zu Christoph. »Wenn du mir gestattest, offen zu sprechen: Du machst etwas falsch.«

»Mit dem Kaffee?« Christoph trank. »Nein, schon gut, ich weiß, dass du Tessa meinst, und dass ich etwas falsch mache, weiß ich auch. Aber ich weiß nicht, was. Oder besser: Ich weiß es, doch ich bin nicht in der Lage, es zu ändern. Mit einem Maurice Mirbeau aus Paris kann eben kein Christoph Geibel aus der Puschkinstraße mithalten.«

»Weil du zu klein denkst«, sagte Philipp und trank selbst von dem Glas scharfem Weinbrand, das er sich genehmigt hatte. Er teilte sich Alkohol zu wie Medizin. Ein einzelner Weinbrand war gut für die Nerven, schließlich war es von entscheidender Bedeutung, dass er ruhig und überzeugt wirkte und ihm die Finger nicht zitterten. Mehr hingegen hätte einen Verlust der Kontrolle bewirkt, und sein Traum verlangte von ihm, dass er die Kontrolle wie ein Paar Zügel in der Hand behielt.

»Ich denke zu klein?« Christoph wischte sich die Sahne vom Schnauzbart.

Philipp nickte. »Du traust dir nichts zu. Zwar sagst du, du hättest gehofft, der eine zu sein, bei dem es Tessa ernst ist, aber in Wahrheit bist du überzeugt, dass jeder andere dafür eher infrage käme als du.«

Christoph senkte den Kopf. »Ich fürchte, du hast recht. Und weißt du, was an all dem das Schlimmste ist?«

»Nein. Was?«

»Dass es *mir* ernst ist. So ernst, wie es unmöglich je wieder sein kann. Tessa ist für mich nicht einfach ein nettes Mädchen aus meinem Freundeskreis, das eine gute Partie abgeben würde. Sie ist die Einzige, Philipp, die Frau, ohne die ich nicht leben kann. Ich liebe sie.«

Das ist Unsinn für Backfische und Dienstmädchen, hätte Philipp ihm erklären wollen. Ein Mann brauchte für sein Leben einen Plan, alles andere ließ sich variieren und ersetzen. Sicher gab es Frauen, mit denen man nicht leben konnte, Anselm Fleißers

Schwestern allen voran. Aber eine, *ohne* die man nicht leben konnte?

Es klang geradezu lächerlich.

Natürlich erklärte er Christoph nichts davon, denn dessen Ergebenheit war ja genau das, was er brauchte. »Diese Sache mit diesem Mirbeau ist nur vorübergehend«, sagte er stattdessen.

»Natürlich«, erwiderte Christoph niedergeschlagen. »Bei Tessa ist alles nur vorübergehend, aber dann kommt der nächste Mirbeau und dann wieder einer und wieder.«

»Nicht wenn du anfängst, in größeren Dimensionen zu denken«, widersprach Philipp. »Wenn du aus dir einen Mann von Format machst. Um Mirbeau kümmere ich mich, darum mach dir keine Sorgen.«

Unfroh lachte Christoph auf. »Das klingt, als hättest du dich einer der Banden in den Katakomben angeschlossen. Strebst du neuerdings eine Laufbahn als gedungener Mörder an?«

»Sagen wir mal so: Es gibt nicht viel, vor dem ich im Zweifelsfall zurückschrecken würde«, gab Philipp zurück. »In deiner Sache sind so drastische Maßnahmen aber nicht vonnöten. Ich weiß ein paar Dinge über Mirbeau, die ich Tessa nur zu stecken brauche, damit die Sache sich erledigt hat.«

In Wahrheit wusste Philipp nicht das Geringste über Mirbeau, er konnte sich nicht einmal daran erinnern, ihm vorgestellt worden zu sein. Aber das tat nichts zur Sache, denn er hatte ja gar nicht vor, Tessa etwas über den Mann zu stecken.

»Tatsächlich?« Ungläubig sah Christoph ihn an.

Philipp winkte ab. »Mirbeau kannst du vergessen. Aber das nützt dir gar nichts, wenn du die Gelegenheit nicht beim Schopf packst und sofort zur Stelle bist. Nicht als der nette Stoffel, den jeder einfach zur Seite schieben kann, sondern als ein Mann von Format, einer, der im Leben schon etwas gewagt hat und noch mehr wagen wird. Tessa ist eine Abenteurerin. Wenn es etwas gibt, das sie noch mehr hasst als Haut auf ihrer Schokolade, dann ist es Gewöhnlichkeit. Und wenn sie etwas fürchtet, dann ist es Langeweile.«

»Gewöhnlich und langweilig«, murmelte Christoph. »Kommt es nur mir so vor, oder beschreibst du gerade mich?«

»Wie es dir vorkommt, spielt keine Rolle«, sagte Philipp. »Wie es Tessa vorkommt, ist entscheidend. Sorge dafür, dass du sofort bereitstehst und Nägel mit Köpfen machen kannst, sobald das Thema Mirbeau erledigt ist. Um ihre Hand anhalten, meine ich. Ein Datum für die Verlobung festsetzen.«

»Ist das dein Ernst?« Ein wenig sah er aus wie ein Karpfen, der nach Luft schnappte.

»Du kennst mich. Würde ich einen Witz machen, wäre er hässlich, und du würdest es merken.«

»Aber deine Schwester würde einen Antrag von mir doch nie und nimmer annehmen!«, fuhr Christoph auf. »Sie geht ja nicht einmal mit mir zum Eislaufen.«

»Nicht mit der Version von dir, die du ihr derzeit anbietest«, sagte Philipp. »Genau das versuche ich dir ja klarzumachen: Du brauchst eine neue Version von dir. Nicht Christoph Geibel, der kleinlaut vor sich hin druckst und sich entschuldigt, dass er auf der Erde Platz einnimmt, sondern Christoph Geibel, den Unternehmergeist, der mit forschen Schritten auf ein Ziel zustrebt.«

»Philipp«, sagte Christoph, trank den letzten Rest aus der Tasse und stellte sie auf dem Unterteller ab. »Dieser unternehmerische Geist, von dem du sprichst, klingt in der Tat nach dem Mann, der deiner Schwester imponieren könnte. Aber der bin nicht ich. Und den kann ich auch nicht aus mir machen.«

»Kannst du nicht? Oder hast du nicht den Mut? Wenn Letzteres der Fall ist, verschwende ich hier meinen Atem, denn einem Mann, der nichts für sie wagt, würde ich meine Schwester sowieso nicht geben.«

»Aber ich würde ja liebend gern etwas für sie wagen!«, rief Christoph. »Einen Löwen töten. Ein Duell ausfechten. Ganz egal, was, und auch wenn ich weiß, dass meine Überlebenschancen gegen null streben. Aber welches von unseren modernen, odessitischen Mädchen, die sich ihre Welt selbst gestalten, hat denn noch Bedarf an toten Löwen und dramatischen Duellen? Tessa findet jede Art von Pathos lächerlich und sagt mir, ich soll mich beim Theater bewerben, wenn ich ihr damit komme.«

»Pathos, ja«, erwiderte Philipp. »Wenn du aber still und souverän einen mutigen Schritt tust, um ihrer Familie zu helfen, sieht die Sache anders aus.«

Christophs Gesichtsausdruck veränderte sich. Kurze Zeit dachte er schweigend nach. »Worum geht es?«, fragte er dann.

Philipp winkte dem Kellner. »Ich erlaube mir, uns noch eine Runde zu bestellen. Es ist gut möglich, dass wir heute noch auf etwas anzustoßen haben. Schließt du dich mir an? Der Weinbrand, den Seibman sich aus Galizien hat schicken lassen, ist ausgezeichnet.«

Er selbst hatte sein Glas noch nicht leer getrunken, und er hatte nicht vor, das zweite auch nur anzurühren. Christoph aber konnte noch ein wenig Befeuerung gebrauchen. Ohne dessen Antwort abzuwarten, gab er seine Bestellung auf und wartete, bis die Getränke gebracht wurden. Dabei warf er einen prüfenden Blick hinüber zu Anselm, der nicht länger vorgab, Zeitung zu lesen, sondern über den Rand des Blattes hinweg sehnsüchtig zu ihnen herübersah.

Vermutlich hatte er Hunger und Durst und fühlte sich einsam. Wichtig aber war nur, dass er außer Hörweite blieb.

»Reden wir also Tacheles«, sagte Philipp, hob sein Glas und sandte Christoph ein knappes Nicken. »Es geht um mein Hotel. Du weißt Bescheid. Meine Pläne kennst du bald besser als ich.«

»Dein Hotel«, murmelte Christoph ratlos und trank einen Schluck von dem Weinbrand, den Philipp ihm hingeschoben hatte. »Philipp, du weißt, wie sehr ich dein Vorhaben bewundere, die Beharrlichkeit, mit der du die ganzen Jahre über daran festgehalten hast, und diese unglaubliche Vorstellungskraft, mit der du dir alles bis ins Kleinste überlegt hast. Ich bin sicher, sollte sich je ein Weg finden, deinen Plan in die Tat umzusetzen, wirst du einen Erfolg daraus machen. Aber dein Vater wird wohl seine Meinung nicht ändern, genauso wenig wie meiner es in solch einer Lage täte. Von ihrer Warte aus haben die beiden ja nicht unrecht: Sie haben noch erlebt, wie ihre Väter kämpfen mussten, und erwarten Dankbarkeit von uns, weil uns das alles in den Schoß fällt. Ihnen ist schleierhaft, was es daran auszusetzen gibt, sein Leben als Bankier oder Getreidehändler zu bestreiten.«

Er nahm noch einen Schluck und fuhr leiser fort: »Ich für meinen Teil habe ja auch nichts daran auszusetzen, sondern bin froh, dass für meine Zukunft gesorgt ist. Aber du bist zum Getreidehändler eben nicht geboren.«

»Nein, bin ich nicht«, sagte Philipp.

Christoph seufzte. »Ich wünschte, ich könnte dir helfen. Stattdessen habe ich dich mit meinen Problemen belästigt, die dir läppisch vorkommen müssen.«

»Du *kannst* mir helfen«, sagte Philipp. »Mir und damit dir selbst. Das Grundstück, das ich seit Jahren im Auge habe, steht zum Verkauf. Ich habe ein Angebot abgegeben, und es ist akzeptiert worden. Die Verträge können heute Nachmittag noch unterschrieben werden.«

»Philipp!« Christoph stieß seinen Stuhl zurück, sprang auf und hob mit der Dramatik, die Tessa so zuwider war, sein Glas. »Du machst Ernst? Dann hat dein Vater also doch noch zugestimmt und dir dein Erbe ausgezahlt? Du weißt nicht, wie sehr ich mich für dich freue. Und wie beeindruckt ich bin – von deinem Mut, deiner Fähigkeit, zu überzeugen, mitzureißen, selbst einen Mann wie deinen Vater umzustimmen …«

»Setz dich wieder hin«, schnitt ihm Philipp das Wort ab. »Und versuch bitte, deine Stimme zu dämpfen. Für Anselm Fleißer ist diese Unterredung nicht bestimmt.«

»Tut mir leid.« Zerknirscht ließ sich Christoph wieder auf seinen Stuhl sinken.

»Vergiss es«, sagte Philipp. »Mein Vater hat nicht zugestimmt, er ist so verbohrt wie eh und je. Ich brauche einen Kredit.«

»Einen Kredit.«

»Du hast richtig gehört.«

Christoph räusperte sich. »Ich kann dir nicht sagen, wie leid mir das tut«, sagte er. »Nun ist die Erfüllung deines Traums zum Greifen nah, und du musst sie vorbeiziehen lassen. Wie hart das sein muss …«

»Ich lasse sie nicht vorbeiziehen und erlaube nicht, dass ein anderer mir mein Grundstück wegschnappt und ein albernes Warenhaus darauf baut«, sagte Philipp. »Ich beantrage den Kredit. Daran ist ja nichts Besonderes. So gut wie jeder, der in dieser Stadt ein Geschäft eröffnet, tut es.«

»Aber Banken verlangen doch Sicherheiten, Philipp. Einem Studenten, der nichts in der Hand hat und auch keinen Bürgen beibringen kann, leiht niemand Geld.«

»Ich bin kein Student, der nichts in der Hand hat«, sagte Philipp. »Ich bin ein Geschäftsmann mit einem perfekten Plan und dem idealen Grund und Boden obendrein. Ich bin jung. Ist das etwa ein Nachteil? In ganz Europa zieht eine Zeit der Jugend herauf, und auch das Russische Reich wird die alten Zöpfe irgendwann abschneiden müssen. Ein gewiefter Bankier, der Mumm hat und an seine Zukunft denkt, würde mich geradezu anbetteln, einen Kredit von ihm anzunehmen. Und genau deshalb frage ich bei den anderen Banken gar nicht erst nach, sondern komme geradewegs zu dir.«

»Zu mir?« Christophs Augen weiteten sich vor Erschrecken.

»Aber ich bin doch kein Bankier! Ich bin derzeit nicht viel mehr als ein Lehrling, der von der Pike auf lernen muss, wie es in der Welt des Geldes zugeht. Ja, hier und da lässt mein Vater mich ein Geschäft schon mal alleine abwickeln, aber dabei handelt es sich um Stammkunden, die Wertanlagen kaufen oder eine Hypothek aufstocken wollen. Todsichere Geschäfte, bei denen nicht einmal ich etwas falsch machen könnte.«

»Hast du mir nicht eben noch erklärt, du hältst meinen Plan für eine todsichere Sache?«, fragte Philipp scharf. »War das nur Gerede? Bist du also gar nicht wirklich der Ansicht, dass ich aus dem Hotel einen Erfolg machen werde?«

»Doch, natürlich, aber …« Christoph kippte die letzten Tropfen seines Weinbrands. »Philipp, ich würde alles für dich tun, das musst du mir glauben.«

»Auf solche Sätze folgt unweigerlich ein *Aber.*« Unauffällig schob Philipp sein unberührtes Glas zu Christoph hinüber. »Offensichtlich würdest du eben nicht alles für mich tun, denn die eine Hilfe, um die ich dich bitte, verweigerst du mir. Dabei dachte ich, wir wären schon so etwas wie Schwager und könnten uns aufeinander verlassen. Aber wie ich vorhin bereits sagte: Vielleicht ist es ja klug von Tessa, dass sie sich von dir abgewandt hat, obwohl sie dich ohne Zweifel liebt. Ein Mann, der nicht einmal für seine Freunde ein Wagnis eingeht, ist wohl kaum geeignet, sie durch die Stürme des Lebens zu geleiten.«

»Tessa liebt mich doch nicht! Sie liebt niemanden, nicht einmal den windigen Franzosen.« Christoph war so verstört, dass er nach dem vollen Glas griff und trank, ohne sich zu wundern.

»Sie ist meine Zwillingsschwester«, gab Philipp zurück. »Glaubst du nicht, dass Zwillinge einander mehr anvertrauen als jedem anderen?«

Christoph öffnete den Mund, brachte aber kein Wort heraus.

»Tessa liebt dich«, sagte Philipp schlicht. »Aber sie glaubt nicht, dass sie an deiner Seite das Leben führen kann, das ihr entspricht. Die Welt verändert sich. Auf uns kommt Großes zu. Wer sich da am Alten festklammert und sich beim ersten Schuss, der ertönt, wie ein Hase in seinem Bau verkriecht, wird abgehängt.«

Um die Anspannung zu mildern, betrachtete er Christophs Hände. Der Freund hatte sie um das Glas verschränkt, das dafür zu klein war, und presste so fest zu, dass die Fingerknöchel sich weiß färbten. »Selbst wenn ich es versuchen würde«, sagte er endlich, »mein Vater würde es herausfinden und die Freigabe des Geldes verhindern. Du hast überhaupt kein Kapital, du hast nichts im Hintergrund, und die Summe, die du benötigst, ist so hoch, dass mein Vater den Vorgang kontrollieren würde. Und damit wäre der ganze Plan gescheitert.«

Ohne ein Wort zog Philipp einen gefalteten Geschäftsbriefbogen seines Vaters aus der Tasche und schob ihn zu Christoph hinüber. In geraden Kolonnen hatte er dort die einzelnen Posten aufgeführt, die notwendig waren, um den Rohbau fertigzustellen. Wenn das Hotel erst einmal strahlend weiß über Odessas Bucht thronte, hatte er etwas in der Hand, das selbst die Zauderer, die auf ihren Geldsäcken saßen, überzeugen würde. Einen zweiten Kredit, den er für Innenausstattung und Inbetriebnahme benötigte, würde man ihm nicht verweigern. Als Architekt taugte womöglich jener Maurice, den seine Schwester aufgetan hatte. Philipp wollte später mit ihm reden. Er war in Tessa verliebt, er würde ihm einen günstigen Preis machen.

Christoph nahm das Blatt, faltete es auf und wurde bleich. »Das geht nicht, Philipp, das geht unter gar keinen Umständen. Kein Bankier der Welt würde einem Zweiundzwanzigjährigen ohne Besitz eine solche Summe aushändigen.«

»Ich werde eines Tages ja Besitz haben«, erwiderte Philipp. »Ich kann mein Erbe als Sicherheit angeben. Die Firma meines Vaters hat wohl den besten Namen, den ein Bankier sich wünschen kann.«

»Das ist richtig«, gab Christoph zu. »Aber die Dinge liegen komplizierter: Ich weiß, dazu würde es niemals kommen, aber vor dem Gesetz wäre dein Vater berechtigt, dich von der Erbfolge auszuschließen. Eben deshalb wäre eine Bürgschaft nötig, wenn du dein Erbe als Sicherheit hinterlegen willst.«

Philipp war kein Dummkopf, und was seinen Traum anging, überließ er nichts dem Zufall. Er war auf die Situation vorbereitet, auch wenn er gehofft hatte, auf dieses letzte Mittel verzichten zu können. So viel Glück war ihm nicht vergönnt gewesen, und nun würde er nicht zögern, den Weg bis zum Ende zu gehen. Sein Atem wurde ein wenig flacher, und flüchtig bereute er, das Glas Weinbrand Christoph gegeben zu haben, aber mit solchen Anflügen wurde er fertig. Noch einmal griff er unter den Aufschlag seines Mantels und förderte ein zweites sorgsam gefaltetes Schriftstück zutage, das den Briefkopf der väterlichen Firma trug. Dieses Mal faltete er es selbst auf und legte es Christoph vor.

»Also gut. Ich hätte vorgezogen, es anders zu lösen, aber wenn es ohne Bürgschaft nicht geht, dann sollst du deine Bürgschaft bekommen.«

Fassungslos starrte Christoph auf das Blatt. »Du hast doch gesagt, dein Vater lässt nicht mit sich reden«, stammelte er. »Er ist vernagelt, hast du gesagt, er will, dass du die Firma übernimmst, und weigert sich, dir zu helfen.«

»Das habe ich gesagt«, bestätigte Philipp. »Und damit lassen wir es des Geredes lieber genug sein. Ich bezahle jetzt die Rechnung und kaufe dem unvermeidlichen Anselm noch einen Braunen, dann gehen wir ins Bankhaus, und du stellst mir auf der Grundlage der Dokumente einen Scheck aus. Damit muss ich auf dem schnellsten Weg zu den Maklern, ehe sie die Geduld verlieren und das Grundstück einem anderen geben. Du gehst wieder zu *Seibman* und wartest dort mit Anselm. Sobald das Geschäft abgewickelt ist, hole ich euch ab, und wir schließen uns den anderen an, um noch ein bisschen auf brüchigem Eis zu tanzen.«

Etwas in ihm war in Versuchung, sich selbst auf die Schulter zu klopfen. Das Bonmot war glänzend, aber an Christoph leider verschwendet. Der starrte ihn derart erschrocken an, dass ein Kaninchen vor der Schlange im Vergleich wie ein mutiges Geschöpf gewirkt hätte. Seine Unterlippe zitterte. »Du hast«, begann er beinahe flüsternd und musste noch einmal neu ansetzen: »Du hast seine Unterschrift gefälscht?«

»Warum tust du nicht, was ich dir geraten habe?«, fragte Philipp zurück. »Du hast gesagt, du würdest mir helfen, wenn du könntest, und nun habe ich dafür gesorgt, dass du kannst. Also hilf mir. Und lass uns in deinem Interesse nicht länger davon reden. Ich habe bei dir in deiner Eigenschaft als Bankier um einen Kredit nachgesucht, du hast eine Bürgschaft verlangt, und ich habe dir das Verlangte gebracht. Mit allem anderen hast du nichts zu tun, Christoph. Dass du einem Freund aus gutem Hause vertraust, ist im Zweifelsfall kein Verbrechen, verstehst du? Was du nicht weißt, kannst du auch nicht anzeigen, und dass du mir eine Frage nicht stellst, die ich als Beleidigung auffassen würde, wird niemand dir vorwerfen.«

Eine Zeit lang saßen die beiden Freunde einander gegenüber und schwiegen. Dann endlich nickte Christoph und murmelte ausdruckslos: »Ja, ich denke, ich habe verstanden.«

»Na also.« Philipp beugte sich vor und klopfte ihm den Arm. »Dann lass uns nicht noch mehr Zeit verlieren. Du willst zu Tessa, oder nicht? Und ich brenne schon darauf, ihr zu erzählen, was für ein Teufelskerl in meinem stillen Freund Christoph steckt.«

11

Es wurde bereits dunkel, als die beiden Freunde mit Anselm im Schlepptau den Jachtclub erreichten. Der blaue Tag hatte sich im Handumdrehen einen tiefgrauen Schleier übergeworfen, und die zerfließende Röte, die noch vor ein paar Wochen Himmel und Meer getrennt hatte, ehe die Sonne versank, ließ sich im Winter nicht blicken. Den breiten Schlitten durch den botanischen Garten bis hinunter zum Wasser zu lenken, hätte ein Kunststück erfordert, an dem Philipp sich heute lieber nicht mehr versuchte. Er hatte sein Kunststück schon vollbracht: In seiner Manteltasche steckte ein Papier, das ihn zum Besitzer eines Grundstücks an der Ecke des Prymorskyi-Boulevards machte, und in seiner Brust klopfte sein Herz so ruhig und stetig, wie er es nicht kannte.

Es war kalt gewesen, als sie bei *Seibman* aufgebrochen waren, und es wurde mit jedem Schritt kälter. Anselms Zähne klapperten. »Ihr wisst nicht, wie froh ich bin, wenn wir erst an diesem Büfett stehen, von dem mein Cousinchen mir vorgeschwärmt hat. Ich hoffe doch, in eurem noblen Jachtclub sind die Räume ordentlich beheizt.«

Der arme Kerl fror nicht nur, sondern obendrein musste ihm der Magen in den Kniekehlen hängen. Einen Burschen von Anselms Leibesumfang einen ganzen Nachmittag lang vor zwei kleinen Braunen sitzen zu lassen, war zwar lustig gewesen, aber auch grausam. Mit einer Spur Verwunderung bemerkte Philipp, dass er nicht länger den Wunsch verspürte, grausam zu sein und sich auf Kosten von Schwächeren zu amüsieren.

Anselm tat ihm leid, wie er in seinem verschossenen Pelz vor sich hin zitterte.

Er tat ihm wirklich und wahrhaftig leid.

Philipp verlangsamte seinen Schritt, sodass der Cousin zu ihnen aufschließen konnte. Jovial klopfte er ihm auf den Rücken. »Ich verspreche dir, im Clubhaus ist es so bullig warm wie in einer *Banja.*« *Banjas* – Dampfbäder, die dem Wohlbefinden förderlich waren – würden den Gästen seines Hotels natürlich auch zur Verfügung stehen, dazu zwei Tauchbecken, eines mit angewärmtem, das andere mit eiskaltem Wasser. Zwischen den Schwitzbädern würden sich die Gäste in riesige flauschige Badetücher mit dem Monogramm des Hotels hüllen. Sie würden sich auf Liegen räkeln, durch hohe Fenster den Blick aufs Meer genießen und warmes Bier und Gebäck serviert bekommen.

»Und für dein leibliches Wohl ist auch gesorgt«, sagte er zu Anselm, der ihn anglotzte wie ein dankbarer Hund. »*Oladji* mit Kaviar, gefüllte Eier, eingelegte Heringe – nenne uns, was dein Herz begehrt, und wir versichern dir, dass du es im *Ekaterina* vorfinden wirst. Habe ich nicht recht, Christoph?«

»Du hast doch immer recht, Philipp«, sagte Christoph, ohne ihn anzusehen. Sein Blick war nach vorn gerichtet, auf das glitzernde Eis in der Bucht, auf dem ihre Freunde in langen Mänteln und hohen Mützen sich drehten wie Figuren auf einem Karussell. Helles Lachen drang bis zu ihnen nach oben, und die schöne Tessa war wie ein Kreisel, der selbstvergessen um die eigene Achse wirbelte, umschwirrt von Verehrern wie die Sonne von den ewig kreisenden Planeten.

»Ein nettes Mädchen als Gesellschaft wäre nicht übel«, sagte Anselm mit einem verrutschten Grinsen. »Wenn man seine Mahlzeit nicht allein genießen muss, schmeckt sie doch gleich noch einmal so gut. Ist das da unten mit dem gelben Schal nicht Ihre Schwester, Herr Geibel? Das Fräulein Anna? Ich bin mir nicht sicher, ob wir uns bereits vorgestellt wurden, aber falls dem nicht so ist …«

»Ich stelle euch vor«, fiel ihm Philipp ins Wort. Er kam sich vor wie ein neuer Mensch. Er hätte die Welt umarmen und den Nächstbesten mit seiner Freude anstecken wollen, zur Not sogar Anselm Fleißer.

»Danke, Philipp. Damit würdest du mir wirklich eine Freude machen.«

»Nichts zu danken. Betrachte es als erledigt.«

Anna war ein liebenswertes Geschöpf. Mit zwei weiteren Mädchen flitzte sie auf der Flucht vor drei jungen Männern in Schlangenlinien über das Eis. Sooft einer der Männer eines der Mädchen erwischte, brachen alle in heilloses Gekicher aus. Je näher Philipp mit Christoph und Anselm dem Geschehen kam, desto klarer konnte er die Gestalten voneinander unterscheiden. Die schnell voranschreitende Dunkelheit änderte daran nichts, denn entlang des Uferwegs hatten die Gärtner des Jachtclubs junge Akazien gesetzt, zwischen denen Ketten mit funkelnden Lichtern hingen. Es war ein schönes Bild, es zeugte von Jugend und Lebensfreude, und zugleich hatte es etwas Unwirkliches, wie eine Illustration aus einem Märchenbuch. Hatte er früher, wenn er hierher zum Eislaufen gekommen war, jemals bemerkt, wie schön es war?

Er würde einen Strandabschnitt für seine Hotelgäste pachten und in den Wintern, in denen das Meer überfror, ein Rondell mit Lichterketten für den Eislauf abstecken. Am Ufer würden Bedienstete in der Livree des Hotels auf die durchgefrorenen und zugleich erhitzten Eistänzer warten, sie in warme Decken hüllen und ihnen hohe Tassen mit heißen Getränke reichen, ehe sie sie zu den wartenden Schlitten geleiteten, die zum Hotel zurückfuhren.

Er würde seinen Gästen einen Aufenthalt bereiten, der sie mit dem Zauber und der Schönheit eines Märchens umfing und von ihrem Alltag, wie immer der aussehen mochte, weit entfernt war. Wer in seinem Hotel – seinem *Grandhotel Odessa* – an den Empfangstisch trat, bekam beim Aushändigen des Zimmerschlüssels gleich einen gläsernen Schuh übergestreift, der die Welt verwandelte.

Im nächsten Augenblick, noch mit den Bildern seines Traums im Kopf, entdeckte er die Frau. Sie war jung, nicht älter als seine Schwester und Anna, doch sie hatte nichts Mädchenhaftes an sich. Zart war sie wohl, schlank wie eine Birke, und statt der Pelze, in die sich Odessitinnen zu dieser Jahreszeit hüllten, trug sie einen grauen Tuchmantel, der einen beinahe männlich-militärischen Schnitt aufwies. Er umspielte die Grazie ihrer Figur so vollkommen, und jenes selten verwendete Taubengrau war so ganz und gar ihre Farbe, dass das Kleidungsstück einzig in Paris entworfen worden sein konnte und nirgendwo sonst.

Ihre Bewegungen auf dem Eis verrieten, dass sie geübt war und eine hervorragende Tänzerin sein musste, aber Philipp, obwohl er noch weit von ihr entfernt war, verrieten sie noch mehr: Sie spielte das kindische Fangenspiel der übrigen nicht mit, weil sie nichts für kindische Vergnügungen übrig hatte. Sie drehte ihre eigenen Kreise und hielt sich dennoch in der Nähe der anderen, weil sie kein Mensch war, der sich aus der Gesellschaft ausschloss, sondern einer, dessen vollkommene Umgangsformen verbargen, wie himmelhoch sie über den anderen stand.

Noch immer war er zu weit von ihr entfernt, um ihr Gesicht klar erkennen zu können, doch bereits jetzt spürte er, wie sich in seiner Brust etwas mit aller Macht zusammenzog. Das Gefühl erkannte er sofort wieder. Er hatte es drei Mal zuvor erlebt:

Das erste Mal an der Hand des Onkels, als die Touristen in den bunt bemalten Booten das weiße Kreuzfahrtschiff verließen.

Das zweite Mal, als er im mit Spiegeln verkleideten Lift vom Empfang des *Grand Hotel Europe* hinauf zu ihrer Suite gefahren war und sich gefühlt hatte, als schwebe er in den Himmel.

Und das dritte Mal, als er dem Makler gegenübergestanden und dieser mit einem Nicken erklärt hatte, unter der Voraussetzung, dass er die geforderte Summe ohne Verzögerung aufbringen könne, wäre man bereit, das Grundstück an ihn zu verkaufen.

Jetzt geschah es ihm wieder. Er sah die Frau in Grau auf dem Eis, und ein Gefühl von Unbedingtheit raubte ihm fast den Atem, weil er sich sicher war: Diese Fremde dort unten auf dem Eis war die Einzige, die ihn durch und durch verstand, weil sie teilte, was ihn antrieb – die Sucht nach Perfektion.

Tessa, seine Schwester, war bisher seine Seelenverwandte und sein liebstes Geschöpf gewesen, doch selbst sie gab sich mit Mittelmäßigem zufrieden, wenn ihr Lebenshunger, ihre Lust auf Abenteuer nichts Besseres fanden. Die Frau dort unten auf dem Eis hingegen war perfekt in allem, was sie tat.

Sie erreichten den Uferweg, und hinter den Bäumen tauchte das in hellgelbem Sandstein erbaute, beleuchtete Clubhaus auf. Philipp nahm es nur aus dem Augenwinkel wahr. Sein Blick hing noch immer an der Frau und folgte jeder ihrer Bewegungen. Unwillkürlich ging er schneller und stolperte beim nächsten Schritt.

»Hoppla.« Anselm lachte und packte ihn, ehe er stürzte, am Arm. »Warum denn auf einmal so stürmisch, lieber Cousin?«

»Ich würde heute gern noch aufs Eis«, erwiderte Philipp hastig und befreite sich. »Wenn es erst ganz dunkel ist, wird der Spaß vorbei sein.«

»Ich dachte, wir drei schauen nur zu und warten, bis die jungen Damen sich auch ins Warme verkrümeln«, sagte Anselm. »Allzu lange können sie es bei der Kälte ja dort draußen nicht mehr aushalten.«

»Das dachte ich allerdings auch«, murmelte Christoph. »Sei mir nicht böse, Philipp, aber ich glaube, ich lasse das mit dem Eis heute bleiben.«

»Das kannst du nicht machen. Ich brauche dich«, entfuhr es Philipp, ehe er sich bremsen konnte. Es war ihm gleichgültig. Sollten die anderen von ihm denken, was sie wollten, er hatte keine

Zeit zu verlieren. »Ich will, dass du mich einer Dame vorstellst. Dieser dort im grauen Mantel. Sie scheint eine Freundin von Anna zu sein.«

Christoph schirmte die Augen gegen das blendende Licht der Laternen und blickte aufs Eis. »Ja, kann ich machen«, sagte er dann. »Sie ist eine Berliner Verwandte der Arp-Hofens, die mit Mutter und Tante zur Saison hier ist. Auf Männerfang, nehme ich an. Sehr feine Familie, halb baltischer, halb preußischer Adel, aber leider bettelarm.«

Philipp sah ihr zu, wie sie als Einzige über das Eis glitt, ohne um irgendwen zu werben, nach jemandes Aufmerksamkeit zu heischen, und bewunderte ihren Stolz. Sie war keine, die sich herablassen und anbiedern würde, einerlei, wie bitter nötig sie es haben mochte. Dass eine adlige Familie in finanzielle Bedrängnis geriet, weil sie ihre riesigen Güter unwirtschaftlich verwaltete, geschah hier wie in Preußen nicht selten, und Geibels Bankhaus hatte mit solchen Fällen häufig zu tun. Meistens war eine Tochter, die man an einen vermögenden Bürgerlichen verheiraten konnte, eine bessere Lösung als ein Bankkredit.

Er sah die junge Dame in Grau an, und dass sie wie ein Gegenstand verscherbelt werden sollte, tat ihm in der Seele weh. Sie aber würde sich nicht verscherbeln lassen. Philipp begriff: Sie war die Schneekönigin, sie hatte ihren Zauberspiegel zerbrochen, und wer ihr zu nahe kam, dem verwandelte ein Splitter das Herz in einen Eisklumpen. Seine Zeit der Kinderspiele mit der kleinen Gerda war vorbei. Er hatte seinen Schlitten an die Kutsche der Schneekönigin gehängt und würde ihr auf ihr Schloss aus Eis folgen.

»Die Kufen schnalle ich mir aber nicht an«, sagte Christoph. Sie hatten das Gartentor des Jachtclubs erreicht, und der Portier, der sie kannte, öffnete ihnen, nicht ohne Anselm mit einem missbilligenden Blick zu bedenken. »Mir ist nicht danach. Ich winke rasch

Anna heran, sage ihr, sie soll ihre Freundin holen, und stelle euch vor, in Ordnung? Hinterher setze ich mich mit deinem Cousin an den Ofen und warte auf euch.«

»Wie du willst«, erwiderte Philipp. Insgeheim war er froh, wenn er sich um niemanden sonst zu kümmern hatte. Nur um die Dame in Grau. Um die Schneekönigin.

Sie durchquerten den verschneiten Garten, gaben Anselm wie ein Paket an der Tür des Clubhauses ab und gingen schweigend weiter. Seltsam war es, hier entlangzugehen und nur die Rufe und das Lachen der Eisläufer, nicht aber das Rauschen des Meeres zu hören. Jeder Schritt, jeder Augenblick grub sich in Philipps Gedächtnis wie in eine Münze, die ihre Prägung erhielt. Alles Tageslicht war inzwischen verloschen. Im gelben Schein, der aus den Fenstern des Hauses fiel, glänzten die kahlen, überfrorenen Zweige der Bäume wie versilbert.

Anna und Tessa entdeckten sie, sobald sie den Rand der Eisfläche erreichten, und winkten ihnen lachend zu. Philipp holte seine Kufen aus dem Beutel, schnallte sie jedoch nicht an, sondern ging neben Christoph den Mädchen entgegen. Christoph brauchte Anna nicht zu bitten, die junge Frau in Grau herzuholen, denn die unwiderstehliche Tessa hatte sie bereits unter ihre Fittiche genommen und sie zum Mitkommen bewegt. Ein Pulk weiterer Mädchen schloss sich an, die plumpe Lene Hansen fiel vor Hast vornüber, aber Anna, Tessa und die Dame in Grau trafen als Erste bei ihnen ein.

Er würde mit ihr über das gefrorene Meer laufen.

Er würde sie mit auf sein Pferd *Topas* nehmen und mit ihr in die grenzenlose Weite der Steppe galoppieren, bis ihnen Hören und Sehen verging.

Sie war alles, was er aus der Ferne in ihr gesehen hatte, und mehr. Sie war nicht schön oder niedlich, sondern perfekt. Das Haar, das unter ihrer grauen Kappe zu sehen war, war straff zurückfrisiert und wies jenes sehr helle Blond auf, das er sonst nur von Menschen aus dem äußersten Norden des Baltikums kannte. Sie lächelte nicht. Er lächelte auch nicht. Ihre Augen waren blau.

»Und da ist nun endlich mein Bruder, von dem wir Ihnen so viel erzählt haben«, rief Tessa fröhlich, ehe Christoph den Mund aufbekam. »Darf ich vorstellen – Philipp Liebenthal, Erbe von Liebenthal & Söhne, auch *der Getreidezar* genannt.« Sie lachte, und ihr Atem bildete eine kleine Wolke. »Philipp, hier hast du unsere neue Freundin aus Berlin – Sigrid von Arndt.«

1911–1912

ODESSA UND BERLIN

SPEISESAAL – BIBLIOTHEK –
DAMENSALON – RAUCHZIMMER

12

Mit jedem Atemzug war der Schmerz heftiger geworden, doch am Ende war es so gekommen, wie Jula gesagt hatte: »Es wird schlimmer und schlimmer, aber wenn es unerträglich wird, ist es auch schon vorbei.«

Ein Junge, dachte Belle und ließ sich in die Kissen zurückfallen. Alles in allem war es beileibe nicht so fürchterlich gewesen, wie allgemein behauptet wurde. Belle würde sich nicht darum reißen, es noch einmal durchzumachen, und sie war sich alles andere als sicher, dass sie zur Mutter taugte, aber die Vorstellung, dass es ihren Liebsten jetzt noch einmal in Klein gab und dass dieser Miniatur-Karol aus ihrer beider Liebe entstanden war, hatte unleugbar etwas Romantisches.

»Ein Mädchen«, sagte Jula, die das leise wimmernde Neugeborene zur Anrichte getragen hatte, um es zu waschen und anzukleiden.

Nun gut. Dann würde sie es also doch noch einmal durchmachen müssen. Alle Männer wünschten sich Söhne, und auch wenn Karol ansonsten mit keinem anderen Mann vergleichbar war, würde er dabei keine Ausnahme bilden.

Aber freuen würde er sich dennoch. Und endlich etwas unternehmen. Die Wohnung in der Italienischen Straße war zu klein, es war unmöglich, sich hier ein gesellschaftliches Leben aufzubauen, und solange sie kein gesellschaftliches Leben hatten, konnte sie Karol nicht helfen, seiner Laufbahn wieder Aufwind zu verschaffen. Es lag so vieles im Argen. Aber noch immer waren sie glücklich miteinander, rief sich Belle ins Gedächtnis, so glücklich, wie keiner von ihnen mit einem anderen Menschen hätte sein können.

Deshalb hatte sie getan, was sie tun musste. Trotz aller Gewissensbisse und sosehr sie Oda, Onkel Philipp und den Glanz des *Odessa* vermisste, war sie den einzigen Weg gegangen, den es gab.

»Bitte hol meinen Mann, Jula«, sagte sie zu der Hebamme. »Und gib mir mein Kind, natürlich.«

Jula kam, legte ihr das in weiße Spitze gehüllte Geschöpf, das viel zu winzig war, um ein richtiger Mensch zu sein, in den Arm und grinste. »Nicht erst waschen, frisieren und umkleiden?«

»Um Gottes willen«, entfuhr es Belle. »Doch, unbedingt.«

Jula nahm das Kind, das tatsächlich eine Puppe sein musste, noch einmal an sich, und brachte Belle Bürste, Spiegel und Waschschüssel. Belle brauchte nicht lange, um sich herzurichten. Zwar wirkte sie mitgenommen von der Geburt, aber das stand ihr durchaus nicht schlecht, und Karol mochte sie zerrauft besonders gern. Welcher Mann, der seine Frau liebte und begehrte, hätte sie zerrauft nicht besonders gern gemocht?

»Das wäre schon alles, Jula.«

Wortlos legte ihr die Hebamme das Puppenkind, das nun nicht einmal mehr wimmerte, wieder in den Arm, räumte Wäsche und Utensilien beiseite und ging, um Karol zu holen, der im Salon auf Nachricht wartete.

Er kam im Handumdrehen. Statt ins Zimmer zu stürzen, wie Belle es sich vorgestellt hatte, ging er gemessenen Schrittes und mit hängendem Kopf. Vor ihrem Bett ließ er sich auf die Knie fallen und nahm ihre Hand.

»Du bist Vater geworden.« Belle lächelte ihn an, aber Karol bekam davon gar nichts mit, weil er den Kopf noch immer gesenkt hielt und auf Belles Hand in seiner starrte.

»Ich weiß«, sagte er tonlos. »Die Hebamme hat es mir gesagt. War es sehr schlimm, Belle?«

Belle lächelte noch immer. Am Tag ihrer Hochzeit hatte sie sich vorgenommen, ihrem Mann nie ein so sauertöpfisches Gesicht entgegenzuhalten, wie sie es von ihrer Mutter in Gegenwart ihres Vaters kannte. »Über so etwas spricht eine Frau mit ihrem Mann nicht, mein Herzallerliebster. Aber was ist denn mit dir los? Freust du dich gar nicht, bist du verärgert, weil deine Frau dir nicht gleich auf Anhieb einen Sohn schenken konnte?«

»Nein, nein!«, rief er und blickte endlich auf. In seinen Augen, deren Schönheit sie noch immer manchmal verblüffte, stand von Freude keine Spur. »Ein Sohn, das ist nicht wichtig für mich. Wirklich nicht. Eine Tochter ist mir sehr lieb, Belle, das musst du mir glauben, und ich freue mich auch. Es ist nur … «

»Es ist nur *was?*«

»Ich habe kein Geld, um die Hebamme zu bezahlen.«

»Das ist nicht dein Ernst!«, rief Belle. »Du wolltest doch Byalik um eine Vorauszahlung bitten.«

»Ich kann Byalik nicht um eine Vorauszahlung bitten, denn ich habe von ihm kein Geld zu erwarten«, erwiderte Karol.

»Aber warum denn nicht? Heute Vormittag sollten doch die Besetzungspläne für den Rest der Saison bekannt gegeben werden.«

Er war eigens am Morgen ins Theater gegangen, als seine Frau bereits in den Wehen lag.

»Die Besetzungspläne sind ja auch bekannt gegeben worden«, sagte Karol, ließ Belles Hand los und begann mit der seinen in der Luft herumzufuchteln. »Für den Rest der Saison. Zwei Ballette und drei große Opern, darunter Massenets *Manon* mit dieser unfassbar schönen Balletteinlage, die ich schon mein Leben lang tanzen wollte. Aber für mich hat Byalik darin keinen Platz.«

»Das kann doch nicht sein!«, brach es aus Belle heraus. »Byalik schätzt dich, er weiß, was er an dir hat, und er hat sich das ganze Jahr über von dem Gerede nicht kirre machen lassen.«

Vladimir Byalik war der Intendant des Theaters. Er hatte keinen Hehl daraus gemacht, dass er zu seinem Primoballerino stand und sich um die Gerüchte, die in ganz Odessa kreisten, nicht scherte. Gewiss, anfangs hatte er Karol erklärt, dass über die Sache ein wenig Gras wachsen müsse, dass es besser sei, wenn vorerst Ilja Lermantow seine Rollen übernehme und er ins zweite Glied zurücktrete, bis die Leute sich beruhigt hatten. Aber er hatte ihn nie fallen lassen, sondern ihn stets auf bessere Tage vertröstet, wenn die Ereignisse jener Februarnacht vergangen und vergessen sein würden.

Jetzt war November, seit den besagten Ereignissen waren mehr als anderthalb Jahre verstrichen. Wann also, wenn nicht jetzt, war es an der Zeit, dass Byalik seinen Star zurück ins Rampenlicht, in die vorderste Reihe holte? Umso mehr als dieser Star gerade Vater geworden war und fortan für eine Familie zu sorgen hatte.

Sie lebten seit Monaten von dem Sockelbetrag, den das Stadttheater Karol weiterzahlte, und konnten sich von den großen Sprüngen, von denen Belle an der Seite eines gefeierten Künstlers geträumt hatte, keinen einzigen leisten. Die enge Wohnung war dabei beileibe nicht das größte Übel. Sie lag immerhin in der besten Gegend, nur einen Katzensprung von der Deribasowskaya entfernt, vom *Café Fanconi,* Seibmans Konditorei, den Tanzdielen und Restaurants, in denen Odessas Leben tobte. Die Einrichtung war gediegen, doch um sie mit wirklich erlesenem Zierrat zu vervollständigen, fehlten ihnen die Mittel. Belle musste mit einem einzigen Dienstmädchen auskommen, das zudem für die Küche zuständig war und grässlich kochte, und Leo, Karols Fahrer, war obendrein für die groben Arbeiten und sämtliche Besorgungen zuständig.

Karol hatte ihr Kleider und Schmuck geschenkt, solange das Geld reichte. Jetzt war nichts mehr da, und Belle trug ihre Kleidung zum Ausbessern. Von Tag zu Tag wuchs in ihr das Gefühl, in einer Art tückischer Falle zu sitzen: Sie hatte dem erstickenden Leben in ihrem Elternhaus entfliehen wollen und war nun selbst in ein Leben geraten, wie ihre Mutter es führte.

Nein, rief sie sich zur Ordnung. Sie führte nicht das Leben ihrer Mutter, denn ihre Mutter war nicht mit Karol Albus verheiratet. Sie, Belle, war noch immer die Frau, die ganz Odessa heimlich um ihr Glück beneidete, und sie würde diese Frau auch bis ans Lebensende bleiben.

Wie um sich bei Karol zu entschuldigen, berührte sie seine Wange, auf der die rötliche Narbe, einem Schmiss nicht unähnlich, an jene Nacht im vergangenen Jahr erinnerte. »Bestimmt hast du Byalik falsch verstanden«, sagte sie zärtlich. Karol neigte dazu, Ablehnung, die ihm entgegenschlug, zu überschätzen und seinen eigenen Wert zu verkennen. »Er mag gemeint haben, er kann Lermantow jetzt nicht einfach fallen lassen, und muss die Partien zwischen euch aufteilen. Das ist zu verstehen. Bezahl die Hebamme von dem, was wir noch haben, und geh noch einmal zu ihm.«

»Ich kann die Hebamme nicht von dem bezahlen, was wir noch haben, denn wir haben nichts mehr«, sagte Karol. »Es tut mir leid, Belle. Du hast einen Versager geheiratet. Das hier haben weder du noch unser kleines Mädchen verdient.«

Endlich sah er das Kind an, und reflexhaft senkte auch Belle den Blick. Obwohl sie sich kaum auf anderes als ihre drückenden Sorgen konzentrieren konnte, hielt sie inne. Etwas sprang ihr ins Auge, etwas, das bei ihrem Kind völlig anders war als bei anderen Kindern.

So still und friedvoll waren Neugeborene sonst auch nie, oder doch?

Beklagten sich nicht sämtliche Mütter, dass ihre Säuglinge von früh bis spät schrien?

Dabei fiel ihr ein, dass sie eine Kinderfrau einstellen mussten und sie nicht wusste, von welchem Geld.

Das brachte sie wieder auf ihre Sorgen. Sie musste die Hebamme bezahlen, und zwar um jeden Preis. Lieferanten, die ihren

Haushalt mit Lebensmitteln, Blumen, Wein und Süßigkeiten ausstatteten, konnte sie mit einem Lächeln und einem Augenaufschlag durchaus eine Weile lang hinhalten, doch bei Jula verfing das nicht. Wenn Jula sich gegen sie kehrte, wenn sie zu reden begann, weil sie ihr Geld nicht bekam, saß Belle in der Tinte.

Und Karol umso mehr, auch wenn er davon nichts ahnte.

Jula nämlich hatte Belle heute nicht zum ersten Mal entbunden. Jedenfalls nicht offiziell. Nach jener Nacht im Februar, in der sie behauptet hatte, es gäbe einen Grund, Karol und sie auf dem schnellsten Wege zu verheiraten, hatte sie diesen Grund um jeden Preis vorweisen müssen. Nicht mehr nur deshalb, weil sie Karol unbedingt heiraten wollte und eine bessere Gelegenheit sich vermutlich nicht bieten würde. Sondern weil Karol als Sittlichkeitsverbrecher im Stadtgefängnis gelandet wäre, sobald auch nur die geringsten Zweifel an ihrer Aussage laut geworden wären.

Zu einem Prozess wäre es wahrscheinlich gar nicht mehr gekommen, denn Karol war nicht der Mann, der Prügel, Hunger, Kälte und Demütigung länger als ein paar Tage überlebt hätte. Zumal im Stadtgefängnis kein Mensch Interesse daran gehabt hätte, dass er überlebte.

Verhaftete Revolutionäre, aufrührerisches Gesindel, Bolschewisten, wie dieser Lenin mit dem spitzen Kinn neuerdings seinen Haufen nannte, wurden zwar gehörig durchgeprügelt, doch ansonsten behandelten Wärter und Wachtmeister sie geradezu sanftmütig, ein bisschen wie die rohen Eier, die ihre eigenen rebellischen Kinder für sie waren. Sittlichkeitsverbrecher hingegen waren Abschaum, Ungeziefer, das es auszurotten galt, und wer dabei tüchtig mitmischte, durfte sich als Held im Dienst der Menschheit feiern lassen.

Bei Karol kam noch etwas dazu: Er war schön. Er hatte Erfolg gehabt und sich über die Köpfe der gewöhnlichen Sterblichen erhoben wie ein Gott. Wenn so einer stürzte, waren die Geier schneller über ihm, als er um sein Leben weinen konnte. Natürlich stand außer Frage, dass Karol dem Milchmädchen, oder was immer sie gewesen war, nichts angetan hatte, doch solange er das nicht beweisen konnte, fiel es erschreckend wenig ins Gewicht.

Belle hatte in Berlin wie in Odessa Aufmärsche von Menschen gesehen, die gegen Ungerechtigkeit und Willkür protestierten und sich dafür dort von Polizisten, hier von Kosaken niederknüppeln ließen. Sie hatte nicht verstanden, wie man um irgendwelche abstrakten Begriffe solchen Aufstand machen konnte, doch sie verstand es jetzt. Was sie für abstrakt gehalten hatte, bedrohte das Leben des einzigen Mannes, den sie lieben konnte. Wenn ihre Aussage jemals angezweifelt wurde, würde man nicht zögern, ihr Karol zu entreißen. Ein Beweis musste her. Ein Kind.

Sie hatte sich über ihre plötzlich entwickelten Fähigkeiten selbst gewundert. Sie, die bequeme, faule Belle, die kein Wort Ruthenisch sprach und in Odessa nur die vornehmen Viertel der Innenstadt kannte, hatte innerhalb von zwei Tagen eine Hebamme aufgetan, die bereit war, eine Schwangerschaft festzustellen, die nicht bestand, und zu gegebener Zeit eine Entbindung zu betreuen, die bedauerlicherweise mit dem Tod des zu früh geborenen Kindchens enden würde.

Karol hatte sich gesträubt.

»Ich habe nichts getan, Belle. Warum sollte ich lügen und damit deinen Ruf ruinieren?«

»Mein Ruf *ist* ruiniert«, hatte sie ihm widersprochen. »Und das Lügen überlass mir. Halte du einfach deinen hübschen Mund.«

Er hatte sich gefügt. Im Ernstfall war er mit seiner Sanftmut und seiner Unsicherheit ihrer Entschlossenheit nicht gewachsen und überließ ihr die Führung. In aller Eile wurden Karol Albus und die zum Katholizismus konvertierte Belle von Arndt getraut. Für jeden sichtbar stolzierte die junge Frau Albus mit ihrem dicken Bauch durch die Straßen, und selbst der Gesellschaftsteil der sonst todlangweiligen *Südlichen Nachrichten* vermeldete, es gebe in ganz Odessa keine zauberhaftere werdende Mutter. Im August kam das Kindchen leider tot und so früh zur Welt, dass kein Begräbnis nötig war.

Zu der Zeit hatte Karol noch genug Geld gehabt, um Jula zu entlohnen. Dass sie, gemessen an gängigen Preisen für Hebammendienste, so teuer war, nahm er anstandslos hin.

Ein halbes Jahr später war Belle wieder schwanger. Diesmal wirklich.

In ihrem Hirn jagten sich die Gedanken, während sie auf das Gesicht ihres Kindes hinunterstarrte. Sie musste einen Weg finden, Jula zu bezahlen, die andernfalls nicht zögern würde, ihr Wissen auszupacken. Wer sich der Hilfe eines Menschen bediente, der keine Skrupel kannte, durfte nie vergessen, dass derjenige auch für ihn keine Samthandschuhe überstreifen würde. Belle sah ihren Unterarm, der aus dem Ärmel des Negligés ragte und sich mit einer Gänsehaut überzog. Dass aber ihr Kind anders aussah als andere Kinder, bemerkte sie dennoch. Es war unmöglich, es nicht zu bemerken.

»Sie ist sehr schön, oder nicht?«, stammelte Karol. »Sind so kleine Kinder für gewöhnlich nicht rot und verschrumpelt?«

Belle hatte genau das Gleiche gedacht. Sie hatte nie zu den Mädchen gehört, die in Kinderwagen spähten und über die Säuglinge in Entzückensschreie ausgebrochen waren. Die kleine Cousine, die zur Welt gekommen war, als Belle zehn war, hatte sie an eine Runkelrübe erinnert, und als das Mädchen mit acht Monaten an der Bleichsucht gestorben war, hatte sie sich für ihre hässlichen Gedanken geschämt. Die Bilder von der Runkelrübe, die in ihrem Kopf steckten, hatte sie dennoch nicht auslöschen können.

Ihre eigene Tochter hingegen hatte mit keiner Sorte Rüben etwas gemein. Ihre Haut war glatt und zart, die halb gesenkten Lider wie vollkommene Halbmonde aus Perlmutt. Das Mündchen war eine Herzkirsche, glänzend und süß, in zwei Hälften geteilt, und unter dem Spitzenhäubchen lugte seidiges Haar hervor, das für den schneeweißen Teint überraschend dunkel war.

Geradezu schwarz.

Eines von Karols Elternteilen musste hier sein Erbe weitergereicht haben.

Die Augen, die sich unter den geschwungenen, ebenfalls seidig schwarzen Wimpern zeigten, waren blau und schienen durch Belle und Karol und den schäbigen Raum hindurchzublicken, in eine Welt, in die außer ihr niemand Einblick besaß. Als wäre in ihren Augen noch ein Stück von dem Himmel, aus dem sie gerade gekommen war.

Habe ich das gerade gedacht?, durchfuhr es Belle. Dachten Frauen, die Kinder bekommen hatten, grundsätzlich blümerant in der Gegend herum, selbst wenn ihnen Geldsorgen die Luft abdrückten?

»Sie ist so still und friedlich«, sagte Karol. »Meine Geschwister haben alle geschrien wie am Spieß, als wäre es eine Qual gewesen, auf die Welt zu kommen, aber unser Schneewittchen scheint mit dem Ort, an den es gelangt ist, rundum zufrieden zu sein.«

»Schneewittchen? Gibt es das bei euch in Bessarabien auch?«

Er blickte zu ihr auf und wechselte in ein zwar stocksteifes, aber völlig korrektes Deutsch: »Weiß wie Schnee. Rot wie Blut. Schwarz wie Ebenholz.«

Es passte perfekt. Das kleine Mädchen, das wie Schneewittchen aussah, schloss die Augen, schlummerte sorglos wieder ein, und Belle beneidete sie.

»Schneewittchen werden wir sie leider nicht nennen dürfen«, murmelte Karol.

»Herrgott, wie wir sie nennen, ist vollkommen egal, weil sie nämlich nicht mehr lange so selig schlafen wird, wenn wir wegen des Geldes nichts unternehmen«, platzte Belle heraus. Gleich darauf besann sie sich. Flüchtig hatte sie sich angehört wie ihre ewig nörgelnde Mutter, dabei wusste sie doch nur zu gut, dass man bei Männern damit das Gegenteil von dem erreichte, was man wollte. Schlimmeres als das Gegenteil. Etwas, das Belle nicht ertragen hätte.

Sie holte tief Luft und fing Karols fuchtelnde Hand wieder ein. »Du hast vorhin diese Oper von Massenet erwähnt, in der du gern getanzt hättest«, sagte sie nun wieder lächelnd. »*Manon?* Was hältst du davon, wenn wir unsere Tochter Manon nennen? Dann hättest du deine eigene und bräuchtest die von Byalik nicht mehr.«

Der Name gefiel ihr. Er klang weltläufig und schick und zugleich ein wenig exzentrisch, wie man es von einer Künstlerfamilie erwartete.

»Manon?« In seine Stimme geriet ein wenig Leben. »Wäre dir das denn recht? Ich fände es schön. Ich hätte gern eine kleine Manon.«

»Warum soll es mir nicht recht sein?«

»Weil …«

»Weil was?« Belle wollte endlich auf das Geld zu sprechen kommen, und sein Herumgedruckse zerrte an ihren Nerven.

»Weil was? Ja, weil die Manon in Prevosts Roman und folglich auch in Massenets Oper ein … nun, ein gefallenes Mädchen ist.« In seine Wangen stieg eine Spur Röte, und Belle musste lachen.

»Wenn's weiter nichts ist.« In den Kreisen, an denen Belle etwas lag, interessierte sich kein Mensch dafür, wovon eine Massenet-Oper handelte. In die Oper ging man, um sich sehen zu lassen, und sie persönlich hatte mit gefallenen Mädchen keine Schwierigkeiten.

Wer eine Frau, die sich für Liebe bezahlen ließ, verurteilte, während er reihenweise Männer, die sich wie ihr Bruder Bodo fürs Töten bezahlen ließen, in den Himmel hob, der sollte ihretwegen mit seiner Weltsicht selig werden. Sie selbst hätte ernsthafte Probleme gehabt, zu entscheiden: Wer war die größere Sünderin? Eine, die mit einem Fremden einen Handel um ein bisschen Geld und ein bisschen nacktes Fleisch einging? Oder eine, die ihrer einzigen Freundin gestohlen hatte, was ihr das Wichtigste war?

Nur war es Oda ja nicht das Wichtigste gewesen, versuchte Belle wie so oft, ihr Gewissen zu beruhigen. Was immer die einstige Wahlschwester für Karol zu empfinden geglaubt hatte und vielleicht noch immer glaubte zu empfinden – ihr Hotel hätte sie dafür nicht aufgegeben, den ewig sprudelnden Brunnen mit dem Faun niemals verlassen.

Wann immer Belle an Oda dachte, sah sie die Treppe vor sich, die unter ihren viel zu kurzen Beinchen in den Himmel führte, und spürte eine feste, schweißnasse Hand in der ihren. Aber das alles tat im Augenblick nichts zur Sache. Sie musste es abschütteln, und Manon war und blieb ein ausnehmend hübscher Name.

»Manon Elzbieta?«, schlug sie vor und sah erst noch einmal ihre Tochter und dann ihren Ehemann an. Elzbieta hieß seine Mutter, die Frau des Treidlers. Sie verweigerte den Kontakt mit ihm, weil in ihren Augen ein Mann, der für Geld tanzte, schändlicher war als ein Mädchen, das sich für Geld in fremde Betten legte. Belle aber wusste, dass er in mancher Nacht nach ihr weinte.

Über sein Gesicht strich ein Lächeln. Es verschwand gleich wieder, aber Belle war es nicht entgangen. »Danke, meine Liebste.«

Die kleine Manon gab im Schlaf ein Geräusch von sich, ein leises, glückliches Glucksen. Über ihr Gesicht hinweg beugten Belle und Karol sich zueinander und küssten sich.

»Und jetzt sieh zu, dass wir an Geld kommen«, sagte sie anschließend, um einen leichten Ton bemüht. »Wenn du nicht selbst noch einmal zu Rostachin gehen willst, schick Leo hin. Der Mann kann dich schließlich nicht ohne einen Rubel sitzen lassen, du hast immerhin einen Vertrag.«

»Nein«, sagte Karol, »ich habe keinen mehr. Ich hatte schon keinen, als im September die Saison begann, aber ich habe mir die ganze Zeit eingeredet, das sei nur eine Formsache, ein bürokratischer Akt, der bei Gelegenheit nachgeholt wird. In Wahrheit hat das Stadttheater von Odessa sich entschieden, mit mir keinen neuen Vertrag abzuschließen. Rostachin hat versprochen, sich bei mir zu melden, falls ihm jemand fehlt. Er hat auch angeboten, sich bei seinen Kontakten für mich umzuhören. Mehr kann er allerdings nicht für mich tun. Und was Leo betrifft – den kann ich nirgendwo mehr hinschicken, weil das Theater ihn nicht mehr bezahlt.«

»Du meinst, du hast nicht nur kein Geld, sondern auch kein Engagement und keinen Fahrer mehr?« Ihr entglitt die Stimme, doch gleich darauf hatte sie sie wieder in der Gewalt. Ihr Verstand kombinierte blitzschnell: Sosehr sie sich gegen die Erkenntnis sträubte, doch dem Theaterleiter würde man vorläufig nichts abringen können. Ein anderer Weg war vonnöten, wenn sie ihre Familie schützen wollte. Sie musste die Aufgabe übernehmen, der ihr Mann nicht gewachsen war.

Noch einmal blickte sie auf das Gesicht ihres Kindes nieder. Es war in der Tat süßer als jedes Menschengesicht, das ihr bisher begegnet war. Ihr eigenes eingeschlossen. Den meisten Leuten würde es unmöglich sein, ihm zu widerstehen, und Onkel Philipp hatte schon Belle niemals widerstehen können.

Anderthalb Jahre lang hatte sie ihn nicht gesehen. Oder doch – einmal, in der gläsernen Einkaufsarkade beim *Hotel Passage*, und einmal von Weitem im Alexanderpark. Beide Male hatte sie angehoben, ihn zu grüßen, hatte wie als Kind rufen, winken und auf ihn zulaufen wollen: *Onkel Philipp, ich bin es, Belle!* Er aber hatte sich abgewandt und war weitergegangen, als hätte er Belle von Arndt nie lieb gehabt und sie nie sein *süßes Mädchen mit den Zauberaugen* genannt.

Würde er derartig unversöhnlich bleiben oder sich letzten Endes doch erweichen lassen? Sie hatte keine Wahl, als auf Letzteres zu hoffen.

Belle fasste sich ein Herz. »Geh ins *Odessa*«, wies sie Karol an. »Sag, du kommst von mir und willst mit niemand anders als Philipp Liebenthal persönlich sprechen.«

»Das kann ich nicht!« Entsetzt riss er die Augen auf.

»Du wirst es können müssen«, erwiderte sie ruhig. »Sag ihm, unser Kind ist geboren, ich wäre sehr schwach und mitgenommen, aber ich hätte keinen anderen Wunsch, als ihm die kleine Manon vorzustellen und ihn zu ihrem Paten zu ernennen.«

»Zu ihrem Paten?«, wiederholte Karol. »Aber das geht doch nicht, Belle! Du bist jetzt eine Katholikin, und Manon ist es auch. Außerdem würde Philipp Liebenthal nicht der Pate eines Kindes werden wollen, das mich zum Vater hat. Selbst wenn er kein Lutheraner wäre.«

»Er ist *mein* Pate«, sagte Belle. »Und er liebt mich. Schaff ihn mir her, sag ihm, ich will nicht sterben, ohne ihn noch einmal zu sehen. Den Rest erledige ich.«

»Aber du stirbst doch nicht!«, fuhr er auf.

»Wer weiß«, erwiderte Belle. »Wenn du dich nicht beeilst und dafür sorgst, dass Geld ins Haus kommt, wäre ich mir da nicht so sicher.«

»Ich habe dir doch gesagt, Byalik will sich für mich bei seinen Kontakten umhören. Außerdem ist es ja gut möglich, dass ihm tatsächlich jemand ausfällt …«

»Bis dahin hat uns der Vermieter auf die Straße gesetzt«, fuhr ihm Belle ins Wort. »Und wenn in der Stadt erst darüber geredet wird, dass wir unsere Schulden nicht bezahlen, sind wir erledigt.

Was ist dir lieber? Deinen Stolz wegzustecken und zu Onkel Philipp zu gehen, oder mit deiner Frau und deiner Tochter in der Gosse zu landen?«

Er zuckte zusammen, presste die Lippen aufeinander und schluckte, dass der Adamsapfel an seinem eleganten Hals auf und nieder schnellte. Die rechte Hand zuckte schon wieder in seltsamen Verrenkungen durch die Luft. »Um meinen Stolz geht es nicht«, sagte er schließlich. »Ich kann da nicht hingehen, Belle. Und schon gar nicht kann ich Philipp Liebenthal erzählen, du würdest im Sterben liegen, um mir Geld von ihm zu erschleichen.«

»Du kannst nicht?« Mit einem Ruck setzte Belle sich auf. Dabei rutschte die kleine Manon aus ihrem Arm und fing nun endlich wie ein normales Neugeborenes zu weinen an. Belle übertönte sie: »Nun, wenn du nicht kannst, dann lässt sich das wohl nicht ändern. Dann werde eben ich gehen müssen.«

Wie gestochen sprang Karol auf. »Aber du kannst doch jetzt nicht schon draußen herumlaufen. Du hast gerade erst ein Kind geboren.«

Er hob die weinende Manon in seine Arme und wiegte sich mit ihr, als hätte er es Hunderte von Malen schon getan.

»Mir bleibt ja nichts anderes übrig«, erwiderte Belle und versuchte ebenfalls aufzustehen. »Mein Mann kann es nicht. Also bleibe nur ich. Auf wenigstens ein Elternteil muss mein Kind sich schließlich verlassen können.«

Es überraschte sie, wie schwer es ihr fiel, sich zu erheben. Karol, der das Kind wiegte, vertrat ihr den Weg. Als sie versuchte, sich an ihm vorbeizuschieben, schwankte sie und musste sich wieder setzen.

»Nein, Belle«, sagte er gepresst. »Das nicht. Ehe du gehst, gehe lieber ich.«

»Bist du dir sicher? Eben hast du gesagt, das könntest du nicht.«

»Das Gefühl habe ich immer noch«, erwiderte er. »Aber wie es aussieht, habe ich tatsächlich keine Wahl.«

Mit äußerster Behutsamkeit legte er das kleine Mädchen, das wieder eingeschlafen war, Belle in die Arme und ging.

»Sag Jula, sie bekommt ihr Geld heute Abend«, rief sie ihm hinterher, als er die Tür erreichte.

Karol nickte und drückte die Klinke hinunter. »Ich liebe dich«, sagte er. »Auch wenn ich es mir an deiner Stelle nicht glauben würde.«

13

So schlimm ist er nicht«, sagte Lidija Petrowna.

»Er ist bis auf die Knochen verdreckt«, sagte Oda. »Wo er entlanggeht, muss ich ein Heer von Mädchen hinterdrein schicken, damit sie den Dreck aufwischen, der von ihm einfach so abfällt.«

»Das mag gut sein«, sagte Lidija Petrowna. »Aber es ist lustig.«

Ihre Blicke trafen sich, und Oda musste grinsen. Sie fand es auch lustig, wenn sie ehrlich war. Lustig und nicht langweilig. Solange er dem Ruf des Hotels nicht schadete, sondern womöglich gar für Furore sorgte, sollte dieser Mensch namens Gorki, den Leo Ullrich ihnen eingeschleppt hatte, ihretwegen bleiben.

Der Dramatiker hatte skandalöse Stücke geschrieben. Eines – das den Titel *Nachtasyl* trug – war sogar so skandalös, dass die Regierung nach der Uraufführung Gorki verboten hatte, in russischen Städten zu übernachten. Verhaftet hatte man ihn schon mehrmals, er hatte nach den Unruhen von Petersburg in einer Festung eingesessen und die Zeit genutzt, um ein noch skandalöseres Stück mit dem Titel *Kinder der Sonne* zu schreiben.

»Er ist harmlos, Fräulein Oda«, hatte Ullrich ihr versichert.

»So harmlos wie Sie etwa?«, hatte Oda spitz zurückgefragt, hatte ihn provozieren wollen, es aber nicht sonderlich ernst gemeint. »Über Sie regt man sich doch auch von einem Ende Europas zum anderen auf.«

»Maxim ist um etliches harmloser als ich«, hatte Ullrich beteuert. »Meine skandalöse Schreiberei handelt von fleischlicher Sünde und lasterhaften Begierden. Seine nur von Politik.«

Ullrich war unanständig, und Gorki war dreckig, beide waren weder attraktiv noch sympathisch und verkehrten nicht in relevanten Kreisen, aber seit einiger Zeit war Oda das egal. Sie amüsierte sich mit ihnen. Nicht, weil sie amüsant gewesen wären, denn das war der Erste, der ständig schwieg, so wenig wie der Zweite, der sich gern ununterbrochen reden hörte, sondern weil sich die feine Gesellschaft Odessas darüber die Mäuler zerriss.

Obendrein war Maxim Gorki inkognito in der Stadt und nannte sich Fjodor Tomasin. Er hatte es mit den politischen Skandalen so weit getrieben, hatte unermüdlich aufrührerische Hetzartikel geschrieben und das Elend der Arbeiter und Bauern angeprangert, dass er inzwischen nicht nur in russischen Städten nicht schlafen, sondern auf russischen Boden gar keinen Fuß mehr setzen durfte. Seither lebte er offiziell im Exil auf irgendeiner Mittelmeerinsel, und was er auf russischem – neurussischem, um genau zu sein – Boden jetzt gerade wollte, wusste Oda nicht. Insgeheim aber war sie stolz darauf, dass Ullrich ihr die Wahrheit über ihn anvertraut hatte:

»Er braucht ein Zimmer. Mit etwas ganz Schlichtem ist er zufrieden, und es ist auch nur für ein paar Wochen. Einzig Diskretion ist wichtig. Er ist Maxim Gorki.«

Oda hatte zu diesem Zeitpunkt noch keine Ahnung gehabt, wer Maxim Gorki war, aber sie hatte es sich nicht anmerken lassen. »Wir im *Grandhotel Odessa* sind immer diskret, was unsere Gäste betrifft«, hatte sie Ullrich mitgeteilt. »Ein Grundsatz meines Vaters lautet: In ein Hotel kommt ein Mensch, weil er eine Pause von dem braucht, der er ist. Dem Hotelier ist der willkommen, der er beschließt zu sein.«

»Ich beginne, das hier bei Ihnen zu lernen«, hatte Leo Ullrich erwidert. »Was andere ihren Garten Eden nennen, hieße bei mir vermutlich Hotel.«

Oda konnte Ullrich nicht leiden. Niemand konnte Ullrich leiden. Aber sie verbrachte nicht ungern ihre Zeit mit ihm, weil es ihr schmeichelte, dass er sie ernst nahm. Sie in Geheimnisse einweihte, die für niemanden, am wenigsten aber für eine junge, unverheiratete Frau aus gutem Hause bestimmt waren. Gleichzeitig vermochte er es, über Dinge zu schweigen, die sie in Verlegenheit gebracht hätten. So war das Diadem mit den blauen Edeltopasen zwischen ihnen nie wieder erwähnt worden. Oda hatte es nach jener Nacht in der Hölle von Bodo zurückerhalten, hatte es in eine Schublade ihres Frisiertischs gestopft, und dort lag es noch jetzt.

Dass Ullrich Lidija Petrowna ebenfalls in das Geheimnis um Fjodor Tomasins Identität eingeweiht hatte, hatte Oda anfangs verletzt, doch inzwischen genoss sie es, sich mit der Fürstin frank und frei über die beiden unterhalten zu können.

»Gorki prahlt damit herum, sich sein Geld als Lumpensammler verdient zu haben«, sagte Oda.

»Dass sie jemanden fürs Einsammeln von Lumpen bezahlen, wird aber auch höchste Zeit«, erwiderte Lidija. »Findest du nicht, es laufen viel zu viele davon noch immer ungesammelt durch die Gegend?«

Oda stand auf. »Ihre Witze waren schon mal komischer«, sagte sie. »Vielleicht sollten Sie sich eine Pause gönnen und Ihr Repertoire überarbeiten.«

»He!«, rief die Fürstin. »Und deshalb lässt du mich jetzt schnöde sitzen? Man kann schließlich nicht immer schlagfertig sein, gelegentlich muss man auch mal mit einer lahmen Kalauer-Ente durchkommen dürfen.«

»Dürfen Sie«, sagte Oda. »Mir läuft nur die Zeit davon. Die italienischen Diplomaten werden gegen vier erwartet.«

Die gemeinsame Teestunde in der Suite der Fürstin war für Oda zur festen Routine geworden, wobei Lidija Petrownas Tee meist kalt wurde, weil sie armenischen Brandy vorzog. Oda genoss die Gespräche, bei denen keine von ihnen ein Blatt vor den Mund nahm. Die italienischen Gäste aber waren wichtiger: Ein Militärattaché und seine beiden Mitarbeiter, die offiziell ein paar Tage Station auf ihrer Reise nach Sankt Petersburg machten. In

Wahrheit hatte natürlich kein Italiener Grund, über Odessa nach Sankt Petersburg zu reisen. Den wahren Anlass für die in aller Eile gebuchte Zimmerflucht stellten wohl eher die beiden osmanischen Gesandten dar, die sich seit einer Woche im Hotel aufhielten und vorgeblich auf dem Weg nach Wien waren.

Das Königreich Italien und das von Aufständen gebeutelte Osmanische Reich befanden sich seit September im Krieg. Da sämtliche diplomatischen Beziehungen natürlich auf der Stelle abgebrochen worden waren, hatten Vertreter der beiden verfeindeten Nationen keine Möglichkeit mehr, sich auf dem offiziellen Parkett zu begegnen und zu verhandeln. Ein Hotel aber bot neutralen Grund und Boden. Es war Niemandsland, keiner von beiden konnte Heimrecht anmelden, und was in Rauchsalons, im Wintergarten oder im Ruheraum der *Banja* geredet wurde, landete in keinem Protokoll.

Ein Hotel konnte in die Geschichte eingehen wie beispielsweise das Frankfurter *Zum Schwan,* in dem Staatsmänner wie Napoleon und Generäle wie Blücher logiert hatten, in denen Geistesgrößen wie Hauff und Schopenhauer ihre bedeutendsten Werke verfasst und in dem 1871 Otto von Bismarck und Jules Favre den Friedensvertrag zum Ende des Deutsch-Französischen Kriegs unterzeichnet hatten.

Das war es, was Oda im Sinn hatte: In der Ära ihres Vaters hatte das *Grandhotel Odessa* sich weit über Neurussland hinaus einen Namen gemacht, doch in der Ära der Tochter, in *ihrer* Ära, die sie in gewisser Weise bereits als begonnen betrachtete, sollte es sich einen Namen in der Geschichte machen.

Der Zeitpunkt dazu war denkbar günstig. Es brodelte in der Welt, und auch wenn der Konflikt zwischen Italienern und Osmanen begrenzt schien, bildete er einen der vielen Brennpunkte, von denen sich ein Lauffeuer ausbreiten mochte. Maxim Gorki, der so gern redete, hatte berichtet, sein Freund Uljanow hielte einen großen Krieg in den nächsten Jahren für durchaus denkbar. Dieser Freund Uljanow war Gorki zufolge so etwas wie der liebe Gott, denn er wusste alles. Dass Gorki selbst alles besser wusste, tat seiner Bewunderung für den Freund keinen Abbruch.

Uljanow war im Übrigen derselbe, der sich Lenin nannte und seit der Spaltung der Sozialdemokraten-Partei die radikale, Bomben werfende Mehrheit anführte. Ein Krieg konnte seiner Ansicht nach an den unterschiedlichsten Krisenherden ausbrechen und würde die umwälzenden Veränderungen, die der Welt bevorstanden, erheblich beschleunigen. Lediglich zwischen dem Russischen Reich und Österreich-Ungarn schloss er trotz der Probleme mit Bosnien bewaffnete Konflikte aus.

Oda war längst keine Frau mehr, die sich vom Gerede von Männern beeindrucken ließ. Aber sie war auch nicht länger eine Frau, die nicht einschätzen konnte, wann mit jemandem zu rechnen war. Mit der Dreckschleuder Gorki und seinem Freund Uljanow war sehr wohl zu rechnen. Es gärte im Reich. Unter der winterlich erstarrenden Oberfläche, zwischen den schon für Weihnachten geschmückten Schaufenstern braute sich etwas zusammen. Vor acht Wochen war Premierminister Stolypin, der vor Jahren bereits ein Attentat knapp überlebt hatte, bei einem Opernbesuch angeschossen und so schwer verwundet worden, dass er drei Tage später elendig starb.

Zu den umwälzenden Veränderungen, den Konflikten, Kriegen und Friedensschlüssen, die Gorki und sein Freund voraussagten, mochte hier, in ihrem Hotel, der Funke gezündet werden, wenn ab heute Abend die Osmanen auf die Italiener trafen. Oda würde es sich nicht nehmen lassen, die bedeutenden Gäste persönlich zu empfangen und dafür zu sorgen, dass ihnen alles zur Verfügung stand, was sie benötigten: von diskret abgeriegelten Salons, in denen sie empfangen konnten, wen sonst niemand zu Gesicht bekommen sollte, bis zu Laufburschen, die verplombte Sendungen von einem Ende der Stadt zum anderen trugen und dabei wie Gräber schweigen konnten.

Außerdem musste sie noch in die Küche und prüfen, ob sämtliche Anweisungen bezüglich der Speisevorlieben der Italiener befolgt worden waren.

Sie erklärte es Lidija Petrowna: »Graf Cadorna und seine Begleiter haben das Recht, von mir persönlich willkommen geheißen zu werden. Wir trinken morgen wieder zusammen Tee, *Knjaginja*. Heute aber bitte ich Sie um Verständnis dafür, dass ich mich verabschieden muss.«

»Aber ja doch, meine Beste, aber ja doch.« Lidija Petrowna stopfte sich eine ihrer tödlichen Zigaretten in die Spitze und strich mehrere Streichhölzer vergeblich ab, um sie anzuzünden. »Noch immer das brave Mädchen, wie ich sehe. Das folgsame Töchterchen ihres Vaters.«

»Das bin ich nicht«, gab Oda schnell, wie mit einer Peitschenschnur zurück. »Was mein Vater wünscht, ist mir gleichgültig.«

So hatte sie es am Morgen nach jener Höllennacht beschlossen. Der Vater hatte Belle nicht aus dem Haus geworfen, er hatte sich nicht auf die Seite seiner Tochter gestellt, sondern sich im Gegenteil bereit erklärt, für Belles Vater einzuspringen, damit die Formalitäten abgewickelt werden konnten. Dass er seither Belles Namen nicht mehr in den Mund nahm und mit dem Ehepaar Albus keinen Verkehr pflegte, zählte nicht. Er hatte in jener Nacht seine Wahl getroffen und Oda daraufhin die ihre.

»Mir ist einzig und allein an den Belangen des Hotels gelegen«, sagte sie zu Lidija Petrowna. »Die Zukunft des Hotels ist auch die meine, daher kümmert sie mich.«

»Natürlich, Kindchen.« Die Fürstin hantierte noch immer mit ihren Streichhölzern, die den Raum mit Schwefelgestank füllten. Warum zum Teufel besaß eine Dame von ihrem Stand kein Feuerzeug? Wohl weil Damen von ihrem Stand nicht rauchten. Endlich gelang es ihr, das zerknautschte Ende der dünnen Zigarette in Brand zu setzen. »Ich frage mich nur, warum das Väterchen die illustren Gäste nicht selbst empfangen kann.«

»Mein Vater ist unterwegs«, erwiderte Oda knapp.

»Ausreiten, heißt das.«

Sie gab keine Antwort. Solange sie sich erinnern konnte, hatte das Hotel für ihren Vater an erster Stelle gestanden. Niemals hätte er für seine privaten Interessen eine Angelegenheit des Hotels vernachlässigt, sondern hatte vielmehr gar keine privaten Interessen gekannt. Seit jener Nacht aber hatte er zwei: seine Schwester, die mit ihren zwei Kindern vor ihrem Ehemann geflüchtet war und seither wichtiger als alles andere schien, und das Pferd, das er sich kurz darauf gekauft hatte, ein blassgoldener, turkmenischer Fuchs. An manchen Tagen ritt er stundenlang, selbst bei abscheulichstem Wetter, und war für niemanden zu erreichen.

»Was mein Vater tut, ist seine Entscheidung«, sagte sie schließlich zu Lidija Petrowna. »Ich treffe die meinen. Wenn Sie Grund zur Klage haben, bitte ich Sie, mir diesen mitzuteilen.«

»Gott bewahre!« Die Fürstin wedelte mit der Zigarettenspitze. »Ich habe so viel Grund zur Klage wie ein alter Hauslatschen, der auf einem Samtkissen im Schuhmuseum landet.«

Nicht alles, was Lidija Petrowna redete, ergab einen Sinn, aber daran störte Oda sich nicht.

Ihre Gefährtin fuhr auch schon fort: »Wir können alle froh sein, dass wir bei dir in so kundigen, rührigen Händen sind, Kindchen.«

Oda lächelte kurz und öffnete endlich die Tür. »Ja. Das sollten Sie. Ich sehe Sie heute Abend beim Essen, Lidija. Verbringen Sie nicht zu viel Zeit mit den beiden schmutzigen Männern.«

»Ullrich ist ja nicht schmutzig.«

»Nur nach außen nicht.«

»Er mag dich sehr gern«, sagte die Fürstin.

»Er mag niemanden gern«, sagte Oda und ging.

14

Statt auf den Lift zu warten, benutzte Oda die Treppe, die durch alle Stockwerke bis hinunter in eine der Hallen führte. An den verstreuten Tischen saßen Gäste, die Zeitungen lasen oder sich von Schreibfräulein, die das Hotel auf Wunsch einbestellte, ihre Korrespondenz erledigen ließen. Die meisten dieser Fräulein, die von ihrem Hungerlohn häufig ganze Familien zu ernähren hatten, verstanden sich auf mehr Sprachen als der durchschnittliche Diplomat.

Oda grüßte nach links und nach rechts, setzte ein unerschütterliches Lächeln auf und spürte, wie die Muskeln in ihren Mundwinkeln sich spannten, als sie Tessa entdeckte. Ihre Tante belegte wie so oft den besten Tisch in der großen Fensternische mit Beschlag, trug einen seidenen, aufwendig mit Blumen bestickten Hausmantel und hatte die Arme effekthascherisch um ihre Kinder gebreitet, die auf den Stühlen rechts und links von ihr malerisch drapiert waren. Diese Kinder – Grischa und Mascha –, die in Lumpen hergekommen waren, gingen inzwischen ausstaffiert wie Anziehpuppen umher, mit glatten, nussbraunen Topfhaarschnitten und in Matrosenbluse und marineblau gestreiftem Kleidchen, für die sie zu alt waren. Sie wurden dem gesamten Hotel als kleine Genies präsentiert, mit denen ihre hingebungsvolle Mutter ständig die Hauptwerke der Weltliteratur las oder die geopolitischen Gegebenheiten der Erdkugel erörterte.

Auch jetzt hielt sie wieder irgendeinen griechischen Klassiker weithin sichtbar aufgeschlagen, aus dem sie den Kindern gluckenhaft vorlas. An der Arbeit im Hotel beteiligte sie sich nicht, und Odas Vater lag es fern, dergleichen von ihr zu fordern. Seine heilige Schwester durfte sich mit ungeteilter Energie ihrem Männerfang widmen und würde früher oder später zweifellos einen kolossalen Brocken an Land ziehen.

Auch wenn sie von ihrem ersten Mann, dem Bombenwerfer, den sie doch um jeden Preis hatte haben wollen, dafür erst geschieden werden musste. Um derlei Bagatellen würde Philipp Liebenthal sich schon beizeiten kümmern. Für seine Schwester, im Übrigen die Einzige, die ihn gelegentlich auf seinen Ausritten begleiten durfte, war ihm nichts zu viel, so wie ihm früher für Belle nichts zu viel gewesen war.

Oda wandte sich ab und trat nach links in den Gang, der zur Hintertreppe in die Küche führte. Ein Hotel war ein eigener Kosmos, und es war auch ein Labyrinth für die, die nicht darin zu Hause waren. Das war beabsichtigt. Das Geheimnis gehörte zum Reiz nicht weniger als der Glamour. Weite Bereiche – die wie Organe waren, die einen Körper am Laufen hielten, wie Herz, Lunge, Magen – mussten den Gästen verborgen bleiben. Die Küche war einer davon. Ein Kosmos in einem Kosmos. Eine Welt für sich.

Sobald Oda durch die schmale, weiß gestrichene Tür trat, schlugen ihr völlig andere Gerüche und Geräusche entgegen. In den Aufenthaltsbereichen der Gäste wurde täglich mit frischen Blumen und versprühten Aromastoffen für einen leichten, frischen, blitzsauberen Duft gesorgt, der als ebenso angenehm wie unaufdringlich empfunden wurde. Das Gleiche galt für die Geräuschkulisse: Vom Tosen der Stadt drang nichts durch die dicken Mauern, und die musikalische Untermalung, gespielt auf drei im Abstand aufgestellten Flügeln, glich dem Geplätscher vom Faunenbrunnen, das im Sommer durch die zu den Gärten hin geöffneten Glastüren perlte: Weder eine geschäftliche Unterredung noch das Geflüster zweier heimlich Liebender wurde dadurch gestört.

In der Küche dagegen qualmte, zischte und brodelte es wie im Innern einer Dampfmaschine. Laute Stimmen riefen anderen Befehle zu, Töpfe klirrten und klapperten, Schritte polterten und fegten. In der Geruchswolke, durch die Oda sich kämpfte, mischte sich der kulinarische Reichtum Europas und des Orients. Als kleines Kind hatte sie diesen in den Eingeweiden des Hotels verborgenen Hexenkessel wie keinen anderen Bereich des Komplexes geliebt.

Weil hier Katjuša gewesen war, durchfuhr es sie.

Katjuša mit dem weichen, runden Bauch, an den Oda sich hatte schmiegen und ihr Gesicht verbergen dürfen, wenn es verheult war und niemand sonst es sehen durfte. Katjuša, die ihr *Syrniki*, kleine Quarkklößchen, zugesteckt hatte, in *Warenje* aus Herzkirschen getaucht und so zuckersüß, dass Odas Vater die Nase gerümpft hätte. Katjuša, die sie *Zainka*, Häschen, genannt hatte, *»mein kleines Häschen mit dem Wackelschnurrbart und den langen, langen Ohren.«*

Es war der einzige Kosename, den sie je gehabt hatte. Selbst Karol, den es nicht mehr gab, hatte sie immer nur Oda genannt.

Katjuša gab es noch.

Aber sie war nicht mehr Katjuša.

Damals, als sie wochenlang untergetaucht und dann mit der winzigen, verschrumpelten, in ein Tuch gewickelten Sonya zurückgekehrt war, hatte Oda sie gehasst. Katjuša hatte Oda noch immer *Zainka* genannt, aber ihre Sonya nannte sie nicht anders, und wenn sie nicht das einzige Häschen sein konnte, wollte Oda gar kein Häschen mehr sein. Sie wollte auch keine *Syrniki* mehr essen, die sie sich mit der bald wie ein kleiner Geist herumtappenden Sonya teilen musste, und überhaupt war sie die Tochter des Hoteliers und hatte unter dem Küchenpersonal nichts verloren.

Später hatte sie sich für ihren Wunsch, einen Menschen zu haben, dem sie das Wichtigste war, geschämt. Es war albern und kleinlich, und die verhuschte, spindeldürre Sonya war ein bedauernswertes Geschöpf. Oda hatte versucht, es gutzumachen, indem sie Sonya Botengänge zuschanzte, die Trinkgeld einbrachten, und ihrer Mutter gelegentlich etwas zusteckte. Ihr Vater behandelte Katjuša ohnehin bevorzugt, denn jeder andere Hotelier hätte eine Kaltmamsell, die sich von irgendwem ein Kind hatte anhängen lassen, ohne Zögern gegen eine andere ausgetauscht.

»Sie ist die beste Kaltmamsell in ganz Odessa«, lautete seine Begründung. »Wenn ich sie gehen lasse, schnappt sie mir ein anderer weg.«

Also war Katjuša samt Sonya geblieben und ein Teil des dichten Gewebes geworden, aus dem das Hotel bestand. Vielleicht war sie tatsächlich die beste von Odessa, denn nichts konnte sie aus der Ruhe bringen, kein russisches Büfett für dreihundert Gäste und kein Sechs-Gänge-Menü für die Feier eines Modeschöpfers aus Paris. Im Grunde befand sie sich mit Sergej, dem gefeierten Küchenchef, und Theodore, dem Pâtissier aus Frankreich, fast auf Augenhöhe, erledigte alles klaglos und gründlich und sorgte nebenher für ihr Bastardkind, das still und sonderbar war. Dann aber war die vierzehnjährige Sonya in einer Nacht des Schreckens spurlos verschwunden, und seither hatte Katjuša aufgehört, Katjuša zu sein.

Sie machte noch immer ihre Arbeit, und Philipp Liebenthal gestattete nicht, dass an ihrer Stellung gerüttelt wurde. Dabei aber fiel sie in sich zusammen wie ein Quarkkuchen, bei dem jemand die Ofenklappe zu früh geöffnet hatte.

Katjuša hätte nie eine Ofenklappe zu früh geöffnet und damit Quarkgebäck zerstört. Sie tat es auch jetzt nicht, doch Oda war sicher, dass die Schar der Küchenmädchen zur Stelle war und ihr half, den hohen Standard, den die Gäste von ihr gewohnt waren, beizubehalten. Sie verehrten sie alle und wären für sie durchs Feuer gegangen – Katjuša hatte jahrelang wie eine Mutter über diese bunte Hühnerschar gewacht.

Inzwischen schlich sie herum wie einst ihre Tochter – wie ein kleiner, stummer Geist. Ihre Kittelschürze schlotterte um den abgemagerten Körper, und als Oda angeördnet hatte, ihr aus den Garderobenschränken des Hotels eine neue Garnitur bringen zu lassen, hatte auch die binnen weniger Wochen zu schlottern begonnen. Katjuša aß nichts mehr. Sie war zum Essen nicht zu bewegen. Ihr Gesicht sah jetzt, als sie Oda vom Herd entgegenschlurfte, aus wie das einer Eule mit den von schwarzen Schatten umrandeten, riesigen Augen.

»Ist für das *Diner* der neuen Gäste heute Abend alles bereit?«, fragte Oda, und ihr Gewissen setzte ihr zu, weil sie von diesem so offensichtlich kranken und elenden Geschöpf noch etwas forderte. Sie wünschte, sie hätten Katjuša in eine Art Pension schicken können, ihr die Kate, in der sie wohnte, auf Lebenszeit überlassen und eine kleine monatliche Rente für ihren Unterhalt auszahlen können. Als sie jedoch einmal davon angefangen hatte, hatte Katjuša mit ihren Eulenaugen zu ihr aufgesehen und gefragt: »Habe ich Sie enttäuscht, Fräulein Oda? Sind Sie mit meiner Arbeit nicht mehr zufrieden, dass Sie mir auch die noch wegnehmen wollen?«

Jetzt trat Andreja, das dienstälteste Mädchen, das so etwas wie Katjušas Beschützerin geworden war, an ihre Seite, und aus dem hinteren Teil der Küche tauchte der Ehrfurcht gebietende Sergej in der schneeweißen Montur eines Chefkochs auf. »Selbstverständlich ist alles bereit, *Mademoiselle*«, sagte er und schnalzte wie ein Kutscher mit der Zunge. »*Saltimbocca, Saltimbocca,* keine Kleinigkeit, aber für uns auch kein Problem. Die Suppe kocht fleißig ein, zu unser aller Stolz und Freude, und Theo hat für die Dessertwagen eine nicht zu kleine *sensazione* in petto. Die *signori* werden gewiss keinerlei Grund zur Klage haben.«

Sergej war ein Schwätzer und eitler als ein Pfau, aber zugleich ein anerkannter Meister der Petersburger Küche, und Theo, der Pâtissier, hatte seine Lehrzeit in der Pariser Rue Saint-Honoré absolviert. Besser ging es nicht. Nicht einmal in Odessa, wo die

Kochkünste aus aller Herren Länder sich ein Stelldichein gaben. Blieben die kalten Platten, nach Odas Kenntnis ein unverzichtbarer Bestandteil italienischer Tafelfreuden. Angeordnet worden war eine Kombination, eine Auswahl der klassischen *Antipasti* aus den Regionen Italiens, mit den für Odessa typischen Gewürzen und Zutaten zu einem ungewöhnlichen Genuss vereint.

Oda sah Katjuša an, die wie eine uralte, krumm geschuftete Tagelöhnerin aus der Steppe vor ihr stand, und fragte sich, wie sie der Frau eine solche Aufgabe, die Inspiration und Esprit erforderte, hatten zumuten können.

»Wir sind gut in der Zeit«, fiel Andreja ein, ehe die klapprige Kaltmamsell den Mund aufbekam. Das stämmige, brünette und sogar recht ansehnliche Küchenmädchen war ihnen aus der Waisenfürsorge geschickt worden, als sie gerade mal zwölf gewesen war. Jetzt war sie vielleicht fünfundzwanzig, in einem Alter also, in dem kein armes Mädchen und selbst ein wohlhabendes wie Oda nur noch schwerlich einen Mann fand. »Die Arrangements werden köstlich sein«, fuhr sie fort. »Katjuša hat wie immer alles perfekt in der Hand.«

Oda wusste, dass längst Andreja das Zepter schwang, Katjušas Arbeit tat und befördert hätte werden müssen. Solange diese es jedoch nicht ausdrücklich verlangte, würden weder Oda noch ihr Vater an den bestehenden Verhältnissen etwas ändern.

Zu schwer lastete das Gefühl der Schuld Katjuša gegenüber, weil sie Sonya nicht hatten schützen, weil sie ihr Sonya nicht hatten zurückgeben, weil sie Sonya nicht einmal im Tod hatten finden und für ein Begräbnis sorgen können. Vor allem aber, weil sie das Monstrum, den Mörder und Schänder, nicht gefangen und ihr ausgeliefert hatten, damit er für das, was er ihrem Kind getan hatte, büßte.

Oda war sicher, dass ihr Vater beinahe ebenso unter Gewissensbissen litt wie sie selbst und deshalb Katjuša in ihrer Stellung beließ. Bei ihr selbst kam jedoch noch eine Bürde dazu, über die sie mit niemandem sprechen konnte, ja, an die sie sogar in Gedanken nur mit äußerster Not rührte:

Der Täter war so wenig je gefunden worden wie der Leichnam des Kindes. Also hatten die Leute nie aufgehört, insgeheim Karol die Untat zuzuschreiben. Oda ging nicht mehr ins Theater, aber sie konnte sich nicht daran hindern, einen Blick ins Feuilleton der Zeitung zu werfen, wo sie erfuhr, dass er kaum noch Auftritte hatte. Sie hörte auch das Getuschel, das von den Schlafsälen des Personals bis zur Champagnerbar auf der Dachterrasse von sämtlichen Wänden des Hotels widerhallte.

Gewiss, Karol war aus dem Schneider. Eine Dame vornehmster Abkunft hatte ihm ein Alibi gegeben, hatte ihn geheiratet und war mit seinem Kind im Bauch durch die Stadt stolziert. Aber wer wollte schon behaupten, er könne mit Gewissheit sagen, in welcher Nacht ein Kind gezeugt worden war, und unter den Zimmermädchen gab es hässliches Gekicher, weil die beflissene Galina in den Raum geworfen hatte: »Und wie lange braucht ein Kerl wie Albus, um ein Kind zu machen? Doch wohl kaum die ganze Nacht!«

In den Kreisen, die sich gebildet nannten, war noch ganz anderes im Umlauf: Gab es nicht unter den finsteren Kulten, die neuerdings immer mehr Zuspruch erfuhren, Satanisten, Okkultisten, Jünger der schwarzen Magie, die imstande waren, einem schuldlosen Kind Unsägliches anzutun, ohne ihm im Fleisch auch nur nahe zu kommen?

Leo Ullrichs Roman – *Am Abgrund des Verderbens* – handelte angeblich von solchen Vorkommnissen. Einem, der mit Schreiben sein Geld verdiente, konnte man vermutlich nicht vorwerfen, dass er sich sensationslüstern auf einen solchen Stoff stürzte. Dass aber der Geld- und Geburtsadel des Russischen Reiches nicht weniger abergläubisch daherkam als ein Mütterchen in einer Steppenjurte, versetzte Oda in Schrecken.

Selbst in den aufgeklärtesten Zeitungen häuften sich Berichte über den schwarzen Zauber, den angeblich der Wanderprediger namens Rasputin über die Zarenfamilie ausübte, und über seine Sekte der Chlysten, die unliebsame Kritiker in orgiastischen Beschwörungsritualen auf unaussprechliche Weise hinschlachteten. Dieser oder einer noch grauenhafteren Sekte sollte dem Geschwätz nach auch Karol angehören.

Man rühmte sich, man habe bei dem Menschen doch gleich eine finstere Ahnung gehabt. Den Polen, den Bessarabiern, den Männern, die ihr Geld mit Tanzen verdienten, dürfe man eben nicht über den Weg trauen. Bezeichnenderweise rühmten sich am lautesten jene Damen, die sich zuvor im Parkett des Stadttheaters nach Karol Albus verschmachtet hatten. Oda äußerte sich dazu nicht. Sie hatte bei Karol keine unschöne Ahnung gehabt, sondern ihm mit Haut und Haar und Leib und Seele über den Weg getraut.

Wenn nun Katjuša ebenfalls glaubte, dass Karol ihre Tochter auf dem Gewissen hatte – musste sie dann nicht annehmen, die Liebenthals hätten ihn geschont? Und würde sie nicht annehmen, die treibende Kraft hinter dieser Intrige wäre Oda gewesen, die ausgerechnet in jener Nacht mit dem Tänzer hatte durchbrennen wollen, um seine Frau zu werden?

Oda vergaß oft, dass davon ja niemand außer der Fürstin und vielleicht Ullrich, der etwas von einem Hellseher hatte, wusste. Am Morgen nach jener Nacht war es ihr vorgekommen, als wisse es alle Welt, als zeige alle Welt mit dem Finger auf sie und verkniffe sich ein verstohlenes, schadenfrohes Grinsen. Gewiss gab es in ganz Odessa niemanden, der ihr den Sturz vom hohen Ross nicht gönnte – Oda, der Hotelierstochter, die sich mit all ihrem Vermögen keinen schönen Mann hatte kaufen können.

Bodo hatte ihr zur Seite stehen wollen, doch an jenem Morgen, als er ihr das Diadem zurückgegeben hatte, ertrug sie Trost und Mitleid noch weniger als alles andere.

»Ich will nicht darüber reden!«, fuhr sie ihn an. »Ich will über gar nichts reden. Und du scher dich zu deiner Schwester, du wirst ja wohl bei dieser Hochzeit erforderlich sein.«

»Ich gehe nicht zu Belles Hochzeit«, hatte Bodo erwidert. »Ich bin kein Mensch, der sich mit seiner Familie verkracht, also werde ich zu irgendeiner Notlüge greifen – mein Major hat aus feindlicher Ferne einen Furz gehört und mein Bataillon zurückbeordert oder etwas in der Art. Ich kann dir auch nicht versprechen, dass ich künftig mit Belle und dem feinen Herrn, den ich dann ja wohl meinen Schwager nennen muss, nicht verkehre, denn auch dazu eigne ich mich nicht. Ich lebe gern in Frieden mit allen und jedem. Aber zu der Hochzeit gehe ich nicht. Zu dieser Hochzeit bringen mich keine zehn Pferde, kein Kamel und auch kein Rhinozeros.«

»Und warum nicht?«

»Warum nicht?« Bodo hatte die blonden Brauen in die Stirn gehoben. »Fragst du mich das im Ernst? Hör mal, Oda Odessa, ich halte mich ja für einen ziemlich gelassenen, von Moral nicht sonderlich beschwerten Menschen. Von mir aus kann jedes Tierchen seinem Pläsierchen nachgehen, und in die Schlafzimmerfenster anderer Leute schiele ich höchstens aus Neugier. Aber das, was meine Schwester sich dir gegenüber erlaubt hat, ist kein danebengegangenes Späßchen, das man dem niedlichen Täubchen schon mal verzeihen kann, und auch kein Kavaliersdelikt. Es ist, um es gradeheraus zu sagen, eine Schweinerei. Wir beide, Belle und ich, sind hier bei euch ein und aus gegangen und haben uns verhätscheln lassen wie Kinder des Hauses. Meine Schwester hat der halben ledigen Elite des Russischen Reiches das Herz brechen dürfen und einem Gutteil der nicht so ledigen noch dazu. Aber das geht zu weit. Selbst für mich.«

Wie nett das war – und wie ernst gemeint, gemessen daran, dass es von Blödsinn-Bodo kam –, hatte Oda in diesen Stunden nicht zu schätzen gewusst. Sie wollte nur, dass er ging. Dass alle gingen, die um ihre entsetzliche Blamage wussten.

Sie sagte es ihm. Er klopfte ihr knapp und brüderlich die Wange und erwiderte: »Keine Sorge, ich bin schon weg. Mein Major hat letzte Nacht im Traum einen britischen Commander auf seiner *Dreadnought* furzen hören, und da muss sein Bataillon natürlich aufmarschieren. Pass auf dich auf, Oda Odessa. Auch wenn das schwerfällt und sinnlos erscheint – es wäre schade um dich.«

Tatsächlich war Bodo der Einzige aus ihrem Kreis, der dieser Hochzeit fernblieb. Er reiste zwei Tage später in dringender Mission ab, und Oda hielt es nicht für ausgeschlossen, dass er dafür ein Telegramm seiner Kommandantur gefälscht hatte. Auch mit dem anderen behielt er recht: Eine ganze Weile schien es ihr vollkommen sinnlos, auf sich aufzupassen. Sie aß schlecht und schlief noch schlechter, ließ sich gehen, verließ kaum ihre Räume. Dann aber verschaffte sich Lidija Petrowna in ihrer Hartnäckigkeit Zugang zu ihr und machte ihr deutlich, dass ihr Vater begonnen hatte, das Hotel zu vernachlässigen.

Er kümmerte sich darum, dass seine verwahrloste Schwester und ihre Kinder wie Fürsten gehalten wurden, und er kaufte sich einen turkmenischen Fuchshengst, an den niemand als er Hand anlegen durfte. Aber er sorgte nicht dafür, dass die neuesten Impulse aus Paris Einfluss auf die Speisekarte des Hauptrestaurants nahmen, und ließ die aus der Mode gekommenen Eichenmöbel im Wintergarten nicht durch solche im modernen, luftig leichten Kolonialstil aus Bambusrohr ersetzen. Vor allem stellte er nicht rechtzeitig, ehe Odessas Ausstellung für Industrie und Landwirtschaft ihre Tore öffnete, einen Schwung erstklassiger neuer Mädchen und Pagen ein und bestellte nicht bei sämtlichen Lieferanten doppelte Mengen an Spezialitäten. Wenn nicht rasch gehandelt wurde, stand dem bis aufs letzte Bett ausgebuchten *Odessa* ein Engpass bevor, der das Hotel den Ruf kosten konnte.

Die Fürstin hatte Oda in ihrer Höhle, in die sie sich wie ein verwundetes Tier zurückgezogen hatte, aufgesucht und ihr unmissverständlich klargemacht, dass es fünf vor zwölf war: »Ich weiß, dir hat an diesem herzlosen jungen Menschen viel gelegen, Kindchen. Und am liebsten würdest du dich jetzt in einem Erdloch vergraben und nie wieder herauskommen. Bis zu einem gewissen Grad kann ich das sogar verstehen. Aber soll ich dir ein einfaches Geheimnis verraten: Es ist keine Tragödie. Wenn dir in deinem Leben nichts Schlimmeres geschieht, kannst du von Glück sagen.«

Was geht es Sie an?, hätte Oda sie anherrschen wollen, aber sie war und blieb ein Gast. Vielleicht begründete es die Freundschaft zwischen ihr und der Fürstin, dass diese auch das Ungesagte hörte.

»Mich geht es nichts an, und alte Frauen, die ihre Nasen überall hineinstecken, sind lästig«, war sie fortgefahren. »Aber da ich zu wissen glaube, dass dir an diesem Hotel ebenfalls viel liegt, und da ich darin gern weiter auf gewohntem Niveau logieren würde, erlaube ich mir, dich darauf aufmerksam zu machen, dass uns gestern Abend Kaviar mit unsauberem Spiegel serviert worden ist und obendrein Silberlöffel dazu auflagen. Ullrich meinte, man könne in seinem Leben nicht genug probiert haben, und meine Magenwand ist auch aus Eisen. Von dir aber nehme ich an, dass du wenig angetan davon wärst, wenn dir die Hälfte deiner internationalen Gäste an Fischvergiftung krepiert.«

Oda hatte sofort aufgemerkt. Ein unsauberer Spiegel, also ein Dosendeckel, an dem einzelne Fischeier klebten, bedeutete, dass Luft in die Dose gekommen war. Im besten Fall verdarb dies den Genuss, im schlimmsten konnte es tatsächlich zu einer tödlichen Vergiftung führen. Zudem hätte niemals ein Gast des *Odessa* seinen Kaviar in der Dose gereicht bekommen dürfen, und Silberlöffel machten den Geschmack des delikaten Rogen bitter und metallisch.

Augenblicklich war Oda vom Bett gesprungen und hatte sich

überzeugt, was da vor sich ging. Seither hielt sie die Zügel des Hotels in der Hand. Den befürchteten Engpass hatte sie buchstäblich im letzten Moment verhindert, indem sie nur Tage vor Eröffnung der Ausstellung zu überhöhten Preisen die Vorräte aufstockte. Zu ihrem Glück war ihr Cousin Anselm zu Hilfe gekommen und hatte eine Großlieferung hochwertiges Getreide zu ihren Gunsten umdisponiert. Ihr Vater ließ sie gewähren. Lediglich was die Betreuung seiner Schwester anging, gab es mit ihm kein Reden. Dass Oda die luxuriöse Suite, in der er sie untergebracht hatte, für den österreichischen Kulturattaché räumen lassen wollte, interessierte ihn nicht. In der Suite wohnten Tessa Pertsowa und ihre Brut, und eher hätte Oda die Himmelstreppe fortbewegen können als diese drei.

Sie fügte sich. Es würden andere Zeiten kommen. Vorerst zählte nur, dass das Hotel sie am Leben hielt und sie das Hotel. Sie liebte es mehr als zuvor. Es war zu ihrem alleinigen Lebensinhalt geworden, und sie war sicher, dass sie es bis aufs Blut gegen jeden verteidigt hätte, der es bedrohte.

So wie Katjuša ihre Tochter bis aufs Blut verteidigt hätte. Oda hatte kein Kind und würde auch nie eines haben, doch sie glaubte, den Schmerz der Kaltmamsell nachfühlen zu können. Hätte man ihr das *Odessa* geraubt, hätte sie vermutlich so erloschen vor sich hin gestarrt wie die Frau, die nicht viel älter als vierzig sein konnte und doch aussah wie eine Greisin.

Oda räusperte sich und warf einen Blick auf die Uhr, die sie mit ihren Schlüsseln am Gürtel trug. Sie war spät dran. Die Diplomaten konnten jeden Augenblick eintreffen oder sogar schon da sein. »Nun gut«, sagte sie und sah von Katjuša zu Andreja und Sergej. »Ich verlasse mich auf euch alle. Ihr wisst ja – der Ruf des *Odessa* hängt von jedem Einzelnen von euch ab.«

»Selbstredend, *Mademoiselle*, selbstredend.« Sergej verbeugte sich und kehrte in sein Reich zurück.

Es würde alles gut gehen, versicherte sich Oda, ehe sie sich auf den Weg zum Empfang machte. Es war bisher immer alles gut gegangen, und so würde es bleiben. Ihre albtraumhaften Visionen von Katjuša, die mit der Kaffeemühle Glas zermahlte und das tödliche Pulver in Zucker- und Salzbehälter füllte, um sich an den Besitzern des Hotels zu rächen, würden sich nie bewahrheiten. Solange der Faunenbrunnen sprudelte, so lange stand das *Hotel,* und das Sprudeln des Brunnens perlte sogar in ihrem Kopf, wenn sämtliche Fenster geschlossen waren.

15

Vielleicht wäre sie rechtzeitig gekommen, hätte nicht in der Tür zur Empfangshalle Leo Ullrich sie aufgehalten. Oda war gezwungen, in vollem Lauf innezuhalten.

»Ich bitte um Entschuldigung«, sagte er.

»Aber nicht doch«, zwang sie sich ab. »Womit kann ich Ihnen behilflich sein?«

»Mit gar nichts«, sagte Ullrich. »Stattdessen hatte ich mir überlegt … Nun, Sie werden das vermutlich merkwürdig finden, denn wie sollte ein Kauz wie ich einer Frau wie Ihnen von Nutzen sein, aber ich verspüre tatsächlich das Bedürfnis, einmal Ihnen etwas Gutes zu tun, wo es sonst ständig umgekehrt ist. Sie opfern sich für uns Gäste auf, Fräulein Liebenthal. Wenn Sie gestatten und wenn Ihnen die Idee nicht völlig abwegig scheint, würde ich Sie heute Abend gern zum Essen ausführen. Ins *Horaz* hatte ich mir gedacht und habe vorsorglich schon einen Tisch reserviert. Ich finde, Sie müssen hier mal raus.«

»Aus dem *Odessa?*« Im ersten Moment glaubte Oda nicht recht zu verstehen. Seit jener Nacht hatte sie nicht mehr außerhalb des Hotels zu Abend gegessen, ja sie verließ das Hotelgelände überhaupt nur, wenn es aus geschäftlichen Gründen unumgänglich war.

»Ich spreche auch im Namen von Alexej Maximowitsch«, sagte Ullrich statt einer Antwort. »Er musste heute überstürzt abreisen und hat mich gebeten, seine Rechnung zu begleichen. Ich soll Ihnen danken und die Einladung auch für ihn mit aussprechen.«

Mit den Augen war Oda der Höflichkeit halber noch bei ihm und nahm doch gleichzeitig wahr, wie die hochmoderne Karusselltür in ihrem Glasgehäuse herumschwang und die Kofferträger zwei hochbeladene, messingglänzende Gepäckwagen hereinschoben. Die auf dem Fuß folgenden Pagen klappten die Schirme zu, die sie über die Gäste gehalten hatten, und diese schüttelten sich die paar Tropfen Schneeregen, die sie dennoch abbekommen hatten, aus den dunklen, eleganten Mänteln.

Die italienischen Diplomaten waren da!

»Wer ist denn Alexej Maximowitsch?«, murmelte Oda geistesabwesend, während sie im Kopf bereits fieberhaft nach einer Möglichkeit suchte, Ullrich auf dem schnellsten Weg loszuwerden.

Er beugte sich näher zu ihr. »Gorki«, flüsterte er und legte sich den Zeigefinger auf die Lippen.

»Ich dachte, dessen Alias ist Fjodor Tomasin«, sagte Oda, der gerade nichts gleichgültiger war als die verschiedenen Fantasienamen von Maxim Gorki.

»Ist es auch«, flüsterte Ullrich. »Alexej Maximowitsch heißt er im bürgerlichen Leben, während Gorki so etwas wie Kampf- und Künstlername zugleich ist.«

»Ich verstehe.« Gorki war also abgereist. Oda war jedoch sicher, dass er niemanden beauftragt hatte, sich bei ihr zu bedanken oder gar eine Einladung zum Essen auszusprechen. Sie bezweifelte überdies, dass er seine Rechnung aus eigenen Mitteln beglich. Vermutlich kam Ullrich dafür auf. Wie viel Geld man mit Schauerromanen über satanistische Orgien und Mordexzesse verdienen konnte, erstaunte sie nicht erst seit heute, aber im Augenblick war ihr das einerlei.

Sebastien nahm die drei Herren in Empfang, und Babette Rothmann, die Rezeptionistin, überreichte Zimmerschlüssel, als verliehe sie Orden. Von Odas Vater war weit und breit nichts zu entdecken, was dem hohen Besuch als Affront erscheinen musste, und ihre Mutter hielt sich von Repräsentationspflichten ohnehin fern. Aus der angrenzenden Halle schwebte allerdings Tessa in ihrem seidenen Hausmantel heran, die beiden Kinder im Gefolge. Wenn Oda sich nicht beeilte, würde womöglich sie sich den Gästen als Dame des Hauses vorstellen.

»Es ist sehr nett von Ihnen, mich einzuladen«, sagte sie zu Ullrich. »Natürlich auch von Herrn Tomasin, oder wie immer er heißen mag. Ich ziehe es allerdings vor, meine Mahlzeiten hier im Hotel einzunehmen. Zum einen bin ich gern zur Stelle, falls einer unserer Gäste ein Anliegen hat, zum anderen isst man meiner Ansicht nach sowieso nirgends besser als hier.«

»Natürlich nicht.« In Ullrichs Stimme vernahm Oda eine Spur Ironie, die sie ärgerte. »Ich hätte mich nie erdreistet, etwas anderes zu behaupten. Ich dachte nur, Ihnen täte vielleicht ein wenig Abwechslung gut.«

»Ich führe ein Hotel«, erwiderte Oda. »Das ist mehr Abwechslung, als irgendein Mensch sich wünschen könnte. Und jetzt müssen Sie mich bitte entschuldigen. Ich habe Gäste zu begrüßen. Ihnen einen angenehmen Abend und noch einmal vielen Dank.«

Ehe er noch etwas sagen konnte, um sie aufzuhalten, rauschte Oda davon.

Mit schnellen Schritten strebte sie auf die lange Rezeptionstheke zu, verlangsamte jedoch ihr Tempo, sobald sie sich der Gruppe um Sebastien und die Italiener auf Rufweite genähert hatte. Ein guter Hotelier vermittelte nie den Eindruck von Hast. Von dem Augenblick an, in dem ein Gast die Karusselltür durchschritt, sollte er von dem Gefühl umfangen werden, dass innerhalb dieser Wände die Uhren anders gingen. Zwar hielt der Puls des *Odessa* Schritt mit dem Puls der Zeit, doch Hetze und Hektik waren hier fehl am Platz.

»Benvenuti, Signori«, wandte sie sich an die Ankömmlinge und setzte das für Gäste reserviertes Lächeln auf. »Willkommen im *Grandhotel Odessa.* Ich bin sicher, unser Sebastien und unser Fräulein Rothmann haben sich um sämtliche Formalitäten bereits

umfassend gekümmert, und mir bleibt die angenehme Aufgabe, Sie in unserem Haus zu begrüßen. Sie gestatten – Oda Liebenthal.«

Sie reichte dem ältesten der Herren, der am distinguiertesten wirkte, und Graf Cadorna, der Attaché, sein musste, die Hand.

»Sehr erfreut, *Madame*«, sagte er in einem schwer akzentuierten Französisch und zog sich den steifen Bowler-Hut von seinem kahlen Kopf. »Oh ja, ich denke, *il Conte* hat alles zu seiner Zufriedenheit vorgefunden, sehe ich das richtig, Euer Exzellenz?«

Der Jüngste der drei, ein schlanker, hochgewachsener Mann mit dichtem, schwarzem Haar und Zügen wie ein römischer Gott, entblößte schneeweiße Zähne und trat vor Oda. »Aber gewiss doch, man legt uns ja regelrecht die Welt zu Füßen. Es ist mir eine Ehre, *Mademoiselle.*« Er vollführte eine geschmeidige Verbeugung und zog seinen Hut, keinen steifen Bowler, sondern einen schmissigen Borsalino aus Filz. Einen Hauch spürbarer, als schicklich war, küsste er ihr die Hand. »Darf ich mich vorstellen? Ich bin Carmelo de Cadorna. Mit meinem Sekretär, Signor Agazzini, haben Sie sich ja schon bekannt gemacht, und hier haben Sie noch Alberto Somano, meinen persönlichen Mann für alle Fälle.«

Somano, der klein und dicklich war, wirkte eher wie ein Kumpan als wie der Diener, als der er offenbar fungierte.

Oda schnappte kurz und kaum merklich nach Luft. Der hochadlige Militärattaché war nicht nur keinen Tag älter als dreißig, sondern obendrein frappierend attraktiv. »Die Ehre ist ganz meinerseits«, sagte sie. »Wäre es Ihnen recht, wenn ich Ihnen jetzt die Räume zeige, die Ihnen während Ihres Aufenthalts zur Verfügung stehen? Ich habe unseren Bernsteinsalon als Rauchzimmer, einen Konferenzraum und ein privates Speisezimmer reservieren lassen, falls Sie unter sich sein oder Gäste empfangen wollen. Selbstverständlich können wir Ihnen darüber hinaus bereitstellen, was immer Sie benötigen. Wollen Sie mir bitte folgen? Unser Page schafft derweil Ihr Gepäck auf Ihre Zimmer.«

Der italienische Graf ließ ihren Blick nicht los. Er hatte beinahe gelbliche Augen, die zu seinem Haar und Teint auffallend hell wirkten. Beim Lächeln kniff er einen Mundwinkel ein. Amüsiert. Spöttisch. »Mit dem größten Vergnügen folgen wir Ihnen, Fräulein Liebenthal. Für meine Begleiter kann ich natürlich nicht sprechen, aber ich gehe mit Ihnen, wohin Sie wollen. «

Oda spürte in ihrer Brust ein Vibrieren, das ihr nicht geheuer war. Sie hatte sich nie aufs Flirten verstanden, Belle hatte sich oft genug darüber kaputtgelacht. Seit jener Nacht aber war sie auf keinen Mann mehr getroffen, der Interesse an ihr gezeigt hätte. Es gab keinen mehr. Selbst Cesar Seibman hatte sich stillschweigend zurückgezogen. Oda kannte den Grund, ihre Ahnung trog sie nicht. Insgeheim wusste jeder in ihren Kreisen, was sie war: ein sitzen gelassenes Mädchen. Eine Speise, die jemand probiert und dann in die Küche zurückgeschickt hatte, weil sie ihm nicht schmeckte. So etwas wollte kein Mann.

Der italienische Graf aber wusste nichts davon. Seine hellen, beredten Augen flirteten mit ihren stummen.

Sie wollte sich abwenden und zu den Rauchsalons vorausgehen, wollte den Männern das Morgenzimmer und den Blick über die Gärten zeigen, doch im nächsten Augenblick schwang die Drehtür von Neuem, und herein stob Eduard Milstein, der Portier in Livree und Zylinder. Der drahtig gebaute weißrussische Jude gehörte zum Hotel schon so lange wie dessen Fundamente, das Namensschild über dem Eingang und der Brunnen mit dem Faun. So wenig wie die Säulen, die das Portal trugen, hätte sich Eduard je von seinem Platz vor dem Tor entfernt, es sei denn, es wäre direkt über seinem Kopf ein Feuer ausgebrochen. Selbst während der Unruhen, die im Sommer 1905 auf dem Platz mit dem Denkmal getobt und zahlreiche Tote gefordert hatten, war er ebenso wie Sebastien auf seinem

Posten geblieben und hatte auf eine Gruppe von Sommergästen gewartet, denen er ehrerbietig aus dem Wagen half.

Als die Pogrome folgten, hatte Odas Vater ihm angeboten, ihn freizustellen, damit er nach seiner Familie sehen konnte – nach seinem älteren Bruder, der als Arzt auch die Liebenthals betreute, samt Frau und Kindern und Kindeskindern.

»Meine Familie hat meinen Bruder zum Schutz«, hatte er mit glasigen Augen erwidert. »Ich bleibe hier vor dem Hotel. Ein jeder schützt, was er schützen muss.«

Jetzt aber ging sein Atem hastig, und seine wie in Stein gemeißelte Miene wirkte besorgt. »Fräulein Liebenthal? Dürfte ich Sie bitte kurz stören?«

Oda wollte ihn gerade mit einer scharfen Antwort an seine Stellung erinnern, da berührte Graf Cadorna sie am Arm. »Gehen Sie ruhig«, sagte er. »Die Räume, die Sie uns zeigen wollten, werden ja wohl nicht weglaufen, und meine Begleiter und ich hätten nichts dagegen, uns nach der Reise erst ein wenig frisch zu machen. Wir sehen uns später.«

»Ich bedaure zutiefst …«, begann Oda, doch er schüttelte den Kopf.

»Machen Sie es wieder gut, indem Sie mit mir zu Abend essen«, sagte er. »Sie stehen bei mir im Wort, *carina*.« Damit machte er kehrt und entschwand mit den beiden anderen.

Sein schillernder Blick schien noch immer auf ihrem Gesicht zu brennen. Zornig fuhr sie herum und fauchte den Portier an: »Wie kommen Sie dazu, mich zu stören, während ich mit den italienischen Diplomaten beschäftigt bin?«

»Es tut mir von Herzen leid.« Eduard hob entschuldigend die Hände. »Ich habe so etwas noch nie getan, weder bei Ihrem Herrn Vater noch bei Ihnen, und ich hätte es auch jetzt nicht getan, hätte ich mich nicht verpflichtet gefühlt, größeren Schaden zu verhindern. Ich dachte, Sie wüssten das.«

Oda beruhigte sich. Sie hatte ihn in seiner Ehre verletzt – und er hatte recht. Mit einem Portier wie Eduard Milstein verdarb man es sich nicht in einer Stadt wie Odessa, wo Hoteliers wie die Geier darauf lauerten, ihren Rivalen gute Leute abzuwerben. »Ich weiß es, Eduard«, sagte sie versöhnlich. »Ich war nur erregt, weil ich nicht möchte, dass die Herren von unserem Hotel einen falschen Eindruck erhalten.«

Die Worte taten ihre Wirkung. Sooft sie zu einem Getreuen aus der ersten Garde von *unserem Hotel* sprach, hellte sich dessen Miene auf, und es gab vermutlich wenig, was sie von ihm nicht hätte verlangen können. Eduard war keine Ausnahme. »Ich verstehe ja, Fräulein Liebenthal. Ich hätte mich ja an Ihren Vater gewandt, aber leider ist er bereits seit dem Morgen unterwegs.«

Wer das Hotel verließ und wer wiederkam oder ausblieb, wusste niemand so präzise wie Eduard. »Jetzt erzählen Sie mir erst einmal, was los ist«, forderte Oda ihn auf.

Sie spürte kurz in sich hinein und fand keine Furcht. Was sollte schon geschehen sein? Ihrem Hotel ging es gut, es stand auf soliden Füßen, und die immer wieder auflodernde Unruhe im Reich hatte anderes zu tun, als sich zu Beginn des Winters auf Odessa zu verlegen.

»Ein Mann steht draußen, der um jeden Preis Ihren Vater sprechen will«, sagte Eduard.

Das war sogar harmloser, als Oda erwartet hatte. Irgendein vergessener Bekannter, vermutlich aus den deutschen Kolonien, der sich für eine Verwandte eine Stellung erhoffte oder sich als Lieferant empfehlen wollte. »Worum geht es ihm denn?«, fragte sie.

»Das habe ich ihn natürlich auch gefragt«, erwiderte Eduard. »Aber er beharrt darauf, er könne es nur Ihrem Vater persönlich sagen.«

»Um Himmels willen«, entfuhr es Oda. »Was für ein Drama.«

»Ich hätte ihn seiner Wege geschickt, ohne Sie zu behelligen«, sagte Eduard. »Aber er bestand darauf, das Hotel zu betreten, und ich zog es vor, ein Handgemenge auf offener Straße zu verhindern.«

»Das hast du richtig entschieden«, lobte Oda. In Wahrheit wünschte sie, Eduard hätte den unliebsamen Besucher einfach eintreten lassen, statt so ein Aufhebens zu veranstalten. Irgendwer – Sebastien oder Babette Rothmann an der Rezeption – wäre schon mit ihm fertiggeworden. »Und wo ist er jetzt?«

»Er wartet draußen. Er ließ sich nur davon abhalten, in die Halle zu stürmen, indem ich ihm versprach, ich würde Sie vor das Portal holen.«

Oda zählte stumm bis zehn, um ihn nicht noch einmal heftig anzufahren. »Nun gut«, sagte sie dann, »du hast dein Bestes getan, und niemand wirft dir etwas vor. Aber jetzt beenden wir bitte diese Farce, und du sagst dem Herrn, er soll eine Karte mit seinem Anliegen dalassen. Wir melden uns dann, falls wir Interesse haben.«

»Darauf wird er sich nicht einlassen«, gab Eduard zurück. »Ich habe es ihm bereits angeboten.«

»Herrgott, dann soll er eben vorstellig werden – an der Rezeption wird man sich schon darum zu kümmern wissen, ohne in Hysterie auszubrechen.«

Eduards Züge verhärteten sich. »Auch das habe ich erwogen«, sagte er. »Aber ich war der Meinung, Sie hätten diesen Menschen nicht gern in der Empfangshalle, schon gar nicht, solange die italienischen Würdenträger dort sind.«

»Welchen Menschen?«, rief Oda.

Der Portier sah ihr gerade ins Gesicht. »Karol Albus.«

16

Odas Herz schlug so hart, dass ihr das Atmen schwerfiel. Karol stand im strömenden Regen, der im Licht der Straßenlaternen wie versilbert glitzerte, und hatte keinen Schirm.

Sein Haar war noch immer zu lang und klebte ihm um das Gesicht. »Oda«, sagte er. »Oda.« Über Stirn und Wangen lief das Wasser in Bächen.

»Was willst du?«

»Ich wollte gar nichts«, sagte er. »Zuallerletzt dich stören. Ich weiß, dass ich hier nie wieder etwas zu suchen habe, aber Belle war der Meinung …«

»Versteck dich nicht hinter deiner Frau«, fiel ihm Oda ins Wort. »Wenn du selbst kein Anliegen hast, dann geh.«

Sie war gut drei Schritte von ihm entfernt stehen geblieben, dort, wo die Überdachung des Hotelaufgangs sie gerade noch schützte. In der Nacht würde es kälter werden und der Regen in Schnee übergehen. Karols Mantel fiel ihr auf, er war dünn und abgewetzt.

»Du hast recht.« Er senkte den Kopf. Selbst aus der Distanz und durch den strömenden Regen glaubte sie seine Scham zu spüren. »Ich gehe, Oda. Ich hätte dich nicht belästigen dürfen.«

Sehr langsam und ohne die Grazie, die so typisch für ihn gewesen war, drehte er sich um und ging mit schweren Schritten über den Platz. Oda starrte auf seinen Rücken. So gut wie jeder war imstande, einen Menschen an seinem Gesicht zu erkennen, selbst wenn er ihn nicht öfter als ein- oder zweimal gesehen hatte. Oda aber war sicher, dass sie den Mann, der sich jetzt von ihr entfernte, unter sämtlichen anderen Männern an seinem Rücken erkannt hätte, an den kräftigen Schultern, die er wie unter einer Last nach vorn beugte, und an der lächerlich schmalen Taille, die sich unter dem Mantel erahnen ließ. Einst hatte sie sich an diesem Rücken nicht sattsehen können, hatte ihn mit ihrem Blick umarmt und im ganzen Körper eine süße, berauschende Vorfreude verspürt.

Einst hatte ihr Körper dem seinen so sehr vertraut, dass sie sich sämtliche Grenzen zwischen ihnen fortgewünscht hatte.

Der Impuls, ihn zurückzurufen, erlosch. Sollte er gehen, wohin der Pfeffer wuchs, sich von Frauen hin und her schicken lassen wie eine Gliederpuppe. Jetzt, wo er nicht mehr tanzte, hatte sein einst so spannungsgeladener Körper etwas von einer Marionette, die ihr Spieler an schlaffen Stricken baumeln ließ. Belle hatte ihr hübsches Spielzeug offenbar rasch zerbrochen. Sollte sie damit selig werden. Oda würde in ihr Hotel zurückkehren und sich zum Abendessen umkleiden.

»Nein!« Mit einem Ruck, der den gebeugten Rücken straffte, blieb Karol stehen und drehte sich um. »Nein, es geht nicht«, sagte er gequält, »ich kann mich nicht einfach aus dem Staub machen und meine Familie ihrem Schicksal überlassen. Es ist mein Anliegen, nicht das von Belle. Unser Kind ist heute zur Welt gekommen, Oda. Eine Tochter, ein wunderschönes Mädchen. Sie heißt Manon. Ich hätte gern, dass du ihre Patin wirst.«

Die Nachricht brachte Odas Schutzmauern zum Einsturz. Dass Belle nach ihrer Fehlgeburt wieder ein Kind erwartete, war stadtbekannt, aber Oda hatte so wenig wie möglich davon an sich herangelassen. Ihre Arbeit lenkte sie ab, rückte alles, was Karol, Belle und diese Schwangerschaft betraf, in eine unwirkliche Zwischenwelt. Jetzt war alles in die Wirklichkeit zurückgekehrt, und aus der Schwangerschaft war ein Kind – ein lebendiger Mensch und damit eine unumkehrbare Tatsache – geworden.

Karol wollte weitersprechen, und Oda wollte ihm mit irgendeiner Erwiderung beweisen, dass nichts, was ihn betraf, sie noch länger berührte. Ehe einer von ihnen jedoch dazu kam, drang lauter Hufschlag an ihre Ohren. Oda wandte sich zur Seite und sah ihren Cousin Anselm hoch zu Ross aus dem Prymorskyi-Boulevard kommen. Er musste die Gleise der neuen elektrischen Straßenbahn überqueren und um ein raumgreifendes, schwarzes Automobil herumreiten. Vor allem Letzteres erforderte einige Mühe, weil er nicht nur seinen nervösen Apfelschimmel unter Kontrolle zu halten hatte, sondern dazu ein zweites Pferd, das er am Beizügel mit sich führte.

Oda gehörte nicht zu den Menschen, die wie ihr Vater beim Anblick eines Pferdes glänzende Augen bekamen, doch auch ihr entging nicht, dass sie ein prächtiges Tier vor sich hatte. Das Pferd, das Anselm mit sich führte, war ein makelloser Schimmel, wie sie schwer zu finden waren, das Fell von einem sahnigen Weiß, der Bau schwerer als der von seinem tänzelnden Reitpferd und dennoch elegant.

»Cousine Oda!«, rief Anselm und hob grüßend die Hand, mit der er den Beizügel hielt. Zum Schutz vor dem Regen trug er einen jener gummierten schottischen Mäntel, die sich *Macintosh* nannten. Auf Karol achtete er nicht, sondern ritt an ihm vorbei wie an dem Denkmal von Richelieu. »Was machst du denn hier draußen, du holst dir bei diesem Hundewetter ja den Tod.«

»Ich bin nicht aus Zucker«, erwiderte Oda. »Guten Abend, Anselm.«

Er sprang vom Pferd, winkte einen der Pagen heran und gab ihm den Apfelschimmel zum Halten, während er den Zügel des zweiten Pferdes selbst in der Hand behielt. »Das ist meine Cousine, wie sie leibt und lebt.« Er lachte, als hätte Oda einen grandiosen Witz gemacht. »Die pustet so schnell kein Wind um. Ich hoffe, ich störe nicht?«

»Leider doch, bitte nimm es nicht übel«, antwortete Oda. »Ich würde dich gern einladen, zum Essen zu bleiben, aber wir haben wichtige Gäste, um die ich mich kümmern muss.«

»O nein, Gott bewahre!« Mit übertriebener Geste hob Anselm die Hände. »Ich bin nicht gekommen, um mir eine Einladung zum Abendessen zu erschleichen, das musst du mir glauben. Ich war nur ohnehin unterwegs in die Stadt, um einen Besuch bei meiner Großmutter zu machen, also dachte ich mir: Warum besuchst du nicht rasch Cousine Oda und bringst ihr diesen hübschen Kerl vorbei, der ihr vielleicht ein Lächeln auf die Lippen zaubert?«

Anselm hatte nach jener Nacht nie aufgehört, Oda wie eine Schwerkranke zu behandeln, die der Schonung und Aufmunterung bedurfte. Erwartungsvoll hielt er ihr den Zügel des Pferdes hin, das die Kraft eines Kaltblutes zu besitzen schien, jedoch die Nüstern feinnervig wie ein Araber blähte. »Er gehört dir, Cousinchen. Fertig eingefahren und bereit zum Einsatz. Gezüchtet habe ich ihn ursprünglich für den Verkauf an Santsenbakher, der diese Kreuzung gern für seine leichteren Fuhren verwendet. Als aber klar wurde, dass er wirklich schneeweiß bleibt, dachte ich mir: Den kannst du nicht verkaufen, der ist genau der Richtige für Cousine Oda.«

»Du kannst mir doch nicht einfach so ein Pferd schenken!«, rief Oda.

»Warum denn nicht?« Anselm lächelte. »Du bist meine Cousine, du bist mir teuer, und ihr bespannt eure Kutschen nur mit weißen Pferden. Außerdem weißt du, dass ich finanziell alles andere als schlechtgestellt bin und meine Pferdezucht nicht um des Gewinnes willen, sondern als Liebhaberei betreibe. Am wichtigsten ist mir, dass dieser hübsche Bursche hier in gute Hände kommt. Und dass du dich darüber freust. Odin heißt er – und was könnte denn besser dazu passen als Oda?«

Auf eine derart verschrobene Idee konnte nur Anselm kommen. »Wirklich, ich kann das nicht annehmen«, versuchte sie sich zu wehren.

»Du musst. Ich bestehe darauf.«

Sein Arm, der ihr noch immer den Zügel entgegenhielt, musste allmählich lahm werden. Das Pferd scharrte mit einem Huf auf dem Stein, und Karol stand nach wie vor mitten auf dem Platz im strömenden Regen.

»Also schön«, sagte Oda, um dieser haarsträubenden Szene vor dem Portal ihres Hotels ein Ende zu setzen. »Ich nehme ihn, weil er wirklich perfekt für unsere Kutschen ist, und ich danke dir, dass du an uns gedacht hast. Aber ich werde dich dafür bezahlen. Lass mich in Erfahrung bringen, zu welchem Preis ein so gutes Kutschpferd im Augenblick gehandelt wird, und du bekommst dein Geld.«

»Aber er war doch als Geschenk gedacht!«, rief Anselm und klang jetzt verletzt wie ein kleiner Junge.

Er tat ihr leid. Immer erreichte er es am Ende, dass er ihr leidtat, obwohl sie alles andere als eine mitleidige Seele war. »Ich weiß deine Absicht zu schätzen«, sagte sie. »Wir reden ein andermal darüber, einverstanden? Jetzt muss das arme Tier in einen trockenen Stall, du musst zu deiner Großmutter, und ich habe Gäste, die schon viel zu lange auf mich warten.«

Seine Miene hellte sich auf. »Einverstanden, Cousinchen. Wie wäre es, wenn ich am Wochenende herüberkäme? Ich weiß, du sträubst dich beharrlich, dich zum Essen ausführen zu lassen, aber wenigstens in euren heiligen Hallen wirst du mir doch wohl die Freude machen.«

»Ich melde mich über den Fernsprecher«, erwiderte Oda. Das *Odessa* hatte zu den ersten Häusern der Stadt gehört, in denen eine Fernsprechleitung verlegt worden war, und prompt hatte auch Anselm sich eine legen lassen. Oda war sicher, sie würde vergessen, ihn anzurufen. Sie vergaß es immer, aber das Geld für das Pferd würde sie ihm in jedem Fall zukommen lassen.

Geld vergaß sie nie. Davon, dass die Deutschen weithin als verlässlich und ehrlich bis zur letzten Kopeke galten, profitierte das Hotel.

»Also dann – man sieht sich am Wochenende!«, rief Anselm vergnügt, hievte sich in den Sattel seines Apfelschimmels und ritt zu Odas Erleichterung nach einem kurzen Abschied seines Weges. Sie übergab dem Pagen das soeben erworbene Kutschpferd namens Odin und bat ihn, es nach hinten zu den Stallungen zu führen. In der Zwischenzeit, so hoffte sie, würde Karol verschwunden sein, doch als sie sich wieder dem Platz zuwandte, stand er immer noch dort, inzwischen zweifellos nass bis auf die Haut.

»Geh nach Hause«, sagte Oda. »Du holst dir den Tod.« Das war die Phrase, die Anselm benutzt hatte. Warum war es ihr nicht gleichgültig, was oder wen Karol Albus sich holte?

Er rührte sich nicht. Sah sie nur durch den Regen an.

»Worauf wartest du?«, rief sie viel zu laut. »Darauf, dass ich zu Tränen gerührt erkläre, ich wolle dein Kind sehen und am Ende gar seine Patin werden? Darauf kannst du warten, bis du schwarz wirst, Karol.«

Im nächsten Atemzug wurde ihr klar, dass nicht nur die Pagen, sondern jeder, der durch dieses Wetter nach Hause hastete, sie hören konnte. Blitzschnell erwog sie ihre Möglichkeiten. Sie konnte sich umdrehen, ihn stehen lassen und in die warme, golden ausgeleuchtete Halle ihres Hotels zurückkehren, riskierte damit jedoch, dass er ihr folgte und aus dem bisschen Aufregung ein handfester Skandal wurde.

War das der einzige Grund dafür, dass sie diesen Weg nicht einschlug? Sie war sich nicht sicher – entschied sich jedoch für einen anderen. Mit hastigen Blicken nach allen Seiten versicherte sie sich, dass kein Gast im Begriff war, das Hotel zu verlassen, hielt sich mit einer Hand den Schalkragen ihres Kleides zu und rannte über den Platz zu Karol.

»Hier können wir nicht reden«, raunte sie ihm scharf entgegen. »Los, komm.«

»Du hast keinen Mantel an«, murmelte er überrumpelt.

»Das, was du anhast, würde ich auch nicht als Mantel bezeichnen«, gab sie zurück. Sie schloss die Augen, packte seinen Arm und riss ihn mit sich fort. Vor der Berührung schauderte sie zurück wie vor einem ekelerregenden Insekt. Dass sie sich einst Tag und Nacht danach gesehnt hatte, diesen Mann zu berühren, war nicht länger vorstellbar.

Sie bog in die erste der großen Alleen ein, die sternförmig vom Platz wegführten, dann in die erste Querstraße und dann wiederum in die erste. Odessa war die Stadt der Höfe. Bei so gut wie jedem Haus fand sich ein Tor, das nicht nur in einen, sondern in zwei, drei oder manchmal auch sieben Höfe führte. In den nächstbesten zerrte sie Karol. Das schmale, von Mauern begrenzte Geviert war praktisch in Gänze von einer riesenhaften Kastanie ausgefüllt, die ihre kahlen Zweige bis hinunter auf das blecherne Vordach eines Hinterhauses senkte. Wo Dach und Zweige sich trafen, waren sie vor dem Regen halbwegs geschützt. Oda ließ Karol los und holte Atem.

»Jetzt sag, was du willst. Und dann gehe ich.«

Er sah auf sie hinunter. Seine Augen, in denen früher wie in einem Kaleidoskop unzählige Facetten geschillert hatten, schienen ausdruckslos. »Ich wollte das wohl tatsächlich«, sagte er. »Dass du mir sagst, du würdest unser Kind gern sehen. Das war nicht nur vermessen. Es war auch sehr dumm.«

»Allerdings«, schrie Oda. »Und wegen dieses absurden Hirngespinstes hast du mich bei der Begrüßung meiner wichtigsten Gäste gestört? Deswegen stehen wir hier im Regen herum, als hätten wir nichts Besseres zu tun?«

Sie wollte ihm wehtun und schrie immer weiter, wollte die Tatsache, dass er mit seiner Frau ein Kind hatte, kurz und klein schreien, zu einer Lappalie machen, die im Vergleich zu ihrem bedeutsamen, geschäftigen Leben nicht zählte. »Zum Teufel, Kinder kriegen auch Kühe und Karnickel, und wenn ich nur das geringste

Bedürfnis verspüren würde, meine Zeit mit dem Beglotzen von Säuglingen zu verschwenden, dann gibt es da die Moldawanka voller Weiber, die welche herumschleppen. Mich interessiert dein Kind nicht, Karol. Geh nach Hause, spiel mit Belle das traute kleine Familienglück, aber bleib mir damit vom Hals.«

Ihr Zorn hatte sich verausgabt, übrig blieben Leere und Müdigkeit. Sie lehnte sich gegen die Wand des uralten Hauses, von der letzter Putz blätterte. Hinter dem trüben Fenster mit der verschlissenen Gardine regte sich kein Leben.

Karol hatte flüchtig die Arme gehoben, ließ sie jedoch wieder sinken. Er wandte sich ab, sodass sie sein Gesicht im Profil sah. Der angespannte Kiefer, der kantig hervortrat, verriet, wie sehr er sich quälte, und die Bewegungen, die die Finger seiner rechten Hand in der Luft vollführten, wirkten verkrampft. Einst hatte Oda diese Bewegungen mit größter Faszination verfolgt. Sie hatte ihn gefragt, was es damit auf sich hatte. »Ich muss immer tanzen«, hatte er ihr erklärt, und wenn er nicht tanzen konnte, tanzten eben seine Finger. Was aussah, als spreche er in Gebärdensprache wie der taubstumme Mordechaj, der auf dem Sobornaja-Platz Schuhe polierte, war in Wahrheit eine komplexe Choreografie, eine Abfolge von Figuren – Ballottés, Pirouetten, Glissaden und Soubresauts –, die Oda bei seinen Auftritten kennengelernt und mühsam verinnerlicht hatte.

»Nein«, sagte er, und seine Finger tanzten wie auf glühenden Scheiten.

»Was *nein?*«

»Nein, ich bin nicht nur zu dir gekommen, weil ich mir wünsche, dass du mein Kind siehst«, sagte er, den Blick auf die bröckelnde Wand gerichtet. »Ich bin als Bettler zu dir gekommen. Ich habe stundenlang vor der Tür deines Hotels gestanden wie ein Schuljunge, der sich vor Prügeln fürchtet. Und derweil liegt meine Frau zu Hause mit dem Kind, das sie mir geschenkt hat, und hat nicht einmal einen Rubel für die Hebamme. So ein Mann bin ich, Oda. Einer, der kein Geld hat, einer der betteln muss, damit seine Frau und sein Kind nicht hungern, und der zum Betteln nicht einmal den Mumm aufbringt. Sei froh, dass ich dir erspart geblieben bin. Einen solchen Mann hast du wahrlich nicht verdient, und meine Frau hat ihn auch nicht verdient.«

Doch, dachte Oda, und ihre Gedanken bewegten sich so langsam wie Schnecken im Weinberg, Belle hat genau das bekommen, was sie verdient: Wer einem anderen einen Topf voller Gold raubt, der hat verdient, dass es sich unter seinen Händen in Pech verwandelt.

Irgendetwas war dennoch falsch daran, aber sie kam nicht darauf, was es war. In ihren Erinnerungen gab es nicht viel, das mit ihrer Mutter zusammenhing. Sie hatte früh begriffen, dass die Mutter im Vergleich mit dem Vater keine Bedeutung hatte, doch an das Märchenbuch erinnerte sie sich. Die Mutter stammte wie der Vater aus Liebenthal, aber anders als er, der durch und durch ein Kosmopolit war, hatte sie ihre kleinbürgerliche, im Deutschtum verhaftete Gedankenwelt nie verlassen. Etwas anderes als die aus dem Jahr 1812 stammende Erstausgabe der Gebrüder Grimm'schen *Kinder- und Hausmärchen,* die ihre Großeltern einst aus Niedersachsen mitgebracht hatten, hatte sie ihrer Tochter nie vorgelesen.

Oda hatte das Märchenbuch gehasst. Von den beklemmenden, wie aus grauer Vorzeit stammenden Geschichten hatte sie Albträume bekommen und war frühmorgens aus dem Wohntrakt der Familie hinüber ins Hotel gelaufen, wo alles hell, modern und weltläufig war. In ihrer kindlichen Wahrnehmung hatte sich die Handlung der Märchen verkehrt. In dem von *Frau Holle* war natürlich sie die Pechmarie gewesen, die in den grauenvollen Schlund stürzte und trotz allem Fleiß, aller Mühe leer ausging. Belle dagegen war die Goldmarie, die keine Hand rührte und trotzdem den begehrten Preis davontrug.

So aber war es nicht. Weder im Märchen noch in ihrer Wirklichkeit, in der sie es war, die ein glanzvolles Luxushotel leitete, während Belle mittellos samt Kind in der Falle saß.

Und dennoch blieb in ihrer Gleichung ein Fehler. Dennoch besaß Belle noch immer etwas, das Oda nicht erlangen konnte, auch wenn sie nicht einmal in der Lage war, es in Gedanken zu benennen.

»Warum hast du kein Geld?«, fragte sie Karol. »Was ist mit deinem Tanzen?«

Karol vollführte eine Bewegung mit dem Kopf, als wolle er ausspucken. »Mit meinem Tanzen ist es vorbei. Byalik will mich nicht mehr, er will sein Theater nicht ruinieren. Ich bin in einer einzigen Nacht von einem Kassenmagneten zu dem geworden, was man Kassengift nennt.«

In einer einzigen Nacht, dachte Oda wie ein Echo. Auch ihre Welt war in einer einzigen Nacht zerbrochen, und anders als er hatte sie dabei keine Wahl gehabt.

»Hast du schon einmal daran gedacht, deine Ansprüche herunterzuschrauben?«, fragte sie hart. »Es schert sich doch kein Theaterbesucher darum, wer in den hinteren Reihen tanzt. Vielleicht wird der *Primoballerino* sich doch noch daran gewöhnen müssen, dass er als Halbsolist oder gar nur im *Corps de Ballet* eingesetzt wird, auch wenn er sich bislang zu fein dafür war.«

Karol zuckte zusammen, und flüchtig schämte sich Oda, weil sie etwas, das er ihr anvertraut hatte, gegen ihn verwendete. Dann verwarf sie ihre Skrupel. Hatte er etwa anderes getan?

»Das ist vorbei«, murmelte er. »Mir für etwas zu fein sein, kann ich mir nicht mehr leisten. Glaub mir, ich habe Byalik angefleht, mir den allerkleinsten Part zu geben, aber er beharrt darauf, dass er nichts für mich hat und sich melden wird, falls er mich braucht. Leider weiß ich, dass das nicht wahr ist.«

»Woher weißt du das?«

Karol stöhnte leise und schloss die Augen. »Du hast von *Petruschka* gehört, oder nicht? Von Igor Strawinskys Ballett, das die *Ballets Russes* im Sommer in Paris uraufgeführt haben und von dem die gesamte Welt des Tanzes spricht?«

»Nein«, sagte Oda, was eine Lüge war. »Ich führe ein Hotel. Um mich für Neuigkeiten aus der Ballettwelt zu interessieren, hatte ich letzthin keinen Grund mehr.«

»Es ist eine Sensation.« Die Figuren, die seine Hände vollführten, wurden schneller und weicher. »Alle Welt will es aufführen, und Byalik hat es auch angefordert. Ilja Lermantow, der jetzt auf meinem Platz tanzt, hat es sich nicht nehmen lassen, es mir genussvoll in jeder Einzelheit zu unterbreiten.«

»Und dieser Lermantow tanzt jetzt in *Petruschka?*« Gleich darauf bereute sie, danach gefragt zu haben.

Karol schüttelte den Kopf. »Nein, für den Petruschka reicht es bei ihm nicht. Seine Sprünge sind nicht frei genug, seinen Beinen fehlt die Kraft. In Paris hat Nijinsky den Part getanzt, für den er auch geschrieben ist.«

Vaslav Nijinsky war sein Konkurrent und zugleich sein Vorbild bei den *Ballets Russes* gewesen. Wenn Strawinsky diesem Wundertänzer eine Rolle auf den Leib schrieb, war vermutlich Karol der Einzige, der sie außer ihm meistern konnte.

Ihre Blicke trafen sich, und noch einmal war es wie damals – als lese der eine hinter der Stirn des anderen, was er dachte. »Ich habe den Part studiert«, sagte Karol. »Ich denke, ich kann diesem misshandelten, verspotteten Jahrmarktsgaukler mit meinem Tanz Charakter verleihen. Aber Byalik lässt ihn mich nicht tanzen. Lieber verzichtet er darauf, *Petruschka* aufzuführen, als dass er auf Karol Albus, das Kassengift, zurückgreift.«

Abrupt erstarrte der Tanz seiner Finger. »Als ich das letzte Mal aufgetreten bin, in Adams *Giselle,* ganz hinten in den Reihen, wie du es gerade vorgeschlagen hast, und praktisch unsichtbar, sind die Studenten im zweiten Rang aufgesprungen und haben die Vorstellung unterbrochen. ›Solange der Kinderschänder auf der Bühne steht, betreten wir dieses Theater nicht mehr‹, hat ihr Wortführer ins Parkett hinuntergebrüllt. Und dann sind sie in langer Reihe hinter ihm her aus dem Gebäude gezogen wie hinter dem Rattenfänger von Hameln.«

Oda wollte sich davon nicht berühren lassen, doch selbst sie erschrak: »Ich begreife nicht, wie jemand glauben kann, du hättest Sonya etwas angetan.«

Karol fuhr zu ihr herum, die Augen weit, als könne er das Gehörte nicht fassen. »Du begreifst das nicht, Oda?«, brach es aus ihm heraus. »Du glaubst also nicht, dass ich es war?«

»Natürlich nicht«, sagte sie.

»Und wenn du«, begann er zögernd, »wenn du wüsstest, dass ich in jener Nacht nicht bei Belle war, wie sie gesagt hat – würdest du es dann immer noch nicht glauben?«

»Ich will nicht wissen, wo du in dieser Nacht warst«, verwies sie ihn scharf. »Es ist Schnee von gestern und interessiert mich nicht mehr. Dass du mit Sonyas Verschwinden zu tun hast, ist schlichtweg Unsinn. Kein vernünftiger Mensch könnte auf so eine Idee kommen.«

Noch immer fassungslos sah er sie an. »Danke, Oda.« Seine Stimme klang rau. »Ich weiß, du willst meinen Dank nicht, aber aussprechen muss ich ihn trotzdem. Du weißt nicht, was deine Worte für mich bedeuten.«

Aus seinem Haar rann Wasser in seine Augen. So gut es ging, strich er sich die Strähnen aus dem Gesicht. »Und jetzt gehe ich und lasse dir deinen Frieden. Es war unanständig, ausgerechnet dich um Geld anzubetteln. Ich werde mir anders behelfen müssen.«

Den Ausdruck, der in seinem Blick lag, vermochte sie nicht zu deuten. Er trat unter dem schützenden Dach hervor und machte sich auf den Weg.

»Warte!«, rief Oda.

Karol blieb stehen.

»Ich gebe dir das Geld«, hörte sie sich sagen.

»Warum, Oda?«

Das wusste sie selbst nicht genau. »Belle war so etwas wie meine Schwester«, sagte sie. »Und von ihrer Familie ist ja wohl niemand in der Lage, euch zu helfen. Geh mit ihr aus Odessa weg. Ich gebe dir genug, um anderswo neu anzufangen.«

»Ich habe daran selbst schon gedacht«, erwiderte er und wiegte den Kopf. »Ich habe an sämtliche Intendanten der Stadttheater im Russischen Reich geschrieben. Aber ein übler Leumund verbreitet sich schneller als ein Lauffeuer. Mich fasst niemand auch nur mit der Kneifzange an. In der Provinz könnte ich es probieren. Aber in der Provinz ginge Belle zugrunde.«

Oda wollte etwas sagen, doch ihr fiel nichts ein. Stattdessen verzog Karol den Mund zu einem traurigen Lächeln. »Trotzdem danke, Oda. Du weißt nicht, wie sehr du mir geholfen hast, und von deinem Geld nehme ich nur das Nötigste, das ich brauche, um unsere Schulden zu begleichen. Als Darlehen. Du bekommst jede Kopeke zurück.«

»Und wie willst du leben?«, fuhr sie ihn an.

»Ich werde mir eben Arbeit suchen müssen, um meine Familie zu erhalten. Irgendetwas wird sich schon finden – und wenn es als Müllkutscher ist.«

»Du kannst nicht einmal kutschieren.«

»Auch wieder richtig.« Er lächelte noch einmal. »Vielen Dank, wunderbare Oda. Möge das Leben gut zu dir sein.« Damit drehte er sich endgültig um und verließ den Hof.

17

Das *Schwarze Ferkel,* Gustav Türks sogenannte Weinstube in dem Eckhaus, wo die Neue Wilhelmstraße und die Prachtstraße Unter den Linden aufeinandertrafen, war Bodos Lieblingskneipe. Das Etablissement, dessen verstaubte Schaufenster mit Galerien bunter Schnapsflaschen lockten, hatte seinen wildesten, verderbtesten Zenit zweifellos überschritten, aber Bodo fand die nostalgische Verruchtheit, die es erfüllte, noch immer unwiderstehlich.

Es war ein Solitär in des Kaisers Berlin: Wo alle Welt sich im Strammstehen übte, tanzte es aus der Reihe. In seiner besten Zeit hatten Männer wie Richard Dehmel, August Strindberg, Paul Scheerbart und Leo Ullrich hier ihre empörendsten, hinreißend gotteslästerlichen Werke geschrieben. Hier drehten leicht bekleidete Schönheiten Pirouetten auf den Tischen, ohne in die Lachen der Schnapsleichen zu treten, und über das, was sich unter den Tischen abspielte, schwieg des Sängers Höflichkeit. Einmal war ein Stammgast mitten in einer wilden Nacht verstorben, und bis heute schieden sich die Geister an der Frage, ob sein Herz dem Exzess nicht länger standgehalten hatte oder ob ein Rivale um die Liebe einer niedlichen Tänzerin ihn in eifersüchtiger Raserei erwürgt hatte.

In jedem Fall war der Leichnam ordentlich wieder auf seinen Stuhl gesetzt und mit den Strumpfbändern der Tänzerin an der Lehne befestigt worden, damit die Feiern bis zum Morgen fortschreiten konnten. Gerüchten nach war sogar das Schnapsglas des Verblichenen regelmäßig nachgefüllt worden. An Freiwilligen, die es an seiner Stelle leerten, hatte gewiss kein Mangel geherrscht.

Das *Schwarze Ferkel* war die Brutstätte all dessen, was man als braver kaiserlicher Untertan nicht tat, und gerade deshalb war es für Bodo das perfekte Parkett.

Nicht dass Bodo kein braver kaiserlicher Untertan gewesen wäre. Er trug den feschen grünen Waffenrock der Brandenburgischen Jäger, und die einzigen Klagen, die seine Vorgesetzten je über ihn verlauten ließen, taten kund, dass er den Ehrgeiz nicht erfunden habe. Doch auch ohne diesen hatte er die Preußische Hauptkadettenanstalt Groß-Lichterfelde mit Bravour und Leichtigkeit durchlaufen, war für die Selekta-Klasse ausgewählt worden und hatte beim Abschluss nicht den Rang eines Fähnrichs, sondern sofort den eines Leutnants erlangt. Bodo entehrte keine Frauen, die ihn nicht ausdrücklich darum baten, hielt sich beim Glücksspiel zurück und war nicht einmal ein nennenswerter Trinker. Er ertrug es nur nicht, sich zu langweilen, und in Lübben, dem Kaff im Brandenburgischen, wo sein Bataillon stationiert war, war Langeweile eine tägliche Unumgänglichkeit.

Es hatte eine Zeit gegeben, da hatte sich Bodo von Arndt vor dem Tod gefürchtet, und diese Zeit hatte ihn zwei Dinge gelehrt: dass er zum Ersten nicht sterben wollte, und dass er zum Zweiten, sollte er doch sterben, sein Leben vorher bis zum letzten Tropfen auskosten würde. Er war entschlossen, keine Seite, keine Facette auszulassen, und es gab nichts, das ihn mehr amüsierte, als Menschen bei allem, was sie sich einfallen ließen, zu beobachten. Mit seinen noch nicht ganz fünfundzwanzig Jahren durfte er ohne Übertreibung von sich behaupten, dass ihm nur wenig Menschliches fremd war.

Das *Schwarze Ferkel* war für seine Zwecke das denkbar geeignetste Jagdrevier. Am liebsten wäre er über Nacht ins nahe Berlin gefahren, sooft sein Dienstplan ihm dazu die Möglichkeit gab.

Leider gestattete ihm sein knapper Sold nur selten den Luxus eines Hotelzimmers, obwohl Bodo für Hotels eine unausrottbare

Schwäche hegte. In der Wohnung seiner Eltern in der Ansbacher Straße zu übernachten, kam nicht infrage, denn die Aussicht hätte ihm den kompletten Ausflug ruiniert. Neben den Schwierigkeiten mit der Übernachtung gestaltete sich auch die Fahrt nicht ganz einfach: Zwar liebte Bodo Fahrten mit der Eisenbahn noch immer mit der Begeisterung eines kleinen Jungen, doch wenn er Dienstschluss hatte, verkehrte kein Zug mehr, geschweige denn ginge früh genug einer zurück. Die Haltung von Pferd und Wagen hätte seine Mittel überfordert. Wie so oft in seinem Leben hatte er jedoch Glück, und etwas ergab sich, das all seine Probleme auf einen Schlag löste.

Das Etwas war ein Jemand: Rüdiger von Metzler.

Der Kamerad, wie Bodo im Rang eines Leutnants, war nicht über eine Kadettenanstalt zum Bataillon gekommen, sondern hatte sein Patent mit ein wenig Nachhilfe seitens der Bank seines Vaters errungen. Jener war erst vor zehn Jahren in den Adelsstand erhoben worden, doch den Geldadel merkte man weniger Rüdiger als vielmehr seiner piefigen Verwandtschaft an. Rüdiger selbst war ein Pfundskerl, und über Verwandtschaft sah Bodo schon aus Eigeninteresse grundsätzlich hinweg. Er hätte Rüdiger auch gemocht, wenn dieser kein eigenes Automobil besessen hätte, einen der brandneuen Dernburgs mit Allradantrieb, der sich für die zwei Stunden Fahrt nach Berlin bestens eignete.

Und als wäre das nicht schon großartig genug, unterhielt Rüdigers Familie auch noch eine Wohnung in der Kaiserhofstraße, die vom *Schwarzen Ferkel* aus spielend leicht zu erreichen war.

Rüdiger war viel daran gelegen, in die Kreise des ›Geburtsadels‹ Einlass zu finden, und da Standesdünkel zu den Dingen gehörte, die Bodo langweilten, wurden die beiden zu Freunden. Konrad von Barfus, Bodos Gefährte seit Kadettentagen, war der Dritte im Bunde. Sooft wie irgend möglich chauffierte Rüdiger das Trio nach Berlin, wo sie sich einen lustigen Abend machten: Ein solcher begann traditionell im *Schwarzen Ferkel,* setzte sich dann an verschiedenen, getrennt anvisierten Stationen fort, bis die drei Freunde zu später Stunde auf einen Absacker im *Ferkel* wieder zusammentrafen. Anschließend zogen sie singend in die Wohnung der Metzlers, um bis in den Tag hinein zu schlafen.

Bodo freute sich auf diese Ausflüge tagelang im Voraus. Schon die Autopartie mit den Kumpanen war ein Heidenspaß, und Berlin – das verborgene, nicht ganz so kaiserliche – war ein Meer, in dem unterzutauchen ihn nie enttäuschte. An diesem Abend im Januar gab es zwei zusätzliche Anreize, die seine Vorfreude steigerten: Zum Ersten hatten bei den gerade ausgezählten Wahlen die Sozialdemokraten ihre Sitze verdoppelt und waren zur stärksten Kraft im Reichstag aufgestiegen. Der Gedanke an die Gespräche voller überkochender Emotionen, die ihn im *Ferkel* erwarteten, brachte Bodo jetzt schon zum Grinsen. Zum Zweiten gab es ein Mädchen dort, kein ganz junges mehr, aber ein süßes mit Namen Felice, ein Malermodell, mit dem er nach Weihnachten ein paar höchst erfreuliche Stunden verbracht hatte. Er hatte nicht übel Lust, dies zu wiederholen – und wenn es mit der kleinen Felice heute nichts wurde, dann fand sich gewiss eine andere.

Nach Dienstschluss ging er mit Konrad in das geradezu luxuriöse Offizierscasino, um bei einer Molle darauf zu warten, dass Rüdiger sie mit seiner Hupe zum Aufbruch rief. Das gesamte Kasernement war nicht von schlechten Eltern: Des Kaisers Offiziere, selbst die subalternen, waren in einem neu errichteten, im Stil der Neugotik gehaltenen Gebäudekomplex neben Lübbens Hauptbahnhof untergebracht und hatten eine eigene Badeanstalt und eine Reithalle zu ihrer Verfügung.

Bodo hatte sich nie gefragt, ob er Offizier werden wollte. Ihm hatte nichts anderes zur Auswahl gestanden, und wenn er ehrlich war, war er dafür dankbar. Bei der Vielzahl von Ideen, die ihm im Kopf herumspukten, hätte er sich vermutlich nicht entscheiden können.

Sein Freund Konrad hingegen war Offizier aus Leidenschaft, obwohl er als Feldwebelleutnant noch nicht über ein Patent verfügte. Bodo war es immer ein wenig ungerecht erschienen, dass er, der so gut wie kein Herzblut hineingesteckt hatte, mit so viel mehr Leichtigkeit durch die Schule gesegelt war und am Ende mit dem höheren Dienstgrad dastand als Konrad, der sich die Kadettenanstalt gegen den Willen seiner liberalen Familie erkämpft hatte. Zudem wäre Konrads Traum von der Offizierslaufbahn um ein Haar an mangelnder Körpergröße gescheitert, doch im Geist und im Herzen war er ein Riese, fand Bodo. Ein Mann, der für seinen Kaiser durchs Feuer gegangen wäre und der Bodo mit seiner Entschlossenheit nicht selten beschämte.

Jetzt haftete am Schnauzbart des Kleineren ein wenig Schaum von der Molle, was dem zornigen Ernst seiner Miene jedoch keinen Abbruch tat. »Und?«, fragte er Bodo. »Wie sieht deine Haltung zu unserer Judenwahl aus?«

›Judenwahl‹ – so wurden in den erzkonservativen Kreisen, zu denen das Offizierskorps in vorderster Front gehörte, die jüngsten Wahlen zum Reichstag genannt. Die Sozialdemokraten hatten mit mehr als vier Millionen Stimmen mehr Zuspruch auf sich vereint als je eine andere Partei – und das konnte in den Augen ihrer Gegner nur durch eine Verschwörung des Judentums und entsprechende Finanzspritzen jüdischen Kapitals zustande gekommen sein.

»Mich darfst du nicht fragen«, erwiderte Bodo und knallte unter dem Tisch die Hacken zusammen. »Ich bin preußischer Offizier, ich bin nicht dafür gezüchtet worden, eine Haltung zu haben, sondern dafür, im Ernstfall für sie zu sterben.«

»Von Arndt, du bist eine Landplage«, sagte Konrad. »Gibt es

eigentlich auch Leute, die aus dir herausbekommen, was du denkst?«

Bodo zuckte die Achseln. »Vielleicht ist da ja nicht viel herauszubekommen, weil ich nicht viel denke.«

»Und wen willst du das glauben machen?«

»Dieselben, die du dein Gerede von der Judenwahl glauben machen willst«, erwiderte Bodo friedfertig. »Heben wir uns die Politik für das *Ferkel* auf, wenn sich die Gemüter ordentlich erregen. Wir beide allein, das lohnt sich doch nicht.«

Konrad holte tief Luft. »Ich wüsste das wirklich gern! Was meine Freunde darüber denken, dass die gesamte bürgerliche Presse Sozialdemokraten und Juden in einem Atemzug nennt.«

Bodo sagte nichts, weil er glaubte, von draußen ein Geräusch gehört zu haben.

»Oder besser«, setzte Konrad nach, »ich wüsste gern, ob ich hier überhaupt noch Freunde *habe.*«

»War das Rüdigers Hupe?«, fragte Bodo.

»Nein, war es nicht, und das weißt du auch.« Die Augen des Freundes wurden schmal. »Hast du eigentlich gehört, was ich gesagt habe?«

Bodo trank Bier und seufzte. »Ja. Habe ich. Und mir erlaubt, die Frage zu ignorieren, weil die Antwort sich von selbst versteht.«

»Tut sie das?« Konrad wartete nicht auf eine Antwort. »Du fährst doch so oft nach Russland. Hast du da vielleicht schon einmal von den *Protokollen der Weisen von Zion* gehört?«

»In Russland war ich nie, und in Neurussland schon seit bald zwei Jahren nicht mehr«, sagte Bodo und überhörte den zweiten Teil der Frage geflissentlich. Jene Protokolle, angeblich streng geheime Dokumente, die eine jüdische Weltverschwörung beweisen sollten, waren ihm natürlich nicht unbekannt. Sie kursierten in ständig neuen Variationen inzwischen nicht nur im Russischen Reich, sondern in ganz Europa und womöglich in aller Welt, aber sein Freund Konrad war der Letzte, mit dem er darüber sprechen wollte.

Er wollte mit niemandem darüber sprechen, über nichts, das irgendwem Sorgen machte, denn er machte sich selbst nicht gern welche. Schon gar nicht so kurz vor einem Ausflug nach Berlin. Und wenn es doch etwas gab, das ihm im Kopf herumging, dann behielt er es für sich. Zu den Menschen, die ein Palaver über ihre Leiden erleichternd fanden, hatte er nie gehört. Ihn erleichterten Wein, Weib und Gesang, ein paar dumme Witze und herzhaftes Gelächter.

Zu seiner Überraschung ließ auch Konrad das Thema auf sich beruhen. »Deine Schwester wirst du aber doch wohl irgendwann besuchen, oder?«, fragte er.

»Ja«, antwortete Bodo und lauschte sehnsüchtig auf die Hupe. »Irgendwann.«

»Geht es ihr gut? Ich habe mich immer gefragt, wie sie als Deutsche da drüben wohl leben kann.«

»In Odessa lebt es sich fein«, sagte Bodo und sah flüchtig ein Bild der vor Leben berstenden Deribasowskaya vor sich, einen Stand, an dem Oda eine Tüte mit *Semechki,* gerösteten Sonnenblumenkernen, gekauft hatte, die sie sich gegenseitig in den Mund gestopft hatten. »Da ist niemand Deutscher oder sonst etwas. Da sind alle Odessiten.«

»Das ist Unsinn«, sagte Konrad. »Wer in der Fremde zu Hause sein will, der ist nirgendwo zu Hause.«

»Ach Konni, du alte Unke«, erwiderte Bodo. »Du bist mir heute ein bisschen allzu sehr von der schwarzen Galle verseucht. Wir wollen uns doch einen lustigen Abend machen! Rüdiger kommt sicher gleich.«

»Wenn dieser Brandherd auf dem Balkan in Flammen aufgeht«, murmelte Konrad gedankenverloren, als hätte Bodo nichts gesagt, »wenn die Feuer in diesen Riesenreichen, diesen Vielvölkerstaaten, die sich doch längst überlebt haben, um sich greifen, werden Leute wie deine Schwester sich entscheiden müssen, auf welche Seite sie gehören. Ich habe sie immer gern gemocht, die schöne, flatterhafte Belle. Es gab Zeiten, da habe ich mir sogar Illusionen gemacht, sie und ich könnten … Aber das weißt du ja. Du warst schließlich dabei.«

»Ja, das weiß ich«, sagte Bodo. »Und mich hätte es auch gefreut, wenn wir beide Schwager geworden wären. Aber du kennst doch Belle. Wenn sie etwas haben will, dann will sie es eben haben, und zwar sofort. Und wer weiß, wozu es gut ist? Vielleicht dankst du noch einmal deinem Schicksal dafür, dass dir das, was der Herr vom Ballett sich aufgebürdet hat, erspart geblieben ist. Mit Belle ist das Leben aufregend, das leugne ich nicht. Aber es ist auch anstrengend. Zu einem Bier mit seinen Kameraden kommt ein Mann nicht mehr, wenn er an ihrem Gängelband hängt.«

Konrad öffnete den Mund, doch zu Bodos Erleichterung ertönte in diesem Augenblick das schrille Hupsignal, auf das er gewartet hatte. »Das ist der alte Rüdi«, rief er vergnügt und sprang auf. »Los geht's, höchste Zeit, dass wir mal wieder in den Sündenpfuhl eintauchen, sonst wachsen uns am Ende noch Heiligenscheine.«

»Du bist unmöglich, Bodo.«

»Das zeichnet mich aus.«

Sie grinsten sich an und verließen Seite an Seite das Casino.

Der Abend war finster, feucht und scheußlich, doch umso heißer und höher würde es im *Ferkel* hergehen. Im Licht der Torlaterne lehnte Rüdiger lässig an dem klobigen Kastenwagen und rauchte eine Zigarette, wie es neuerdings unter jungen Leuten immer moderner wurde. Bodo wollte dem Freund gerade einen fröhlich-zotigen Gruß zurufen, da bemerkte er die zweite Gestalt, die halb von ihm verdeckt vor der Motorhaube stand. Ein Mädchen. Statt sich in Berlin einen flotten Käfer zu angeln, hatte Rüdiger sich tatsächlich eins der provinziellen brandenburgischen Amüsierdämchen angelacht.

Natürlich gab es in Lübben – wie überall dort, wo Soldaten waren – Mädchen, die für ein paar Getränke und Geschenke Männern gefällig waren. Sie deswegen käuflich zu nennen, ging Bodo zu weit – auch wenn es zweifellos ein Geschäft war, von dem beide Seiten profitierten. Ihm war es recht so. Er bot eine Gegenleistung für das, was er haben wollte, und hinterher konnte man sich die Hände schütteln und ohne Verpflichtung auseinandergehen. Nur die Mädchen aus Lübben, die behagten ihm nicht.

Sie waren zu ernst, zu gefühlvoll, zu nah am Wasser gebaut. Bei einer Berlinerin konnte er sicher sein, dass er sich nicht auf Wochen mit einem gebrochenen Herzen herumschlagen musste. Außerdem waren die Berlinerinnen kesser, rassiger und hatten den besseren Geschmack.

Dem fülligen, breithüftigen Frauentyp, der ihm wie ein Überbleibsel aus dem verflossenen Jahrhundert erschien, konnte Bodo nichts abgewinnen. Er liebte seine Frauen knabenhaft, agil und selbstbewusst, gekleidet in die schmale, frei fließende Reformmode, die im Fall der Fälle auch zum Pferdestehlen taugte.

Frauen zum Pferdestehlen.

Nur einen Herzschlag lang sah Bodo das dunkellockige Mädchen vor sich, das seine langen Röcke raffte und neben ihm durch das harte, hohe Steppengras zu den beiden Pferden rannte. Er hörte ihr raues, wenig mädchenhaftes Lachen, das mit seinem verschmolz, und dann war es auch schon wieder vorbei, und er stand in der Winternacht vor seinem Kasernement, ihm gegenüber sein Freund Rüdiger samt seiner unansehnlichen Begleitung.

Die junge Frau trug keinen Hut, sondern eine flache graue Kappe, als hätte sie sich einen Pfannkuchen auf den Kopf gesetzt. Unter dem unförmigen Kutschermantel lugte ein Rock aus einer Art

Zeltplane hervor, der ihr bis auf die Füße fiel, während sich am Hals der Kragen eines ominösen Kleidungsstücks zeigte, das am ehesten an eine Russenbluse erinnerte.

Bodo verschlug es die Sprache. Wenn die in dieser Montur auf Männerfang ging, dann würde er demnächst in Uniform auf Pastor umsatteln. Wahrscheinlicher war, dass sie sich ihr Geld als Reinigungsfrau auf den Bahnhofstoiletten verdiente und den komischen Deckel statt Trinkgeld geschenkt bekommen hatte.

»'n Abend, ihr beiden«, sagte Rüdiger. »Valerie, hier hast du nun meine viel zitierten Freunde, Feldwebel Konrad von Barfus – macht sich besonders charmant beim Kommando: *Barfus, ziehen Sie die Schuhe aus* – und Leutnant Bodo von Arndt, den *Bel Ami* der Kompanie.«

Konrad verbeugte sich und trat auf das Mädchen zu, während Bodo noch immer da stand wie angewurzelt.

»Bodo und Konni, darf ich euch meine Cousine vorstellen?«, fuhr Rüdiger fort. »Valerie Schneider.«

Rüdigers Mutter war eine geborene Schneider. Das bedauernswerte Ding gehörte somit zu der piefigen Lübbener Verwandtschaft, die dem Freund wie ein Klotz am Bein hing. Bodo suchte seinen Blick, um eine stumme Frage zu stellen.

Rüdiger begriff. »Warum setzt ihr euch nicht schon einmal in den Wagen, Valerie und Konni?«, schlug er vor. »Bodo und ich haben noch kurz etwas zu bereden. Wir kommen gleich nach.«

Kaum saßen die beiden anderen in den Polstern des Autos, platzte Bodo heraus: »Um Gottes willen, Rüdiger. Welcher Teufel hat dich denn geritten, dass du das arme graue Mäuschen mitschleppst?«

»Ich habe meiner Tante versprochen, ein Auge auf sie zu haben«, antwortete Rüdiger. »Du kannst mir glauben, zu meinem Vergnügen tue ich das nicht.«

»Und warum tust du es dann überhaupt?«

»Weil ich meine Tante gern mag. Sie ist verwitwet, zieht die Kleine allein auf. Und Valerie ist schlimmer als jeder Sack Flöhe. Sie haut ab, sobald sie ohne Aufsicht ist, steigt einfach ohne Fahrschein in den Zug und gondelt nach Berlin, wo meine Tante sie dann auslösen muss. Aus dem Gefängnis meistens. Einmal war sie auf einer Kundgebung wild gewordener Arbeiter in Moabit, bei der zwei Leute erschossen worden sind. Ein anderes Mal hat sie es irgendwie bis nach Kopenhagen geschafft, wo sie auf einem dieser radikalen Frauenkränzchen als Rednerin auftrat. Meine Tante ist krank. Ihre Lunge macht es nicht mehr lange. Ich wollte, dass sie einmal eine Nacht lang ruhig schlafen kann.«

»Und um das zu erreichen, schleppst du ihr bemerkenswertes Früchtchen ins *Schwarze Ferkel?*«, fragte Bodo entgeistert. »Hast du der siechkranken Tante das etwa erzählt?«

»Ich habe ihr gesagt, deine Schwester hat Valerie und mich zu einer Soiree mit Tanz eingeladen.«

»Meine Schwester«, stammelte Bodo, dessen Entgeisterung sich rapide steigerte. »Meine am Schwarzen Meer verheiratete Schwester lädt ein als Wischlappen verkleidetes Landei zum Tanztee ein, und hinterher behält sie sie vermutlich über Nacht da?«

Rüdiger senkte den Blick. »Ich habe meiner Tante erzählt, deine Schwester ist auf ein paar Wochen zu Besuch hier. Und hat ein Gästezimmer, wo Valerie willkommen ist.«

»Ich verstehe«, brummte Bodo. »Ein Gästezimmer im *Schwarzen Ferkel,* wo Edvard Munchs Modelle nackt über die Tische tanzen.«

»Ich fand, *Schwarzes Ferkel* ist besser als Straßenkampf samt Polizeieinsatz im Wedding«, gab Rüdiger zurück.

»Herrgott, ist in eurer Familie niemand Manns genug, der Göre gründlich den Hintern zu versohlen und sie anschließend ins Bett zu stecken?«

Rüdiger blickte auf und grinste: »Ich hatte gehofft, du würdest dich freiwillig melden.«

Das Mädchen, dem ihr Palaver galt, kurbelte das Wagenfenster herunter und rief mit herber, fester Stimme: »Fahren wir heute noch? Oder frierst du samt dem hochwohlgeborenen Herrn da draußen fest, Rüdiger? Das wäre doch mal ein interessantes Experiment: Was erstarrt schneller zu Eis – rotes Blut oder blaues?«

Bodo erging es wie meist: Er musste lachen. »Ehe ich nicht nur innen, sondern obendrein außen blau friere, lassen wir uns lieber in der Hitze der Hauptstadt einschmelzen«, sagte er, ging Rüdiger voraus und stieg zu Konrad und dem Mädchen in den Wagen.

18

Selbst Berlin war in diesen feuchtkalten Januarnächten, in denen verdreckte Schneereste auf dem Trottoir spiegelglatt überfroren, ein bisschen ausgestorben. Immerhin blinkte aber die haushohe Lichtreklame von Kupferberg Gold mit ihren tausend Glühbirnen über der Friedrichstraße, auf den Straßen waren Busse, Straßenbahnen, Kremser und Kraftdroschken unterwegs, und es roch nicht mehr nach Kuhdung, sondern ein bisschen brenzlig nach Abenteuer.

Auch wenn Bodo für diese Nacht alle abenteuerlichen Pläne aufgegeben hatte. Er war kein Spielverderber, und dafür, dass Rüdiger sich ständig großzügig als ihr Chauffeur und Gastgeber in der Berliner Wohnung betätigte, schuldete er ihm einen Gefallen. Jemand musste sich um das hässliche Entlein kümmern, und Rüdiger hatte diese und andere Verwandte fraglos oft genug am Hals. Bodo wusste selbst nur zu gut, wie schwer man an der Last der eigenen Familie gelegentlich zu schleppen hatte. Er würde seinen Kameraden damit nicht im Regen stehen lassen.

Flüchtig war ihm zwar der Gedanke gekommen, die in Zeltplane gewandete Cousine Konrad aufzuhalsen, aber er hatte ihn gleich wieder verworfen. Das kurze Gespräch vorhin im Casino hatte ihm mehr als deutlich gezeigt, dass Konni einen vergnüglichen Abend besonders nötig hatte. Er war ein feiner Kerl, aber er neigte dazu, die Dinge zu ernst zu nehmen, sich von allem und jedem bedroht zu fühlen und sich zu verkrampfen. Bodo ahnte wenigstens zum Teil die Gründe dafür. Es hatte eben jeder sein Skelett im Schrank oder seine Leiche im Keller, und letztlich war es eine Frage des Temperaments, wie gut der Einzelne damit fertigwurde.

Konrad gehörte zu denen, die nicht gut damit fertigwurden. Während der Jahre auf der Kadettenanstalt war er seiner Neurasthenie wegen mit Reizstrom behandelt und mehrere Monate auf Kur geschickt worden, was ihn letztendlich den Platz in der Selekta-Klasse gekostet haben mochte. Er brauchte Abende wie diesen, um sich zu lockern. Seine reizbaren Nerven, die sich an der Reichstagswahl hochschaukelten, und das streitbare Mäuschen mit dem Toilettendeckelhut waren eine denkbar ungünstige Kombination.

Also würde Bodo sich opfern. Und warum auch nicht? Auch wenn er notorisch knapp bei Kasse war, fiel es ihm von ihnen dreien am leichtesten, sich in eine Nacht des Vergnügens zu stürzen und sämtliche Sorgen dabei zu vergessen. Er hatte seinen Schmerz und seine Enttäuschungen zu tragen wie jeder andere, aber im Gegensatz zu den meisten Leuten besaß er dazu Talent. Die Worte zu Johann Strauß' Polka, die inzwischen kein moderner Mensch mehr tanzte, hätten sein Lebensmotto sein können:

»Glücklich ist
Wer vergisst
Was nicht mehr zu ändern ist.«

Er war also trotz allem ein zufriedener Mann, und wenn ihm gelegentlich das Herz wie von einem Brenneisen schmerzte, schrieb er es der Tatsache zu, dass er noch keine fünfundzwanzig war. Ein höheres Maß an Abgeklärtheit würde sich mit der Zeit schon einstellen. Es ging ihm gut. Besser als Rüdiger oder Konrad. Also war es nur fair, dass er derjenige war, der sich heute Abend opferte.

Der Boulevard Unter den Linden, diese breite, freie, von Prachtbauten gesäumte Avenue, versuchte alles, um die schönste Straße der Welt zu werden. Hier trumpfte das Kaiserreich auf und scheute keine Kosten, um zu beweisen, dass seine Hauptstadt mit

Paris und London mithalten konnte, selbst wenn die alten Kolonialreiche die Schätze ihrer Kolonien schröpften, während Deutschland der Platz an der Sonne verweigert blieb. Der Neid des Kaisers auf die Filetstücke der Welt, die die anderen unter sich verteilt hatten, schien Bodo in jedem der pompösen Gebäude sichtbar. Zuweilen kam Wilhelm II. ihm vor wie ein kleiner Junge, der zusehen musste, wie seine Cousins einen Kuchen verspeisten, ohne ihm etwas abzugeben oder auch nur zu beachten, wie er trotzig mit dem Fuß aufstampfte.

Armer Kaiser, dachte Bodo und hätte dem guten Wilhelm gern verraten, dass er sich nicht so abzustrampeln brauchte, weil seine Mühe umsonst war. Die schönste Straße der Welt konnte sein Unter den Linden gar nicht werden, denn den Titel führte eine ferne Allee, gesäumt von nur zweistöckigen Häusern, vor denen Nudelgerichte aus Bottichen verkauft wurden und Mädchen mit den Gesichtszügen aller erdenklichen Völker untergehakt in Kosakenstiefeln spazierten. Die schönste Straße der Welt war Odessas Deribasowskaya, die den Zauber des Lebens in ihrem Brennglas fing und darüber kein Aufhebens machte, sondern höchstens lächelnd flüsterte.

In der vornehmen Umgebung wirkte das *Schwarze Ferkel* wie eine schmuddelige Kaschemme. Das war Teil seines Charmes. Die Fenster waren so trübe, als wären sie noch nie geputzt worden, was wahrscheinlich den Tatsachen entsprach, und die Sicht ins Innere verstellten Regale voller knallbunter Schnapsflaschen, von denen Türk, der Wirt, angeblich mehr als fünfhundert besaß. Über der Tür hing anstelle eines Schildes ein schwarzer armenischer Weinschlauch, den der Nachtwind blähte. Ihm verdankte das Lokal seinen Namen, da man das verdreckte Ding von Weitem für ein nach dem Schlachten aufgehängtes Ferkel halten konnte.

Während Rüdiger den Wagen parkte, warf Bodo einen verstohlenen Blick hinüber zu seiner Abendbegleitung. Auf dem Gesicht des Mädchens zeichnete sich keine Spur des erwarteten Entsetzens.

Immerhin, dachte Bodo nicht ohne Anerkennung. Beim Aussteigen nahm ihn Rüdiger beiseite. »Würde es dir viel ausmachen, ein halbes Stündchen oder so auf Valerie zu achten?«, raunte er. »Ich weiß, ich sollte es selbst tun, aber im Cabaret in der Friedrichstadt-Passage gibt es diese süße Brünette …«

Der Rest des Satzes blieb bedeutungsschwer in der Luft hängen. Bodo hatte selbst von ein paar lauschigen Stunden in den Armen einer süßen Brünetten geträumt, aber er hatte sich nun einmal entschlossen, heute den edlen Menschenfreund zu spielen. »Ich achte den ganzen Abend auf sie«, erbot er sich nonchalant. »Und du, amüsier dich. Wir sind nur einmal jung.«

»Ist das dein Ernst?« Rüdiger boxte ihn in die Seite. »Bodo, du bist ein echter Freund. Ich schulde dir einen Gefallen.«

»Du kannst die Getränke bezahlen.«

»Wir sind im Geschäft.«

Hintereinander zwängten sie sich durch den engen Schlund des Eingangs in die von Tabakqualm und Alkoholdunst erfüllte Luft des *Ferkel*. Bodo hatte seiner Begleiterin galant die Tür aufhalten und ihr den Vortritt lassen wollen, aber die hatte ihn schroff in die Schranken verwiesen: »Das ist sicherlich nett gemeint, aber ich bin keines Ihrer schwindsüchtigen Edelfräulein. Ich kann meine Türen allein öffnen.«

Donnerwetter. Bodo begann die Sache Spaß zu machen. Auf die Idee, sie für ein hauchzartes Edelfräulein zu halten, wäre nicht einmal der blinde Beppo, der im *Schwarzen Ferkel* die Drehorgel spielte, gekommen. Dessen Musik – wenn man das Gedudel so nennen wollte – empfing sie, begleitet von seiner zittrigen, versoffenen Stimme, die einen schlüpfrigen Gassenhauer heraushaute:

»Im Grunewald, im Grunewald ist Holzauktion
Links um die Ecke rum,
rechts um die Ecke rum,
Überall ist große Holzauktion.«

Im *Ferkel* wurden nur schlüpfrige Lieder gesungen, und wem die Schlüpfrigkeit entging, der war in anderen Kneipen besser aufgehoben. Die eindeutigen Strophen erklangen erst später, wenn die Ersten schon unter den Tischen lagen und der trinkfestere Rest sich an die Stuhllehnen klammerte:

»Der Forstgehilfe küsst des Förster Tochter
Für'n Taler, für'n Taler.
Der Förster, auf den Forstgehilfen pocht er,
Für'n Taler, für'n Taler nur.«

Wie gewöhnlich war das *Ferkel* voll bis auf den letzten Platz, und ebenfalls wie gewöhnlich kam Gustav Türk hinter dem Tresen hervorgeschlurft und trug einen Stuhl nach dem anderen herbei, um sie in eine nicht vorhandene Lücke zu quetschen. Ein paar Gäste drehten zwar die Köpfe wegen ihrer Uniformen, wandten sich aber schnell wieder ihren eigenen Angelegenheiten zu, nachdem sie gemerkt hatten, dass die drei Uniformierten mit dem Wirt bekannt waren.

Irgendwie quetschten sie sich alle vier an einen Tisch, auf dessen rechter Seite um Geld Poch gespielt wurde und auf der linken eine Gesellschaft aus drei Herren und drei Damen Geburtstag feierte. Um Platz für die Neuankömmlinge zu machen, hatten sich zwei der Damen, die luftige, farbenfrohe Rüschenkleider trugen, bei zwei der Herren auf den Schoß gesetzt. Belohnt wurden sie dafür abwechselnd mit schmatzenden Küssen und neckischen Backpfeifchen, und bei beidem wurde herzhaft gelacht.

Rüdiger sorgte für die Getränke: Molle mit Korn für sich und Konrad und für Fräulein Klodeckelhut ein Damengedeck – Orangensaft, in dem ein knapper Schuss billiger Sekt perlte. Vor Bodo stellte er ein kleines Stielglas hin, das bis zum Rand mit giftgrüner Flüssigkeit gefüllt war.

»Mein lieber Scholli.« Bodo pfiff durch die Zähne. »Ist der echt?«

»So echt wie deine eiserne Leber, die ihn ausbaden muss«, erwiderte Rüdiger. »Ich bin dir schließlich was schuldig.«

Er reichte eine Schachtel *Salem*-Zigaretten herum. Seine Cousine hielt ihn kurz entschlossen am Handgelenk fest und bediente sich.

»Ich denke nicht, dass das gestattet ist«, bemerkte Konrad, den ihre Art sichtlich irritierte. »Eine Dame, die in der Öffentlichkeit raucht.«

»Ach was«, sagte Bodo, beugte sich hinüber und gab der streitbaren Cousine Feuer. »Seit wann interessiert es im *Ferkel* jemanden, was gestattet ist? Echter Absinth ist meines Wissens jedenfalls verboten – und Gerüchten zufolge soll der Kaiser kurz davorstehen, seinen Offizieren das Tangotanzen zu verbieten, damit sie nicht dem Irrsinn verfallen.«

»Ich denke, das ist etwas anderes«, sagte Konrad. »Wir sind schließlich Männer und können selbst beurteilen, was wir uns zumuten. Was allerdings diesen Tango betrifft, handelt der Kaiser aus meiner Sicht ganz richtig. Diese neue Seuche, die mit den Horden von Fremdarbeitern aus Übersee eingeschleppt worden ist, macht wirklich reihenweise Leute zu Besessenen.«

»Das ist ja das Schöne daran«, sagte Bodo und gönnte sich einen Augenblick stillen, sentimentalen Schwelgens. Seinen ersten Tango hatte er wie so vieles in Odessa gehört, in einer Nacht, in der erst alles und dann auf einmal nichts mehr möglich gewesen war, und er war sicher, dass ihm von der Schönheit der Musik zumindest vorübergehend das Herz geschmolzen war.

»Das da ist verboten?«, fragte die rauchende Cousine und tippte gegen Bodos Glas.

Bodo nickte und bemühte sich um die Miene eines weisen Großvaters. »Absinth ist gefährlich. Oscar Wilde warnte, er könne uns am Ende die Welt sehen lassen, wie sie wirklich ist.«

»Genau das will ich.« Die Cousine funkelte ihn an, als hätte er sie beleidigt.

»Schon möglich«, erwiderte Bodo. »Aber so etwas bleibt ja nicht ohne Folgen. Der Dichter Rimbaud beispielsweise wurde von seinem Liebhaber angeschossen, nachdem dieser versucht hatte, seine Eifersucht in Absinth zu ertränken.«

»Wer war wessen Liebhaber?«, fragte die Cousine. »Der eine Mann der des anderen?«

»Sehen Sie?«, Bodo hob die Brauen. »Halten Sie sich vom Absinth besser doch fern, sonst müssten Sie am Ende erkennen, dass es so manches gibt, das es nicht geben dürfte – weil nicht sein kann, was nicht sein darf.«

»Das macht mir nichts aus«, erwiderte die Cousine. »Von mir aus kann einer einen Maulesel lieben, wenn es ihm Spaß macht, solange er den keinem Bauern, der ihn dringender braucht, gestohlen hat.«

Im *Schwarzen Ferkel* durfte man so etwas gelegentlich sagen. Im *Schwarzen Ferkel* hatte – zumindest den Romanen von Leo Ullrich und Konsorten zufolge – eine Frau gesagt, sie träume davon, Liebe mit einer Schlange zu machen, und ihr Mann hatte angeblich gemeint, er wünsche sich die Schlange um ihren Hals, eine Würgeschlange mit der Gier, bei der Liebe zu töten.

Aber die, die das alles angeblich gesagt hatten, waren immerhin Künstler gewesen, Bohemiens, die außerhalb der Gesellschaft standen. Dass ein Mädchen aus bürgerlichen Kreisen, der gehobenen Mittelschicht zugehörig, dergleichen von sich gab, schockierte selbst die schäkernden, die Dekolletés ihrer Damen entblätternden Herren zur Linken.

»Das geht jetzt endgültig zu weit«, brach es aus Konrad heraus. »Ich bin kein Spießer und auch kein Kind von Traurigkeit, das in der Freizeit den Offizier heraushängen lässt, aber so etwas sollten wir uns, denke ich, nicht anhören. Sie werden sich dafür entschuldigen, mein Fräulein. Haben Sie verstanden?«

Bodo hingegen war einen Moment lang überrumpelt, aber nicht im Mindesten aufgebracht. Die Kleine begann sein Herz zu rühren – ihr verzweifelter Wunsch, Anstoß zu erregen, hatte etwas, das ihm naheging. Sie wollte barsch und dreist und unverwundbar erscheinen, erreichte jedoch das genaue Gegenteil und rief in ihm den Wunsch wach, sie zu schützen.

»Bei wem denn?«, fragte er Konrad.

»Na – bei uns doch wohl!«, antwortete der.

»Mir hat Fräulein Schneider nichts getan«, sagte Bodo. »Und wenn du dich in deiner zarten Offiziersehre gekränkt fühlst, dann entschuldige ich mich gleich mit, denn ich habe mit den Gräuelgeschichten vom Absinth schließlich angefangen. Ich war noch nicht einmal fertig. Da ich mit Rimbaud und Verlaine nicht erschüttern konnte, bleibt mir noch der französische Arbeiter im Weinberg, der im Absinth-Rausch seiner Frau und seinen kleinen Töchtern, keine älter als vier Jahre, die Kehlen durchschnitt und sie anschließend zerstückelte. Danach gelang es in Frankreich, ein Absinth-Verbot durchzusetzen. Sie wissen ja sicher, Fräulein Schneider, dass diese Demokraten erst drei Mal von Pontius zu Pilatus laufen müssen, ehe sie ein Verbot aussprechen dürfen, und der Gallier tut sich mit Kadavergehorsam schon vom Naturell her ein bisschen schwerer als unsereiner.«

»Bodo, es reicht!« Konrad sprang auf. Als im selben Augenblick der blinde Beppo, der bei der Tür stand, jedoch wieder anfing, mit seinem Leierkasten von der Holzauktion im Grunewald zu singen, ließ er sich resigniert zurück auf seinen Stuhl fallen.

»Hört mal«, sagte Bodo, »warum macht ihr zwei euch nicht einen netten Abend? Wolltest du nicht ins Cabaret in der Friedrichstadt, Rüdi? Ich wette, Konni hätte ganz und gar nichts dagegen, dich zu begleiten, habe ich recht, mein Guter? Fräulein Schneider und ich halten derweil hier die Stellung.«

Beide zögerten. Rüdiger, der ihnen Fräulein Klodeckelhut schließlich aufgehalst hatte, etwas länger als Konrad. Letzten Endes wurden sie sich aber einig, bedankten sich, drängten Bodo Geldscheine auf und machten sich auf den Weg. Bodo ließ sich in seinen Stuhl zurücksinken und zündete sich eine Zigarette aus Rüdigers zurückgelassener Schachtel an. »Die beiden wären wir also los.«

»Ich will das auch«, sagte die Cousine und tippte von Neuem an Bodos Glas. »Diese Plörre für Kinder trinke ich nicht.«

»Warum wundert mich das jetzt nicht?«, fragte Bodo freundlich. »Und ich gehe doch recht in der Annahme, dass Sie auch Tango tanzen wollen?«

Kurz war sie still und schluckte. Dann kam tapfer und entschlossen ein: »Ja.«

Bodo schob ihr den Absinth hinüber und nahm sich ihren Orangensaft. »Hier, lassen Sie ihn sich schmecken. Ich habe ein kindliches Gemüt, ich mag Plörre für Kinder gern. Den Tango heben wir uns aber für später auf, schlage ich vor.«

»Können Sie den denn tanzen?«, fragte sie und trank einen Schluck Absinth, ohne das Gesicht zu verziehen.

»Das ist nicht nötig«, erwiderte Bodo. »Hier ist zum Tanzen ja kein Platz, hier wird nur geschnäbelt. Das war die Umschreibung für Kinder. Aber Sie wissen ja sicher, wie Erwachsene so etwas nennen.«

Wieder trank sie und beeindruckte ihn mit der Tapferkeit, mit der sie ihren Ekel verbarg. »Sagen Sie irgendwann auch mal etwas, das Sie ernst meinen?«, fragte sie.

»Nein«, sagte Bodo. »Sie?«

»Ich bin ein ernsthafter Mensch«, erwiderte sie. »Ich kann Vergnügungen wie diesen nichts abgewinnen und verabscheue Menschen, die das Leben zynisch betrachten.«

»Ich verstehe«, sagte Bodo und wies auf ihr Glas. »Möchten Sie noch einen?«

»Ja.«

Er ging zum Tresen, bat Türk, ihm ein großes Glas temperierten, erdigen, südfranzösischen Wein zu geben, der dem ukrainischen ähnelte, den er liebte, und bestellte einen zweiten Absinth.

»Dein Geschmack war auch schon mal besser«, brummte Türk.

»Wegen der Grünen Fee?« Er wies auf das Glas mit der grell gefärbten Flüssigkeit. »Die ist nicht für mich.«

»Mein Absinth ist astreiner Stoff«, versetzte Türk. »Ich rede von der Demoiselle, die du dir bei der Bahnhofsmission aufgegabelt hast.«

Wieder überkam ihn das Gefühl, sie schützen, sie verteidigen zu müssen. »Ich finde sie reizend«, sagte er.

»Das kannste einem erzählen, der keine Krempe am Hut hat«, sagte Türk.

Bodo trug die Getränke zum Tisch und setzte sich wieder. Eine gewisse Verzweiflung beim Anblick des vollen Glases konnte das Mädchen nicht schnell genug unterdrücken. »Warum nehmen Sie eigentlich nicht den Hut ab?«, fragte er. Es war stickig und überheizt im *Ferkel,* und er selbst hatte längst den Kragen seines Waffenrocks geöffnet.

»Weil ich nicht will.« Das heldenhafte Trinken begann von Neuem. »Rüdiger sagt, Sie haben eine Schwester in Russland. Stimmt das?«

»Wenn Rüdiger das sagt, wird es schon stimmen«, sagte Bodo.

»Meine Schwester ist in Odessa verheiratet. Das ist in Neurussland. In der Ukraine. Von Wien aus fährt ein formidabler Zug dort hinunter, muss aber unterwegs umgespurt werden, weil die Russen auf breiterer Spur fahren. Im Russischen Reich bekommen Sie nicht einmal einen Fahrplan. Streckenführungen sind dort Staatsgeheimnisse.«

Sie unterbrach ihn. »Ich möchte da gern einmal hin.« In ihrer schroffen Stimme lag auf einmal Sehnsucht.

»Nach Odessa? Das kann ich Ihnen nicht verdenken.« Er hatte sich vorgenommen, nicht mehr hinzuwollen, aber was Bodo sich vornahm, war nur höchst selten das, was er schließlich tat.

»Nach Russland«, sagte sie. »In Kopenhagen habe ich Lenin sprechen hören. Auf dem Internationalen Sozialistenkongress. Ich war dort, weil die Sozialistische Frauenkonferenz dem Kongress vorausging.«

»Aha.«

»Sie wissen nicht, wer Lenin ist, oder?«

»Sollte ich?«, fragte Bodo, der es durchaus wusste.

»Eines Tages wird jeder in Europa und weit darüber hinaus Lenins Namen kennen«, sagte das Mädchen, doch sie sagte es frei von Pathos. »Damit habe ich nicht zum Ausdruck bringen wollen, dass er unter den Rednern, die in Kopenhagen zu hören waren, der beeindruckendste war. Klara Zetkin zum Beispiel oder Rosa Luxemburg … Aber das interessiert Sie nicht, habe ich recht?«

»Wollen Sie darauf eine Antwort?«, fragte Bodo zurück. »Oder möchten Sie lieber auf Ihren Vorurteilen sitzen bleiben?«

Sie schwiegen.

Nach einer Weile sprang sie über ihren Schatten und stieß hastig hervor: »Ich will eine Antwort.«

»Dann sollen Sie auch eine bekommen«, sagte Bodo. »Zwar bekenne ich mich schuldig, keine Ahnung zu haben, wer die beiden Damen sind, die Sie nannten, aber interessieren tut mich grundsätzlich alles, was Menschen betrifft. Und wenn die Menschen dann auch noch weiblich sind – nun ja. Sie wissen schon: Ein Mann bleibt eben ein Mann.«

»Warum ist das so?«, fuhr sie ihn an. »Warum kann ein Mann eine Frau nur als Objekt seiner Begierde betrachten, warum ist sie für ihn kein ebenbürtiges Gegenüber, kein ernst zu nehmender Gesprächspartner, warum nie mehr als ein Stück Fleisch?«

»Haben Sie das Gefühl, ich betrachte Sie als Objekt meiner Begierde?«, fragte Bodo aufrichtig erstaunt. »Glauben Sie, Sie sind für mich ein Stück Fleisch?«

Das, was zwischen dem Klodeckelhut und dem Russenblusenkragen sichtbar war, errötete. Bodo erinnerte sich nicht, das je zuvor bei einer Frau gesehen zu haben. »Ich sprach nicht von Ihnen und mir persönlich«, murmelte sie und senkte den Blick. »Ich meinte es allgemein.«

»Aha«, sagte Bodo noch einmal. »Lassen Sie mich Ihnen einen Vorschlag machen: Für die nächsten paar Stunden, die wir mit Rücksicht auf Ihren Cousin und meinen Freund nun einmal in der Gesellschaft des anderen verbringen müssen, hören wir auf, es allgemein zu meinen, lassen Lenin, die Weltrevolution und die Befreiung der Frau außen vor und beschränken uns auf uns persönlich. Und wenn wir schon einmal dabei sind, können Sie getrost damit aufhören, das Zeug da in sich hineinzuquälen. Wem wollen Sie damit etwas beweisen? Mir? Wozu? Ich bin doch ein blaublütiger Zyniker, der die Menschheit verachtet. Was ich denke, zählt sowieso nicht.«

Ehe sie zu einer Antwort kam, sprang er auf. Weshalb ihn auf einmal so viel wütende Energie erfüllte, wusste er selbst nicht. »Und jetzt tanzen wir Tango. Aber Ihr Waschfrauenkostüm legen Sie bitte dazu ab. Bevor Sie fragen: Nein, ich habe nicht das Geringste gegen Waschfrauen, das Gegenteil ist der Fall, aber ich tanze mit niemandem in Hut und Mantel.«

Ohne sie eines Blickes zu würdigen, ging er hinüber zu Beppo und bellte mitten in die Holzauktion im Grunewald: »Tu mir den Gefallen und hör mal eine halbe Stunde lang auf zu jaulen, ja? Ich brauche das Grammofon. Die Platte von diesem Argentinier. Pacho Maglio. Die, die klingt wie ein trauriger Gedanke, den man tanzen kann.«

Der Satz stammte nicht von ihm. Aber er gefiel ihm. Er schob Beppo ein paar Münzen über den Leierkasten, bis der Blinde sie ertasten konnten. Mit dem Grammofon und den Platten kam Beppo spielend zurecht, der Himmel wusste, wie. Kurz darauf erklang die Musik, bei der Bodo das Herz schmolz. Zumindest eine feine äußere Schicht davon.

In der engen Lücke zwischen Tresen und Tischen stand plötzlich das Mädchen vor ihm. Ohne Mantel und Klodeckelhut. Die Russenbluse war ihr zu groß, und ihr Gesicht, umrahmt von dichten, dunkelblonden Locken, war tatsächlich zart.

Bodo nahm Tanzhaltung ein und bot ihr die Hand, obwohl man auf der engen Fläche unmöglich Tango tanzen konnte. Sie sollte auch lediglich Paaren die Gelegenheit geben, einander ausgiebig zu betasten. Selbst wenn Fräulein Klodeckelhut völlig von gestern war, musste ihr das klar sein. Ihr Zaudern dauerte dennoch höchstens einen Herzschlag lang, dann schlug sie ein. Ihre Hand war schmal und knochig, fühlte sich an, als hielte er einen kleinen Vogel in den Fingern. Aber ihr Griff war fest. Behutsam legte er ihr den Arm um die Taille und begann sich in kleinen, wiegenden Alibi-Schritten auf dem engen Viereck zu bewegen.

Sie sah zu ihm auf. Ihre Augen waren groß und grau unter langen Wimpern.

»Wie war noch einmal Ihr Name?«, fragte sie. »Ich fürchte, ich habe ihn mir vorhin nicht richtig gemerkt.«

»Kein Wunder«, erwiderte er. »Sie hatten ja genug damit zu tun, sich *blaublütiger Schnösel* zu merken. Ich bin Bodo.«

Über ihr Gesicht huschte eine Bewegung, die beinahe das Zeug zu einem Lächeln hatte. Gleich darauf wurde sie wieder ernst. »Ich bin Journalistin«, sagte sie. »Deshalb will ich alles erkunden, was im modernen Leben vorkommt – Absinth, dunkle Kneipen, Elendsquartiere. Die Hauseingänge, wo die Prostituierten stehen, und die Verstecke der organisierten Kriminellen. Damit ich weiß, wovon ich schreibe. Hinter dem Mond, in Lübben, bekommt man vom Leben ja nichts mit.«

»Sie sagen es«, erwiderte Bodo, erstaunt, eine solche Ähnlichkeit zwischen ihnen zu entdecken. »Sie sind also Journalistin, schreiben aber für keine Zeitung?«

»Sie nehmen mich noch immer nicht ernst.«

»Doch«, sagte Bodo. »Ich reiße nicht einmal einen Witz, was meine Freunde für eine mittlere Sensation halten würden. Also sprechen Sie. Enttäuschen Sie mich nicht.«

»Ich habe schon seit meinem zwölften Lebensjahr gewusst, dass ich nichts anderes als Journalistin sein kann«, sagte sie. »Aber niemand, der dafür ein Honorar zahlt, lässt eine junge Frau ohne Einwilligung des Vormunds für sich schreiben. Dass ich gut bin, zählt nicht. Ich fürchte, das macht mich verbissen und nicht gerade umgänglich. Ach, und da wir dabei sind – wenn Sie für mich Bodo sind, bin ich für Sie Valerie.«

»Schön, Sie kennenzulernen, Valerie«, sagte er und meinte es ehrlich. Zum Tanzen war kein Platz, zum Betasten kam sie nicht infrage, aber Reden war völlig in Ordnung. Er fühlte sich überraschend wohl. »Sie sind sehr mutig.«

»Und Sie sehr feige«, erwiderte sie.

»Warum das?«

»Weil alle Zyniker feige sind«, konstatierte sie und wiegte sich in seinem Arm. »Sie spielen den Herzensbrecher und geben Ihr eigenes Herz nicht preis, weil Sie Angst haben, es könnte ein paar Kratzer davontragen.«

»Und wie kommen Sie darauf?«, fragte Bodo und fühlte sich ertappt.

»Das ist mein Beruf«, sagte Valerie. »Auch wenn niemand mir gestattet, ihn auszuüben.«

»Wie alt sind Sie?«

»Achtzehn.«

»Und wer ist Ihr Vormund?«

»Rüdigers Vater«, antwortete sie finster. »Eher wird der Kaiser Sozialist und hebt das Dreiklassenwahlrecht auf, als dass der mich im Berliner Zeitungsviertel arbeiten lässt. Und damit haben Sie wieder erfolgreich das Gespräch von sich selbst abgelenkt, nicht wahr?«

»Nein«, sagte Bodo. »Ich hätte Sie gleich fragen wollen, welche Ihrer beruflichen Fähigkeiten Ihnen verraten hat, dass ich Angst um mein Herz habe.«

Sie zuckte die schmalen Schultern. »Ich habe mir angewöhnt, das, was Menschen nicht preisgeben, lauter zu hören als das, was sie in die Welt posaunen.«

»Und was gebe ich nicht preis?«

»Odessa«, sagte sie. »Neurussland. Wenn Sie das aussprechen, sieht Ihr Gesicht aus wie ein kleiner Erdrutsch, und das liegt nicht nur an Ihrer Begeisterung für die geheim verlegte Breitspur der russischen Eisenbahn. Sie wollen alle Welt glauben machen, dass Sie niemanden lieben und unverwundbar sind. Aber das ist nicht wahr.«

Der Tango war ein trauriger Gedanke, den man umarmen konnte, Einsamkeit zu zweit, Nähe, die keine Sehnsucht löschte und trotzdem tröstlich war. Um Bodos Herz schmolz schon wieder eine dünne Schicht. »Nein«, sagte er. »Es ist nicht wahr.«

In einem schrillen Kratzen endete die Musik. Valerie und Bodo blieben stehen und sahen einander schweigend ins Gesicht.

19

Als Odessa erträumt worden war, als die Zarin Katharina quer durch die Große Steppe an die ukrainische Schwarzmeerküste gereist war und sich hier eine Stadt gewünscht hatte, musste Frühling gewesen sein. Odessa war zu jeder Jahreszeit schön, die Stadt wurde nicht umsonst von etlichen Schwärmern besungen, aber wenn das raue Wetter über Nacht umschlug, die Sonne das Meer zum Glitzern brachte und die Knospen an den Akazien zu gelben und weißen, betörend duftenden Blüten aufplatzten, war die Schönheit der Stadt überwältigend. Wer hier zu Hause war, wachte am Morgen mit einem Gefühl der Dankbarkeit auf, weil er in der schönsten Stadt der Welt zu Hause war.

Zumindest behaupteten das die Sänger, die auf der Strandpromenade ihre Schnulzen darboten und dafür von den Touristen üppig entlohnt wurden. Oda hingegen wachte am Morgen auf und hatte pochende Kopfschmerzen nach einer fast schlaflos verbrachten Nacht. Die schönste Stadt der Welt lockte Reisende, die die Zimmer ihres Hotels füllten, doch ansonsten konnte sie ihr derzeit gestohlen bleiben.

Oda hatte Sorgen. Und inzwischen war die Last der Sorgen derart erdrückend, dass ihr nichts anderes übrig blieb, als sich Hilfe zu suchen.

Sie tat, was sie jeden Morgen tat: Prüfte, ehe das Hotel erwachte, bereits Vorräte, erledigte Korrespondenzen und Bestellungen und brach dann zu ihrer Runde durch den Frühstücksraum auf, um den Gästen persönlich einen schönen Tag zu wünschen und sich nach ihrem Befinden zu erkundigen. An diesem herrlichen Morgen konnten die Glastüren offen stehen, und bei den Tischen auf der sonnenüberfluteten Terrasse wurden blau-weiße Schirme aufgespannt, sodass der Gast sein Frühstück im Freien einnehmen konnte.

Es waren noch nicht die ganz unbeschwerten, leichtherzig lärmenden Gäste der Sommerfrische, die mit ihren Kindern anreisten, bei Sergej Picknickkörbe bestellten, in fedrigen, pastellzarten Kleidern zum Strand zogen und abends mit Sand in den Schuhen zurückkehrten, während müde Nannys ihnen Bälle, Hüpfreifen, Wasserspielzeug, Sandeimer und Schaufeln hinterhertrugen. Jene Sommerfrischler gerieten nach wenigen Tagen zwischen Sonne und Meer, schwerem Wein, beschwingter Musik und der fein abgestimmten Mischung aus Exotischem und Vertrautem in einen wahren Glücksrausch. Mit jedem Abend in Bar, Restaurant und Casino saß das Geld lockerer, und die Sitten standen dem nicht nach. Spätestens in der zweiten Juliwoche wandelten durch das Labyrinth der Laubengänge, in deren Mitte der Faunenbrunnen sprudelte, heimliche Liebespaare.

Die Gäste des Frühlings waren verhaltener, zögerlicher, ein wenig wie die Frühblüher, deren Triebe anfangs noch zaghaft durch die nach Sonne hungernde Erde brachen. Es waren mehr Geschäftsreisende darunter, aber auch Paare in den Flitterwochen, junge Familien, die sich ein Luxushotel zur Hauptsaison nicht leisten konnten, Weltenbummler und Abenteurer. Oda mochte diese Zusammensetzung. Die Leute waren oft den ganzen Tag mit ihren Reiseführern in der Stadt unterwegs, zeigten sich dankbar, wenn das Hotel ihnen Ausflüge organisierte, und wussten Odessas verborgene Reize zu schätzen.

Heute aber zerrten die vielen Fragen und Wünsche an ihren Nerven. Sie musste etwas unternehmen, hätte seit Wochen etwas unternehmen müssen, und jetzt lief ihr die Zeit davon. Wie hatte sie den Kopf so lange in den Sand stecken können, einfach stillhalten und darauf warten, dass das Problem von alleine verschwand? Ihre Art war das nicht. Sie war ein Mensch, der anpackte, Hindernisse aus dem Weg räumte, sich von Stolpersteinen nicht beirren ließ. Dieser Stein aber hatte sie aus dem Gleichgewicht gebracht. Sie erkannte sich selbst nicht wieder, war zu einem verstört umherhuschenden Wesen geworden, bei dem die linke Hand nicht wusste, was die rechte tat.

Sie musste dem ein Ende setzen. Den Stier bei den Hörnern packen, sich selbst beweisen, dass die Welt nicht unterging. Eilig lief sie an den Anrichten entlang, wo blütenweiß gekleidete Kellner Gesottenes und Gebratenes auf Frühstückstellern anrichteten, sah sich in dem lichten, luftigen Raum um und wusste wieder, was sie meinte, wenn sie ›die Welt‹ dachte: das Hotel. Ihr *Odessa.* Sie würde jetzt sofort sicherstellen, dass sie es unter keinen Umständen verlieren konnte. Auch nicht wenn es zum Schlimmsten kam. Ihr Problem mochte sich immer noch ungeschehen machen lassen, aber um sich darum zu kümmern, brauchte sie ruhige Nerven.

Und ihre Nerven würden sich nicht beruhigen, ehe sie wusste: Das Hotel nahm niemand ihr weg.

»Fräulein Liebenthal«, sprach eine Dame sie an, die mit ihrem geschäftlich engagierten Sohn und einer ewig gelangweilten Schwiegertochter aus Dresden angereist war, »mit unseren Karten für *Semiramis* morgen Abend im Stadttheater geht doch alles in Ordnung, oder gibt es etwa Probleme?«

»Selbstverständlich nicht«, erwiderte Oda so kurz angebunden, wie sie sonst nie mit Gästen sprach. »Wenn Sie Ihre Bestellung bei unserem Fräulein Rothmann aufgegeben haben, werden Ihnen die Eintrittskarten morgen pünktlich auf Ihre Zimmer geschickt. Für Ihre Anfahrt zum Theater wird gesorgt. Das *Grandhotel Odessa* steht schließlich dafür, dass sich ein Gast hier um nichts als seine Erholung zu kümmern braucht.«

Damit ließ sie die Dame stehen und verließ den Saal. Sie wusste, an wen sie sich mit ihren Nöten zu wenden hatte, hatte es im

Grunde die ganze Zeit gewusst, so sehr ihr Stolz sich auch sträubte. An ihren Vater. Er hatte sie enttäuscht, als sie ihn am meisten gebraucht hatte, aber brauchte sie ihn jetzt nicht noch mehr, war es nicht möglich, dass es in ihrem Verhältnis doch noch einen Wendepunkt gab?

Sie hatte keine Wahl, sie musste daran glauben.

Seit jener Nacht hatte sie den Vater nicht mehr in seinem Arbeitszimmer aufgesucht. Zumeist war er in diesem Raum ja auch gar nicht mehr anzutreffen, und selbst jetzt würde sie sich beeilen müssen, wenn sie ihn erwischen wollte, ehe er zu einem seiner häufigen Ausritte aufbrach. Er wiederum wandte sich an sie nur, wenn er etwas zu beanstanden hatte. In den mehr als zwei Jahren, die seit jener Nacht verstrichen waren, hatte Oda ihre Kräfte verausgabt, um alles richtig zu machen, und ihm nur ein einziges Mal zu Vorhaltungen Anlass gegeben:

»Was du dir von diesen ständigen albernen Stelldicheins mit den italienischen Diplomaten versprichst, weiß ich nicht, aber der Zirkus muss ein Ende haben«, hatte er sie wie ein ungezogenes Kind zur Ordnung gerufen, nachdem er sie auf der Treppe gestellt hatte. »Es gibt Gerede, Oda. Gerede in einem Hotel gehört in gewissem Maß zur Unterhaltung der Gäste, aber die Tochter des Hoteliers ist nicht als dessen Objekt gedacht. So etwas gehört sich nicht. Es ist stillos.«

Statt ihm eine passende Antwort zu geben, statt zu fragen, warum ihm nur auffiel, wenn sie einen Fehler machte, während er geflissentlich übersah, wie sie sich für das Hotel aufopferte, hatte sie sich stumm von ihm abkanzeln und von oben bis unten mustern lassen. Ihr ging durch den Kopf, dass er als milder, großmütiger Dienstherr bekannt war. Dass er einen Angestellten bloßstellte, hatte Oda noch nicht erlebt.

Seine Tochter war ihm so viel Respekt offenbar nicht wert. »Ich sollte wohl etwas unternehmen, um einen Mann für dich aufzutreiben«, sagte er, als er mit seiner Musterung fertig war. »Warum hast du nur den Seibman nicht genommen? Das Hotel an die Konditorei zu binden, wäre beileibe nicht das Schlechteste gewesen.«

Damit hatte er sie stehen lassen. An ein weiteres Gespräch, das über das geschäftlich Notwendige hinausging, konnte sich Oda nicht erinnern. Sie erreichte sein Arbeitszimmer gerade in dem Moment, als die Tür sich öffnete. Ihr Vater trat heraus, wie nicht anders zu erwarten in Reithosen und Stiefeln. Noch immer machte er in seiner Montur eine Figur, nach der die Frauen sich umdrehten. Ein schöner Mann, dem man es nicht verdenken konnte, dass er sich für seine hässliche Tochter schämte. Auch dass er nicht mehr er selbst war, seit er die andere, die Schöne, die gar nicht seine Tochter gewesen war, verloren hatte, musste man ihm vermutlich nachsehen. Heute aber ging es nicht um Schönheit und all den Firlefanz, heute ging es um das, was sie beide verband.

Das Hotel.

»Ich muss mit dir sprechen«, sagte Oda.

»Jetzt?« Der Vater sah auf seine Uhr, als hätte er mit seinem Pferd einen Termin. »Tut mir leid, Oda, du hast dir keinen günstigen Augenblick ausgesucht.«

»Ich suche mir doch nie einen günstigen Augenblick aus«, gab sie zurück. »Aber diesmal ist es unumgänglich, und es wird nicht lange dauern.«

»Ich würde wirklich gern …«, begann er, aber Oda ließ ihn nicht ausreden.

»Es geht um dein Testament«, fiel sie ihm scharf ins Wort. »Ich wäre gern darüber informiert, inwieweit dafür gesorgt ist, dass das Hotel seinem Ruf gemäß weitergeführt wird, falls dir etwas zustößt.«

Sie hatte eine patzige, wegwerfende Antwort erwartet, doch zu ihrer Überraschung ließ er sich darauf ein. »Nun gut, aber nicht hier auf dem Gang«, sagte er und kehrte ihr voran in das Zimmer zurück. Vorsorglich zog er hinter ihnen die Tür zu, machte jedoch keine Anstalten, sich zu setzen oder Oda einen Platz anzubieten. »Also bitte. Was willst du wissen?«, fragte er. »Sei so gut und fasse dich kurz.«

»Ich will wissen, ob ich mich als Erbin in einer unanfechtbaren Position befinde«, sagte Oda. »Ich setze mich mit meiner ganzen Kraft für das Hotel ein und gebe mir alle Mühe, es in deinem Sinne zu leiten. Dafür verzichte ich auf alles andere. Ich denke, da ist es doch nachvollziehbar, wenn ich meine Stellung gesichert sehen will.«

Er sah sie an wie ein Fremder. »Was meinst du damit – du willst deine Stellung gesichert sehen? Da mir weitere Kinder nicht vergönnt waren und deine Mutter an der Leitung des Hotels kein Interesse hat, folgst im Falle meines Todes du als Erbin. Daran ist nicht zu rütteln. Zumindest nicht, solange ich mein Testament nicht ändere.«

»Eben das will ich wissen«, sagte Oda. »Ob die Möglichkeit besteht, dass du dein Testament änderst.«

»Natürlich besteht die Möglichkeit«, kam seine Antwort so schnell wie eine Ohrfeige. »Wenn du dich in einer Weise beträgst, die sich schädlich auf den Ruf des Hotels auswirken könnte, würde ich nicht zögern, dich zu enterben.«

Es kostete Oda alle Mühe, sich von dem scharfen Schmerz, der sie durchfuhr, nichts anmerken zu lassen. »Und an was für ein Betragen denkst du dabei?«, fragte sie kühl.

»Zum Beispiel könntest du dir einfallen lassen, den falschen Mann zu heiraten«, erwiderte ihr Vater. »Tatsächlich habe ich mir in der Vergangenheit über diese Möglichkeit oft Sorgen gemacht. In letzter Zeit fürchte ich allerdings eher, du könntest überhaupt nicht heiraten, was ebenfalls zur Folge hätte, dass du als meine Erbin nicht infrage kämst.«

»Weshalb käme ich, wenn ich nicht heirate, als Erbin nicht infrage?«, platzte Oda heraus. Es war viel schlimmer, als sie befürchtet hatte. Sosehr sie sich auch dagegen gewehrt hatte, hatte sie offenbar ein weiteres Mal auf Gefühle gehofft, die ihr Vater nicht für sie aufbrachte.

»Nun, wenn du nicht heiratest, kannst du ja wohl auch kein Kind bekommen«, antwortete ihr Vater unwirsch. »Das Hotel fiele nach deinem Tod in fremde Hände. Das wäre mir nicht recht, weshalb ich eine entsprechende Klausel längst in mein Testament aufgenommen habe. Solltest du im Fall meines Todes weder verheiratet noch fest verlobt sein, kommt der zweite Erbe zum Zug.«

»Du würdest das Hotel lieber Anselm geben als mir, nur weil ich unverheiratet bin?«, rief Oda fassungslos.

»Anselm ist kein schlechter Kerl«, erwiderte ihr Vater, offenbar nicht im Mindesten aus der Ruhe gebracht. »Für seinen Vater kann er nichts, und durch ihn käme das Liebenthal-Vermögen zum Hotel zurück, was mir eine große Genugtuung wäre. Dies habe ich durchaus erwogen, aber inzwischen hat sich ja eine viel näher liegende Möglichkeit ergeben.«

»Was für eine näher liegende Möglichkeit?«

»Meine Schwester Tessa«, konterte ihr Vater so selbstzufrieden, dass sie sich flüchtig wünschte, ihn zu schlagen. »Sie ist dabei, sich in sämtliche Bereiche des Hotels einzuarbeiten, mit denen sie als junge Frau, als sie hier die Dame des Hauses war, sowieso schon vertraut war. Sie ist eine repräsentative Persönlichkeit, und diese Stadt ist ihr immer mit Liebe begegnet. Obendrein hat sie zwei reizende, wohlerzogene Kinder, um deren Ausbildung sie sich in bewundernswerter Weise kümmert. Gerade ihr Sohn Grischa ist ein ausgesprochen aufgeweckter junger Mann. Die Erbfolge wäre somit abgesichert. Du und deine Mutter würden natürlich ein lebenslanges Wohnrecht und eine Leibrente erhalten, sofern keine von euch für einen Skandal sorgt, der selbst dies unmöglich machen würde.«

Oda war sprachlos. Der vage Plan, den sie im Kopf gehabt hatte, die Illusion, sie könne sich dem Vater anvertrauen und er werde das, was sie ihm zu gestehen hatte, womöglich gar nicht so tragisch finden, fiel wie ein Kartenhaus in sich zusammen.

»Gibt es noch etwas?«, fragte ihr Vater.

»Nein.«

»Dann möchte ich jetzt gern aufbrechen. Ich bin bereits spät dran.« Er wollte an ihr vorbeigehen, blieb dann aber noch einmal stehen. »Warum hast du mir eigentlich nicht gesagt, dass Belle eine Tochter hat? Sie ist mein Patenkind. Habe ich kein Recht darauf, davon zu erfahren?«

»Ich denke, es ist Belles Pflicht, nicht meine, dich von der Geburt ihres Kindes in Kenntnis zu setzen«, rang Oda sich ab.

»Aber das hat sie doch versucht«, sagte er. »Der Mensch, den sie meinte, heiraten zu müssen, ist hier gewesen, oder nicht? Und du hast es gewusst. Du bist sogar bei der Taufe des kleinen Mädchens gewesen, nur mir hast du das alles tunlichst verschwiegen.«

Er wartete nicht ab, ob sie noch etwas sagen wollte, sondern öffnete die Tür. »Und da wir gerade von meinem Testament sprachen: Ich suche dieser Tage meinen Notar auf und lasse Belles Tochter eine Apanage aussetzen. Die Kleine kann für ihren Vater schließlich genauso wenig wie dein Vetter Anselm für den seinen. Sie soll eine außergewöhnliche Schönheit sein, jeder, der ihr begegnet ist, schwärmt mir davon vor. Bei ihrer Mutter war es ja nicht anders. Wer immer die kleine Belle ansah, war bezaubert von ihr.«

20

Nein, Oda war nicht in der mächtigen Kathedrale Mariä Himmelfahrt gewesen, in der Karols Tochter getauft worden war. Sie hatte die unterschiedlichen Konfessionen als Hinderungsgrund angegeben, bezweifelte, dass Karol ihr geglaubt hatte, war jedoch sicher gewesen, dass er nicht protestieren würde.

Die Kirche ihrer Familie war St. Paul mit ihrem hohen Glockenturm und der Walcker-Orgel, das Zentrum der deutschen evangelischen Gemeinde Odessas und seiner Umgebung. Bis zum mittleren Examen hatte Oda die Schule besucht, die der Kirche angeschlossen war. Sie hatte ihren Vater nie als sonderlich religiös erlebt, doch auf die Zugehörigkeit zur lutherischen Gemeinde legte er Wert. Manchmal hatte Oda boshaft gedacht: Nur weil Sigrid von Arndt darauf Wert legte.

Oda war ihre Konfession gleichgültig. Sie hatte sich lediglich nicht zumuten wollen, die festlich herausgeputzte Belle an Karols Seite zu sehen, die sein Kind durch die Kirche trug. Gestohlene Familienseligkeit. Das würde sie sich niemals zumuten. Das Geld, das sie Karol gegeben hatte, musste genügen. Ihn ganz und gar im Stich zu lassen, war ihr nicht gelungen, doch mehr als die Summe, um ihm aus größter Not zu helfen, durfte er nicht erwarten.

Jetzt allerdings spielte all dies keine Rolle. Panik schnürte Oda die Kehle zu, während sie kopflos, ohne Rücksicht auf die Gäste, durch die Gänge rannte.

Sie würde das Hotel verlieren.

Wenn sie nicht sofort etwas unternahm, nicht sofort einen Menschen fand, der ihr half, würde die verfluchte Tessa samt ihren verfluchten Musterkindern ihr Hotel bekommen, und Oda müsste noch dankbar sein, wenn sie überhaupt darin wohnen bleiben durfte.

Gerade als sie die Treppe hinaufeilen wollte, glitt die Tür des Lifts auf, und sie sprang hinein, um schneller nach oben zu kommen. »Fräulein Liebenthal!«, rief Caspar, der dienstälteste Liftboy, erfreut. »Wie schön, dass Sie mit mir fahren. Bis wohin darf ich Sie begleiten?«

»Nach ganz oben. Ich muss in die Royal Suite.«

»Aber gerne doch.« Caspar betätigte Schalter. Das maritime Blau und Weiß seiner Livree vervielfältigte sich in den Spiegeln mit den vergoldeten Barockrahmen, die alle vier Wände des Lifts auskleideten. Wie so oft berührte Oda die Schönheit und absolute Harmonie, die in jedem Winkel des Hotels herrschten. Für die Musik, die Kunst und die Literatur, die sie geschaffen hatten, wurden Menschen als Genies gefeiert, doch das *Odessa* war nicht weniger ein Kunstwerk als die Gemälde von Kandinsky, deren Preise ständig stiegen, und ihr Vater hätte nach Odas Meinung in die Reihen der größten Künstler gehört.

Caspar, der tagaus, tagein in diesem Lift fuhr und die geheimsten Gespräche mitanhörte, weil ein Liftboy nicht als Mensch betrachtet, sondern zum Inventar gezählt wurde, nannte seinen Arbeitsplatz einen Spiegelsaal und eine Flüstergalerie im Miniaturformat.

Der Lift hielt an, und die Tür glitt auf. »Einen schönen Tag, Fräulein Liebenthal.« Caspar war immer fröhlich und blieb in gewisser Weise immer ein Junge. Wer von Philipp Liebenthal als Liftboy eingestellt werden wollte, musste schmächtig gebaut und mindestens einen Kopf kleiner sein als durchschnittliche Männer, dabei aber drahtig, agil und ohne Familie.

»Dir auch, Caspar.« Nur drei Schritte entfernt befand sich die Tür zur teuersten Unterkunft des Hotels, der Royal Suite, sodass die vornehmsten Gäste keinen Meter zu viel gehen mussten. Da die Suite seit nunmehr drei Jahren dauerbelegt war und somit bei einem Besuch aus höchsten Kreisen nicht zur Verfügung gestanden hätte, hatte Odas Vater den Ausbau der Kuppel auf dem zweiten Wohnturm in Auftrag gegeben, um eine noch luxuriösere Suite zu erhalten. Das Bauvorhaben verschlang ein Vermögen, und das Ergebnis war akzeptabel, nie und nimmer aber so vollkommen wie die Royal Suite der Fürstin, die zwei Zaren und etliche Angehörige des europäischen Hochadels beherbergt hatte. In ihren Wänden wohnte Tradition. In denen der neuen Suite hing noch der Geruch von Stärkekleister.

Oda hatte Teile eines Gesprächs zwischen ihrem Vater und Tessa mitangehört, als die beiden nach einem ihrer Ausritte ihre Pferde zurück zu den Stallungen brachten.

»Warum setzt du die Person nicht vor die Tür?«, hatte Tessa gefragt. »Sie zahlt nur alle Jubeljahre und nie den vollen Betrag.«

»Glaubst du, es ist für eine Petersburger Adlige leicht, nach und nach ihren gesamten Besitz flüssigzumachen, um ihre Unterbringung in einem Hotel zu finanzieren?«, hatte Odas Vater entgegnet.

»Und weshalb geht sie dann nicht auf ihren verdammten Petersburger Besitz zurück? Dort gibt es keine Revolution mehr. Die Revolution ist zerquetscht worden wie ein Insekt.«

»Dir tut das noch immer leid, nicht wahr?« Er hatte seine Schwester von der Seite angesehen, doch sie hatte ihm darauf keine Antwort gegeben.

»Mir tut es leid um das Geld, das du verschwendest, weil diese adlige Made in deiner besten Suite hockt wie in einer Speckseite«, hatte sie stattdessen gesagt.

»Eine adlige Made, wie du dich auszudrücken beliebst, ist gut fürs Geschäft.«

»Zum Teufel, dann quartiere sie wenigstens in ein Zimmer der unteren Kategorie um, wo sie niemandem, der zahlen kann, den Platz wegnimmt.«

»Eine Fürstin Bezborodko quartiert niemand in untere Kategorien um, Springinsfeld«, hatte der Vater gesagt und seiner Schwester flüchtig die Wange gestreichelt. »Das kann kein vernünftiger Mensch sich leisten – es sei denn, er betreibt insgeheim den Umsturz unseres Gesellschaftssystems.«

»Oder hat einen Umstürzler geheiratet«, versetzte sie bitter. »Das hast du doch sagen wollen, oder nicht?«

Er hatte sie noch einmal liebkost. »Nein, Tessa. Ich habe sagen wollen, dass du Zeit brauchst, um dich in unsere Welt wieder einzufinden, dass du deine Sache großartig machst und dass es mich freut, wenn ich dir mit der einen oder anderen Erläuterung aushelfen kann.«

Gott sei Dank überlässt er dieser Frau nicht auch noch im Hotel die Zügel!, hatte Oda damals gedacht. Jetzt aber erschien ihr das Gehörte in einem völlig neuen, erschreckenden Licht: Wenn sie nicht schnell handelte, würde Tessa als Erbin zur Dame des Hauses aufsteigen. Sie würde Oda das Hotel nicht nur rauben, sondern es zugrunde richten.

Das durfte nicht geschehen. Es war ihre Pflicht, das *Odessa* vor Tessa zu schützen – nicht nur um ihrer selbst willen, sondern für Caspar, Sebastien, Babette Rothmann, Sergej, Eduard Milstein, Andreja, Katjuša und all die anderen, für die sie Verantwortung trug. Mit beiden Fäusten hämmerte Oda gegen die Tür, ehe sie sich besann und sich mit einem tiefen Atemzug zur Ruhe zwang.

»Ja, ja, schon gut. Brennt es?«, kam es von drinnen. »Haben sie Rasputin die Kehle durchgeschnitten, schleifen sie die Zarin als Hure durch die Straßen oder ist im fernen Peking ein Sack Reis umgefallen?«

Die Stimme der Fürstin übte wie immer eine beruhigende Wirkung auf sie aus. Lidija Petrowna hatte einmal gesagt: »Wer erlebt hat, was ich erlebt habe, Kindchen, den wirft so schnell nichts mehr aus der Bahn.«

Gerade das war es, worauf Oda jetzt hoffte. Die Fürstin war vermutlich die einzige Person im Haus, die das, was Oda ihr zu sagen hatte, nicht erschüttern würde. Ganz am Anfang, als sie noch kaum begriffen hatte, wie ihr geschah, hatte Oda versucht, Katjuša um Hilfe zu bitten. Sie hatte an die Katjuša von früher gedacht, die einst wie ein Fels in der Brandung für sie gewesen war und die sich überdies mit solchen Dingen auskannte. Als sie die Katjuša von heute, den traurigen, verbitterten Schatten ihrer selbst, schließlich vor sich hatte, hatte sie ihren Vorstoß auf der Stelle bereut und nach der ersten Andeutung einen Rückzieher machen wollen. Das arme Ding wird mir nicht einmal eine Antwort geben, hatte sie gedacht.

Stattdessen war Katjuša auf einmal zu neuem Leben erwacht und wie ein Pfeil auf sie losgeschnellt. »Das ist eine Sünde!«, hatte sie gezischt, während sich auf dem leichenblassen Gesicht Entsetzen abzeichnete. »Und mit so etwas kommen Sie ausgerechnet zu mir? Mit dem Wunsch, sich am Kostbarsten zu versündigen, das einem Menschen geschenkt werden kann, kommen Sie zu mir, der diese Kostbarkeit auf immer entrissen worden ist?«

Zu Odas Glück war die unbezahlbare Andreja eingesprungen und hatte Katjuša beruhigt, ehe das gesamte Küchenpersonal von der Sache Wind bekam. »Katjuša muss etwas falsch verstanden haben«, hatte Oda gestammelt und gehofft, die verlässliche Andreja würde auch die andere zum Schweigen bringen. Wenn ihr zuvor nicht klar gewesen war, wie leidenschaftlich Menschen auf dieses Thema reagierten, dann hatte der Zwischenfall es sie ein für alle Mal gelehrt. Die Fürstin war ihre letzte Hoffnung. Sie öffnete die Tür und trat ein.

Kaum stand sie im Durchgang zum Salon, wäre sie am liebsten wieder umgekehrt. Lidija Petrowna war nicht allein. Ihr gegenüber, in einem der zierlichen Sesselchen, saß Leo Ullrich, der – ebenso wie seine Gastgeberin – vor sich ein Glas Brandy hatte.

Auf dem Tisch stand, neben der Platte mit türkischem Honig, der Aschenbecher, in dem zwei Zigaretten qualmten.

»Oh, entschuldigen Sie«, stammelte Oda, als wäre sie das Zimmermädchen.

»Aber nicht doch.« Lidija Petrownas Gesicht, das von Tag zu Tag mehr einem durchpflügten Feld zu gleichen schien, verzog sich zu einem Strahlen. »Kommen Sie herein, setzen Sie sich zu uns. Wir freuen uns, wenn Sie uns Gesellschaft leisten, nicht wahr, Ullrich, mein Bester?«

»Ohne Zweifel.« Ullrich stand auf und rückte einen Sessel für Oda zurecht, als sei er hier zu Hause. Dann ging er zum Servierwagen und hob ihr mit einer fragenden Geste die Brandy-Karaffe entgegen. »Der steigt Ihnen zu sehr in den Kopf, richtig? Was dürfen wir Ihnen stattdessen bestellen? Gönnen Sie sich eine Pause mit uns, Fräulein Liebenthal, erlauben Sie uns, Sie einzuladen.«

Flüchtig trafen sich ihre Blicke, dann sah er sekundenschnell an ihr hinunter. »Ich verstehe«, sagte er nur, und über Odas Rücken rann ein Schauder. Was meinte er damit? Der Mann war ihr nicht geheuer, war es nie gewesen, auch wenn sie sich gerade zu diesem Unergründlichen, ja sogar Unheimlichen in seinem Wesen irgendwie hingezogen fühlte.

Er wandte sich an Lidija Petrowna: »Wie es aussieht, müsste Fräulein Liebenthal Sie allein sprechen.«

»Ich bitte um Entschuldigung.« Oda kam es vor, als zittere ihre Stimme. »Es wird nicht lange dauern, aber ich wäre wirklich sehr dankbar …«

»Keine Ursache.« Leo Ullrich trat zum Tisch, drückte seine Zigarette aus und leerte in einem Zug sein Glas. »Nehmen Sie sich so viel Zeit, wie Sie brauchen, und machen Sie sich meinetwegen keine Sorgen. Sie haben auch so schon genug um die Ohren.«

»Um Gottes willen, Kindchen!«, sagte die Fürstin, kaum dass er gegangen war, in jener Mischung aus Russisch und Deutsch, die inzwischen so etwas wie ihre Geheimsprache war. »Du siehst ja aus wie der Tod in Hauslatschen. Bist du sicher, dass du nicht doch einen Brandy willst? Aus meiner Erfahrung kann ich dir nur raten: Ein einzelner hilft in einer Notlage, in der du dich offenbar befindest, durchaus beim Denken.«

»Ich will einen«, sagte Oda.

Die Fürstin deutete einladend auf die Karaffe, und Oda bediente sich. Der erste Schluck half nicht. Der zweite noch weniger.

»Und jetzt raus mit der Sprache.«

»Ich bin schwanger«, sagte Oda.

Einen Herzschlag lang blieb die Fürstin still. »Bring mir auch noch einen mit«, sagte sie dann. »Einen doppelten.«

Während sie trank, schien sie im Kopf eine Rechnung aufzumachen. »Ich nehme an, der schöne Graf aus dem Land, wo die Zitronen blüh'n, ist der Herr Papa?«

Oda nickte. »Ich kann's nicht bekommen, Lidija Petrowna. Es muss weg.«

»In einer solchen Lebenslage genügt Lidija völlig«, erwiderte die Fürstin. »Und dass du's nicht bekommen kannst, ist mir schon klar. Dir wird nur leider nichts anderes übrig bleiben, du armes Geschöpf. Hilft es dir, wenn ich dir versichere, dass man daran nicht stirbt?«

»Nein, überhaupt nicht«, brach es aus Oda heraus. »Ums Sterben geht es ja nicht.«

»Geht es darum nicht immer?«, fragte die Fürstin verwundert. »Um Liebe oder Tod, und am Ende sind die beiden eins?«

Oda schüttelte den Kopf. Ihre Kehle war so eng, dass jedes Wort ihr wehtat. »Liebe und Tod sind mir gleichgültig. Für mich zählt nur das Hotel.«

»Ich verstehe«, murmelte Lidija. »Aber wie dem auch sei – du hast gar keine Wahl. Die Herren Diplomaten sind wann abgereist – kurz vor Weihnachten? Und jetzt haben wir Mai. Um den

Verwandten gefahrlos entfernen zu lassen, ist es schon viel zu spät, du Unglückswurm.«

Oda glaubte vor Schreck zu versteinern. »Aber mein Vater nimmt mir das Hotel weg!«, rief sie, als ließe sich durch Worte noch irgendetwas aufhalten.

»Das habe ich inzwischen schon befürchtet.« Die Fürstin rieb sich die Stirn und war sichtlich fieberhaft am Überlegen. »Die Hoffnung, dass der schöne Graf dich heiratet, besteht wohl nicht?«

»Er ist verheiratet«, antwortete Oda.

Es hatte ihr nichts ausgemacht, ja es hatte sie nicht einmal interessiert. Sie hatte selbst nie in Erwägung gezogen, Carmelo de Cadorna zu heiraten. Was sie von ihm gewollt hatte, war der Rausch, als Frau begehrt zu werden, einen schönen Mann bei Nacht vor Lust seufzen zu hören und bei Tag die giftigen Blicke der anderen Frauen zu genießen, wenn man am Arm dieses Mannes vorbeizog. Von ihm gewollt hatte sie auch die Genugtuung, etwas Verbotenes, Falsches zu tun, nachdem der Versuch, sich ans Gute und Richtige zu halten, ihr nichts eingetragen hatte als eine blutige Nase, die nicht heilte.

Belle von Arndts strahlender Stern am Ballettthimmel war krachend zu Boden gestürzt und musste um Brot und Milch betteln. Oda Liebenthal hingegen wälzte sich mit einem piemontesischen Grafen in seidenen Kissen und ließ sich Champagner aus dem Bauchnabel küssen.

Das hatte sie zu ihm gezogen. Sonst nichts. Hinter seiner glitzernden, faszinierenden Fassade war er dümmlich und selbstgefällig und langweilte sie, sobald er den Mund aufmachte. Solange er den Mund jedoch hielt und seinen samthäutigen Leopardenkörper über ihr verausgabte, genoss sie ihn in vollen Zügen. Ich bin eine Frau des zwanzigsten Jahrhunderts, hatte sie sich gesagt. Ich wähle mir alles selbst, sogar meine Liebhaber, ich nehme mir einen, der mir gefällt, in mein Bett, ohne nachzuplappern, was er schwatzt.

Carmelo schwatzte eine Menge, wenn der Tag lang war. Von Italien, das zur kolonialen Supermacht aufsteigen würde, die Fesseln des Dreibundes mit Deutschland und Österreich abschütteln und auch England und Frankreich, die ihm jetzt gegen die Osmanen den Rücken stärkten, hinter sich lassen. Was im Italiener erst noch erweckt werden müsse, während er im Franzosen schon seit hundert Jahren blühe und gedeihe, sei der nationalistische Gedanke, dozierte er. Wenn aber der Italiener erst einmal erkannt habe, dass dem vereinten Italien in seiner Ausbreitung keine Grenze gesetzt sei, werde die Erbin des römischen Weltreichs sich zu nie gekannter Größe erheben.

Um diesen Marsch zur Größe zu beschleunigen, unterstützte er mit seinem Vermögen die Zeitung eines ominösen Volksredners aus der Emilia-Romagna und einen verschuldeten Dichter namens D'Annunzio und zog in Erwägung, aus dem diplomatischen Dienst auszuscheiden und für das Parlament zu kandidieren. Oda sagte ihm nicht, was sie über seine Ideen dachte. Für sie war der Gedanke des Nationalismus ein tot geborenes Kind, ein Fisch, den niemand zu köpfen brauchte, weil er in der Suppe ersoff. Das war ein Spruch von Bodo, und der war genau wie sie der Meinung, dass sich auch das Theater auf dem Balkan, das Gerangel, wer auf einmal welcher Nation angehören wollte, von selbst totlaufen würde. Der Mensch der modernen Welt wollte reisen, wollte fremde Länder erobern und überall zu Hause sein. Für Handel und Geldverkehr gab es längst keine Grenzen mehr – warum also für junge Leute, denen der Sinn nach Abenteuern stand?

Odessa hatte seit seinem Bestehen nicht danach gefragt, woher einer kam, sondern was er der Stadt mitbrachte, und es war damit immer gut gefahren.

Mehrmals hatte Oda gar nicht bis zum Ende zugehört, wenn Carmelo seine sich selbst beweihräuchernden Monologe hielt, sondern war mittendrin eingeschlafen. Bei Tag ein Hotel zu führen und bei Nacht den Ansprüchen eines südländischen Liebhabers zu genügen, forderte seinen Tribut, und Carmelo hatte es nicht einmal bemerkt.

Ja, vielleicht hatte es ihr einen kleinen Stich versetzt, dass er es ohne Protest hinnahm, als sie ihm erklärte, sie könnten sich nicht mehr sehen. Ja, vielleicht war sie einen Augenblick lang verschnupft gewesen, als sie erfuhr, dass daheim auf dem Schloss im Piemont nicht nur Berge abstrusen Schrifttums auf ihn warteten, sondern sowohl eine Gräfin als auch ein Sohn und Erbe. Aber diese Gefühle waren im Nu verflogen, nachdem er mit seinen Begleitern abgereist war. Zu bahnbrechenden Gesprächen mit seinem osmanischen Konterpart wäre er sowieso nicht in der Lage gewesen, das *Odessa* würde nicht seinetwegen in die Geschichte eingehen, und spätestens, als das neue Jahr begann, hatte Oda ihn vergessen.

Bis ihr vom Geruch nach Meerrettich übel wurde. Bis sie nachts aus dem Schlaf schreckte, weil sie von Sonya geträumt hatte, die schneeweiß und hohläugig aus einem flachen Grab aufstand. Bis sie anfing, sich bereits am Vormittag, nach kaum drei Stunden Arbeit, erschöpft zu fühlen, und eine plötzliche Gier nach dem Erdbeereis von der Strandpromenade sie packte, das mitten im Winter nirgendwo zu bekommen war. Oda war nicht von gestern. Wenn jemand intimes Geschwätz von Frauen sämtlicher Gesellschaftsschichten zu Ohren bekam, dann war es die Inhaberin eines Hotels. Dass ihre monatliche Blutung ausblieb, entging ihr zuerst, weil sie in Arbeit ertrank und ohnehin keine Frau war, die sich selbst viel Beachtung schenkte.

Allerdings legte sie größten Wert darauf, tadellos sauber und korrekt gekleidet zu sein und ebenso zu duften. Gegen den Geruch des Menstruationsblutes, den sie als Zumutung empfand, verwendete sie für gewöhnlich ein paar zusätzliche Spritzer des Parfüms *Ashes of Gardenia,* das sie sich aus Paris schicken ließ.

Und genau dadurch war ihr schließlich bewusst geworden, was sie über Wochen verdrängt hatte: Der Flakon wurde nicht leerer, und der Duft, den sie gewählt hatte, weil sie ihn als leicht, modern und frisch empfand, erschien ihr auf einmal schwer und schwülstig, geradezu übelkeiterregend.

Am Abend saß sie mit einer Gesellschaft aus Minsk beim Essen, unter den Vorspeisen wurden gesalzene, in Buchenholz geräucherte Sardellen serviert, und auf einmal kam es Oda vor, als starre einer der toten Fische sie aus seinem winzigen schwarzen Auge an. Würgend sprang sie auf, rannte hinaus auf die Terrasse und übergab sich in den nächsten Abfalleimer.

»Wenn ich nicht wüsste, dass es unmöglich ist, würde ich glauben, Sie sind schwanger«, sagte eine der Damen aus Minsk mit einem Lächeln, als Oda wiederkam.

Oda aber wusste, dass es möglich war.

Sie war schwanger. Sie bekam von Carmelo de Cadorna, der längst über alle Berge war, ein Kind.

»Bitte helfen Sie mir«, stieß sie verzweifelt hervor. »Ich darf das Kind nicht bekommen, ich darf das Hotel nicht verlieren. Mein Vater ist doch nur noch mit dem halben Herzen dabei, und wenn Tessa Pertsowa es in die Finger bekommt, ist es im Nu ruiniert.«

»Im Nu?« Die Fürstin furchte die Brauen.

Oda nickte. »So ein Hotel ist ein äußerst kompliziertes Getriebe, das unentwegt laufen muss wie geschmiert. Wenn niemand es im Auge behält, wenn kein rostiges Rädchen ersetzt, kein Steinchen, das ins Räderwerk gerät, entfernt wird, gerät der Lauf ins Stocken. Auf das Hotel übertragen bedeutet das, dass weniger Gäste sich einfinden, dass sie ins *Passage,* ins *Moskau,* ins *London,* in eins der anderen Häuser, die ständig aus dem Boden schießen, umsiedeln, während die gewaltigen Kosten, um den Apparat am Laufen zu halten, bestehen bleiben. In Windeseile werden wir diese Summen nicht mehr aufbringen können. Dann kommt es zum Stillstand.

Und als Nächstes stehen dann die Anwälte der Gläubiger vor dem Portal, und das Hotel kommt nie wieder auf die Beine.«

Oda ballte die Fäuste. Sie musste sich zusammenreißen, unter keinen Umständen durfte sie wie ein Kleinkind zu heulen anfangen. »Für Sie ist es kein Problem«, fuhr sie fort. »Sie können ebenfalls umsiedeln – um unsere Fürstin als Dauergast beneidet uns die Konkurrenz ja glühend. Die nehmen Sie mit Kusshand auf, aber ich bitte Sie: Helfen Sie mir trotzdem. Die Leute, die hier angestellt sind, sind nicht so glücklich dran. Viele arbeiten seit mehr als zwanzig Jahren für uns, für sie wäre es, als schlage man einen Baum von seiner Wurzel, und so manche – wie die arme Katjuša – kämen nirgendwo mehr unter.«

Oda holte Atem. Ihre Nägel bohrten sich in die Handballen. Sie hatte sich verausgabt, als wäre sie meilenweit gerannt, und konnte nun nichts weiter tun.

»Verdammt, Kind, setz dich hin«, sagte die Fürstin. »Du brichst mir ja zusammen. Weißt du, dass ich es immer bemerkenswert gefunden habe, wie du dich um deine Leute hier sorgst, als wären sie deine Familie?«

»Ich habe ja sonst keine«, entfuhr es Oda.

»Jetzt hol verdammt noch mal diese Karaffe mit dem armenischen Allheilmittel her, und dann pflanzt du dich dort auf den Sessel, ehe es dich von den Füßen haut«, kommandierte die Fürstin. »Ich will hier nicht ausziehen, Oda. Wie hat dein Herr Vater es einmal ausgedrückt? Ein Hotel muss die Heimat der Heimatlosen sein, und dieses hier ist meine. Ich helfe dir, wenn ich kann. Darf ich dir ein paar Fragen stellen?«

Mechanisch befolgte Oda die Anweisung, schenkte ihnen beiden mit zitternder Hand noch einmal Brandy ein und nickte.

»Gab es jemals etwas, das dir mehr bedeutet hat als das Hotel?«, fragte Lidija. »Etwas, für das du dein Hotel im größten Notfall sogar aufgegeben hättest?«

Oda wollte auf die Frage nicht antworten, sie wollte sich ihr nicht einmal stellen. Aber sie stand nun einmal im Raum, und der Antwort konnte man nicht ausweichen. Ja, dachte sie. Ja, ich hätte damals für Karol das Hotel aufgegeben, wenn ich keinen anderen Weg gefunden hätte, um bei ihm zu sein. Wir waren uns darüber einig, dass es uns nicht guttäte, dass wir uns unser Leben bewahren müssten, um niemals dem anderen insgeheim einen Vorwurf zu machen. Machte jetzt Karol insgeheim Belle Vorwürfe, weil er ihretwegen seinen Tanz verloren hatte? Hätte er Oda welche gemacht, wenn es in jener Nacht anders gekommen wäre?

Ich hätte alles getan, um ihn wieder zum Ballett zu bringen, erkannte sie und verstand nicht, warum Belle es nicht tat. Belle, der Unwiderstehlichen, hätte doch gewiss auch Theaterleiter Byalik einen kleinen Gefallen nicht abschlagen können.

Sie musste sich solche Gedanken verbieten, musste sich auf das eine konzentrieren, das zählte. »Das tut nichts zur Sache«, sagte sie zu Lidija Petrowna.

»Also, ja«, erwiderte diese. »Weißt du, warum ich dich danach frage? Weil es wieder so sein könnte. Und weil ich will, dass du das bedenkst. Ich habe dich damals bewundert, weil du keine Kraft dafür vergeudet hast, um Verlorenes zu kämpfen, sondern dich, sobald du dich aufgerappelt hattest, in den Kampf um das Hotel gestürzt hast. Ich werde Frauen immer dafür bewundern, dass sie ihre Schlachten an Fronten schlagen, an denen sie die Chance auf einen Sieg haben. Aber ich würde es bedauern, wenn du zu früh aufsteckst. Wenn es also jemanden gibt oder geben könnte, der dir nahesteht – vielleicht solltest du versuchen, ihm zu vertrauen? Ihm reinen Wein einschenken?«

»So jemanden gibt es nicht.«

»Tatsächlich nicht? Auch nicht den reizenden Jung-Siegfried aus Berlin?«

»Jung-Siegfried?«

»Ich meine den feschen blonden Leutnant, der sich in jener Nacht so hilfreich als Ritter in glänzender Rüstung erwies.«

»Bodo?« Der Situation zum Trotz lachte Oda auf. »Um Gottes willen, nein.« Sie hatte mit einiger Verwunderung ein paarmal bemerkt, dass sie Bodo vermisste, dass er zu ihrer Kindheit gehörte und die Erlebnisse mit ihm zu dem wenigen, an das sie sich gern erinnerte. Sie hatte sich des Öfteren gewünscht, sie wären anders auseinandergegangen und hätten das fortsetzen können, was wohl tatsächlich eine Freundschaft gewesen war. Statt einer Wahlschwester hätte sie sich ihn zum Wahlbruder gewünscht.

Aber Bodo war Belles Bruder und gehörte auf die andere Seite. Daran ließ sich nichts ändern. »Es gibt wirklich niemanden«, sagte sie zu Lidija Petrowna.

»Schade«, erwiderte diese. »Dann also weiter zur nächsten Frage: Gäbe es stattdessen vielleicht jemanden, der dich heiraten würde und mit dem du dich um des Hotels willen – nun ja, sagen wir: abfinden könntest?«

Oda überlegte blitzschnell, dann fiel ihr die Lösung ein. Die Vorstellung war erschreckend, und ihr Magen zog sich zusammen, aber das alles war bei Weitem erträglicher als der Gedanke, das Hotel zu verlieren.

»Ja«, sagte sie. »So jemanden gibt es.«

»Dem Himmel sei Dank«, rief die Fürstin. »Dann kann ich dir nur raten, den Herrn so schnell wie nur irgend möglich beim Wort zu nehmen. Du weißt, was du zu tun hast, oder? Gib ihm einen Grund, dich auf der Stelle zu heiraten. Wie du ihm ein Kind unterschieben sollst, das nach lediglich fünf Monaten zur Welt kommt, ist mir zwar ein glattes Rätsel, aber vielleicht hast du Glück. Wenn Männer zufrieden sind, sind sie oft erstaunlich desinteressiert an diesen Vorgängen des Lebens. Du weißt, von welcher Art Zufriedenheit ich spreche?«

Oda nickte.

»Und du traust dir das zu?«

Sie nickte noch einmal und stand auf. »Danke, Lidija.«

»Du gehst jetzt sofort? Kindchen, wenn mir in meinem Leben jemals ein Teufelskerl begegnet ist, der vor nichts zurückschreckt, dann steht er jetzt vor mir. Eben hast du noch wie Espenlaub gezittert, und jetzt siehst du aus, als wärst du im Begriff, dich einem Haufen bewaffneter Revolutionäre entgegenzustellen.«

»Nicht ganz«, sagte Oda und zwang sich zu einem schiefen Grinsen. »Nur Anselm Fleißer.«

»Dein Ernst?« Gequält verzog die Fürstin das Gesicht. »Gott steh dir bei. Oder der Teufel, wenn der es besser macht.«

21

Anselm hatte ihr nichts getan. Oda wollte ihn nicht betrügen, ihm nicht ein fremdes Kind unterschieben, ohne dass er sich dagegen wehren konnte. Aber das Hotel war wichtiger und das Risiko zu groß: Wenn sie ihm die Wahrheit sagte und er es ablehnte, ihr zu helfen, hatte sie ihre einzige Chance verspielt. Sie würde ihm später die Wahrheit sagen, wenn sie verheiratet waren, und ihm anbieten, sich selbst und das Kind von ihm fernzuhalten.

Ihre Eltern lebten schließlich nicht anders. Dass sie nebeneinanderstanden, sah man nur bei öffentlichen Anlässen, und ihre Mutter wirkte dabei wie ein deplatziertes Requisit. Seit Tessa zurück war, wurden die Gelegenheiten, zu denen die Mutter sich mit dem Vater sehen ließ, sogar noch seltener. Wenn Anselm wollte, konnte er sogar in Liebenthal wohnen bleiben. Offiziell würde die Leitung seines Getreidehandels, der noch immer dort seinen Hauptsitz hatte, als Begründung dienen und misstrauischen Fragestellern den Wind aus den Segeln nehmen.

Oda hingegen würde leben, wo sie immer gelebt hatte, und tun, was sie immer getan hatte. Bei dem Gedanken durchströmte sie eine Erleichterung, die ihr half, den Telefonhörer abzunehmen und mit fester Stimmung eine Verbindung mit Anselm Fleißer zu verlangen. Sie stand in ihrem Arbeitszimmer vor ihrem zierlichen Sekretär aus Akazie, die Muskeln und Sehnen ihres Körpers zu angespannt, um sich zu setzen.

»Oda?«, rief Anselm in den Hörer und klang wie ein glückliches Kind. »Heute ist mein Glückstag. Weißt du, dass dies das erste Mal ist, dass du mich anrufst?«

Weshalb hätte ich dich auch je anrufen sollen?, wäre es Oda um ein Haar herausgerutscht. »Ich muss dich sehen, Anselm«, bemühte sie sich stattdessen um den leicht hauchenden Tonfall, der Carmelo gefallen und sie zum Lachen gereizt hatte. »Kannst du nach Odessa kommen? Jetzt gleich?«

»Um Himmels willen, Liebes!«, rief er. »Ist dir etwas zugestoßen? Ein Kunde, der mich heute Morgen aufsuchte, hat erzählt, es gibt wieder Unruhen unter den Hafenarbeitern.«

Bin ich etwa ein Hafenarbeiter?, dachte Oda. Weshalb sollte mir etwas zustoßen, wenn es unter den Leuten Unruhen gibt? Sie beherrschte sich jedoch und hauchte: »Nein, nein, ich bin ganz gesund. Ich habe nur … nun, ich habe mich auf einmal so nach dir gesehnt.«

»Ist das wahr? Oda, mein Liebes, natürlich komme ich. Ich komme sofort! Es ist gerade noch ein Großkunde aus Kiew hier, der über Konditionen verhandeln will, aber dem sage ich, er muss sich eben morgen noch einmal herbemühen. Du bist mir wichtiger. Das weißt du, nicht wahr? Dass du mir so unendlich viel wichtiger bist?«

Ich weiß vor allem, dass ich so nie handeln würde, dachte Oda. Hätte Karol mich voller Sehnsucht angerufen, hätte ich ihm gesagt, er solle sich eine halbe Stunde gedulden, damit ich meine Geschäfte abwickeln kann.

»Ich komme zu dir ins Hotel, ja?«

»Ja, komm zu mir ins Hotel.« Es war in Odas Sinn, wenn möglichst viele Leute sie zusammen zu Gesicht bekamen. »Hol mich hier ab.«

»Was willst du dann unternehmen?«, fragte er. »Darf ich dich endlich einmal groß zum Essen ausführen? Vielleicht in den Zirkus oder ins Varieté, falls man so spät noch Karten bekommt?«

»Das besprechen wir, wenn du hier bist«, schnitt sie ihm unwirsch das Wort ab. »Jetzt komm erst einmal her.«

»Ich komme, mein Liebes. Ich fliege!«

Oda legte auf, gab sich ein paar Atemzüge Zeit zum Verschnaufen und hob dann den Hörer erneut von der Gabel, um eine Verbindung ins *Hotel Passage* zu verlangen. Sobald der Rezeptionist sich meldete, bat sie darum, ein Doppelzimmer auf den Namen Fleißer reservieren zu lassen.

»Habe ich die Dame in der Vermittlung richtig verstanden, rufen Sie uns vom *Grandhotel Odessa* aus an?«, fragte der Rezeptionist nach. »Ist Herr Fleißer mit seiner Unterbringung dort etwa nicht zufrieden?«

»Herr Fleißer wünscht Diskretion«, bellte Oda zurück. »Keine unnötigen Fragen. Die Firma R. D. Liebenthal, Fleißer & Söhne wird Ihnen ja wohl ein Begriff sein.«

»Selbstverständlich, Fräulein ...«

»Goldberg«, ergänzte Oda, ohne mit der Wimper zu zucken. Gegen die Lüge, die sie gerade dem armen Anselm aufgetischt hatte, war das hier ein Kinderspiel. »Ljubka Goldberg. Ich erledige die Schreibarbeiten für ihn.«

Sie beendete das Gespräch und ging sehr langsam durch den Gang in die Halle. Sie nahm sich Zeit, jedes einzelne Bild an der Wand zu betrachten – schwarz und golden gerahmte Fotografien aus der Geschichte des Hotels. Das erste zeigte Belles Mutter, die den schwarzen Faun genau an der Stelle in die damals noch kaum gezähmte Wildnis setzte, an der jetzt der Brunnen sprudelte. Das Bild war gestellt. Ihr Vater musste den Fotografen vom Atelier Rembrandt herbeordert und Belles Mutter gebeten haben, vor ihm zu posieren, doch der seltsam entrückte Ausdruck auf ihrem Gesicht wirkte echt. Es war die Geburt des Hotels. Oda wusste nicht, wie oft sie sich diese Fotografie angesehen hatte. Auf dem letzten Bild schnitt ihr Vater, mit Tessa an seiner Seite, eine schneeweiße, wie das Hotel geformte Torte an, die er zum Jubiläum im letzten Jahr bei *Seibman* bestellt hatte.

Oda ließ den Gang mit den Fotografien hinter sich, spürte nun doch, dass der Brandy ein wenig seine hilfreiche Wirkung tat, und sagte sich: Was immer du jetzt vor dir hast, was du überstehen musst, tust du nur, damit die Reihe der Bilder fortgesetzt wird, damit sie nie ein Ende nimmt.

Es war kein kleines, kein leicht erbrachtes Opfer. Aber ihr Vater, der an dieser Misere schuld war, hatte einmal gesagt, man könne überhaupt erst etwas wirklich besitzen, wenn man dafür geopfert hatte, was einem das Kostbarste war.

22

»Ich habe solche Angst, Anselm. Wenn ich nun … ich meine, wenn du nun nicht gut genug aufgepasst hast und ich …« Oda brach ab und zog ein verzweifeltes Gesicht.

Anselm lachte und schlang die Arme um sie, zog sie an seinen schweren, weichen Leib, der in einem blassblauen Pyjama des Hotels steckte. »Aber du brauchst doch keine Angst zu haben, du liebes kleines Dummchen. Wir heiraten einfach. Hattest du Angst, dass ich dich nicht heiraten würde? Du bist wirklich ein Dummchen. Ich glaube, ich wollte dich schon immer heiraten, schon seit ich dich kenne, also seit unsere Weidenkörbchen nebeneinander unter dem Apfelbaum in unserem Garten standen.«

»Da stand kein Korb mit mir drin, ich bin in eurem Garten nie gewesen, und das weißt du.«

»Ja, ich weiß es, mein kleines Fräulein Naseweis.« Er küsste sie auf die Nasenspitze und lachte. »Aber tut man denn das? Seinen zukünftigen Ehemann verbessern, wenn er spricht?«

Das Geplänkel zerrte an Odas Nerven. »Anselm, können wir bitte schnell heiraten? Es wäre so schrecklich für mich, wenn man es mir schon ansehen würde …«

»Aber, aber.« Er klopfte ihr auf den Bauch. »Mein süßes Liebchen wird auch mit einem kleinen Bäuchlein eine bildhübsche Braut sein.«

»Anselm!«

»Ist ja schon gut. Natürlich heiraten wir schnell. Wenn du willst, spreche ich gleich morgen mit deinem Vater.«

»Bitte tu das. Ich bereite ihn vor, sobald ich zu Hause bin, und vor dem Abendessen kommst du und erklärst deine Absichten, ja?«

»Aber natürlich. Was glaubst du, wie lange ich davon geträumt habe. Jetzt schlaf, meine kleine Braut. Morgen hast du schließlich einen aufregenden Tag vor dir.«

So einfach war es gegangen. Das größte Problem hatte darin bestanden, Oda in das für Anselm reservierte Zimmer zu schmuggeln. Bei stadtbekannten Gästen, die sich ein Fünf-Gänge-Menü samt Champagner aufs Zimmer bestellten, ihre Rechnung im Voraus beglichen und ihr ein fürstliches Trinkgeld beifügten, verstand es sich von selbst, dass am Empfang niemand ein Wort darüber verlor, wenn eine Dame verstohlen dem Herrn nachschlich. Oda allerdings wollte gesehen, jedoch nicht erkannt werden. Wohl aber sollten jedem Angestellten des *Passage,* ihrem stärksten Konkurrenten, später die Schuppen von den Augen fallen, wenn er von der Verlobung Wind bekam. Letzten Endes ging sie verschleiert wie eine Tscherkessin und glaubte, bereits das zu erwartende Getuschel zu hören:

›Sie hatte sich ja das Gesicht verhüllt, aber ich habe Oda Liebenthal sofort an ihrem Gang erkannt.‹

Das war schwieriger gewesen als der gesamte Rest. So irrwitzig es klang.

Oben hatte Anselm, der all die Speisen und Getränke auf ihr Geheiß bestellt hatte, gealbert: »Ich wusste ja gar nicht, dass mein schlankes Cousinchen einen Hunger wie eine Wölfin hat und obendrein eine kleine Verschwenderin ist.«

Oda dagegen hatte sich dabei ertappt, wie sie die Einrichtung des Standard-Doppelzimmers mit der eines ähnlichen Raumes im *Odessa* verglich und sich im Geiste Notizen über die Anordnung der Beleuchtung machte. Insgesamt gewann das *Odessa* den Vergleich jedoch um Längen. Es hatte mehr Klasse, mehr Zauber, mehr von einer Märchenwelt voll geheimer Schätze. Von dem Essen, das auf drei Servierwagen und unter etlichen silbernen Warmhalteglocken arrangiert war, wollte sie nichts, sondern hatte

Anselm die Bestellung nur zur Beruhigung des Personals aufgetragen. Von dem Champagner und dem schweren Rotwein hingegen trank sie reichlich.

Wenn dir das schlecht bekommt, wirst du's hinnehmen müssen, hatte sie stumm das Kind in ihrem Bauch angeherrscht. Dieses ganze Theater hier findet schließlich nur deinetwegen statt, weil du dich in mir eingenistet hast und einfach nicht vertreiben lässt.

Das Gefühl von Elend und Ohnmacht, das diese Gedanken begleitete, hatte sie abgeschüttelt und an die streikenden Arbeiter gedacht, die ihnen unterwegs begegnet waren. Sie hatten Fahnen geschwenkt und ein Lied gesungen, das Oda durch und durch gegangen war:

»Wacht auf, Verdammte dieser Erde,
Die stets man noch zum Hungern zwingt.
Das Recht wie Glut im Kraterherde
Nun mit Macht zum Durchbruch dringt.«

Vielleicht waren die Leute, die entschlossen wie Soldaten die Straße hinuntermarschierten, auch gar keine streikenden Arbeiter gewesen. Unter ihnen waren Frauen in langen Röcken gegangen und sogar welche, die kleine Kinder auf dem Arm trugen. Was sie wollten, wusste Oda nicht, nur dass Anselm fluchte, weil er seinen altmodischen Zweispänner um sie herumlenken musste, aber der Rhythmus des Liedes hämmerte sich ihr ins Gedächtnis. Als wäre er für sie bestimmt – um sie zu ermutigen, um ihr die Kraft zum Durchhalten zu geben. So wie diese Leute will ich es auch machen, hatte sie gedacht. Ich gehe stur geradeaus, was immer sich mir in den Weg stellt.

Sie war nicht sicher gewesen, was eine Frau zu tun hatte, um einen Mann zu verführen. Aber da es ihr auf unerfindliche Weise gelungen war, Verlangen in Carmelo de Cadorna zu wecken, würde bei Anselm Fleißer wohl kein größeres Kunststück erforderlich sein. Der Wein half zusätzlich. Sobald sie sich überwunden hatte, war es beinahe ein Kinderspiel, und ihre Sorge, er könne ihr den Widerwillen anmerken, erwies sich als unbegründet. Er achtete gar nicht genug auf sie, um etwas davon mitzubekommen. Sie konnte den Kopf zur Seite drehen, die Augen zukneifen und stillhalten, bis er fertig war. Ich muss es nur dieses eine Mal tun, versprach sie sich, und dann war es auch schon vorbei, und er fiel wie eine reife Pflaume von ihr ab.

»Soll ich dir ein Geheimnis verraten?«, fragte er. »Für mich war es auch das erste Mal. Genau wie für dich.«

Das berührte sie und weckte flüchtig Schuldgefühle, doch ein weiteres Glas Wein half ihr, sie zu unterdrücken. Denk an Katjuša, befahl sie sich, an Sebastien und Eduard Milstein, die das Hotel vor jeder Gefahr beschützt hatten. Jetzt war es an ihr, sie zu beschützen. Anselm legte schwer seinen Arm um sie und schlief ein. Sobald er zu schnarchen begann, schob sie den Arm zur Seite. Auf den Vorhängen vor dem Fenster, das auf die Arkade hinausging, tanzten fragile Schatten. Nie zuvor hatte sie eine ganze Nacht neben einem Mann verbracht und überhaupt mit keinem Menschen als Belle. Als sie Kinder gewesen waren. Sie fürchtete, stundenlang qualvoll wach zu liegen, doch der Wein war auch in diesem Punkt ihr treuester Verbündeter.

Morgens erwachte sie mit schwerem Kopf und pelziger Zunge, als hätte sie ein totes Tier im Mund. Der Geruch, den der Körper so dicht neben ihrem ausdünstete, brachte sie zum Würgen, doch sobald sie ins Bad gerannt war und sich im Schwall übergeben hatte, fühlte sie sich besser und dem Tag, der vor ihr lag, gewachsen. Die größte Sorge bereitete ihr die Frage, ob ihr Verschwinden daheim für Aufregung gesorgt haben könnte, doch zur Not würde sich Lidija Petrowna schon eine plausible Ausrede für sie einfallen lassen. Und mit größter Wahrscheinlichkeit hatte überhaupt niemand ihre Abwesenheit bemerkt.

Auf das üppige Frühstück, das Anselm aufs Zimmer bestellen wollte, weil es schließlich schon bezahlt war, ließ sich Oda nicht ein. »Du kannst tun, was du willst, aber ich gehe nach Hause.«

»Wie willst du denn ohne mich und meinen Wagen nach Hause kommen?«, fragte er.

»Die paar Schritte? Die gehe ich zu Fuß, was sonst?« Vom *Passage* war es bis zum *Odessa* nicht mehr als eine Viertelstunde Weg.

»Ich weiß ja nicht, ob mir das gefallen will«, bekundete Anselm. »Dass meine Braut einfach so zu Fuß durch diese Stadt spaziert, noch dazu, wo überall diese Aufrührer herumlaufen.«

»Diese Stadt ist meine Heimat«, sagte Oda. »Und die Kundgebungen der Hafenarbeiter hat die Polizei doch längst aufgelöst.«

Damit musste er sich begnügen. Sie verabschiedete sich und ging ihres Weges. Die Sonne des Maitags blendete sie, und das Leben, das auf den Straßen dem Tag entgegenströmte, schien sie auf einmal auszuschließen. Wie es aussah, hatte sie ihr Hotel gerettet, doch der Preis, den sie dafür bezahlte, kam ihr jetzt, da kein Wein mehr half, unermesslich hoch vor. Sie musste an das Mädchen denken, das Karol Albus geliebt hatte und voller Träume gewesen war, und begriff, dass dieses Mädchen erst in der vergangenen Nacht endgültig gestorben war.

Am Prymorskyi-Boulevard fand sie die betörende Süße der Akazienblüten unerträglich. Ein Bekannter begegnete ihr, Artjom Degowsky, der eine Manufaktur für künstliche Blumen betrieb und das Hotel regelmäßig belieferte. Statt Oda zu grüßen, floh der sonst leutselige Mann über die gesamte Breite der Straße und eilte davon.

Als Nächstes sah sie die beiden Polizisten, die ihr vom Platz mit dem Denkmal entgegenkamen.

»Oda Liebenthal?« Der eine war Hauptmann Wolonsky, dessen Gesicht sich in jener Nacht unauslöschlich in ihr Gedächtnis geprägt hatte.

»Die bin ich. Was ist denn los, dass Sie mich auf der Straße anhalten?«

»Wir haben nach Ihnen gesucht«, informierte sie Wolonskys Begleiter, der einen Schnurrbart wie ein Walross trug. »Es bestand die Befürchtung, auch Ihnen könnte etwas zugestoßen sein.«

»*Auch* mir?«

Ehe der Wachmann ihr antworten konnte, kam ein Mann ohne Hut und mit fliegenden Mantelschößen die Straße heruntergerannt. »Fräulein Liebenthal! Oda! Sie sind wohlauf … Wäre ich kein Atheist, würde ich jetzt meinem Schöpfer danken.«

Leo Ullrich.

»Hätte jetzt vielleicht irgendwer die Güte, mir mitzuteilen, was überhaupt passiert ist?«, blaffte Oda, der der Schweiß aus sämtlichen Poren brach.

Leo Ullrich schob sich an den Polizisten vorbei. »Lassen Sie mich das übernehmen«, bat er Wolonsky. »Ich bin ein Gast des Hotels, ein Bekannter der Familie.«

Die Beamten überließen ihm nur zu gern das Feld. Ohne Federlesens nahm Ullrich Oda beim Arm und führte sie die Straße entlang, fort vom Hotel. »Ich habe mir nicht wirklich Sorgen gemacht«, sagte er. »Es war Ihre Mutter, die darauf bestand, die Polizei zu verständigen, also sahen wir uns gezwungen, Komödie zu spielen.«

»Wir?«

»Lidija und ich.«

Dass er, der Skandalschriftsteller, die Fürstin beim Vornamen nannte, fiel Oda selbst inmitten der Verwirrung auf. Auch sie hatte er gerade eben beim Vornamen gerufen, ohne dass sie es ihm gestattet hatte. Darüber trat sogar in den Hintergrund, dass es ihre Mutter gewesen war, die Odas Abwesenheit bemerkt hatte.

»Ist dann also alles in Ordnung?«, fragte sie barsch. »Kann ich gehen? Ich habe etwas Dringendes mit meinem Vater zu besprechen.«

»Leider nein«, sagte er in einem Ton, der sie aufhorchen ließ. »Ich habe Ihnen eine sehr schlechte Nachricht zu überbringen, und es gibt leider keinen guten Weg, dies zu tun. Es geht um Ihren Vater, Oda. Er ist in der Italienischen Straße auf eine Gruppe von Demonstranten gestoßen, die sein Pferd zum Scheuen brachten.«

»Er ist gestürzt?«, rief Oda. »Er ist tot?« Gestern noch hatte sie sich mit dem Tod ihres Vaters befasst wie mit einer unabwendbaren Tatsache. Heute schien es ihr gänzlich ausgeschlossen, dass er sterben konnte. Nicht solange der Faunenbrunnen plätscherte, nicht solange das Hotel über der Himmelsleiter von Odessa stand!

»Er ist nicht tot, aber er wird sterben«, erklärte Leo Ullrich und hielt sanft ihren Arm. »Man hat ihn ins Hotel gebracht, wie er es wünschte. Danach hat er das Bewusstsein verloren und wird es Dr. Milstein zufolge nicht wiedererlangen.«

Dr. Milstein war bei ihm, der Bruder des Portiers. Das war gut, denn der diskrete Hausarzt würde jeden Aufruhr unter den Gästen vermeiden. Odas Gedanken überschlugen sich. »Ich muss ihn sprechen!«, rief sie in wilder Panik. »Ich muss es versuchen!«

Ullrich nickte. »Ich habe mir gedacht, dass Sie das sagen würden. Erlauben Sie mir, Sie zu begleiten.«

Oda war alles egal. Sie wollte nur zu ihrem Vater, musste ihm sagen, ihn fragen … Ach, sie wusste nicht, was.

Sie rannte los, und er ging in langen, schnellen Schritten neben ihr her. »Eines noch«, sagte er. »Lidija ist klar, dass sie kein Recht dazu hatte, und sie bittet dafür um Entschuldigung, doch sie wusste sich keinen anderen Rat: Sie hat mir alles erzählt, Oda. Dass Ihr Vater diese Klausel in sein Testament gesetzt hat und auch dass Sie schwanger sind und glauben, Ihren Cousin heiraten zu müssen, um das Hotel zu retten.«

»Das geht Sie nichts an!«

»Ich weiß, und Sie können sicher sein, dass ich kein Wort darüber verlieren werde, wenn Sie mein Angebot nicht annehmen wollen. Im Gegenteil. Wenn es einen Lebenden gibt, der wie ein Toter schweigen kann, dann bin ich es, glauben Sie mir. Lidija fand, man dürfe Sie nicht Anselm Fleißer heiraten lassen, und ich schließe mich ihrer Meinung an. Als Ihr Ehemann hätte Fleißer jedes Recht, über Ihr Leben zu bestimmen. Über Ihre Tage, über Ihre Nächte, über jeden Schritt, den Sie tun. Er könnte sogar Ihr Hotel verkaufen, wenn er wollte, und bräuchte Sie nicht einmal um Erlaubnis zu fragen.«

»Das würde Anselm nie tun!«, rief Oda. Doch im selben Atemzug fiel ihr Anselms morgendliche Nörgelei ein, sein Versuch, ihr etwas so Läppisches wie den Fußweg zum Hotel zu verbieten. Sie musste würgen, schmerzhaft verkrampfte sich ihr leerer Magen.

Ullrichs Griff um ihren Arm wurde fester. »Wenn Sie wollten, könnten Sie stattdessen einen Mann heiraten, der bereit ist, eine Scheinehe mit Ihnen einzugehen. Einen Mann, der gesellschaftliche Skrupel nicht kennt und den nicht einmal der Gedanke an eine Scheidung schreckt, sollte sie je notwendig werden. Sie könnten jetzt sofort, am Bett Ihres Vaters, Ihre Verlobung bekannt geben und damit die Klausel noch rechtzeitig außer Kraft setzen.«

Oda beugte sich vornüber und spuckte grüne Gallenflüssigkeit aus, richtete sich wieder auf und riss sich mit einem Ruck von ihm los. »Und sagen Sie mir auch, wo ich einen solchen Wundermann so schnell hernehme? Wollen Sie mir vielleicht einen zaubern?«

»Das wollte ich in der Tat«, sagte er. »Einen idealen Kandidaten kann ich Ihnen zwar nicht bieten, aber in der Not frisst der Teufel ja angeblich Fliegen. Nennenswertes Vermögen sowie ein Adelstitel aus Reval samt Gut und Zugehörigkeit zur Estländischen Ritterschaft sind immerhin vorhanden, auch wenn der Kandidat es vorzieht, derlei Einzelheiten unter Verschluss zu halten.«

»Was für ein Kandidat?«

Er deutete eine spöttische Verbeugung an. »Hier also nun mein förmlicher Antrag: Oda Liebenthal – ich bitte Sie, werden Sie meine Frau.«

1886

ODESSA

IM LIFT ZURÜCK

23

»Viel Zeit bleibt uns nicht.« Sigrid hielt an und zog ihre zierliche Taschenuhr aus dem Rockbund. Die Uhr war kostbar, ein vergoldetes Erbstück von Favre, das hatte verkauft werden sollen. Sie hatte sie sich ausbedungen, weil Grau und Blassblau ihre Farben waren und zu Grau und Blassblau eine feine Spur Gold gehörte. »Wir machen besser Schluss. Um vier sollen wir im *Fanconi* sein, die gesamte Bagage wartet.«

Philipp blieb ebenfalls stehen, drehte sich um und sah sie an. Es geschah, was immer geschah. In ihrem Herzen zuckte es. Hätte eine ihrer Freundinnen ihr so etwas erzählt, hätte sie sich wortlos abgewandt, weil ihr Trivialitäten, wie sie in der Zeitschrift *Die Gartenlaube* standen, zuwider waren. Daran würde sich auch nichts ändern. Und dennoch geschah es ihr.

Sigrid hatte im Grunde keine Freundinnen. All die Mädchen aus ›den guten Familien‹, die von ihren Müttern genauso aufwendig herausgeputzt wurden wie sie selbst, waren eher Konkurrentinnen, wie Rennpferde, die um denselben Siegerpreis kämpften und von einem Bein aufs andere tänzelten, um vor den anderen aus dem Startblock zu kommen. Jede Nasenlänge, jeder kleinste Vorteil zählte. Wenn man von einer, die zuckersüß die Lippen spitzte, ein Kompliment für ein neues Schultertuch bekam, konnte man sicher sein, dass man damit wie ein Krug Sauerbier aussah, nicht wie das appetitlich verpackte Geschenkpaket, als das man sich dem betuchten, heiratsfähigen Teil der Männerwelt präsentieren wollte.

Zu ihrem Glück besaß Sigrid selbst einen sicheren Geschmack, sodass sie sich weder durch solche Komplimente noch durch die langweilige Auswahl ihrer Mutter aus dem Konzept bringen ließ.

Ihr fehlte es lediglich an Geld, doch das machte sie durch Geschick und Findigkeit wett. Eine Pelzstola, die sie dem Altkleiderhändler für ein paar Pfennige abgekauft und eigenhändig aufgearbeitet hatte, erntete neidische Blicke auf der Soiree des französischen Botschafters. Das hässliche Turnürenkleid ihrer Mutter, das sie sich zu einem Zweiteiler mit schmalem Schleppenrock umgeschneidert hatte, hatte die Tochter des Barons von Zitzewitz zu der Frage veranlasst, bei welchem Pariser Salon sie für sich arbeiten ließe.

Sigrid war immer so gewesen: Sie hatte nicht geklagt, sondern sich das, was sie brauchte, auf eigene Weise verschafft. Ihre Stunde würde kommen. Und sie war darauf vorbereitet. Sigrid von Arndt konnte tanzen wie eine Balletteuse, sie sang mit ihrem leichten Sopran die gängigen Salonlieder, wobei sie sich selbst auf dem Klavier begleitete, war perfekt in französischer Konversation, arrangierte stilvolle Blumenbuketts, spielte grazil Tennis und ritt und jagte wie der Sturmwind im Damensattel. Der Mann, der sie bekam, durfte sich rühmen, das große Los gezogen zu haben, auch wenn es um die Mitgift traurig bestellt war.

Sigrid von Arndt, sowohl preußischem als auch baltischem Adel entstammend, deren Vorfahren ihr gesamtes Vermögen am Spieltisch, in Hurenhäusern, durch Spekulation und Misswirtschaft verschleudert hatten, würde im Rennen um die Heiratskandidaten den Sieg davontragen. An Bewerbern fehlte es nicht. Der hartnäckigste war Gottfried von Arndt, ein Verwandter aus einer Nebenlinie, die ihre Söhne in militärische Karrieren schickte. Er kam für sie nicht infrage. Zwar war er mit fünfundzwanzig bereits Major und würde vermutlich in Zukunft kein ganz schlechtes Auskommen haben, aber Sigrid war entschlossen, sich nicht unter Wert zu verkaufen.

Als entfernte Verwandte ihrer Mutter sie zur Ballsaison nach Odessa einluden, hatte sie nicht gezögert. Odessa war exotisch, schick und *en vogue.* Wenn ein hübsches Mädchen es geschickt anstellte, konnte es sich einen der russischen Fürsten angeln, die angeblich in märchenhaftem Saus und Braus lebten.

Auf Saus und Braus und Märchen legte Sigrid wenig Wert, aber Geld bedeutete Macht. Was sie sich wirklich wünschte, war ein Leben ohne Angst vor Schande, ohne Gerichtsvollzieher, die am Morgen Sturm läuteten, ohne Familienschmuck in der Pfandleihe, ohne leicht schmierige ›Onkel‹, die umschmeichelt wurden, weil man sie später anpumpen musste. Sie brauchte keine Freundinnen und hegte kein Interesse daran, sich zu verlieben. Alles, was sie wollte, war ein Ehemann, der ihr ein Leben in Anstand bot, eine Höhe, auf der sie thronen konnte, ohne Menschen allzu nah an sich heranzulassen.

Stattdessen war ein unbändiges, unaufhaltsames Fohlen namens Tessa Liebenthal in ihr Leben gestürmt und hatte sich um das, was Sigrid wollte, nicht geschert. Und eine unbändige, unaufhaltsame Stadt namens Odessa. Ein paar flüchtige, verwirrte Tage lang hatte Sigrid etwas genossen, in dem sie nie zuvor Genuss vermutet hätte. Als sie erwacht war und den Genuss als gefährlich erkannt hatte, als sie ihm Einhalt hatte gebieten wollen, war es zu spät gewesen. Sie war über ein Meer aus Eis gelaufen und hatte plötzlich vor einem Mann gestanden, der Eiskristalle in den Augen hatte. Sie hatte sich verliebt. Unbändig. Unaufhaltsam.

Sich zu verlieben bedeutete, keine Wahl mehr zu haben.

Zu erkennen, dass Glück möglich war, bedeutete, sich mit Zufriedenheit nie wieder zufriedenzugeben.

»Ich will das nicht«, sagte Philipp, der mit beiden Händen den Stiel einer Sense umfasste. »Mich mit der Bagage bei *Fanconi* treffen. Ich will mit dir allein sein. In unserem Palast.«

Unser Palast – so nannten sie manchmal das Hotel. Den Palast der Schneekönigin, erbaut aus durchscheinendem Eis, ein Hotel, das es noch gar nicht gab, das in Philipps Kopf aber so präzise und vollständig entwickelt war, dass Sigrid von dem überwucherten Hang, an dem sie standen, nur in die Höhe zu blicken brauchte, um es vor sich zu sehen.

Sie konnte das noch immer kaum glauben. Sie, die sich an nichts als Fakten hielt, die keine Romane las und für die Träumereien der ›Freundinnen‹ nur Verachtung übrighatte, liebte einen Mann, der ein unsichtbares Hotel besaß und auf diese eine, gar nicht existente Karte alles setzte, was er jemals haben würde. Das Hotel war ihr Geheimnis, und Philipps Plan war das halsbrecherischste, atemberaubendste Wagnis, von dem sie je gehört hatte. Vielleicht liebte sie ihn und sein Hotel ja deshalb – weil er sich meilenweit über die anderen erhob, weil die Kühnheit seines Vorhabens unvergleichlich war.

Er hatte sich eine irrwitzige Summe geborgt, um das Grundstück zu kaufen und mit dem Bau zu beginnen. Sein Plan sah vor, die Arbeiten unbeirrt fortzusetzen und an nichts zu sparen, bis die Schönheit des entstehenden Komplexes nicht länger zu verkennen war und sämtliche Geldgeber der Stadt überzeugen würde. Dann wollte er sich mehr Geld borgen, um den ersten Kredit abzulösen, und dann noch einmal mehr, um Personal einzustellen und sein Hotel zu eröffnen.

»Von da an wird es nur noch darum gehen, das Räderwerk geschmiert zu halten. Laufen wird es von selbst.«

Vielleicht liebte sie ihn und sein Hotel ja deshalb – weil er die wahnsinnigsten Dinge von sich geben konnte und dabei vollkommen überzeugend klang.

»Ich will die anderen auch nicht treffen«, sagte sie. »Aber was bleibt uns sonst übrig?« Sie standen an dem Hang, wo er in Terrassen bis zum Meer hinunter die Gärten des Hotels anlegen wollte. Mit ihren Sensen hatten sie der Wildnis zugesetzt, die jetzt, da der Frühling begann, alles überwuchert hatte, und sich dabei wie Eroberer gefühlt, die sich neues Land zu eigen machten. Jetzt stand er still, und ließ ihr Zeit, ihn zu betrachten. »Du siehst aus wie der Schnitter Tod.«

Sie lachte nicht, und er lachte auch nicht. Wohl deshalb gab es so viele Leute, die sich in Todessehnsucht ergingen, weil sie sich den Tod als einen schönen Mann vorstellten, dessen Sensenklinge im harten, weißen Licht des Frühlings glitzerte.

Er neigte den Kopf und küsste sie, ohne die Sense loszulassen und sie zu berühren. »Wir gehen nicht hin.«

»Zu *Fanconi?* Das hat doch keinen Sinn, Philipp. Dein unsäglicher Cousin wird nicht aufhören, den armen Christoph mit Fragen zu löchern, wo wir stecken könnten.«

»Christoph hält dicht.«

»Du nutzt ihn aus.«

»Er tut das gern für mich, und ich zahle es ihm irgendwann zurück.«

»Er liebt deine Schwester, aber sie liebt ihn nicht.«

Er küsste sie wieder. »Ich will von alledem nichts wissen, Schneekönigin. Nur von dir.«

Ihr erging es nicht anders. Anselm Fleißer, der sich unentwegt an ihre Fersen heftete, ihr zu dicht auf den Leib rückte und sich obendrein betrug, als hätten er und Philipp irgendein geheimes Bündnis, kam ihr vor wie ein Egel in ihrem Fleisch. Christoph Geibel war dagegen ein netter Kerl, doch dass sie ihm so viel schuldig waren und er in der Lage gewesen wäre, Philipps zerbrechliches Konstrukt zum Einsturz zu bringen, belastete Sigrid und ließ sich nicht abschütteln. Seine kuhäugige Schwester Anna, die Philipp anschmachtete wie eine Ordensschwester das Kreuz des Erlösers, zerrte an ihren Nerven, und die dickliche Lene Hansen, die hinterdreinzockelte, ohne je ein Wort zu sagen, war keinen Deut besser.

»Sie werden uns suchen und irgendwann auch finden, Philipp.« Im Vergleich mit Berlin war Odessa ein Dorf. Das ganze Leben spielte sich um den Stadtkern von der Flaniermeile bis hinunter zum Meer ab. Jemand, der hier verloren ging, lief einem über kurz oder lang wieder über den Weg.

Es sei denn, er stürzte in einen Schacht, der hinunter in die Katakomben führte. Sigrid schauderte. Die Vorstellung, dass unter der Stadt eine weitere Stadt existierte, hatte etwas vom Leben auf einem Ameisenhaufen, und eines Tages mochten die Ameisen den ganzen Haufen mit ihren Gängen untergraben haben, sodass alles zusammenbrach. Verbrecherbanden und Rebellenhaufen formierten sich dort unten. Über ihre einmal geäußerte Sorge hatte Philipp gelacht: »Das unerschrockenste Mädchen Europas wird doch nicht ausgerechnet vor einem Steinbruch Angst haben, aus dem auch wir unseren Stein für das Hotel beziehen, oder? Dort hinunterstürzen kannst du nicht. Die Schächte sind abgedeckt und für Unbefugte verboten.«

»Und wie kommen dann die Gesetzlosen dort hinunter?«

»Die decken die Schächte erst recht ab«, hatte er gesagt, sie geküsst und wieder gelacht. »Die wollen nämlich keinen Besuch – das haben Gesetzlose so an sich, weißt du?«

Jetzt lachte er wieder. »Vergiss die anderen. Lass sie im *Fanconi* über ihren Pharisäern selig werden.«

»Im Frühling trinkt kein Mensch Pharisäer, Philipp.«

»Komm«, sagte er, schulterte seine Sense und nahm ihre Hand. »Ich will dir etwas zeigen.«

Heute, am Feiertag, wurde auf dem Bau nicht gearbeitet, und sie waren tatsächlich so allein wie die einzigen Menschen auf der Erde. Sie gingen den Weg hinauf, den sie im Lauf des Tages von Dornenranken und hohen Gräsern freigeschlagen hatten. Er führte zu einem Rondell, das ebenfalls bereits vom Wildwuchs befreit war und regelrecht lauschig wirkte, wie ein Versteck für Liebende. Der Blick von hier, wenn einmal alles fertig war, würde den Liebenden jedoch die Sprache verschlagen. Über die unterschiedlich gestalteten Gartenterrassen hinweg würden sie auf die glitzernde Fläche des Meeres sehen und sich einbilden, dort drüben, wo bei klarem Wetter ein Stück ukrainischer Küstenlinie auszumachen war, liege bereits der Orient. Drehten sie sich hingegen um und blickten nach oben in den Himmel, so würde vor ihnen in blendendem Weiß das Hotel aufragen.

»Ringsherum pflanzen wir das Labyrinth aus Hecken wie geplant«, sagte Philipp, »Und hierher, in die Mitte, kommt ein Springbrunnen. Wie findest du das?«

Ihre Blicke trafen sich. Vielleicht liebte sie ihn, weil sie sich wortlos verstanden, weil ein Funke in seinen Augen einen in ihren zündete, weil seine Begeisterung auch die ihre war.

»Ich will, dass er immer sprudelt«, sagte er. »Tag und Nacht, jahrein, jahraus, als Zeichen dafür, dass mein Hotel für immer hier zwischen Himmel und Meer steht. Und ich will etwas in seiner Mitte haben, das diese Ewigkeit symbolisiert. Nichts Geschmiedetes, sondern etwas aus Marmor. Marmor war schon da, als noch kein Mensch Eisen schmieden konnte.«

»Hinter dem Privoz-Markt gibt es eine Reihe ausgezeichneter Kunsthandlungen«, sagte Sigrid. »Ich war mit den Beckers dort, die einen Satz Tafelleuchter suchten. Sie waren von der Auswahl angetan.« Die Beckers waren die Verwandten, in deren Gästezimmer sie für vier Wochen eingeladen gewesen war und jetzt bereits seit vier Monaten lebte. Zu ihrem Glück waren die Leute willige Verbündete, wenn sie auch nichts von Sigrids Umtrieben ahnten. Sie gaben sich mit der Erklärung zufrieden, dass es ihr in Odessa gar so gut gefiel, schrieben regelmäßig Briefe an ihre Eltern, um die Einladung zu verlängern, und zogen sie ohne Zweifel als Braut für ihren Sohn Volkmar in Betracht.

Volkmar war wohlerzogen und angenehm ruhig und wäre unter anderen Umständen kein schlechter Kandidat gewesen.

Die anderen Umstände aber gab es nicht mehr. Es gab nur noch Philipp und sie.

»Die Kunsthändler hinter dem Privoz kenne ich«, sagte er missmutig. »Da kaufen Hinz und Kunz und stellen sich ihre Neuerwerbung dann in ihre kleinen, putzigen Häuschen. Das passt nicht für mein Hotel. Ich will nichts für Kleingeister.«

»Du willst etwas für Größenwahnsinnige.«

»Ja.«

Sie lachten.

»Wenn du nach etwas suchst, das Ewigkeit symbolisiert, wirst du es vielleicht aus Rom beziehen müssen«, sprach sie vor sich hin, ohne nachzudenken. »Aus der Ewigen Stadt. Für ihre Marmorbrunnen ist sie außerdem weltweit berühmt.«

Durch Philipps Körper ging ein Zucken, als spanne sich jede Sehne. »Das liebe ich an dir«, stieß er hervor, griff hart nach ihren Schultern und zog sie an sich. »Dass du keine dumme Gans bist, die über ihren engen Horizont nicht hinaussieht. Dass du nicht in Parzellen denkst, sondern in Welten.«

Sigrid sah zu ihm auf. »Italienische Händler habt ihr in Odessa genug, oder nicht?«

Heftig schüttelte Philipp den Kopf. »Ich kaufe meinen Brunnenwächter nicht bei irgendeinem schmierigen Giovanni in der Moldawanka, um nachher festzustellen, dass jeder Muschelverkäufer in Liebenthal den gleichen in seinem Vorgarten stehen hat. Ich kaufe ihn da, wo er herkommt, wo er echt und einzigartig ist wie mein Hotel. Und wie du.« Er küsste sie, bedeckte flüchtig ihr ganzes Gesicht mit seinem. »Fahr mit mir nach Rom, Schneekönigin. Fahr mit mir in die Ewige Stadt.«

24

Hätte jemand Tessa gefragt, wer die langweiligsten Menschen waren, die sie kannte, hätte sie, ohne zu zögern, Lene Hansen und Anselm Fleißer genannt. Sie fand sich gehässig, wenn sie so dachte. Tessa war ein glücklicher Mensch, führte ein glückliches Leben und hatte es am liebsten, wenn alle anderen auch glücklich waren. Anselm war ihr Cousin und Lene ihre Freundin, die beiden waren sichtlich weniger glücklich als sie, und dafür hatten sie ihr Mitgefühl verdient, keine boshaften Gedanken.

Lene gegenüber fand sie sich besonders ungerecht. Anders als Anselm, den man einfach nicht loswurde und der wie ein Mühlrad auf seine Umgebung einplapperte, war Lene zurückhaltend, drängte sich nie auf, sondern fürchtete ständig, die anderen zu stören. Die Hansens wohnten wie Tessas Familie in Liebenthal, und die beiden Mädchen hatten zusammen die Schule von St. Paul und später das Lyzeum für höhere Töchter besucht. Jeden Morgen waren sie gemeinsam nach Odessa hinein und am Nachmittag zurück nach Hause gefahren worden, im Sommer im offenen Zweispänner und im Winter im Schlitten, eingehüllt in Decken. Die gesellige Tessa hasste es, allein zu sein, und im Grunde war es so schön, mit einer Freundin in der Kutsche durch die Lande zu zockeln, die Köpfe zusammenzustecken und kichernd oder manchmal auch schimpfend oder jammernd durchzuhecheln, was man den Tag über erlebt hatte.

Nur sagte Lene eben kaum jemals mehr als ›Ja‹, ›Nein‹, ›Meinst du?‹ oder ›Ich weiß nicht‹.

Eine Viertelstunde lang konnte man das mit ein bisschen gutem Willen aushalten, besonders an einem schönen Tag, an dem die Sonne schien. Danach aber begann Tessas Geduld rapide zu schwinden. Einmal, im Abschlussjahr, hatte sie sich nicht länger beherrschen können und Lene angeraunzt: »Herrgott, warum kannst du denn nicht zu irgendetwas einmal deine Meinung sagen?«

Lene hatte sich geduckt, und Tessa hatte es leidgetan. »Ich hab's nicht so gemeint«, hatte sie der anderen eilig versichert.

Lene aber hatte erwidert: »Nein, nein, du hast ja recht. Es ist doch nur so, dass ich gar keine Meinung habe, die für dich und die anderen mit eurem bunten Leben interessant sein könnte.«

An dem schlechten Gewissen Lene gegenüber hatte sich nach Abschluss der Schule nichts geändert. Tessa verbrachte noch immer viel Zeit mit ihr und lud sie zu Unternehmungen ein, weil es unfreundlich gewesen wäre, es nicht zu tun. Lene war nett, sie war bei Weitem leichter zu ertragen als Anselm. Um aber nicht in Langeweile zu ertrinken, während sie mit ihr unterwegs war, bat Tessa grundsätzlich mindestens eine andere Freundin, sich ihnen anzuschließen.

Tessa hatte unzählige Freundinnen und fand ständig neue. Ihre liebste Freundin aber war Anna Geibel. Anna hätte sie niemals im Stich gelassen, wenn sie Unterstützung bei Lene brauchte, sie hätte sie überhaupt nie im Stich gelassen, und auch jetzt saßen die Freundinnen zu dritt um einen Tisch bei ihrem geliebten *Seibman,* ließen sich Sahne-Eclairs und Eierlikör schmecken und tratschten über Gott und die Welt.

Vor allem über die Männer der Welt – die jungen, heiratsfähigen, die wie ein Karussell auf dem Jahrmarkt waren: Sie wirbelten im Kreis herum und boten sich an, und die Mädchen hatten die Qual der Wahl, weil jedes Pferd verlockend war.

Am Abend hatten sie Karten für das todschicke, erst im vergangenen Jahr eröffnete Stadttheater, in das ein Haufen Studenten sie begleiten würde, und natürlich musste in allen Einzelheiten erörtert werden, welcher von ihnen der attraktivste war.

Sigrid, die Tessa vom ersten Moment an schrecklich gern gemocht hatte, hatte ihr erzählt, dass es in Berlin und anderswo nicht üblich war, jungen Mädchen aus guten Familien allein, ohne ihre Eltern, den Besuch des Theaters zu gestatten. In Odessa war es gang und gäbe. Die Familien hielten Logen, und je älter die Töchter wurden, desto häufiger durften sie die Karten übernehmen, damit sie unter ihresgleichen kamen, gesehen wurden und ihre Chancen auf gute Partien erhöhten. Die Studenten hatten ihre Plätze natürlich auf dem ersten Rang, aber niemand hinderte die Mädchen daran, ihre Logen zu verlassen und sich einem von ihnen anzuschließen.

Auch Tessa hatte vor, an diesem Abend so zu verfahren. »Ich gehe mit Mitja Smirnow«, verkündete sie. »Die anderen könnt ihr unter euch aufteilen. Ich bin großzügig, solange ihr mir nur meinen süßen Mitja lasst.«

»Smirnow?«, kam es zu Tessas Verblüffung von Lene. »Aber der ist doch Russe.«

»Ja und?«, fragte Tessa. »Da wir im Russischen Kaiserreich leben, werden sich unter der Studentenschaft unserer Stadt wohl auch Russen finden. Ich fände es verwunderlicher, wenn er Chinese wäre. Allen Ernstes – ist eine von euch schon einmal einem Chinesen begegnet? Einem Mongolen, ja sicher, Orgodol am Hafen, der die Milch, die betrunken macht, ausschenkt, ist einer, er hat Augen wie Bittermandeln, und an seiner Geige ist ein Pferdekopf. Aber einem richtigen Chinesen? Na los, nun sagt schon.«

Annas Lächeln wirkte verkrampft. Sie schüttelte den Kopf. »Ich muss passen.«

»Und wie steht es mit dir, Lenchen?«, fragte Tessa herausfordernd und wusste, dass sie schon wieder gehässig war.

»Ich kenne keinen Chinesen«, sagte Lene ganz leise. »Und ich war auch noch nie mit einem Russen aus. Mein Vater würde es mir nicht erlauben. Er sagt, wir hier in der Fremde müssen uns an unsere eigenen Leute halten, oder unser Blut verwässert, und wir sind bald keine Deutschen mehr.«

Tessa überlegte. Sie hatte sich bisher noch nie darüber Gedanken gemacht. Gewiss würde auch der Mann, den sie eines Tages heiratete, ein Deutscher sein, das gehörte zu den Regeln, die um das Leben aufgepflockt waren wie Zäune um Gärten. Aber ans Heiraten zu denken war so schrecklich öde, und wenn es nach Tessa ging, sollte bis dahin noch gewaltig viel Zeit vergehen, die sie in vollen Zügen genießen wollte.

»Mir ist egal, ob Mitja Russe oder Deutscher ist«, rief sie kühn. Sie trug heute ein Hütchen mit seitlich aufgeschlagener Krempe im Jägerstil und fühlte sich damit geradezu verwegen. »Für mich zählt, dass er rabenschwarze Locken hat und eine kleine Narbe im linken Mundwinkel, die tanzt, wenn er lacht. Die Narbe hat er, weil er als kleiner Junge ein Kätzchen hatte, das er heftig liebte und dem er einen Kuss geben wollte, aber das Kätzchen liebte ihn wohl nicht genauso heftig zurück. Das gefällt mir auch an ihm: Dass er mir all diese süßen, lustigen Geschichten aus seiner Kindheit erzählt, als er ein richtiger Tollpatsch gewesen sein muss, und jetzt ist er ein so stattlicher Mann und nimmt sich dennoch nicht todernst. Das mag ich gern.«

Anna entfuhr ein Seufzen. »Armer Christoph.«

»Ach Gott, Annchen«, rief Tessa. »Es tut mir ja selbst leid, und dein Bruder ist der netteste Junge von hier bis Kiew. Aber es gibt doch so viele! Und es ist doch nicht meine Schuld, dass ich mich partout nicht entscheiden kann. Das war schon so, als ich klein war. Bei Nebrev, dem schönen Spielzeuggeschäft in der Deribasowskaya, durften wir beide, Philipp und ich, uns vor Weihnachten etwas aussuchen. Da standen so viele Herrlichkeiten, es war alles so wundervoll, dass ich nicht wusste, wohin ich als Erstes schauen sollte, und am Ende rauschte mir der Kopf. Philipp hatte seine Wahl schnell getroffen: Mein Vater hielt ihm eine Blechtrompete und ein Steckenpferd hin, und Philipp griff nach dem Pferd und war glücklich. Ich aber wollte den Clown und die Holztiere, die Spieluhr mit der Tänzerin und den Kreisel, ich wollte alles, und am Ende setzte ich mich auf den Boden und weinte mir die Augen aus, weil Wählen für mich so schwierig war.«

Anna und Lene sahen sie an. Annas Augen waren braun wie Kastanien und beinahe rund, und Tessa fand sie hübsch. »Bitte sei mir nicht böse«, sagte sie und legte ihre Hand auf die der Freundin. »Ich habe euch alle so lieb, ich will niemandem wehtun, aber ich tue es dennoch immerzu.«

»Ist schon gut.« Anna strich ihr über den Handrücken und sandte ihr noch einmal ihr trauriges, verkrampftes Lächeln. »Du kannst ja nichts dafür. Es ist für mich nur so schwer zu begreifen, weil ich nichts auf der Welt so einfach finde, wie mich für einen zu entscheiden.«

»Ach Annchen, Liebchen, das weiß ich doch«, sagte Tessa, die sich wünschte, ihr wäre etwas eingefallen, um die Freundin zu trösten. »Ich hätte mir doch selbst nichts Schöneres vorstellen können, als dich zur Schwägerin zu bekommen. Aber Philipp ist nun einmal Philipp. Dickschädelig wie ein turkmenischer Jährling. Wenn er etwas will, dann will er's, und wenn nicht, dann stimmen nichts und niemand ihn um.«

»Und warum auch?« Anna senkte den Blick und knetete fahrig ihre Hände. »Warum sollte sich ein Mann wie Philipp mit einer wie Lene oder mir zufriedengeben, wenn er doch eine haben kann, die uns meilenweit in den Schatten stellt? Wir beide sind nicht mehr als zwei nett gestriegelte Provinzhühnchen. Sigrid hingegen hat echte Klasse. So wie Philipp selbst. Und so wie du, Tessa.«

So ist es doch nicht!, wollte Tessa rufen, aber so war es eben doch, auch wenn sie sich selbst nicht auf den olympischen Höhen sah, auf denen ihr Bruder und Sigrid wandelten.

Die tapfere Anna lachte. »Sogar meinen getreuen Anselm habe ich an die kühle, nordische Schönheit verloren. Zumindest dafür sollte ich ihr wohl dankbar sein.«

»Ist das dein Ernst?«, fragte Tessa. »Anselm hat sich auf Sigrid verlegt? Das ist doch nicht möglich, wovon träumt er dann eigentlich nachts?«

»Du hast recht«, sagte Anna bitter. »Er sollte selbst wissen, dass es sinnlos ist, nach einem Stern wie dem Fräulein von Arndt zu greifen, und mit beiden Beinen auf dem Boden bleiben. Sprich: bei Anna Geibel.«

»Unsinn«, fiel ihr Tessa ins Wort. »Du bist auch ein Stern, nach dem er besser nicht greifen sollte. Stell dein Licht nicht immer unter den Scheffel. Eines Tages kommt schon noch der strahlende Ritter in der weißen Rüstung daher, den du verdient hast. Und bis dahin genießt du mit uns deine Freiheit. Schau, du kannst doch von Glück sagen, dass deine Eltern solche Schätze sind. Sie vergällen dir nicht das Leben mit Verboten, sondern unterstützen dich und wollen nur, dass du es gut hast. Wären unsere Eltern so wie deine, hätte Philipp ihnen nicht all diese Lügen auftischen müssen, sondern könnte …« Erschrocken brach sie ab und schlug sich die Hand vor den Mund. Was war sie nur für eine Schwatzliese? Um ein Haar wäre ihr herausgerutscht, was weder Anna noch sonst ein Mensch wissen durfte.

»Hast du es Sigrid erzählt?«, hatte sie Philipp gefragt.

»Ich erzähle es niemandem«, hatte er erwidert. »Dass du und Christoph es wissen, ist mehr als genug. Alle anderen können es erfahren, wenn mein Hotel längst das begehrteste Haus der Stadt ist, und ich wette, dann wird niemand es glauben.«

Zu ihrem Glück schöpfte Anna keinen Verdacht, sondern nahm an, Tessa hätte von der überstürzten Italienreise der beiden gesprochen. »Dabei fällt mir ein, Tessa«, sagte sie. »Wann kommen Philipp und Sigrid eigentlich zurück? Ich frage nur, weil meine Mutter doch am Freitag ihren Damentee gibt und deine Mutter zugesagt hat. Wenn die beiden bis dahin nicht wieder da sind, kommt zwangsläufig heraus, dass die Einladung zu der Reise nicht von uns stammte.«

»Ach du liebe Zeit!«, rief Tessa. »Ich habe keine Ahnung. Ich kann nur hoffen, dass Philipp sein Glück nicht herausfordert und bis Freitag zu Hause ist.«

»Ich auch«, sagte Anna. »Wenn du mich fragst, hat er sein Glück bereits stärker herausgefordert als der Seiltänzer, der ohne Netz über die Balkovskaja tanzt. Deine Mutter hätte Christoph oder mir jederzeit in der Stadt begegnen können.«

»Sie fährt doch so gut wie nie in die Stadt.«

»Vermutlich hast du recht, und ich male nur deshalb den Teufel an die Wand, weil ich eben eine langweilige Person bin. Trotzdem werde ich erst wieder ruhig schlafen können, wenn ich weiß, die beiden sind zurück.«

»Ich auch«, gab Tessa zu. »Aber ein tolles Abenteuer ist es schon, das musst du zugeben. Stell dir vor, du steigst in Holovna in den Zug, und dann bist du drei Tage und Nächte unterwegs, fährst durch Ungarn, siehst das schöne Wien, legst dich in Österreich schlafen und wirst morgens von der Sonne Italiens geweckt. Von Venedig fährst du den Schaft des italienischen Stiefels hinunter bis nach Rom, die Wiege unserer Kultur. Du spazierst durch diese Welt aus Wundern, vorbei am Forum Romanum, an den Brunnen Berninis, trinkst schon am Morgen roten Wein, und bei alledem hast du den Menschen, den du liebst, neben dir und hältst seine Hand. Ach Gott … Philipp hat schon recht. Die neue Zeit, die schöne Zeit, der wir entgegenleben, muss eine Zeit des Reisens werden, und uns jungen Leuten muss die Welt offenstehen.«

»Wenn es das ist, was du willst«, sagte Anna, »das hättest du haben können. Christoph wäre mit dir auf Hochzeitsreise nach

Italien gefahren. An die Riviera wie die Wolonskys, das soll ja jetzt wohl in Mode kommen. Oder was immer du dir sonst ersehnt hättest, er hätte dir jeden Wunsch von den Augen abgelesen.«

»Ich weiß das doch, Annchen.«

»Und du bist dir wirklich sicher, dass Christoph nicht doch der Richtige für dich sein könnte?«

»Den Richtigen für mich gibt es nicht«, entgegnete Tessa und spürte ihre Geduld schwinden. Sie scharrte bereits unter dem Tisch mit den Füßen und blickte immer wieder zur Tür, in der Hoffnung, dass die Jungen bald kamen. Sie hatten sich auf ein paar Drinks und Zigarren im englischen Club getroffen und wollten die Mädchen abholen, um vor dem Theater gemeinsam zu Abend zu essen. »Das habe ich dir doch nun schon etliche Male zur erklären versucht.«

»Ja, hast du«, gab Anna schuldbewusst zu. »Ich frage ja auch nur noch einmal nach, weil Christoph zu glauben scheint, dass noch nicht alles verloren ist. Viel erzählt er mir nicht. Aber nach ein paar Andeutungen kam es mir vor, als hätte Philipp etwas in der Art zu ihm gesagt. Ist das möglich, Tessa? Könnte Philipp der Ansicht sein, dass du doch mehr für Christoph empfindest, könnte er einem Irrtum aufgesessen sein?«

»Das ist ganz und gar nicht möglich!«, rief Tessa. »Philipp und ich sind Zwillinge. Wir erzählen uns alles bis ins Kleinste, und das, wofür wir keine Worte haben, das spüren wir. Wenn Philipp einen Mord begangen hätte, würde er mir davon erzählen, noch ehe er das Blut vom Messer gewischt hätte, und das mit Sigrid habe ich womöglich schon gewusst, bevor er selbst es wusste.«

»Wie kommst du denn auf so etwas?« Anna, die gerade in ihr Eclair hatte stechen wollen, ließ die Kuchengabel sinken. »Philipp würde doch nie im Leben einen Mord begehen.«

»Nein, das würde er nicht«, kam es von Lene wie ein Echo. »Aber für das, was er will, würde er wohl schon so einiges tun.«

Überrascht sah Tessa zu ihr hinüber. Offenbar war die stille Lene nicht nur in Philipp verschossen wie die meisten, sondern konnte ihn unerwartet gut einschätzen.

»Es war nur ein Vergleich«, sagte Tessa rasch. »In jedem Fall weiß Philipp, was ich für Christoph empfinde. Natürlich habe ich ihn lieb. Ich habe alle meine Freunde lieb und ihn ganz besonders. Aber wenn ich jeden, den ich lieb habe, heiraten wollte, müsste ich erst einmal Muselmanin werden, damit ich eine Vielehe führen darf wie Mustafa, der in Sredni Fontan Boote verleiht. Als ich ihn im letzten Sommer sah, hatte er vier Frauen und von jeder mindestens drei Kinder.«

Sie lachte, aber die Freundinnen lachten nicht mit. Etwas stand im Raum. Als wäre die nach Honig, Zimt und Kaffee duftende Luft auf einmal dichter geworden. »Ich habe Hunger«, sagte sie, um das Thema, das offenbar auf die Gemüter schlug, zu wechseln. »Unsere Herren verspäten sich wohl, und ich kann nicht die ganze Zeit nur klebrige Süßigkeiten essen. Lasst uns eine Etagere mit Kanapees bestellen, was meint ihr? *Seibman* soll eine ganz ordentliche kalte Küche haben.«

»Wenn du willst«, sagte Lene.

Anna nickte nur, schien aber noch immer über das gerade Gehörte nachzudenken. Vielleicht machte es sie auch nur schwermütig, dass Philipp fort war – nicht allein aus Odessa, auf einer kurzen Reise, sondern ein für alle Mal aus ihrem Leben verschwunden. Er würde Sigrid heiraten, daran bestand überhaupt kein Zweifel. Ihre Eltern würden keine Einwände haben. Philipp hatte Tessa erzählt, dass Sigrids Familie verarmt war und händeringend nach einem betuchten Bräutigam suchte. Eine bürgerliche Abkunft würden sie dafür zähneknirschend in Kauf nehmen.

Joseph Liebenthal hingegen wäre hocherfreut. Etwas Besseres als eine Schwiegertochter aus einem preußischen Adelshaus konnte er sich gewiss nicht vorstellen. Was sein Ahnherr begonnen, was die Nachfahren fortgesetzt hatten, hatte er zur Blüte gebracht: Die Liebenthals hatten etwas aus sich gemacht und waren nun gut genug, um in den Adel einzuheiraten. Wären sie in ihrer deutschen Heimat geblieben und hätten nie den Mut gefasst, zu neuen Ufern aufzubrechen, wäre ein solcher Erfolg undenkbar gewesen.

Warum nur sah der Vater, der darauf doch so stolz war, nicht ein, dass Philipp auch etwas aus sich machen wollte, dass ihm das Alte, Ererbte nicht genug war, sondern er ebenfalls zu neuen Ufern strebte? Tessa fühlte sich auf einmal unwohl, geradezu beklommen. Nichts hasste sie mehr als etwas Ungesagtes, wie es jetzt zwischen ihr und den Freundinnen stand.

Ein junges Mädchen in der hübschen, mit Rüschen verzierten Schürze von *Seibman* trat an den Tisch, knickste und stellte die Etagere mit den Kanapees vor sie hin. »Bitte schön, gnädiges Fräulein. Lassen Sie es sich schmecken.«

Das war nett, und die gefüllten und belegten Pasteten und Gebäckteile sahen ungewöhnlich appetitlich aus. Tessa lächelte. »Das werden wir. Vielen Dank.«

Das Mädchen, das auf den ersten Blick so jung gar nicht mehr aussah, sondern älter als sie selbst sein musste, strahlte. »Sie sind Philipp Liebenthals Schwester, nicht wahr?«

Also noch eine, die für Philipp schwärmte. Hätte ihr Bruder für jedes Herz, das er gebrochen hatte, einen Rubel bekommen, hätte er für sein Hotel keinen Kredit mehr gebraucht.

»Ich sehe ihm immer so gern zu«, sagte das Mädchen in einem Ton, den Tessa einfältig und ein bisschen sonderlich fand. »Ich habe in einem Keller am Hafen, am Praktischeski-Kai, mein eigenes Zimmer, und wenn ich von der Arbeit nach Hause gehe, komme ich an Herrn Liebenthals Bauplatz vorbei. Es wird wunderbar, was er dort hinbaut. Es wird ein Märchenschloss.«

Tessa fuhr zusammen. Sie glaubte förmlich zu sehen, wie Anna aufhorchte, wie sie die Ohren spitzte.

»Was baut denn Philipp?«, fragte die Freundin prompt. Sie sprach Deutsch, sodass das Mädchen sie nicht verstehen konnte. Bei *Seibmann* sprach jeder Deutsch, der es wollte. Zwar war Russisch vor Kurzem zur allgemeinen Amtssprache erklärt und die Benutzung des Ukrainischen verboten worden, weil der Zar sich sein Reich russischer wünschte, doch das babylonische Sprachengewirr Odessas wucherte unbeirrt weiter.

Fieberhaft sann Tessa auf eine Antwort. Doch ehe ihr eine einfiel, trat Irma Seibman, die Frau des Inhabers, hinzu und packte das Mädchen hart an den Schultern. »Katja, ich habe dich gebeten, den Damen ihre Bestellung zu bringen, aber nicht, sie mit Geschwätz zu belästigen«, wies sie sie streng zurecht. »Mach, dass du zurück in die Küche kommst, sonst gibt es Ärger.«

Das Mädchen knickste und eilte davon. Erst jetzt fiel Tessa auf, wie unbeholfen sie sich bewegte.

»Ich muss mich entschuldigen, meine Damen«, sagte Irma Seibman. »Mir ist heute eine Kellnerin ausgefallen, deshalb habe ich Katja gebeten, Ihnen die Kanapees rasch selbst zu bringen. Sie lernt bei uns, stammt aus der Fürsorge, und wie all diese verwahrlosten, verwaisten Russenkinder ist sie ein bisschen ungehobelt. Aber in der Küche ist sie ganz ungewöhnlich begabt. Ein Naturtalent, und einen Geschmackssinn hat sie, mit dem sie selbst unsere Ursula verblüfft.«

Ursula war die Kaltmamsell bei *Seibman*. »Ich glaube an das Mädchen«, fügte Irma Seibman noch hinzu. »Sie mag ein komischer Kauz und ohne Manieren sein, aber ich vertraue ihr in allem.«

Tessa erging sich in Lobeshymnen über die Kanapees und hoffte, dass dadurch Katjas Worte in Vergessenheit gerieten. Ihre Hoffnung wurde enttäuscht. Kaum war Irma Seibman gegangen, fragte Anna: »Verstehst du, was das junge Mädchen mit diesem Gerede meinte? Was soll Philipp denn bauen?«

»Was weiß ich«, murmelte Tessa. »Du hast doch Frau Seibman gehört, die Kleine ist ein bisschen verdreht.«

Sie konnte die Freundin nicht ansehen. Anna hörte nicht auf, bohrende Fragen zu stellen, und dann mischte sich auch noch ausgerechnet Lene ein, die doch sonst nie mehr als ›Ja‹, ›Nein‹ und ›Weiß nicht‹ sagte: »Er will sich doch ein Hotel bauen, der Philipp. Und wenn er etwas will, dann will er's und bekommt es auch.«

»Ich denke, eure Eltern geben ihm dafür kein Geld«, fiel Anna sofort ein.

»Nein«, murmelte Tessa. »Tun sie nicht.« Dann ging die Tür des Kaffeehauses.

Die Jungen!, dachte Tessa erleichtert und fuhr herum. Aber nur ein einziger junger Mann hatte das Lokal betreten, und es war keiner von denen, auf die sie so dringend gehofft hatte.

»Guten Abend, Cousinchen. Wenn man zu dieser Stunde schon von Abend sprechen darf.« Anselm Fleißer hatte das Gesicht zu seinem üblichen Grinsen verzogen, aber seinem Ton fehlte die gewohnte entnervende Jovialität. »Schade, dass du mir nicht Bescheid gesagt hast. Ich wäre gern mit dir in die Stadt gefahren. Einen eigenen Wagen habe ich ja nicht zur Verfügung, wie du weißt.«

Eigentlich sollte er mir leidtun, mahnte sich Tessa wohl zum hundertsten Mal. Sein Gesicht war gerötet wie von irgendeiner Anstrengung, und der schlechte Haarschnitt sprang in der stilvollen Umgebung ebenso ins Auge wie der abgewetzte, unförmige Ulster. Er trug ihn offen und ließ so die leicht speckigen Revers eines Straßenanzugs, die zu enge Weste und die steife Hemdbrust sehen. Tessa war sicher, dass es sich dabei lediglich um ein Vorhemd aus Karton handelte, das er sich auf die bloße Haut geschnallt hatte. Offenbar hatte er kein Hemd mehr im Schrank gehabt, das für den Stadtausflug gut genug gewesen war, und seine Schuld war das nicht. Er probierte doch alles, um voranzukommen – ihm gelang nur nichts.

Wie war er überhaupt hierhergelangt und zu welchem Zweck?

»Mich hat so eine Ahnung beschlichen«, sagte er, als lese er ihre Gedanken. »Heute Abend ist doch die Premiere von *Boris Godunow* mit dem allseits beliebten Fjodor Schaljapin in der Titelrolle, richtig? Gleich heute Morgen hat mir ein Vögelchen gezwitschert: Da werden die Eltern meiner Freunde doch gewiss den Söhnchen und Töchterchen die Logen mit den samtenen Polstern zu ihrem Vergnügen überlassen. Und da die Plätze der Reisenden frei bleiben, wird man sicher auch mir eine Einladung aussprechen. Als niemand kam, dachte ich mir, ich müsse dich verpasst haben, und machte mich zu Fuß auf den Weg. Zu meinem Glück hat mich eine mitleidige Seele aufgelesen und bis zur Himmelsleiter mitgenommen.«

Sein Tonfall war tatsächlich nicht mehr jovial, nicht mehr in einer Weise anbiedernd, die Philipp als schleimig bezeichnet hatte. Er war boshaft, durchfuhr es Tessa, der schneidende Ton passte nicht mehr zu dem freundlichen Schweinegesicht. Ihr wurde kalt. Sie wollte Anselm eine Erklärung liefern, ihn mit ein bisschen Schmeichelei wieder wohlwollend stimmen, doch in diesem Augenblick entdeckte er Anna.

»Ach, das Fräulein Geibel«, tönte er jetzt. »Was machen denn Sie hier? Ich denke, Sie sind samt Ihrem Glückspilz von Bruder und meinem Glückspilz von Cousin auf *Grand Tour* durchs sonnige Italien?«

»*Grand Tours* dauern Monate«, hörte Tessa sich sagen und konnte nicht fassen, dass sie sich selbst jetzt noch bemüßigt sah, Anselms peinliche Halbbildung zu korrigieren. »Außerdem sind sie spätestens seit der Französischen Revolution aus der Mode gekommen. Heute reist man einfach so, und Philipp wird nicht länger als zehn Tage unterwegs sein.«

»Seit der Französischen Revolution also«, wiederholte Anselm, ohne den Blick von Anna zu wenden. »Damals ging es dem Adel an den Kragen, den Leuten mit den Privilegien, die es sich leisten konnten, ihre Söhne im großen Stil um die Welt zu schicken, damit sie lernten, sich auch anderswo für ihr Geld alles und jeden zu kaufen. Wer weiß, vielleicht war das ja nicht die letzte dieser Revolutionen, vielleicht müsste selbst in der Hütte vom behäbigen Mütterchen Russland einmal aufgeräumt werden. Aber das war nicht unser Thema, habe ich recht? Wir sprachen von Italien. Von dem unglaublichen Glück, das, wenn ich es richtig sehe, also nur meinem Cousin zuteilgeworden ist. Er reist durchs Land der Liebe, allerdings nicht mit seinen Freunden, den Geschwistern Geibel, die ihn angeblich zu der Reise eingeladen haben. Aber mit wem denn wohl dann?«

»Um Gottes willen!« Anna – die wohlerzogene, bedächtige Anna – sprang auf und stieß ihr Glas um, sodass sich der gelbe Likör wie Eiter über das Tafelleinen ergoss. »Sie werden das niemandem sagen, nicht wahr, Anselm? Ich bitte Sie, Sie dürfen es nicht Philipps Vater sagen, Sie wissen doch, wie streng seine Ansichten sind, und Sie könnten Philipp wirklich großen Schaden zufügen. Es ist ja im Grunde gar nichts dagegen einzuwenden, nicht wahr? Sie kennen Fräulein von Arndt, sie stammt aus tadelloser Familie, und die beiden werden schließlich heiraten, es ist ja nicht so, dass hier der Ruf einer Dame beschädigt wird …«

Anna stotterte weiter, suchte nach Worten für Dinge, für die sie keine Worte hatte, und Tessa begriff, dass sie dabei war, Philipp mit ihrem gut gemeinten Gestammel um Kopf und Kragen zu reden. Sie musste ihr das Wort abschneiden!

»Wir sind doch Freunde«, rief sie, weil sie wusste, dass das ein Zauberwort war, das bei Anselm verlässlich seine Wirkung entfaltete, »nicht nur Verwandte, sondern Freunde, Anselm. Wir würden doch einer den anderen nicht verraten.«

»So, so«, sagte Anselm, wandte sehr langsam sein Gesicht von Anna ab und fixierte nun Tessa. »Würden wir das nicht? Du weißt, dass ich mir das immer gewünscht habe, nicht wahr, Cousinchen? Freunde zu haben. Von klein auf. Wenn ich euch alle in eurem Garten unter den großen Apfelbäumen habe spielen sehen, habe ich mich an den Zaun gestellt und mir ausgemalt, wie einer von euch herüberkommen und mich zum Mitspielen einladen würde. Es kam aber nie jemand. Nur ein paarmal euer Vater, um mich wegzujagen. ›Scher dich nach Hause zu dem Versager, der dich gezeugt hat‹, hat er gesagt. ›Mit meinen Kindern und ihren Freunden hast du nichts zu schaffen.‹ Er hat mich vom Zaun weggezerrt, und ich habe mir nach euch den Hals verdreht und mir so sehr gewünscht, einer von euch würde rufen: ›Lass Anselm doch hier, Vater. Er ist auch unser Freund.‹«

»Oh, mein Gott, Anselm. Das tut mir so leid!«, rief Tessa und meinte es vollkommen aufrichtig. »Davon haben wir doch nichts gewusst, wir waren ja Kinder und haben nur gespielt.«

»Das habe ich mir auch gesagt«, erwiderte Anselm gedehnt. »Ihr wart Kinder, ihr tragt an dem, was euer Vater getan hat, keine Schuld, also könnt ihr heute, da wir alle erwachsen sind, trotzdem meine Freunde sein.«

Tessa hatte nie gelernt, die Mienen anderer Menschen zu deuten. Was Anselm dachte, blieb ihr verborgen, sie konnte nur blindlings ihr Bestes versuchen. »Natürlich können wir das!«, rief sie. »Und wir sind doch auch Freunde, sieh dir an, was für gute Freunde wir sind, alle wieder hier versammelt, die Jungen kommen gleich aus dem Club, und dann machen wir uns zusammen einen netten Abend.«

»Du klingst ein wenig erhitzt, meine Liebe«, sagte Anselm. »Ich würde dich gern zu einem Glas kühlen Sekt von der Krim einladen, um dir Erfrischung zu verschaffen, aber leider fehlt mir dazu das Geld. Das gehört auch zu den Dingen, die ich mir von klein auf gewünscht habe. Ich habe euch gesehen, wie ihr in euren hübschen Kleidern aus eurem hübschen Haus getrippelt seid, wie euch euer Kutscher in euren hübschen Wagen half, in dem ihr lachend davongefahren seid, und ich habe bei mir gedacht: Eines Tages will ich steinreich sein. So wie die Liebenthals. In den letzten Monaten sah es nun so aus, als täte sich mir tatsächlich die Möglichkeit auf, mir solchen Reichtum, der mir ja irgendwie auch zusteht, zu verschaffen. Ich hatte schon die Hand danach ausgestreckt, aber dann habe ich mir gesagt: Nein, lieber nicht. Meine Freunde sind mir wichtiger als Geld, und an seinen Freunden begeht man keinen Verrat.«

»Lieber Anselm, das hast du genau richtig entschieden, und wir wissen es zu schätzen.« Sie wollte auf ihn zutreten und ihm die Hand auf den Arm legen, aber er wich ihr aus.

»So, wisst ihr das?«, fragte er spitz.

Tessas Herz begann zu rasen. Worum ging es hier? Nur um die Reise, die Philipp nicht mit den Geibels, sondern mit Sigrid von Arndt unternommen hatte, und die der Vater ihm nach einer Menge Gezeter sogar verzeihen mochte? Anna begann wieder, auf Anselm einzureden, ihn anzuflehen, davon nichts zu verraten, aber Tessa hatte längst zu dämmern begonnen, dass es um weit mehr ging – um das, was Anna nicht wusste und was Anselm auch nicht hätte wissen dürfen.

»Warum setzen wir uns nicht und trinken tatsächlich einen *Schampanskoje?*«, probierte sie es von Neuem, verzweifelt bemüht, ruhig und heiter zu klingen. »Du bist selbstverständlich unser Gast, wie auch nachher in der Oper. Ich freue mich, dass du es einrichten konntest und wir Schaljapins herrliche Stimme gemeinsam erleben.«

Sie machte Anstalten, sich wieder zu setzen, aber Anselm

rührte sich nicht. »Dass du eine hemmungslose Lügnerin bist, macht dich noch lange nicht zu einer guten«, bemerkte er. »Es tut mir leid für dich, Tessa, aber jemand musste dir das einmal sagen.«

»Ich weiß nicht, wovon du sprichst?«

»Ach doch, das weißt du schon«, erwiderte er gelassen. »Du bist ja nicht dumm, wenn auch nur halb so schlau, wie ihr beide, du und dein Bruder, euch wähnt. Der Dumme bin ich. Ich, der sich tatsächlich eingebildet hat, die Geschwister Liebenthal und die Geschwister Geibel, die Crème de la Crème der schwarzmeerdeutschen Jugend, hätten den mittellosen Tölpel Anselm Fleißer gern.«

»Aber wir haben dich doch auch gern, Anselm! Wir haben …«

»Halt den Mund«, fuhr er ihr scharf ins Wort. »Halt wenigstens jetzt deinen verlogenen, ewig plapperbereiten Mund. Das Spiel ist aus, Cousinchen. Du hast verloren. Dass du da staunst, kann ich verstehen. Das bist du von allen gehätscheltes Goldkind ja schließlich nicht gewohnt.«

Tessa erstarrte. Dass jemand so mit ihr sprach, war sie tatsächlich nicht gewohnt, und sie hatte nie begriffen, warum Menschen es für nötig hielten, so miteinander zu sprechen.

»Ja, ich war ein rechter Dummkopf«, fuhr Anselm fort. »Es wäre ein Leichtes gewesen, zu erkennen, dass ihr mich nie als euresgleichen betrachten würdet. Der dumme Anselm aber war töricht genug, sich zu freuen, wenn er in eurer Nähe am Katzentisch sitzen durfte und einen Mokka hingestellt bekam. Wenigstens hat er diese Zeiten immer nach Kräften genutzt. Wer benachteiligt ist, tut gut daran, Bündnisse mit anderen Benachteiligten zu schließen, und in Bars und Kaffeehäusern gibt es eine Menge Gelichter, das sich für eine kleine Gefälligkeit als Hörrohr einsetzen lässt. Türsteher, Schwarzhändler, Zeitungsboten. Zumindest hatte der dumme Anselm einen Riecher, dass es sich als von Vorteil erweisen könnte, sich die Dienste solcher Leute zu sichern.«

»Du hast uns belauschen lassen?«, stieß Tessa hervor.

»Sagen wir, ich habe mir die Informationen verschafft, die ihr als meine Freunde doch sicher ohnehin mit mir teilen wolltet. Ach, wie habe ich als Schulbub davon geträumt – ein Freund, ein prächtiger Kerl wie mein Cousin Philipp, würde mir ein Geheimnis anvertrauen, und ich würde mich des Vertrauens würdig erweisen. Wie im Ritterroman habe ich uns beide vor mir gesehen, zwei wie Pech und Schwefel, immer Seite an Seite. Dass das alles nur in meiner Einbildung geschah, habe ich lange verdrängt. Letzten Endes fehlte aber nur noch eine Kleinigkeit, um dem dummen Anselm die Augen zu öffnen: Nein, mein Cousin Philipp teilt keine Geheimnisse mit mir. Er lässt mich nicht einmal wissen, dass er mit seiner appetitlichen Gespielin durch Italien reist, was man ja wohl seinem Freund als Erstes anvertrauen würde. Man würde sogar vor ihm damit prahlen. Aber mein Cousin ist eben nicht mein Freund. Niemand ist es.«

Seine Atemzüge gingen schwer, und sein breiter Rücken unter dem verschlissenen Mantel hob und senkte sich. Als Tessa den Mund öffnete, um noch einmal zu versuchen, ihn zu beschwichtigen, hob er mahnend die Hand.

»Nein, keine neuen Heucheleien, Cousine. Ich sehe jetzt klar. Ihr wollt mich weder in euren Logen noch an euren Kaffeetischen. Den dummen Anselm wollt ihr nur, um euch als etwas Besseres zu fühlen und um euch die Mäuler zu zerreißen. ›Ach Gottchen, was bildet dieser Einfaltspinsel Anselm sich eigentlich ein? Dass ihn ein Mädchen wie Sigrid oder eines wie du, Anna, auch nur mit der Kehrseite anschauen könnte? Wie vermessen! Hat der Kerl denn keinen Spiegel zu Hause? Warum hält er sich nicht an die arme Lene, die wäre eher sein Kaliber.‹«

Gekünstelt lachte er auf, dann hielt er inne und spielte den Erschrockenen. »Oh, entschuldigen Sie bitte, Fräulein Hansen. Nein, natürlich reden die beiden so nicht, wenn Sie dabei sind. Aber sie denken so. Das ist Ihnen klar, oder?«

»Ja«, sagte Lene. »Das ist mir klar.«

»Und Sie nehmen es hin? Weil sie Sie mitspielen lassen?«

Lene sagte weder ›Ja‹ noch ›Nein‹ oder ›Weiß nicht‹, und sie versuchte auch nicht, Tessa und Anna zu verteidigen. »Was soll ich denn sonst machen?«, fragte sie. »Ich weiß, dass sie mich genauso verachten wie Sie, aber mein Vater hat Geld, was dem Ihren fehlt, also darf ich wenigstens dabei sein. Ein Bettler schaut ja nicht an, was man ihm in den Hut wirft, sondern nimmt, was er bekommen kann.«

»Lene, Lenchen!«, rief Tessa und wollte zu ihr laufen und ihr versichern, dass von all dem kein Wort zutraf. Sie blieb jedoch stehen, ehe Anselm ihr den Weg vertrat. Stimmte es denn, dass kein Wort davon zutraf? War sie nicht jedes Mal froh, wenn Lene verhindert war und sie mit den anderen allein ließ, hatte sie nicht vorhin fast wörtlich gedacht: Wie kann sich denn Lene auf Philipp versteifen, sie muss doch wissen, dass sie ihm nicht das Wasser reichen kann?

»Ja«, sagte Anselm wie tief in Gedanken. »Ihr Vater hat Geld, was dem meinen fehlt, und wissen Sie, was ich heute zu mir selbst gesagt habe, während ich in meinen ausgetretenen Schuhen und meinem geerbten Mantel die Straße entlanggetrottet bin? Anselm Fleißer, habe ich zu mir gesagt, wenn du also das, was du dir am meisten wünschst, nicht haben kannst – warum nimmst du nicht stattdessen das, was in der Reihe deiner Wünsche an zweiter Stelle steht? Keine Freunde, sondern Geld. Wie man am Beispiel des Fräulein Hansen sieht, kann man sich das eine für das andere ja sogar kaufen.«

»Anselm, ich bitte dich, hör mir zu!« Es war Tessas letzter Versuch, und er war ebenso zum Scheitern verurteilt wie die anderen.

»Ach herrje, das Cousinchen wieder«, sagte Anselm. »Weißt du was, Tessa? Du tust mir leid. Muss dir ganz schön zugesetzt haben, dass die zwei Turteltauben dich auf ihre Liebesreise nicht mitgenommen haben. Ich habe immer gedacht, die Frau, die Philipp mal bekommt, muss ihr eheliches Lager mit seiner Schwester teilen.«

Damit wandte er sich Anna zu, die hilflos von einem zum anderen starrte und nichts mehr begriff. »Wo treffe ich Ihren Vater an, Fräulein Geibel? Daheim in der Puschkinstraße oder in der Bank? Ich muss ihn umgehend sprechen. Wenn Sie mir dabei jedoch nicht behilflich sein wollen, kann ich Sie natürlich nicht zwingen. Dann spare ich mir den Weg und wende mich geradewegs an die Polizei.«

25

Die Sonne, die sie am Morgen weckte, blieb den ganzen Tag. Ihr Hotel lag unweit des Kapitolsplatzes, den eine Reiterstatue Marc Aurels zierte wie das Denkmal Richelieus den Platz bei Odessas Himmelstreppe. Auch auf den Kapitolsplatz führte eine große Freitreppe, die Cordonata, die der geniale Michelangelo entworfen hatte. Nach dem Frühstück schlenderten sie über diesen Platz zur Treppe und ließen sich Zeit, um die Schönheit der ebenfalls von Michelangelo entworfenen Paläste – des Senatorenpalastes, des Konservatorenpalastes und des Palazzo Nuovo – zu genießen, die das Geviert säumten. Philipp berauschte sich an der Perfektion, der völligen Symmetrie und den makellos klaren Formen, die in dem harten, fast weißen Licht eine Majestät besaßen, die unmöglich auf der Welt etwas Vergleichbares finden konnte.

Das Perfekteste aber war Sigrid, für die dieses Licht, dieser Hintergrund architektonischer Vollkommenheit wie gemacht war. Sigrid, die ein helles, fast weißes Grau trug, das prächtige Haar streng aus dem Gesicht gekämmt und am Hinterkopf zu einem Knoten gefasst. Sigrid, die so schön war, dass Philipp Giuseppe Felici, den berühmten Fotografen aus der Via di Ripeta, engagierte und ihm ein Vermögen dafür zahlte, dass er Sigrid in dieser Kulisse fotografierte. Für gewöhnlich verbot er sich große Ausgaben, die nicht dem Hotel dienten, doch in diesem Fall machte er eine Ausnahme.

Es war ja gar keine, sagte er sich. Er würde das Bild, das Felici ihm zuschicken wollte, rahmen lassen und in einem Gang seines Hotels aufhängen. Es war der Anfang. Eines Tages würden auf allen Gängen des Hotels Bilder hängen, die die Geschichte des Hauses für die Ewigkeit festhielten.

Die Tage in Rom, diese wenigen, heute schon zu Ende gehenden Tage waren die glücklichsten seines bisherigen Lebens. Das Glück war so wie das weiße Licht: Während es noch in vollem Glanz stand, wusste man schon, dass es verlöschen würde, und begann, sich danach zu sehnen. Das machte das Glück schmerzhaft, und das war das Schönste daran.

»So wie man jung ist und weiß, dass man irgendwann alt sein muss«, sagte er.

»Wir auch, Philipp?« Auf dem kleinen Absatz ihres hellgrauen Schnürstiefels schwang sie herum. In ihrem Gesicht stand eine Spur von Schrecken, und er verstand sie. Das ist das Einzige, was uns beiden Angst macht, dachte er. Das Ende der Schönheit. Verwesung und Verfall.

»Nein«, sagte er, nahm ihre Hand in dem langen, geknöpften Handschuh und küsste sie. »Alle anderen, aber nicht wir. Wir sind unsterblich, Schneekönigin.«

»Findest du es gotteslästerlich, dass ich das wirklich glaube?«

»Wenn es gotteslästerlich ist, glaube ich es erst recht.«

Ihre Blicke umschlangen sich, lachten wie im Triumph. Das weiße Licht war heute noch schöner als an den anderen Tagen, es war wie flüssiges Silber, und der Tag war so warm, dass in Odessa die Leute angefangen hätten, Kisten und Körbe zu packen und nach Sredni Fontan in ihre Sommerhäuser zu ziehen.

Die Geibels hatten ein Haus am Strand. Wenn es in Odessa Sommer wurde, würde er Christoph bitten, ihm für das Strandhaus den Schlüssel zu borgen.

Aber nein, durchfuhr es ihn, ich will das nicht. Er hatte mit Sigrid in einem Brautbett unter einem Baldachin geschlafen, er hatte mit ihr im Kerzenschein von Wedgwood-Porzellan diniert und am Fenster ihres Zimmers, mit Rom zu ihren Füßen, ein Frühstück aus pechschwarzem Kaffee, hauchdünn geschnittenem Schinken, Eiern, Pilzen, violetten Feigen und Honig geteilt. Vor allem aber hatte er sie in den Nächten in seinen Armen gehalten und erlebt, dass es möglich war – in einem anderen Menschen aufzugehen, ohne sich zu verlieren, sich auszuliefern, sich hinzugeben und sich zugleich unbesiegbar zu fühlen. Er wollte nicht zurück zu den heimlichen Begegnungen in Hinterhöfen und Strandhütten, die ihrer Liebe etwas Anrüchiges, Billiges gaben. Er wollte sich vor alle Welt hinstellen und voller Stolz verkünden: Das ist die künftige Frau Liebenthal, die Herrin des *Grandhotel Odessa*.

Ohnehin war der Zeitpunkt nicht mehr fern, an dem er reinen Tisch machen musste. Wenn er zurückkam, würde zum dritten Mal eine Rate seines Kredits fällig werden, die er nicht bezahlen konnte. Bisher war es ihm gelungen, Christoph zu vertrösten, aber der wurde immer nervöser. Es war an der Zeit, sich nach einem weiteren Geldgeber umzusehen, nach einem echten Investor, der ihm finanziellen Spielraum verschaffte. Mit Maurice Mirbeaus allzu faden Vorschlägen hatte er nicht arbeiten können, sondern hatte einen wesentlich kostspieligeren, italienischen Architekten beauftragt und sein Budget damit überfordert. Aber der Entwurf, den der Mann erstellt hatte, war sensationell. Nie da gewesen. Um aus den Anfängen der Bauarbeiten auf das fertige Gebäude zu schließen, brauchte man Fantasie, doch die musste ein guter Investor aufbringen.

Philipp zweifelte nicht daran, dass man ihm das Geld, das er brauchte, zur Verfügung stellen würde. Er war nicht länger ein jugendlicher Luftikus, sondern hatte das, was er geplant hatte, umgesetzt. Sein Projekt war weit genug gediehen, um einen Mann mit Geschäftssinn und Weitsicht zu überzeugen.

Warum sollte er also das Angebot nicht seinem Vater noch einmal unterbreiten? Ändere deine Meinung, würde er ihm sagen, steck mein Erbe in das Hotel und sei Teil eines Ereignisses, das diese Stadt verändern wird.

Sein Vater besaß nur leider keine Weitsicht, gemahnte er sich selbst. Zum Ausgleich fehlte es Joseph Liebenthal hingegen wahrlich nicht an Geschäftssinn. Und wenn sein Sohn ihm im selben Atemzug mitteilte, dass er die Hand einer preußischen Adligen errungen hatte – musste das nicht genügen, um dem Vater die Augen zu öffnen?

Er hat nie etwas in mir gesehen, dachte Philipp. Nichts als den Erben, den man eben zu zeugen hat, wenn man das Lebenswerk von Generationen nicht in die Hände von Anselm Fleißer fallen sehen will. Er war mir nie der Vater, der ich meinem Sohn einmal sein will. Wenn ich von Sigrid einen Sohn habe, will ich mit ihm einen Traum teilen. Zusammen nach allen Sternen greifen.

Vielleicht würde sein Vater einen flüchtigen Moment lang einen Hauch davon für ihn empfinden, sobald er zu sehen bekam, was für einen Stern sein Sohn sich vom Himmel geholt hatte. Vielleicht würde er einsehen, dass der Mann einer solchen Frau kein biederer Getreidehändler aus dem verschlafenen Liebenthal sein konnte, sondern nur einer, der etwas Einzigartiges wagte.

Philipp blieb stehen. »Sigrid.« Er wollte es ihr jetzt sagen. Als sie ihn ansah, zügelte er sich jedoch. Der Ort war perfekt und die Frau war es immer und überall, aber der Augenblick war es nicht. Er musste noch warten. Wenn er es ihr sagte, sollten sie nicht in Gedanken bei ihren Besorgungen sein, sondern ganz bei sich. Vielleicht würde der Augenblick, in dem sie von Rom Abschied nahmen, der richtige sein.

»Was ist denn, Liebling?« Sie war keine zärtliche, sondern eine fast stählerne Frau. Sie war nur zärtlich mit ihm.

»Nichts. Noch nicht.« Er lächelte und nahm wieder ihre Hand. »Gehen wir einkaufen.«

Er wollte Tessa einen italienischen Seidenschal mitbringen, weil er sich ein bisschen schuldig fühlte, dass sie all das hier nicht erleben durfte. Für Christoph, der ein nervöses Magenleiden zu entwickeln schien, würde er eine Flasche des mit Kräutern versetzten Likörs erwerben, der hier *Amaro* hieß und zur Unterstützung der Verdauung getrunken wurde. Nicht zuletzt sollte auch Sigrid ein Andenken an ihre Reise bekommen, und gerade eben war ihm klar geworden, dass allein ein Ring dafür infrage kam.

Vor allem aber hatten sie eine Entscheidung über die Statuette zu treffen, derentwegen sie hergekommen waren. In den ersten beiden Tagen waren sie von einem Antiquitätenhändler zum nächsten gezogen, um den marmornen Wächter zu finden, der künftig im Zentrum des Brunnens stehen und über das Hotel und seine Stadt wachen sollte. Zwei der angebotenen Skulpturen hatten sie sich reservieren lassen: einen schlanken Apoll bei einem Händler nahe der Piazza Cavour und eine üppige Venus ein gutes Stück entfernt in Tiburtina. Sie hatten für diesen Abend ein Abteil im Nachtzug nach Venedig gebucht und mussten somit heute festlegen, welche der beiden sie nach Odessa begleiten sollte.

Philipp war ein wenig enttäuscht, weil sie nichts gefunden hatten, das ganz und gar überzeugte. Er hatte sich vorgestellt, sie würden vor einer Statue stehen bleiben, einander ansehen und wissen: die oder keine. Stattdessen hatte sich Sigrid eher verhalten für die Venus ausgesprochen: »Sie hat Kurven genug, um männliche Gäste für sich einzunehmen.«

Er hingegen hatte ähnlich über den Apoll gedacht: »Ich sehe förmlich vor mir, wie sich die Damen am Brunnen versammeln, um ihn anzuschmachten. Weißt du, dass die Florentinerinnen reihenweise in Ohnmacht gefallen sein sollen, als Michelangelos David vor dem Palazzo Vecchio aufgestellt wurde?«

»Das war im sechzehnten Jahrhundert«, hatte Sigrid erwidert. »Frauen von heute senken entweder züchtig den Blick oder sind so leicht gar nicht mehr aus der Fassung zu bringen.«

Ihre Bildung imponierte ihm ebenso wie ihr unbestechliches Urteil. Nie würde sie einem Mann nach dem Mund reden, um ihn sich gewogen zu machen. Sie war die Gefährtin auf Augenhöhe, die er gebraucht, von der er jedoch nie geglaubt hatte, dass sie auf der Welt zu finden wäre. Dass er sie unter all den Menschen tatsächlich entdeckt hatte, war ein Wunder. Er nahm ihre Hand.

»Fahren wir noch nicht gleich nach Tiburtina«, sagte sie. »Erledigen wir unsere Einkäufe und spazieren dann noch einmal ein Stück über das Forum Romanum. Es hat etwas Erhabenes, etwas wirklich Ewiges, finde ich.«

Philipp nickte. Das Forum wurde im großen Stil freigelegt, war von Gräben durchpflügt, in denen Archäologen und Grabungshelfer ihrer Arbeit nachgingen. Es war ein Symbol für die Machtfülle, die Weltherrschaft der römischen Kaiserzeit und eben deshalb nun, da das endlich vereinigte Königreich Italien sich zu neuer Größe erheben wollte, von besonderer Bedeutung.

Sie schlenderten die Via Cola di Rienzo mit ihren vornehmen Geschäften und erlesenen Restaurants hinunter. Philipp fand die Prachtstraße imposanter und hochkarätiger als die Deribasowskaya, aber nicht so verführerisch, sinnlich und lustvoll. Das wilde Gemisch aus Arm und Reich, aus den Essenzen aller Völker, aller Düfte, aller Flüche und Lieder, das sich durch seine Heimatstadt zog, war für ihn unwiderstehlich. Er würde von hier einen ganzen Sack voll Anregungen mitbringen und sie dem Charakter Odessas anpassen, und genau das hatte er gewollt.

Für Tessa fand er eine Seide in Herbstfarben, die ihr zu ihrem rötlichen Haar gut stehen würde, und für Christoph erstand er aus einer glücklichen Laune heraus gleich zwei Flaschen des Kräuterbitters. Er würde sie dem Freund zusammen mit dem Versprechen überreichen, dass die Zeit der Stundungen so gut wie vorüber war, und freute sich schon auf dessen erleichterte Miene. Den Ring für Sigrid entdeckte er im Schaufenster eines Juweliers namens Castellani. Die Schönheit der weißgoldenen Fassung war klar und schnörkellos wie ihre eigene, zart und unzerstörbar zugleich. Statt eines Brillanten, wie ihn jedes Mädchen zu seiner Verlobung bekommen konnte, schmückte den Ring ein Mondstein, wie er zu keiner anderen als Sigrid passte.

Er schickte sie vor in die Eisdiele, in der sie sich ein letztes Mal ein hohes Glas mit Zitronensorbet teilen wollten, ging in das Geschäft und kaufte, weil er nicht anders konnte, zu dem Ring noch das passend gefertigte Diadem. Seine finanziellen Mittel waren damit praktisch erschöpft, er konnte froh sein, wenn er für den Rest noch die marmorne Venus bekam, und daheim mussten die Bauarbeiter entlohnt werden. Dennoch war er bester Laune und machte sich keine Sorgen. Alles hatte sich bisher gut gefügt und würde es auch weiterhin tun, das Beste stand ihm erst noch bevor. Den Ring würde Sigrid von heute an auf ihrem Finger tragen. Das Diadem hingegen würde er ihr am Morgen ihrer Hochzeit in ihr Brautzimmer senden lassen – verbunden mit all der Bewunderung und Liebe, zu der ein Mann wie er fähig war.

Sie aßen ihr Eis und machten sich auf den Weg über das weitläufige Forum, wo die Archäologen auf schläfrige südländische Weise ihrer Arbeit nachgingen, doch ansonsten kein Mensch unterwegs war. Das harte Tageslicht wurde schon weicher, Gold mischte sich ins Silber, um sich schließlich zu röten, und Sigrid und Philipp wurden stiller, weil sie den Abschied spürten, der ihnen bevorstand. Um zu der Pferdebahn zu gelangen, die sie zu dem Kunsthändler in Tiburtina bringen sollte, verließen sie die Ausgrabungsstätte durch eine zur Hälfte überdachte Gasse, in der ein graubärtiger Mann in Hemdsärmeln auf den Knien lag und mit einem Putzlumpen Fundstücke säuberte. Dabei handelte es sich überwiegend um Skulpturen aus weißem, gelblichem und rosenfarbenem Marmor, die zum Teil schwer beschädigt waren und kreuz und quer durcheinanderlagen.

In der Mitte des Durcheinanders aber erhob sich eine grazile, glänzend schwarze Gestalt, die ganz und gar intakt war. Das marmorne Geschöpf hatte die Hände über dem Kopf zum Himmel erhoben und tanzte in völliger Weltvergessenheit. Sein Körper war zart, androgyn, geschlechtslos schön. Philipp und Sigrid blieben stehen, sahen sich an und wussten: die oder keine.

»Ich bitte um Verzeihung«, sprach Sigrid, die offenbar in sämtlichen Weltsprachen zu parlieren wusste, ihn an. »Dürften wir Sie etwas fragen? Und sprechen Sie vielleicht Französisch? Das fiele uns leichter.«

»Warum nicht, fragen kostet ja nichts«, erwiderte der Mann in einem stark akzentuierten Französisch, das klang, als spreche er Italienisch durch die Nase. »Womit kann ich denn behilflich sein, schöne Frau?«

»Es geht um den tanzenden Faun«, antwortete Sigrid und wies auf die Statuette, auf deren schlanker Hüfte sich ein Lichtstrahl fing. »Uns ist natürlich bekannt, dass es sich bei allem hier um historische Artefakte handelt, die für gewöhnlich nicht zum Verkauf stehen …«

»O doch, die stehen alle zum Verkauf, wenn Sie die wollen«, unterbrach sie der Mann. »Wir sind froh, wenn wir die loswerden, ohne sie zerstören zu müssen. Die königlichen Museen sind nur an Funden aus der Kaiserzeit interessiert. *Roma aeterna,* aber bitte nur dreihundert Jahre lang. Alles, was älter ist, was womöglich sogar darauf hinweisen könnte, dass hier mal andere Leute als Römer gewohnt haben, muss weg – wohin, spielt keine Rolle.«

»Sie meinen, Sie würden uns also den Faun verkaufen?« Sigrid ließ sich keine allzu große Begeisterung anmerken. »Wir sind Kunsthändler aus Neurussland und wären interessiert. Allzu hoch würden wir allerdings nicht einsteigen wollen, weil sich unmöglich im Voraus einschätzen lässt, wie so etwas bei unseren Kunden ankommt.«

Mein unglaubliches, mein herrliches Mädchen, dachte Philipp. Sigrid war ehrlich und klar wie Kristall, aber wenn es darauf ankam, log sie, dass sich die Balken bogen, und kein überflüssiger Skrupel hinderte sie.

»Der Schwarze ist ein schönes Stück«, begann der Mann, und Philipp war sicher, er würde jetzt zu einem endlosen Feilschen anheben wie ein Türke oder Jude in der Moldawanka. »Könnte ein Faun sein, ja, aber er oder sie hat keinen Bocksfuß, dafür kleine Flügel. Zeit, diese Einzelheiten hier genauer zu untersuchen, lässt man uns nicht, aber ich nehme eher an, es handelt sich um eine etruskische Vanth-Darstellung.«

»Was ist das?«

»Vanth? So ganz genau weiß das niemand. An den Etruskern hat kein Kaiser oder König Interesse, also bleiben sie das geheimnisvolle Volk. Vanth ist einer ihrer Schutzdämonen. Die Dämonin des Todes. Sie steht Menschen in dem Augenblick zur Seite, in dem ihr Leben zu Ende geht, und geleitet sie auf ihre letzte Reise.«

Philipp und Sigrid sahen sich an, verspürten beide den gleichen Schauder und wussten, dass es richtig war, dass sie gefunden hatten, was sie suchten.

»Täte mir weh, etwas so Seltenes zu zerstören«, fuhr der Mann fort. »Geben Sie uns für den Aufwand, was Sie für richtig halten, und nehmen Sie ihn mit nach Neurussland. Woher die Etrusker kamen, weiß ja niemand. Vielleicht macht sich Vanth mit euch ja sogar auf den Weg nach Hause.«

Sie würden die Statue einen Faun nennen und vom Faunenbrunnen sprechen, weil das in den Ohren der Hotelgäste vertraut und lieblich klänge und in seinen Ferien niemand dem Tod begegnen wollte. Dass er in Wahrheit Vanth heißen und ein weiblicher Dämon sein mochte, blieb ihr Geheimnis. Sie gaben dem Mann nicht einmal die Hälfte von dem, was sie für die Venus veranschlagt hatten, halfen ihm, die Statue in Tücher zu wickeln, und konnten ihr Glück nicht fassen.

Der Faun war zierlicher und leichter, als sie erwartet hatten. Sie trugen ihn zwischen sich, während sie im zerfließenden Abendlicht über das sich leerende Forum zurück zu ihrem Hotel gingen.

»Sobald wir nach Hause kommen, engagiere ich jemanden vom Atelier Rembrandt, damit er dich fotografiert, wie du unseren Faun an seinem Standort niedersetzt«, sagte er. »Rembrandt ist mindestens so gut wie dieser Felici. Es wird das zweite Bild in der Galerie mit der Geschichte des Hotels.«

Sigrids Lachen war ganz leise und hallte doch über das weite, leere Feld. »Und was bietest du mir dafür, dass ich für dein Hotel Modell stehe?«

»Ich biete dir mein Hotel«, sagte er, ohne zu zögern, und blieb stehen. »Sigrid.«

Sie blieb ebenfalls stehen und wandte ihm ihr schönes Gesicht zu, an dem er sich niemals sattsehen würde.

»Bitte werde meine Frau.«

Sie sagte nichts. Nur ihre Augen sprachen. Er zog die Schachtel des Juweliers aus der Rocktasche, nahm den Ring mit dem Mondstein heraus und schob ihn auf den schlanken Finger, den sie ihm entgegenhielt. Er hatte richtig gewählt. Es war der Ring, der für sie gemacht war. Auf die Knie ging er nicht. Sie waren beide keine Menschen, die vor anderen knieten, und dass sie einander ergeben waren, wussten sie auch so.

»Ich liebe dich«, sagte sie und sah ihm mit einem Hauch von Erstaunen in die Augen. »Ich habe das vor dem Spiegel geübt, weil ich wusste, ich würde es eines Tages sagen müssen, ohne preiszugeben, dass ein solches Gefühl mir fremd ist. Und jetzt sage ich es, obwohl niemand mich zwingt. Es ist mir immer noch fremd, es ist mir fremd, so abhängig von einem anderen Menschen zu sein, es macht mir Angst – aber es ist ein Teil von mir!«

Er stellte den Faun ab, legte die Arme um sie und zog sie sacht an sich. Sie war seine Schneekönigin, seine Schönheit aus Eis, sie würde sofort zu ihrer vollendeten Haltung zurückkehren, doch diesen einen, geheimen Augenblick lang erlaubte sie ihrem gefrorenen Panzer, zu schmelzen. Sie weinte in seinen Armen.

»Ich liebe dich so sehr«, sagte er und strich ihr über das Haar, spürte der edlen Form ihres Kopfes nach. »Ich werde immer für dich da sein, was auch geschieht, und wir werden zusammen ein wunderbares Leben haben.«

»Ich weiß, Philipp.« Sie hob den Kopf. Er wollte ihr sein Taschentuch geben, doch sie hatte ihr eigenes. »Wir beeilen uns besser, wenn wir den Zug nicht verpassen wollen. Ich finde es jetzt schon gar nicht mehr so schlimm, dass wir aus Rom abreisen müssen.«

»Ich auch nicht«, sagte Philipp, hob den Faun auf und ging mit ihr weiter. Er fand es überhaupt nicht schlimm – im Gegenteil. Die Vorstellung, in ihrem Abteil aneinandergeschmiegt aus Rom hinaus- und in die Nacht hineinzufahren, entschädigte ihn überreichlich. Sie würden es sich noch einmal gut gehen lassen, jeden Augenblick genießen, und wenn sie nach Odessa zurückkamen, würde er sich mit neuer Kraft in die Arbeit stürzen.

Das neue Stadttheater war in kaum zwei Jahren aus dem Boden gestampft worden, und wenn jetzt ordentlich Geld floss, würde sein Hotel nächstes Jahr um diese Zeit fertig sein. Dann begann das Leben erst richtig. Mit Sigrid an seiner Seite gab es nichts, das ihn schreckte, nicht einmal der Tod, denn die Dämonin Vanth war mit ihnen im Bunde.

Was konnte ihnen schon geschehen?

Drei Tage und Nächte waren sie noch einmal durchs Innere Europas unterwegs, durch das Reich des Habsburgerkaisers Franz Joseph, das Philipp mit Sigrid auch noch bereisen wollte, um von der generösen Üppigkeit, die dem österreichischen Gastgewerbe nachgesagt wurde, zu lernen. Sie waren müde, als sie sich im letzten Zug Odessa näherten, schläfrig, ein bisschen zerzaust, aber glücklich. Als der Bahnhof Holovna in Sicht kam, standen sie beide auf und verfolgten nebeneinander am Fenster die Einfahrt.

Unser Odessa!

Geschäftig, lebensprall, erfüllt von Stimmen in sämtlichen Weltsprachen. Zeitungsboten johlten, Kofferträger drängelten sich ans Gleis, um als Erste betuchte Ankömmlinge abzufangen, Verkäufer mit Bauchläden boten Sesamkringel, gefüllte Oliven und Tütchen mit gerösteten Sonnenblumenkernen feil. Wer hier ankam, konnte nicht anders, als sich willkommen zu fühlen. Durch das Fenster des Abteils drang das kräftige Duftgemisch nach Dampf, heißem Öl und Salz und Tang vom Meer.

Behutsam hob Philipp den schwarzen Faun hoch. »Warte hier, Schneekönigin. Komm in Ruhe an. Ich bringe erst unseren Etrusker nach draußen, dann suche ich uns einen Träger, der sich ums Gepäck kümmert.«

»Ich hoffe nur, die Beckers holen nicht ausgerechnet heute ihre Cousine ab, die sie ständig besucht«, sagte Sigrid, doch sie lachte und machte sich nicht wirklich Sorgen.

Im Gehen drehte er sich nach ihr um, beobachtete, wie sie sich sorgsam das Haar neu richtete, es an den Schläfen zurückstrich, während sie die Klammern zum Feststecken zwischen den Lippen hielt. Er sah, wie der hohe Kragen ihrer Spitzenbluse ihre zarte Kehle umschloss, und dachte: Wenn ich sie verlieren müsste, wenn ich sie nicht mehr wiedersehen dürfte, würde ich sterben.

Er trat aus dem Zug und war im nächsten Augenblick von Uniformierten umringt. Kofferträger, dachte er flüchtig mit von Müdigkeit vernebeltem Kopf, die treiben es mit ihrer Aufdringlichkeit allmählich zu weit. Da packte einer der Männer seinen Oberarm so hart, dass es wehtat, und er erkannte, dass er Polizisten vor sich hatte.

Beamte der zaristischen Polizei, die für ein bisschen Schmiergeld ihre eigenen Weiber verscherbelt und ihre Freunde an den

Teufel verraten hätten. Es hieß, in ihren Zellen wurden Leute totgeprügelt, die nicht mehr als ein Fass Salzgurken gestohlen oder einen Witz über den kahlen Schädel von Zar Alexander gerissen hatten.

»Philipp Liebenthal?«

Instinktiv fuhr Philipp im Griff des Mannes herum und stellte den Faun in die Tür des Waggons. Es gibt keinen Grund zur Beunruhigung, sagte er sich. Dennoch hoffte er inständig, Sigrid möge die Statue sehen und an sich nehmen. War es möglich, dass seinem Vater etwas zugestoßen war? Er spürte in sich keine Regung. Wenn der Vater gestorben war, konnte er sein Erbe antreten und hätte keine Sorgen mehr wegen des läppischen Geldes. Sein Vater hatte ihn nicht geliebt – war er nun ein Unmensch, weil er nicht imstande war, ihn zu beweinen?

Ehe der Polizist ihn brutal am Arm herumreißen konnte, wandte Philipp sich ihm aus freien Stücken wieder zu. »Der bin ich, in der Tat«, sagte er mit wiedergewonnener Gelassenheit. Er kam aus Rom, er würde Sigrid von Arndt heiraten, was konnten ein paar bestechliche Staatsdiener ihm schon anhaben? »Darf ich fragen, was Sie von mir wollen?«

»Sie sind verhaftet«, sagte der Polizist, und im selben Moment packte sein Kollege Philipps anderen Arm und verdrehte ihn, dass Philipp vor Schmerzen aufstöhnte. »Betrug und Urkundenfälschung. Mindestens. Auf dich wartet eine gemütliche kleine Verhörzelle in der Wache am Sobornaja-Platz. Und glaub nur nicht, dass einer, der da einmal drin ist, so schnell wieder rauskommt.«

1914

ODESSA UND BERLIN

GÄRTEN, STRAND UND GEHEIME KONFERENZRÄUME

26

Bereits der Frühling war ungewöhnlich schön gewesen. Seit aber der Juni begonnen hatte, war am Schwarzen Meer der sonnigste, goldenste Sommer des noch jungen Jahrhunderts angebrochen und trieb Odessas Bewohner und Besucher in Scharen an die Strände.

Am heutigen Sonntag füllte sich der öffentliche Strand erst nach dem Kirchgang. Dann jedoch wurde es voller als an Werktagen, weil auch zahlreiche Männer den freien Tag mit ihren Familien am Meer verbrachten.

Belle ging jeden Tag ohne ihren Mann nach Langeron. Sie stellte morgens, nachdem sie die fettige Pfanne von Karols Frühstück gespült hatte, den Picknickkorb auf den Küchentisch, füllte ihn selbst, weil sie nicht nur keine Köchin, sondern auch kein Mädchen mehr hatte, setzte Manon in ihre Kinderkarre und machte sich auf den Weg. Dass sie das alles zuwege brachte, ohne allzu heftige Zusammenbrüche zu erleiden, verblüffte sie noch immer. Selbst ihre Mutter, die ein so erbärmliches Leben führen musste, hatte sich nie mit eigenen Händen eine Mahlzeit zubereitet oder eines ihrer Kinder selbst zu einem Ausflug an die frische Luft gebracht.

Belle war in der Küche alles andere als eine Meisterin geworden. Sie hasste die Fettschicht, die in der Pfanne zurückblieb, so sehr, dass sie beim Spülen nicht hinsehen konnte, und wenn sie mit ihrer kleinen Tochter am Strand saß und mit dem Blecheimer und der Schaufel endlose Reihen von Sandkuchen buk, wünschte sie sich ihre lärmenden, lustigen Berliner Freunde her, ein luftiges Sommerkleid statt des praktischen Kittels und einen Kelch, in dem Champagner perlte, statt des Bechers *Kwass,* den sie auf

Manons Betteln hin an einem der bunten Wagen auf der Promenade gekauft hatte. An den leicht fauligen Geschmack des Brottrunks würde sie sich nie gewöhnen, während Manon nicht genug davon bekommen konnte. Offenbar musste man in Odessa auf die Welt gekommen sein, um derlei Spezialitäten etwas abzugewinnen.

Belle liebte die Wärme der Sonne auf ihrer Haut, sie liebte das Klingeln der Glöckchen am Geschirr der Esel, die geduldig Kinder den Strand hinauf- und hinabschleppten, sie liebte das Geschrei, mit dem die Eisverkäufer ihre Ware und die Bootsverleiher ihre Dienste anpriesen, und das selige Johlen und Lachen, wenn junge Leute in die sacht plätschernden Wellen des Meeres rannten. Wie gern wäre sie selbst mit ihnen gerannt. Sie hatte es in all den glücklichen Sommern ihrer Kindheit getan, seit Onkel Philipp ihr hier, an diesem Strand, das Schwimmen beigebracht hatte, und manchmal beutelte die Sehnsucht sie so stark, dass sie sich verstohlen ein paar Tränen von den Wangen wischen musste.

Wenn sie einnickte, weil sie noch immer die faule Belle war, die so viel Arbeit nicht gewohnt war, begann auf der Stelle Manon zu quäken und an ihr zu zerren. »Nicht schlafen, Mama! Kuchen backen!«

Seufzend füllte Belle ihr den Blecheimer mit feuchtem Sand, damit sie ihn umstülpen konnte. Dazu kam Manon jedoch meist gar nicht, weil sie zuvor ein winziges Insekt oder eine Strandkrabbe im Sand entdeckte, die mit äußerster Vorsicht auf die Hand genommen und in Sicherheit gebracht werden mussten. Manon ertrug kein Geschöpf, das litt. War die Krabbe gerettet, begann das Füllen des Eimers von vorn, bis die nächste in Not geratene Kreatur aufgestöbert wurde.

Es gab Augenblicke, da wünschte sich Belle, einfach aufzustehen, die mit Sand und Kwass verschmierte Kleine sitzen zu lassen und davonzulaufen, sich das Tuch vom Kopf zu reißen, das blonde Haar im Sommerwind fliegen zu lassen und wieder Belle zu sein, nicht Mama, nicht Frau Albus mit den Schulden beim Gemüsehändler, sondern die schöne Belle, der Jung und Alt bewundernde Blicke hinterherwarfen.

Im nächsten Augenblick aber riss sie ihre Tochter an sich, bedeckte das süße, klebrige Gesichtchen mit Küssen und verstand nicht, wie sie ein solches Ungeheuer sein und derart schreckliche Gedanken hegen konnte.

»Nicht so fest, Mama. Manon geht kaputt.«

Belle musste lachen. »So schnell nicht, Honigkuchen. Was meinst du? Leisten wir zwei Hübschen uns ein Eis?«

Manon brach in Jubel aus, und Belle kramte ihre Börse aus dem Korb, in der nicht mehr als die paar Kopeken für das Abendessen klimperten.

Während sie in der Schlange vor dem Wagen des Eisverkäufers warteten, spähte sie über den hohen Zaun hinüber auf die andere Seite des Strandes, wo die Gäste des Hotels das herrliche Wetter genossen. Mütter, die mit ihren Kindern hinunter zum Meer gingen, um im seichten Wasser zu spielen, oder nach oben an die Promenade, um ihnen Eis und Süßigkeiten zu kaufen, bekam man hier nicht zu sehen. Die Damen in dunklen Leinenkleidern, die in Buddeleimern Salzwasser schleppten, die Kanalsysteme aushoben, um darin Spielzeugboote fahren zu lassen, die Kinder auf Eselsrücken hoben, ihnen die Kleider abklopften und sie von Picknickgeschirr aus Porzellan fütterten, waren bezahlte Kinderfrauen. Die meisten Familien, die sich eine Sommerfrische im *Odessa* leisten konnten, brachte die ihre gleich mit. Für die anderen besorgte Babette Rothmann von der Rezeption auf Wunsch eine Einheimische mit tadellosem Leumund.

Auf diesem Teil des Strandes tummelte sich der Fotograf des renommierten Ateliers Rembrandt und warb emsig um zahlungskräftige Kundinnen: »Ein Erinnerungsbild mit dem kleinen

Schwesterchen, gnädiges Fräulein? Ach, das ist das Fräulein Tochter? Nicht zu fassen, meine Gnädigste, ich hätte Sie für keinen Tag älter als achtzehn gehalten …«

Die meisten Mütter ließen sich ködern, setzten sich samt Kindern und Spielzeug in Pose und klebten später die Aufnahmen, die sie als sommerselige Familie zeigte, daheim in Alben. Belle besaß selbst solche Alben voller Bilder, die damals Onkel Philipp bezahlt hatte: Die kleine Belle mit Matrosenhütchen auf dem Eselsrücken, alle drei Kinder – Bodo, Belle und Oda – mit Eiswaffeln, die ganze Familie, noch mit Tante Tessa, in hellen Sommerkleidern auf der Strandmauer. Jene Sommer waren ihr endlos erschienen, und wenn der Himmel sich auf einmal dunkel bezog und der Herbst Einzug hielt, war es ihr vorgekommen wie das Ende der Welt.

Seit ihrer Hochzeit war sie nur noch einmal in Rembrandts Atelier gewesen, ein paar Wochen nach Manons Geburt, um ein Familienporträt aufnehmen zu lassen. Karol hatte seinen einzigen guten Anzug getragen und sie selbst das himmelblaue Kleid von ihrem letzten Ball, das sie sich ohne jedes Geschick zum Tageskleid umgearbeitet hatte. Manon allerdings hatte selbst im billigen Schürzenkleidchen allerliebst ausgesehen, und der Fotograf – ein Gehilfe, der offenbar neu in der Stadt war und das Gerede nicht kannte – hatte nicht aufgehört zu schwärmen, was für ein schönes Paar sie seien. Für das Bild hatten sie sich einen einfachen Rahmen gekauft und es im Salon, der in Wahrheit nicht mehr als eine Stube war, auf den Sims gestellt.

»Mama, Eis kaufen!« Manon zerrte an ihrer Hand, und erschrocken stellte Belle fest, dass sie an der Reihe waren. Sie hatte Mühe, sich abzuwenden, denn gerade in diesem Moment hatte sie die aus Estland stammende Kinderfrau mit dem kleinen Jungen entdeckt, die unter einem der blau-weiß gestreiften Sonnenschirme, auf einem eiligst für sie ausgeklappten blau-weiß gestreiften

Liegestuhl Platz nahm. Die Frau trug ihr graues Haar zu einem Knoten geschlungen und hatte ein Gesicht wie ein polierter roter Apfel. Sie öffnete eine hübsche, mit bunten Kasperlefiguren verzierte Tasche und entnahm ihr ein prachtvolles modernes Spielzeug nach dem anderen: einen flauschigen, in Deutschland gefertigten Bären, einen blechernen Tambourmajor zum Aufziehen, ein schnittiges Schlachtschiff, das der berühmten britischen *Dreadnought* glich.

Unbewusst wartete Belle wohl Tag für Tag darauf, dass dieses Schauspiel sich ereignete. Hastig wandte sie sich ab und schob dem Verkäufer die abgezählten Münzen für die kleinste Portion hin. In alten Zeiten hätte der Mann gelacht, mit ihr geflirtet und ihr für das bisschen Geld die doppelte Menge in die Waffel gefüllt. Der müden Kleinbürgersfrau mit dem Kopftuch schenkte niemand etwas, nicht einmal eine Kugel Eis. Sie drückte Manon die Waffel in die kleine Hand und machte, dass sie fortkam.

»Zu schnell, Mama!« Manon jammerte ein bisschen. »Muss Eis lecken.«

»Na, wenn du musst.« Belle beugte sich hinab und hob ihre Tochter auf die Arme. Die war sofort getröstet und schlang ihr das freie Ärmchen um den Hals. Das Eis schmolz in der flimmernden Hitze und tropfte Belle auf den Kragen, aber was machte das schon aus? Das Kittelkleid war ohnehin unansehnlich, und Manon hatte ihr am Morgen bereits ihre Buchweizengrütze über den Rock gekippt.

Als sie zu ihrem Sitzplatz zurückkam, fand sie ihren Korb geöffnet und Brot und Käse daraus geklaut. Seit einiger Zeit wurde in der Stadt wirklich alles gestohlen, was nicht niet- und nagelfest war. War es so, wie es ihr vorkam, gab es ständig mehr Arme, oder waren ihr all die Armen nur früher nie aufgefallen?

Sie war ja kaum je mit ihnen in Berührung gekommen, während sie jetzt so gut wie unter ihnen lebte. Zwar hatte sie noch immer ihre Wohnung in einer Gegend, die zu den begehrtesten Odessas zählte, doch zum Einkaufen ging sie in die Moldawanka oder nach Peressyp, wo es am billigsten war, und mischte sich unter die Frauen der Tagelöhner, die um jeden Fischkopf feilschten. Sie sprach längst fließend das raue Gemisch aus Russisch, Ukrainisch und Jiddisch, das Odessas Markenzeichen war, trug ihre Kleidung, bis sie fürchten musste, dass sie ihr vom Leib fiel, und von Spielzeug, wie es der herausgeputzte kleine Junge unter dem Sonnenschirm besaß, konnte ihre Manon nicht einmal träumen.

Was sollte sie ihrer Kleinen jetzt zu Mittag geben? Von dem heiß begehrten Eis, bezahlt mit dem Geld, das für die Sprotten zum Abendessen gedacht gewesen war, tropfte mehr in den Sand, als zwischen den gierigen kleinen Lippen landete. In spätestens einer halben Stunde würde Manon, die bereits bemerkte, wie reihum die Mütter Brot, Käse und Schinken austeilten, kundtun, dass sie Hunger hatte.

Die Familie, die ihnen am nächsten saß – mehrere Frauen, die alle verwandt und verschwägert waren, zwei Männer und mindestens ein Dutzend Kinder –, breitete kunstvoll bestickte Decken aus, auf denen sie aus Körben, Taschen und Henkeltöpfen eine Unzahl Speisen anrichtete. Staunend erblickte Belle Platten mit Krautwickeln, Fleischröllchen, Speck und Würsten, Schüsseln mit angemachtem Reis, gefülltes Blätterteiggebäck, einen Stapel Pfannkuchen und Geleefrüchte. Dazu gab es Bier, das sie in einem Eimer im Meer gekühlt hatten. Das Wasser lief ihr im Mund zusammen. Die Leute waren Serben, allesamt Arbeiterfrauen, und Belle hatte sie nie zuvor derart auftischen sehen.

»Mama. Manon auch.« Ihre Tochter ließ die Eiswaffel in den Sand fallen und wies mit dem Finger auf den Teller mit den Würsten.

Nicht so laut, wollte Belle sie zurechtweisen, doch sie brachte es nicht über sich. Ihr Kind hatte Hunger, und sie konnte ihm nichts bieten – der Tadel gebührte wohl kaum der Tochter, sondern ihr als Mutter.

Eine der serbischen Frauen, vermutlich die Großmutter, deren Gesicht aussah wie ein braunes Tuch, das zu oft zerknittert worden war, um es noch einmal zu bügeln, drehte sich um. Als sie Manon entdeckte, verzog sich ihr Mund zu einem Lächeln, das einen einzelnen Schneidezahn entblößte.

»Was für ein Engelchen«, sagte die Frau. »Sie ist ohne jeden Makel.«

Etwas in der Art sagte jeder, der Manon zu Gesicht bekam. Hätte Belle sie vorhin vor dem Eiswagen in die Höhe gehoben, hätte sie sicher den Verkäufer um den Finger gewickelt, wie es Belle selbst nicht mehr gelang.

»Was ist, meine zuckersüße kleine Puppe? Bekommst du Appetit, möchtest du von unserem Festmahl probieren?« Sie nahm einen angeschlagenen Teller, legte einen Krautwickel und ein Stück weißen Käse darauf und hielt ihn Manon entgegen. Die verschränkte die Ärmchen vor der Brust und verzog das liebliche Gesicht zu einem finsteren Ausdruck, und Belle wäre gern vor Scham im Boden versunken. Manon aß Würste für ihr Leben gern und bekam viel zu selten welche vorgesetzt. Einerlei, was ihr jetzt auch angeboten wurde, solange es keine Wurst war, würde sie es trotzig und ungezogen zurückweisen.

Belle hätte es der freundlichen Großmutter erklären sollen, die bestimmt nichts dagegen gehabt hätte, den Krautwickel gegen eine Scheibe von der rötlich schimmernden Wurst zu tauschen. Wie aber konnte sie sich zur Bettlerin machen, die Almosen nötig hatte, um ihr Kind zu füttern?

»Was feiern Sie denn?«, fragte sie, um von Manon abzulenken. »Hat eines Ihrer Kinder Geburtstag? Dann möchten meine Tochter und ich gern unsere Glückwünsche aussprechen.«

Das Lächeln auf dem Gesicht der Frau erlosch. Ehe sie antworten konnte, trat einer der Männer, ein kleiner, stämmiger Kerl mit einer Adlernase, zu ihr und drängte sie zur Seite. »Wir feiern keine Geburtstage«, sagte er barsch. »Wir feiern *Vidovdan,* den Tag des heiligen Veit.«

»Ah, ich verstehe«, log Belle, die bei religiösen Feiertagen schon durcheinanderkam, wenn es um ihre eigene Konfession ging.

»Das glaube ich nicht«, sagte der Mann, riss der Alten den Teller weg, den Manon nicht angenommen hatte, und stellte ihn wieder zu den anderen. Die Frauen riefen ihre Kinder, die ringsum im Sand spielten. Sie kamen im Nu herbeigelaufen und stürzten sich auf das Essen wie Heuschrecken. »Wir Serben feiern am Veitstag das Gedenken an die Schlacht auf dem Amselfeld, in der Fürst Lazar, der heldenhafte Anführer unserer Truppen, von den osmanischen Feinden erschlagen wurde«, machte sich der Mann daran, Belle zu belehren. »Mit dieser Schlacht nahmen fünf elende Jahrhunderte ihren Anfang, in denen unser Serbien von fremden Mächten beherrscht wurde. Und diese fünf Jahrhunderte sind noch nicht zu Ende.«

Eigenartige Leute, diese Serben, dachte Belle. Auf die Idee, fünfhundert Jahre lang eine verlorene Schlacht zu feiern, würden wohl weder das Deutsche noch das Russische Kaiserreich mit ihren Siegeshymnen und Triumphmärschen je verfallen.

»Ich dachte, Serbien ist ein eigenes Königreich«, murmelte sie, um überhaupt etwas zu sagen.

»Dieses kleine Stück Land, das man uns wie einen Brocken hingeworfen hat, ist nicht Serbien«, giftete der Mann. »Würden wir andernfalls in der Fremde leben, statt in unserer Heimat unseren eigenen Boden zu beackern? Der Habsburger hat sich Bosnien und die Herzegowina einverleibt wie ein Kind, das nach Würsten greift, und unter unseren slawischen Brudervölkern war keines, das diesem frechen Kind auf die Finger klopfte. Aber die Zeiten sind vorbei. Bosnien ist nicht Österreich, genauso wenig wie all die anderen slawischen Gebiete, die der Habsburger noch immer unterdrückt. Wir sind kein Niemand mehr. Seit den Kriegen auf dem Balkan weiß jeder, dass er mit Serbien zu rechnen hat.«

Darauf wusste Belle nichts mehr zu sagen. Männer und ihr Säbelgerassel hatten sie schon gelangweilt, als sie noch mit Bodo und seinen Freunden durch die Berliner Tanzdielen gezogen war. Der kleine Konni, der dem Mann ihr gegenüber von der Körpergröße her ähnelte, hatte am lautesten von Kaiser und Vaterland gegeifert, während Belle am Heereswesen nur die Uniformen gefielen. Und an der Tirade des Serben interessierte sie höchstens, warum er ausgerechnet Würste als Beispiel hergenommen hatte.

Der Mann sah sie lauernd an. »Du bist selbst Österreicherin, was? Vielleicht nimmst du besser deinen armen Unschuldsengel und machst, dass du zu deinem Kaiser nach Hause kommst. Das hier ist nämlich ein slawisches Land, und die slawischen Herrscher der Welt werden künftig einander zur Seite stehen.«

»Ich bin Deutsche«, versetzte Belle, die die Nase voll hatte. »Beide Elternteile allerdings zur Hälfte baltisch. Mein Mann ist Pole, geboren in Bessarabien, und wohin bitte schön sollen wir nun nach Hause gehen? Ich fürchte, in Odessa werden Sie noch eine ganze Menge Leute finden, bei denen das mit dem Heimschicken nicht so einfach ist, aber lassen Sie sich davon nicht Ihren Feiertag verderben. Sie sprühen ja regelrecht vor guter Laune.«

Damit nahm sie ihr Kind an die Hand und kehrte zu dem Platz mit ihren geplünderten Habseligkeiten zurück. Manon weinte den Würsten nach, aber sie tat es tapfer und leise, und Belle liebte sie sehr.

»Für heute bleibt uns beiden nichts übrig, als anderen beim Essen zuzuschauen«, sagte sie und setzte die Kleine vor sich in den Sand. Unwillkürlich wanderte ihr Blick von Neuem über den weißen Zaun, hinüber zu dem abgeteilten Strandabschnitt mit den blau-weißen Sonnenschirmen. Der baltischen Kinderfrau war von einem der Hoteldiener eine Etagere serviert worden, von der sie saftige Teeküchlein, hauchdünne Blinis und kandierte Trauben an den kleinen Jungen verfütterte. Der schien an den Köstlichkeiten aber so wenig interessiert wie an dem teuren Spielzeug. In einem Silberkübel daneben lagerten eisgekühlte Getränke – Limonade für das Kind, Weißwein in einer beschlagenen grünen Flasche für die Baltin.

Unvermittelt spürte Belle, wie ihr die Zunge am Gaumen klebte. »Mir reicht's«, platzte sie heraus, hob Manon wieder auf und stapfte mit ihr durch den Sand. »Uns steht von dem, was die da drüben nicht mal zu schätzen wissen, auch unser Anteil zu, weißt du das? Und den werden wir uns jetzt holen. Nicht vom Geld. Ich habe Menschen, die mich lieb hatten, wehgetan, und dafür stehe ich gerade. Mir tut nur leid, dass du armes Ding auch dafür geradestehen musst, obwohl du nicht einmal einer Fliege etwas zuleide tun könntest. Aber an die reich gedeckte Tafel laden wir zwei uns jetzt ein. Und das eine sage ich dir: Wenn du einmal ein Strandpicknick aus dem *Grandhotel Odessa* genossen hast, rührst du serbische Würste, die vermutlich aus den Opfern der vor fünfhundert Jahren verlorenen Schlacht gemacht wurden, im Leben nicht mehr an.«

Sie küsste Manons Schneewittchenhaar. Das kleine Mädchen schmiegte sich an sie und gluckste. Zweifellos verstand sie kein Wort, aber sie spürte, dass ihre Mutter sich nicht länger der Schwermut überließ, sondern einen Entschluss gefasst hatte. Ich bin immer schon so träge gewesen, dachte Belle, und wenn ich könnte, wäre ich es noch heute, denn es entspricht meinem Naturell. Aber diese beiden, Karol und Manon, hingen von ihr ab. Es würde nicht aufhören, Belle zu erstaunen, wozu ein fauler Mensch sich aufraffen konnte, wenn die, die er liebte, ihn brauchten.

27

Ließ man die lärmenden Menschen mit ihren vielen Kindern hinter sich und ging das kurze Stücke Promenade hinauf bis zum Zaun, so erstreckte sich dahinter der einzige Strand, den Belle vor ihrer Heirat gekannt hatte: Odessas schneeweißer Privatstrand, den die Luxushotels unter sich aufgeteilt hatten. Das *Odessa* hatte sich wie bei allem den schönsten Abschnitt gesichert, eine Art Bucht in der Bucht, die Geborgenheit und Intimität schenkte, das Licht der Sonne fing und ein Ufer bot, an dem das Wasser lange flach blieb. Der kostbare Nachwuchs reicher Leute sollte ohne Gefahr in Sand und Wellen spielen können.

Als Kind war es Belle selbstverständlich erschienen, dass sie all die Privilegien genoss, die Onkel Philipp hier, in seinem Paradies, geschaffen hatte. Bis sie zur Eva geworden war, die den verbotenen Apfel gepflückt hatte und dafür aus dem Paradies vertrieben worden war. Nicht selten hatte sie darum geweint, doch erst seit sie wusste, was Onkel Philipp die Erschaffung dieses Paradieses gekostet hatte, war ihr klar, was sie besessen und verloren hatte.

Sie würde es nicht wiedererlangen, indem sie jetzt Einlass in einen Garten Eden begehrte, in den sie nicht mehr gehörte. Etwas in ihr verlangte jedoch danach, wenigstens ein einziges Mal vor die baltische Kinderfrau hinzutreten und zu verkünden: ›So schäbig mein Kind und ich uns im Vergleich zu Ihnen auch ausnehmen – Ihr kleiner Schützling und meine Tochter sind so etwas wie Cousin und Cousine.‹

Der kleine Junge, dem weder sein schönes Spielzeug noch die Delikatessen Freude machten, war Odas Sohn.

Sie wusste es seit dem Tag im vergangenen Sommer, an dem die beiden zum ersten Mal an der Promenade aus der Kutsche gestiegen waren, der Kleine in einem hochmodernen Kinderwagen, den der Kutscher umständlich aus dem Wagen lud.

Zwei deutsche Damen, die einer weiteren Kutsche des *Grandhotel* entstiegen waren, blieben stehen und ergingen sich in entzücktem Kreischen. »Nun sehen Sie doch, da ist ja das Bübchen von Frau Liebenthal – nein, wie goldig.«

»Frau von Ullrich«, verbesserte die zweite Dame, doch die erste schüttelte energisch den Kopf.

»Frau Liebenthal hat gesagt, sie hat nichts dagegen, wenn ich sie weiter mit ihrem Vatersnamen anspreche. Mein Albrecht und ich kommen ja praktisch schon seit der ersten Stunde her, und es fällt uns schwer genug, uns daran zu gewöhnen, dass der arme Herr Liebenthal nicht mehr unter uns weilt.«

Odas Hochzeit wegen hatte Belle sich mit Karol gestritten. Er hatte darauf bestanden, man müsse ihr ein Geschenk und einen Glückwunsch senden, und sie hatte ihn angeschrien: »Ist sie dir noch immer so wichtig, dass du an nichts anderes denken kannst? Und für das Geschenk für deine heilige Oda verprasst du vermutlich unsere letzten Rubel, während du deine Tochter ohne Schuhe gehen lässt.«

Das war ungerecht, und Belle wusste es. Karol gab alles, was er hatte, und überließ es ihr und Manon. Nachdem klar war, dass er als Tänzer nie wieder tragbar sein würde, hatte sein einstiger Intendant Byalik ihm – zynisch, wie Belle fand – die Stellung eines Hausmeisters am Theater angeboten. Karol hatte die Reste seines Stolzes und seiner beruflichen Träume über Bord geworfen und das Angebot angenommen, um seine Frau und sein Kind abzusichern. Das lächerliche Gehalt, das das Theater ihm zahlte, hielt dem Lebensstil, den Belle und Karol gewohnt waren, nicht einmal im Ansatz stand. Bereits die Miete verschlang den Löwenanteil. Belle war der Ansicht gewesen, sie hätte in Berlin in bedrängten

Verhältnissen gelebt, doch erst hier lernte sie, was materielle Not tatsächlich bedeutete.

Wenn ihre Mutter ein Kleid brauchte und ihr Vater das Geld dafür versoffen hatte, verschafften ihr Name und das Mitleid, das man einer Frau aus alter Familie entgegenbrachte, ihr immerhin dort Kredit. In Odessa scherte sich kein Mensch um den Namen einer von Arndt, und der Name Albus, den Belle sich erheiratet hatte, war auf immer verpönt und beschmutzt. Sie mussten mit dem auskommen, was Karol nach Hause brachte, und das fiel Belle, die nie wirtschaften gelernt hatte, unsäglich schwer.

Das Geschenk für Oda hatte Karol schließlich doch nicht gekauft. Er tat nie etwas, wenn er merkte, dass es Belle unglücklich machte, und die Hochzeit Oda Liebenthals mit dem fünfzehn Jahre älteren Leo Ullrich wurde ohnehin in aller Stille abgehalten, weil die Braut in Trauer um ihren Vater war. Dass Karol nicht aufhörte, an Oda zu denken, bemerkte Belle dennoch. Sie hatten sich noch einmal gestritten, sie stritten wieder und wieder, allein der Name Oda schien für Streit zu sorgen. Das knappe Geld und die daraus folgende Gereiztheit taten ein Übriges.

Als sie gerade einmal nicht stritten, hatte Karol ihr erklärt: »So wie du denkst, ist es nicht. Ich liebe dich, nicht Oda, und bei einem anderen Mann hätte ich mich über ihre Hochzeit gefreut. Es hätte mein Gewissen erleichtert, wenn sie jemanden gefunden hätte, der sie glücklich macht, aber dass es dieser Leo Ullrich sein muss, quält mich. Mir ist der Mann nicht geheuer, und ich kann mir nicht vorstellen, dass Oda für ihn Liebe empfindet.«

Belle war Leo Ullrich auch nicht geheuer. Im Gegenteil. Vor dem Mann schauderte ihr. Das Buch, das er geschrieben hatte, war ekelhaft, und er selbst musste es auch sein, wenn er solche Gedanken hegte. Verblüfft hatte sie allerdings, dass er sich die Suite im *Odessa* keineswegs mit den Tantiemen finanzierte, die ihm das widerliche Buch einbrachte, sondern dass der Schmuddel-Schriftsteller sich als schwerreiches Mitglied des Estländischen Ritterordens herausstellte. Streng genommen war Oda nun eine Baronin von Ullrich, wenngleich ihr Mann seinen Titel nicht führte.

»Die Kuh scheißt immer auf den Haufen«, hätte Bodo zu diesem Thema bemerkt.

Bodo fehlte ihr. Natürlich war nichts Ungewöhnliches daran, dass Bruder und Schwester nach einer Hochzeit getrennte Wege gingen, aber was zwischen ihr und Bodo geschehen war, war dunkler und wog schwerer. Sie wusste, dass Bodo für Oda viel mehr empfunden hatte als für eine Spielfreundin aus der Kindheit. Dass aber seine Gefühle für Oda es ihm unmöglich machten, seiner Schwester zu verzeihen, traf sie unvermutet hart. Er schnitt sie nicht – das war nicht Bodos Art. Aber die knappen Briefchen, die sie von ihm erhielt, klangen, als schriebe er der Tochter eines Geschäftspartners, die ihm nicht nur fremd, sondern obendrein gleichgültig war.

Noch mehr als die Hochzeit überraschte kein halbes Jahr später die Nachricht, dass Oda ihrem Mann einen Sohn geboren hatte. Belle konnte sich Oda nicht als Mutter vorstellen, noch weniger als sich selbst.

»Es kommt mir vor, als hätte man ein Kanonenrohr zur Blumenvase umfunktioniert«, hatte sie zu Karol gesagt.

»Ich würde ihr zur Geburt ihres Sohnes gern gratulieren«, hatte er erwidert. Belle hatte gemeint, Sehnsucht in seiner Stimme zu hören, und sie hatten sich einmal mehr gestritten.

»Hat sie mir vielleicht zur Geburt von Manon gratuliert?«, hatte sie ihn angefahren. »Was meinst du, wie gern ich zum Begräbnis von Onkel Philipp gegangen wäre! Das Trauergespann ist durch die halbe Stadt gefahren, und alles, was in Odessa Rang und Namen hat, ist ihm gefolgt. Aber ich, seine geliebte Patentochter, war nicht da. Ich habe deinetwegen darauf verzichtet, das weißt du, und du willst jetzt trotzdem hinrennen und deine Oda beglückwünschen. Warum? Weil sie bekommen hat, was deine Frau dir nicht geben kann – einen Sohn?«

Das war nun wirklich ungerecht. Belle war meistens ungerecht, wenn sie sich mit Karol stritt, aber dass er seine Tochter über alle Maßen liebte und gegen keinen Sohn der Welt eingetauscht hätte, war nicht zu leugnen. Letzten Endes hatte er Oda zur Geburt ihres Sohnes so wenig beglückwünscht wie zur Hochzeit, und den Sohn bekam Belle zehn Monate später durch einen Zufall zu Gesicht. Der Blick in den Kinderwagen hatte ihr einen mickrigen, graugesichtigen Säugling gezeigt, der von der Schönheit ihres eigenen Kindes so weit entfernt war wie Kwass von Champagner.

Bei den Kindern bin ich es, die den Hauptgewinn gezogen hat, dachte Belle und wollte das Tor des weiß gestrichenen Zauns aufschieben. Ein Wachmann in der Livree des *Grandhotel Odessa* trat ihr in den Weg. »Tut mir leid, meine Dame. Der Strand ist reserviert für Gäste des Hotels.«

Zu ihrer Überraschung erkannte sie ihn. Es war Rodja, der Gärtnergehilfe, der offenbar in der Hierarchie ein paar Stufen aufgestiegen war. War der nicht damals, bei ihrem Hinauswurf, noch im Stimmbruch gewesen? Das steife Bein, das er bei einer verrückten Mutprobe davongetragen hatte, merkte man ihm kaum noch an. »Aber Rodja«, rief sie, »weißt du denn nicht, wer ich bin? Ich bin es doch, Belle – du hast mir im Garten immer die schönsten Blüten ausgesucht, damit ich sie mir ans Kleid stecken konnte.«

Der Junge zog die Brauen zusammen, dass sie sich über seiner Nasenwurzel trafen. »Sie haben doch diesen Bastard geheiratet, der die arme, kleine Sonya …«

Er brach ab, und Belle seufzte. So war es immer. Jeder verleumdete Karol, doch was er mit der armen kleinen Sonya getan haben sollte, blieb unausgesprochen. Sich darüber zu streiten, war sinnlos. Sie verlegte sich aufs Bitten: »Was immer auch vorgefallen sein mag, Rodja, die Kinder können doch nichts dafür. Mein Mädchen und ich möchten so gern Odas kleinen Sohn begrüßen – bitte lass uns doch für einen Augenblick herein.«

Instinktiv griff sie nach dem Knoten unterm Kinn und zerrte sich das Kopftuch herunter. Sie hatte keine Ahnung, wie sie aussah, denn in den Spiegel, früher Ort ihrer liebsten Betrachtungen, blickte sie nur noch flüchtig, wenn es nicht zu vermeiden war. Das, was sich auf Rodjas Gesicht abspielte, verriet jedoch mehr als jeder Spiegel. »Aber wirklich nur ganz kurz«, nuschelte er und öffnete das Tor.

Manon klatschte in die Hände und begann, laut und süß und nicht einmal allzu falsch ihr Lieblingslied zu krähen:

»Alle lieben Tiere, groß und klein,
Hat Gott der Herr gemacht.
Alle lieben Blumen, groß und klein,
Hat Gott der Herr gemacht.«

Sie war ein liebevolles Geschöpf, das sich an allem freute. Die Leute drehten sich nach ihnen um, und nicht wenige lächelten. Vor dem Sonnenschirm, unter dem die Baltin den teilnahmslosen kleinen Jungen zu füttern versuchte, blieb Belle stehen und hielt ihrer Tochter sacht den Mund zu. »Jetzt nichts mehr von den lieben Tieren und Gott, dem Herrn, abgemacht? Du willst schließlich was zu essen abstauben.«

»Guten Tag«, wandte sie sich an die Baltin. »Ich bin Belle von Arndt, eine Freundin von Oda.« Den Namen Albus behielt sie besser für sich, denn die Verleumdungen kannte sicher auch die Baltin.

Die wandte ihr das freundliche Apfelgesicht zu und schlug vor Schreck beide Hände vor den Mund. »Großer Gott, nein! Bitte gehen Sie! Ich bekomme die größten Schwierigkeiten, wenn man Sie hier bei dem Kleinen sieht.«

»Aber es sieht mich doch keiner«, sagte Belle und setzte Manon auf den Boden. Um vorherzusehen, was als Nächstes geschah, brauchte man kein Hellseher zu sein: Vergnügt hüpfte das kleine Mädchen auf die Etagere zu und stopfte sich in den Mund, was der Junge verschmähte. »Wir bleiben ja auch nicht lange, wir wollten nur unsere Grüße ausrichten«, versprach Belle. Wenigstens würde ihr Kind sich satt gegessen haben, wenn sie gleich hochkant hinausflogen.

»Bitte, Frau von Arndt«, stammelte die Frau, »das müssen Sie mir versprechen. Ich habe strengste Anweisung von Frau von Ullrich, Sie auf keinen Fall in die Nähe des Kleinen zu lassen. Ich war Herrn von Ullrichs Kinderfrau daheim in Reval, er hat mich eigens herholen lassen, damit ich mich um seinen Jungen kümmere, und ich will ihn doch nicht enttäuschen. Der Herr von Ullrich ist mir wie ein eigenes Kind, verstehen Sie? Ich habe doch niemanden als ihn, und wenn nun die gnädige Frau mich hinauswirft ...«

»Das wird sie nicht tun«, versicherte Belle, die Mitleid mit der Frau verspürte. Wenn man niemanden als diesen grässlichen Ullrich hatte, war man wahrhaftig ein bedauernswertes Wesen. »Schließlich ist ja die gestrenge Frau von Ullrich gar nicht hier, und ehe einer von den Stammgästen mich womöglich erkennt, bin ich ja schon wieder weg.«

Manon war inzwischen übers ganze Gesicht mit dem Sirup der Teekuchen beschmiert und kaute mit vollen Backen. Odas Sohn hingegen brach in eine Art heiseres Winseln aus.

»Aber sie kommt hierher«, jammerte die arme Kinderfrau. »Es ist doch Sonntag, da kommt sie oft und holt mich mit dem Kleinen ab.« Während Belle noch die Nachricht verdaute, dass jeden Augenblick Oda hier auftauchen würde, bemerkte die Kinderfrau den Zustand ihres Schützlings. Augenblicklich zog sie ihn in ihre Arme, herzte und wiegte ihn.

»Aber, aber, mein Spätzelchen, wer wird denn weinen? Heute Abend erzähle ich dir wieder das Märchen von den wilden Schwänen, und eines Tages hast du deinen eigenen Schwan, der trägt dich überallhin.«

Der zärtliche Singsang ließ Manon aufhorchen. Sie ließ die Makrone, nach der sie gegriffen hatte, fallen und kletterte der Frau, die mit dem Jungen am Boden hockte, auf den Schoß. Die Frau hörte nicht auf, in ihrem verspielten, singenden Deutsch auf den Jungen einzusäuseln, und Belle konnte ihre Tochter verstehen: Einen Moment lang hatte auch sie sich in die rundlichen Arme der Kinderfrau gewünscht.

Die schloss Manon in ihre Umarmung ein und fuhr fort, sich mit beiden Kindern zu wiegen und von Reisen auf den Flügeln von Schwänen zu erzählen. Irgendwann begann sie zu singen, nicht mehr auf Deutsch, sondern in einer Sprache, die Belle nicht kannte.

»Was soll das, Rosa?«, zerschnitt die unverkennbare Stimme die friedliche Geräuschkulisse. »Habe ich Ihnen nicht gesagt, Sie sollen mit Edvard für sich bleiben? Weshalb unterlaufen Sie meine Anweisungen? Ich habe mich verspätet, weil im Hotel der Teufel los war. Auf dem Balkan hat es einen Mordanschlag gegeben, und Sebastien sitzt seit Stunden am Telegrafen, um die Gäste auf dem Laufenden zu halten. Dass Sie dies zum Anlass nehmen, sich mir zu widersetzen, hätte ich nicht erwartet.«

Belle fuhr herum zu Oda, die keine zwei Schritte von ihr entfernt stand. Sie sah gut aus, das musste der Neid ihr lassen – elegant von Kopf bis Fuß. Türkis war ihre Farbe, und der Zweiteiler betonte ihre agile Spannkraft. Der Junge hieß Edvard. Mangelnden Stil hatte man Oda Liebenthal noch nie vorwerfen können.

»Bestraf bitte nicht die arme Frau«, sagte Belle. »Sie kann nichts dafür. Ich habe mich ihr einfach aufgedrängt, weil ich so gern einmal dein Kind sehen wollte, auch wenn du dich für meines nie interessiert hast. Der Kleine ist schließlich trotz allem so etwas wie mein Wahlneffe und außerdem Onkel Philipps Enkel. Aber wir sind schon weg, keine Sorge. Und wenn du deine Rosa deswegen feuerst, bist du nicht nur ungerecht, sondern obendrein dumm.«

»Weshalb sollte ich sie feuern?«, fragte Oda und klang ehrlich erstaunt. »Ich lasse sie wissen, was ich nicht gutheiße, und damit hat es sich.«

Inzwischen war Manon aus Rosas Armen geschlüpft und kam herangetrippelt, um neugierig zu der fremden Frau aufzublicken. Oda schien sich gegen etwas zu wehren, erwiderte jedoch geradezu gebannt den Blick des Kindes. Fasziniert sah Belle ihnen zu, bis lautes Geschrei oben an der Promenade sie ablenkte. Ein Rudel Zeitungsjungen stürmte unter den Akazien entlang und brüllte aus Leibeskräften durcheinander:

»Extrablatt, Extrablatt! Attentat in Sarajevo!«

»Erzherzog Franz Ferdinand und seine Gattin beim Staatsbesuch in Bosnien im offenen Wagen erschossen!«

»Alles über den Mord an Österreichs Thronfolger!«

Das Geschrei setzte sich fort, und auf beiden Seiten des Strandes erhoben sich ein paar Leute, um mit vor Wärme schweren Gliedern nach oben zu trotten und sich eine Zeitung zu kaufen. Die meisten jedoch blieben sitzen und genossen einfach weiterhin Meer, Sand und Sonne. Auch Belle vergaß die sensationslüsternen Schlagzeilen im Nu. In diesen eigenartigen Ländern auf dem Balkan, die verlorene Schlachten feierten, wurde alle naselang jemand ermordet, und wenn einem sein Leben lieb war, fuhr man besser nicht hin. Sie aber hatte in dem kleinen Tumult das Gesicht des Menschen entdeckt, nach dem sie sich am meisten sehnte.

Und er sehnte sich nach ihr und seiner Tochter nicht minder. Sooft es ihm in diesen schönen Sommertagen möglich war, im

Theater ein wenig früher Schluss zu machen, eilte er auf dem schnellsten Weg zum Strand, um bei ihnen zu sein. Dass sie das Geld fürs Abendessen verschleudert hatte, würde er ihr nicht übel nehmen. Er nahm ihr nie etwas übel. Irgendetwas Essbares würden sie schon auftreiben.

»Auf Wiedersehen, Oda«, sagte sie. »Es war nett, dich getroffen zu haben, aber jetzt müssen wir uns leider auf den Weg machen. Auf Wiedersehen, Rosa, es hat mich sehr gefreut.« Sie hob Manon auf die Arme. »Komm, Schneewittchen. Der Papa ist da.«

Frei und unbeschwert, das Haar vom leichten Seewind zerzaust und ihre selig glucksende Tochter im Arm, rannte sie nach oben an die Straße. Zwischen den Zeitungsjungen, um die sich kleine Trauben bildeten, schob sich Karol zu ihr durch. »Belle, meine Liebste! Meine kleine Manon! Wie schön ihr ausseht. Wie zwei Sommerköniginnen. Ihr habt mir den ganzen Tag so gefehlt.«

»Du uns auch.« Mit dem Kind ließ sie sich in seine Arme fallen und begriff einmal mehr, dass sie trotz aller Sorgen, aller Verleumdungen und der leeren Geldbörse eine reiche Frau war. Die reichste Frau von Odessa.

»Ich habe das Geld, das für die Sprotten gedacht war, für Eis ausgegeben, Karol.«

Karol lachte und küsste erst sie, dann Manon. »Das hast du gut gemacht. Mir war sowieso nicht nach Sprotten. Ein englischer Tourist, dem ich den Kostümfundus gezeigt habe, hat mir ein aberwitziges Trinkgeld gegeben. Ich dachte, wir kaufen uns auf dem Heimweg an Igors Bude Schaschliks.«

»Bier auch, Karol?«

Er lachte. »Bier auch. Und Kirschsaft für unser Schneewittchen.«

Belle blickte über den sonnenüberfluteten Strand und war die glücklichste Frau der Welt. Die arme Oda tat ihr leid.

28

Es war das falsche Kind.

Den ganzen restlichen Tag über hatte dieser Gedanke Oda verfolgt. Sie war gekommen, um mit ihrem Sohn im Meer und im Sand zu spielen, wie eine gute, liebevolle Mutter es mit ihrem Kind tat, doch sie war zerstreut, und Edvard zeigte an den Spielen, die sie vorschlug, kein Interesse. Er saß teilnahmslos auf einem Fleck, schippte sich Sand von einer kleinen Hand in die andere und wimmerte vor sich hin.

»Er ist müde«, sagte Rosa kleinlaut, als wäre der traurige Zustand des Kindes ihre Schuld. »Bei der Wärme schläft er schlecht, deshalb ist er ein bisschen unleidlich.«

Das mochte sein. Oda verstand nichts von Kindern. Sie wusste aber, dass ihr Kind auch bei kühlerem Wetter schlecht gelaunt war und dass die erstaunlich fähige Kinderfrau, die ihr Mann engagiert hatte, nichts damit zu tun hatte. Edvard war ein Griesgram, weil seine Mutter nicht aufhören konnte, über ihn zu denken, was sie nie hatte denken wollen: Er ist das falsche Kind. Weil er den falschen Mann zum Vater hat.

Während der Geburt, die aufgrund ihres engen Beckens eine beinahe tödliche Tortur gewesen war, hatte sie sich mit allen Kräften vorgenommen, ihrem Kind nie anzutun, was ihr angetan worden war, nie von ihm zu denken, was ihr Vater von ihr gedacht hatte. Aber genau so war es gekommen, vom ersten Augenblick an, doch nie so wütend und so intensiv wie heute. Vermutlich begriff sie zum ersten Mal, was ihr Vater empfunden hatte, als sie geboren worden war, und das machte die Sache beileibe nicht besser.

Ob es wohl zwangsläufig dazu kam, dass solche Kinder hässlich gerieten? Edvard war wie Oda selbst der Spross eines ausnehmend schönen, vor Gesundheit und Leben strotzenden Vaters, doch wer ihn ansah, entdeckte davon nichts. Er war ein blasses, kränkliches, kümmerliches Wesen, und hätte er nicht in einem Matrosenanzug aus Odessas feinem, brandneuem Warenhaus gesteckt, hätte man ihn für einen Zögling aus der Fürsorge halten können.

Zum Vergleich hatte man ihr heute in brutaler Klarheit das richtige Kind vor Augen geführt: Manon Albus. Fröhlich, liebevoll, verspielt und schön wie eine Blüte, bei der man nicht fassen konnte, dass es etwas so Perfektes gab. Oda war eine Frau, die sich weder für Kinder noch für Blüten sonderlich begeisterte, doch von diesem kleinen Mädchen hatte sie sich kaum abzuwenden vermocht. Die kleine Manon hatte etwas an sich, das die Menschen berührte. Selbst kalte, verbitterte Menschen wie Oda Liebenthal-Ullrich. Der kleine Edvard hatte davon nichts.

Würden sich beide Kinder auf einem Schiff wie der *Titanic* befinden, kurz davor, im eisigen Wasser zu versinken, und es gäbe nur noch einen freien Platz im Rettungsboot – an der Entscheidung gäbe es keinen Zweifel: Matrosen, Offiziere, Passagiere, ein jeder würde die kleine Manon hochheben, sie mit einem traurigen Lächeln auf den letzten rettenden Platz setzen und den kleinen Edvard seinem Schicksal überlassen.

Das war jedoch noch nicht das Schlimmste.

Dass sie selbst, Edvards eigene Mutter, nicht anders handeln würde – das war es, was ihrem Kind das Herz brechen würde. Sie hatte gelernt, mit den Schultern zu zucken, wenn sie auf Bällen und Tanznachmittagen sitzen blieb, während sich um Belle ganze Horden junger Männer balgten. Dass aber ihr eigener Vater nur Augen für Belle gehabt hatte, wenn seine eigene Tochter an deren Seite stand, hatte ihr eine Wunde versetzt, die nie heilte.

Doch sie hatte andere Sorgen. Ganz andere. Solche Vorfälle wie dieses Attentat in Sarajevo waren nicht gut für den Reiseverkehr.

Wenn die Leute zu befürchten begannen, man könne vor die Mündung eines Todesschützen geraten, sobald man die Grenzen seines Landes überschritt, blieben sie lieber zu Hause. Außerdem stand und fiel die Stimmung in einem Hotel wie dem ihren mit dem sorglosen Umgang der Gäste miteinander. Wer in der Sommersaison ins *Grandhotel Odessa* kam, wollte Flirts und Heiratsanbahnungen, Geschäftsbeziehungen und neue Freunde, doch vor allem Unbeschwertheit. Sie konnte keine serbischen Gäste gebrauchen, die die österreichischen mit scheelen Blicken verfolgten, keine türkischen, die auftrumpften, Bosnien müsse von Rechts wegen noch immer ihnen gehören, und keine deutschen, die mit überheblichen Ratschlägen alle gegen sich aufbrachten, weil am deutschen Wesen ja ohnehin die Welt genas.

Der unsinnige Satz stammte aus irgendeinem marktschreierischen neuen Buch mit dem Titel *Der deutsche Gedanke in der Welt,* aus dem im Frühjahr ein baltendeutscher Geschäftsreisender in einem der Rauchsalons zitiert hatte. Der Gast war eher ein Idiot gewesen, der nach Aufmerksamkeit gierte, aber in dem Schmelztiegel eines Hotels konnte ein solches Fünkchen leicht zum Sprengstoff werden. Der Balte hatte ferner behauptet, Odessa sei ja wohl keine russische Stadt, sondern eine ukrainische, und das Deutsche Reich werde der Ukraine darin behilflich sein, sich als eigener Staat zu behaupten.

Eine Gruppe russischer Stammgäste hatte daraufhin stehenden Fußes das Hotel verlassen.

Es waren solche von der Politik verursachten Querelen, die Oda aus ihrem Hotel fernhalten wollte, und bisher war ihr das nicht weniger gut gelungen als ihrem Vater. Sie brauchte sich auch um die Auslastung der Zimmer nicht den Kopf zu zerbrechen. Ihr Reservierungsbuch war voll bis zum Platzen, und selbst wenn die eine oder andere Buchung storniert wurde, kamen bei dem herrlichen Wetter täglich neue Anfragen. Dennoch beschäftigten sie die Vorfälle. Sie wollte auf der Promenade über ihrem Strand keine Zeitungsjungen, die etwas von Attentätern und Todesschüssen brüllten. Sie wollte Eisverkäufer, Kinderkarussells und selig flanierende Paare.

»Die Erzherzogin soll in den Bauch getroffen worden sein.«

»Kaiserin von Österreich wäre die aber sowieso nicht geworden. Der Franz Ferdinand hat doch für seine Kinder auf alle Rechte verzichten müssen, damit er die kleine böhmische Schlampe hat heiraten dürfen.«

Das sensationslüsterne Gespräch wurde unter dem Sonnenschirm geführt, der ihrem am nächsten stand. In den Liegestühlen aalten sich dort ein Ehepaar aus München nebst der Mutter der Frau, die von ihrem Schwiegersohn Traudel gerufen wurde und offenbar sämtliche unappetitlichen Einzelheiten des Attentats aus Odessas deutschsprachiger Zeitung klaubte. Gut zahlende Gäste. Der Mann – ein Herr Alois Fassbrenner – war in der Automobilbranche tätig, und die Frau, Luiserl gerufen, sollte mit der Mutter für fünf Wochen Sommerfrische bleiben. Den Mund durfte man denen nicht verbieten, einerlei, wie sehr es einen danach gelüstete.

»Wir gehen nach Hause«, sagte Oda zu Rosa. »Edvard soll vor dem Abendessen sein Bad und ein bisschen Ruhe haben. Du isst allein mit ihm. Wir haben heute das Gala-Büfett.«

»Sehr wohl, gnädige Frau.«

Eine Kutsche stand für sie bereit, und Rodja wies in barschem Ton einen Pagen an, ihnen beim Aufsammeln der Utensilien zu helfen: Schwimmtiere, Schiffchen, Sandschaufeln. Manchmal wünschte sich Oda, einer ihrer Gäste zu sein, für die ein endloser, sorgenfreier Sonnentag in den nächsten überging, und das Schiff ihres Alltags, auf das sie irgendwann zurückkehren müssten, noch irgendwo draußen, in ungreifbarer Ferne auf dem Meer trieb. Manchmal. Heute. Sobald sie sich aber dem Hotel näherten, schwächte der Wunsch sich ab und war beim ersten Schritt in die hell erleuchtete Halle ganz verschwunden.

Die Aufregung, die auf die Meldung gefolgt war, hatte sich nicht gelegt. Oda schickte Rosa, damit sie dem Jungen sein Bad verabreichte, beantwortete nach allen Seiten Fragen zur Lage der Dinge und dem Eintreffen der Abendzeitungen und versicherte sämtlichen Gästen, dass sich an den Plänen des Hotels nichts ändern würde. Ja, selbstverständlich fände heute Abend wie angekündigt das berühmte *Buffet de la mer* statt, und ebenso selbstverständlich ginge es anschließend zum Tanz in die neue *American Bar.*

»Wie erfreulich, Frau Liebenthal. Auch Tango?«

»Nicht auch, sondern nur, Herr von Glasenapp. Das *Odessa* lebt schließlich nicht hinter dem Mond. Bei uns dürfen selbst deutsche Offiziere im Sechsachteltakt alle fünfe gerade sein lassen.«

Dann ging sie, um sich selbst umzukleiden und anschließend ihren Mann zum Abendessen abzuholen.

Leo Ullrich hatte das Zimmer, das er seit seiner Ankunft im *Odessa* bewohnt hatte, behalten. »So habe ich einen Bereich, in dem ich arbeiten kann, ohne jemanden zu stören«, hatte er ihr erklärt.

In Wahrheit hauste er ganz in diesem Zimmer und bewohnte die Räume der Familie nur zum Schein. Wenn es von Bedeutung war, dass man ihn im ehelichen Heim sah, verbrachte er dort etwas Zeit, so wie er etwa dreimal in der Woche mit Oda zum Abendessen ging und sich auf Veranstaltungen mit ihr und Edvard blicken ließ. Fragten ansonsten Gäste nach ihm, lächelte Oda bedauernd und beteuerte: »Mein Mann ist Schriftsteller, Sie wissen ja … Da lassen sich die Arbeitszeiten leider nicht nach der Uhr regeln.«

In Wahrheit wusste sie nicht, was der Mann, den sie geheiratet hatte, mit seiner Zeit anfing. Seit *Am Abgrund des Verderbens* war kein neues Buch von ihm erschienen. Ob er an einem arbeite, hatte sie ihn einmal gefragt, und er hatte zur Antwort gegeben: »Oh, ja. Zumindest versuche ich es.«

»Ich sehe auf deinem Schreibtisch nie Manuskriptseiten, und ich höre nie die Tasten an deiner Schreibmaschine klappern«, hatte Oda eingewandt.

Er hatte die schmalen schwarzen Brauen in die Stirn gehoben. »Tatsächlich nicht? Nun, dann bin ich wohl in einer dieser Phasen, in denen ich ein Buch nicht schreibe, sondern mein Hirn zu zwingen versuche, es mir zum Schreiben herauszugeben. Ich hasse diese Phasen. Jeder Schriftsteller hasst sie. Oder besser – jeder Schriftsteller, dessen Ergebnisse so kläglich sind wie meine. Bei einem Vollblutautor wie Alexej Maximowitsch ist es etwas anderes, da bricht der Stoff heraus wie ein Blutsturz und ist schon fertig ausformuliert, sodass die Finger mit dem Schreiben gar nicht nachkommen. Ich dagegen muss meinen Kopf wringen, als wollte ich einem trockenen Lappen noch einen Tropfen Wasser abpressen, um nicht zu verdursten.«

»Macht es dir Freude, in Rätseln zu sprechen?«, herrschte Oda ihn an.

»Wenig«, erwiderte er. »Ich käme sogar in Schwierigkeiten, wenn ich überhaupt etwas benennen sollte, das mir Freude macht. Aber die Wahrheit über mein Schreiben mag durchaus lauten: Ich bin zu faul.«

Es hätte ihr gleichgültig sein können. Sie hätte froh sein sollen, dass er sich an ihre Vereinbarung hielt und sie nicht belästigte. Sie war wütend auf sich selbst, weil sie nicht aufhören konnte, darüber nachzudenken: Was machte er, wenn er ganze Tage in diesem Zimmer verbrachte und stundenlang wie ein Tier auf und ab strich? Was machte er, wenn er das Hotel verließ und manchmal erst zwei Tage später wiederkehrte?

Sie hatte sich etliche Male gefragt, warum sie ihn nicht einfach tun ließ, was er wollte, ohne sich darum zu scheren. Es war und blieb jedoch etwas entschieden Unbehagliches, ja Beklemmendes daran, den Namen eines Mannes zu tragen, den sie nicht kannte. Vor dem Gesetz war sie diesem fremden Menschen untertan. Wie konnte sie sicher sein, dass er diesen Umstand nie gegen sie verwenden würde?

Vielleicht wurmte es sie ja auch einfach, dass er ihr noch ein ebensolches Rätsel war wie am ersten Tag, dass sie, die einen Gast mit zwei Blicken zu durchschauen vermochte, seinen Geheimnissen nicht auf den Grund kam. Was empfand er, was ging hinter seiner Stirn vor, die mit kaum vierzig schon zerfurcht war? Bei Lidija Petrowna saß er wie gewohnt oft zu ihrem sogenannten Tee. Vertraute er ihr an, was er Oda verschwieg?

Zu ihrer Verärgerung verspürte sie Eifersucht. Nicht auf die Fürstin, die ihren Mann beim Vornamen ansprach, sondern auf Ullrich, der mit der Russin vertrauter war als sie selbst. Lidija Petrowna war, so sonderbar es klang, der einzige Mensch in Odas Leben, der so etwas wie eine Freundin darstellte. Was fand Ullrich an ihr? Er schien Adel grundsätzlich zu verachten, seinen eigenen am meisten. Von seiner Familie hatte er niemanden eingeladen, seine Frau und seine neue Heimat kennenzulernen. Wenn Oda ihn nach seinen Verwandten fragte, wurden seine Augen schmal.

»Ich ziehe es vor, so zu tun, als würden diese Menschen nicht existieren oder hätten zumindest nichts mit mir zu schaffen.«

Erzählte er Lidija Petrowna, was diese Abscheu in ihm hervorrief, vertraute er sich ihr an, weil sie ebenfalls von Adel war und ihn verstand?

Von seinem Gefühlsleben gab er nichts preis. Nur in einer Sache hatte er seit ihrer Verheiratung so etwas wie eine emotionale Regung gezeigt, und das verwirrte Oda mehr als alles andere: Es betraf den Jungen. Ihren Sohn.

Nach der Geburt hatte es sich nicht umgehen lassen, dass er sie besuchte, ihr Rosen und ein Schmuckstück brachte, wie es üblich war. Das Schmuckstück war ein Armband, das wie das Diadem, das er ihr in jener alles verändernden Nacht vor vier Jahren geschenkt hatte, zierlich geschmiedet war und eine Reihe von blauen Edeltopasen fasste. »Ich weiß, du trägst das andere nicht«, hatte er beiläufig gesagt. »Aber ich kann der Farbe nicht widerstehen. Sie scheint mir wie für dich gemacht. Nimm mir die kleine Liebhaberei nicht übel.«

Dann war er zur Wiege getreten, in der das Kind bereits gewaschen und angekleidet lag. »Die Hebamme hat gesagt, es ist ein Junge?«

Oda nickte.

»Gut«, sagte Ullrich. »Gut, dass es ein Junge ist.«

Daran, dass er so dachte, war nichts Besonderes. Alle Männer taten es. Dennoch entfuhr ihr die Frage: »Und was wäre so schlecht daran, wenn es ein Mädchen wäre? Was liegt dir daran überhaupt?«

Er hatte die Brille, von der sie nicht sicher war, ob er sie wirklich brauchte, abgenommen und ihr einen dieser unergründlichen Blicke zugeworfen. »Findest du nicht, dass das, was Mädchen offensteht, bestenfalls die schlechtere Hälfte der Welt ist?«, fragte er. »Außerdem scheinen mir Mädchen bei jedem Schritt, den sie tun, gefährdet. Ich möchte jedenfalls keines sein.«

Es gab Augenblicke, da fragte sie sich ernstlich, ob er verrückt war. Und dann wieder erschien er wie der klarsichtigste, vernünftigste Mensch, den sie kannte, und sie war froh, mit ihm reden zu können. Über das, was in Sarajevo geschehen war, beispielsweise. Ullrich war umfassend informiert, und er bedachte Aspekte, die anderen nicht einmal einfielen.

Was den Jungen betraf, so hatte er noch bei zwei weiteren Gelegenheiten Emotionen gezeigt. Einmal, als er sie gefragt hatte, ob sie schon einen Namen ausgesucht habe und ob andernfalls er einen aussuchen dürfe. Oda war darüber froh, denn ihr wollte beim besten Willen kein Name einfallen.

»Ich wäre dir dankbar, wenn du ihn Edvard nennst«, sagte er. »Da ich nie ein eigenes Kind haben werde, könnte ich auf diese Weise den wohl einzigen Mann ehren, den ich je bewundert habe und gern zum Freund gehabt hätte.«

Das zweite Mal bat er Oda, seine Kinderfrau aus Reval herbestellen zu dürfen, damit sie sich um Edvard kümmerte. »Sie mag ein bisschen wunderlich sein. So wie ich. Aber ich kann mir keinen anderen Menschen vorstellen, der sanfter und zartfühlender mit Kindern umgeht. Ich weiß, es ist modern, einen Jungen bei der Erziehung zu stählen. Die neue Welt braucht Soldaten, keine Dichter, und unsere Kinderstuben sollten kleine Kasernenhöfe sein. Aber allzu lange ist ja die Zeit noch nicht her, in der wir die Kindheit als Überbleibsel des Paradieses betrachteten, aus dem wir ohnehin zu schnell vertrieben werden.«

»Und als was betrachtest du sie?«, hatte Oda gefragt.

»Oh, ich betrachte sie durchaus als Hölle«, hatte Ullrich geantwortet. »Aber Menschen wie Rosa, mit ihren Märchen, Apfelschnitzen und Wundsalben, ist es zu verdanken, dass ab und zu einer von uns als so etwas wie ein Mensch überlebt.«

Hätte er Oda, die sich zuvor solche Gedanken nie gemacht hatte, gefragt, als was sie ihre Kindheit empfunden hatte, hätte sie geantwortet: als Paradies, in dem die anderen zusammen waren. Und ich allein.

Sie tauschte das zweiteilige, in Schwarz und Türkis gemusterte Strandkleid gegen ein Ensemble für den Abend, das sie sich erst vor ein paar Wochen hatte schneidern lassen: ein schmal und schlicht geschnittener Rock zu einer taillierten, knielangen Tunikajacke, die dem Waffenrock der Kavallerieoffiziere nachempfunden war und über der weißen, hochgeschlossenen Bluse offen stand. Rock und Jacke waren in einem blasseren Türkiston gehalten, der mit den Hotelfarben Weiß und Blau perfekt harmonierte.

Als junges Mädchen hatte Oda alles, was mit Mode zu tun hatte, gehasst, weil sie sich dem nicht gewachsen fühlte. Jetzt hingegen hatte sie geradezu ihre Lust daran entdeckt: Sie betrachtete sich selbst als ein Stück Inventar des Hotels, und so wie es ihr ein beinahe sinnliches Vergnügen bereitete, eins der Zimmer makellos auszustatten, gewann sie auch Vergnügen daran, sich selbst auszustatten und die Fehler der Natur zu kaschieren.

Ihr Haar ließ sie offen herabfallen, es machte aufgesteckt ohnehin nichts her. Sie gab dem jungen Jurij, der seit Neuestem Sebastien zuarbeitete, Anweisungen zur Verteilung der Zeitungen, dann ging sie hinüber in den Hoteltrakt zu ihrem Mann.

29

Störe ich?« Die Frage, die sie regelmäßig beim Eintreten stellte, war eher sarkastisch als ernsthaft gemeint.

Ullrich, den sie Leo hätte nennen müssen, aber nie mit seinem Namen ansprach, saß heute tatsächlich hinter dem Schreibtisch, in Hemdsärmeln, das Haar wirr und die Weste offen. Die Schreibmaschine schien er allerdings nicht berührt zu haben. Sie war wie der Rest der verfügbaren Fläche bedeckt von aufgeblätterten Zeitungen.

Er blickte auf. »Du störst mich nicht. Ich tue ohnehin nichts. Ist alles in Ordnung? Hattet ihr Vergnügen am Strand?«

Sie trat in den Raum und setzte sich in einen Sessel. »Dass nicht alles in Ordnung ist, weißt du selbst, denn du liest ja Zeitung. Wenn es dir nichts ausmacht, möchte ich gern kurz über diese Sache in Sarajevo mit dir sprechen. Und ich hätte gern einen Aperitif.«

Er stand auf, ging zum Servierwagen und hielt verschiedene Flaschen und Karaffen in die Höhe. »Etwas Leichtes, richtig?«

»Von mir aus kann es heute auch etwas Schweres sein. Dieser Cognac, den du mit Lidija trinkst. Mir kommt es vor, als könnte ich den Tag sonst nicht mit Anstand zu Ende bringen.«

»Vernünftige Wahl«, bekundete Ullrich. »Nur habe ich den bitteren Armenier, auf den Lidija schwört, leider nicht zu bieten. Mit einem *Sarajishvili,* einem Brandy aus Tiflis, könnte ich dienen.«

»Mir ist alles recht, solange es ein paar von diesen Bildern vertreibt«, sagte Oda.

»Bilder von der bedauernswerten böhmischen Sophie, die ein einziges Mal neben ihrem Gemahl durch eine Stadt fahren durfte und der der Schuss den Unterleib zerfetzt haben soll?« Ullrich schenkte ein und reichte ihr ein Glas.

»Bilder von meinem Hotel, in dem unterbeschäftigte Dienstmädchen leere Zimmer abstauben«, erwiderte Oda.

»O ja, das ist in diesem emsig summenden Bienenhaus allerdings schwer vorstellbar«, sinnierte er. »Wenn es zum Krieg kommt, wäre die Vorstellung jedoch nicht ganz unrealistisch, fürchte ich.«

»Dieser Lenin hält einen Krieg für möglich«, sagte Oda und schluckte den scharfen georgischen Brandy, wie um den Klumpen in ihrer Kehle auszubrennen.

»Du hörst nie auf, mich immer wieder in Erstaunen zu versetzen«, erwiderte Ullrich.

»Warum? Weil ich weiß, was dieser Lenin von sich gibt?«

»Nein. Weil du an das, was Lenin von sich gibt, glaubst. Die meisten Angehörigen deiner Kreise dürften ihn für einen mörderischen Fantasten halten, der völlig zu Recht aus Russland verbannt worden ist und in seinem Schweizer Exil in Vergessenheit geraten soll.«

»Das soll er meinetwegen auch. Ich kann Bombenwerfer in Odessas Flaniermeile nicht brauchen. Aber noch weniger brauche ich irgendwelche Kleinkriege, die Reisewege abschneiden und mir die beste Saison aller Zeiten verpatzen. Also sehe ich mir besser an, wie gut informierte Beobachter die Lage in Europa analysieren. Wie analysierst du sie? Lenin schließt Krieg zwischen Österreich und Russland aus.«

»Ich finde Lenin faszinierend.« Ullrich setzte sich wieder an den Schreibtisch und lehnte sich zurück. »Es erstaunt mich, dass dieses ganze Land völlig außer sich auf Rasputin starrt, wenn der Mann, der das Dach über dem russischen Haus tatsächlich zum Einstürzen bringen will, unbeachtet in einer Genfer Schreibstube hockt. Wenn ich aber die Ereignisse des heutigen Tages betrachte, frage ich mich, ob er sich in Sachen Russland und Österreich nicht irrt.«

»Warum?«, fuhr Oda auf. »Die Bosnier sind Moslems, richtig? Also wollen sie vielleicht zurück zu den Osmanen, oder sie wollen unabhängig sein, was weiß ich. So oder so hat aber doch Russland nichts damit zu tun.«

Ihr Verstand schätzte die Situation blitzschnell ein: Falls Grenzen sich schließen würden, weil Osmanen und Österreicher ihre angestauten Konflikte austrugen, würden ihr ausländische Gäste verloren gehen. Begüterte Russen, die ihre gewohnte Sommerfrische in den lieblichen Gebieten der Donaumonarchie nicht antreten konnten, würden ihr dafür umso zahlreicher zufließen. Es wäre eine Unannehmlichkeit, da die Mischung der Gäste aus dem Gleichgewicht geriete, aber keine Tragödie.

»Wenn es so einfach wäre, gäbe es heute in weniger Betten schlaflose Nächte«, sagte Ullrich. »Leider aber ist es in etwa so kompliziert, als wolle man einen gut eingekochten Borschtsch in seine Einzelzutaten zerlegen. Zu Deutsch: unmöglich. Die muslimischen Bosnier sind inzwischen schicksalsergeben wie Mulis. Ob sie von den Habsburgern geknechtet werden oder von den Paschas aus Konstantinopel, ist ihnen eins. Der offenbar blutjunge Mensch, der heute einem unbeliebten Thronfolger und seiner noch unbeliebteren Gattin das Lebenslicht ausgeblasen hat, war aber kein Bosnier, sondern Serbe. Wie knapp die Hälfte von Bosniens Bevölkerung.«

Oda versuchte, das Gehörte einzuordnen. »Umso besser«, befand sie schließlich. »Wenn ein serbischer Einzeltäter in Bosnien einen Habsburger Thronfolger erschießt, kann daraus kaum ein internationaler Konflikt entstehen, oder?«

»Du weißt aus russischer Erfahrung, wie das mit den Einzeltätern bei solchen Attentaten ist«, erwiderte Ullrich. »Ihre Zahl strebt gegen null. Dmitry Bogrov, der in Kiew den armen Stolypin in Fetzen schoss, galt als Einzeltäter, doch wie sich zeigte, war er ein geschätztes Mitglied der *Ochrana*, unserem hochgeschätzten Geheimdienst, und beauftragt, den allzu reformerischen Staatsmann zu beseitigen. Und Großfürst Sergej Alexandrowitsch, der Onkel des Zaren? Erinnerst du dich? Der sogenannte Einzeltäter, der den Großfürsten auf dem Gewissen hat, entpuppte sich als Sozialrevolutionär, geradewegs der Schule der *Narodniki* entsprungen.«

»Hör auf, Vorträge zu halten«, schnitt ihm Oda das Wort ab. »Welcher Organisation gehört der Attentäter von Sarajevo an?«

»Gewissheit darüber bringen uns hoffentlich die Abendzeitungen«, meinte Ullrich. »Da du aber mich gefragt hast: Meine Wetteinsatz liegt auf der *Schwarzen Hand,* dem geheimen Verbund von serbischen Nationalisten, der sich vor drei Jahren in *Einheit oder Tod* umbenannt hat. *Einheit oder Tod* will genau das: entweder die Einheit aller südslawischen Gebiete unter serbischem Dach – oder den Tod. Den ihrer Gegner vorzugsweise. Damit ist aus der Angelegenheit zwischen der bosnischen Polizei und einem jugendlichen Hitzkopf im Handumdrehen eine zwischen Wien und Belgrad geworden.«

Oda führte ihr Glas zum Mund und stellte erschrocken fest, dass es leer war. »Warum ist das auf einmal so?«, entfuhr es ihr. »Mit jedem Jahr mehr Bomben und Attentate, überall Gemetzel, Aufstände, Kleinkriege. Was ist denn los mit der Welt, ausgerechnet jetzt, da es uns besser geht als je zuvor, da wir in bequemen Zügen von einem Ende der Welt zum andern reisen und demnächst sogar fliegen können, da es Geräte gibt, die den Staub von den Teppichen saugen, und Kühlmaschinen, die in den nächsten Jahren die Eishäuser überflüssig machen werden? Warum genießen wir nicht den Luxus und das schöne Leben, das der Fortschritt uns beschert, anstatt uns gegenseitig Bomben an den Kopf zu werfen?«

Er nahm die Brille ab, sah sie an, und seine Stimme wurde beinahe sanft. »Weil wir Menschen so funktionieren, fürchte ich, meine Schöne. Geht es uns allzu gut, wird der Bauch allzu fett, verplätschert das Leben allzu beschaulich, beginnen wir uns unbehaglich zu fühlen. So wie wenn man Flöhe hat und sich plötzlich am ganzen Körper die Haut aufkratzen möchte.«

»Du bist widerlich«, sagte Oda, obwohl sie seine Ausführungen interessant fand. »Woher willst du wissen, wie es einem ergeht, der Flöhe hat?«

»Das, meine Schöne, behalte ich lieber für mich«, antwortete er. »Sagen wir, ich bin Schriftsteller und um keinen Deut besser als der Rest der Menschheit, der die gemütliche Langeweile unserer *Belle Époque* nicht länger erträgt. Etwas im Menschen, der sich im Bestehenden gar zu behaglich eingerichtet hat, strebt nach Zertrümmerung und Neuanfang. Kunst entsteht nicht auf der Chaiselongue. Mich zieht es, wie wohl nicht wenige meiner Kollegen, zum Extremen, zum Katastrophalen: Schmutz und Ungeziefer, Blut und Gedärme, Zerstörung, Schändung und Tod.«

»Nun gut«, sagte Oda. »Vielleicht solltest du dann demnächst in Serbien Urlaub machen, falls Österreich-Ungarn den Serben tatsächlich den Krieg erklärt. Wobei ich mich frage, weshalb die Serben sich auf einen solchen Kampf gegen eine Übermacht einlassen sollten. Sie werden sich förmlich entschuldigen und Wiedergutmachung leisten, meinst du nicht auch?«

»Womöglich lassen sie sich darauf ein, weil sie der Ansicht sind, man ließe ihnen keine Wahl?« Ullrich drehte sein Glas zwischen den Händen. »Dass sich das alles ausgerechnet heute, an einem strahlenden Sommersonntag, zugetragen hat, ist, wenn du mich fragst, nämlich kein Zufall. Am 28. Juni ist Veitstag, *Vidovdan*, der höchste Feiertag des serbischen Volkes. Ausgerechnet diesen zu wählen, um einen Vertreter der Unterdrücker durch eine von Serben bewohnte Stadt paradieren zu lassen, läuft schon auf Provokation hinaus, findest du nicht?«

An Odas Schläfe begann eine Ader zu pochen. »Und was schließt du daraus?«

»Dass die Herren in Wien womöglich keine förmliche Entschuldigung wollen, sondern die Möglichkeit eines Krieges zumindest billigend in Kauf nehmen. Und dass die Herren in Belgrad sich gedemütigt fühlen, was in den seltensten Fällen zu besonnenen Handlungsweisen führt.«

»Selbst wenn du recht hast«, sagte Oda, als klammere sie sich an einen Strohhalm, »das Ganze wäre ja wohl im Nu vorbei, und weder Russland noch irgendein anderer würde sich sonderlich darum scheren.«

»Möglich ist das durchaus«, sagte Ullrich. »Im Übrigen dürftest du dir in dieser Ausnahmelage ruhig einen zweiten Drink erlauben, wenn mir eine Meinung dazu gestattet ist. Er täte deiner Schönheit keinen Abbruch, und deinem Urteilsvermögen ganz sicher auch nicht.«

Sie hielt ihm ihr Glas hin. Dass er ihr Komplimente machte, behagte ihr nicht, und dann wieder gab es in ihr eine Seite, die sich darin sonnte, als wäre sie auf einmal eitel geworden. »Du glaubst nicht, dass es so kommt?«

Er schenkte ihr ein und schüttelte den Kopf. »Wir hätten gleich mehrere Großmächte beisammen, die durch Bündnisse verpflichtet wären. Zumindest moralisch verpflichtet. Und Moral ist bei Großmächten zwar selten ein treibendes Motiv, aber immer ein gutes Argument.«

»Mit wem ist denn Russland im Bund?«, hielt Oda dagegen. »Der Vertrag von Petersburg ist ausdrücklich kein militärisches Bündnis, und obendrein haben weder Franzosen noch Briten mit dem Gerangel auf dem Balkan zu tun.«

Im Vertrag von Sankt Petersburg hatten Russland, Frankreich

und Großbritannien 1907 ihre Differenzen in Asien beigelegt und sich vage darauf geeinigt, als *Triple Entente* im Fall eines Angriffs von außen einander zur Seite zu stehen. Eine bindende Verpflichtung erwuchs daraus nicht, und es war ja auch keine der drei Mächte von irgendwem angegriffen worden.

Warum also beruhigte sich ihr Herzschlag nicht, warum gelang es ihr nicht, die verkrampften Muskeln in Nacken und Schultern zu entspannen?

»Das ist völlig richtig«, sagte Ullrich. »Und was den geheimen Dreibund betrifft, der zwischen dem Habsburger, dem deutschen Kaiser und dem Königreich Italien noch bestehen soll, so ist da wohl auch nichts Konkretes festgelegt. Es ist gut möglich, dass ich ein Gespenst sehe und dir ganz unnötig den schönen Abend verderbe.«

»Sag's mir trotzdem«, bat sie ihn. »Was für ein Gespenst siehst du? Wenn es tatsächlich spuken sollte, will ich wenigstens vorbereitet sein.«

Unvermittelt stand er auf, trat zu ihr, und sie waren sich nah, ohne sich zu berühren. Genauso unvermittelt war sie froh, ihn zu haben. Er redete mit ihr, wie Männer untereinander redeten, er machte ihr nichts vor, und sie brauchte bei ihm nicht zu heucheln. »Ich fürchte, wenn mein Gespenst tatsächlich auf den Plan tritt, ist niemand von uns vorbereitet«, sagte er. »Dann stehen wir vor etwas, das keiner von uns je erlebt hat, und vielleicht ist es ja das, was so viele von uns daran reizt.«

Sie neigten die Köpfe so dicht zueinander, als gäbe es einen Grund zu flüstern. »Wenn unter allen, die schlecht vorbereitet sind, das *Odessa* am besten schlecht vorbereitet ist, habe ich immer noch die Nase vorn«, sagte Oda.

Ullrich lächelte. »Das lässt sich nicht leugnen.«

»Erklär mir das mit deinem Gespenst.«

»Das Gespenst heißt Dominoeffekt«, sagte Ullrich. »Russland

ist nicht verpflichtet, seinem slawischen Brudervolk in Serbien zu helfen, aber es könnte sich entschließen, es zu tun. Der deutsche Kaiser ist nicht verpflichtet, seinem Nachbarn in Österreich zu helfen, aber er ist die unberechenbarste Karte auf dem Spielfeld, und dass die Briten und Franzosen ihn nicht mitspielen lassen, wurmt ihn seit Langem. Wenn er sich hinter den Habsburger stellt, haben wir schon zwei gegen zwei. Italien könnte der nächste Stein sein, der auf Österreichs Seite fällt, und Großbritannien und Frankreich …«

»Aber das geht doch nicht!«, rief Oda. »Das Russische und das Deutsche Reich gegeneinander? Das darf nicht geschehen, es ist ganz und gar undenkbar. Kein russischer Gast würde mehr einen Fuß in mein Hotel setzen, es würde mich womöglich kein russischer Lieferant mehr beliefern, es würde …«

Sie brach ab. Was noch alles geschehen würde, wenn der Teufel, den Ullrich an die Wand gemalt hatte, sich aus den Nebeln manifestierte, wollte sie sich nicht ausmalen.

»Eben daran habe ich gedacht, Oda.« Jetzt berührte er sie doch, hob die Hand und legte sie ihr an die Wange, doch die Berührung war flüchtig und dezent. »Ich kann dir nicht mehr sagen, weil ich genauso wenig wie jeder andere weiß, was geschehen wird. Es könnte im Sande verlaufen. Es könnte zum Sturm werden, der uns alle hinwegfegt. Eines aber weiß ich: Wenn jemand es schafft, es zu überstehen und das, was ihm teuer ist, mitzunehmen, bist diejenige du, und du wirst es wie alles, was du anfängst, mit Anstand, Courage und Würde tun.«

Noch einen Augenblick lang blieb er dicht bei ihr stehen, dann kehrte er zum Schreibtisch zurück und setzte sich wieder. »Du musst nach unten zum Essen, richtig? Ich denke, ich bleibe heute in meinem Elfenbeinturm und lasse mir von dem patenten Jurij mit den Abendzeitungen etwas nach oben bringen. Aber eines noch, Oda, ehe ich es vergesse: Der Erzfeind war heute nicht nur in Bosnien, sondern auch hier im Haus. Anselm Fleißer. Hat im Restaurant gesessen und eine geschlagene Stunde lang das hauchdünne Extrablatt der *Odessaer Nachrichten* gelesen. Ich weiß, ich sehe überall Gespenster, aber für mich sah er aus wie ein Horchposten hinter einer äußerst dürftigen Deckung.«

»Er ist seit damals nicht mehr hier gewesen.« Oda starrte auf ihr Handgelenk und sah, wie die dünne Haut sich mit dem Pulsschlag hob und senkte.

»Ich weiß. Deshalb fand ich, ich müsste es dir sagen. Ich nehme an, er wollte beobachten, wie die Frau, die er zu seiner Feindin erklärt hat, auf die Ereignisse reagiert. Aber wer Oda Liebenthal ins Visier nehmen will, muss früher aufstehen.«

»Hat er versucht, mit jemandem zu sprechen?«

»Mit ein paar Gästen«, antwortete Ullrich. »Heute sprach ja jeder mit jedem. Schließlich krallte er sich Grischa Pertsow, der natürlich die Wohlerzogenheit in Person war. Wie gewohnt war jedoch seine Mutter sofort zur Stelle und hat den kostbaren Sohn aus Fleißers Fängen befreit.«

»Tessa spricht mit Anselm so wenig wie mit mir«, sagte Oda.

In der Tat hatte die Tante aufgehört, mit ihr zu sprechen, seit Oda ihr nach der Testamentseröffnung ihres Vaters mitgeteilt hatte, dass sie samt ihren Kindern die Suite räumen und in bescheidenere Zimmer würde umziehen müssen, wenn sie vorhatte, im *Odessa* wohnen zu bleiben. Mit Anselm hingegen hatte Oda sie überhaupt noch nie sprechen sehen. Sie schnitt ihn seit ihrer Rückkehr.

»Ich denke, das hat nun auch der Herr Fleißer begriffen«, bestätigte Ullrich. »Jurij hat sich schließlich seiner angenommen, und wenig später ist er gegangen.«

»Das heißt nicht, dass er nicht noch einmal wiederkommt«, sagte Oda. »Bitte vergrab dich heute nicht in deinem Elfenbeinturm. Ich wäre dir wirklich dankbar, wenn du mich zum Abendessen begleiten und mir zur Seite stehen könntest, damit mir meine lächelnde Maske nicht vom Gesicht rutscht.«

Er blickte auf, und auf seinem Gesicht spiegelte sich eine Regung. »Ich hätte nicht erwartet, dir dabei von Nutzen zu sein«, sagte er. »Aber wenn du meinst, du könntest mich brauchen, komme ich natürlich mit.«

30

Eine weitere Woche lang aalte sich das sommerliche Odessa sonnenverwöhnt und unbekümmert am Strand, spazierte unter Schatten spendenden Akazien über Boulevards, ließ sich den Kaffee schmecken und den Wein, den frischen, gebackenen Fisch und die orientalischen Süßigkeiten und schnitt sich abends ins Tangokleid einen sündigen Schlitz, um schlanke Beine vorzuführen.

Die Zeitungen trafen in bald stündlichen Abständen ein, doch sie sorgten nicht für Beunruhigung, sondern würzten nur die Unterhaltung.

»Haben Sie gehört, dass Franz Ferdinand die Fahrt im offenen Wagen als Geschenk für seine Frau arrangieren ließ? In Wien war es ihr ja nicht erlaubt, sich neben ihm zu zeigen, aber da draußen in der bosnischen Provinz sollte sie einmal die große Dame spielen dürfen.«

»Und dann fuhr sie mitten hinein in den Kugelhagel.«

»Den Bauch hat es ihr zerfetzt – da dreht sich einem doch alles um. Und obendrein soll sie in guter Hoffnung gewesen sein.«

»In guter Hoffnung? Mit fast fünfzig?«

»Da hat man aus Königshäusern doch schon ganz anderes gehört.«

Alois Fassbrenner, der Automobilfabrikant aus München, reiste wie vorgesehen am Dienstag nach dem Attentat ab, um sich wieder seinen Geschäften zu widmen, und ließ »seine Damen« – das Luiserl und ihre Mutter Traudel – zur Sommerfrische in Odessa zurück.

»Bei Ihnen weiß ich die beiden ja in besten Händen, Frau Liebenthal«, hatte er sich strahlend verabschiedet und eine astronomische Vorauszahlung ohne Wimpernzucken auf den Rezeptionstisch geblättert. »Und bitte: Falls es den Damen an etwas fehlen sollte – ich komme dafür auf. Meine Bank kann Ihrer Filiale der Russischen Staatsbank jederzeit jede beliebige Summe kabeln, das ist ja heutzutage keine Sache mehr.«

»Aber ich bitte Sie, Herr Fassbrenner«, hatte Oda erwidert. »Natürlich stehen Ihrer Gattin und Ihrer Frau Schwiegermutter die Dienste unseres Hauses in vollem Umfang zur Verfügung. Und Sie begleichen die Rechnung wie immer bei der Abreise, das genügt vollkommen.«

»Wunderbar. Dann sehen wir uns am zweiten August, wenn ich meine zwei Täubchen wieder einsammle. Gott vergelt's, Frau Liebenthal.«

»Eine angenehme Reise und bis bald, Herr Fassbrenner.«

Währenddessen erklärte die serbische Regierung ihr Bedauern über die Schüsse von Sarajevo, wies jedoch darauf hin, dass es sich bei den Tätern nicht um serbische Untertanen, sondern um Angehörige der Organisation *Mlada Bosna* handle, einer radikalen Jugendbewegung zur Befreiung Bosniens. Der Todesschütze, ein rachitisch wirkender Neunzehnjähriger namens Gavrilo Princip, ging noch zur Schule.

Es sah aus, als würde sich das Ganze tatsächlich als ein Sturm im Wasserglas entpuppen. Im deutschen Auswärtigen Amt erklärte Staatssekretär Arthur Zimmermann den Botschaftern Russlands und Britanniens, man wolle Komplikationen vermeiden. Einem jugendlichen Querkopf dürfe nicht gestattet werden, einen ganzen Kontinent in eine Krise zu stürzen. Der deutsche Kaiser, der während der Kieler Woche von dem Attentat erfahren und dort noch mit den Offizieren eines britischen Schlachtschiffs gefachsimpelt hatte, erklärte nicht mehr als seine Trauer um einen persönlichen Freund und dessen bedauernswerte Frau.

Oda rief Sergej, Sebastien und Eduard Milstein zusammen, um

sich mit ihnen über die Planung einer *Italienischen Nacht* für den folgenden Freitag zu beraten. Sie hatte aus den drei Männern, die das *Odessa* länger kannten als sie selbst, eine Art Stab gebildet, mit dem sie Belange des Betriebs durchsprechen konnte, ehe sie sie in die Tat umsetzte. Es verlieh ihr ein wenig Sicherheit, war ein, wenn auch kläglicher, Ersatz für die Gespräche über Führung und Erhalt eines Luxushotels, die ihr Vater nie mit ihr geführt hatte.

»Ich bin der Ansicht, den Leuten täte ein wenig zusätzliche Zerstreuung gut, um die Erschütterungen der letzten Tage zu vergessen«, legte sie ihr Vorhaben dar. »Etwas Romantisches. Viel Tanz und viel Wein. Sebastien, können wir die Kapelle bekommen, die im Mai in *Korskys Tanzdiele* gespielt hat? Die ist ein bisschen moderner als unsere gewohnte, gewagter, nicht so bieder. Und Sergej – wäre die Küche für eine weitere Veranstaltung gerüstet? Könnten Sie heute noch eine Liste der Vorräte erstellen, die aufgestockt werden müssen?«

»*Una notte italiana,* kein Problem für uns, machen wir ja nicht zum ersten Mal«, erklärte Sergej mit temperamentvoller Gestik, als stamme er selbst aus dem Land, was aber nicht der Fall war. »Mit Vorräten sind wir wie immer reichlich bestückt, Menüplan und Einkaufsliste der frischen Ware haben Sie morgen früh auf dem Schreibtisch, gnädige Frau. Eine Sache ist da allerdings, die ich seit Langem schon ansprechen will und die sich jetzt beim besten Willen nicht mehr umgehen lässt.«

»Was ist los, Sergej?« Nur einen Atemzug lang fürchtete Oda, ihr Meisterkoch, auf dessen Kunst der Ruf ihrer Küche beruhte, werde ihr die Kündigung auf den Tisch legen. Dann beruhigte sie sich wieder. Außenminister Sasonow hatte der Morgenzeitung zufolge noch einmal bekundet, er wünsche keinen bewaffneten Konflikt, und es gab somit nichts, das einen Russen hätte hindern können, weiter bei ihr zu arbeiten.

Odessa war Odessa und würde es bleiben. Ein Welthafen. International. Und das Herz von Odessa war ihr Hotel.

»Ich komme nicht umhin, Sie zu bitten, mir eine neue Kaltmamsell zur Verfügung zu stellen«, sagte Sergej. »Sie wissen, wie es um Katjuša steht. Es wird täglich schlimmer. Andreja und die anderen Mädchen erledigen ihre Arbeit, und sie selbst schleicht in meiner Küche umher wie der rächende Geist des Todes. Uns vergeht der Appetit, das Vergnügen an der Arbeit. Kochen ist Lust, ist Frische, ist Freude am Leben. Wenn einem die vergällt wird, weil vor den eigenen Augen ein Mensch verrottet, schmeckt bald alles nach Düsternis und Verderben.«

Oda atmete auf. Wie erleichtert sie auf einmal war, ein Problem vor sich zu haben, das sich lösen ließ! Noch vor einer Woche hatte sie die Katjuša-Frage von sich geschoben, weil ihr Gewissen aufbegehrte, sobald sie nur daran dachte. Jetzt erschien ihr die Sache fast harmlos, eine Kleinigkeit, die geregelt werden musste. »Ich werde mich darum kümmern, Sergej«, sagte sie. »Danke, dass Sie mich darauf aufmerksam machen. Sollte einer von Ihnen selbst eine Kandidatin vorzuschlagen haben, meine Herren, wäre sie natürlich sehr willkommen.«

»Ich hätte jemanden für eine Beförderung auf einem anderen Posten vorzuschlagen«, meldete Sebastien sich zu Wort. »Den jungen Jurij. Ich hätte ihn gern als meinen Stellvertreter und sähe ihn am liebsten schon auf der geplanten Festlichkeit im Einsatz.«

»Jurij? Er ist noch nicht lange bei uns.«

»Er hat sich glänzend bewährt«, erwiderte Sebastien in seiner üblichen unaufgeregten Art. »Ein junger Mann, der im Umgang selbst mit schwierigsten Gästen so viel Formvollendung an den Tag legt, dürfte schwierig aufzutreiben sein.«

Auch Ullrich hatte Jurij lobend erwähnt, fiel Oda ein. Er war es gewesen, der sich um Anselm gekümmert hatte, damit der mit seiner unerwünschten Anwesenheit nicht noch mehr Gäste aufstörte.

Sie überlegte. Als stellvertretender Empfangschef würde Jurij keine Livree mehr tragen, sondern in Abendgarderobe auftreten und musste darin eine stattliche Figur machen. War er nicht zu jung? Zu schmächtig? Dem Vergleich mit dem formidablen Sebastien hielt er nicht stand, aber er hatte ein hübsches, beinahe mädchenhaftes Gesicht und trug sein glänzendes Haar stets tadellos gescheitelt.

»Wenn Sie noch eine Referenz brauchen, würde ich gern die Fürstin Bezborodko nennen«, sagte Sebastien. »Sie hat sich Jurij als persönlichen Bediensteten ausbedungen, und, wenn ich es so unverblümt einmal ausdrücken darf, sie schwört auf ihn.«

»Ich bin auf Ihre Unverblümtheit angewiesen, Sebastien«, sagte Oda. »Und Ihre Referenz genügt mir. Betrachten Sie Jurijs Beförderung als erledigt. Und eine neue Kaltmamsell stelle ich ein, sobald ich eine finde.«

Eduard Milstein dirigierte die Pagen, die das Restaurant, die Terrasse und die blühenden Sträucher des Gartens bis hinunter zum Faunenbrunnen mit grünen, weißen und roten Lampions schmückten. Sebastien, der Findige, engagierte nicht nur die Tanzkapelle, nach der die Jugend der Stadt verrückt war, sondern dazu noch einen Tenor des Stadttheaters, der sich die pomadisierten Locken in die Stirn frisierte und auf der Terrasse unterm Sternenhimmel für die Gäste *O sole mio* sang:

»Ach wie schön ist ein Tag in der Sonne.
Die klare Luft, wenn der Sturm vorüber ist.
Die klare Luft, die uns erscheint wie ein Fest.
Ach wie schön ist ein Tag in der Sonne …«

Sergej kreierte ein Menü, das sich um die Früchte des Meeres rankte. Muscheln, denen die Liebesgöttin Venus entstiegen war, serviert im blutroten, nach Süden und Leidenschaft duftenden

Sud aus Tomaten und Salbei. Die Desserts des Sommers waren in der Regel leicht und fruchtig, aber Sergej und Theodore hatten sich für Variationen aus Schokolade entschieden, die mit schweren Weinen harmonierten und ihnen zufolge »über dem Augenblick des Liebesgenusses die kleinen Querelen des Alltags vergessen lassen«.

Die italienische Nacht, zu der das *Grandhotel Odessa* Anfang Juli 1914 seine Freunde und Gäste einlud, sollte nicht nur diesen Sommer lang, sondern auf Jahre hinaus unvergessen bleiben.

Zuvor hatte Oda sich um die Sache mit Katjuša zu kümmern. Sie hatte es Sergej versprochen, der an dem großen Tag ungestört seiner Arbeit nachgehen sollte. Als sie sich auf den Weg in den Küchentrakt machte, wurde ihr das Herz doch ein wenig schwer, und sie war froh, als sie im ersten Vorratsraum, in dem die Räucherwaren aufgehängt waren, auf Andreja traf, die Schinken für Frühstücksplatten aufschnitt. Vielleicht würde Katjuša die Entscheidung leichter hinnehmen können, wenn ihr Mädchen sie ihr überbrachte, das mit den Ereignissen von jener Nacht in keinem Zusammenhang stand.

Wie unwirklich diese Ereignisse auf einmal schienen, wie endlos lange her! Einst war es Oda vorgekommen, als könne sich die Welt danach nicht weiterdrehen, aber die Welt hatte sich nicht darum geschert.

»Andreja«, sprach sie das unermüdliche Küchenmädchen an, »ich muss dich kurz unterbrechen. Können wir hier reden, ohne dass jemand uns hört?«

Das Mädchen nickte und legte das Messer weg. »Es geht um Katjuša, nicht wahr?«

»Leider, ja«, antwortete Oda. »Wir müssen sie gehen lassen, sie behindert die Arbeit in der Küche, und ihr könnt ihre Aufgaben nicht auf Dauer für sie erledigen. Das *Odessa* braucht eine Kaltmamsell der Spitzenklasse.«

»Katjuša war eine Kaltmamsell der Spitzenklasse. Sie war die beste.«

»Ich weiß«, sagte Oda und rechnete es dem Mädchen im Stillen hoch an, dass sie von ihrer geliebten Vorgesetzten bereits in der Vergangenheit sprach. Andreja war loyal, aber vernünftig. Sie kämpfte gegen Unvermeidliches nicht an. »Dir ist ja bekannt, dass wir die stärkste Saison unseres Bestehens erleben. Da kann ich mir keine Angestellte erlauben, die ihren Platz nicht mehr ausfüllt. Darüber hinaus ist ungewiss, ob die Zeiten so bleiben, wie sie sind. Ich will niemanden beunruhigen, aber ich bin gern auf alles vorbereitet.«

»Ja, gnädige Frau«, sagte Andreja traurig und still.

»Katjušas Kate bleibt ihr auf Lebenszeit erhalten, und für ihren Unterhalt werden wir sorgen«, versicherte Oda.

»Ach«, sagte Andreja. »Das ist sehr großzügig, gnädige Frau, aber es wird ja nicht nötig sein. Wenn sie hier nicht mehr arbeiten darf, geht sie fort.«

»Wo soll sie denn hin?«, fragte Oda verblüfft.

»Dahin, wo sie hergekommen ist, denke ich«, antwortete Andreja.

»Katjuša?« Sie war da gewesen, solange Oda denken konnte. Darüber, dass sie von irgendwoher gekommen sein musste, hatte sie sich nie Gedanken gemacht. »Was immer sie vorhat, werden wir unterstützen«, beeilte sie sich anzufügen. »Und natürlich werde ich schnellstmöglich für Ersatz sorgen. Ich bin dabei, mich umzuhören, habe aber leider noch keine geeignete Kandidatin gefunden. Werdet ihr am Freitag zurechtkommen, Andreja? Wird es gehen, bis wir jemand Neues haben?«

Andreja blickte auf. Sie war beinahe so groß wie Oda. »Wir sind bisher zurechtgekommen und brauchen niemand Neues«, sagte sie ruhig. »Die Kaltmamsell kann fortan ich sein, wenn es recht ist.«

»Du?«, entfuhr es Oda. Das Mädchen stammte aus der Fürsorge, es hatte nie eine Ausbildung genossen und kam für eine solche Stellung nicht infrage. »Wir wissen deine Arbeit zu schätzen«, sagte sie. »Aber als Kaltmamsell muss ich jemanden wie Sergej und Theodore haben, jemanden, der das Handwerk gelernt und es zur Meisterschaft gebracht hat. Ich bitte dich, das zu verstehen.«

»Ich verstehe alles«, sagte Andreja, ohne eine Miene zu verziehen. »Aber ich bin genauso hierhergekommen wie Katjuša. Aus dem Nirgendwo.«

»Katjuša hat bei *Seibman* gelernt«, widersprach Oda. »Eine bessere Empfehlung gibt es nicht.«

»Mir hat sie erzählt, sie war dort nur ein Jahr lang und kam dann ins *Odessa,* anfangs sogar ohne Bezahlung. Was sie können musste, hat sie sich selbst beigebracht. Sie war die beste von allen, und ich habe fünfzehn Jahre lang von ihr gelernt.« Mit ihren ruhigen, dunklen Augen sah Andreja sie an. »Natürlich ist es Ihre Entscheidung, gnädige Frau, und wenn Sie mich nicht wollen, werde ich es Ihnen nicht ankreiden. Aber eine bessere bekommen Sie nicht, und wenn die Zeiten hart werden, haben Sie in mir eine, die das nicht schreckt.«

Etwas an ihrem Blick tat Oda gut. Wie ihr Vater entschieden hätte, wusste sie nicht, denn er hatte nie ausführlich mit ihr darüber gesprochen, sondern immer nur erklärt: *Das Hotel steht an erster Stelle.* Ihr Vater aber war ohnehin nicht mehr hier, und sie brauchte jemanden, auf den sie sich verlassen konnte.

»Einverstanden«, sagte sie. »Ich versuche es mit dir.«

Andreja knickste, was bei ihrer stämmigen Statur komisch wirkte. »Ich bedanke mich, gnädige Frau.«

»Wirst du Katjuša sagen, was wir entschieden haben?« Oda fühlte sich wie ein Feigling, aber für Katjuša würde es weniger demütigend sein, es von Andreja zu erfahren.

»Wenn Sie es wünschen, gnädige Frau. Jetzt muss ich mich aber um den Aufschnitt für das Frühstück kümmern. Wenn Sie mit mir über die Arrangements für die italienische Nacht sprechen wollen, könnte ich ab neun Uhr zu Ihnen kommen, sobald alle Platten serviert sind.«

»Ist gut, Andreja, ich melde mich deswegen«, sagte Oda und war bereits jetzt sicher, eine gute Wahl getroffen zu haben.

Am Freitag, am Morgen vor der italienischen Nacht, kehrte sie in aller Herrgottsfrühe in die Küche zurück, um nach dem Rechten zu sehen, ehe sie sich um ihre üblichen Arbeiten kümmerte. Wie immer versetzte die brodelnde Atmosphäre wie aus dem Innern eines Dampfkessels sie in Hochstimmung. Geschäftiger hatte sie den Betrieb zwischen Herdplatten, Spinden und Arbeitsflächen nie erlebt. Der ganze Raum summte, und von den Düften lief ihr das Wasser im Mund zusammen.

Katjuša war nicht mehr da. Sergej, Theodore und Andreja hatten alles in der Hand. Die Vorbereitungen für das Frühstück der Gäste und die für die festlichen Gerichte des Abends verliefen gleichzeitig, die fleißigen Küchenmädchen und -jungen eilten mit Schüsseln, Platten und Kannen umher, ohne dass einer dem andern in die Quere kam. Oda war mehr als zufrieden. Es würde alles bereit sein, ein besonderer Abend für ihre Gäste. Als sie durch den Gang in den Hoteltrakt zurückkehrte, empfing sie vor den Fenstern ein weiterer strahlender Tag.

An der Rezeption stand die getreue Babette Rothmann im frisch gebügelten Kostüm, unterstützt von dem Schwarm von Empfangsdamen, die sie selbst sich herangebildet hatte.

»Guten Morgen, Frau Liebenthal«, drang es Oda wie aus einem Klassenraum voller braver Schülerinnen entgegen.

Oda hatte das Personal angewiesen, sie weiter bei ihrem Mädchennamen anzusprechen, der den Gästen vertraut war und den sie mit dem Hotel verbanden. »Guten Morgen«, grüßte sie zurück. »Läuft hier alles nach Wunsch, gab es irgendwelche Vorkommnisse?«

»Seine Exzellenz, Geheimrat Krasinski und seine Gattin sind in der Frühe abgereist, gnädige Frau«, erwiderte Babette Rothmann mit versteinerter Miene.

»Die Krasinskis? Aber die waren doch bis Mitte Juli gebucht.« Es war selbst für Oda unmöglich, sich sämtliche Buchungen zu merken, doch die Daten der wichtigen Stammgäste hatte sie im Kopf. Der Moskauer Geheimrat und seine Frau kamen seit Jahren regelmäßig für drei Wochen im Sommer, sie waren ruhige, angenehme Gäste. »Ich hoffe, die beiden haben keine schlechte Nachricht aus der Heimat erhalten.«

Fräulein Rothmann räusperte sich. »Seine Exzellenz sagte, er wolle auf der Stelle seine Rechnung begleichen und nach Holovna zum Bahnhof gefahren werden. In einem Haus wie dem unseren könne er unmöglich auch nur eine weitere Nacht verbringen.«

Oda fühlte sich wie vor den Kopf gestoßen. Sie hatte sich vorbereiten wollen und wusste auf einmal nicht mehr, worauf. Auf Anfeindungen aus heiterem Himmel, auf Hass ohne Grundlage? Ja, in einigen Zeitungen hatte gestanden, der deutsche Kriegsminister Erich von Falkenhayn habe erklärt, das deutsche Heer sei zu allem bereit, aber was sollte ein Kriegsminister denn sonst erklären? Auch ein General habe herumgepoltert und behauptet, der Große Generalstab befürworte den allgemeinen Krieg, aber laut Bodo polterten Generäle grundsätzlich, weil man sonst auf die Idee kommen könnte, sie wären überflüssig.

Warum war Bodo nicht hier, warum kam er nicht mehr nach Odessa, um alles zu veralbern, was in seine Seifenblase aus Amüsement nicht passte?

Den gestrigen Gesprächen in der *American Bar* hatte Oda entnommen, dass für das Wochenende Reisepläne bestanden: Gerüchten zufolge wollte die Donaumonarchie einen Legationsrat nach Berlin entsenden, um über die Lage zu beraten. Was war dabei? Deutschland und Österreich waren Nachbarn, dass sie sich berieten, konnte ihnen doch niemand verdenken.

Und was um alles in der Welt hatte ihr Hotel damit zu tun, ihr mit Umsicht und Sorgfalt geführtes Haus, in dem jeder Gast sich umsorgt und behütet fühlen sollte wie ein Wickelkind? Was sollte sie anfangen, wie sollte sie ihr *Odessa* vor dieser Lawine aus dem Dunkel schützen? Sie tat doch alles, was in ihren Kräften stand, damit Unwetter, Fluten, Stürme und Erdbeben, so wild sie draußen auch toben mochten, vor dem Portal ihres Hauses blieben.

Einen Augenblick lang war sie wie überwältigt und wünschte, sie hätte für Babette Rothmann und ihre Kolleginnen keine beruhigende Antwort finden müssen. Die sanfte Musik, die durch die Halle perlte, die geschickt platzierten Blumenarrangements – auf einmal kam ihr das alles sinnlos und vergeblich vor.

»Vermiete die Zimmer neu«, sagte eine Stimme in ihrem Rücken. »Schnellstmöglich. Vermiete alle Zimmer, jede Besenkammer, die du zur Verfügung hast, und sieh zu, dass du die Preise deftig erhöhst.«

Oda drehte sich um. Hinter ihr stand Tessa. Sie trug Smaragdgrün, und ihr Haar war wie immer perfekt frisiert; die Silbersträhnen, die sich ins Rot schlichen, wirkten, als hätte sie sie eigens einfärben lassen.

»Ich habe mit Lene gesprochen«, sagte Tessa. »Sie lässt in euren Wohnräumen zwei Zimmer für mich und die Kinder herrichten. Ein bisschen enger als gewohnt wird es wohl werden. Aber wir werden nicht daran sterben.«

»Ihr zieht zu uns in die Wohnung?«

»Wir tun gut daran, sämtliche Zimmer, die sich vermieten lassen, zu räumen«, erwiderte Tessa. »Das Wetter spielt uns in die Hände, es gehen zweifellos waschkorbweise Anfragen ein. Gib den Zuschlag den zahlungskräftigsten Gästen. Wir müssen Geld hereinholen, alles Geld, das wir bekommen können. Je mehr wir jetzt noch auf die hohe Kante schaffen, desto länger überleben wir eine Durststrecke, von der niemand uns sagen kann, wie lange sie dauern wird.«

Was sie sagte, war klug und richtig. Ehe Oda die Dekorationen im Garten prüfte, würde sie einen der Laufjungen aufs Telegrafenamt schicken, damit er auf die lukrativsten Anfragen Bestätigungen kabelte.

»Ich kann nicht fassen, dass ausgerechnet du mir hilfst«, sagte sie.

»Du bist mir dabei genauso gleichgültig wie ich dir«, sagte Tessa. »Mir geht es um das Hotel. Das haben wir drei Frauen, Lene, Katja und ich, schon einmal vor dem Untergang gerettet, und wir werden es diesmal so wenig vor die Hunde gehen lassen wie damals. Ich habe vor langer Zeit angefangen, es zu hassen. Aber das bedeutet nicht, dass ich davon loskomme. Ein Spieler, der schon alles verloren hat, bleibt am Spieltisch sitzen, bis er den Einsatz entweder zurückgewonnen oder auch noch seine Seele verpfändet hat.«

Damit ging sie, um sich samt ihren Kindern in die Wohnung der Familie zu zwängen, und Oda hätte gern wie Bodo als Junge zwei Finger in den Mund gesteckt und ihr hinterhergepfiffen. Sie und Tessa würden keine Freundinnen werden und einander vermutlich nicht verzeihen. Tessas Haltung jedoch nötigte ihr Respekt ab, und vielleicht hatte der am Ende sogar länger Bestand.

31

Die italienische Nacht, die nicht von langer Hand geplant, sondern von ein paar Entschlossenen kurzerhand aus dem Boden gestampft worden war, entpuppte sich als eines der schönsten Feste, die das *Grandhotel Odessa* je gefeiert hatte. Die Musik war sinnlich und zärtlich, als hätten die Instrumente samt ihren Spielern sich in die sternklare Nacht über Odessa und dem Schwarzem Meer verliebt. Den Tänzern, die sich draußen auf der Terrasse im Takt der Melodien wiegten, erschien die funkelnde Welt zu ihren Füßen klein und fern und endlos. Nichts, das dort unten vor sich ging, konnte ihnen hier oben, in ihrer Stadt am Ende der Himmelsleiter, etwas anhaben. In dieser Nacht war es nicht anders möglich, als so eng umschlungen zu tanzen, dass der deutsche Kaiser es verboten hätte, denn man teilte ja etwas, das man nie vergessen wollte. Wenn man dem einen, in dessen Armen man in dieser Nacht gelegen hatte, in dreißig oder fünfzig Jahren noch einmal begegnete, dann sollte der sich ebenso erinnern wie man selbst, und die Erinnerung sollte ihm ebenso kostbar sein:

Weißt du noch, damals im Grandhotel Odessa? *Es war dieser heiße Sommer, wir waren so jung und wussten von nichts.*

Das Essen war köstlich, jedes Gericht auf das andere abgestimmt und dazu kreiert, die Speisenden in einen Traum vom Schlaraffenland zu wiegen. Vielleicht wurde es vielen, die sich am Büfett die Teller füllen ließen und in Genüssen schwelgten, in dieser Nacht erst bewusst: dass es ihnen tatsächlich ihr Leben lang an nichts gefehlt hatte, dass sie keinen Mangel kannten, sondern wie Kinder gewesen waren, die sich in die Münder stopften, was ihnen schmeckte, ohne sich je zu fragen, woher es kam.

Die Schar der Gäste war illuster und glamourös, sie brachten alles mit, was man sich wünschen konnte und was Europa an Vielfalt zu bieten hatte – von der strahlenden Hauptstadt der Großmacht bis zur Gasse im entlegensten Winkel. Zu den Hotelbewohnern, die aus aller Herren Länder stammten, gesellten sich Freunde, zusammengesetzt aus sämtlichen Farben in Odessas Kaleidoskop. Hätte einer von ihnen seinen Stammbaum aufgezeichnet, so hätte man diesen für eine verzweigte Landkarte des Kontinents halten können. In dieser Nacht feierte Europa sich selbst. Es war noch einmal verliebt in die Tausendfaltigkeit, die es auf vergleichsweise kleinem Raum versammelt hatte, in Chuzpe und Erfindergeist, Zähigkeit und Grazie, Überlebenswillen und einen Hauch Dekadenz.

Oda ging von einem zum andern, grüßte hierhin und dorthin und fragte sich, ob sich so eine Herrscherin fühlte. Empfand die Zarin Alexandra Fjodorowna ähnlich, hätte sie sich gefreut, dass ihre Untertanen Wein und Tanz genossen, dass zwei, die gestern noch zerstritten waren, sich heute voneinander nicht trennen ließen? Wohl kaum. Nach allem, was man hörte, kam sie kaum je aus ihren Palästen und von Rasputin, dem sie hörig war, fort. Ihren Untertanen war sie verhasst, geschmäht als die Fremde, die Deutsche, die dem Zaren bis auf einen kränklichen Sohn nur Töchter geboren hatte und ihn gegen sein eigenes Volk aufbrachte.

Am Büfett mit den kalten Vorspeisen, die Andreja gezaubert hatte, stand Tessa mit ihren Kindern. Sie war nicht mehr jung, so wenig wie Odas Mutter, doch dem Kreis der Bewunderer, der sich um sie sammelte, gehörten viele an, die nur wenig älter als ihr Sohn sein konnten.

Der war im richtigen Alter, um sich zu ereifern, gerade noch im Stimmbruch und schon auf der Schwelle vom Jungen zum Mann. »Ein Thronfolger, ein Mitglied des Hochadels!«, rief der von einem halben Glas Wein befeuerte Jüngling und warf die Hände in die Luft. »Was bleibt den Häuptern Europas denn anderes übrig, als ihr vergossenes Blut zu rächen und die Zeichen auf Krieg zu setzen?«

»Trink Wasser, Grischa«, sagte seine Mutter, von der Oda angenommen hatte, sie bete den Boden an, über den ihr Sprössling ging. »Man geht in keinen Krieg, weil ein radikalisierter Grünschnabel ein Mitglied des Hochadels ins Jenseits befördert hat. Mitglieder des Hochadels hat es wie Sand am Meer, erschossen wird alle naselang einer, und ersetzen lassen sich am Ende alle. Man geht in einen Krieg, weil man einen Krieg *will,* aus keinem anderen Grund.«

Muss eine Frau enttäuscht worden sein und gelitten haben, um klug zu werden?, fragte sich Oda. War jede kluge Frau bitter? Was hatte Tessa durchlitten, um zu wissen, was sie wusste? Und hatte sie wirklich mit Odas Mutter und einer Unbekannten namens Katja das Hotel gerettet?

»Meine Beste!« Wie ein Schlachtschiff unter vollen Segeln sauste Lidija Petrowna auf sie zu, wie üblich angetan mit der Seidenfülle des Orients und geschminkt, als hätte sich der Pinsel eines Impressionisten an ihrem Gesicht ausgetobt. Dieses Gesicht war ohnehin erstaunlich: Es schien in jedem Jahr, das die Fürstin im *Odessa* verbrachte, um mindestens zehn Jahre zu altern, während dem Körper die Spannkraft einer jungen Frau erhalten blieb. Auch jetzt stand sie regelrecht unter Strom, während sie die Arme ausbreitete und Oda an ihren prachtvollen Busen zog.

»Wie entzückend Sie das alles wieder bewerkstelligt haben! Und wie entzückend Sie selbst sind! Ich komme ja aus dem Staunen nicht heraus. Ich habe das neulich schon zu Ihrem Mann gesagt: Sie gehören zu den Frauen, denen Ehe und Mutterschaft stehen, die nicht zur reizlosen Trockenpflaume werden, sondern zur verbotenen Frucht.«

Oda fürchtete, zu erröten. Sie wusste selbst nicht, welcher Teufel sie geritten hatte, als sie sich vorhin für das Kleid entschieden hatte, das nur einen einzigen Auftritt hatte haben dürfen und für den Anlass heute eigentlich zu übertrieben war. Wenn ich es heute nicht trage, dann nie mehr, hatte sie gedacht, das Armband von Edvards Geburt umgelegt und das Diadem mit den blauen Steinen in ihr formloses Haar gesteckt. Die Mode würde wechseln, das ein wenig Aufreizende, Gewagte des Kleides würde als nicht mehr zeitgemäß gelten. Was sie darauf brachte, wusste sie nicht. Nur dass sie sich an diesem Abend noch einmal in ihrem einst mit so viel Hoffnung behafteten Kleid hatte zeigen wollen.

»Vielen Dank, *Knjaginja*. Sie brauchen sich aber auch selbst nicht zu verstecken.«

»Finden Sie? Nun ja, Kindchen, mich zu verstecken, entspricht ja auch kaum meiner Natur.« Sie tippte Oda mit ihrem Fächer auf die Wange. »Ich habe ein Attentat auf Sie vor. Nein, um Gottes willen, keines, bei dem am Ende ein Mann mit Eimer und Schrubber Menschenblut von der Straße putzen muss. Nur eine klitzekleine Bitte um einen klitzekleinen Gefallen.«

»Der Gast ist im *Odessa* König«, sagte Oda. »Und eine Königin kann den Gefallen, um den sie bittet, als erledigt betrachten.«

»Wunderbar. Also, dann würde ich mir gern das putzige Kerlchen ausleihen, das Sie in die Montur eines Empfangschefs gesteckt haben. Wunderbare Entscheidung, macht sich hinreißend, der Kleine. Und ich dachte mir, ich gönne mir heute Abend einmal etwas Erfrischendes für den Tanz.«

»Jurij?«, fragte Oda, »Sie wollen mit Jurij tanzen? Ich weiß nicht einmal, ob er es kann.«

Lidija Petrowna winkte ab. »Das lassen Sie meine Sorge sein. Der Mann, der mit mir nicht tanzen kann, muss erst noch erfunden werden. Vielleicht nimmt sich die neue Zeit so etwas ja tatsächlich vor. Aber heute genießen wir noch einmal die alte.«

Oda ging weiter, begrüßte den Vorsitzenden des Jachtclubs, der mit seiner vielköpfigen Familie gekommen war, und blieb wie stets in vorsichtigem Abstand vor den alten Geibels stehen. Adalbert, der einst ein stattlicher Mann gewesen sein musste, ging tief gebeugt. Seine kleine Frau Gretel klammerte sich an seinen Arm.

»Es freut mich, dass Sie kommen konnten«, sagte Oda. Die zwei alten Leute waren auch auf ihres Vaters Begräbnis gewesen, beide in tiefes Schwarz gekleidet; sie gingen in Trauer, seit Oda sie kannte. »Obwohl die Einladung erst so kurzfristig erfolgen konnte.«

»Für uns spielt das keine Rolle«, krächzte Adalbert Geibel. »Was sollten wir denn vorhaben, das uns hindern könnte? Unsere nächste Verpflichtung haben wir auf dem Friedhof. Von dort kämen wir dann allerdings nicht noch einmal hierher, ob wir nun kurz- oder langfristig eingeladen werden.«

Oda straffte die Schultern, um ihre Beklemmung zu verbergen. Die Geibels waren alt, sie hatten auf tragische Weise ihre Kinder verloren, und was sie redeten, hatte ganz gewiss keine prophetische Bedeutung.

»Guten Abend, die Dame.« Zwischen Oda und die Geibels schob sich Anselm Fleißer. War ihr früher nie aufgefallen, dass der Mensch trotz seiner Leibesfülle die Fähigkeit besaß, sich auf seinen verblüffend kleinen Füßen vollkommen lautlos zu bewegen? »Ich habe zwar keine Einladung erhalten, nehme das kleine Versäumnis aber nicht übel. Es kann schließlich niemand an alles denken, schon gar nicht, da uns gerade der Mantel der Geschichte umweht. Dass ich als Cousin willkommen bin, war ja ohnehin klar, und außerdem habe ich gern ein Auge auf meine Großeltern. Die Herrschaften sind schließlich nicht mehr die Jüngsten.«

Er nahm Gretel Geibels Hand und küsste sie. Die alte Dame wandte nur halb das Gesicht und sandte ihrem Enkel einen müden, resignierten Blick. Wer es nicht wusste, wäre nie auf die Idee gekommen, dass die beiden verwandt waren. Es hing eine Tragödie an dieser Verwandtschaft, an die gutwillige Menschen nicht gern rührten, und sogar Oda vergaß es dann und wann. Gretel Geibel jedenfalls, dessen war sie sicher, legte auf Anselms Fürsorge nicht den geringsten Wert.

Die Musik hob an – ein weiterer Tango. Die Leute waren wild darauf, als würde der Tanz tatsächlich morgen verboten.

»Darf ich bitten, liebe Cousine?« Anselm verbeugte sich vor Oda. Wenn sie keine Szene riskieren wollte, die das Lächeln dieser Sommernacht zum Erstarren brachte, hatte sie keine Wahl, als mit ihm zu tanzen.

Er erwies sich auch im Tango, den die meisten Männer mit mehr Wollen als Können tanzten, als überraschend leichtfüßig. Eine Frau, die kein Aufsehen erregen wollte, war dem Mann dabei ausgeliefert, sie musste sich steuern lassen, wohin auch immer es ihm einfiel. Anselm lenkte Oda auf die Terrasse, an den Rand, wo niemand sie hörte. Die hohen Ginstersträucher verbreiteten jetzt, da sie kurz vor dem Verblühen standen, eine schier betäubende Süße. Ringsum aufgesteckte Fackeln flackerten in der Dunkelheit, und die Musik klang gedämpft und ein wenig verweht.

»Es gibt etwas, das ich dir seit Langem sagen wollte«, begann Anselm. »Ich hätte es sofort tun wollen, auf diese sogenannte Hochzeitsfeier rasen und es über alle Köpfe hinwegschreien. Dabei hätte ich den versammelten Herrschaften ihre Feier zusätzlich versüßen und ihnen mitteilen können, von wem unser Fräulein Rührmichnichtan das Kind hat, das sie so flink vor den Altar trieb. Du denkst doch wohl nicht, dass ich das nicht weiß, oder doch? Bildest du dir etwa ein, ich hätte es in der Nacht im *Hotel Passage* nicht gewusst, als du mir deine verzweifelten Avancen machtest? Ach Gottchen, Oda. Hat dir etwa noch nie jemand gesagt, was für eine erbärmliche Schauspielerin du bist?«

Doch, ich mir selbst, dachte Oda, deren Herz stillzustehen schien, während ihr Körper sich wie automatisch weiterbewegte.

Ein Stück weit entfernt tanzte Lidija Petrowna mit Jurij einen Tangowiegeschritt nach dem anderen, wie auf der Schiffschaukel auf dem Jahrmarkt.

»Den Honoratioren unserer Stadt wären ihre Gabelbissen zum Krimsekt im Hals stecken geblieben, meinst du nicht auch? O ja, ich hätte nicht übel Lust gehabt, den hohen Herren, denen du dich als ehrbare Braut in Trauer präsentiert hast, zu stecken, wessen Brut sich da in deinem Bäuchlein eingenistet hatte. Deiner Tante Tessa hätte ich es auch gern verraten. Vielleicht hätte man sich das Erbe ja teilen können, das ihr und mir im Grunde eher zugestanden hätte als dir. Das Testament hätte sich wohl anfechten lassen. Welcher Richter hätte angezweifelt, dass Philipp Liebenthal dem Sohn eines Kinderschänders niemals sein Hotel vererbt hätte?«

Der Schmerz war ein Stromschlag, der durch ihren gesamten Körper jagte. Oda spannte die Glieder, doch dem Ansturm wurde sie nicht Herr. Er glaubte, Edvard – ausgerechnet der schwächliche, unansehnliche Edvard – sei Karols Sohn!

»Das ist nicht wahr, Anselm. Was du dir da eingeredet hast, ist schlicht nicht wahr.«

»Ach nein?« Er umfasste sie fester und zwang sie in die Promenade des Tangos, die sie nach vorn, zum Ende der gepflasterten Terrasse führte. Irgendwo dort unten sprudelte der Brunnen des Fauns, und solange er sprudelte, würde ihrem Hotel nichts geschehen.

Tatsächlich nicht?

Wer garantierte ihr das?

Anselm verzog den Mund. »Aha. Es ist also nicht wahr. Und von wem hast du das propere Bübchen dann sonst, das du um ein Haar mir untergeschoben hättest? Von Ullrich? Dass ich nicht lache. Mit Verlaub, von den Schweinereien, an denen der sich aufgeilt, bekommt keine Frau Kinder. Wie hast du dir das Ganze eigentlich vorgestellt, wenn ich fragen darf? Hast du dir gedacht: Ach, ich werfe mich einfach Anselm Fleißer an den Hals, der frisst mir aus der Hand und ist so dumm, dass er glaubt, eine Schwangerschaft dauere nicht länger als fünf Monate? Ist es so?«

Oda schwieg.

»Es hat mich die größte Mühe gekostet, in dieser Nacht in unserem Himmelbett nicht laut loszulachen«, fuhr Anselm fort. »Arme betrogene Betrügerin. Du warst wirklich überzeugt davon, dass ich vor Liebe zu dir vergehe und Leidenschaft mir den Verstand vernebelt, richtig? Weil dir ja halb Odessa zu Füßen liegt, weil selbst dein Kinderschänder nicht von dir loskommt, nicht wahr? Ich nehme an, der Kerl legt sich in dein Bett, weil er hinterher einen satten Kredit einsackt, den er dann mit der hübscheren der beiden Wahlschwestern verprassen kann. Und wenn's an die Rückzahlung geht, klopft er von Neuem an die Schlafzimmertür und bietet eine Rate in Naturalien an.«

»Sei still!« Alles in ihr drängte darauf, auszuholen und ihm in sein grinsendes Gesicht zu schlagen. Vor Scham glühten ihr die Wangen. Woher sie die Kraft nahm, sich zu beherrschen, wusste sie nicht.

»Noch nicht, Oda«, sagte er. »Noch nicht. Hast du wirklich noch immer nicht begriffen, dass du keine Frau bist, die Männer an sich fesseln kann? Deine Tante Tessa kann es, auch wenn sie doppelt so alt ist wie du. Sigrid von Arndt muss es auch einmal gekonnt haben, so trocken und welk sie heute auch daherkommt. Und ihre Tochter, *Belle la belle,* kann es noch im Aufzug einer Lumpensammlerin und ohne auch nur mit der geschwungenen Wimper zu zucken. Aber du? Leider nein, arme Oda. Natürlich gibt es Schlimmeres, als eine Nacht mit dir zu verbringen, zumal man sich als Mann so gut wie alles schöntrinken kann. Aber interessiert hat mich an der ganzen Sache nur eines. Willst du wissen, was?«

Nein, dachte Oda.

»Dein Hotel.«

Sie wollte fort. Sie wollte hinunter ins Labyrinth, wollte durch die Gänge zwischen den Hecken zum Faunenbrunnen laufen und die Arme unter das sprudelnde Wasser strecken. Die kühle Glätte des Marmors berühren, der Jahrhunderte überdauert hatte.

»Dein Vater hat meinen behandelt wie Dreck«, sagte Anselm. »Von dem Berg Speck, in dem er wie eine Made saß, wollte er seinem Cousin keine Scheibe abgeben, also hat mein Vater beschlossen, sich stattdessen das Ganze zu nehmen. Das Hotel ist ihm entgangen, mit dem ist dein Vater davongekommen, und wegen des verfluchten Hotels glaubt ihr Liebenthals noch immer, dass ihr uns Fleißers wie Dreck behandeln könnt. Deshalb habe ich mir geschworen, dieses verdammte Hotel in meinen Besitz zu bringen, und ich lasse mich nicht gern verschaukeln. Du hast mir manchmal leidgetan, aber seit du versucht hast, mich zum Gespött der Stadt zu machen, ist es damit vorbei.«

»Ich war in Not, Anselm!«, rief sie hilflos. »Du hast recht, ich hätte so mit dir nicht umgehen dürfen, ich schäme mich dafür, aber ich wusste mir keinen anderen Rat.«

»Mach dir keine Sorgen.« Anselm lächelte. »Du wirst Gelegenheit bekommen, dafür zu bezahlen, und zwar nicht zu knapp. Deshalb habe ich nämlich die Zähne zusammengebissen und abgewartet, statt die Bombe schon auf deiner lächerlichen Hochzeit platzen zu lassen. Weil ich nicht will, dass du wie dein Vater mit einem blauen Auge davonkommst. Weil ich auf meine Chance warten wollte, um dich so tief zu verletzen, dass die Wunde nie mehr heilt. Diese Chance ist jetzt da, Oda. Der herrliche Weltensturm, der da draußen losbricht, der ist meine Stunde.«

Lidija Petrowna und Jurij waren verschwunden. Überhaupt schien niemand mehr in der Nähe zu sein, den sie kannte, und die Endlosigkeit des Meeres war nicht mehr schön, sondern beklemmend. Sie wollte Anselm Paroli bieten, sann auf irgendeine scharfe Erwiderung, aber ihr fiel nichts ein, das sie hätte sagen können.

»Guten Abend, Herr Fleißer. Danke, dass Sie sich um meine Frau gekümmert haben, während die Herren von der *Molva* mich mit Beschlag belegten. Das war sehr aufmerksam. Wenn Sie gestatten, würde ich die angenehme Pflicht jetzt aber gern wieder selbst übernehmen.«

Oda tat nichts, sondern ließ alles mit sich geschehen, glitt aus Anselms Armen in die von Ullrich wie ein Gegenstand. Er hatte sich in jener Nacht vor vier Jahren als grauenhafter Tänzer erwiesen und würde es bleiben. Unbeholfen manövrierte er sie von der gepflasterten Fläche hinunter auf den Rasen. Die Töne der Musik entglitten ihnen. Ullrich zog Oda näher zu sich, hielt sie wie schützend in den Armen und wiegte sich nur noch sachte mit ihr im Takt.

»Ist alles in Ordnung mit dir?«, fragte er leise an ihrem Ohr. »So weit es eben in Ordnung sein kann?«

Oda fühlte sich von Schwäche übermannt, lehnte sich gegen ihn und war dankbar dafür. Sein Duft nach Tabak und Brandy war im Augenblick das Wohltuendste, was sie sich vorstellen konnte. Es dauerte eine Weile, ehe sie ihre Stimme wiederfand. »Er hat mich bedroht«, sagte sie. »Ich nehme an, er glaubt, es kommt Krieg, und darin sieht er seine Gelegenheit, sich an mir zu rächen.«

»Kein Wunder«, sagte Ullrich und strich über ihr Haar. »So wie du heute aussiehst, wird er mehr denn je darüber grollen, dass du ihm entgangen bist.«

Sie schüttelte den Kopf. »Mich will er nicht. Er hat mich nie gewollt. Er will mein Hotel.«

»Hältst du es nicht für möglich, dass er das nur behauptet, um dich in Angst zu versetzen? Vermutlich reizt ihn das ungemein: der unerschrockenen Oda Liebenthal Angst einzujagen.«

»Glaubst du das?«

Er streichelte sie wieder. »Ich bin mir so gut wie sicher. Er bläst sich nur auf. Männer neigen dazu. Und das Säbelgerassel, das gerade europaweit Mode wird, regt offenbar dazu an.«

»Und sein Gerede vom Weltenbrand?«, fragte Oda. »Ist das auch nur Gerassel? Du hast mit den Leuten von der *Molva* gesprochen. Nimmt von denen einer an, aus dieser Sache wird doch noch mehr? Nimmst *du* es an?«

Die *Molva* gehörte zu den überregionalen Zeitungen des Reiches, die in Odessa eine eigene Ausgabe erstellten und gern gelesen wurden, ein recht nüchternes Blatt, dem man Sensationsgier nicht vorwerfen konnte und dessen Redaktion dem Hotel der Liebenthals wohlgesinnt war.

»Ach, Oda«, sagte Ullrich. »Du hast alles getan, um diese Nacht in einen Traum zu verwandeln. Willst du dir den Traum nicht lieber gönnen, statt auf einer Antwort zu bestehen?«

»Ich habe zum Träumen kein Talent«, sagte Oda. »Und die Antwort hast du mir doch schon gegeben. Redakteur Gozdan ist also der Meinung, es gibt Krieg?«

»Nicht unbedingt«, erwiderte Ullrich. »Gozdan und Laptschenko sind lediglich der Meinung, es *könnte* Krieg geben. Diese Reise des österreichischen Legionatsrats mit einer persönlichen Note von Kaiser Franz Joseph gefällt ihnen nicht. Sie sind aber zugleich überzeugt, dass der Österreicher nicht ohne den Deutschen zu den Waffen greifen wird. Die Ungarn sträuben sich. Dieses Reich ist wie ein überalterter Riese, dem die Knochen im Leib zerfallen. Und selbst wenn es zum Krieg käme, beunruhigt das die Herren Journalisten nicht sonderlich. ›Eine kurze, reinigende Dusche‹, hat Gozdan gesagt. Er glaubt, wir hier unten werden kaum etwas davon spüren.«

»Er mag nichts davon spüren, weil er Russe ist«, rief Oda. »Mir dagegen sind heute Morgen zwei Moskauer Gäste abgereist, die seit Jahren ihre Sommerfrische hier verbringen. Tessa hat vorhin gesagt, man geht in einen Krieg, weil man es will. Und wer ist das, der es will? Die Ungarn also nicht. Warum will es der Österreicher, dem sein Reich wie ein altes Skelett zerfällt, warum kümmert er sich nicht lieber darum, die morschen Knochen zusammenzuhalten?«

»Vielleicht weil Krieg sich als Mittel dazu eignet«, sagte Ullrich. »Wenn es gelingt, Menschen einzureden, dass ein gemeinsamer Feind von außen sie bedroht, wenn man ihnen sagt, sie müssten zusammenhalten, um sich der Gefahr zu erwehren, vergessen sie, dass sie noch immer schuften wie Leibeigene, dass ihre Kinder nichts zu essen haben und dass der Zar ungeniert prahlt, Reformen werde es unter ihm nicht geben. Ein Volk hat nur Kraft für eins von beiden: Krieg oder Revolution. Statt Arbeiter und Bauern gegen uns, ihre übersättigten Grundherren, ziehen zu lassen, könnte man ihnen die Habsburger und die Deutschen als Feindbild hinstellen. Wenn sie dagegen anrasen, kann Lenin in seinem Schweizer Exil versauern, und niemand schert sich mehr um ihn.«

Oda atmete schwer. Die Nachtluft war lau und voller Würze. Unten, im Labyrinth um den Faunenbrunnen, strich ein Liebespaar durch die Gänge. Oda erkannte die Umrisse ihrer kleinen Gestalten, die Arme, die sie sich dem Gegenüber um die Taille schlangen, die dicht zueinander geneigten Gesichter.

»Der Krieg kommt also. Du bist sicher?«

»Sicher kann doch niemand sein, meine Schöne. Ich schon gar nicht. Ich bin weder Diplomat noch Journalist, sondern nur ein Schriftsteller.«

»Der nicht schreibt.«

»Richtig. Ein Schriftsteller, der nicht schreibt, und ein Grundbesitzer, der sich nicht um seinen Grund kümmert, sondern zu allem zu faul ist und meilenweit weg in einem Luxushotel prasst.«

»Stimmt«, stellte Oda verwundert fest. »Weshalb wohnst du eigentlich hier, ich meine, was hat dich ausgerechnet zu uns verschlagen?«

Ullrich lachte. »Dafür, dass wir seit geraumer Zeit verheiratet sind, wissen wir ziemlich wenig voneinander, oder?«

»Ich jedenfalls von dir«, antwortete sie. »Also los, erzähl's mir. Warum hast du dir ausgerechnet mein Hotel ausgesucht, um darin zu prassen und nicht zu schreiben?«

»Ich nehme an, weil ich doch darin schreiben wollte«, sagte er. »Tatsächlich hatte ich einen Roman über dein Hotel im Sinn.«

»Du machst dich über mich lustig.«

»Nein«, sagte Ullrich. »Ich fürchte, ich habe keinen Humor.«

»Also wolltest du wirklich ein Buch über das *Odessa* schreiben? Warum?«

»Weil ich ein dekadenter, übersättigter Landbesitzer bin, den das verborgene Drama anzieht. Die Tragödie. Blut und verderbte Begierden. Während ich in Georgien für das *Schwarze Ferkel*-Buch recherchierte, stieß ich auf einen Zeitungsartikel, der sich um die Entstehungsgeschichte des Hotels rankte.«

»Du hast in Georgien für ein Buch recherchiert, das in Berlin spielt? Und dabei bist du auf die Geschichte von meinem Hotel gestoßen?«

»Die Welt ist klein«, sagte Ullrich. »Oder besser: Unsere Welt wurde immer kleiner und voller Zusammenhänge. Vielleicht macht ein Krieg sie ja wieder allzu groß und voller Grenzen. Meine Berliner *Ferkel*-Geschichte hatte Wurzeln in Polen und Norwegen, endete in Georgien und fand Einzug in einen Artikel über geheimnisvolle Vorgänge in Hotels, in dem auch eines in der Ukraine erwähnt wurde. Sonderlich ungewöhnlich fand das damals wohl niemand. Wir waren eben überzeugt, das Zeitalter des Weltbürgers sei angebrochen.«

»Und was gibt es von meinem Hotel Geheimnisvolles zu berichten?«, unterbrach ihn Oda, die ein Gefühl der Bedrohung nicht abschütteln konnte.

»Ich dachte, ich könnte irgendwelche Leichen, die unter den prächtigen Mauern begraben liegen, ans Licht zerren«, erwiderte Ullrich. »Aber du brauchst dir keine Sorgen zu machen. In all den Jahren war ich zu faul dazu, und jetzt wird so ein Buch über die abgründigen Leidenschaften des bürgerlichen Zeitalters kein Mensch mehr lesen wollen.«

Sie sahen einander nicht länger an, sondern blickten beide in dieselbe Richtung. Auf die zwei Liebenden, die jetzt wie in einer Art Hasch-mich-Spiel umeinander wirbelten, oder über sie hinweg aufs Meer.

»Wenn du so sprichst, dann teilst du offenbar nicht Gozdans Ansicht?«, fragte Oda. »Dass der Krieg schnell vorbeigehen könnte, dass es so schlimm schon nicht werden wird und uns vielleicht gar nicht betrifft?«

»Vielleicht gibt es ja gar keinen.«

»Und wenn doch?«, rief sie. »Ich sehe den beiden dort unten zu und komme nicht dagegen an, mich zu fragen, ob es das letzte Liebespaar ist, das am Faunenbrunnen herumstreicht und glaubt, ein einziger Sommer wäre ein ganzes Leben.«

»Wenn doch ein Krieg kommt, dann weiß ich nicht, wie lange er dauert«, sagte Ullrich und drehte sie sacht an den Schultern wieder zu sich. »Vielleicht bis Weihnachten. Vielleicht viel länger. Das Einzige, was mir sicher scheint, ist, dass es die Welt, die wir kannten, nicht mehr geben wird, wenn er vorüber ist. Aber darauf musst du nichts geben. Es ist nur düsteres Unken von einem, der sich gern darauf verstünde, eine Frau von ihren Sorgen abzulenken. Und die zwei da unten sind Lidija und Jurij. Ich denke, denen sind gerade alle Kriege auf der Welt egal.«

»Lidija und Jurij?« Sie warf noch einen Blick in die Tiefe und glaubte, den wippenden Haarbausch der Fürstin und die fliegenden Schöße von Jurijs Gehrock zu erkennen. Sie waren in etwa gleich groß, sie bestimmt doppelt so schwer wie er und womöglich dreimal so alt.

Ullrich drehte ihr Gesicht wieder zu sich, nickte und lächelte sie an. »Lass mich das eine tun, auf das ich mich verstehe. Gehen wir nach drinnen, und ich gebe dir einen Drink, der zwar nichts auslöscht, aber alles weichzeichnet.«

»Klingt unwiderstehlich«, sagte Oda und ließ sich von ihm zurück ins Hotel führen, wo es hell und lebendig war, die Räume erfüllt von Lachen, Gesprächen und Musik.

In dieser Nacht schliefen Tessa, Grischa und Mascha zum ersten Mal in der Wohnung bei Oda, ihrem Sohn und ihrer Mutter, und weil Oda, die ein wenig betrunken war, ihn darum bat, schlief auch Ullrich dort, in ihres Vaters Ankleidezimmer. Sie hatte um sich immer viel Raum und Abstand zu anderen gebraucht, doch jetzt erlebte sie die Enge als tröstlich. Als stecke im Menschen noch etwas vom Höhlentier, das sich zurückzog und an seine Artgenossen drängte, wenn seine Furcht sein Fassungsvermögen überstieg.

Am folgenden Sonntag, eine Woche nach dem Attentat von Sarajevo, übergab Alexander Hoyos, der Legationsrat der Donaumonarchie, dem deutschen Kaiser eine Denkschrift seines Regierungsrates und einen Brief von Kaiser Franz Joseph. Über das, was die Herren unter vier Augen besprochen hatten, konnte man nur spekulieren, doch war in mehreren Zeitungen von einem Telegramm die Rede, dass Hoyos aus Berlin nach Wien gesandt haben sollte.

Der Inhalt des Telegramms war selbstredend geheim. Dennoch wollten die Zeitungen wissen, es sei darin von der Bundestreue und vollen Unterstützung die Rede gewesen, die das Deutsche dem Österreichischen Reich zusichere, was immer dieses in der Sache auch entscheide.

Die Sommergäste des *Grandhotel Odessa* ließen sich davon nicht stören, sondern vergnügten sich unter wolkenlosem Himmel am Strand. Lediglich einige wenige traten überstürzt ihre Abreise an, aber Tessa sorgte dafür, dass die freien Zimmer umgehend neu belegt wurden. Die Preise für Zimmer und Service hatte sie zuvor erhöht. Für die nötigen Schreibarbeiten spannte sie Odas Mutter als Hilfe ein, sodass Oda selbst sich ganz darauf konzentrieren konnte, sich mit ihrem Stab Zerstreuungen auszudenken, um die Leute bei Laune zu halten.

Es gab viel zu tun. Aber ihre Arbeit hatte auf Odas Nerven schon immer eine heilsamere Wirkung ausgeübt als Baldrian, Spaziergänge an frischer Luft oder alkoholische Getränke. Im Lauf der folgenden Woche schien die Lage sich zu beruhigen. Jede Kriegserklärung blieb aus. An Serbien sollte lediglich eine *Demarche,* eine Protestnote mit Forderungen, ergehen, kein echtes Ultimatum, und die serbische Regierung hatte ihre Bereitschaft signalisiert, darauf einzugehen. Nachdem so viel geklärt war, war der deutsche Kaiser sichtlich unbesorgt auf seiner Jacht *Hohenzollern* in den Urlaub aufgebrochen.

Ullrich, der Oda zur Seite stand, wann immer sie ihn brauchte, berichtete, er hielte den englischen Außenminister Edward Grey für einen besonnenen Mann, dessen Plan, auf die Verbündeten in Russland und Frankreich einzuwirken, gelingen könne.

»In diesem Pulverfass, in dem jeder die kürzere Zündschnur sein möchte, einen Staatsmann zu entdecken, der tatsächlich friedliebend scheint, ist das Letzte, was ich erwartet hätte. Es ändert vieles, meine Schöne. Am Ende behalten doch noch die recht, die an einen Sturm im Wasserglas glauben, und nicht der pessimistische Misanthrop, den du geheiratet hast.«

Lidija Petrowna verbarg den Kopf unter ihrem Blusenärmel wie ein Vogel unter seinem Flügel, als Oda sie nach ihrem Abend mit Jurij fragte. »Er tanzt sehr ordentlich, wenn es das ist, was du wissen willst. Perfekte Umgangsformen, galant, der geborene Empfangschef. Und er stammt wie ich aus Sankt Petersburg, was nicht das Schlechteste ist, wenn man mich fragt. Etwas anderes dürfte dich ja wohl kaum interessieren, es sei denn, du willst eine alte Frau in Verlegenheit bringen.«

Flüchtig kicherte sie wie ein junges Mädchen, dann war sie wieder sie selbst und stopfte sich eine ihrer schwarzen Zigaretten in die Spitze.

Die Welt schien auch wieder sie selbst zu sein. Neu war lediglich, dass Oda mit Ullrich an der Seite durch die Gänge zog, dass Tessa mit ihr sprach und dass ihre Mutter morgens mit frisch frisiertem Haar am Schreibtisch saß. Schon nach wenigen Tagen hatte sich dies jedoch eingespielt, und nur drei Veränderungen blieben auf Dauer:

Die Zeitungen kamen häufiger als üblich.

Die Gespräche beim Frühstück und in den Salons wirkten ein wenig erregter.

Und Katjuša starb.

32

Valerie!«

Bodos Stimme hallte über die gesamte Länge und Breite der Lindenstraße. Vermutlich hörte ihn auch noch der Rest des Zeitungsviertels, in dem es seit vier Wochen zuging wie auf einem Verschiebebahnhof.

»Bleib verdammt noch mal stehen, Valerie!«

Wie immer, wenn sie erst einmal losgeflitzt war, drehte sie nur halb den Kopf und rannte dabei weiter, während alles – Haare, Rock und Jackenschöße – hinter ihr herwehte wie Fahnen. Wider Willen musste Bodo lachen. Vielleicht würde er immer lachen müssen, wenn er ihr zusah, vielleicht würde er immer amüsiert, fasziniert und verblüfft zugleich sein, gleichgültig, in welcher Lage er und sie und der Rest der Welt steckten.

Vielleicht war das einer der Gründe dafür, dass es so war, wie es war. Falls irgendwer für diese Dinge Gründe brauchte. Bodo von Arndt war an diesem Morgen zu dem Schluss gekommen, dass er keine brauchte, weil kein Grund etwas verändert hätte.

Er hatte sie vor dem Gebäude, in dem neuerdings ihre Zeitung untergebracht war, abfangen wollen. Sie schrieb für den *Vorwärts,* das Blatt der Sozialdemokraten. Da Rüdigers Vater sich beharrlich geweigert hatte, sie in ihren Plänen zu unterstützen, hatte Bodo ihr vorgeschlagen, die Vormundschaft kurzerhand auf ihn zu übertragen. Alfons von Metzler erhob gegen den Plan keine Einwände. Die Verantwortung für ›den Floh‹, wie er seine renitente Nichte nannte, wuchs ihm über den Kopf, und außerdem fühlte er sich von dem Wunsch des geburtsadligen Herrn von Arndt, an seiner Familie Anteil zu nehmen, viel zu geehrt, um ihn abzulehnen.

Vor Gericht wurde Bodo im Schnellverfahren zu Valerie Sidonie Schneiders Vormund ernannt. Von Rechts wegen hätte er ihr alles verbieten können, was er wollte. De facto verbot er ihr nichts, und wenn er Bedenken hatte, behielt er sie für sich. Eher hätte er eine Flutwelle aufhalten können oder den Krieg in Europa. Keine drei Wochen nach der Übertragung legte sie ihm den Arbeitsvertrag mit dem *Vorwärts*, den sie sich besorgt hatte, zur Unterschrift vor.

»Als Schreibfräulein«, bekannte Valerie, die nie etwas beschönigte. Ein Zimmer zur Untermiete trieb sie ebenfalls auf, und ihrer Mutter erzählte sie, Bodos verheiratete Schwester sei hocherfreut, sie bei sich aufzunehmen.

Weitere drei Wochen später war sie zur Reporterin aufgestiegen. »Sie schicken mich in die Karnickelzüchtervereine, und ich muss natürlich nach ihrer Pfeife tanzen. Aber wenn ich mich mit dem Zeug beeile, bleibt mir Zeit genug, um zu schreiben, was mir passt.«

Mittlerweile machte es auf Bodo eher den Anschein, als tanze die Redaktion des *Vorwärts* nach der Pfeife von Valerie Schneider. Wenn er sie in den letzten Monaten überhaupt zu Gesicht bekommen hatte, war es zwischen Tür und Angel gewesen, zwischen Kolumne und Reportage, in der knappen Mittagspause, außer Atem und mit Stapeln von Papieren unter dem Arm. Sie wurde blasser, dünner, abgehetzter, aber sie schien glücklich. Ihre Russenblusen und Bauernröcke trug sie mit strahlendem Selbstbewusstsein und wurde inzwischen mehrfach kopiert.

Für gewöhnlich ließ er ihr ihren Willen in allem, heute jedoch war er entschlossen, ihr einen Teil ihrer kostbaren Zeit zu stehlen. Er hatte sie zu *Jaedicke* einladen wollen, in das einzige Lokal, in das sie sich überhaupt gelegentlich schleppen ließ. Die Zeitungsleute hockten dort dicht an dicht, qualmten wie Vulkane, und zu essen gab es wenig anderes als Baumkuchen, den sie alle in sich hineinstopften. Aber Valerie aß gerne Baumkuchen. Zumindest behauptete sie das.

Bodo hatte diesen Jaedicke gebeten, ihm eine Flasche Sekt auf Eis zu legen, falls er so etwas auftreiben könne, oder ihm andernfalls zu gestatten, eine in sein Lokal mitzubringen. Zu seiner Verblüffung hatte der triefäugige Wirt eine waschechte Flasche *Veuve Clicquot* zutage gefördert, die eine feine Staubschicht veredelte.

»Ick weiß, die is jetz nich mehr salonfähig in unsern neuen patriotischen Zeiten. Aber ick tätse Ihnen billiger machen, wennse wollen.«

»Mir ist sie auch für den vollen Preis recht«, hatte Bodo ihm versichert und war gerannt, um Valerie nicht zu verpassen. Dass er an diesem Morgen zum Hauptmann befördert worden war, würde er ihr gegenüber nicht erwähnen, denn er wusste, damit war sie nicht zu beeindrucken. Genau genommen beeindruckte es ihn selbst auch nicht sonderlich.

Valerie zu beeindrucken war eine Kunst, in der er sich besser gar nicht erst versuchte. Die Treppe des Zeitungsgebäudes war sie hinuntergestürmt, als liefe sie um ihr Leben, wie gewohnt mit irgendwelchen Papieren unter dem Arm und ohne einen Blick nach links oder rechts. An Bodo schrammte sie vorbei wie an einer Litfaßsäule, die ihr ärgerlicherweise im Weg stand.

»Tut mir leid, Bodo«, rief sie, ohne auch nur zu fragen, was er wollte. »Ich habe keine Zeit, wir haben ein Treffen mit den Gewerkschaftsvertretern, die mit uns für morgen zur Antikriegskundgebung aufrufen.«

Damit war sie schon weg und rannte die Straße entlang, rief einem schwarz gelockten Schönling aus ihrer Redaktion noch hinterher: »Warte, Clemens, ich komme mit!«

Dass ihre Antikriegskundgebung ungehört verhallen würde, wusste sie zweifellos selbst. Die sogenannte *Demarche,* die der serbischen Regierung vor vier Tagen aus Wien überbracht worden war, enthielt Forderungen, die die Souveränität des serbischen Staates praktisch aushebelten. Dass Serbien diesen Katalog der Unverschämtheiten bis auf eine Kleinigkeit akzeptiert hatte, hatte Diplomaten auf der ganzen Welt verblüfft. Einen Atemzug lang hatten Männer wie der britische Außenminister Grey, die als Vermittler in beide Richtungen ruderten, womöglich Morgenluft gewittert und Hoffnung geschöpft.

Österreich aber hatte die partielle Annahme des Ultimatums, das angeblich keines war, zurückgewiesen. Nicht weil der Regierung der Donaumonarchie an der strittigen Kleinigkeit sonderlich viel gelegen war. Sondern weil die rüde formulierte *Demarche* von Anfang an nicht auf Erfüllung ausgelegt war, sondern als Anlass für den Krieg, den man inzwischen wollte.

»Sie setzen Europa in Brand«, sollte Sergei Sasonow, Russlands Außenminister, gesagt haben, als ihm der Wortlaut der Note vorgelegt worden war.

Es ging in den Krieg. Valerie wusste das so gut wie er. Sie saß ständig am Fernschreiber, war bestens informiert, und zudem war sie zwar eine unermüdliche Kämpferin, aber keine, die sich Träumen hingab. Sie musste wissen, was das bedeutete. Nicht für Österreich und Serbien, für Russland und Deutschland, sondern für Valerie Schneider und Bodo von Arndt. Falls irgendwo in dem bemerkenswerten System, das ihr Hirn darstellte, für derlei Banalitäten ein Winkel frei war.

Sie hatte den Schönling, der nur halb so viele Unterlagen schleppte wie sie, fast erreicht.

»Valerie!«, brüllte Bodo. Die halbe Lindenstraße drehte sich nach ihm um. »Bleib verdammt noch mal stehen, Valerie!«

Sie zögerte. Verlangsamte nur ihr Tempo und wandte halb den Kopf. »Was gibt es denn so Dringendes? Wenn es nicht brennt und kein Blut fließt, muss es warten.«

»Es fließt Blut.« Bodo fiel ins Rennen, lief Slalom durch die

Menschenmenge. Er holte sie ein und hielt sie am Arm fest, obwohl er wusste, dass sie so etwas hasste. Zumindest gab er sich Mühe, den Papierstapel unter ihrem Arm nicht aus dem Gleichgewicht zu bringen. »Verdammt, Valerie, mir ist egal, zu welchem weltbewegenden Treffen du gerade unterwegs bist. Deine Friedensstifter werden eine halbe Stunde lang ohne dich auskommen müssen. Ich habe mit dir zu reden, und was ich zu sagen habe, lässt sich nicht auf der Straße abhandeln. Gehen wir zu *Jaedicke*.«

»Bodo, ich kann nicht.« Sie machte sich los, blieb aber immerhin stehen. »Falls du den Wunsch, meiner Arbeit nachzugehen, für Koketterie hältst, brechen wir dieses Gespräch besser ab.«

»Dieses Gespräch«, fragte er, »oder den ganzen Rest gleich mit?«

»Das liegt bei dir«, sagte sie. »Erpressen lasse ich mich nicht.«

»Zum Teufel, hörst du mir mal drei Minuten lang zu? Ich versuche nicht, dich zu erpressen, sondern dir zu erklären, dass ich aus meinem Urlaub zurückbeordert bin und mich morgen früh in Lübben einzufinden habe. Dass ich von dort noch mal hierherkomme, ist unwahrscheinlich, und genauso unwahrscheinlich ist, dass wir noch lange in Lübben bleiben. Spätestens morgen erklärt Österreich Serbien den Krieg.«

Sie hielt seinem Blick stand. Der Sommerwind zupfte an ihrem Haar und blies Strähnen über ihr Gesicht.

»Ich gehe davon aus, dass Deutschland und Russland ein paar Tage später folgen. Staatspräsident Poincare hat in Sankt Petersburg, das wir neuerdings Petrograd zu nennen haben, versichert, dass mit Frankreich als Bundesgenossen zu rechnen ist, und ob der formidable Edward Grey es schafft, seine Briten draußen zu halten, spielt keine Rolle mehr. Wir werden vermutlich wie Frachtkisten vom Güterbahnhof Lübben aus an die belgische Grenze verlegt.«

»Ich verstehe«, sagte sie. »Also bist du gekommen, um dich zu verabschieden.«

»Nein, verdammt.«

»Hast du jetzt irgendwann genug geflucht, oder dauert das noch länger?«

Ihre Augen waren klar und unbewegt. Bodo wurde bewusst, wie sehr er sich in den letzten beiden Jahren an dieser Klarheit und Unbeirrbarkeit festgehalten hatte, wie sie sein Anker gewesen waren, der Teil seines Lebens, der sich am wenigsten wahnsinnig angefühlt hatte. Valerie war das mutigste Geschöpf, das er kannte, und das ehrlichste vor sich selbst. Sie war wie Erbsensuppe mit Würstchen: gehaltvoll, frei von Schnickschnack und erstaunlich stärkend. »Valerie«, sagte er, »in Kriegen wird scharf geschossen.«

»Weiß ich«, sagte sie, »deshalb protestiere ich ja dagegen, falls du die Freundlichkeit hast, mich heute noch einmal hier wegzulassen.«

»Ich könnte dabei sterben.«

»Das hast du gewusst, als du diese fesche Uniform angezogen hast, oder nicht? Wenn du Milchbauer wirst, kannst du dich später auch nicht beklagen, dass du nach Kuhdung stinkst.«

»Ich beklage mich nicht. Im Gegenteil. Als Offizier in Lübben bekomme ich den Kuhdung und die fesche Uniform sogar in einem. Was ich dir klarzumachen versuche, ist, dass du im Fall meines Todes für Kaiser und Vaterland ohne Vormund wärst und vermutlich wieder unter die Aufsicht des gestrengen Herrn von Metzler gestellt würdest.«

»Das ist nichts Neues, sondern hat Tradition«, kam es ohne Zögern von ihr. »Männer machen Kriege, und Frauen müssen mit dem Schaden fertigwerden.«

»Ist das nicht ein bisschen kurz gedacht für eine politische Journalistin?«

»Schon möglich. Aber ich habe ja auch keine Zeit.«

Er atmete einmal tief durch. »Ich möchte nicht, dass du mit dem Schaden fertigwerden musst, Valerie. Hast du mir nicht kürzlich erklärt, die freiesten Frauen des Reiches seien die Witwen gut situierter Männer? Ein gut situierter Mann bin ich zwar nicht gerade, aber als meine Witwe hättest du einen Pensionsanspruch, und Rüdigers Vater könnte dir nicht mehr dreinreden. Ich will, dass du dir in der Redaktion drei Tage freinimmst, mit nach Lübben kommst und dich mit mir trauen lässt. Es geht ganz schnell und tut auch nicht weh, wie mir aus zuverlässiger Quelle berichtet wird. Mit einem Krieg vor der Tür werden die üblichen Formalitäten beschleunigt, und die nötigen Nachweise habe ich bereits hinterlegt. Konni hat es schon gestern hinter sich gebracht und bei voller Gesundheit überlebt.«

»Er will Annette versorgt wissen?«, fragte Valerie.

Bodo nickte. Dass Annette Wiener, mit der Konni eher gedankenlos eine Liebelei angefangen hatte, schwanger und Konni todunglücklich war, behielt er lieber für sich. Gegen Annette war nichts zu sagen. Sie war ein liebes Mädchen, auch nett anzusehen, aber eben nicht das Besondere, von dem Konni geträumt hatte, nicht der Stern, nach dem er hatte greifen wollen.

Belle.

Er hatte sie angehimmelt, solange Bodo sich erinnern konnte. »Sie ist die Art von Prinzessin, für die ein Mann über sich hinauswächst«, hatte Konni gesagt. »Für die er kein Haus baut, sondern ein Schloss, und sich keine Stellung schafft, sondern ein Reich gründet.« Nun würde er stattdessen als eiligst beförderter Leutnant in den Krieg ziehen und Vater eines Kindes werden, das er womöglich monatelang nicht zu sehen bekam. Auf seinen Rang war er stolz. Was aber das Kind und alles, was damit einherging, betraf, konnte er die Angst nicht verleugnen, der arme neurasthenische Konni, daher kam ihm der Krieg wohl ganz gelegen.

Valerie Schneider war in gewisser Weise das Gegenteil von Annette Wiener: Sie war kein liebes Mädchen. Sie war nicht nett anzusehen. Und eine, die so ganz und gar besonders war, würde er schwerlich auftreiben, selbst wenn er die halbe Welt absuchte.

»Bodo«, sagte sie.

»Der bin ich.«

»Hast du mich gerade gefragt, ob ich dich heirate?«

»Ja, das habe ich«, sagte Bodo. »Ich habe bei *Jaedicke* eine Flasche Champagner auf Eis legen lassen, aber du ziehst es ja vor, lebensentscheidende Entschlüsse auf der Straße vor dem sozialdemokratischen Zeitungshaus zu treffen.«

»Aber warum?«, fragte Valerie.

»Warum wir hier wie auf dem Präsentierteller herumstehen, statt im verschwiegenen Winkel Champagner zu trinken? Das frage ich mich allerdings auch.«

»Warum du mich heiraten willst«, fuhr sie ihn an. »Ich bin ein wildes, zottiges Biest, das keine Kinder großziehen, sondern für die Befreiung der Frau kämpfen will, ich habe keinen Sinn für Mode, kann mich in deinen Kreisen nicht bewegen, und ich bin kein bisschen hübsch. Deine Freunde liegen dir ohne Zweifel seit Jahr und Tag in den Ohren, warum du dir einen Klotz wie mich ans Bein bindest, wo du an jedem Finger zehn attraktivere Frauen haben könntest.«

»Tun sie«, bestätigte Bodo.

Er sah ihr zu, während sie ihm Gift und Galle entgegensprühte, spürte, was mit ihm geschah, und hatte größte Mühe, nicht zu lächeln. Noch einmal begriff er, dass er keine Gründe brauchte. Es war, wie es war, und für ihn war es gut so.

»Warum also?«, blaffte sie. »Weil du mich nicht ernst nehmen musst, sondern dich über mich amüsieren kannst, weil du Lust hast, aus der Reihe zu tanzen, weil die Frau, die du liebst und heiraten wolltest, in Odessa sitzt und unerreichbarer ist als jemals zuvor?«

Der Hieb war gut gezielt und traf an der gewohnten Stelle. Zu Bodos Verblüffung war der Schmerz jedoch nur noch eine Erinnerung. So wie der Schmerz aus den Nächten, in denen sein betrunkener Vater seine schöne, zarte Mutter verprügelt hatte und er selbst geschrien und an ihm gezerrt hatte, ohne dass der Vater es überhaupt bemerkte. Hinterher hatte der Vater die Eisenbahn zertreten, die er mit Bodo aus Faltpapier gebastelt hatte, und hatte sich schlafen gelegt. Das alles war noch da, wie auch die geschmiedete Laterne auf der Promenade noch da war, unter der er als schlaksiger Fünfzehnjähriger Oda Liebenthal geküsst hatte, aber es war weit weg und konnte ihm nichts mehr anhaben.

»Vielleicht aus all diesen Gründen und noch einigen mehr«, anwortete er Valerie. »Genau weiß ich es nicht, und auf dem Formular für die standesamtliche Trauung habe ich es nicht angeben müssen.«

»Du hast bereits ein Formular ausgefüllt, um dich mit mir trauen zu lassen?«, brach es aus ihr heraus.

»Das sage ich doch«, erwiderte Bodo. »Es muss jetzt eben schnell gehen.«

»Nein«, sagte sie.

»Wie – nein?«

»Nein, ich heirate dich nicht«, sagte Valerie. »Und jetzt muss ich wirklich gehen, sonst ist die Versammlung zu Ende, ehe ich ankomme.«

Sie machte eine ruckartige Bewegung, um den Papierstapel wieder in eine stabile Position zu bringen. Dann ging sie, schnitt durch die Menschenmenge, die wie ein aufgestörter Ameisenhaufen durcheinanderwimmelte, und entfernte sich von ihm mit ihren schnellen, kleinen Schritten. Bodo blieb stehen und sah ihr nach, unfähig sich zu rühren. Ihr Rock wehte, ihr Haar wehte, sie war ein Schiff in vollen Segeln, das sich von niemandem aufhalten ließ. Er wusste gar nichts mehr, nur dass er hier stehen bleiben und ihr nachblicken würde, bis sie nicht mehr zu sehen war.

Hätte es etwas genützt, laut auszusprechen, was er für sie empfand? Würde es etwas nützen, es jetzt noch zu tun, solange sie in Hörweite war? Er brachte es nicht über sich, weil es ihm nicht fair vorkam. Sie hatte Nein gesagt, und er hatte kein Recht, sie zu etwas zu drängen, das sie nicht wollte.

Sie erreichte die Kreuzung, an der sie abbiegen musste, und blieb mitten im Gedränge stehen. Mit dem Papierstapel unter dem Arm drehte sie sich nach ihm um.

»Ich heirate dich nicht, aber ich will heute Nacht mit dir schlafen«, rief sie. »Hol mich nach acht hier ab, such uns ein Stundenhotel, oder was auch immer. Bei meiner Wirtin können wir nicht bleiben.«

Bodo hatte schon wieder Mühe, ernst zu bleiben. »Mein lieber Scholli. Weißt du, was ein Stundenhotel ist, Valerie?«

Alle Gespräche um sie herum verstummten. In der Berliner Lindenstraße rückten Serbien und Österreich, Mobilmachung und Kriegsgefahr einen Herzschlag lang ins zweite Glied.

»Ich liebe dich«, sagte Valerie. Dann drehte sie sich um und verschwand samt ihrem Papierstapel schnell in der Seitenstraße.

33

Oda hatte angeboten, für Katjušas Begräbnis zu bezahlen, doch Andreja hatte abgelehnt. »Es ist sehr großzügig von Ihnen, gnädige Frau«, hatte sie gesagt. »Aber ich glaube nicht, dass Katjuša es gewollt hätte. Wir in der Küche geben alle ein wenig Geld, und sie gehörte nicht der Kirche an. Es wird also nicht viel kosten.«

»Sie gehörte nicht der Kirche an?« Von ihren russischen Angestellten wusste Oda, dass sie zu sämtlichen orthodoxen Feiertagen in die Verklärungskathedrale pilgerten, die Katharina die Große hatte bauen lassen, damit ihr Odessa, ihre Stadt im Himmel, von himmlischen Mächten geschützt war.

Würde sie geschützt bleiben wie in ihren hundert Jahren Geschichte – Odessa, die vom Glück begünstigte, die in den Himmel lachende Stadt?

»Ich glaube, es war wegen des Kindes«, sagte Andreja. »Weil sie doch keinen Mann hatte, und weil sie ja vielleicht selbst ein Kind ohne Segen war. Und hinterher hat sie dann wohl erst recht nicht hingehen wollen, denn es hat ja der Herrgott über ihr Kind nicht die Hände gehalten.«

Oda stellte keine Fragen mehr zu Katjuša, die tot in ihrer Kate gelegen hatte, als Andreja ihr am Morgen nach einer Festlichkeit Reste vom Büfett bringen wollte. Oda hatte begriffen, was Andreja ihr zu sagen versuchte, dass nämlich sie auf Katjušas Begräbnis nicht erwünscht war, dass nicht einmal ihr Geld erwünscht war und dass sie alles, was Katjuša betraf, am besten auf sich beruhen ließ.

Als hätte es Katjuša, die seltsame Frau, die sie *Zainka*, ihr schwarzes Häschen, genannt hatte, nie gegeben.

Am Morgen nach dem Begräbnis fand Oda Polizeibeamte von der Wache am Sobornaja-Platz in ihrer Halle, in der Pagen und Zimmermädchen kopflos umherliefen und der stoische Sebastien vergeblich versuchte, für Ordnung zu sorgen. In der Nacht war ein Pflasterstein durch eine der großen Glastüren geschleudert worden, die aus dem Restaurant hinaus auf die Terrasse führten. Überall, zwischen den Tischen mit den Sonnenschirmen und verstreut auf den Anrichten, auf denen die Delikatessen für das Frühstück angerichtet wurden, lagen Glasscherben.

»Wir kommen zurecht, *Madame*«, versicherte ihr Sebastien. »Ich habe die Küche bereits angewiesen, das Frühstück im Wellensaal zu servieren, und die Kellner beauftragt, großzügig Champagner auszuschenken. Beides zusammen wird die Aufregung unter den Gästen dämpfen. Die Glaserei ist verständigt. Bis heute Abend ist von dem Schaden nichts mehr zu bemerken.«

Die Beamten ermittelten lustlos und gleichgültig. Wer hatte Zugang zu den Gärten, gab es Verdächtige, hatte jemand etwas Ungewöhnliches bemerkt?

»Durch das Portal ist kein Unbefugter hereingekommen, dafür verbürge ich mich«, sagte Eduard Milstein. »Und unsere Gäste sind über jeden Verdacht erhaben.«

»Tatsächlich?«, fragte Hauptmann Wolonsky, und auf einmal erinnerte sich Oda, dass er Anselms persönlicher Freund war. »Können Sie das über jeden sagen, der bei Ihnen nur auf ein paar Nächte unterschlüpft?«

»Bei uns schlüpft niemand unter«, erwiderte Eduard pikiert. »Bei uns reservieren die Angehörigen eines erlesenen Personenkreises im Voraus ihre Zimmer, und Sie können sicher sein, dass kein Subjekt, das im Mindesten suspekt erschiene, hier Aufnahme fände. Wir sind kein Verbrechernest in den Katakomben, wir sind das *Grandhotel Odessa*.«

»Wie Sie meinen«, gab Wolonsky zurück. »Ich glaube mich zu

erinnern, dass ein gewisser Vitaly Pertsow hier abgestiegen ist, auf dessen Konto die Bombe im Kaffeehaus *Seibman* geht. Soweit ich informiert bin, hat der Kerl hier wochenlang gehaust und seine konspirativen Zusammenkünfte abgehalten, ohne dass irgendwer Verdacht schöpfte. Aber ich kann mich natürlich irren, ich gehöre ja nicht zum *Grandhotel Odessa*.«

»Sie irren sich nicht.« Das war Tessa, die neuerdings ständig wie aus dem Boden gestampft auftauchte. »Pertsow hat hier gehaust und Zusammenkünfte abgehalten, und es hat niemand Verdacht geschöpft, weil ich ihn gedeckt habe. Wollen Sie das einer Frau vorhalten, die damals jung, unerfahren, töricht und blind war und für ihren Fehler nicht gerade gnädig bestraft worden ist? Es ist bald zwanzig Jahre her. In Ihrer Untersuchung des heutigen Vorfalls bringt Sie das wohl kaum weiter.«

Oda wünschte, sie hätte selbst etwas vorbringen können, doch ihr fiel nichts Hilfreiches ein. Ihr Hotel war wie aus dem Nichts angegriffen worden, und zum ersten Mal fühlte sie sich als seine Besitzerin hilflos, weil sie nicht wusste, wo sie mit ihrer Gegenwehr ansetzen sollte.

Wolonsky und seine Leute hielten schließlich fest, dass von vorne zwar niemand, von hinten aber so gut wie jeder in die Gärten eindringen und den Stein hätte werfen können, was weitere Ermittlungen unmöglich machte. Zudem sei ja niemandem großer Schaden entstanden. Dass ein Angriff auf ihr Hotel derart gleichmütig abgetan wurde, erschreckte Oda womöglich mehr als der Angriff selbst. Das *Odessa* war wie die Himmelsleiter und das Richelieu-Denkmal ein Wahrzeichen der Stadt, und von einer Attacke darauf hätten ihre Bürger sich ebenfalls attackiert fühlen müssen.

»Ich würde mich über so was nicht allzu sehr wundern«, bemerkte Wolonsky auf ihren Protest hin. »Ihr Kaiser hat das Angebot unseres Außenministers kaltschnäuzig abgelehnt, als wären wir Hunde, die zum Betteln zu euch kommen müssen. Aber da hat er sich geschnitten, *Madame.* Das Russische Reich hat die größte Armee der Welt, und wer von uns Krawall will, der soll seinen Krawall bekommen.«

Die Polizisten zogen ab, in aller Hast begannen die Vorbereitungen für das Frühstück, und wenig später machten sich die Glaser ans Werk. Natürlich kam es, wie Sebastien es ihr versprochen hatte: Bis zum Abend war von dem Vorfall nichts mehr zu bemerken. Oda aber, die sich mehr denn je bemühte, für reibungslose Abläufe und zufriedene Gesichter zu sorgen, ging das Geschehene den ganzen Tag nicht aus dem Kopf.

Es war gut möglich, dass hinter dem Steinwurf überhaupt kein politisches Motiv steckte. Jemand, der Katjuša gekannt hatte und auf dem Begräbnis gewesen war, konnte seinem Zorn über die Art und Weise, wie man sie behandelt hatte, Luft gemacht haben, und sogar ein Amoklauf von Anselm Fleißer war nicht völlig auszuschließen. Diese Möglichkeiten machten in Odas Augen jedoch nichts besser oder leichter. Bestehen blieb die Tatsache, dass die Polizei nichts unternommen hatte, um ihr zu helfen. Hauptmann Wolonskys Worte kamen ihr vor wie eins der Warnschilder, die an den Stränden aufgestellt wurden, wenn Stürme drohten. Und dennoch ertranken regelmäßig Schwimmer, weil sie sich um die Warnung nicht scherten.

Das *Grandhotel Odessa* durfte nicht untergehen. Sie würde auf einen Rettungsring sinnen müssen, und wenn sie nicht bald einen fand, wenn das Meer erst einmal die Oberhand gewann, kam alle Hilfe, wie bei den Schwimmern, zu spät.

Vor dem Abendessen ging sie hinüber in ihre Wohnung, half Rosa, den kleinen Edvard zu baden und zu Bett zu bringen, und gab sich einmal mehr alle Mühe, ihrem Kind die Wärme und Zärtlichkeit zu schenken, die sie nicht empfand.

Ich bin eine kalte Frau, durchfuhr es sie. Außer einem Hotel, das aus Stein gebaut ist, kann ich nichts lieben. Da draußen, von meinen lachenden Gästen unbemerkt, braut sich womöglich eine Katastrophe zusammen, aber nicht einmal die Tatsache, dass die Menschen um mich vom Tod bedroht sind, macht es mir möglich, sie zu lieben. Für meine Mutter schäme ich mich, und auf dem Begräbnis meines Vaters habe ich nichts empfunden als Eifersucht. Die Frau, die immer gut zu mir gewesen ist, habe ich in den Tod getrieben, und das Kind, das sie hatte, habe ich nicht beschützt. Ich kann nicht einmal mit Geld etwas an ihr wiedergutmachen, weil meinen Angestellten selbst mein Geld zuwider ist.

Und mein eigenes Kind wimmert unaufhörlich in einem hohen, nervenzerreißenden Ton und lässt sich von mir nicht beruhigen. Recht hat es. Einem Kind, das einen Gäste hofierenden Automaten zur Mutter hat, bleibt nichts anderes übrig, als zu greinen.

Sie gab schließlich auf und überließ den Jungen Rosa, konnte es sich jedoch nicht verkneifen, an der Tür zur Kinderstube zu lauschen.

»Aber wer wird denn so weinen, mein Spätzelchen, mein kleines, du bist doch nicht alleine. Rosa erzählt dir noch einmal das Märchen von den wilden Schwänen oder das von Sonne, Mond und Stern, die um das schönste Mädchen auf Erden freien, und statt eins der mächtigen Gestirne zu wählen, wählt sie den kleinen Stern, weil er so freundlich funkelt.«

Rosa redete noch eine ganze Weile weiter, dann wechselte sie vom Deutschen in die estnische Sprache, die Oda nur von ihr hörte, wenn sie sang. Das Kind beruhigte sich. Oda konnte förmlich sehen, wie sich ihr Sohn im Schoß seiner Kinderfrau zusammenrollte und im Einschlafen die Angst und die Verlassenheit vergaß, die ihn stets begleiteten.

Sie leistete ihre Pflicht ab wie ein Soldat, begrüßte die Gäste, die von einem Tag in der Sonne zurückkehrten, machte Komplimente, heuchelte Freude und beruhigte die wenigen, die sich sorgten. Anschließend setzte sie sich jedoch nicht wie sonst im Restaurant zum Essen, sondern lief nach oben in die Wohnung, warf sich auf das große Bett, das einst das Ehebett ihrer Eltern gewesen war, und weinte haltlos.

Damals, im Alter von nicht ganz drei Jahren, nach der Besteigung der Himmelsleiter, hatte sie beschlossen, sich das Weinen abzugewöhnen. Wer Schwäche zeigte, bot Angriffsfläche, und das wollte sie keinem ihrer Feinde jemals wieder gönnen. Hier aber sah und hörte sie kein Mensch. Jahrelang hatte sie die Wohnung lediglich als eine Notwendigkeit betrachtet. Irgendwo musste sie schließlich schlafen und sich herrichten, ehe sie ins Hotel zurückkehrte, wo das wirkliche Leben sich abspielte. Jetzt jedoch war sie froh, einen Rückzugsort zu haben, an dem sie sich gehen lassen konnte. Sie hatte keine Kraft mehr, an sämtlichen Fronten zu kämpfen, und fühlte sich überall von Feinden umgeben.

Das Klopfen war nur sehr leise, und gleich darauf wurde die Zimmertür langsam geöffnet. Sie quietschte ein wenig in den Angeln, was Oda drüben im Hotel nie hätte durchgehen lassen.

»Oda? Darf ich hereinkommen?«

Sie drehte sich auf dem Bett herum und verbarg gleichzeitg ihr verheultes Gesicht. »Noch mehr schlechte Nachrichten?«

»Nein«, sagte Ullrich. »Nur dein Ehemann, der nachsehen möchte, ob er irgendwie behilflich sein kann. Auch wenn er kein richtiger Ehemann ist und nicht vorhat, sich wie einer aufzuspielen.«

Oda setzte sich auf, wischte sich kurz über Wangen und Augen und unternahm den sinnlosen Versuch, ihr Haar zu richten. »Ich hatte im Grunde nie etwas *Richtiges*«, überlegte sie. »Keine richtige Schwester, keinen richtigen Liebhaber, keinen richtigen Bruder, keinen richtigen Ehemann.«

Kein richtiges Kind, fügte sie in Gedanken hinzu, und der Gedanke tat weh. Nicht um ihretwillen, sondern weil es so traurig für den kleinen Jungen war, der um sein Leben nicht gebeten hatte.

»Du hättest anderes verdient«, sagte er. »Es tut mir von Herzen leid.«

»Muss es nicht«, sagte Oda und war froh, dass er gekommen war. »In manchen Lebenslagen hat sich das Unrichtige als ziemlich nützlich erwiesen, und wie nützlich das Richtige gewesen wäre, weiß ich ja nicht. Mein unrichtiger Bruder Bodo beispielsweise trieb mich mit dem Blödsinn, den er schwatzte, zwar zur Weißglut …«

»Das haben Brüder so an sich. Auch richtige.«

»Aber wenn ich zurückdenke, bringt er mich ziemlich oft zum Lachen. Solange wir Kinder waren, wollte er ständig irgendwelche Wettbewerbe veranstalten: wer am weitesten spucken, wer die meisten Purzelbäume hintereinander schlagen, wer am längsten die Luft anhalten kann …«

»Auch das kennt man von richtigen Brüdern.«

»Und dann, als ich vierzehn war und irgendwie kein Kind mehr, hat er gesagt, wir machen den Luftanhalte-Wettbewerb einmal auf neue Weise, und er wettet, dass ich noch immer nicht gegen ihn gewinnen kann. Ich habe mich natürlich überreden lassen, weil mir seine Angeberei so auf die Nerven ging. Er hat gesagt, ich muss stillhalten, die Lippen öffnen und die Luft anhalten, und als Nächstes hat er sich vorgebeugt und mich geküsst.«

»Donnerwetter«, bekundete Ullrich. »So etwas ist bei richtigen Brüdern wohl eher selten. Du hast natürlich recht damit, dass ein Mädchen mit vierzehn kein Kind mehr ist. Selbst wenn es sich vielleicht noch fühlt wie ein Kind. Die Signale, die es sendet, sind andere, und das ist gefährlich.«

»Nicht mit Bodo«, sagte Oda. »Ich habe ihm eine geknallt, und er hat sich totgelacht. Alles wie immer. Wie in all diesen Jahren.«

Sie presste sich die Hände auf die Brust, die ihr so wehtat, als hätte sie sich mitten im schönsten Sommer die Bronchien erkältet. Sie hätte heute Abend gern Medizin zum Vergessen gehabt – etwas gegen Bilder von eingeschlagenen Scheiben und einer Terrasse voller Scherben, gegen den Duft von Akazienblüten und den Geschmack von unbeholfenen Jungenküssen, gegen das Geschrei der Zeitungsjungen, das Wimmern ihres Sohnes und Katjušas Stimme, die sie *Zainka* nannte.

»Hast du einen?«, fragte sie Ullrich. »Einen richtigen Bruder? Entschuldige. Ich fürchte, wir wissen wirklich wenig voneinander.«

»Bei mir brauchst du dich deswegen nicht zu entschuldigen«, sagte er. »Mir gefällt es ganz gut. Dieser Gedanke, dass man in ein Hotel hineingehen und den, der man gewesen ist, draußen lassen kann, hat eine ungeheure Attraktivität für mich. Sagen wir so: Wenn ich Brüder und Schwestern hatte, dann ist das lange her und nicht mehr von Belang. Außerdem sollte es ja um dich gehen. Der nicht richtige Ehemann würde gern versuchen, sich ebenso wie der nicht richtige Bruder mit dem als nützlich zu erweisen, was er am besten kann.«

»Und was kann der nicht richtige Ehemann am besten?«

»Die jüdischen Heiratsvermittler dieser Stadt gelten als Meister darin, eine Frau mit dem passenden Mann zusammenzubringen«, antwortete er. »Ich hingegen gelte als Meister darin, eine Frau mit dem passenden Drink zusammenzubringen.«

»Ich glaube, deine Meisterschaft ist mir heute lieber als die der jüdischen Heiratsvermittler.«

Er trat näher heran und betrachtete gründlich ihr Gesicht. »Meiner fachmännischen Einschätzung nach bist du in einer Verfassung, in der es Calvados sein darf.«

»Bin ich das? Ich habe noch nie welchen getrunken.«

»Dann wird es Zeit«, sagte er. »Ich weiß, das *Odessa* ist gut bestückt, aber wenn der Vorrat zur Neige geht, ist es fraglich, wann wir wieder welchen bekommen werden.«

»Also führt jetzt wirklich kein Weg mehr daran vorbei?«, fragte sie.

»Am Krieg? Wohl nicht. Der deutsche Kaiser hat Sosonows Vermittlungsvorschlag ebenso abgelehnt wie insgesamt sieben des armen Edward Grey.«

»Und jetzt lässt der Zar mobilmachen? Hat er wirklich die größte Armee der Welt?« Wie absurd ihre Lage war, ließ sich kaum begreifen: Sie lebten in einem Staat, der sich bereit machte, mit einem anderen in einen Krieg einzutreten, sie waren hier geboren, hatten alles hier, was sie besaßen, und wurden doch als Bürger des feindlichen Staates wahrgenommen, den sie nie betreten hatten. Würden russlanddeutsche Männer an die Front geschickt werden, und wenn ja, auf welcher Seite? Vor allem aber: Was würde aus einem Hotel, das auf seine Neutralität stets großen Wert gelegt und Gästen aus allen Ländern offen gestanden hatte? Hatte einer, der allen Heimat hatte bieten wollen, auf einmal selbst keine Heimat mehr?

»Das mit der größten Armee dürfte zutreffen«, sagte Ullrich. »Aber was nützt ihm das, wenn es ihm an Waffen, Munition und Ausrüstung fehlt? In dem Wettrüsten, das Deutschland und Britannien sich seit Jahren liefern, hat er nicht mithalten können, seine Nachrichtenmittel sind veraltet, und die Transportwege für Nachschub und Versorgung schlecht ausgebaut. Dass er sein Volk unter solchen Voraussetzungen in den Krieg treibt, ist ein Akt des Wahnsinns, aber hindern wird ihn keiner. Wann hätten Schafe auf dem Weg zur Schlachtbank je mehr getan als blöken?«

»Weißt du, an wen ich denken muss?«, fragte Oda.

»Nein. Aber du machst mich neugierig.«

»An Lenin«, sagte sie. »Wenn ich über Mittel und Wege verfügte, vielleicht würde ich ihn aus dem Schweizer Exil zurückholen, damit er die Leute in die Revolution führt, statt in den Krieg. Du hast gesagt, sie haben nur Ressourcen für eines von beiden, und von Lenin hat jemand erzählt, dass er wie eine Droge auf die Menschen wirkt.«

Ullrich lächelte schwach. »Du könntest in Erwägung ziehen, dem deutschen Kaiser ein Telegramm zu schicken. Verschlüsselt natürlich. Vielleicht bringst du ihn auf Ideen.«

»Sofern man mich nicht vorher steinigt, weil ich mit dem deutschen Kaiser Telegramme austausche.«

»Die Befürchtung wäre nicht ganz unberechtigt«, gab er zu. »Aber wir wollten doch trinken, nicht reden. Wenn wir jetzt schon beim Steinigen sind, bekommst du heute Nacht keinen Schlaf. Ich gehe mich um den Calvados kümmern, und dazu könnte dir ein leichtes Abendessen nicht schaden. Ein paar *Deruny,* Zwiebelmarmelade, reife Birnen und scharfen Käse, was meinst du, meine Schöne?«

»Warum nennst du mich so?«, fragte Oda.

»Gehört das zu den Dingen, die einem nicht richtigen Ehemann nicht zustehen?«

»Nein«, sagte sie. »Mich stört es nicht. Es wundert mich nur, weil es das letzte Wort ist, das zu mir passt.«

»Welches Wort – schön?« Er schien ehrlich erstaunt. Seine Augen wurden schmal, während er sie unverwandt ansah, und der Ausdruck in seinem Gesicht veränderte sich. »Das kannst du nicht ernst meinen. Großer Gott, Oda. Hast du wahrhaftig nicht die geringste Ahnung, wie schön du bist?«

»Nein«, sagte Oda und suchte in seinem Blick nach etwas, von dem sie nicht sicher wusste, was es war.

Er wandte sich zur Tür. »Ich glaube, ich gehe jetzt besser und sorge dafür, dass du ein Abendessen bekommst.«

Oda nickte. »Sag der Küche, sie sollen für dich auch etwas heraufschicken. Lass uns zusammen essen. Bitte bleib heute Nacht bei mir.«

Ullrich zögerte, setzte einen Schritt und drehte sich dann noch einmal um. »So wie ein richtiger Ehemann, Oda?«

Sie überlegte. Was sprach dagegen? Alkohol, eine verschlossene Tür und Nähe, wie sie Höhlentiere suchten, das klang nach einer Mischung, mit der sich diese Nacht ertragen ließe.

»Ja«, sagte sie. »So wie ein richtiger Ehemann. Bitte richte Tessa aus, sie soll mich beim Abendessen mit den Gästen vertreten.«

34

Im Lauf des Freitags reisten so viele Gäste auf einmal ab, dass die eiserne Babette Rothmann mit dem Erstellen der Rechnungen nicht hinterherkam und einen Nervenzusammenbruch erlitt. Still, ohne Aufhebens, schob Odas Mutter sich hinter den Tresen der Rezeption und übernahm die Regie.

»Mach dir keine Sorgen«, sagte sie zu Oda. »Dafür geboren bin ich wohl nicht, aber ich habe ja jahrelang zugesehen.«

Tessa kam vom Telefon nicht weg. Unentwegt riefen Leute an, die ihre Buchungen stornieren wollten. Ihre Tochter Mascha, die auf eine dunkle, geheimnisvolle Weise nicht weniger hübsch war als sie selbst, hatte sie dazu eingespannt, die Telegramme und Briefe mit Reservierungsanfragen durchzusehen und die vielversprechendsten herauszusuchen.

»Balten, Polen, Deutsche, was immer du findest, solange die Namen nicht russisch, serbisch oder französisch klingen.«

Dabei platzierte sie das Mädchen vorn am Tresen, sodass jeder Gast, der sein Zimmer kündigen wollte, vor Augen geführt bekam, was ihm entging.

»Kommt ihr zurecht?«, fragte Oda.

Tessa nickte. »Überlass es uns, hör es dir gar nichts erst an. Wenn du dich davon entmutigen lässt, kannst du vor den Gästen nicht mehr ausstrahlen, was sie von dir gewohnt sind: Gleichmut und Zuversicht. Im Restaurant wirst du Streit schlichten müssen. Die Eheleute Giscard verlangen einen neuen Tisch, weil sie es unzumutbar finden, neben den gestern noch geschätzten Rademachers aus Wien zu sitzen, und der Getreidehändler aus Königsberg musste am Absingen der Kaiserhymne gehindert werden.«

»Gleichmut und Zuversicht …«, murmelte Oda. »Ich gebe mir Mühe. Bis zum Mittagessen regle ich die Tischordnung neu.«

In diesem Augenblick glitt die Tür von Caspars Fahrstuhl auf, und heraus wogte Traudel Pfannenschmidt, ihre Tochter Luiserl Fassbrenner im Schlepptau. Beide trugen das gleiche Strandensemble aus Badekleid und flatterndem Übergewand in pastell geblümtem Chiffon.

»Frau Liebenthal!«, rief die ältere der beiden Bayerinnen verzweifelt, »gut, dass ich Sie gleich antreffe. Stellen Sie sich vor, unser Alois, ich meine natürlich den Gatten meiner Tochter, wollte doch am Sonntag hier sein, um uns wie üblich abzuholen. Aber nun bringt man uns eben ein Telegramm, in dem er schreibt, er könne nicht kommen. Er behauptet, es ginge überhaupt nichts mehr. An der Ostgrenze des Reiches sollen angeblich Kriegsvorbereitungen bemerkt worden sein, und wir müssten jetzt alle vaterländisch denken und in schwerer Zeit die Zähne zusammenbeißen. Aber kann uns dieser Mensch gefälligst auch verraten, wie wir das anstellen sollen?« Sie riss die Arme in die Höhe, dass der Chiffon sich zu Engelsflügeln bauschte. »Woher soll uns denn das vaterländische Denken kommen, wenn wir meilenweit vom Vaterland entfernt gestrandet sind?«

»Mutter, jetzt beruhige dich doch.« Ihre Tochter wirkte offen verzweifelt. »Alois wird schon einen Weg finden, uns nach Hause zu holen …«

»Nein, wird er nicht!« Pfeilschnell fuhr die Mutter zu ihr herum. »Du hast den Wisch doch gelesen. Er kann nicht kommen. Er beißt die Zähne zusammen und beobachtet vaterländisch die Kriegsvorbereitungen an der Grenze. Wenn das Vaterland dazu ausgerechnet den Alois braucht, na dann gute Nacht. Ich war gleich dagegen, dass du den heiratest. Nimm den Pichler, hab ich noch gesagt, der ist im Staatsdienst, da hast du was Solides. Aber auf mich wollte das Fräulein Neumalschlau ja nicht hören.«

»Mutter, das interessiert doch Frau Liebenthal nicht. Wir müssen mit ihr über das Problem mit unserer Rechnung sprechen. Und darüber, was mit unseren Zimmern wird.«

»Soll sich darum doch dein vaterländischer Alois kümmern«, fauchte Traudel Pfannenschmidt. »Ich werde mich nicht auf meine alten Tage hinstellen und darum betteln, dass man mich nicht auf die Straße setzt.«

»Frau Liebenthal, die Sache ist nämlich die«, begann das arme Luiserl, deren wallender Chiffon auf der Brust bereits durchgeschwitzt war. »Aufgrund dieser Probleme an den Grenzen ist offenbar auch der Geldverkehr unterbrochen, und da ja sonst immer mein Mann sich um unsere Rechnung kümmert …«

Oda ließ sie nicht ausreden. »Aber liebe Frau Fassbrenner, ich bitte Sie. Sie sind bei uns doch Stammgäste, gehören sozusagen zur Familie des *Grandhotel Odessa.* Wir Weltenbummler sind doch alle davon überzeugt, dass diese bedauerlichen Querelen sich in Kürze beilegen lassen, damit wir alle wieder unbesorgt reisen und genießen können. Selbstverständlich kann Ihr Mann die Außenstände begleichen, wenn die Probleme behoben sind. Und in der Zwischenzeit bleiben Sie beide unsere Gäste und genießen Ihren Aufenthalt. Sehen Sie, unser Rodja ist gerade im Begriff, zum Strand aufzubrechen. Warum fahren Sie nicht mit ihm und essen zu Mittag am Meer? Wenn mich etwas aufwühlt, stelle ich immer fest, dass nichts die Nerven besser beruhigt als dieses Auf und Ab der Wellen.«

Traudel Pfannenschmidt horchte auf. »Er fährt im Automobil?«

Oda nickte. Die vier Automobile, Modelle von De Dion-Bouton in Blau-Weiß, den Farben des Hotels, waren erst im Frühjahr angeschafft worden und für viele Gäste noch immer eine Sensation.

»Wirklich, Frau Liebenthal? Wäre das möglich?« Auch Luiserls

Miene hellte sich auf. »Wissen Sie, es gefällt uns ja so gut bei Ihnen, ich sage Jahr für Jahr zu meinem Mann: Anderswohin als zu Liebenthals nach Odessa will ich nicht. Schon wie Ihre Stadt geplant ist, so übersichtlich, mit diesen geraden, ordentlichen Straßen – so etwas müsste man mal in einer deutschen Stadt anfangen …«

»Dazu müsste man sie erst niederreißen«, fuhr ihre Mutter ihr ins Wort. »Jetzt halt die Frau Liebenthal mit deinem Geschwätz nicht auf, sondern komm. Ich habe seit dem Frühstück nichts gegessen.«

Sobald sie die beiden los war, winkte Oda Sebastien und Eduard Milstein zu sich, ging mit ihnen in den Bernsteinsalon und reichte die Zigarren herum, die ihr Vater für heikle Unterredungen vorgehalten hatte. »Ich brauche für heute Abend eine Glücksspiellizenz«, sagte sie. »Wir spielen Pharo. In allen Salons und ohne Limit bei den Einsätzen. Am Spieltisch kratzt es keinen Mann, schon gar keinen Russen, woher er kommt, da geht es nur darum, den Rivalen ausbluten zu lassen. Lassen wir sie ihre Schlachten über den Karten ausfechten. Die Lizenz habe ich beim Generalgouverneur bisher ohne Probleme bekommen, aber heute wird das nicht möglich sein. Ich muss einen von Ihnen schicken. Wer möchte es übernehmen?«

Die beiden Männer, der elegante Südfranzose und der stämmige Jude mit seinem Stammbaum, der von der Ukraine über Weißrussland bis nach Galizien reichte, sahen erst ihre Dienstherrin an und tauschten anschließend untereinander Blicke.

»Und das ist nicht alles«, fuhr Oda fort. »Ich werde von jetzt an immer einen von Ihnen auf die Behörden schicken müssen, und ich brauche den Namen von einem von Ihnen auf den Visitenkarten meines Hotels. Als Direktor. Der Name Liebenthal wird vorübergehend aus allen öffentlichen Schreiben verschwinden, und auf dem Hotelgelände wird kein Deutsch mehr gesprochen, es sei denn, es sind Deutsche außer Hörweite unter sich. Sie haben mich verstanden, nicht wahr?«

Die Herren sagten noch immer nichts, doch ihre Blicke gaben Antwort genug.

»Also – welchen von Ihnen soll ich ernennen? Mein Vertrauen ist in Sie beide absolut, es geht also allein um die Frage, was das Beste für das Hotel ist. Sie, Sebastien, sind Franzose, somit Bürger einer verbündeten Nation, und Sie, Eduard, sind so russisch, wie es in dieser Stadt möglich ist. Sie dürften beide für die Staatsmacht über jeden Verdacht erhaben sein, aber welcher von Ihnen ist besser geeignet?«

»Ja, ich bin Bürger einer verbündeten Nation«, sagte Sebastien, der statt der *Corona Gorda,* die in seinen schlanken Fingern plump gewirkt hätte, seinen eigenen Zigarillo bevorzugte. »Aber Russe bin ich nicht, und in der aufgeladenen Stimmung ist für so manchen Amtsschimmel Ausländer gleich Ausländer. Außerdem ist die Bündnislage alles andere als stabil. Italien gehörte zu Österreich, wird zurzeit aber als freier Agent gehandelt, die Osmanen haben gerade noch Schiffe von den Briten gekauft, sollen sich jetzt aber den Deutschen zuneigen. Da ist nichts undenkbar, und das Hotel ist in den Händen eines Einheimischen sicherer aufgehoben. Ich plädiere daher für Herrn Milstein, *Madame.*«

Odas Blick wanderte von dem Gesicht ihres Empfangschefs zu dem ihres Portiers. Eduard Milstein senkte halb die Lider, eine winzige Bewegung, mit der er sein Bedauern ausdrückte. »Ich nähme Philipp Liebenthals Tochter nur zu gern die Last von den Schultern«, sagte er. »Doch Herr Sebastiens Empfehlung kann ich leider nicht zustimmen. Ich mag Russe, Odessite, Ukrainer und noch einiges mehr sein, aber für die, die uns in Kasten einteilen, bin ich zuallererst Jude. Damit bin ich ein schlechter Kandidat für Sie. Wenn wir erst das gute Leben, das uns vertraut ist, zestört haben, werden wir einen Sündenbock brauchen, und sooft die Weltgeschichte den gebraucht hat, hat sie ihn noch immer beim Juden gefunden.«

Oda zog das Etui aus ziseliertem Silber, das Sebastien auf dem Rauchtisch hatte liegen lassen, zu sich heran und nahm sich einen Zigarillo. Sie hatte nie zuvor einen geraucht, weil Frauen so etwas einfach nicht taten. Hier aber saß sie beinahe wie ein Mann unter Männern. Sich den Zigarillo anzünden zu lassen, daran zu ziehen und den Rauch in kleinen Wolken auszupaffen, war ein Zeichen von Verbundenheit.

»Danke, dass Sie aufrichtig mit mir waren«, sagte sie. »Lassen Sie uns das beibehalten, solange die prekäre Lage auch andauern mag. Sebastien, Sie fahren bitte aufs Rathaus und beantragen die Lizenz für den Pharo-Abend. Am besten gleich für die ganze Woche, ich denke, wir sollten alle kleinen Salons für Spielrunden freigeben. Den Empfangsbereich übernimmt Jurij, bis Sie zurück sind. Alles andere bleibt bis auf Weiteres für Sie, wie es ist, denn dank Ihnen weiß ich jetzt, wen ich mit der Leitung des *Odessa* beauftragen muss, bis dieser Spuk vorüber ist.«

Der Rauch des Zigarillo kratzte in der Kehle, aber er hatte auch etwas von einer Friedenspfeife wie in den Karl-May-Büchern, die Bodo ihr Band für Band mitgebracht hatte. Oda hatte sie nicht gemocht, sie waren ihr zu schwülstig und rührselig gewesen, und Bodo hatte sie auch nicht gemocht, weil er lieber mit Eisenbahnen spielte, als dicke Bücher zu lesen. Aber sie hatten zusammen darüber gelacht, und als Bodo das Rauchen anfing, hatte er sie nach jeder ihrer Zankereien an seiner Zigarette ziehen lassen, ihr den Ellbogen in die Seite gestoßen und mit sonorer Stimme gemurmelt: »Friedenspfeife.«

Ein bisschen so war es jetzt auch.

Als sie zu Ende geraucht hatten, kehrten Sebastien und Eduard an ihre Arbeit zurück, während Oda zu Caspar in den Lift schlüpfte und sich in die Royal Suite fahren ließ. Sie hätte zu Fuß gehen können, aber die Aussicht, in Caspars Spiegelsaal Atem zu holen, war allzu verlockend erschienen. Caspar sah aus wie ein Junge, so wie sie ihn kannte, aber die Fröhlichkeit, die zu ihm gehört hatte, war verschwunden.

»Was ist los, Caspar?«

»Nichts, gnädige Frau.«

»Lüg nicht. Ich mache mir Sorgen um dich.« Sie fühlte sich ihm gegenüber mütterlicher als bei ihrem eigenen Kind, dabei war er gewiss zehn Jahre älter sie.

»Aber gnädige Frau, um mich dürfen Sie sich doch keine Sorgen machen. Ich habe nur meinen Einberufungsbefehl erhalten und habe nun ein wenig Sorge um meinen Lift.«

»Caspar!«, rief Oda. »Das erlaube ich nicht. Wir brauchen dich hier. Ich schicke sofort jemanden zum Generalgouverneur und lasse melden, dass wir dich nicht entbehren können.« Sie hielt inne. Sie wusste nicht einmal, ob der Generalgouverneur die richtige Anlaufstelle dafür war. Aber sie würde es herausfinden.

»Ach nein«, erwiderte Caspar mit einem Blick wie ein trauriger kleiner Hund. »Das wäre nicht richtig, gnädige Frau. Ich bin ein gesunder Mann im richtigen Alter und ohne Familie, ich muss meinen Dienst für mein Land schon tun. Um mich weint wenigstens keine Mutter und keine Frau.«

»Aber wir«, entfuhr es Oda. »Wir weinen um dich.«

Caspar lächelte.

Der Lift hielt in der obersten Etage, und die Tür glitt so elegant und lautlos auf, als wäre die Welt noch immer in Ordnung. »Für den Lift wird sich schon jemand finden«, sagte er. »Ich bin ja nicht unersetzlich. Rodja könnte sich eignen, aber er müsste etwas sanfter auftreten. Im Lift muss man sanft sein, das ist wichtig. Man ist ja in einer so kleinen Kapsel zusammen eingeschlossen, da ist für Erregungen kein Platz.«

»Wird denn Rodja nicht einberufen?«, fragte Oda.

»Er ist ausgemustert«, sagte Caspar. »Wegen des Unfalls, den er als Kind hatte. Er schäumt vor Wut darüber, aber es muss ja nun jeder nehmen, was kommt.«

Oda war das Herz schwer, als sie ihn verließ und an die Tür der Royal Suite klopfte. Sie hatte sich so hoffnungsfroh gefühlt, seit sie die Idee mit der Fürstin gehabt hatte, doch jetzt konnte sie nur noch daran denken, dass sie ihre jungen Männer verlieren würde, dass vielleicht manche von ihnen nicht zurückkommen würden und dass Ullrich recht hatte: Ihre Welt und mit ihr das Hotel würden nicht mehr so sein, wie sie sie gekannt hatte.

Von drinnen ertönte nicht das vertraute gekrächzte »Herein«. War Lidija Petrowna etwa auf einen Spaziergang nach draußen gegangen? Um diese Uhrzeit? Das tat sie nie, sie behauptete steif und fest, frische Luft schade ihrem Teint.

Oda drückte die Klinke herunter. Der Salon der Fürstin war menschenleer und wirkte aufgeräumt bis auf eine Stola, die über einem Sessel lag. Angst packte sie. Es war wohl der Situation geschuldet, dass sie derzeit bei jeder Abweichung vom Gewohnten das Schlimmste annahm. »Lidija Petrowna? Wo sind Sie denn? Ist Ihnen nicht wohl?«

»Ich bin hier, meine Liebe!«, ertönte die Stimme der Fürstin in schönster Heiterkeit aus dem Schlafzimmer. »Ich muss um Verzeihung bitten, weil ich um diese Zeit noch im Bett liege. Gestern Nacht war es spät, das steckt eine Frau in meinem Alter nicht mehr so einfach weg.«

»Ich habe mit Ihnen zu reden, *Knjaginja.* Ob Sie dabei im Bett liegen, ist mir egal. Darf ich hereinkommen?«

»Um Gottes willen, meine Liebe! Auf keinen Fall.«

Durch die Tür vernahm Oda Scharren, Rascheln und ein Geräusch, als führe die Fürstin ein flüsterndes Gespräch mit sich selbst. Gleich darauf erschien sie in einem zerknitterten Negligé samt Morgenrock und rauchte. Gesicht und Haar wirkten verwüstet. Anscheinend hatte sie gestern Nacht wirklich mehr und länger getrunken, als selbst ihr stählerner Magen es vertrug.

Zum ersten Mal fragte sich Oda, wie Lidija Petrowna daheim auf ihrem Gut wohl gelebt hatte. Es fiel schwer, sie sich als sittenstrenge Hausherrin vorzustellen, doch vielleicht hatte der Verlust ihres alten Lebens sie von Grund auf verändert. Würden sie alle von Grund auf andere Menschen sein, wenn der Krieg, der noch nicht einmal begonnen hatte, vorüber war?

»Was kann ich denn für Sie tun, meine Liebe?«

»Setzen Sie sich bitte«, sagte Oda und nahm selbst Platz. »Ich kann mein Hotel nicht mehr leiten. Nicht offiziell jedenfalls. Man wirft mir die Scheiben ein, und die russischen Buchungen, auf die ich in Zukunft angewiesen sein werde, bleiben aus, weil ich Deutsche bin.«

»Oh, ja«, sagte Lidija Petrowna. »Es scheint, die Welt ist von der Tarantel gestochen. Mir wird berichtet, selbst durch diese Stadt, die die unrussischste ist, die man sich vorstellen kann, ziehen Horden mit weiß-blau-roten Fahnen und grölen: ›Es lebe der Zar!‹«

Oda nickte. »Genau darum geht es. Wenn ich überleben will, brauche ich einen über jeden Verdacht erhabenen russischen Namen auf meinen Briefköpfen, Visitenkarten und den neuen Werbebroschüren, die ich drucken lassen werde. *Erholung vom Krieg.*«

Die Idee war ihr in diesem Augenblick erst gekommen, jetzt, da sie akzeptiert hatte, dass das Hotel nicht mehr sein würde, was es gewesen war. Je weniger Kraft sie darauf verschwendete, am Alten festzuhalten, desto mehr würde ihr übrig bleiben, um das Neue zu gestalten. »Wir werden das *Odessa* zu einer Oase für all jene machen, die von Kampf und Hass eine Atempause nötig haben. Frische Kraft und neue Hoffnung. Dazu brauche ich den besten Namen, den ich bekommen kann.«

»Ich verstehe.« Entweder kokett oder noch immer verschlafen klimperte die Fürstin mit den Wimpern. »Und an welchen Namen haben Sie gedacht, wenn ich fragen darf?«

»Lidija Petrowna Bezborodko«, antwortete Oda. »Ich gratuliere Ihnen, *Knjaginja*. Sie sind hiermit zur Direktorin des *Grandhotel Odessa* ernannt.«

35

Oda arbeitete bis zum frühen Abend ohne Unterbrechung. Als ihr der Kopf zu schwirren begann, ging sie auf eine Pause in den Küchengarten, wo sie hoffen durfte, um diese Zeit allein zu sein. Das Wetter war windstill und strahlend, von der Röte, die sich bald über dem Meer zeigen würde, war noch nichts zu erkennen. Wie konnte der Tag noch so makellos schön sein, weshalb dufteten die Kräuter, die Katjuša ausgesät und gehegt hatte, und wofür sangen die Vögel, da doch alles zerbrach? Drinnen im Gebäude würde sie auch weiterhin funktionieren und tun, was möglich war. Hier draußen aber wollte sie sich einen Augenblick lang erlauben, um ihren Alltag zu trauern, ihr ganz gewöhnliches, arbeitsreiches Leben, von dem sie noch vor fünf Wochen nicht gewusst hatte, wie erfüllt und reich es gewesen war.

Sie blieb nicht allein. Sie hatte kaum drei Schritte vor die schmale Hintertür gesetzt, als der Mann vor ihr stand.

»Oda.«

Es gab etwas, das unverändert war. In allen Wirren, allen Unsicherheiten und Ängsten gab es in ihrem Innern noch immer eine Stelle, die blieb, wie sie war. An dieser Stelle war Karol Albus zu Hause. In den vergangenen Tagen und Wochen hatte sie nicht einmal an ihn gedacht, doch als er jetzt vor ihr stand, war es, als hätte es die Tage und Wochen nicht gegeben. Als gäbe es gar nichts, nur ihr Herz und Karols Gesicht mit der Narbe aus jener Nacht.

»Was machst du hier?« Mehr brachte sie nicht heraus.

»Nichts. Verzeih mir. Es ist falsch, ich weiß das, aber ich habe dich noch einmal sehen müssen.« Seine Hände begannen, die vertrauten Bewegungen zu vollführen, dieses Mal beide, die linke und die rechte, als tanzten zwei Figuren in immer gehetzteren Pirouetten und Glissaden aufeinander zu und wieder voneinander fort.

Oda sah in sein Gesicht und las darin wie damals, als sie geglaubt hatte, zwischen ihnen gäbe es keine Grenze. Das Entsetzliche blitzte in ihr auf, ehe er es aussprach. »Ich muss fort, Oda, in den Krieg! Es wird mobilgemacht, Odessa ist zum Militärdistrikt erklärt worden, und in der Wache am Sobornaja-Platz haben sie einen Musterungsstützpunkt eröffnet. Ich habe mich heute Morgen schon melden müssen und bin für die Feldgendarmerie für tauglich befunden worden.«

Sie sah die Qual in seinem Gesicht, in den krampfhaften Zuckungen der Hände und spürte sie am eigenen Leib. Es durfte nicht sein, erkannte sie. Ihn durfte die Flutwelle des Krieges, die sie alle überrollte, nicht verschlingen, weil er keiner von denen war, die es aushalten konnten.

»Das geht nicht«, sagte sie so ruhig, wie es ihr möglich war, hob die Hände an seine Wangen und streichelte ihn, um das, was ihn quälte, zu besänftigen. »Du bist Künstler, und Künstler werden gebraucht. Das Theater wird ja offen bleiben, wer soll denn für all die Menschen, die Unterhaltung nötig haben, darin auftreten? Geh zu Byalik, Karol. Sag ihm, er soll dich in sein Ensemble wieder aufnehmen, damit du nicht in den Krieg geschickt wirst. Er kann das doch nicht wollen, er kann dir nicht noch immer etwas vorhalten, was du nie getan hast. Nicht jetzt, da es um Leben und Tod geht.«

Tatsächlich schienen seine Züge sich unter ihren streichelnden Händen zu entspannen. Fast sah es aus, als glimme in seinen Augen ein Lächeln auf. »Was ich nie getan habe, Oda? Du glaubst es noch immer nicht, nicht wahr? Hast es nie geglaubt?«

»Was?«, fragte sie verwirrt. »Den Unsinn mit Sonya? Natürlich nicht.«

»Vielleicht habe ich auch deshalb noch einmal kommen müssen«, sagte er. »Um mich bei dir dafür zu bedanken, dass du die Einzige bist, die es nie geglaubt hast.«

»Und das ist noch größerer Unsinn. Hat dir der Krieg den Verstand vernebelt? Es muss etliche geben, die es nicht glauben, deine Frau ja wohl an erster Stelle.«

Seine tanzenden Hände erstarrten. Verzweifelt schüttelte er den Kopf. »Ich liebe Belle. Ich habe dir etwas angetan, was kein Mensch einem anderen antun darf, weil meine Liebe zu Belle mich einfach mitgerissen hat. Ich dachte, unsere Liebe wäre ein Alibi für alles, ein Grund für alles, und weil wir uns auf diesen Grund berufen könnten, würde am Ende alles gut. Ich würde wohl weiter versuchen, mir das einzureden, wenn es keinen Krieg gäbe, aber jetzt geht das nicht mehr. Unsere Liebe trägt uns nicht, sie hat noch immer allen Zauber, aber nicht genug Kraft. Nicht weil ich Belle nicht ordentlich versorge, sie trägt das mit unglaublicher Tapferkeit, und unser Kind ist der hellste Sonnenschein auf Erden. Dennoch können wir nicht glücklich sein, und das ist unsere Strafe für das, was wir dir angetan haben. Unsere Liebe zerfrisst sich selbst, weil Belle im tiefsten Innern glaubt, ich hätte es getan.«

»Du bist ja verrückt«, fuhr sie ihn an. »Dieses ganze Durcheinander und obendrein die Hitze steigen dir ins Gehirn. Natürlich glaubt Belle das nicht. Sie kann es doch gar nicht glauben, sie am allerwenigsten, weil sie die ganze Nacht mit dir zusammen war.«

Er straffte sich. Auf seinem Gesicht erschien ein schiefes, bitteres Lächeln, das sie nie zuvor gesehen hatte. »Sie hat gelogen«, sagte er. »Sie war nicht mit mir zusammen. Sie wollte, dass ich in jener Nacht mit ihr fortgehe, nicht mit dir, und im Grunde wusste ich, dass mir kein anderer Weg blieb. Mit dir zu gehen, dich zu heiraten und dabei ständig an sie zu denken, das hätte ich nicht über mich gebracht, verstehst du das? Sosehr ich es mir auch gewünscht habe. Mir hat nie ein Mensch so gutgetan wie du, Oda.«

Oda stand wie erstarrt und spürte, wie ihr der Schweiß in Bächen unter den Kleidern herunterlief. Sie war sicher, kein einziges Wort herauszubringen.

»Aber mit Belle konnte ich auch nicht gehen«, fuhr Karol fort. »Ich habe sie gebeten, mir Zeit zum Nachdenken zu lassen, nur ein paar Stunden bis zum Morgen, und dann bin ich hinaus in die Nacht gerannt. Ich war eine Ewigkeit allein dort draußen, Oda. Ich hätte genug Zeit gehabt, um diesem armen kleinen Mädchen etwas anzutun. Und jetzt glaubst endlich auch du, dass ich es war.«

»Quatsch«, kam es aus ihrer Kehle und verblüffte sie selbst. »Kein vernünftiger Mensch, der dich kennt, kann das glauben, Karol.«

»Nein?«, flüsterte er ungläubig. »Kann er das nicht, Oda? Kannst *du* es nicht?«

»Natürlich nicht, du Dummkopf. Wie blöde kann ein von seinem Schöpfer mit einem Verstand ausgestatteter Mensch eigentlich sein?«

»Ich weiß es nicht, Oda. Ich weiß nur, dass ich inmitten von diesem ganzen Schlamassel ganz verrückt glücklich bin.«

Erst als sie sah, dass er weinte, bemerkte sie, dass sie ebenfalls weinte, und als er unterm Weinen lachte, lachte sie mit. Ihre Arme schlangen sich wie von selbst um den anderen, ihre Körper schmiegten sich aneinander, und ihre Lippen fanden sich. Sie küssten sich, als ließe sich der Krieg einfach wegküssen, die Angst vor der Not, die Angst vor dem Tod, die Angst, einander und sich selbst zu verlieren. Sie hielten sich fest, und dabei spürte Oda, wie ihre Kraft zurückkehrte, die Gewissheit, der Aufgabe, vor der sie stand, gewachsen zu sein.

Belle hatte ihn ihr weggenommen. Während er um eine Entscheidung rang, hatten sich Dinge ereignet, die außerhalb ihrer Kontrolle lagen, und das hatte Belle zu ihren Gunsten ausgenutzt. Nachdem sie ihm ein Alibi gegeben und ihn davor bewahrt hatte, gelyncht zu werden, konnte er gar nicht anders, als mit ihr zu gehen. Er hatte sich der Notwendigkeit gebeugt, doch er hatte Oda nicht verlassen, und er litt nicht weniger als sie.

Sie streichelte seinen Rücken, die Muskeln und Sehnen, die noch immer straff von jahrelangem, schonungslosem Tanzen waren. Es musste ihr gelingen, ihm von ihrer Kraft etwas abzugeben, damit er um sein Leben kämpfte.

»Geh zu Byalik, Karol«, sagte sie. »Er ist ein Mann der Kunst, er kann nicht jemanden mit deinem Talent vor die Hunde gehen lassen.«

»Ich fürchte, das kann er doch.« Hilflos lächelte er, und eine Strähne seines schönen Haars fiel ihm über ein Auge. »Ich hatte sogar manchmal das Gefühl, er täte es nicht ohne Vergnügen.«

Den Schönen verzieh man nicht jede Sünde, wie Lidija Petrowna einst behauptet hatte, sondern gar keine. Wäre Karol weniger begabt, weniger betörend, weniger außergewöhnlich gewesen, sondern hätte dem Mittelmaß angehört, hätte man ihn vermutlich irgendwann klammheimlich wieder in die hinteren Reihen der Balletttruppe schlüpfen lassen, und niemand hätte sich daran gestört.

»Zum Teufel, dann schick eben Belle«, brach es aus Oda heraus. »Belle bekommt doch sonst alles, was sie will, mit ihrem Augenaufschlag und dem Bein, das sie aus dem Schlitz in ihrem Kleid streckt. Sie hätte längst dafür sorgen müssen, dass du wieder tanzt. Es hätte ihr wichtig sein müssen. Sie hätte wissen müssen, dass es dich ohne Tanz gar nicht gibt!«

So wie mich nicht ohne mein Hotel, fügte sie in Gedanken hinzu. Sie und Karol hatten so oft darüber gesprochen, wie ähnlich sie einander in dieser Frage waren.

»Nun, es gibt mich schon.« Sein Ton schnitt ihr ins Herz. »Ich dachte das immer, Oda – dass ich nichts anderes sein könnte als Tänzer, ich habe meinen Vater damit zur Raserei getrieben. Aber nun bin ich kein Tänzer mehr und bin trotzdem immer noch da. Ich war Hausmeister, ich werde Feldgendarm sein, und vor allem bin ich Ehemann und Vater. Das Leben ist nicht so, wie wir es uns vorstellen, wenn wir sehr jung sind. Es verfolgt seine eigenen Pläne und schert sich um unsere wenig.«

»Aber dein Talent, das, was du Menschen mit deinem Tanz gegeben hast!« Sie nahm ihn bei den Schultern und rüttelte ihn, ohne ihm wehzutun. »Als Hausmeister kannst du jeden Mann von der Straße nehmen, und Soldaten werden alle, die zwei heile Beine haben, aber das, was du kannst, macht dich unersetzlich.«

Caspar, der Liftboy, fiel ihr ein, und sie hätte ihre Worte gern nachträglich korrigiert wie einen misslungenen Brief. Auf seltsame Weise machte die Bedrohung dieses Krieges bewusst, dass jeder Mensch, wenn man ihn nur kannte, unersetzlich war.

»Es tut so gut, das zu hören«, sagte Karol. »Aber es ist nun einmal, wie es ist, und ich muss den Platz ausfüllen, an den ich selbst mich gestellt habe. Belle ist anders als du. Daran, was mir das Tanzen bedeutet hat, denkt sie nicht, aber sie verzichtet um meinetwillen auf so vieles. Sie trägt schon lange keine geschlitzten Kleider mehr, sie kocht Borschtsch mit Lorbeer, Knoblauch und Pfeffer, wenn wir das Geld dafür haben, und sie ist unserer Manon eine wunderbare Mutter. Da kann ich ihr nicht nachstehen und jammern. Ich danke dir für alles, was du gesagt hast, Oda. Mir ist, als hätte ich mich selbst zurückgewonnen – durch dich.«

So geht es mir auch, dachte sie, doch das sagte sie nicht. Er durfte nicht gehen. Es traf nicht zu, dass sie nichts anderes als ihr aus Steinen gebautes Hotel lieben konnte. Sie liebte diesen Mann. Sie hatte ihm erlauben müssen, dass er für Belle lebte, und es hatte sie um ein Haar zerbrochen. Sie würde ihm nicht erlauben, für Belle zu sterben.

»Es kommt mir jetzt nicht mehr so schlimm vor, in den Krieg zu gehen.« Karol tanzte nun wieder mit den Händen seine Ballettfiguren in der Luft. »Es hat sogar sein Gutes. Wo immer ich angeklopft habe, hat man mir die Tür vor der Nase zugeschlagen, weil dieser furchtbare Makel an mir klebt, aber bei der Armee ist jeder, der gesund ist, willkommen. Wenn ich mich gut mache, erhalte ich als Sold mehr als das, was ich bisher verdient habe, und Belle und Manon leiden keine Not. Das ist meine größte Sorge, Oda. Dass meine beiden Not leiden.«

»Zur Hölle, deine beiden sollten dich hier halten, statt dich in einen Krieg zu hetzen, in dem ein paar fesche Kosaken auf Pferden modernster, hochgerüsteter Artillerie gegenüberstehen. Du hast keine Chance, Karol. Du verlierst dein Leben.«

»Belle weint auch«, sagte er leise. »Aber sie kann es doch genauso wenig ändern wie ich.«

Wie kann sie so kleinmütig sein?, schrie alles in Oda auf. Wenn er mir gehören würde, ich würde niemandem erlauben, ihn mir wegzunehmen und in den Tod zu jagen, und wenn ich ihn hinunter in die Katakomben schleifen und dort verstecken müsste.

Er legte ihr zwei Finger unters Kinn, hob sacht ihr Gesicht und küsste sie noch einmal auf den Mund. »Bitte, hilf ihnen, Oda. Steh ihnen zur Seite. Belle ist nicht so stark wie du, und Manon – ach, Oda, Manon ist das süßeste Geschöpf unter Sonne, Mond und allen Sternen.«

Das weiß ich, dachte Oda und wünschte sich mit einer Wucht, die sie erschreckte, die kleine Manon wäre ihr Kind.

»Ihnen darf nichts passieren. Sie haben doch niemanden als mich. Wirst du für mich auf sie achten? Ich würde wahnsinnig werden, wenn ich irgendwo da draußen denken müsste, dass sie hier ohne Beistand sind.«

Oda konnte nur nicken. Ihre Kehle war wie zugeschnürt.

»Ich weiß, ich habe kein Recht, das zu sagen – aber ein Teil von mir wird dich immer lieben.«

Und jeder Teil von mir liebt dich.

Sie lösten sich voneinander wie Bahnwagen, die an der Grenze des Reiches voneinander abgekoppelt und mühsam auseinandergezerrt wurden, der eine, um auf neuer Spur weiterzufahren, und der andere, um in der alten zurückzubleiben. Auf solch einen Vergleich wäre Bodo verfallen. Oda hob den Kopf und sah durch einen Tränenschleier, wie Karol rückwärts davonging, wie hinter ihm das noch immer sonnenbeschienene Meer durch die Kronen der Bäume blitzte und wie sich darüber jetzt der Himmel rötete.

Er war schon lange verschwunden, als sie noch einmal leise und sinnlos nach ihm rief: »Karol. Karol.«

Dann zwang sie sich, in schleppenden Schritten zum Haus zurückzugehen.

In der schmalen Tür, die zum Küchentrakt führte, stand Leo Ullrich. Er hielt einen Bogen Papier in den Händen und hatte den Blick auf Oda gerichtet, sah aber aus, als starre er durch sie hindurch.

Oda blieb stehen. »Ullrich«, murmelte sie.

»Ich wollte dir sagen, dass die Urkunde gebracht worden ist«, murmelte er so tonlos wie sie. »Die Umschreibung auf Lidija Petrowna ging ohne Schwierigkeiten vonstatten. Ich dachte, das würde dich freuen, aber ich konnte dich nirgendwo finden. Bis Andreja mir sagte, sie hätte dich in den Garten gehen sehen.«

Er streckte den Arm so weit aus, wie er konnte, und hielt ihr das Dokument hin. Sie streckte ebenfalls den Arm aus, kam sich lächerlich vor, trat aber keinen Schritt auf ihn zu. Sobald sie ihm das Papier aus den Fingern genommen hatte, drehte er sich um und ging zurück ins Haus.

36

Am ersten August erklärte das Deutsche dem Russischen Reich den Krieg. Ein Ultimatum aus Berlin war zugleich an Frankreich ergangen und verstrich ohne Antwort.

Am zweiten August forderte Kaiser Wilhelm das neutrale Belgien auf, dessen Schutz seit achtzig Jahren von den europäischen Großmächten garantiert wurde, ihm den freien Durchzug seiner Truppen in Richtung Frankreich zu gewähren. Die belgische Regierung lehnte ab.

Am dritten August erklärte das Deutsche Reich Frankreich den Krieg und marschierte mit sieben seiner acht Armeen in Belgien ein.

Nun sah auch der friedliebende Edward Grey keine Möglichkeit mehr, seine Briten aus der Katastrophe herauszuhalten. »In ganz Europa gehen jetzt die Lichter aus«, sagte er am Abend, ehe sein Land dem Deutschen Reich und Österreich-Ungarn den Krieg erklärte. »Und solange wir leben, werden wir nicht mehr sehen, dass sie wieder angehen.«

Im Hotel türmte sich die Arbeit und lenkte Oda ab. Fürstin Lidija – ihrer Natur gemäß aufgedonnert wie ein in die Jahre gekommener Paradiesvogel – fand sich erstaunlich schnell in ihre neue Rolle ein. Sie übernahm Odas Aufgaben in der Gästebetreuung überall dort, wo mit antideutschen Ressentiments zu rechnen war, begrüßte Neuankömmlinge und setzte sich mal mit diesem, mal mit jenem zum Essen. Binnen Tagen hatten sich die Gäste an sie gewöhnt, und obendrein hatte sie die drei Pertsows zur Unterstützung. Tessa trug einen russischen Nachnamen, und ihre Kinder waren durch und durch russisch. An ihnen störte sich niemand, und das Mädchen Mascha mit der rauen Stimme und den schwarzen Augen gefiel den männlichen Gästen so gut, dass jede Spur eines Zweifels im Keim erstickt wurde.

Oda konnte sich vermehrt um die Aufgaben im Hintergrund kümmern, die sie vor Schwierigkeiten anderer Art stellten: Zahlreiche Spezialitäten, mit denen das *Odessa* regelmäßig beliefert worden war, wurden nicht mehr importiert, und sie musste mithilfe von Sergej, Theodore und Andreja auf Ersatz sinnen. Alles musste billiger werden, denn mit den Scharen betuchter Sommerfrischler würde sie in der nächsten Saison nicht rechnen können. Noch immer nahmen die meisten Leute an, der Krieg sei schnell zu gewinnen, und die Siege im Süden der Front verliehen dieser Hoffnung Auftrieb. Zehn Tage später erlitt die Armee des Zaren jedoch eine vernichtende Niederlage im ostpreußischen Tannenberg. Wer überleben und einen Stab von fünfundfünfzig Menschen durchbringen wollte, tat gut daran, sich auf einen langen Atem einzustellen.

Billiger musste alles werden, und zugleich musste das Hotel mit weniger Personal zurechtkommen. Die wehrfähigen Männer verschwanden aus Gängen, Liften, Stallungen und Gärten. Dennoch durfte das *Odessa* nicht einbüßen, was seinen Ruf ausmachte: die Magie des Besonderen, das Versprechen, den Alltag vor dem Portal lassen zu können, weil man in ein halb vertrautes, halb exotisches Märchen eingeladen war.

Oda suchte nach Ersatz für die rauschenden Feste, und das noch immer strahlende Wetter kam ihr vorerst zu Hilfe. Picknickausflüge in den schönen Park am Meer und Bootspartien nach Sredni Fontan kosteten nicht die Welt, und auch Krocket- und Federballturniere ließen sich organisieren. Zusätzlich half, dass die Saison der Theater und Varietés, des Zirkus und des Hippodroms begann, als herrsche ringsum ungetrübter Frieden. Die Schwarzmeerperle Odessa, das *kleine Paris* wollte sich amüsieren, und seine Besucher amüsierten sich mit. Wenn die Kutschen mit den champagnerseligen Herrschaften in Abendgarderobe in Richtung Stadttheater aufbrachen, erschien der Krieg wie ein fernes Kuriosum, das die Zeitungen aufgebauscht hatten.

Die deutschen und österreichischen Gäste, die aufgrund der politischen Lage nicht abreisen konnten, mussten allerdings getrennt von den übrigen versorgt werden. Sie hatten sich still zu verhalten, im Hintergrund zu bleiben und mochten sich wie in einem Gefängnis fühlen. Hinzu kam die quälende Unsicherheit: Würde man sie ausweisen, gar internieren? Wären ihre Regierungen nach dem Abbruch der diplomatischen Beziehungen in der Lage, sie nach Hause zu holen? Das Hotel war es ihnen schuldig, ihnen Schutz zu garantieren und ihnen die Tortur so angenehm wie möglich zu machen. Oda ließ einen Teil der Bibliothek als Aufenthaltsraum absperren und im schattigen Obstgarten Liegestühle und Teetische aufstellen.

Es war unendlich viel zu tun, die Arbeit war nie ganz erledigt, und sobald ein Problem gelöst war, reckte ein weiteres seinen hässlichen Kopf aus dem aufgewühlten Boden. Oda kam es vor, als schlügen täglich neue Wellen über ihr zusammen und sie könne nichts weiter tun als hoffen, dass sie auch diesmal verebbten, ehe sie ertrank. Hinzu kam, dass sie schlecht schlief, weil nun eben geschah, wozu Kriege gedacht waren: Menschen starben. Bei den Türen des Hauptpostamts in der Sadowastraße wurden Listen mit den Namen der Gefallenen ausgehängt und jeden Freitag gegen neue ausgetauscht.

Bereits in den Morgenstunden des Freitags, ehe die Beamten mit den Listen kamen, drängten sich vor der Post die wartenden Frauen: Mütter, Ehefrauen und Bräute, Schwestern und Töchter. Sobald das Dokument aufgehängt war, entstand ein Getümmel wie beim Bierausschank, und kurz darauf zogen die, die den gesuchten Namen nicht gefunden hatten, beschwingt davon, als hätten sie in der Lotterie gewonnen.

Die anderen taumelten verzweifelt aus dem Blickfeld, und die Stoßgebete derer, die ihnen nachsahen, standen greifbar in der Luft:

Lieber Gott, hab Dank, dass du es der anderen angetan hast und nicht mir.

Anfangs hatte sich Oda dazugestellt, doch sie hatte sich gefühlt wie ein Eindringling. Diese Frauen glichen einem Club, dem niemand beitreten wollte, der seine eigene Sprache sprach und eigenen Gesetzen folgte. Sie hatte kein Recht, hier zu sein, sie konnte die Fragen, welchem Regiment ihr Mann oder ihr Bruder angehörte und wo er im Einsatz sei, nicht beantworten. Sie hatte kein Recht auf Karol, nicht einmal auf seinen Tod. Wenn sie seinen Namen auf einer der Listen entdeckt hätte, was hätte sie tun sollen? Weinen, schreien?

Sie hatte nicht einmal jemanden, mit dem sie darüber hätte sprechen können.

Leo Ullrich schlief nicht mehr in der Wohnung der Familie, sondern war in sein Zimmer zurückgekehrt. Er fehlte ihr. Sie vermisste die Gespräche auf Augenhöhe, die Besonnenheit, mit der er sein Wissen mit ihr teilte und ihr half, Entscheidungen abzuwägen. Sie wollte sich mit ihm versöhnen, ihm klarmachen, dass der Schmollwinkel, in den er sich seit der Szene im Küchengarten zurückgezogen hatte, lächerlich war. Natürlich hatte sie nicht gewollt, dass er sie mit Karol zu sehen bekam. Der Moment, den sie mit Karol zwischen den Kräutern verbracht hatte, gehörte ihr allein, war ihr heilig, und dass es einen Zuschauer gegeben hatte, entweihte ihn. Wenn sie sich darüber nicht beklagte, hatte wohl Ullrich erst recht keinen Anlass, es zu tun. Es war ein unglücklicher Zufall gewesen und kein Grund, einander etwas krummzunehmen. Schließlich bestand ihre Ehe nur auf dem Papier, und sie hatten vereinbart, dass einer dem anderen nichts schuldig war.

Nach einem weiteren Tag, der sie an den Rand ihrer Kräfte

brachte, beschloss Oda, zu Ullrich nach oben zu gehen und die Sache aus der Welt zu schaffen. Sooft sie sonst in sein Zimmer gekommen war, hatte er an seinem Schreibtisch gesessen, an dem er nicht schrieb, hatte Cognac oder Whisky getrunken, manchmal geraucht und sich immer erfreut gezeigt, sie zu sehen. Heute war der Schreibtisch verwaist, und Glas und Aschenbecher fehlten. Ullrich stand vor dem Bett, hatte Oda den Rücken zugewandt und war damit beschäftigt, ein paar gefaltete Kleidungsstücke in einen kleinen Koffer zu legen.

»Ach, Oda«, sagte er, ohne sich nach ihr umzudrehen. »Ist alles in Ordnung?«

Was er am Leib trug, Hose und Rock aus dunkelgrünem Tuch, erkannte sie erst, als sie näher kam, und wäre beinahe zurückgeschreckt. Leo Ullrich, nach eigenem Bekenntnis Kriegsgegner aus Faulheit, steckte in einer Uniform, und aus seinem Holster ragte der Kolben einer Pistole.

Im Vergleich zu den endlosen Reihen junger Männer, die in trüben, gedeckten Farben zum Bahnhof Holovna marschiert waren, wirkte er in seiner Aufmachung regelrecht elegant. Oda erinnerte sich, einmal Bodo gefragt zu haben, warum seine Uniformen so prachtvoll waren, und er hatte geantwortet: »Feldgrau tragen wir nicht, denn wir sind ja nicht im Feld.«

Ullrichs Uniform war für den Dienst im Feld ebenfalls ungeeignet. Mit all ihren Litzen, Beschlägen und Kragenspiegeln, aber auch mit dem Staub und den nicht ausgebügelten Falzen hatte sie eher etwas von einem Museumsstück. Er selbst nicht minder. So ordentlich gescheitelt und gelegt hatte sie sein Haar noch nie gesehen.

Ihm schien nicht aufzufallen, dass er auf seine Frage keine Antwort erhalten hatte. Mit mehr Aufwand als Geschick fuhr er fort, den kleinen Koffer zu packen.

»Jetzt lass diese Kinderei«, sagte Oda. »Dreh dich wenigstens um.«

Er legte etwas obenauf, das wie ein wollener Leibwärmer aussah, dann richtete er sich auf und wandte sich ihr zu. Sein Gesicht wirkte aufgeräumt, ruhiger denn je. Er musste tagsüber bei Elisei, seinem rumänischen Barbier, gewesen sein, denn nicht nur das Haar, sondern auch sein Bart waren perfekt gestutzt. Sein ewig bleiches Gesicht wirkte nun nahezu rosig, wie frisch geschrubbt.

»Ist wirklich alles in Ordnung, Oda?«, fragte er.

»Nein, ist es nicht«, sagte sie. »Ich will das hier beenden, Ullrich. Du erklärst mir jetzt, warum du diese alberne Uniform angezogen hast, dann erkläre ich dir, dass du keinen Grund hast, dich von meiner Zusammenkunft mit Karol in deiner Ehre gekränkt zu fühlen, und anschließend genehmigen wir uns zusammen einen Drink. Ich habe einen nötig.«

Noch während sie sprach, wurde ihr klar, warum sie ihn in diesen Tagen so heftig vermisst hatte. Er war weder ihr richtiger Ehemann noch ihr richtiger Liebhaber, aber er hatte das Zeug, das zu sein, was sie zurzeit vielleicht am meisten brauchte: ihr richtiger Freund.

»Oh, bitte.« Mit einem Schwenk des rechten Arms wies er auf den Servierwagen. »Bedienst du dich bitte selbst? Ich habe das Zimmer inklusive Service auf sechs Monate hinaus im Voraus bezahlt, und ich nehme an, der Vorrat an gutem Cognac gehört vorläufig noch dazu.«

»Was soll das heißen – du hast für sechs Monate im Voraus bezahlt?« Er wohnte seit bald fünf Jahren hier und bezahlte pünktlich an jedem Monatsersten. Wäre die Zahlungsmoral aller Gäste so vorbildlich gewesen, hätte Babette Rothmann sich nicht alle sechs Wochen ihre grauen Haare färben lassen müssen.

»Ich würde das Zimmer gern behalten«, sagte Ullrich. »Zum Ersten aus Sentimentalität, das leugne ich nicht. Zum Zweiten weil ich denke, dass es auch dir willkommen sein dürfte, wenn du mit gewissen Summen planen kannst. Und zum Dritten weiß man ja nie. Vielleicht sind wir ja tatsächlich im nächsten Sommer alle wieder in Odessa, vielleicht malen wir mit unserem Geheul vom Weltuntergang nur den Teufel an die Wand. Eines kann ich dir versichern: Wenn es einen Ort auf der Welt gibt, an den ich gern zurückkäme, dann ist es diese Stadt.«

»Hör auf damit«, herrschte sie ihn an. »Hilft dir diese ewige Geheimnistuerei, dich als Schriftsteller zu fühlen, obwohl du nicht schreibst? Ich dachte, wir hätten das hinter uns. Ich habe dich gefragt, warum du dieses Kostüm aus dem Theaterfundus angezogen hast, und ich habe dich gebeten, wegen der Sache mit Karol nicht mehr wie ein Trotzkind zu schmollen. Wenn du auf beides nicht eingehen willst, vergeude ich besser nicht länger meine Zeit.«

»Jetzt glaube ich, zu verstehen«, sagte er. »Die Uniform steht mir nicht, ich mache mich darin zum Petruschka, weshalb du annimmst, ich hätte mich kostümiert. Tatsächlich ist es aber die Uniform meines Regiments, auch wenn es mir noch immer anmaßend scheint, das so zu sagen. Ich hoffe, die Herren Generäle nehmen trotzdem mit mir vorlieb. Schließlich heißt es, es werde derzeit jeder Stabsoffizier dringend gebraucht.«

»Aber du bist kein Stabsoffizier!«, rief Oda.

»O doch, meine Schöne, so unglaublich es klingt.« Er nahm vor ihr Haltung an und schlug die Hacken zusammen. »Major von Ullrich meldet sich zum Dienst. Ich war zwar in der Grundausbildung ein Versager vor dem Herrn, aber als Absolvent der Ritter- und Domschule Reval und Mitglied der Estländischen Ritterschaft war mir der hohe Rang dennoch sicher.«

»Aber du bist doch gegen den Krieg, du ziehst doch nicht los und kämpfst!«

»Doch, Oda, ich denke, das werde ich tun.« Er drehte sich wieder zum Bett, klappte den Deckel des Koffers zu und schloss die Schnallen. »Ich verstehe, was du sagen willst, und noch vor ein paar Wochen hätte ich dir sicher recht gegeben. Aber seitdem weht ja ein anderer Wind und bläht von früh bis spät Fahnen. So merkwürdig es klingt – selbst ein vaterlandsloser Geselle wie ich sehnt sich wohl danach, unter irgendeine dieser Fahnen zu gehören.«

»Das nehme ich dir nicht ab«, rief sie. »Von was für einer Fahne sprichst du überhaupt? Du bist Baltendeutscher und lebst in der Ukraine, was hast du da in der russischen Armee zu suchen?«

»So ist es nun einmal festgelegt«, erwiderte er, noch immer unbewegt. »Seit 1874 ist die Befreiung der deutschen Siedler, die noch von der großen Katharina stammt, aufgehoben, und wir haben Wehrdienst zu leisten wie jeder andere Bürger. Vielleicht hat das ja seine Richtigkeit – wenn es kommt, wie es jetzt gekommen ist, muss man sich wohl entscheiden, auf welcher Seite man steht. Schon 1904, im Krieg gegen Japan, sind übrigens Deutsche eingesetzt worden. Allerdings habe ich Faulpelz damals erfolgreich auf meine Untauglichkeit gepocht.«

»Und warum machst du das jetzt nicht? Warum kneifst du wie ein Köter den Schwanz ein und lässt mich im Stich?«

»Weil du mich nicht brauchst, Oda. Wenn es auf sämtlichen Meeren des Kontinents einen einzigen Kapitän gibt, dem ich zutraue, sein Schiff heil durch diese Sintflut zu bringen, dann bist es du.«

»Deine hohlen Komplimente kannst du dir sparen! Wenn du diesen absurden Unsinn wirklich ernst meinst, wenn du dich jetzt aus dem Staub machst …« Sie brach ab, weil ihr nichts einfiel, womit sie ihm hätte drohen können.

»Ich mache mich nicht aus dem Staub, Oda. Ich komme meiner Verpflichtung gegenüber meinem Land nach wie alle anderen Männer.« Seine Stimme klang, als spreche er mit einem Kind. »Dein Karol tut es ja auch.«

»Das habe ich gewusst!«, rief Oda beinahe wie im Triumph. »In

Wahrheit geht es dir um kein Vaterland, sondern nur um Karol. Du willst mich bestrafen, weil ich Karol liebe, aber dazu hast du kein Recht. Ich habe es dir nie verheimlicht, und du hast mich trotzdem geheiratet, also hast du jetzt dazu zu stehen.«

»Das tue ich doch.« Ullrich nahm den Koffer und zog einen viel zu warmen Mantel vom Garderobenhaken. »Wenn ich falle, erhältst du als meine Witwe eine Pension, die im Vergleich zu meinem Erbe allerdings lächerlich sein dürfte. Und wenn ich zu denen gehöre, die überleben, komme ich zurück. Du könntest mich aus Holovna abholen, das hätte direkt etwas Romantisches. Jetzt allerdings musst du mich entschuldigen. Ich nehme den Nachtzug nach Petersburg, und von dort geht es weiter nach Reval.«

»Wenn du gehst, dann will ich dich nicht zurück«, schrie Oda. »Dann bist du in diesem Hotel nicht mehr willkommen.« Sie brauchte das Geld, das er bezahlt hatte, sie hatte nie ihren persönlichen Gefühlen erlaubt, sich vor die Interessen des Hotels zu drängen, aber dieses Mal konnte sie nicht anders.

»Das täte mir aufrichtig leid«, sagte Ullrich und ging an ihr vorbei aus der Tür.

»Ich meine es ernst.«

»Ich fürchte, das weiß ich. Auf Wiedersehen, Oda.« Schon im Gehen, hielt er noch einmal inne. »Eines noch: Falls du wirklich dem deutschen Kaiser dieses Telegramm schickst, schreib ihm, er soll Leo Trotzki, der bei Lenin in der Schweiz sein soll, nicht mitreisen lassen. Der Mann ist ja wohl hier in Odessa zur Schule gegangen, hat sogar mal im neuen Gefängnis gesessen und denkt zu weltoffen und differenziert. Für die Revolution, die wir brauchen, ist so einer nicht fanatisch genug.«

1886

ODESSA

UND NOCH EINMAL IM LIFT ZURÜCK

37

Den Schönen verzieh man so lange alles, bis man ihnen nichts mehr verzieh.

Ein einziges Mal durfte sie Philipp besuchen. Nicht in den grauenhaften ersten Tagen, als sie ihn am Sobornaja-Platz verhörten und niemand ihr Auskunft gab, was mit ihm geschah, sondern viel später, als er längst in das neue Gefängnis in der Lusdorfskaya-Straße verlegt worden und alles vorüber war. Der Prozess, die Enterbung. Annas Heirat und Christophs Tod.

Alles vorüber und alles verloren.

Zu zwei Jahren Haft wegen Betrugs und Fälschung war Philipp verurteilt worden, und jeder, der sich brüstete, etwas davon zu verstehen, hatte ihr versichert, man müsse über das milde Urteil froh sein. Wäre er nicht der Sohn Joseph Liebenthals, eines allseits geachteten Bürgers, gewesen, wäre er nicht so glimpflich davongekommen, erklärten die selbst ernannten Alleswisser, sondern hätte mit Verbannung und Zwangsarbeit rechnen müssen.

Glimpflich davongekommen …

Was wussten denn die Schwätzer? Keiner von ihnen kannte Philipp, so wie sie ihn kannte, und keiner von ihnen konnte auch nur im Mindesten einschätzen, was man ihm zerstört hatte.

Seinen Stolz, seinen Traum, seine Liebe.

Woher sollte er die Kraft nehmen, weiterzuleben?

Christoph hatte die Kraft nicht aufgebracht. Die Schande und seine Mitschuld am Zusammenbruch der väterlichen Bank hatte er nicht ertragen. An dem Tag, an dem die letzten Kunden Adalbert Geibel, der dem plumpen Betrug eines Grünschnabels aufgesessen war, ihr Vertrauen und ihre Konten entzogen hatten, war

Christoph in die Remise hinter dem Haus gegangen und hatte sich dort erhängt.

Währenddessen erklärte Joseph Liebenthal seinen Sohn offiziell als enterbt und nahm seinen Neffen Anselm Fleißer als Nachfolger in sein Geschäft auf. Anselm erwies sich vom ersten Tag an als tüchtig und anstellig. Er erfreute seinen Onkel, indem er sich für dessen Pferdezucht begeisterte, und ritt auf Philipps Pferd *Topas* durch Odessas Straßen. Von dem Freundeskreis um die Liebenthal-Geschwister, dem er einst so eifrig hatte angehören wollen, hielt er sich jetzt mit demselben Eifer fern. Eine Ausnahme machte er nur für Anna Geibel. Mit einem Geschenk von Michail Kark, dem teuersten Juwelier der Stadt, besuchte er sie und bat sie, seine Frau zu werden.

Anna willigte ein. Ihr Vater hatte kein Geld mehr, um ihr eine Mitgift zu zahlen, und aus dem Vermögen der Liebenthals würde sie ihre Eltern zumindest von Zeit zu Zeit unterstützen können.

Eine Besuchserlaubnis für Philipp wurde indessen noch immer nicht ausgestellt. Auf ungezählte, beim Generalgouverneur gestellte Anträge erfolgte keine Antwort. Erst als sie die Hoffnung bereits aufgegeben und keinen Antrag mehr eingereicht hatte, erhielt sie die Genehmigung, ›*den Gefangenen Liebenthal am 8. des Monats unter polizeilicher Aufsicht für die Dauer einer Viertelstunde zu besuchen*‹.

Als sie sich zurechtmachte, um ins Gefängnis zu gehen, sich herrichtete, als wolle sie um eine Stellung als Gouvernante nachsuchen, wünschte sie sich, sie hätte sich davor drücken können. Wochenlang hatte sie sich danach gesehnt, Philipp zu sehen, und jetzt hätte sie am liebsten den Passierschein weggeworfen und so getan, als hätte sie ihn nie erhalten. Was sollte dieser Besuch noch nützen? Es gab nur vernichtende, jede Hoffnung zerstörende Nachrichten, und sie war diejenige, die sie ihm überbringen musste. Am Ende ging sie trotzdem, weil sie es bei aller Feigheit, die mit dieser Katastrophe einhergegangen war, nicht auch noch wagte, feige zu sein.

Das neue Gefängnis wirkte von außen wie eine Trutzburg aus Sandstein, und während sie von einem Kontrollposten zum nächsten geschleust wurde, kam sie sich vor, als begehre sie Einlass in Festungsmauern. Kurz darauf aber, als sie in Begleitung eines Wachmanns die Kellertreppe betrat, die hinunter zum Besucherraum führte, bemerkte sie, dass die Mauern des Gebäudes so dick, wie sie wirkten, gar nicht waren.

Das Gegenteil schien der Fall. Hier unten in der Tiefe kam ihr das Bauwerk vor wie aus dünnem Papier. Obendrein schienen die Plattformen und Korridore so angelegt, dass jedes Geräusch darin hallte. Jeder Schritt, jedes Schlüsselklirren, jedes Quietschen der Zellentüren war unweigerlich zu hören. Jedes Stöhnen, jeder Schrei, jeder Peitschenhieb und jeder Sturz auf Stein.

»Da rein.«

Der Wachmann schloss ihr die Tür zu einem schlauchartigen, halbdunklen Raum auf. Es roch feucht und so, als hätte jemand an die nackten Wände gepinkelt. An einem langen Tisch saß ein einzelner Gefangener. Dass es Philipp war, erkannte sie erst, als sie ihn fast erreicht hatte. Seine Hände und Füße waren mit Ketten gefesselt, und den graubraunen Lumpen, in dem er steckte, hätte er früher nicht einmal dazu benutzt, sein Pferd abzureiben. Von dem seidigen Haar, mit dem sie gern gespielt und das sie mit ihrem verknotet hatte, war nichts mehr zu sehen. Sein Kopf war kahl geschoren, auf der Kopfhaut verkrustete Schorf. Ob die Schatten in seinem Gesicht Spuren von Schlägen waren, ließ sich nicht eindeutig sagen, doch sie hatte genug gesehen.

Flüchtig hoffte sie, er möge sagen, sie hätte nicht kommen dürfen und solle wieder gehen. Was wollte sie hier? Sie konnte nichts für ihn tun.

»Tessa«, sagte er stattdessen. »Hilf mir.«

Sie stürzte zu dem Stuhl, der seinem gegenüberstand, setzte sich und legte ihre Hände über seine.

Der Wachmann blieb halb im Gang stehen, rauchte die Zigaretten, die Tessa ihm mitgebracht hatte, und ließ sie reden. Tessa redete wie ein Wasserfall, weil sie Angst hatte, Philipp könnte eine Pause nutzen und ihr Fragen stellen. Sie erzählte ihm von Christoph, von Anna und Anselm, von ihrem Vater und davon, dass sie jetzt in einer Dienstbotenkammer bei den Seibmans wohnte, dass die Seibmans die Einzigen waren, die sie nicht fallen ließen. All diese schlimmen Dinge erzählte sie ihm, damit er nach denen, die noch schlimmer waren, nicht fragte.

Sie war sein Zwilling. Sie kannte ihn wie kein anderer Mensch und wusste, wo er am verwundbarsten war.

Er nahm alles gefasst auf, beinahe so, als hätte er es bereits gewusst. Als sie fertig war, fertig bis auf die beiden Dinge, die sie nicht über die Lippen brachte, schwieg sie, und er schwieg auch. In den beklemmenden Raum, in den nur durch einen verdreckten Fensterspalt etwas Licht fiel, drangen das Klirren von Schlüsseln, das Quietschen von Türen und das Klatschen von Schlägen, denen Schreie folgten.

»Großer Gott«, stieß Tessa hervor, »wie erträgst du das nur, wie hältst du dich am Leben?«

»Soll ich es dir sagen?«, antwortete er und schien auf einmal weit weg.

Tessa nickte.

»In all den Nächten, in denen mir der Wahnsinn droht, weil dieses Klirren und Schlagen und Stöhnen und Brüllen nie aufhört, weil ich mitbekomme, wie über mir geprügelt, geschnarcht, gefurzt und gestorben wird, in all diesen Höllennächten spreche ich mir immer dasselbe vor, immer dieselben sechs Worte: *Sigrid lebt. Sigrid ist da draußen.* Davon werde ich ruhig, und irgendwann schlafe ich ein. Die Tage sind härter, und manchmal bin ich sicher, nicht bis zum Abend durchzuhalten. Dann aber denke ich daran, dass ich in der Nacht allein mit meinen Gedanken sein werde, und das hält mich am Leben: *Sigrid lebt. Sigrid ist da draußen.*«

Er musste es erfahren. Tessa konnte es nicht länger für sich behalten. »Philipp«, sagte sie. »Sigrid ist nicht mehr hier. Sie hat gesagt, sie kann alles ertragen, aber kein Leben in Schande. Volkmar Becker, der Sohn ihrer Gastgeber, hatte um sie geworben, und sie setzte auf diese Lösung noch Hoffnungen. Aber die Beckers haben ihr Interesse zurückgezogen, und Sigrid sah keine andere Möglichkeit mehr, als zurück nach Berlin zu fahren. Sie hat ihren Cousin geheiratet, Gottfried von Arndt, einen Offizier. Das hier schickt sie dir.«

Ohne ihren Bruder anzusehen, nestelte Tessa aus ihrer Tasche die Fotografie, die Sigrid beim Atelier Rembrandt in Auftrag gegeben hatte. Die Aufnahme zeigte sie selbst, hell gekleidet und mit ihrem fast weißblonden Haar, inmitten von Gestrüpp auf dem Bauplatz, auf dem Philipps kühner Traum hatte erstehen sollen. Vor ihr erhob sich eine schlanke, schwarze Statue, und im Hintergrund war die Bauruine sichtbar. Es hatte Tessa alle Mühe gekostet, das Bild für Philipp aufzubewahren und es nicht in Fetzen zu reißen.

Philipp nahm ihr die Fotografie aus den Händen und betrachtete sie. Als er endlich sprach, blieb sein Blick darauf gerichtet. »Tessa«, sagte er. »Hilf mir. Du musst das Hotel retten.«

»Aber wie denn?«, rief Tessa. »Das Hotel fällt der Bank zu, und da die Bank verschuldet ist, versucht sie den Grund und das Baumaterial zu veräußern. Bisher nimmt niemand es ihr ab. Es ist, als würde unser Unglück daran kleben.«

»Kauf du es«, sagte Philipp, den Blick immer noch auf die Fotografie fixiert. »Hol meine Pläne aus Liebenthal und bau es zu Ende. Wenn ich hier herauskomme, eröffnen wir.«

»Du bist ja verrückt!«, rief sie so laut, dass der Wachmann den Kopf hereinstreckte. »Wovon soll ich denn bitte schön dein Hotel zurückkaufen? Ich habe keine einzige Kopeke, ich kann froh sein, dass Seibmans mir Obdach gewähren und niemand mich zur Verantwortung zieht, weil ich von deinem Plan gewusst habe.«

»Finde einen Weg«, sagte er. »Bitte Anna um Hilfe.«

»Und wenn das nicht geht?«

»Es muss gehen«, sagte Philipp, schob das Bild unter sein zerlumptes Hemd und blickte auf. »Für das Hotel habe ich alles, was ich hatte, verloren. Wenn ich jetzt noch das Hotel verliere, gebe ich mich auf.«

38

Wenn der Strom der Gäste, die ins *Seibman* zum Tee kamen, abebbte, und der Strom der Nachtschwärmer, die auf ein Getränk oder einen Teller *Petit Fours* hereinschneiten, noch nicht eingesetzt hatte, schlich sich Tessa hinunter in die Konditorei, und Irma Seibman ließ ihr eine Tasse Suppe bringen. Wo ihr buntes, übervolles Leben hin war, hatte Tessa sich nur ein einziges Mal gefragt und dann nie wieder. Ihr Leben war jetzt Philipp. Für nichts anderes war Platz.

Sie hatte Anna einen Brief geschrieben und sie gebeten, am späten Nachmittag zu *Seibman* zu kommen, sobald sie konnte. In knappen Worten hatte sie umrissen, worum es ging, und hatte vor allem betont, dass Philipps Leben von ihrer Hilfe abhing. Anna hatte Philipp geliebt, sie liebte ihn gewiss noch immer. Von Philipp kam niemand los, auch Sigrid würde nicht von ihm loskommen. Tessa verspürte einen Funken Hoffnung, dass Anna ihr helfen oder zumindest mit ihr zusammen auf Hilfe sinnen würde.

Inzwischen aber war eine Woche verstrichen, seit sie den Brief nach Liebenthal gesandt hatte, und Anna hatte sich nicht blicken lassen. Der Funke Hoffnung war erloschen. Anna hatte sich von ihnen abgewandt wie alle anderen. Ihre Freundschaft hatte angedauert, solange sie sich beim Eislaufen, beim Tanzen, am Strand und beim Schlittenfahren im Glanz der Liebenthals hatten sonnen können. Den Mut, zu den verfemten Freunden zu stehen, brachte jedoch keiner auf. Tessa senkte den Löffel in den Suppenteller und zog ihn leer wieder heraus. Es würde niemand kommen, und sie würde Philipp nicht helfen können.

Umso erstaunter war sie, als die Tür sich öffnete und doch noch jemand kam. Nicht Anna. Sondern die stille, farblose Lene Hansen.

»Guten Tag, Tessa«, sagte sie. »Darf ich mich einen Augenblick setzen?«

»Lene …«, stammelte Tessa verlegen.

Lene setzte sich. »Es tut mir leid, dass ich nicht die bin, die du erwartet hast«, sagte sie. »Aber Anna kann nicht kommen, weder jetzt noch später. Anna erwartet ein Kind. Sie ist krank und kann nichts außer weinen. Deshalb komme ich als Ersatz.«

»Das ist sehr nett von dir«, murmelte Tessa und wünschte, sie wäre allein geblieben und müsste sich nun nicht auch noch um die Befindlichkeiten von Lene Hansen kümmern. »Ich weiß deine Freundlichkeit wirklich zu schätzen, doch in der Angelegenheit, die ich mit Anna besprechen wollte, kannst du uns leider nicht helfen.«

»Doch«, sagte Lene.

Tessa erschrak. Weder hatte sie von Lene Widerspruch erwartet, noch von Anna, dass diese mit Lene über ihren Brief sprach.

Ohne Zweifel war Lene jedoch eingeweiht. »Ich weiß, dass ihr nichts für mich übrighabt«, sagte sie. »Weder du noch dein Bruder, und ich kann es euch nicht verdenken. Wäre ich du, hätte ich sicher auch nichts für mich übrig, und ob man als du oder als ich zur Welt kommt, sucht man sich ja nicht selbst aus. Aber jetzt ist das gleichgültig, und es geht nur noch darum, deinem Bruder zu helfen. Das ist dir das Wichtigste, ich weiß es. Du bist ein so herrliches Mädchen, und wir alle haben dich bewundert, doch im Grunde hast du immer nur für deinen Bruder gelebt.«

Tessas Gedanken stockten. War etwas Wahres daran, hatten nicht sie und Philipp einer für den anderen gelebt, wie Zwillinge es nun einmal taten? Was verstand Lene schon davon, die keinen Bruder hatte? Und selbst wenn sie einen gehabt hätte – einen Bruder wie Philipp gab es auf der Welt kein zweites Mal.

Während Tessa noch ihren Gedanken nachhing, sprach Lene weiter: »Mein Vater ist letzte Woche gestorben, Tessa.«

»Mein Beileid«, murmelte Tessa.

Lene schüttelte den Kopf. »Er kann mir jetzt nicht mehr dreinreden, und mein Onkel wohnt bei Kiew, der kennt sich hier nicht aus. Außerdem schert ihn nicht, wen ich heirate, solange er mich nur unter die Haube bekommt. Wenn ich Philipp heirate, wird meine Mitgift ausgezahlt, und wir können sie als Anzahlung für das Hotel verwenden. Es ist beileibe nicht genug. Aber ehe Geibels Bank gar nichts bekommt, lässt sie sich vielleicht fürs Erste darauf ein.«

Tessa war zu perplex, um etwas zu erwidern. Ihr Bruder, ihr schöner, verführerischer, Herzen erobernder Bruder, sollte ausgerechnet Lene Hansen heiraten? Wenn das als Witz gedacht war, so war er unsäglich geschmacklos. Dann aber tauchte vor ihrem geistigen Auge Philipps Gesicht auf, wie sie es zuletzt dicht vor ihrem gesehen hatte. Die ausgemergelten Züge, die bleichen Lippen, die wie erloschenen Augen in tiefen Höhlen. Welches Herz würde er jetzt noch erobern, wen mit seinem Charme dermaßen betören, dass er ihm aus seinem Elend half?

An den Richtern war sein Charme verpufft, und die Gefängniswärter schienen ihren Spaß daran zu haben, ihn zu schikanieren. Das eben war an Philipps Zauber der Haken: Wer ihn nicht liebte, hasste ihn. Wer ihm nicht alles verzieh, verzieh ihm nichts.

Glücklicherweise überbrückte *Seibmans* merkwürdiges Küchenmädchen mit dem schiefen Gesicht das betretene Schweigen. Sie schlurfte heran und stellte eine Etagere mit Kanapees zwischen Tessa und Lene auf den Tisch.

»Hier. Für Sie.«

»Das haben wir nicht bestellt, Klawdija«, sagte Tessa, während der Duft der zarten Delikatessen ihr in die Nase stieg und verdrängte Erinnerungen weckte. »Du musst etwas verwechselt haben.«

»Katja«, verbesserte das Mädchen mit diesem Lächeln, das Tessa unheimlich war. »Die Kleinigkeiten sind ein Geschenk von mir. Meine Besten. Ich habe sie alle alleine erfunden und zubereitet.«

»Dann bedanken wir uns, Katja«, sagte Lene, ehe Tessa zu Wort kam. Sie wollte ihre Geldbörse zücken und dem Mädchen ein Trinkgeld zustecken, aber die schüttelte den Kopf.

»Lassen Sie nur, Fräulein Hansen. Ich habe mehr Geld als Sie.«

Vor Verblüffung, nicht vor Belustigung lachte Tessa auf.

»Ja, ja«, sagte das Mädchen Katja. »Ich an Ihrer Stelle würde auch lachen, denn Sie beide sind ja vornehme Damen, und ich bin nichts weiter als eine Magd. Aber da, wo ich herkomme, findet sich mehr Geld als in den Stuben der Bürger. Die, die es haben, geben es nicht heraus, doch ich habe den Teil, der mir zustand, an mich genommen, als ich von dort weggegangen bin. Ich gebe ihn euch. Für das Hotel. Wenn Fräulein Hansen Herrn Liebenthal heiratet, wird sie in seinem Namen den Besitz zurückkaufen können. Oder zumindest Sie beide zusammen. Ich bin ungebildet und kenne mich mit all dem nicht aus. Aber ich denke, wenn zwei kluge, wohlerzogene Damen obendrein noch Geld haben, findet sich schon ein Weg.«

Damit dürfte sie nicht unrecht haben, durchfuhr es Tessa. Schon gar nicht, da die Geibels die Bauruine um jeden Preis loswerden mussten. Sie glaubte noch immer nicht an diesen ominösen Schatz, den die zerrupfte kleine Außenseiterin von irgendwoher genommen haben wollte. Aber sie hatte auch nichts zu verlieren, weil sie alles schon verloren hatte.

»Wenn du also dieses Geld tatsächlich besitzt, wie du sagst«, sprach sie das Mädchen an. »Welchen Grund hättest du dann, es ausgerechnet uns zu geben?«

Wieder lächelte das Mädchen auf diese eigenartige Weise, und sein Blick wurde geradezu verklärt. »Ich will es euch geben, weil ich zu dem weißen Haus gehören will«, sagte sie. »Ins Licht. Da, wo es am hellsten ist und am schönsten strahlt. Ich will euch mein Geld geben, damit ich für euch arbeiten darf. Ihr werdet keinen Grund zur Klage haben, denn ich bin gut. Ich habe alles gelernt, was es hier bei *Seibman* zu lernen gab, und ich werde für euch so köstliche Dinge zubereiten, dass in der Stadt niemand mehr von *Seibman* spricht, sondern alle nur noch von euch.«

»Und das ist alles?«, fragte Tessa. »Mehr verlangst du nicht?«

Das Mädchen schüttelte den Kopf. »Nur dass ihr mich in euren Diensten Katjuša ruft, *kleine Katja,* wie meine Mutter mich gerufen hätte. Ich habe nämlich keine Mutter gehabt.«

1916–1918

ODESSA IM WELTENSTURM

DRAUSSEN VOR DER TÜR

39

Ohis, 16. Februar 1916

Liebe Valerie,
in diesen ganzen Monaten hatte ich nie Zeit, Dir mehr als lustige Postkarten mit meinen lustigen Strichmännchen zu schreiben, und um ehrlich zu sein, war ich darüber froh. Nicht nur weil ich für das, was ich Dir schreiben müsste, keine Worte gefunden hätte, sondern auch weil ich dafür keine Worte hätte finden *wollen*.
Jetzt liegen wir hier in der Picardie, vor einem Ort mit vielleicht dreihundert Einwohnern, die vor Angst erstarrt sein müssen, lassen unsere Leute an einem aus dem Boden gestampften Übungswerk töten spielen und warten ansonsten ab, weil es zum Vorstoßen zu kalt und zu nass ist. Wir sind dem Infanterie-Regiment Großherzog Friedrich Franz von Mecklenburg-Schwerin zur Verstärkung zugeteilt und haben vorerst alle Zeit der Welt. Zu meinem Glück sind zumindest die Namen dieser Regimenter immer so lang, dass schon einmal eine Zeile vollgeschrieben ist und Dir vielleicht nicht auffällt, dass ich noch immer keine Worte finde oder keine finden will.
Irgendwann werde ich mich auf die Suche nach den Worten machen und Dir erklären müssen, wer ich jetzt bin und was mich dazu gemacht hat, damit Du entscheiden kannst, ob Du einen solchen Kerl noch willst.
Aber nicht heute. Schon wieder nicht heute.
Lass mich Dir stattdessen erzählen, wie schön die Picardie ist. Ich weiß, Du hast für die Schönheit von Landschaften nicht viel übrig, und ich bin selbst ein Stadtkind vor dem Herrn, aber mit dieser hier verhält es sich anders. Das Land ist sehr flach,

vielleicht noch flacher als Brandenburg, die Wälder sind dicht, meist Eichen mit wucherndem Niedergehölz, und es gibt kaum Dörfer. Sie hat etwas von einem Märchenland, diese Picardie, zumal sie ständig in Nebel gehüllt liegt und ihre Konturen sich erst zu erkennen geben, wenn man so gut wie obendrauf steht. Ein ganz stilles, melancholisches Land ist sie. Wäre sie eine Frau, würde man sie beim Tanz übersehen, nur damit hinterher alle Idioten, die nicht hingeschaut haben, den einen beneiden, der mit dieser schweigsamen Wilden davontanzt.

Ich glaube, ich sehe vor mir, wie Du gähnst, und ich verstehe. Wie manche über lauschige Wälder und wallende Nebel schwadronieren können, wenn es auch um die Wirkung von Absinth, Varieté-Nummern und Frauen mit hübschen Beinen gehen könnte, hat sich mir nie erschlossen. (Du hast natürlich die hübschesten. Also nicht ärgern.) Aber wenn ich dieses Land Picardie anschaue, sehe ich eben nichts Lauschiges oder Wallendes mehr. Ich sehe die Maschinerie des Irrsinns, die wir in Gang setzen werden, um dieses Land mit unseren Gräben und Granattrichtern zu durchpflügen, auf dass sein Gesicht nie mehr dasselbe sein wird. Ich sehe die Felder, die nie mehr eingesät werden, weil wir ihre Erde vorher schwarz brennen, und die hohen, vor Nebel nie richtig dunklen Himmel, die wir mit unseren Mündungsfeuern und Leuchtraketen lichterloh entflammen werden. Ich sehe die Gliedmaßen und Leiber und Köpfe der von Granaten Zerrissenen, die wir hier verrotten lassen werden, bis nur noch das bleiche Weiß ihrer Knochen übrig ist. Und ich sehe die Väter (oder vielleicht eher Mütter?), die in hundert Jahren mit ihren Kindern an der Hand hier vorübergehen und keine Antwort wissen, wenn die Kinder fragen: Warum haben denn die, die auf diesem schönen, ein bisschen schwermütigen Land gewohnt haben, eine Wüste, in der nichts mehr wächst, daraus gemacht?

Dabei belasse ich es heute. Wir bleiben noch eine Reihe von Tagen hier, ehe es in Richtung Verdun geht, und so werde ich wohl noch Zeit haben, meinen inneren Schweinehund zum Teufel zu schicken und nach den Worten zu suchen. Rüdi und Konni lassen grüßen und Dir ausrichten, dass sie Blödsinn-Bodo, den blödesten Hauptmann des III. Armeekorps, kürzlich beim Schlafwandeln aus einem Wasserloch gezogen haben und dafür hinterher von Dir einen Kuss wollen.
Hinterher. Gibt's das eigentlich, dieses Hinterher, oder ist das so etwas wie das Gespenst von Canterville? Ach nein, das ist ja feindliches Kulturgut – betrachte das als gestrichen.
Dieser Konni, mein beschuhter Herr von Barfus, rührt mich manchmal so übelst, dass Hauptmann Blödsinn den Kopf zur Seite drehen muss, damit keiner sieht, wie es tropft. Als wir noch in Belgien waren, hat er an einem dieser verfluchten Sternenabende zu mir gesagt, dass er immer nicht wusste, was er mit Annette reden sollte, dass er sich immer, wenn er sie vor sich sah, gewünscht hat, sie wäre meine Schwester Belle, und dass er jetzt sonst etwas dafür geben würde, wenn er Annette, nicht Belle, noch einmal vor sich sehen und ihr ›Gute Nacht‹ wünschen könnte. Nur ›Gute Nacht‹. Wenn Du Annette siehst, kannst Du's ihr ja ausrichten. Die zweite Hälfte natürlich. Nicht die erste.
Gute Nacht, Valerie.
Vielleicht bleibt dieser Brief im Fangnetz der Zensur hängen, denn natürlich darf kein Offizier in einem Brief an sein sündhaftes Verhältnis schreiben, wo er mit welchen Einheiten liegt, und schon gar nicht, wo es hingehen soll. Ich bezweifle aber, dass von der Zensur noch jemand die Energie aufbringt, sich um Geschwafel wie meines zu scheren, und wenn ich Dir nicht offen schreibe, kann ich das Schreiben gleich ganz lassen.
Ich liebe Dich sehr, mein komisches Mädchen, und ich liebe

die kleine Clara. Oder geht das nicht? Kann man nur Menschen lieben, die man kennt? Rupf deine Redakteure nicht allzu erbarmungslos, lass ihnen ein paar Federn, auf die sie sich etwas einbilden können.
Die größte bist sowieso Du.
Kuss, Dein Bodo

Ohis, 20. Februar 1916

Irrtum, mein Augenstern, auch wenn Du mich für die Anrede vermutlich gerade in Gedanken vierteilst. Wir werden heute schon verlegt, obwohl es immer noch nass und noch kälter ist, und die drei Tage, die er Zeit gehabt hätte, hat Dein vaterländischer Held verschwendet. Also vorerst keine quälende Suche nach Worten, um Dir begreiflich zu machen, mit wem Du es inzwischen zu tun hast.
Nimm bis auf Weiteres den, den Du kanntest, und hab ihn noch ein bisschen lieb.
Dein Bodo

Douaumont-Vaux, 26. Februar 1916

Wenn sie die Kirchenglocken läuten, Valerie, wenn sie Dir sagen, Du sollst in Deiner Zeitung schreiben, wir hätten in Douaumont gesiegt – schreib nichts. Hier siegt keiner.
Bodo

Le Mort Homme, 15. März 1916

Ja, das hier heißt wirklich so. Der tote Mann. Man hat an dem Hang vor dreihundert Jahren wohl eine Leiche gefunden. Heute würde man keine mehr finden. Man sieht zwar den Wald vor Bäumen, denn wir haben kräftig Kahlschlag gemacht, aber die Leiche vor Leichen nicht. Ich weiß nicht, ob ich diese sogenannten Briefe noch abschicke, aber ich schreibe Dir immer weiter. Ich habe einen Stapel Feldpostkarten übrig, die sollen nicht verschwendet werden, und Strichmännchen kann ich nicht mehr zeichnen. Sie sind alle gestorben. B.

Irgendwo, 8. April 1916

Von Haucourt sind wir weg, und wie das heißt, wo wir jetzt sind, weiß ich nicht. Es spielt auch keine Rolle, denn ehe ich es hingeschrieben habe, sind wir wieder woanders. Wir rücken immer eins vor und dann wieder eins zurück wie bei diesem Spiel *Mensch ärgere dich nicht,* das sie im Lazarett spielen. Sie geben es den Verwundeten, damit die nicht irre werden, weil in ihren Köpfen das Heulen der tonnenschweren Geschosse hallt, das Donnern, mit dem die Erde birst, und du glaubst, dir birst die Lunge, und das hundertfache Schreien von denen, die wir nicht begraben können, denen wir oft nicht einmal die Kennmarken vom Hals brechen, damit daheim irgendwer erfährt, dass sie nicht mehr leben. Die Verwundeten werden trotzdem irre. Aber wenigstens haben sie vorher noch *Mensch ärgere dich nicht* gespielt.

Wir robben durch den Schlamm. Wo sich die kleinste Welle im Boden zeigt, da wühlen wir uns ein. Unsere Spaten sind ständig im Einsatz, und häufig brauchen wir Hacken, weil der Schlamm vereist ist. Es wird nie wärmer hier, es wird nie Frühling. Wir müssen uns unseren Frühling selbst machen, unsere tausendfachen Sonnen in den Himmel ballern, bis er vor Licht explodiert.

Sind wir früher beim Graben auf einen Toten gestoßen, haben wir ihn wieder zugeschaufelt und anderswo angefangen. Jetzt geht das nicht mehr. Es ist kein Platz, sie liegen überall. Wir machen eben weiter. Für Schlafwandler sind die Gänge die reinsten Stolperfallen, weil man ständig auf Arme, Beine, halbe Bäuche tritt. ›Aber wir leben ja noch‹, sagt Konni. ›Wenn wir weiterleben, wenn wir die sind, die nach Hause kommen, dann muss alles anders werden, das sind wir denen da schuldig.‹ Der hält uns hier am Krauchen, der kleine Konni mit seiner Neurasthenie, von dem keiner geglaubt hat, er hielte länger als drei Monate durch. Wenn wir uns hängen lassen, wenn wir nicht mehr weiterwollen, sagt er: ›Auf mit euch. Ich brauch euch noch.‹

Rüdiger hat das Kriegszittern. Er hört immerfort Granaten. Wir hören alle immerfort Granaten, es zischen im Angriff bestimmt zwanzig in jeder Minute, aber Rüdiger hört sie am lautesten dann, wenn sie schweigen. Er wirft sich in den Schlamm, rollt sich, umarmt sich selbst, sieht aus wie eine Mumie im Ägyptischen Museum, aber eine, die an ihrem ganzen balsamierten Leib wackelt wie elektrisiert. Wir müssten ihn nach Hause schicken, aber er weint, wenn wir ihm das sagen. Sein Vater schämt sich, sagt er. Du kannst einen Sohn ohne Beine nach Hause bekommen oder auch ohne Augen, aber keinen, der wie ein Wackelpudding zittert, weil er den Krieg nicht erträgt.

Valerie, die Worte, die ich nicht gesucht und nicht gefunden habe, die werde ich jetzt vielleicht nie mehr finden, aber das eine musst du wissen: Wenn ich je winsele und dich frage, wofür wir verdient haben, in der Hölle zu sein, sag mir nur ein Wort als Antwort. Sag: *Belgien.*

In Liebe, B. (das kann für beides stehen)

16. Mai 1916

Ich habe Deinen Brief bekommen, Valerie. Wir sind für eine Woche in die Etappe verlegt, um uns vor der Wiederverwendung halbwegs zusammenzuleimen, und man hat ihn mir gleich ausgehändigt. Du schreibst, Du umarmst mich. Dafür danke ich Dir. Erlauben kann ich es trotzdem nicht, denn wir

haben alle Läuse, Flöhe und die Krätze. Offiziere auch. Das Viehzeug lässt sich nicht am Überspringen hindern. Siehst Du Annette und den Kleinen? Ich würde gern Konni einen Gruß ausrichten, er hat so lange nichts gehört. Ich werde vielleicht einfach behaupten, Du hättest ihn von den beiden grüßen lassen. Du fragst, ob ich wirklich schlafwandle oder ob das eins meiner Witzchen ist, mit denen ich versuche, mich zu schützen. Ich weiß nicht, Valerie. Beides, vermute ich. Angefangen mit dem schützenden Schlafwandler-Witzchen habe ich in der Nacht nach Ayeneux, jedenfalls hat Rüdiger mich in der Nacht zum ersten Mal erwischt. Ayeneux ist ein Dorf in Belgien. Wir aber meinen, wenn wir ›Ayeneux‹ sagen, einen runden Platz vor einer kleinen Kirche, auf dem wir Männer aus dem Dorf zusammengetrieben und erschossen haben. Uns war eines unserer Zelte niedergebrannt, und zwei Kameraden sind dabei umgekommen. Ich dachte, es wäre einer darin beim Rauchen eingeschlafen, aber es ist natürlich auch möglich, dass einer von den Belgiern es in Brand gesteckt hat.
Vergeltungsmaßnahmen.
Wir haben die Toten liegen lassen und sind weitergezogen. Weil Ayeneux nur ein kleines Dorf ist, in dem es für unsere Vergeltungsmaßnahmen nicht genug Männer gab, haben wir noch welche in Magnée und Romsée erschossen. Wo das ist, weiß ich nicht mehr. Kleine Dörfer in Belgien eben.
Belgien ist ein neutrales Land, das mit keiner der Mächte einen Krieg wollte. Es war nur töricht genug, sich zwischen uns und Frankreich zu legen, sozusagen mitten in den Weg.
Das nächste Mal ist das mit meinem Schlafwandeln im Oktober passiert, als wir ein ganzes Stück weiter im Westen, vor einer Stadt namens Ypern lagen. Diese Stadt Ypern ist nicht sehr groß, aber im Mittelalter war sie wohl sehr bedeutend. Ein Zentrum des Tuchhandels. So richtig weiß ich es nicht,

denn im Geschichtsunterricht habe ich nie aufgepasst, und über belgischen Tuchhandel haben wir da wohl auch nichts gelernt. In jedem Fall stand diese riesige Tuchhalle mit ihrem Belfried in der Mitte der Stadt schon seit sechshundert Jahren, und sie stand auch noch da, als wir dort ankamen. Jetzt steht sie nicht mehr da. In der Nacht, nachdem wir sie niedergebrannt hatten, hat mich Rüdiger aufgehalten, als ich den schlammigen Wall des Grabens hochklettern wollte. Dort, um Ypern, ist es so schlammig wie hier, und wenn man alles mit Gräben durchzieht, wird es immer schlammiger. ›Alter‹, hat Rüdiger gesagt, der damals noch nicht das Zittern hatte. ›Damit darfst du dich nicht erwischen lassen, sonst schicken die dich nach Hause.‹

Als Schlafwandler nach Hause geschickt zu werden, ist so beschämend wie als Kriegszitterer, aber anders als der arme Rüdiger brauche ich mich um meinen Vater nicht zu sorgen. Mein Vater ist ein Säufer, der seine Frau dafür schlug, dass sie ihn nicht liebte, bis ihn irgendwann selbst der Schlag getroffen und außer Gefecht gesetzt hat. Wenn der sich schämen will, braucht er dazu nicht mich.

Mich nach Hause schicken zu lassen, steht trotzdem außer Frage.

Du schreibst, ich hätte gar keine Wahl, wenn diese Schlafwandelei mein Ernst ist, ich müsse auf den nächsten Heimattransport, aber das geht ja nicht, Valerie. Wir, die wir das mit Ayeneux verbrochen haben, das mit Magnée und Romsée und das mit Ypern, müssen in unserer Hölle bleiben bis zum Schluss.

In Ypern waren wir lange, und wir haben dort unseren Krieg so effektiv geführt wie hier: Immer einen Schritt vor und dann einen zurück, wie beim *Mensch ärgere dich nicht*. Dabei haben wir das Land in eine Schlammwüste verwandelt, auf der nichts

mehr wächst. Nur Mohn. Mohn wächst in Flandern aus allem, selbst aus den Bäuchen von Toten.
Weil das mit dem *Mensch ärgere dich nicht*-Spielen uns irgendwann langweilig wurde, haben wir im April 1915 etwas Neues ausprobiert: Senfgas. Du hast davon sicher gehört, es sollte ja daheim als ›Tag von Ypern‹ groß gefeiert werden. Das Gas, das wir an jenem Tag unseren Feinden (Sind Feinde nicht eigentlich wie Freunde? Müsste man mit denen nicht zumindest bekannt sein?) entgegengeblasen haben, nennen wir jetzt auch nicht mehr Senfgas, sondern Yperit. Vielleicht wird eines Tages die Welt ja vergessen haben, dass Ypern irgendwann in grauer Vorzeit kein Mordstag und auch kein Mordsgas, sondern eine flandrische Stadt mit einer uralten Tuchhalle gewesen ist.
An diesem Tag von Ypern jedenfalls habe ich zum ersten Mal Tote – Feinde natürlich, Briten, Franzosen – gesehen, deren Gesichtshaut so zerfetzt war, als hätten sie sich selbst zu Tode gekratzt. In Wahrheit sind sie an dem Gas erstickt, und im Ersticken kann man wohl nicht anders, als sich wie ein Besessener zu kratzen. Um die Zerkratzten herum war auch alles tot. Kühe, Schafe, Bauern, Hühner, Sperlinge, Fliegen, Kartoffelkäfer. In der Nacht nach dem ›Tag von Ypern‹ hat laut Konni das mit meinem Schlafwandeln wieder angefangen, und seitdem hat es so ganz nicht mehr aufgehört.
Wenn dieser Brief wie in Stücke zerhackt scheint, ist es kein Wunder, denn ich habe ihn im Verlauf von drei Tagen geschrieben, nie länger als ein paar Minuten am Stück. Jetzt ist die Pause in der Etappe um, und wir rotieren wieder nach vorn in den ersten Graben. Also mache ich Schluss. Dass Dein Brief von Anfang April stammt, habe ich erst bemerkt, als meiner schon fast fertig war. Du hast ihn also geschrieben, ehe ich Dir geschrieben hatte, dass Du mir auf alles Gewinsel das

Wort Belgien als Antwort geben sollst, ansonsten hättest Du mich kaum gedrängt, ich soll Urlaub nehmen. Ich danke Dir trotzdem dafür. Jetzt weißt Du aber, dass es nicht geht. Für Belgien muss ich bleiben. Du bleib gesund, und bleib immer Du. B.

Juli.

Wir kommen jetzt weg von Verdun. Werden abgelöst, rücken an der Westfront weiter nach Norden, wechseln als Sturmbataillon in die 2. Armee. Ich muss meine Leute aus den Gräben heraussammeln und auf dem Weg zurückführen, den wir gekommen sind. Da kommen uns dann die entgegen, die uns ablösen, und sehen zu, wie es uns vor Flohbissen schüttelt. Wird sie nicht schrecken, denke ich, sie dürften selbst nicht viel besser aussehen. Nur auf die Idee, uns durchzuzählen, sollten sie besser nicht verfallen. Hundertzweiundsechzig Mann hatte meine Kompanie, als ich sie hergebracht habe. Neununddreißig nehme ich morgen mit raus. Konni und Rüdiger bleiben.
B.

3. August.

Ist schon so lange Krieg? Zwei Jahre?
Ist erst so lange Krieg? Nicht schon immer?
Sei nicht böse, dass ich Deine Briefe nicht beantwortet habe. Es ist wieder das Problem mit den Worten. Ich denke, ich sollte gar nicht mehr schreiben.
B.

Vimy, 1. September

Du schreibst, ich soll weiter schreiben.
Du schreibst, ich soll Dir erzählen, wie Konni und Rüdiger gestorben sind.

Du schreibst, als der ungeheuer großzügige Mensch, der Du nun einmal bist, ich soll trotz allem Urlaub nehmen, ich hätte weder das Recht noch die Pflicht, mich zu Tode zu schinden.
Valerie, lach nicht oder bitte lach doch. Ich würde mich gern mit all meinen Läusen und Flöhen und Milben vor Dir verneigen.
Danke, Valerie. Danke, dass Du keine bist, der ich vorbeten muss, meine Freunde Konrad von Barfus und Rüdiger von Metzler wären aufrecht und heldenhaft fürs Vaterland gestorben. Sie sind ersoffen. Bei der verfluchten Höhe 305, wo wir ein Stück des Hangs erstürmen sollten, sind wir in einen Granatenhagel gelaufen und mussten zurück in die Ebene flüchten. Es hatte tagelang oder sogar wochenlang geregnet, und die tiefen Trichter, die die großen Granaten reißen, waren mit Wasser gefüllte Todesfallen. In einen davon ist Rüdiger gestürzt, und obwohl wir Befehl hatten, uns nach niemandem umzudrehen, sondern stur immer weiterzulaufen, ist Konni stehen geblieben und hat versucht, ihn herauszuziehen. Das war völlig unmöglich, die Wand des Trichters ist eingebrochen, und Konni ist in die Tiefe gerutscht. Sie waren beide gute Schwimmer, wir haben uns im Sommer im Strandbad Wannsee Wettkämpfe geliefert, aber um in dem Schlammloch zu überleben, hätte man wohl ein Olympionike sein müssen. Der Major hat gesagt, es darf niemand zurück, aber der Major ist ein guter Kerl. Er hat mir die Ohren zugehalten, ehe er das gesagt hat, denn einen Befehl, den man nicht gehört hat, kann man auch nicht verweigern. Ich bin zurückgegangen und habe sie beide auf dem Wasser treiben sehen, die Bäuche nach oben, wie tote Fische. Mit dem Stiel von meinem Spaten konnte ich sie nahe genug an mich heranziehen, um von ihren Marken je eine Hälfte abzubrechen.

Die Hälfte brauchen wir, damit wir wissen, wohin wir das Telegramm mit der Meldung schicken müssen. Und die andere Hälfte braucht der Tote, damit noch ein Funke Hoffnung besteht, dass ihn eines Tages jemand findet und dorthin zurückbringen kann, wohin er gehört. Um die Wahrheit zu sagen, besteht bei mir kein Funke Hoffnung, denn es müssen an die Zehntausend sein, die wir dortgelassen haben. Wenn von dem alten Europa hinterher noch etwas übrig ist, sollten die Lebenden ein riesiges Grabmal errichten und die Namen von denen, die kein Mensch mehr finden kann, einritzen.
Urlaub kann ich nicht einreichen, sosehr es mich rührt, dass Du mich dazu drängst. Ich bräuchte dazu einen triftigen Grund, und ich bin der Letzte, der einen hat.
Hab trotzdem Dank.
B.

Vimy, 13. Oktober 2016

Valerie, mir stockt noch immer der Atem.
Seit gestern sind wir in der Etappe, gestern Abend habe ich Deinen Brief gelesen, und wenn Du mich fragst, habe ich seitdem mit dem Atmen nicht wieder angefangen.
Den Tag werde ich mir merken, den 12. Oktober, auch wenn Du den Brief an einem ganz anderen geschrieben hast. 12. Oktober 1916 also. Der Tag, an dem die einzigartige Valerie Schneider, klügste Redakteurin des *Vorwärts,* den Nachtsack Bodo von Arndt, genannt Hauptmann Blödsinn, gefragt hat, ob er sie heiraten will.
Nein, gefragt hast Du ja nicht. Du hast geschrieben, ich soll es gefälligst tun, damit ich einen triftigen Grund für den Urlaub habe, den ich unbedingt brauche.
Meine Valerie. Meine wunderbare, unvergleichliche, ganz und gar verrückte Valerie. Weißt Du, dass der Mann, mit dem Du

Dich leichtsinnigerweise verloben willst, hier in einem Graben (in der Etappe, trocken, überdacht und holzverkleidet, also geradezu behaglich) hockt und wie ein Wickelkind heult? Und zwar vor Glück? Weißt Du, dass dieser blöde Kerl geglaubt hat, dass er Glück nicht mehr erkennen würde, wenn es ihm noch einmal über den Weg liefe? Männer sind solche Melodramatiker, hat Oda Odessa immer gesagt. Um die mache ich mir viele Sorgen, auch um meine Schwester und meine kleine Nichte, und diese ganzen Streitereien und Übelnehmereien, die mich von Odessa ferngehalten haben, kommen mir auf einmal so unwichtig vor, dass mir nicht mehr einfallen will, worum sie sich eigentlich drehten.

Aber Männer sind eben Melodramatiker, was willst Du da machen?

Geliebte Valerie. Damals, vor hundert Jahren auf der Straße, hast du mir einen Korb gegeben, und heute muss ich Dir einen geben. Heiraten kann ich Dich nicht, sosehr ich es mir mit allem, was ich habe, wünsche. Ich könnte es nur, wenn es mir möglich wäre, vor Dich hinzutreten als ein Mann, der sich Deiner zumindest im Ansatz würdig fühlt. Um das jedoch zu erreichen, müsste ich einen Weg finden, diesem Krieg ein Ende zu machen, im Innern wie im Äußeren. Kurz gesagt: Um mit Dir leben zu können, müsste ich mit mir selbst leben können. Ich müsste meinen Frieden machen, indem ich jetzt dieses Gewehr, das ich reinige, niederlege, keinen Mann mehr töte, keinem Toten mehr ins Gesicht trete, keinen, der stirbt, ohne Beistand krepieren lasse, sondern aufstehe, gehe und mich wieder zum Menschen erkläre, indem ich verweigere, was unmenschlich ist.

Ich würde es nicht überleben, das weißt Du. Und um mich an die Wand stellen zu lassen, bin ich noch immer zu feige. Vielleicht ändert sich das ja, vielleicht schlägt es eines Tages um.

Dann ginge ich los, wäre wieder Dein Bodo und wüsste bis zum letzten Augenblick, ich bin mit Valerie Schneider verlobt. Geheiratet hätte ich übrigens gern in einem Eisenbahnwagen. Auch wenn du die Kleine-Jungen-Spielerei mit meinen Eisenbahnen kindisch findest.
Ich küsse Dich, Valerie, ich küsse die kleine Clara. Gott behüte Euch. B.

40

Ich kann dich nicht noch weiter tragen, Schneewittchen. Du musst allein laufen, du wirst einfach zu schwer.«

Wie ihre Tochter bei dem wenigen, was sie täglich auf den Teller bekam, an Gewicht zulegen konnte, war Belle ein Rätsel, zumal Manon die grazile Statur ihres Vaters geerbt hatte. Aber die Fünfjährige schoss in die Höhe wie Kraut, und Belle schmerzten die gewiss zu Eisblöcken erstarrten Füße zum Gotterbarmen. Seit vier Uhr, als die Nacht noch klirrend kalt und finster gewesen war, hatte sie vor der Bäckerei in der Schlange gestanden, und jetzt, da das erste Grau den Morgen eines weiteren fast lichtlosen Februartags ankündigte, kosteten die paar Schritte Heimweg sie den Rest ihrer Kräfte.

»Das ist ungerecht«, fand Manon und furchte die wie mit der Feder gezeichneten Brauen. »Ich trage das Brot. Wenn du nicht mich trägst, trägst du nichts.«

Belle stöhnte. Der Argumentation ihrer Tochter hätte sie womöglich etwas entgegensetzen können, doch gegen ihren Charme war sie machtlos. Sie selbst war als Kind für ihren Charme mit Komplimenten überhäuft worden, aber der von Manon war anders: selbstvergessen und absichtslos. Wäre Manons Charme nicht die gesamte Balkovskaja-Straße verfallen, hätte Belle jetzt nicht gewusst, woraus sie daheim ein Frühstück bereiten sollte. Die Schlange vor der *Bäckerei Geduldig* war jeden Morgen endlos, und als Belle sich samt ihrem Kind aus dem Bett und hinaus in die Kälte gequält hatte, standen die Leute bereits bis um die Ecke, in die Dalnickaja-Straße hinein, an. Um fünf öffnete Recha Geduldig ihren Laden, und um kurz nach sechs war das Brot ausverkauft und kein Mehl mehr da, um neues zu backen. Vor

Belle warteten noch sechs weitere Kundinnen, die sich murrend trollten.

Seit zweieinhalb Jahren war Krieg. Was immer das riesige Reich an Lebensmitteln hervorbrachte, wurde zuerst an die Front, die vom Kaukasus bis nach Galizien reichte, transportiert, um die Soldaten zu versorgen. Es hieß, dass vieles unterwegs verrottete, weil die Transportwege zu lang waren. Männer mit Handwagen voller Vorräte marschierten an Eisenbahnschienen entlang, auf denen keine Züge mehr fuhren, und nicht selten wurden solche Züge überfallen. Den Bauern waren ihre Wagen und Zugtiere beschlagnahmt und die Erntehelfer von den Feldern weg an die Front geschickt worden. Viele Scheunen und Schober waren leer, noch ehe die Beauftragten der Armee kamen, um sie zu plündern.

Jetzt, im Februar 1917, gab es in den Städten nichts mehr zu essen. Verzweiflung hatte sich in Belle ausgebreitet, als die Klappe in der Tür der Bäckerei sich schloss und sie mit leeren Händen dastand. Sie war so gut wie erfroren, sie hatte ihr Kind aus dem Schlaf gerissen, und jetzt hatte sie nicht einmal eine Scheibe Brot, um sie der Kleinen in den Tee zu tunken.

Dann aber hatte Recha Geduldig die Klappe noch einmal geöffnet und Belle herangewinkt. »Frau Albus. Kommen Sie mal her. Schnell, schnell.«

Belle war herangetreten, und hastig hatte ihr die Bäckersfrau einen ganzen, ofenfrischen Laib Roggenbrot in die Hand gedrückt. »Ihre Kleine ist so goldig. Sie darf doch keinen Hunger leiden.«

Feierlich hatte Manon Belle das Brot abgenommen, und so trotteten sie nun nach Hause. »Wir sind ja gleich da«, tröstete Manon ihre Mutter, die ihre Füße kaum noch rühren konnte. »Machst du uns dann Röstbrot? Mit Eiern und Tee?«

»Eier sind keine mehr da, aber Brot kann ich dir rösten«, sagte Belle. Der Rest Butterschmalz, den sie dafür aufbrauchen würde, kam einer Kostbarkeit gleich, aber das war ihr im Augenblick egal.

»Fein!«, rief Manon glücklich. »Dann denke ich mir die Eier dazu aus.«

Belle würde auf ewig unbegreiflich bleiben, wie ausgerechnet sie zu einem Kind kam, das derart leicht zufriedenzustellen war und in sich ruhte wie Manon. Die Kleine genoss ihr Leben, auch wenn es immer enger und beschränkter wurde und eigentlich nur noch aus den zwei schäbigen, düsteren Räumen – Stube und Küche – in der Balkovskaja und den unaufhörlichen Wanderungen zum Einkaufen bestand. Sie hatte den Umzug aus der hübschen Italienischen Straße in die laute, übervölkerte, im Sommer nach Abfällen stinkende Moldawanka klaglos hingenommen und residierte in der traurigen Behausung wie in der Kinderstube eines Palastes. Wäre die wonnige, lebensfrohe Manon Thronfolgerin des Reiches gewesen statt des Zarewitsch, der auf Bildern so blutleer und trübsinnig wirkte, vielleicht hätte sie die Proteste gegen den Zarenthron zum Verstummen gebracht.

Allerdings hatten viele bereits im Dezember vermutet, dass der Unmut sich legen würde, als der verhasste Rasputin einem Attentat zum Opfer fiel. Stattdessen schien sich die Unzufriedenheit jedoch zu mehren. Die Leute litten Hunger, es gab weder Kleidung noch Heizmaterial, oder Medikamente, und inzwischen fand sich in Odessa kaum noch eine Familie, die nicht den Namen eines Sohnes, eines Ehemannes oder Bruders auf den Gefallenenlisten hatte entdecken müssen. Es gingen Gerüchte, der Zar habe Scharen von Männern nur mit Knüppeln bewaffnet in die Feuer modernster Kanonen und Minenwerfer gehetzt und eine ganze Generation einem beispiellosen Schlachten ausgeliefert.

Die Berichte von Gräueln und Gemetzeln krochen durch die Gassen wie Schlangen, und dennoch war Belle sich sicher, dass Karol noch lebte. Briefe erreichten sie nur selten, auch jetzt hatte sie bereits seit Monaten keinen mehr erhalten, doch das brachte sie von ihrer Überzeugung nicht ab. Karol war im Kaukasus, von dort ging der Briefverkehr nur schleppend hinunter in die Städte. Leben musste er trotzdem. Es konnte ja ein Mensch, für den sie einen solchen Berg von Liebe empfand, nicht einfach ausgelöscht sein.

Ich bin noch immer ein Glückskind, sagte sie sich. Zwar läuft mir von klein auf so einiges schief, und dieses Monstrum von Krieg, das sich ausgerechnet mein Leben als Schauplatz ausgesucht hat, geht mir gewaltig gegen den Strich, aber ich bin auch jetzt noch die, die mit einem blauen Auge davonkommt. Wir werden's nicht leicht haben, wenn Karol zurückkommt, wir hatten's auch vorher nicht leicht, aber wenn wir erst wieder zusammen sind, was soll uns da noch schrecken?

Sie vermisste ihn. Seine Zärtlichkeit und seine Blicke, die ihr versicherten, dass sie für ihn die Schönste war und blieb. Sie vermisste die Nächte in seinen Armen, die verhindert hätten, dass die schneidende Kälte unter alle Decken kroch.

»Zu Hause!«, jubelte Manon und glitt samt Brot aus Belles Armen. Sie hüpfte voraus in den Hof, lief die Stufen hinauf und wartete, bis ihre Mutter die Tür zu ihrer Wohnung im Hochparterre des Gartenhauses aufschloss. Immerhin *Belle Etage,* dachte Belle, zwang sich, zu grinsen, und schob den verrosteten Schlüssel ins Schloss.

Sie war wenige Wochen nach Karols Einberufung hierher umgezogen, weil die Miete in Odessas Zentrum unerschwinglich geworden war. Dass Belle von Arndt in der Lage war, samt Kind und Kegel einen Umzug über die Bühne zu bringen, erstaunte sie selbst vermutlich am allermeisten. Gar so schlecht ist es nicht, sagte sie sich jedes Mal, wenn sie die Räume betrat, die nun ihr Zuhause waren. Wir haben es trocken, die Wohnung stinkt nicht, wir haben unseren eigenen Herd und unser Bett zum Verkriechen. Wir sind zusammen, und wir haben im Gegensatz zu den meisten genug Geld, wenn es auch höllische Mühe bereitet, davon etwas zu kaufen.

Das mit dem Geld war das verblüffendste. Etwa drei Wochen nach ihrem Umzug hatte vor ihrer Tür ein streng dreinblickender Herr im schwarzen Gehrock gestanden und ihr ein Dokument sowie einen Briefumschlag unter die Nase gehalten. »Frau Albus, Taufnamen Belle Hermine?«, hatte er sie ohne Gruß gefragt. »Ich bitte, hier zu unterzeichnen, dass Sie zwei Auszahlungen der Leibrente ordnungsgemäß erhalten haben. Es hat ein wenig gedauert, Sie ausfindig zu machen. Von jetzt an erhalten Sie die Zahlung jeweils am Monatsersten.«

Belle hatte ihr Bestes getan, um aus dem maulfaulen Amtsmenschen etwas herauszubekommen, und hatte dann noch eine Weile gebraucht, um zu begreifen: Oda hatte ihr eine Leibrente ausgesetzt, mit der sie ihre Wohnung hätte halten können. Jetzt allerdings war sie froh, die Summe zur Verfügung zu haben, um auf dem Schwarzmarkt Lebensmittel, Kohle, Kleidung und hin und wieder eine Überraschung für Manon zu ergattern. Ihr Kind war besser ernährt als die meisten in der Moldawanka, es brauchte kaum je zu frieren und besaß eine Puppe und ein hübsches Sonntagskleid, wie es ihr zustand.

Belle selbst gönnte sich gelegentlich abends ein großes Glas georgischen Wein, weil es ihr das erleichterte, was sich nicht wegkaufen ließ: die Einsamkeit.

Hätte sie es sich leisten können, hätte sie Odas Geld zurückgewiesen, wäre vor dem Portal ihres heiligen Hotels aufgetaucht und hätte es ihr vor die Füße geworfen. ›Wenn du glaubst, du könntest mich mit Almosen abspeisen, damit ich dir nicht unter die Augen komme, hast du dich geschnitten‹, hätte sie ihr entgegenschleudern wollen. ›Da draußen ist Krieg, unseren Männern droht der Tod, und du bringst es noch immer nicht über dich, mir die Hand zur Versöhnung zu reichen? Wir sind einmal zusammen die Himmelsleiter hinaufgestiegen, wir haben jeden süßen Sommer unserer Kindheit geteilt, und das alles zählt dir nichts mehr, weil ich die Frechheit besaß, denselben Mann zu lieben wie du?‹

Manchmal stellte sie sich tatsächlich vor, wie sie vor dem *Odessa* stand und an der weißen Fassade hinaufblickte. Der Gedanke tat so weh, dass sie ein weiteres Glas georgischen Wein brauchte. Sie und Manon hätten auch dorthin gehört, jetzt, in der Zeit der Not, mehr denn je. Zu ihrem Erstaunen war es nicht der Luxus, nach dem sie sich sehnte, sondern die Nähe der Menschen. Die Liebenthals – Oda, ihre Eltern und das ganze bunte Ensemble des Hotels – waren mehr ihre Familie gewesen als die von Arndts daheim in Berlin.

Bis auf Bodo.

Statt Belle in die Familie zurückzuholen und einander zur Seite zu stehen, hatte Oda ihr auch noch den Bruder gestohlen.

Bodo war schon als kleiner Junge in Oda verschossen gewesen. Dass diese Affenliebe allerdings so weit ging, sich gegen die eigene Schwester zu kehren, hatte Belle nicht erwartet. Manchmal kam ihr in den Sinn, dass sie nicht einmal wusste, ob Bodo noch lebte, dass ihre Tochter, die so zutraulich und wild auf Menschen war, einen Onkel hatte, den sie nicht kannte, und dass nicht auszuschließen war, dass Bodo und Karol gegeneinander kämpften.

Aus der Küche drang Manons weltvergessener Gesang:

»Alle lieben Tiere, groß und klein,
Hat Gott, der Herr, gemacht.
Alle lieben Blumen, groß und klein,
Hat Gott, der Herr, gemacht.«

Und alle lieben Menschen? Auch die, die sich die Köpfe einschlugen, ohne zu fragen, wer sie gemacht hatte?

Bodo war Offizier einer Eliteeinheit, bestens ausgebildet und bewaffnet. Karol hingegen war ein schlecht ausgerüsteter Feldgendarm, der zum Kriegsdienst nicht taugte und nichts davon verstand. Er hätte keine Chance. Würde Bodo den ungeliebten Schwager verschonen? Oder würde er ihn erst recht aufs Korn nehmen, weil er ihm noch immer zur Last legte, dass seine kostbare Oda von ihm gekränkt worden war?

»Himmel hilf, Schneewittchen«, sagte sie zu Manon, die die große Kupferpfanne aus dem Küchenspind gezerrt hatte und damit herbeigelaufen kam. »Die Mama grübelt sich so viel Unsinn zusammen, die braucht bald am frühen Morgen schon ihr Glas Wein. Aber das darf sie nicht. Sie muss wie eine vernünftige Mutter für dich sorgen. Mein Vater ist ein Säufer, weißt du das? Ich bleibe besser auf der Hut, vielleicht habe ich es von ihm geerbt.«

»Was ist ein Säufer, Mama?« Manon hielt ihr die Pfanne hin.

»Einer, der das Leben liebt, aber seine tückischen Seiten nicht so gut aushält«, antwortete Belle und nahm die Pfanne. »Komm, machen wir uns ein Frühstück für zwei Königinnen. Dem Papa geht es gut, er kommt zu uns zurück, und der Onkel Bodo kommt ja da, wo der Papa ist, in den Kaukasus, überhaupt nicht hin. Statt sich dummes Zeug auszudenken, sollte deine Mama sich lieber eine Landkarte kaufen.«

Sie wollte mit der Kleinen an der Hand in die Küche gehen, da klopfte es an ihrer Tür. Niemand mochte das in diesen Tagen. Es konnte eine Nachbarin sein, die Belle mit dem Brot über den Hof hatte gehen sehen und sich ein Stück abbetteln wollte, aber es konnte ebenso der Bote mit dem Telegramm sein, in dem geschrieben stand, dass alles zu Ende war. Dann wäre sie mit Manon alleine, ihr Leben wäre ohne Sinn, und sie würde es dennoch weiterführen müssen, weil das Kind sonst niemanden hatte.

»Warte hier, Schneewittchen.«

Sie wollte alleine gehen, um die Tür zu öffnen, aber Manon ließ sich nicht abhalten, sondern hüpfte neben ihr her.

Draußen stand weder eine Nachbarin noch ein Telegrammbote, sondern Schoschanah Zilberfarb, ihre Vermieterin.

»Frau Albus!«, rief die Alte, und ihre glänzenden dunklen Äuglein sahen aus, als wollten sie ihr aus dem Schädel kugeln. »Haben Sie noch nichts gehört? Kommen Sie doch nach vorn auf die Straße, wo die Zeitungsjungen sind, es kommen ja alle wie die Ratten aus den Löchern.«

»Was ist denn passiert?«, fragte Belle und kam sich dümmlich vor.

»In Petrograd ist die Revolution!«, rief Schoschanah Zilberfarb. »Der Umsturz. Auf dem Newski-Prospekt sollen sie mit roten Fahnen stehen, fast alles Frauen, und die Wolhynier, das Garderegiment des Zaren, sind schon zu ihnen übergelaufen.«

»Und jetzt?« Einmal mehr wünschte sich Belle, wenigstens so viel von Politik zu verstehen, dass sie sich hätte zusammenreimen können, welche Folgen ein Ereignis für sie persönlich hatte.

»Jetzt kriegen wir sicher endlich wieder Brot«, jubelte ihre Vermieterin. »Und Fisch auch, unseren eigenen Fisch, den unsere eigenen Leute hier vor unserer Küste fangen. Und unsere Männer da draußen kriegen ordentliche Waffen, damit sie mit den Deutschen und den Türken aufräumen können.«

Und woher kriegen wir das alles?, fragte sich Belle. Liegt es irgendwo herum, und der Zar muss nur dazu bewegt werden, es herauszugeben?

»Der Zar wird abdanken, und die Leute, die dann an die Macht kommen, geben alles dem Volk.« Der Atem der Alten ging in kleinen Stößen. »Den Reichen wird's weggenommen – diese riesigen Glitzerpaläste, die Hotels an der Küste, in denen sie sitzen und prassen, werden alle enteignet. Und mit den Gefängnissen, in denen immer nur die Armen hocken, ist jetzt Schluss.«

»Und auch mit Krieg?«, meldete sich Manons hohes Stimmchen.

»Mit dem bald auch«, antwortete Schoschanah Zilberfarb. »So traurig ist das, dass du kleines, putziges Ding schon wissen musst, was Krieg ist.«

»Weiß ich gar nicht«, erwiderte Manon fröhlich. »Aber wenn der Krieg zu Ende ist, kommt mein Papa nach Hause und kauft bei Igors Bude Schaschliks für uns.«

41

Hauptmann von Arndt?«

Bodo fuhr herum. Er hatte in seinem Quartier vor dem Pult gestanden und sich nicht entschließen können, sich zum Briefeschreiben niederzusetzen. Seit sie als Teil der neuen Siegfriedlinie in Richtung Arras verlegt worden waren, waren sie besser untergebracht. Die Etappe glich einem mittleren Dorf, vom Postamt bis zum Bordell gab es alles, was das Herz begehrte.

Darüber, dass die Errichtung der Defensivstellung einen strategischen Rückzug darstellte, bestand allerdings kein Zweifel. Der Stellungskrieg an der Westfront hatte sich festgefahren, die Gegner lagen verkeilt, ineinander verbissen wie zwei Hunde, die eher beide sterben würden, als dass einer gewann und der andere verlor.

Verstärkung wäre vonnöten gewesen, um den doppelten Schwitzkasten aufzubrechen, aber woher sollte die noch kommen? Die Schlacht bei Verdun mochte auf jeder Seite hundertfünfzigtausend Männern das Leben gekostet haben, die an der Somme noch einmal so viel oder mehr. Die Jugend Europas krepierte bis zum letzten Mann. Auf diese Verteidigungslinie mit dem lachhaften Namen des Drachentöters war die Oberste Heeresleitung, die seit Neuestem aus Generalfeldmarschall von Hindenburg und seinem Stabschef Ludendorff bestand, auch nicht verfallen, um den Anfang vom Ende einzuläuten. Vielmehr hofften die Herren Generäle, zu halten, was zu halten war, bis ihnen eine Lösung einfiel.

Und wenn es eine solche Lösung nicht gab, nicht geben konnte, dann gab es in nicht allzu ferner Zukunft kein Europa mehr. Das Europa, in dem er als Junge italienisches Eis geleckt und französische Frauen angehimmelt, deutsche Schwüre geschworen und zu jiddischer Musik getanzt, sich als Schüler mit griechischen Tragödien gequält hatte und in britischen Tweed gesteckt worden war. Das Europa, das er von Paris bis Odessa geliebt hatte, das seine Auster, seine Welt gewesen war.

Odessa. Ach, Odessa. Europa im Brennglas, an Europas äußerstem Rand.

Blödsinn-Bodo, der sentimental wurde, war peinlich, aber seine Kindheit trug den Namen einer Stadt.

»Herr von Arndt?« Der arme Aderhold, der immer noch in der Tür der Kammer wartete, räusperte sich. Er war Bodos Offiziersbursche, und Bodo mochte ihn gern. Aderhold stammte aus dem Harz, sein Vater war Bergmann, und der Sohn hatte sich drei Tage vor seinem siebzehnten Geburtstag freiwillig gemeldet, weil er hoffte, auf diese Weise der Finsternis unter Tage zu entgehen.

Er hatte sich eine andere Finsternis eingehandelt, für die die Schriftsteller späterer Epochen vergeblich nach Beschreibungen suchen würden.

»Was ist denn, Franz? Nimm's mir nicht krumm. Ich war in Gedanken.«

»Aber nicht doch, Herr Hauptmann.« Neunzehn war er jetzt, hatte noch immer Pickel auf der Nase, aber um die Augen wirkte er fast wie ein alter Mann. »Sie müssen ja auch mal eine Pause machen. Es ist nur so, dass General von der Marwitz Sie zu sprechen wünscht.«

Meine Briefe, durchfuhr es Bodo. Georg von der Marwitz, General der Kavallerie, war der Oberbefehlshaber der Zweiten Armee. Wenn der ihn am Abend, in der kaum vorhandenen Freizeit, zu sprechen wünschte, gab es dafür keinen harmlosen Grund. Die Zensur hatte seine Briefe an Valerie abgefangen, und er würde sich wegen des Inhalts – Defätismus und Vaterlandsverrat – verantworten müssen.

Warum jagte ihm das noch immer solche Angst ein? Ob er vors Kriegsgericht und anschließend an eine Wand gestellt wurde oder morgen in eine Granate lief, machte im Ergebnis keinen Unterschied.

»Ich komme«, sagte er und nahm seinen Rock von der Stuhllehne. »Franz, dein zweiter Vorname sollte Engel der Geduld lauten, bei allem, was du dir mit mir eingehandelt hast.«

»Aber nicht doch, Herr Hauptmann.« Das sagte Aderhold immer.

Bodo klopfte ihm im Vorbeigehen auf die Schulter und verließ den einstigen Pferdestall, der zum Quartier für Hauptleute umfunktioniert worden war. Der General logierte mit seinem Stabschef und ihren Burschen in einem weiß getünchten Haus, das eine Gastwirtschaft gewesen sein musste. Bodo trat ein, wurde an der Tür von einem der Burschen empfangen und in einen kleinen Saal geführt, der mit Holz ausgekleidet war. Vor einem Tresen gruppierten sich mehrere Tische und Stühle. Seine Vermutung war also richtig gewesen. An diesen Tischen hatten vor drei Jahren noch Bauern gesessen, hatten nach einem Tag des Pflügens und Säens, oder was immer sonst ein Bauer im Frühling zu tun hatte, mit ihren Nachbarn Weingläser geleert und auf eine gute Ernte im Herbst angestoßen.

Jetzt standen zwei Tische in der Raummitte zusammengerückt. Die drei Männer, die daran saßen, erhoben sich, als Bodo in den Raum trat. Einer von ihnen war General von der Marwitz, die beiden anderen kannte er nicht. Oberst Wild, der Stellvertreter, der als eine Art Notkandidat galt, fehlte.

»Hauptmann von Arndt. Wie erfreulich, dass Sie es gleich einrichten konnten. Nehmen Sie Platz, lassen Sie uns auf die Förmlichkeiten bitte verzichten. Der augenblicklichen Lage geschuldet, ist Eile geboten.«

»Selbstverständlich.« Bodo schüttelte die ihm entgegengestreckten Hände und setzte sich auf den angebotenen Stuhl. Dass es bei dieser Zusammenkunft um ein paar zu freimütig formulierte Liebesbriefe ging, glaubte er längst nicht mehr. Wenn Männer von solchem Rang einander nicht namentlich vorstellten und auf militärische Ehrbezeugungen verzichteten, gab es dafür nur einen Grund:

Die Sache war geheim.

General von der Marwitz eröffnete das Gespräch, ohne Bodo etwas von den Getränken und Tabakwaren anzubieten, denen die anderen zusprachen. »Ich habe den Herren berichtet, dass Sie über – sagen wir: enge Beziehungen nach Neurussland verfügen und auch die russische Sprache beherrschen. Ich gehe in dieser Annahme doch richtig, Hauptmann?«

Bodo nickte. »Mein Pate war Schwarzmeerdeutscher, er betrieb ein Hotel in Odessa. Meine Schwester ist dort verheiratet. Was meine Russischkenntnisse betrifft, so habe ich mich nie mit großem Ruhm bekleckert, doch für den Gebrauch im Alltag sollte es reichen.«

Marwitz wechselte einen Blick mit seinen Nachbarn zu beiden Seiten, ehe er sich wieder Bodo zuwandte: »Und über die politische Lage in Russland sind Sie informiert?«

»In groben Zügen«, antwortete Bodo. »Der Zar hat abdanken müssen. Das Reich ist Republik, in Petrograd hat eine provisorische Regierung unter Georgi Lwow die Amtsgeschäfte übernommen.«

»Sie sagen es«, stimmte der General zu. »Lwow ist Ministerpräsident und Alexander Kerenski sein Justizminister. Liberal-bürgerlich, alle beide, und dieser Georgier, Stalin, der bisher als Bolschewik galt, trottet brav wie ein Schaf mit ihnen mit. Vielleicht, wenn man es so ausdrücken darf, nicht ganz die radikale, umstürzlerische Ausrichtung, die man sich im übrigen Europa von einer Revolution in Russland erwartet hat.«

Bodo wartete. »Wünschen Sie, dass ich dazu meine Ansicht kundtue?«, fragte er dann.

»Besten Dank, Hauptmann, ich denke, wir lassen es dabei bewenden«, erwiderte Marwitz und tauschte erneut einen Blick mit seinen Nachbarn. »Uns ging es um die Frage, ob Sie ein Mann sind, der für die Verhältnisse in Russland Verständnis aufbringt, und dieses Interesse haben Sie zur Zufriedenheit gestillt. Des Weiteren ist uns zugetragen worden, dass Sie mit einer gewissen Leidenschaft die Entwicklung des Schienenverkehrs in Europa verfolgen?«

»Nicht nur in Europa«, antwortete Bodo.

»Wir bedanken uns«, sagte der General. »Kommen wir nun zu der Thematik, die uns alle beschäftigt: das Kriegsgeschehen. Ich darf mich doch darauf verlassen, dass Sie alles, was in diesen vier Wänden besprochen wird, vertraulich behandeln? Gewiss verletzt es Ihre Ehre, dass ich eine solche Frage überhaupt stelle.«

Bodo sagte nichts.

Der Herr, der Marwitz zur Linken saß, war klein und kahlköpfig und trug Abendgarderobe statt Uniform. »Sie wissen, wie es an der Westfront aussieht, Hauptmann von Arndt«, sagte er. »Der, der sich Verstärkung verschaffen kann, gewinnt den Krieg. Ich nehme an, Sie wissen auch, dass zu Ostern mit einem Kriegseintritt der Vereinigten Staaten von Amerika gerechnet wird. Was das für die Truppenstärke der *Entente* bedeutet, brauche ich Ihnen ja wohl nicht vorzurechnen.«

»Nein«, sagte Bodo. »Brauchen Sie nicht.«

Die drei Herren, die ihn an die drei Hexen aus *Macbeth* erinnerten, schwiegen.

Der auf der Linken, ein schmaler Mensch, dessen Rangabzeichen ihn als General auswiesen, erhob schließlich die Stimme. »Wenn man einen fronterfahrenen Offizier wie Sie fragen würde, woher unsere Seite die Verstärkung nehmen soll, um sich der

Übermacht entgegenzustellen, was würden Sie zur Antwort geben? Man müsste die entsprechenden Truppen von der Ostfront abziehen, richtig? Eine andere Möglichkeit gibt es ja nicht.«

»Dann würde die Ostfront zusammenbrechen«, sagte Bodo. »Um die Ostfront dürfte es zahlenmäßig noch schlechter bestellt sein als um uns.«

»Also bleibt nur, uns der Ostfront zu entledigen«, sagte der fremde General, den sein Zungenschlag als Westpreußen entlarvte.

Alle drei richteten ihre Blicke auf ihn und schienen auf etwas zu lauern. Bodo ließ sie warten.

»Unsere Hoffnungen auf einen Separatfrieden mit Russland haben sich bedauerlicherweise zerschlagen«, ermannte sich schließlich der Kahlkopf in Zivil. »Die provisorische Regierung ist entschlossen, an den Kriegszielen des Zaren festzuhalten. Sie werden verstehen, dass uns das nicht viel Handlungsspielraum lässt.«

General von der Marwitz drehte den Siegelring an seinem Finger. »Lange Rede kurzer Sinn«, unterbrach er seinen Nebenmann. »Die Oberste Heeresleitung hat uns gebeten, für eine streng geheime, kriegswichtige Mission einen äußerst vertrauenswürdigen, taktvollen Offizier auszuwählen, und unsere Wahl ist auf Sie gefallen. Sofern Sie sich dazu in der Lage sehen, werden Sie heute noch von Ihren Pflichten hier entbunden und nach Bad Kreuznach geschickt. Wie schon gesagt, ist Eile geboten. Mit dem Kriegseintritt der USA ist zu Ostern zu rechnen, und bis dahin muss unsere Mission auf dem Weg sein.«

»Sie würden Ihrem Vaterland einen unschätzbaren Dienst erweisen, Hauptmann von Arndt«, fügte der Kahlkopf hinzu.

»Das ist schon möglich«, erwiderte Bodo, der im Grunde seines Herzens bereits beschlossen hatte, dass er seinem Vaterland genug Dienste erwiesen hatte und bei diesem die Grenze ziehen würde. »Allerdings wüsste ich erst einmal gern, worum es überhaupt geht.«

»Selbstverständlich«, parierte der Kahlkopf. »Darf ich mich erkundigen, ob Ihnen der Name Lenin etwas sagt?«

Eine knappe Stunde später verließ Bodo die Gastwirtschaft, um zu packen. Er würde mit einem Sondertransport ins rheinland-pfälzische Bad Kreuznach geschafft werden, wo die Oberste Heeresleitung einschließlich des Reichskanzlers Bethmann-Hollweg und eines Geheimbeauftragten namens Brockdorff-Rantzau im *Parkhotel Kurhaus* logierte. Falls seine Ernennung auf die Zustimmung der Herren traf, würde er ohne Verzug nach Gottmadingen, einem Ort nahe der Schweizer Grenze, weiterreisen und dort warten, um einen Zug aus Zürich in Empfang zu nehmen.

In einem Kurswagen dieses Zuges, der an der Grenze verplombt werden würde, sollte er quer durch Deutschland bis an die Fähre nach Sassnitz an der Ostsee reisen, nach Schweden übersetzen und den Kurswagen an einen Zug in Richtung Finnland ankoppeln lassen. Von dort ging es weiter bis an die russische Grenze, wo der Zug samt Kurswagen umgespurt werden musste, ehe er die Weiterreise nach Petrograd antreten konnte. Die gesamte Fahrt würde voraussichtlich acht Tage dauern, und in dieser Zeit durfte er den Kurswagen, der aus acht Abteilen und zwei Toiletten bestand, nur zu Kontrollgängen verlassen. Den Fahrplan hatte Bodo selbst geprüft und überarbeitet. Sollte das neutrale Schweden die Durchreise verweigern, so musste der Kurswagen an der Frontlinie entlanggeführt werden, und auch dafür sollte Bodo einen Plan entwickeln.

Es war die irrwitzigste, halsbrecherischste Mission, die er sich hätte ausmalen können. Mit einiger Wahrscheinlichkeit würde sie in einem Fiasko enden, das er nicht überlebte. Die Oberste Heeresleitung, so hatte ihm Marwitz versichert, würde ihm eine Kapsel aushändigen, für den Fall, dass er in die Hände der *Ochrana* fiel. Diese hatte sich allen Anzeichen nach mit dem Ende des Zarenregimes nicht aufgelöst, sondern kämpfte unter der provisorischen Regierung um ihr Leben. Geheimdienste, die um ihr Leben kämpften, waren gefährlich, und die Kapsel enthielt Zyankali. Aber die Sache konnte auch gut ausgehen. Und wenn sie gut ausging, war Bodo frei.

»Wir brauchen jemanden, der in der Lage ist, sowohl mit den russischen Behörden zu verhandeln als auch sämtliche Gespräche zu überwachen und das Schienennetz im Auge zu behalten«, erklärte ihm Ludendorff am folgenden Abend in einem Rauchsalon, der seine Sehnsucht nach dem *Odessa* schürte. »Der Russe behandelt sein Schienennetz ja wie die intimen Gefilde einer Frau.«

Das war untertrieben. Bodo aber hatte sich, wo es um Schienennetze ging, bereits als unschlagbarer Spion bewährt, als ihm die intimen Gefilde von Frauen noch ein verbotenes Buch mit sieben Siegeln gewesen waren. Und er hatte achtzehn lange Sommer in Odessa verbracht.

»Betrachten Sie es als eine Art Waffentransport.« Erich Ludendorff gab den Wortführer. In dem halben Jahr seiner Amtszeit hatte der markige General sich zu einer Art Militärdiktator aufgeschwungen und degradierte den Reichskanzler neben sich zu einem blassen, saftlosen Blitzableiter. »Sie begleiten die stärkste Waffe, die wir gegen unsere russischen Gegner und das Machtbündnis der *Entente* als Ganzes aufzubieten haben. Ihre Mission hat das Zeug, das Zünglein an der Waage zu werden, das uns zum Sieg verhilft. Wenn Sie Erfolg haben, würde ich mich gern einmal mit Ihnen über die Ukraine unterhalten. Man hört, dass in diesem Odessa Deutsch zu den am meisten gesprochenen Sprachen gehört und die Leute das russische Joch längst leid sind. Für den Aufbau eines deutschen Ostimperiums scheint mir das kein schlechter Ausgangspunkt, eine geeignete Zuchtstätte für die Armeen künftiger Kriege.«

Bodo beschloss, die Visionen von Zuchtstätten und künftigen Kriegen abzuschütteln und sich auf die Aufgabe, die vor ihm lag, zu konzentrieren. Die Waffe, die von Zürich nach Petrograd transportiert werden sollte, war ein Mann von siebenundvierzig Jahren, der mit seiner Frau und einer kleinen Schar von Anhängern reiste und den Namen Wladimir Iljitsch Uljanow trug. Kampfname: Lenin, von der Abteilung IIIb des Stellvertretenden Generalsstabs, die die Modalitäten ausgehandelt hatte, neuerdings ›Lösung Lenin‹ genannt.

Nachdem die provisorische Regierung unter Lwow und Kerenski Ludendorff seinen Separatfrieden verweigert hatte, hatte dieser sich entschlossen, auf die verhassten Bolschewiki zu setzen. »Dieser Lenin ist wenigstens kein Jude«, hatte er gesagt und dem Plan seinen Segen erteilt: Lenin – offiziell ein feindlicher Ausländer – würde die Durchfahrt durch deutsches Gebiet ermöglicht werden, damit er in Russland seine Leute um sich sammeln und zum Schlag gegen die bürgerlichen Kräfte ausholen konnte.

Lenin wollte den Frieden. Davon abgesehen würde eine zweite Revolution das taumelnde Riesenreich ins Chaos stürzen, in dem es zu keiner Kriegshandlung mehr fähig wäre.

Sosehr Bodo alles Taktieren um Menschenleben inzwischen zuwider war, konnte er sich einer gewissen Bewunderung für die tolldreiste Kühnheit des Gedankenkonstrukts nicht erwehren. Die diplomatischen Tücken erklärte ihm der Mann namens Brockdorff-Rantzau, der vom Auswärtigen Amt entsandt war und mit einer Denkschrift die Initialzündung zu dem Plan geliefert hatte. Am Ostermontag sollte die Reise beginnen, und bis dahin musste über jedes Detail größtmögliche Klarheit herrschen. Um in Russland glaubwürdig agieren zu können und als einstmals verbannter Gegner des Zarenregimes die Grenze überqueren zu dürfen, musste sichergestellt werden, dass man Lenin keine Kollaboration mit den Deutschen nachsagen konnte.

»Zwischen Ihnen und der russischen Delegation darf es keinerlei Kontakt geben, Hauptmann«, trichterte ihm Brockdorff-Rantzau ein.

»Der verplombte Wagen garantiert, dass während der Fahrt kein Bürger des Deutschen Reichs das Gespräch mit den Passagieren suchen kann, und innerhalb des Waggons werden wir durch Kreidestriche ein russisches von einem deutschen Territorium trennen. Verkehr zwischen den Parteien wird auf das notwendige Minimum beschränkt und erfolgt über einen Schweizer Diplomaten, der sich uns zur Verfügung gestellt hat. Jedem Bereich wird eine der Toiletten zugeteilt. Diese benutzen Sie im Übrigen bitte auch zum Rauchen. Herr Uljanow verträgt keinen Zigarettenrauch.«

»Ist das Ihr Ernst?«, fragte Bodo.

Brockdorff-Rantzau sah ihn geradezu flehend an: »Bedenken Sie, Hauptmann – Sie bringen dieses Opfer für Ihr Vaterland.«

Hauptmann Bodo von Arndt war sein Vaterland gleichgültig. In seinem Kopf materialisierte sich das Labyrinth des russischen Schienennetzes, mit dessen Hilfe er sich von Petrograd in Richtung Süden durchschlagen würde, einerlei, wie lange er unterwegs war. Nach Süden. Nach Odessa. Die Stadt würde ihn an sich ziehen, wie sie es getan hatte, wann immer ihm als Kind sein Leben über den Kopf gewachsen war. Sobald er oben an der großen Treppe gestanden und das Meer sich vor ihm aufgetan hatte, hatte er gespürt, wie er im Innern heilte, und diese heilende Kraft würde er auch jetzt suchen. Odessa war seine Medizin. Wo keine Züge mehr fuhren, konnte er den Schienen folgen. Er war jung und gesund, und solange es Schienen gab, würde er seinen Weg um die gesamte Welt finden.

»Gibt es noch etwas, was wir für Sie tun können, um Ihnen die gewagte Mission zu erleichtern?«, fragte Brockdorff-Rantzau.

»Ich hätte gern eine Notausstattung«, erwiderte Bodo. »Für den Fall, dass es unumgänglich wird, die Flucht zu ergreifen. Zivilkleidung, Proviant und Geldmittel für ein paar Tage. Natürlich hoffe ich, nichts davon zu benötigen.«

»Selbstverständlich«, versprach Brockdorff-Rantzau. »Ihre Sicherheit liegt uns am Herzen. Ich persönlich werde Sorge dafür tragen, dass Sie im Fall einer solchen Notlage bestens ausgerüstet sind.«

Falsche Papiere gehörten ohnehin ins Paket, das hatte ihm Ludendorff bereits gesteckt. Bodo senkte den Kopf wie in tiefschürfenden, sorgenschweren Gedanken, um die Bewegung in seinem Innern zu verbergen, die einem mittleren Wirbelsturm gleichkam. Ostern war das Fest der Auferstehung. Religiöse Riten hatten in seinem Leben nie eine Rolle gespielt, doch in diesem Jahr würde er seine eigene Auferstehung feiern. Er würde Hauptmann von Arndt umbringen und als Bodo auferstehen. Als er selbst, als Mensch unter Menschen.

Eine glückliche Fügung hatte ihm die Lösung in die Hände gespielt, die er Valerie gerade noch als undenkbar beschrieben hatte. Er würde desertieren. Und er würde überleben, wenn seine wahnwitzige, genialische Lösung sich als tragfähig erwies.

Die Lösung Lenin.

42

Für gewöhnlich traf Oda sich um acht Uhr mit Lidija Petrowna im Bernsteinsalon, um zu frühstücken und dabei die Probleme zu besprechen, die es im Lauf des Tages zu lösen galt. Es hatte sich eingespielt. Anfangs hatte die Fürstin gejammert, sie würde Migräne und obendrein Fußpilz entwickeln, wenn sie sich täglich um diese Zeit aus dem Bett quälen und dann auch noch arbeiten müsse. Oda aber hatte ihr rasch klargemacht, dass acht für ihre Zusammenkunft die einzig mögliche Uhrzeit war.

Sie selbst konnte vorher Sergej, Theodore und Andreja in der Küche aufsuchen und sich erkundigen, was mit den vorhandenen Vorräten machbar, was zu streichen und was zu ersetzen war. Lidija Petrowna wiederum war rechtzeitig fertig, um anschließend an den Tischen der Gäste ein zweites Frühstück einzunehmen. Sie hatte Zeit, mit ihnen zu lachen, zu schwatzen und ihnen ein Ohr für ihre Sorgen zu bieten, was in diesen Tagen von Aufruhr und Chaos wichtiger war denn je.

Streng genommen wusste derzeit ja niemand auch nur, in welchem Land er sich überhaupt befand. Gehörte Odessa noch zum Russischen Reich, das jetzt kein Reich mehr war, sondern eine Republik? Wurde es rumänisch, weil die rumänische Front so nah lag? Oder bedeutete die Gründung der *Zentralna Rada* in Kiew, dass sie jetzt Teil eines neuen Staates namens Ukraine wurden? Würden die Osmanen einmarschieren, wie manche mit düsteren Mienen prophezeiten, oder kamen die Österreicher, wie andere zu wissen glaubten?

Für Oda waren und blieben alle diese Fragen zweitrangig vor dem Anliegen, das sie zu ihrer Maxime, ihrem obersten Gesetz erhoben hatte: Ihre Gäste sollten sich geschützt und sicher aufgehoben fühlen. Diese Maxime hatte sie durch die vergangenen zweieinhalb Jahre getragen, und sie war entschlossen, sich von ihr weitertragen zu lassen, bis die Stürme sich legten und ihr Schiff wieder in ruhigere Gewässer einfuhr.

Odessa war ohnehin Odessa. Zu welchem Staat die viertgrößte Stadt des einstigen Reiches letztlich gehören würde, konnte keine allzu große Rolle spielen, weil sie ein bisschen zu allen gehörte. Soweit der Krieg es erlaubte, spiegelte sich das noch immer in der zusammengewürfelten Menschenschar, die in Odas Hotel logierte. Von den Stammgästen aus der Gesamtheit des Reiches kamen einzelne auch jetzt noch, und dazu gesellten sich völlig neue: Geschäftsleute, die sich von der Weltlage nicht aufhalten ließen, von Kriegsgewinnlern und Schiebern bis zu begüterten Idealisten, die an eine neue Welt ohne Hunger glaubten. Künstler und Schriftsteller, die die Strudel des Krieges in alle Himmelsrichtungen wirbelten. Offiziere auf Heiratsurlaub, die ihre womöglich einzige Nacht mit ihrer Liebsten an einem verzauberten Ort verbringen wollten. Diplomaten und Geheimdienstler, die halbe Korridore mieteten und absperren ließen. Dazu Verwundete und kriegsmüde Befehlshaber, die sich im Glanz und Luxus der alten Welt vom Grauen des Krieges erholen sollten, ehe sie zu ihren Einheiten zurückkehrten, um alles von Neuem zu durchleben.

Es war eine Sisyphos-Aufgabe, den Glanz nicht verbleichen zu lassen und die Illusion von Luxus aufrechtzuerhalten. Im *Odessa* war immer alles echt und gediegen gewesen, und das Naserümpfen vor billiger Nachahmung hatte Oda von ihrem Vater übernommen. Jetzt musste sie lernen, zu tünchen und zu tricksen. Es gab auf den regulären Wegen ja so gut wie nichts mehr zu kaufen. War ein Polster zerschlissen, konnte sie kein neues bestellen, sondern musste es wenden oder abdecken. Waren in einem der Salons die letzten Glühbirnen durchgebrannt, so wurde Kerzenlicht für romantisch erklärt. Oda und ihr Stab waren rund um die Uhr am Improvisieren. Andreja streckte Eierspeisen mit Mehl, solange dieses noch in ausreichender Menge erhältlich war, und wechselte anschließend zu Speisestärke aus Kartoffeln. Sie machte ihren Quark selbst und stellte feinen Essig aus den vergorenen Abfällen von Obst und Gemüse her, während Theo Parfaits und Baisers aus mit Haferflocken versteifter Dickmilch schuf.

Sergej sträubte sich – bis er es lernte. Seine erste mit Erbsenmehl angedickte Sauce probierte er noch mit vor Widerwillen verzogenem Gesicht. Der zweiten fügte er bereits ein Püree aus dicken Bohnen und gemahlenem Kümmel hinzu, begann zu komponieren und machte aus der Not eine Kunst. Glücklicherweise hatte bereits Odas Vater ein Netz von Zulieferern aufgebaut, das sich jetzt als findig erwies. Immer wieder taten einzelne Händler neue Quellen auf, aus denen sich seltene Delikatessen beziehen ließen, und der Weinkeller des *Odessa* war noch immer so gut bestückt, dass er ein weiteres Kriegsjahr hindurch Trost und Vergessen schenken konnte.

Kragen, Hauben und Schürzen für die Zimmermädchen konnten aus Papiergarn nahezu täuschend echt hergestellt werden, und statt der wechselnden Tanzkapellen in der *American Bar* unterhielten die Gäste einander selbst. Auf bunten Abenden erhielt jeder die Gelegenheit, seine geheimen Talente zum Vortrag zu bringen. Der Eisenhändler aus Smolensk trug elegische Gedichte vor, ein Major, dem der Fuß amputiert worden war, spielte zum Schmelzen schön Balalaika, und die Zwillingstöchter polnischer Gutsherren, die seit Jahr und Tag herkamen, tanzten den *Cancan.*

Der Star all dieser Veranstaltungen war die junge Mascha Pertsowa, die mit ihrer ungewöhnlichen Stimme, die dunkel war wie die eines Mannes, Lieder sang, von denen keiner wusste, woher sie sie kannte. Sie hatte schwarze Locken in üppiger Fülle, schlang sich ein rotes Samtband um die Stirn und zupfte einzelne Strähnen bis über ihre schwarzen Augen. Ihr Gesang brach den

Leuten das Herz. Oda sah Scharen beinharter Kriegsherren, die ihr im Innern begrabenes Entsetzen haltlos herausweinten, sobald Mascha zu singen anhob.

Eines ihrer Lieder hieß *Roses of Picardy.* Es stammte aus London und schien von britischen Soldaten über sämtliche Länder der *Entente* verbreitet worden zu sein. Seit dem letzten Sommer waren die Leute so wild darauf, wie sie einst wild darauf gewesen waren, Tango zu tanzen. Die wenigen Notenblätter, die im Umlauf waren, wurden den Händlern aus den Händen gerissen, doch nur das *Grandhotel Odessa* verfügte über eine Sängerin, die das Lied wirklich singen konnte:

»Rosen schimmern in der Picardie,
in der Stille des silbernen Taus.
Rosen blühen in der Picardie,
aber eine Rose wie dich wird es nie mehr geben.
Die Rosen werden sterben, wenn der Sommer kommt,
und unsere Wege werden sich trennen.
Eine Rose aber blüht in der Picardie,
Die nie stirbt, weil ich sie in meinem Herzen trage.«

Die Leute weinten, und sobald das Lied zu Ende war, johlten sie und hätten die unnahbare Mascha am liebsten auf Händen getragen.

»Wenn das alles vorbei ist, wird sie wohl fortgehen und Sängerin werden wollen«, sagte Tessa. »Und ich werde sie nicht aufhalten können.«

»Willst du das denn?«, fragte Oda.

Ihre Tante sah sie von der Seite an. »Ja, natürlich. Ich weiß, wie es ist, wenn man sich von seinen Wurzeln losreißt und davonläuft, und ich hätte es meiner Tochter gern erspart. Mich hätte man aufhalten können. Ich bin mit Vitaly Pertsow gegangen, weil ich wollte, dass mein Bruder mich aufhielt, aber er war so sehr in seiner Trauer gefangen, dass er mich nicht einmal sah. Meine Tochter hingegen wird niemand halten können, weil diese neue Jugend gar nichts hält. Der Halt, den wir ihnen geben könnten, gehört in eine Welt, die es nicht mehr gibt.«

Sie klang tief verbittert, aber sie nahm ihr Leben hin, wie es war. Um ihren Sohn Grischa, der wegen seiner zarten Konstitution vom Frontdienst noch einmal zurückgestellt worden war, hatte sie fortwährend Angst, doch das machte sie mit sich allein ab. Von ihrer Zeit mit Pertsow hatte sie nur in einer einzigen Nacht, nach ein wenig zu viel Wodka, erzählt, dass sie in den Anfangsjahren mit ihm und ihren Kindern glücklich gewesen war. Dann aber war die Revolution von 1905 gekommen, und Pertsows kleiner Bruder, sein gehätschelter *Saschka,* sein Kieselsteinchen, war von einem Polizisten erschossen worden. »Das hat einen Fanatiker aus ihm gemacht und alles, was zärtlich und fürsorglich in ihm war, erstickt. Ich bin bei ihm geblieben, solange ich konnte, bis ich fürchten musste, er macht mir meine Kinder kaputt.«

Jetzt trat sie als ruhige, beherrschte Repräsentantin des Hauses auf, die mit kühlem Kopf und der stillen Unterstützung von Odas Mutter regelte, was zu regeln war. Lidija Petrowna bot dazu das Gegenstück, das charismatische Unikum, den regenbogenfarbenen Paradiesvogel, der sich bald untrennbar mit dem Bild des Hotels verband.

Zusammen waren wir stärker, als wir geglaubt haben, dachte Oda, während sie aus der Küche hinüber in den Hoteltrakt ging. Aber wir sind müde, unsere Kräfte werden mit jedem Tag dünner, und unsere Herzen gleichen kleinen Friedhöfen. Außer Grischa, Jurij, der kurzsichtig war, und Theo, Sergej, Eduard Milstein und Sebastien, die die Altersgrenze überschritten hatten, gab es im Haus keine Männer mehr, und es würde auch keiner von denen, die ausgezogen waren, zurückkommen. Caspar, der den Lift in einen Spiegelsaal verwandelt hatte, war als Erster gestorben, in Galizien von einer Mine zerrissen. Alois Fassbrenner war beim Versuch, die Grenze zu überqueren, um seine Damen zurückzuholen, erschossen worden. Die beiden – Luiserl und Traudel – lebten noch immer zurückgezogen in einem Zimmer im *Odessa*, gemeldet als Lehrerinnen aus der Schweiz.

Anselm war womöglich auch tot. Die Vorstellung mutete seltsam an, weil er in ihrem Leben so präsent gewesen war, auch wenn sie ihn nicht mehr zu Gesicht bekommen hatte. Vor seiner Drohung hatte sie sich auch nach seiner Einberufung noch lange gefürchtet, und als sie im vergangenen Winter gehört hatte, dass er mit einem sogenannten Heimatschuss nach Hause gesandt worden war, war diese Furcht neu aufgeflammt. Inzwischen war er jedoch ins Feld zurückgekehrt und galt als vermisst. Während seiner Rekonvaleszenz hatte er sich mit Katrein Seibman verlobt, und da Seibmans das *Odessa* weiterhin belieferten, wurden Oda diese Nachrichten zugetragen. »Man geht von seinem Tod aus, meine Schwester ist Witwe, bevor sie Braut sein durfte«, berichtete Cesar, und Odas Furcht wich einem tiefen Mitleid.

Im Februar hatte sich auch noch Rodja aus dem Staub gemacht, sodass die Frauen sich in der Sommersaison, die vor der Tür stand, obendrein um den Strand und die Pferde würden kümmern müssen. Letzteres war wenig Arbeit, denn von der Schar der Schimmel waren nur noch zwei übrig. Diese hatte Rodja mit ein wenig Rosstäuscherei so klapprig hergerichtet, dass der Beauftragte der Armee sie nicht beschlagnahmt hatte. Stattdessen hatte er die brandneuen glänzenden Automobile mitgenommen, ohne dafür auch nur eine Kopeke Entschädigung zu bezahlen.

Wenn es nicht bald ein Ende nimmt, bleiben wir morgens einfach liegen, weil uns die Kraft zum Aufstehen fehlt, dachte Oda. Und was dann? Sie durfte sich nicht so gehen lassen. Im Bernsteinsalon zog sie hinter sich die Tür zu und zündete sich eine

Zigarette an. Der Morgen war lichtlos. Lidija Petrowna war noch nicht da. Zuletzt hatte sie sich Pünktlichkeit angewöhnt, doch vielleicht kam dieser Tag sie nicht weniger hart an als Oda.

Geduld zu bewahren hatte noch nie zu Odas Stärken gehört, aber seit Krieg herrschte, war es ihr schier unmöglich. Zeit war kostbar, kaum war eine Arbeit vollbracht, wartete schon die nächste. Außerdem ließen Lücken im Zeitablauf ihr zu viel Gelegenheit zum Nachdenken. Wenn ihre Gedanken sich erst so weit aus den Fesseln lösten, dass sie zu Karol wanderten, war es zu spät, und sie würde es an diesem Tag nicht schaffen, den Berg, der sich vor ihr türmte, abzutragen.

Karol war schon so lange fort, und manchmal wünschte sich Oda, einfach loszulaufen, sich unter Belles Fenster, vor dieses scheußliche Haus in der Moldawanka zu stellen und zu ihr hinaufzuschreien: Wo ist er, warum setzt du dich nicht dafür ein, dass er Urlaub bekommt, und warum haust du mit seinem Kind in diesem Loch, soll er vielleicht in ein solches Elend nach Hause kommen?

Sie hätte Belle mehr Geld schicken können, aber das Geld gehörte dem Hotel. Es war knapp, und Belle hätte auch mit mehr Geld nicht wirtschaften können. Das, was Oda ihr anweisen ließ, weil sie es Karol versprochen hatte, hätte für die Wohnung in der Italienischen Straße und ihren Unterhalt ausreichen müssen. Aber dazu hätte eben ein wenig Mühe gehört, und eine Belle, die wie die übrigen Frauen durch die Stadt pilgerte, um günstig einzukaufen, vermochte Oda sich nicht vorzustellen. Hätte Belle einen Anteil an dem Hotel in die Finger bekommen, wäre es längst bankrott. Damit beschwichtigte sich Oda, sobald ihr Gewissen sich regte, weil sie schließlich wusste, dass ihr Vater es nicht ihr hatte geben wollen, sondern Tessa, während er Belle eine beträchtliche Summe zugedacht hatte.

Es spielte keine Rolle mehr. Oda führte ihr Hotel, rannte nicht zu Belle in die Moldawanka und musste weiter mit ganzer Kraft daran glauben, dass Karol nach Hause kam. Wenn es so weit war, würde sich alles ändern müssen. Dass sie ihn aus der Hölle zurückbekam und dann noch einmal gehen ließ, konnte niemand von ihr verlangen. Sie würden ihr Leben neu beginnen, würden sich am Faunenbrunnen treffen, wie es vor Jahren geplant gewesen war, und gemeinsam überlegen, was zu tun war.

Wäre damals Sonya nicht verschwunden, wäre diese ganze Massenhysterie nicht ausgebrochen, Belle hätte sich nicht bemüßigt gefühlt, Karol ein falsches Alibi zu geben, er wäre bei seiner Herumrennerei in der Nacht zur Besinnung gekommen und hätte erkannt, zu wem er gehörte. Dann wäre er nicht aus dem Ensemble des Theaters verstoßen worden und hätte nicht in den Krieg ziehen müssen, sondern würde in den Vorstellungen, die weiterhin stattfanden, noch immer tanzen und wäre in seinem Element.

Wenn sich Oda in diese sinnlose Gedankenspirale erst einmal hineingesteigert hatte, kam es ihr irgendwann vor, als hätte es den ganzen Krieg nicht gegeben, wenn nur Sonya in jener Nacht nicht verschwunden wäre und den verfluchten Stein ins Rollen gebracht hätte. Sie musste sich dagegen wehren. Wo zum Teufel blieb Lidija Petrowna? Sobald sie kam und sie gemeinsam den Tag durchplanten, würde die Flut törichter Gedanken nachlassen. So war es immer. Lidija Petrowna war ihr Rettungsboot, auf dem sie in der Strömung trieb. Außerdem lief ihr die Zeit davon. Sie hätte längst Frühstück für sie beide bestellen müssen, wenn sie hinterher wie jeden Morgen Rosa eine Pause gönnen und das Frühstück der Kinder beaufsichtigen wollte.

Sie hatte sich dieses kleine Ritual angewöhnt, um die Kinder nicht aus den Augen zu verlieren. Edvard war inzwischen vier Jahre alt, und Hanno hatte bereits seinen zweiten Geburtstag gefeiert. Während ihrer zweiten Schwangerschaft hatte sie etwas wie Hass auf dieses Kind empfunden, der natürlich seinem Vater galt.

Wie hatte Ullrich ihr das antun können, ihr ein Kind anhängen und sich aus dem Staub machen, während um sie alles zusammenbrach? Geholfen hatte ihr das nicht. Wie beim ersten Mal hatte sie viel zu spät bemerkt, dass sie in anderen Umständen war, und hatte das Kind wohl oder übel auf die Welt bringen müssen.

Als hätte Hanno sie dafür entschädigen wollen, war seine Geburt der reinste Spaziergang gewesen, und er erwies sich als weit pflegeleichteres Kind als Edvard. Er weinte kaum, schlief viel und machte Rosa wenig Arbeit. Darüber hinaus hatte er sich aus unerfindlichen Gründen entschlossen, seine Mutter, die ihn mit so wenig herzlichen Gefühlen auf die Welt gebracht hatte, über alles zu lieben. Als er Oda im Alter von wenigen Wochen zum ersten Mal zahnlos anlächelte, brach etwas in ihr auf, das wie versteinert gewesen war, und wurde weich. Hanno stieß kleine jauchzende Laute auf, wenn Oda die Kinderstube betrat, eilte ihr auf krummen Beinchen, die nicht gehen, sondern nur rennen konnten, entgegen und schlang seine Ärmchen um ihre Knie.

Noch immer fühlte sie sich ihren Söhnen nicht wirklich nah, und noch immer schien es ihr oft unglaublich, dass diese beiden kleinen Menschen etwas mit ihr zu tun haben sollten. Aber ihr Gewissen quälte sie nicht mehr gar so heftig, was die Aufzucht der Kinder betraf. Sie tat, was sie konnte. Zwar vermochte sie Edvard und Hanno nicht wie eine richtige Mutter zu lieben, aber sie hätte niemandem erlaubt, ihnen Leid zuzufügen. Sie sorgte dafür, dass sie Geborgenheit und Wärme erfuhren und bei Rosa mit ihren Märchen und Liedern von allem abgeschirmt waren, was Kindern in ganz Europa Furcht einjagte. Materiell fehlte es den beiden an nichts. Oda hatte am eigenen Leib erfahren, wie wenig das half, doch sie würde weiter darum ringen, die Jungen ihre Kälte nicht spüren zu lassen.

Sie entwickelten sich gut. Edvard blieb ein Griesgram, aber Rosa zufolge war er klug und versuchte mit wachsendem Erfolg, in den prächtigen Kinderbuchausgaben, die Oda aus der Hotelbibliothek mit nach oben brachte, zu lesen. Einmal kam Oda in die Kinderstube, als Hanno schlief und Rosa und Edvard am Fenster saßen, ohne sie zu bemerken. Rosa sang leise ihr estnisches Lied, Edvard stimmte ein, und als sie fertig waren, sprachen sie weiter auf Estnisch miteinander, als wäre es ihrer beider Muttersprache.

Nach dem Mann, den er für seinen Vater hielt, fragte Edvard nie. Hanno kannte ihn gar nicht, und Oda hatte Ullrich von der Geburt seines Sohnes nicht in Kenntnis gesetzt. Er stand mit seinem Bataillon im Kaukasus, wohin die meisten Russlanddeutschen entsandt wurden, so viel wusste sie immerhin aus seinen Briefen. Gelesen hatte sie keinen, geschweige denn eine Antwort geschrieben, und irgendwann waren die Briefe ausgeblieben. Wäre er gefallen, hätte sie als seine Ehefrau ein Telegramm erhalten, also lebte er wohl noch. Es konnte ihr gleichgültig sein – so wie ihm gleichgültig gewesen war, was aus ihr wurde.

Wo blieb Lidija Petrowna? Hatte sie etwa das Schrillen ihres Weckers nicht gehört wie in der Anfangszeit ihrer Zusammenarbeit?

An der Tür klopfte es, und Andreja steckte den Kopf herein. »Oh, Sie sind alleine«, bemerkte sie. »Ich wollte fragen, ob ich das Frühstück bringen soll. Wir beginnen ja jetzt mit dem Servieren im Restaurant.«

Oda schüttelte den Kopf und stand auf. »Danke, Andreja. Ich denke, ich lasse das Frühstück heute ausfallen und esse später etwas mit den Kindern. Lidija Petrowna ist noch nicht gekommen. Am besten, ich gehe und sehe nach ihr.«

»Ich hoffe, sie ist nicht krank«, sagte Andreja.

»Ach was. Sie hat höchstens verschlafen.« Lidija Petrowna war nicht einmal nach einer ganzen Flasche Brandy krank. Oda hatte sie nie auch nur mit der leisesten Magenverstimmung gesehen.

Andreja kehrte an ihre Arbeit zurück, und Oda ging hinauf in den zweiten Stock. Ohne Caspar mochte sie im Lift nicht mehr fahren, außerdem lohnte es sich nicht, da die Fürstin nicht länger in der Suite im Wohnturm logierte. Sie war aus eigenem Entschluss in ein bescheideneres Zimmer umgezogen und hatte Odas Proteste beiseitegewischt.

»Das Hotel braucht Geld, Kindchen, und meine Suite ist dein Kronjuwel, das Teuerste, was du im ganzen Haus vermieten kannst. Was ich dir dafür seit Jahren zahle, ist nicht angemessen, glaub nur nicht, ich wüsste das nicht. Es war äußerst kulant von dir, eine abgehalfterte Hofschranze in prekären Verhältnissen nicht daran zu erinnern, dass sie dir auf der Tasche liegt. Aber jetzt ist es damit genug. Als Direktorin des *Grandhotel Odessa* quartiere ich diese unverschämte Person aus der Royal Suite in ein Doppelzimmer im zweiten Stock um. Ohne Meerblick. Wenn's der Alten nicht passt, soll sie eben ihre Koffer packen.«

Sie hatten sich angegrinst, und damit war das Thema vom Tisch. Mit Lidija zu reden, mit ihr zu witzeln und Themen vom Tisch zu wischen, tat Oda so gut wie sonst nichts. Die halbe Stunde, die sie allmorgendlich gemeinsam verbrachten, war ihre Medizin gegen Kleinmut und Verzweiflung. Ihre Gefährtin fehlte ihr, und umso heftiger würde sie sie jetzt aus dem Schlaf rütteln.

Oda ballte die Faust und hämmerte an die Tür. »Lidija? Ist bei Ihnen im Kalender heute zufällig Sonntag? Bei mir nicht. Und selbst wenn, wäre Ihre sonntägliche Extrastunde Schlaf längst um.«

Sie erwartete die heitere Stimme ihrer Freundin, die sich mit einem zerknirschten Wortschwall entschuldigte, doch alles blieb still. Kälte legte sich um ihr Herz, eine Ahnung von Unheil, die auf Erfahrung beruhte. »Lidija!« Ihre Hand schloss sich um die Klinke, doch ehe sie die Tür öffnen konnte, kam von drinnen doch noch eine Antwort.

»Oda, meine Beste. Es tut mir leid. Kommen Sie doch bitte herein.«

Oda wusste nicht, warum sie zögerte. Die Stimme der Fürstin klang weder heiter noch zerknirscht. Außerdem war seltsam, dass sie Oda siezte, was sie höchstens tat, wenn jemand dabei war. »Fühlen Sie sich nicht gut?«

»Doch, doch. Immer herein mit Ihnen.«

Oda öffnete die Tür. Der kleine Vorraum, in dem nur der Teetisch und daneben der Servierwagen standen, war heute offenbar noch nicht benutzt worden. Die Tür des Badezimmers war angelehnt, doch keine üppig betäubende Wolke wallte ihr entgegen. Eines ihrer geliebten, mit Duftsalzen aufgeschäumten Bäder hatte sie also auch nicht genommen.

»Na los, Kindchen, kommen Sie. Wir sind doch Freunde«, drang es durch die Tür des Schlafzimmers. »Um mich vor Ihnen noch länger zu genieren, ist heute wahrlich nicht der Tag. Im Gegenteil. Ich frage mich, warum ich so viel Zeit damit vergeudet habe, es zu tun.«

Mit zwei Schritten war Oda bei der Tür und stieß sie auf. Daran, dass hier etwas ganz und gar nicht stimmte, hegte sie längst keinen Zweifel mehr, und dennoch ließ der Anblick, der sich ihr bot, sie erstarren. Die Fürstin saß aufrecht in ihrem mit unzähligen Kissen aufgepolsterten Bett, trug ihr verwaschenes Negligé und hatte das wüst zerzauste Haar aufgetürmt. Ihr Gesicht war alt und faltig, so wie immer. Aus der Zigarettenspitze, an der sie wie eine Erstickende zog, rieselte Asche auf die Überdecke.

»Es tut mir leid, dass ich Sie habe warten lassen, Kindchen. Ich wollte gern, dass Sie dieses eine Mal zu uns heraufkommen. Bitte seien Sie mir nicht böse.«

Neben ihr im Bett, in dem seidenen Pyjama, den das Hotel seinen Gästen zur Verfügung stellte, das Haar tadellos gescheitelt und das Gesicht wie frisch gewaschen, saß Jurij.

43

Sie brauchen nicht dreinzuschauen wie ein verschrecktes Kaninchen. Wir wollen Sie nicht fressen, meine Liebe. Wir haben nur voneinander Abschied genommen. Liebevollen Abschied. Wenn Sie der Ansicht sind, eine verlotterte alte Scharteke, die sich einen so appetitlichen jungen Mann wie Jurij ins Bett holt, verstoße gegen den guten Geschmack, kann ich es Ihnen nicht übel nehmen – aber Sie beruhigen. Es ist so gut wie vorbei. Und es war nicht gar so abstoßend, wie Sie denken.«

»Lidija!« Von Jurij hatte Oda in den bald drei Jahren, die er für sie arbeitete, nicht viel mehr gehört als ein serviles, von einem Lächeln begleitetes: ›Sehr wohl, gnädige Frau‹, ›kein Problem, gnädige Frau‹ oder ›*Madame,* das haben wir im Nu erledigt‹. Die Stimme, mit der er jetzt sprach, klang rau, resolut und fremd. »Ich will nicht, dass du so redest, Lidija. Ich will nicht, dass du mich ausschließt. Ich bin kein Spielzeug, sondern der Mann, der dich liebt. Wer das geschmacklos findet, kann uns gestohlen bleiben. Wir gehen zusammen von hier weg.«

»Ach, mein Süßer, mein Goldiger, mein mit Zimt und Zucker bestreutes Herz.« Lidija Petrowna wandte sich ihm zu und blies ihm ihren Rauch ins Gesicht. »Wir haben doch alles bis ins Kleinste besprochen und fangen jetzt nicht wieder von vorn damit an. Ich bin eine vom Glück begünstigte Person, und ich würde dich gern zum Dank in Goldfäden spinnen, aber mitnehmen werde ich dich nicht. Du hast hier eine Zukunft, mein Goldiger. Die verbaue ich dir nicht.«

»Schluss jetzt!«, rief Oda, ehe Jurij nun zu einer neuen Tirade anheben konnte. »Ich will von Ihnen hören, was hier gespielt wird. Sonst nichts.«

»Wir lieben uns«, bekundete Jurij trotzig und kreuzte die Arme vor der Brust.

»Das interessiert mich nicht«, erwiderte Oda und stellte leicht erstaunt fest, dass es stimmte. Nach dem ersten Schrecken hatte sie das Verhältnis von Jurij und Lidija abgehakt. Sie führte ein Hotel. Wer sie mit einer *Amour fou* in Hysterie versetzen wollte, musste früher aufstehen. Von dem ganzen Gesäusel hatte sie nur eines behalten: Lidija wollte weg. Ihre Freundin, ihr Fels in der Brandung wollte sie im Stich lassen so wie Belle, wie ihr Vater, wie Ullrich, wie alle anderen zuvor.

»Lidija Petrowna, ich verlange von Ihnen eine Erklärung. Nicht für Ihr Liebesverhältnis, das mich nichts angeht, solange Sie es nicht in Ihrer Arbeitszeit ausleben. Sondern dafür, dass Sie offenbar vorhaben, Ihre Stellung zu kündigen, ohne dass Sie es für nötig hielten, mich vorab zu informieren.«

»Ach, Kindchen«, sagte Lidija Petrowna. »Ich habe doch nichts vor. Ich muss nur hier weg.«

»Lidija gehört dem russischen Hochadel an«, ergänzte Jurij, als wäre das ein Geheimnis, das nur ihm bekannt war. »Und sie ist überzeugt, dass weder die provisorische Regierung noch der *Zentralna Rada* sich halten werden, sondern die Bolschewiki uns überrennen. In Petrograd und nicht anders hier in Odessa.«

»Jetzt lass mal mich, Goldschätzchen.« Lidija drückte ihre Zigarette aus, küsste ihren Liebhaber auf den Mund und wandte sich Oda zu. »Dieser Mensch Hruschewskij, der aussieht wie Rasputin, hat doch keine Chance«, sagte sie. Michail Hruschewskij war Vorsitzender des Ukrainischen Volksrats, der in Kiew tagte und derzeit die zaristische Regierungsbehörde ersetzte. Wiederholt hatte er in den letzten Monaten Autonomie für die Ukraine gefordert, hatte aber längst zurückrudern und die russische Oberhoheit anerkennen müssen.

»Selbst wenn der Volksrat gestürzt wird, heißt das doch nicht, dass wir künftig von Bolschewiki regiert werden«, sagte Oda.

»Doch, das heißt es«, erwiderte Lidija. »Sie werden überallhin kommen. Sie sind schon da. Die zahnlosen Menschewiki sind kein Gegner für sie, jetzt, wo sie ihren Lenin wiederhaben, und spätestens in vier Wochen haben wir die nächste Revolution. Die bolschewistische.«

»Lenin?«

Die Fürstin nickte. »Er ist durch deutsches Gebiet nach Russland eingeschleust worden. Wussten Sie das nicht?«

»Das kann nicht Ihr Ernst sein.« Hatte irgendwer – Ullrich womöglich – dem deutschen Kaiser ein Telegramm geschickt?

»Doch, das ist es, und für euch alle hier bedeutet es, dass dieser Krieg nicht mehr lange dauert. Ich gönne es euch von Herzen, aber Leute wie ich verlieren jetzt besser keine Zeit. Seit Lenin da ist, haben sich die Mitgliederzahlen der Bolschewiki verzehnfacht, und binnen Kurzem werden sie sich verhundertfachen. Ich habe dir nie alles von Sankt Petersburg erzählt, nie mehr als das, was mit dem armen Andrej geschehen ist, und ich habe auch nicht vor, es jemals zu tun. Nur so viel: Ich würde so etwas kein zweites Mal überleben. Nicht einmal eine zähe, alte Krähe wie ich könnte das. Und schon gar nicht möchte ich euch alle mit hineinziehen, denn Lenins Leute werden auch mit denen, die Angehörigen des Adels Unterschlupf bieten, kein Pardon kennen.«

Oda verstand im Handumdrehen. Die Bolschewiki hatten nie einen Hehl daraus gemacht, dass sie die Klasse der Grundbesitzer auslöschen wollten. Lidija konnte nicht bleiben, sonst würde sie eines Morgens mit durchschnittener Kehle in ihrem Bett liegen. Und sie hatte recht: Den Erfahrungen der Vergangenheit nach würden die Revolutionäre vor ihrem Hotel nicht haltmachen, sondern niedermetzeln, wer immer mit der Fürstin in Verbindung stand. Sie musste fort, und Oda wäre wieder allein. So allein wie seit Jahren nicht mehr.

»Um das Hotel mach dir bitte keine Sorgen.« Lidija strahlte sie jetzt an wie sonst, wenn ihr ein genialer Einfall für die Abendunterhaltung der Gäste gekommen war. »Es ist für alles gesorgt. Jurij hier lamentiert zwar noch ein bisschen, aber er hat mir versprochen, dass er die Stellung hält und meinen Posten übernimmt. Ein braver, rein russischer Arbeitersohn und Mitglied der Sozialdemokraten, dazu ausgemustert, mit feinsten Umgangsformen und obendrein bildhübsch – du musst zugeben, dass ich dir als meinen Nachfolger den besten Kandidaten verschafft habe, der in der Stadt zu bekommen ist. Auch wenn es mir das Herz brechen wird, das alles hier zurückzulassen. Ich habe geglaubt, ich könnte so etwas nicht noch einmal finden, ein Zuhause. Aber ich habe es hier gefunden – in einem Hotel.«

»Und hier bleiben Sie auch«, hörte Oda sich sagen. Ihr Kopf arbeitete in fieberhafter Geschwindigkeit, verwarf Lösungen und suchte nach neuen. »Wo wollen Sie denn überhaupt hin, und wie wollen Sie reisen, da das ganze Land in Aufruhr ist?«

»Das habe ich Ihr auch gesagt!«, rief Jurij. »Sie muss mich mitnehmen, eine Dame allein kann es unmöglich schaffen.«

»Ich hatte an Italien gedacht«, sagte Lidija traurig verträumt, ohne ihn zu beachten. »Das Land, wo die Zitronen blühen. Und der Wein fließt. Vielleicht tröstet mich das.«

Ganz abwegig war der Gedanke nicht. Italien war zur allgemeinen Überraschung aus dem Dreibund ausgeschieden und an der Seite der *Entente* in den Krieg eingetreten. Italiener waren noch immer vereinzelt nach Odessa gereist und im Hotel abgestiegen, doch das war vor der Revolution gewesen, und sie alle verfügten über die eine oder andere Art von diplomatischem Schutz. Eine allein reisende, leicht wirrköpfige Angehörige des russischen Hochadels war ein ganz anderer Fall.

»Sie bleiben hier«, sagte Oda noch einmal, und ihr Mund sprach die Lösung aus, noch ehe sie sie fertig durchdacht hatte. »Sie haben gesagt, das *Odessa* ist Ihr Zuhause, und sein Zuhause verlässt man nicht. Ja, Sie müssen eine Zeit lang von hier weg, und nicht nur Sie. Die beiden Münchnerinnen auch. Das mit dem Frieden kann dauern. Falls die Bolschewiki zuvor dieses Hotel durchsuchen, sind die beiden genauso geliefert wie Sie. Und wir mit Ihnen. Wir müssen einen Ort finden, an dem wir Sie alle drei verstecken können.«

»Mich mit Luiserl und Traudel?«, quiekte Lidija. »Ich fürchte, innerhalb von drei Tagen werden wir uns gegenseitig zu Brezen verflochten haben.«

Das war es, was Oda an Lidija liebte: Ihr fehlte jegliches Talent zur Dramatik. Sie war in der Lage, innerhalb eines Herzschlags eine Entscheidung zu revidieren, ging anschließend sofort zur Tagesordnung über und widmete sich den Details.

»Sie werden es schon miteinander aushalten«, sagte Oda. »Tun Sie nicht so, Lidija. Ihnen ist alles lieber, als allein zu sein.«

»Ich fühle mich auf beklemmend gründliche Weise durchschaut.«

»Gut so«, sagte Oda. »Wir verstecken Sie irgendwo, wo Sie bleiben können, bis die Lage sich beruhigt hat. Auf ewig können nicht einmal die Bolschewiki uns unter Beobachtung halten. Sobald die Luft rein ist, holen wir Sie zurück. Falsche Papiere sollten wir Ihnen sicherheitshalber außerdem besorgen.«

»Donner und Doria«, bemerkte Lidija. »Dass in der kleinen Oda Liebenthal eine äußerst brauchbare Geheimagentin steckt, überrascht mich nun doch.«

»Ich führe ein Hotel«, erwiderte Oda schlicht. »Leute mit falschen Papieren kommen mir alle naselang unter, und es gibt unzählige Gründe dafür, welche zu brauchen. Und nahezu ebenso viele Quellen, um welche zu besorgen. Das betrachte ich als das kleinere Problem. Schwieriger wird es, ein geeignetes Versteck zu finden.«

»Vielleicht daheim bei der Familie von einem der Zimmermädchen«, schlug Jurij vor, dessen Blick leicht glasig wurde. »Ich finde die Idee der gnädigen Frau wunderbar, Lidija. Wir beide können uns weiterhin sehen, ich werde dich besuchen …«

»Das wirst du hübsch bleiben lassen«, fuhr ihm die Fürstin über den Mund. »Wenn ich mich auf diese wahnwitzige Unternehmung tatsächlich einlasse, dann werde ich keinesfalls noch mehr Menschen mit hineinziehen, als sowieso schon drinhängen. Die Sache mit den Zimmermädchen fällt also flach.«

»Das sehe ich auch so«, sagte Oda, doch eine bessere Lösung wollte ihr nicht einfallen, sosehr sie sich das Hirn auch zermarterte.

Kurz schwiegen sie alle. Dann erhob Lidija noch einmal das Wort, diesmal leiser und zögerlicher, als man es von ihr gewohnt war. »Vielleicht sollte eine von uns mit der jungen Andreja sprechen«, sagte sie.

»Mit Andreja?« Oda schüttelte den Kopf. »Sie ist seinerzeit aus der Fürsorge zu uns gekommen, sie hat keine Verwandten, und außerdem waren wir uns doch einig, dass wir die Angehörigen von Angestellten nicht mit hineinziehen sollten. Wir sollten überhaupt niemanden mit hineinziehen, und wir können uns auch nicht sicher sein, wem wir in dieser Sache trauen dürfen.«

»Ich glaube, die junge Andreja gehört zu den Menschen, denen ich mein Leben anvertrauen würde«, sagte Lidija Petrowna und verblüffte Oda einmal mehr. Es schien wahrhaftig im ganzen Hotel niemanden zu geben, den sie nicht viel eingehender kannte als Oda selbst. Sie schien nie mehr zu tun, als von einem zum anderen zu wandern und belanglos vor sich hin zu plappern, doch sie verfügte zweifellos über die Fähigkeit, aus wenig viel herauszulesen, und vergaß nie ein Wort, das sie von jemandem gehört hatte.

»Woher sollte aber ausgerechnet Andreja ein für unsere Zwecke geeignetes Versteck kennen?«, fragte Oda vorsichtig.

»Sie war Katjušas Freundin«, antwortete Lidija. »Die beiden waren ein bisschen wie Mutter und Tochter, obgleich Katjuša wohl in keinem anderen Menschen als ihrer Sonya eine Tochter hätte sehen können. Falls sie überhaupt jemandem über das Geheimnis um ihre Herkunft etwas erzählt hat, dann war es Andreja. Und wenn ihr beide mich fragt: Wo ein Geheimnis ist, ist auch ein Versteck.«

44

Die beiden Münchnerinnen hatten sich mit Händen und Füßen gewehrt. Letzten Endes war ihnen jedoch nichts anderes übrig geblieben, als einzusehen, dass der aberwitzige Plan ihrer eigenen Sicherheit diente. Traudel, die seit dem Tod ihres Schwiegersohns im Gegensatz zu ihrer Tochter in Schwarz ging, protestierte noch ein wenig länger, doch es war Lidija Petrowna, die sie schließlich dazu brachte, klein beizugeben.

»Haben Sie in Ihrem beschaulichen Bayernland eigentlich noch nie von den wilden slawischen Reiterhorden gehört?«, fragte sie. »Die machen mit Ihnen nicht einfach kurzen Prozess, so mit dem Säbel durch die Kehle und fertig. Vorher tun sie sich an Ihnen gütlich, das kann Stunden dauern, und wenn man ihnen zu alt und zu hässlich ist wie wir zwei, dann legen sie Ihnen ein Tuch übers Gesicht, die kennen da nichts.«

Traudel Pfannenschmidt war seitdem ungewöhnlich schweigsam. Als sie sich lange nach Einbruch der Dunkelheit zu sechst auf den Weg machten, war ihre übliche Redseligkeit kein Problem mehr.

Schweigend schlichen sie sich durch die Straßen der Stadt, zuerst ans Wasser hinunter und dann in Richtung Peressyp. Jeder von ihnen trug einen Rucksack mit dem Nötigsten: Vorräte, Geschirr und Kleidung, Kerzen, Decken, zwei Stalllaternen, Bücher und Schreibpapier. Unter dem Arm trug Lidija außerdem eine Papiertüte mit zwei Flaschen armenischem Brandy, die sie gegen Jurijs unaufhörliche Versuche, sie ihr abzunehmen, hartnäckig verteidigte. Alles Weitere mussten sie den Versteckten nach und nach bringen, die Wäsche austauschen und sie mit frischen Vorräten beliefern.

Früher hätten sie unmöglich diesen bunten, belebten Teil

Odessas durchqueren können, ohne von mindestens einem Dutzend Bekannter bemerkt zu werden, doch im dritten Kriegsjahr hatten die wenigsten noch Geld für Restaurants und Kaffeehäuser, Tanzdielen und Lichtspielhäuser. Die Gegend wirkte wie ausgestorben, und als sie den Peressyp erreichten, erhellte keine Laterne mehr die verhangene Juninacht.

»Ich glaube, es ist nicht mehr weit«, flüsterte Andreja, die voranging, Oda über die Schulter zu. »Katjuša hat es nie genau beschrieben, aber ich denke, wenn wir dort vorn die befestigte Straße verlassen und hinunter in die Senke gehen, müssten wir es finden.«

Es war nicht schwer gewesen, Andreja nach einem möglichen Versteck zu fragen. Bereits nach wenigen Andeutungen wusste sie, worum es ihnen ging.

»Katjuša war ein Katakombenkind«, hatte sie gesagt. »Sie hat nicht gewollt, dass jemand davon weiß, hat nie darüber gesprochen und ist auch nie wieder hinuntergegangen. Diesen Teil von ihrem Leben sollte es nicht mehr geben, ihre ganze Welt war ja ihre Küche, ihre Arbeit für das Hotel. Aber sie hat uns einmal, als ich noch nicht allzu lange bei ihr war, ein Märchen erzählt.«

»Uns?«

Andreja hatte genickt. »Sonya und mir. Das Märchen von der *Baba Jaga,* die unter der Erde wohnt, wo man nicht kochen darf, weil sonst Feuer ausbricht. Aber die *Baba Jaga,* die in die Gestalt eines kleinen Mädchens geschlüpft ist, liebt gutes Essen, und ihr Gaumen ist fein. Aus den Vorräten, die die Herren der Erdhöhlen herbeischleppen, um sie achtlos hinunterzuschlingen, bereitet sie kalte Speisen zu, die mit den Jahren immer köstlicher werden, bis keiner der Männer ihnen mehr widerstehen kann. Da träufelt die *Baba Jaga* Gift in die Speisen, bringt die Männer um und läuft mit ihrem Geld davon.«

»Das hat euch Katjuša erzählt?«

Wieder nickte Andreja. »Ich habe gleich gewusst, dass es kein

Märchen ist, sondern dass sie von sich selbst spricht. Es gibt in Kreisen, in denen Sie, gnädige Frau, nicht verkehren, Geschichten über eine Verbrecherbande aus den Katakomben, die in Odessas Unterwelt viel Macht hatte, jedoch über Nacht plötzlich verschwand. Ich habe Katjuša dann noch dieses und jenes gefragt: Wie ist denn die *Baba Jaga* unter der Erde herausgekommen, und wo war denn das alles, und so weiter. Katjuša hat mir eine Zeit lang Antwort gegeben, dann hat sie Sonya die Ohren zugehalten und gesagt: ›Arme kleine *Zainka,* armes Häschen, sie sollte so was Grausiges nicht hören.‹ Ich habe über das alles trotzdem nachgegrübelt und habe mir gedacht: Der Ausstieg, aus dem sie damals geflohen ist, der muss im Peressyp sein, in der großen Senke, wo früher der Steinbruch war. Das mit dem Geld, das sie den Männern angeblich gestohlen hatte, war wohl erfunden, denn Geld hatte sie ja keines.«

Sosehr Oda diese Geschichte bestürzte und verstörte, interessierte sie im Augenblick jedoch vor allem eines: Es gab einen offenbar unbenutzten Einstieg in die Katakomben, in einen Bereich, in dem man eine Zeit lang leben konnte. Bis die Lage sich beruhigt hatte, bis Frieden herrschte, die beiden Deutschen abreisen konnten und für Lidija Petrowna eine neue Existenz bereitstand, wären die drei Frauen dort unten in Sicherheit.

Hintereinander verließen sie die bewohnte Straße und stiegen den Hang hinunter in die Senke. Nach wenigen Schritten reichte ihnen das wilde Gras bereits bis zu den Knien. Das Dunkel war undurchdringlich, und eine der Lampen anzuzünden, wagten sie nicht. Andreja hob einen Stock auf und schlug Gestrüpp beiseite, um nach dem Einstieg zu suchen, und die anderen taten es ihr nach.

Oda wünschte sich mit aller Kraft, sie könnte nach Hause zurückkehren und müsste keinen der ihr anvertrauten Menschen in dieser lichtlosen Wildnis zurücklassen. Vielleicht gab es diesen

Einstieg ja gar nicht, vielleicht war das alles nicht mehr als das Ammenmärchen einer armen, verwirrten Frau, die sich in eine Fantasie von Macht und Größe hineingesteigert hatte. Ausgerechnet die stille, verhuschte Katjuša sollte eine Bande organisierter Verbrecher vergiftet haben? Es erschien geradezu absurd. Den Geldschatz hatte sie sich ja auch ausgedacht – warum also nicht auch die ganze Geschichte von dem Mord und den Katakomben?

Aber ihren feinen Geschmackssinn hatte sie sich nicht ausgedacht. Die Tatsache, dass sie kalte Speisen kreieren konnte, die wärmend, gehaltvoll und tröstlich waren wie eine heiße Suppe, ein saftiger Braten, eine kross gebackene Pastete, war keine Fantasie.

Und der Einstieg auch nicht.

»Hier ist er!«, klang Andrejas Flüstern durch die Nacht.

Sie liefen alle zusammen, Jurij ließ sein Feuerzeug aufschnappen, und im Licht der kleinen Flamme wurde der runde steinerne Deckel sichtbar.

»Der heilige Jesus, unser Herr, steh mir bei, wenn ich dort unter die Erde muss, als wär ich schon begraben.« Traudel Pfannenschmidt stöhnte.

»Denken Sie an die wilden slawischen Reiterhorden«, zischte Lidija Petrowna. »Dagegen werden wir es im Grab höchst zivilisiert und behaglich haben.«

Oda bewunderte ihre Tapferkeit. Sie war eine Frau, die sich schlicht weigerte, sich vom Leben kleinkriegen zu lassen, und sei es auch nur, weil es ihr Spaß machte, ihm immer wieder die Stirn zu bieten.

Mit Jurijs Hilfe gelang es Andreja, den Deckel beiseitezuschieben. Noch einmal schnappte das Feuerzeug auf und erhellte einen in die Erde geschlagenen runden, tiefen Schacht. An einer Seite waren Metallstreben in die Wand gehauen worden, die eine Leiter bildeten.

»Mir wird schlecht«, gab Traudel Pfannenschmidt bekannt.

»Kruzitürken, Mutti, jetzt reiß dich aber mal zusammen«, zischte ihre Tochter sie an. »Glaubst du, Frau Liebenthal und ihren Leuten macht das hier Spaß?«

Die Mutter verstummte, und Oda hätte der Tochter am liebsten einen Orden verliehen.

»Ich steige erst einmal allein ein«, sagte Jurij und nahm Oda eine der Stalllaternen aus der Hand. Seine Finger zitterten. »Wenn die Luft rein ist, kommen Sie nach.«

»Du brauchst nicht zu reden wie in einem Schauerroman«, sagte Oda. »Wenn dieser Schacht noch von Verbrechern benutzt werden würde, wäre er wohl kaum in einem derart kläglichen Zustand.«

»Aber Kindchen, jetzt kanzeln Sie doch den armen Jungen nicht so ab«, kam es fröhlich von Lidija. »Er ist Russe. Er fürchtet sich nicht vor Verbrechern, sondern vor Gespenstern.«

»Sie sind doch auch Russin.«

»Schon, aber ich brauche mich vor Gespenstern nicht zu fürchten. Ich bin selbst eines.«

Sehr langsam, Strebe für Strebe, verschwand Jurij in dem Schacht. Ein leises Geräusch verriet, dass er den Erdboden erreicht hatte, und gleich darauf ging die Lampe an. Oda versuchte, in die Tiefe zu spähen, und erkannte den Beginn eines Gangs, der gerade hoch genug war, um darin aufrecht zu gehen.

Kaum war Jurij verschwunden, drängte sich Lidija Petrowna an den Einstieg. »Ich gehe da jetzt runter«, verkündete sie. »Nicht dass der Kleine am Ende stolpert und sich das Knie aufschlägt.«

»Sie sollten ihn nicht so behandeln«, hörte Oda sich sagen. »Er ist ein Mann, und er liebt Sie nicht als seine Mutter. Ich nehme an, das wissen Sie.«

Im immer schwächer werdenden Licht glaubte sie, etwas in Lidijas Augen aufblitzen zu sehen. »Ach Gott«, murmelte die Fürstin. »Er liebt mich doch nicht. Er hat sich ein bisschen mit mir vergnügt, und im Grunde habe ich mir diesen Genuss schon viel zu lange gegönnt. Es wird Zeit, dass er sich ein Mädchen sucht, das zu ihm passt.«

»Mir kann es gleichgültig sein, und ich verstehe nichts von der Liebe«, sagte Oda. »Aber vielleicht sollten Sie diese Entscheidung ihm überlassen.«

»Können Sie nicht Deutsch sprechen?« Traudel Pfannenschmidts Entschluss zu schweigen, hatte nicht lange vorgehalten. »Ich verstehe ja nichts.«

»Das ist der Sinn der Sache«, gab Oda zu, ehe sie Lidija, die bereits im Schacht steckte, folgte. Herrgott, ich liebe diese Frau, erkannte sie. Ich werde nicht erlauben, dass ihr etwas passiert, und wenn ich sie monatelang hier unten vergraben muss. Es wird hart werden ohne sie. Noch viel härter. Vielleicht schaffen wir es nicht, irgendwann wieder zusammen zu sein, vielleicht muss ich ihr jetzt sagen, dass ich mir in dieser Zeit des Irrsinns keine bessere Freundin hätte wünschen können als sie. Oder es bleibt ungesagt. Wie so vieles.

Es roch feucht und nach Erde, und auf ihre Brust legte sich ein Druck, der das Atmen erschwerte. War es wirklich möglich, hier unten zu leben? Es durfte keinesfalls länger als ein paar Wochen dauern, und sie musste tun, was sie konnte, um es den drei Frauen erträglich zu machen. Sie erreichte den Erdboden und drehte sich nach Andreja um, die den beiden Deutschen beim Hinuntersteigen half. Genau in dem Augenblick, in dem sie alle unten beieinanderstanden, ertönte von vorn, vom Ende des Ganges her, wo ein Rest von Licht zu sehen war, ein scharfer, entsetzter Schrei.

»Das ist Jurij«, rief Lidija und eilte ihm hinterher. Die anderen folgten, und ihre Schritte hallten wie Gewitterdonner durch den Gang.

Sie fanden Jurij in einer Ausbuchtung, die wie ein kleines Zimmer von dem langen Korridor abging. Tatsächlich war es eingerichtet, als hätte hier jemand gelebt. Es gab ein mit vermodertem Stroh ausgepolstertes Lager, eine Kiste, auf der eine Flasche mit einer Kerze neben einem Topf aus Blech stand, und eine weitere, über der ein trüber Spiegel an der Wand befestigt war. Ein Kamm und eine Schere lagen davor. An der Decke war eine Stalllaterne aufgehängt, die aber nicht brannte. In der Mitte des Raumes war ein Brunnen ausgehoben, über dem sich ein Gestell mit einer Spule erhob. Es stank bestialisch. So als wäre eine ganze Kolonie von Ratten hier verreckt.

Jurij stand vor dem Lager mit dem Stroh, dem der Gestank entströmte, und hielt die Lampe hoch. Seine Schultern zitterten heftig, und er stand nicht sicher auf den Beinen. Gleich darauf war Lidija bei ihm und nahm ihm die Lampe ab. »Allmächtiger, Herr des Himmels und der Erde.« Zum ersten Mal sah Oda, wie sie sich bekreuzigte, von rechts nach links, wie die orthodoxen Christen es taten.

Sie drehte sich nach Oda um. »Halt um alles in der Welt die zwei Brezelbäckerinnen von hier fern.«

Die Warnung kam zu spät. Andreja und die beiden Deutschen hatten den Raum bereits betreten. Traudel Pfannenschmidt gab würgende Geräusche von sich, und auch Oda stieg Übelkeit in die Kehle. Andreja trat an ihr vorbei, und sie konnte nicht anders, als zu folgen.

Es war nicht das Stroh, das stank. Es war das, was darauf lag. Ein verschwindend dürres Menschenwesen in einem zerschlissenen Kittel, aus dem die Beine wie zwei Stöcke ragten. Das Gesicht unter dem wirren Haar war bereits halb verwest, die Nase ein breiiges Loch.

»Da haben wir unser Gespenst«, stammelte Lidija und streichelte mechanisch Jurijs zitternde Schulter.

»Das ist kein Gespenst«, sagte Andreja. »Das ist Sonya.«

45

Die Revolution, die Lidija für den Juli vorausgesagt hatte, verlief im Sand. Ganze Regimenter desertierten und liefen zu den Revolutionären über, Tausende Arbeiter, Matrosen und Soldaten demonstrierten in Petrograds Straßen, setzten Gebäude in Brand und marschierten in Richtung Winterpalast, wo Alexander Kerenski, der Georgi Lwow gleich nach dem Aufstand als Ministerpräsident ablöste, angeblich im Bett des Zaren schlief. Schwarz vor Menschen waren die Straßen dem Gemunkel nach, doch ehe sie ihr Ziel erreichten, feuerten Marinekadetten aus offenen Fenstern in die Menge.

An die fünfhundert Menschen verloren ihr Leben, wurden erschossen oder von der in Panik flüchtenden Menge totgetrampelt. Etliche wurden verhaftet, darunter hohe Funktionäre wie jener Trotzki, den Ullrich lieber in der Schweiz belassen hätte. Offenbar war es auch ihm gelungen, sich aus dem Exil nach Russland zurückzuschmuggeln, doch sein Glück war von kurzer Dauer.

Einer allerdings fand sich unter den Toten so wenig wie unter den Gefangenen: Wladimir Iljitsch Uljanow, genannt Lenin. Darüber, wo er sich aufhalten mochte, wurde in den Zeitungen heftig spekuliert. Die *Südliche Rundschau* nahm an, er habe sich bei Verwandten verschanzt, während andere vermuteten, er habe sich nach Finnland abgesetzt, oder sein Tod sei von seinen Genossen lediglich vertuscht worden.

Nur zu gern hätte Oda Lidija ins Hotel zurückgeholt. Die Freundin fehlte ihr unendlich, ihr Fortgang stürzte sie in eine Einsamkeit, die jedes bisher gekannte Maß sprengte. Das Gewicht dieser Einsamkeit lastete schwerer auf ihren Schultern als Arbeit und Sorgen. Die Aussicht, abends mit Lidija bei einem Glas Brandy sitzen und sich über den Tag austauschen zu können, hatte sie oft genug dazu gebracht, sich zusammenzureißen und weiterzumachen. Jetzt hätte sie am liebsten alles hingeworfen, denn am Ende der langen Tage wartete nichts auf sie.

Sie durfte Lidija nicht einmal häufig besuchen. Die Vorräte brachte ihr Andreja, die in dem Armenviertel weniger auffiel, und manchmal Jurij, der schwer zurückzuhalten war. Der junge Mann bewährte sich als Direktor des Hotels beachtlich. Er besaß nicht Lidijas Charisma, aber er war verlässlich, sorgfältig und sich für keine Arbeit zu schade. Ihm die Besuche bei Lidija zu verwehren, hätte Oda nicht über sich gebracht, doch allzu oft sollte der Einstieg nicht benutzt werden, nicht einmal bei Nacht und Nebel.

Meist war es Oda, die verzichtete. Und ihre Einsamkeit wuchs.

Außerdem zog sich ihr Magen zusammen, wann immer sie an Lidija und die beiden Münchnerinnen dachte, die in der Kammer des Schreckens hausten, in der Sonya gestorben war. Natürlich hatten sie alles getan, um den unterirdischen Raum bewohnbarer zu machen. Oda hatte den gesamten Rest ihrer *Ashes of Gardenia*-Parfümflasche gestiftet, um ihn dort unten zu versprühen, sie hatten wollene Läufer, Federbetten und stapelweise warme Kleidung in ihr Verlies geschafft, und von allen Delikatessen, die noch zu bekommen waren, vor allem aber von Wein und Spirituosen zweigte sie einen Teil für die Bewohnerinnen der Katakomben ab. Dennoch blieb das Leben in der kalten, hallenden Finsternis eine Tortur, von der sie die drei Frauen lieber heute als morgen erlöst hätte.

Solange aber niemand wusste, wo Lenin sich aufhielt, durfte sie das Risiko nicht eingehen. Niemand in ihrem Umkreis kannte seine Pläne, doch in einem waren sich alle einig: Der Mann war keiner, der klein beigab, und die Deutschen hätten nicht die diplomatischen Tücken auf sich genommen, um einen Verlierer durch ihr Territorium zu schleusen. Wenn er noch lebte, würde er es noch einmal versuchen. Das Instrument dafür stand schon bereit: Trotzki und ein Mann namens Stalin, der bis vor Kurzem noch mit der provisorischen Regierung kollaboriert hatte, hatten die Rote Armee gegründet und in der *Prawda* verlautbaren lassen, dass sie mit ihren ständig wachsenden Einheiten ein Netz über das gesamte Reich ziehen würden. Dass die *Prawda* verboten wurde, schreckte sie nicht. Womöglich gab es nichts, das diese Leute schreckte, und ihre verbotene Zeitung ging selbst in Odessa weiterhin unbeirrt von Hand zu Hand.

Also blieb Lidija samt den Münchnerinnen in ihrem Verlies, und Oda blieb in ihrer Einsamkeit. Der Krieg wütete weiter, und diese Sommersaison wurde zur schlechtesten, die das Hotel je erlebt hatte. Die verbliebenen Gäste zu bewirten wurde von Tag zu Tag schwieriger. Festliche Abendunterhaltung nahm immer weniger Raum ein, weil Oda und ihr Personal von morgens bis abends mit der Beschaffung der notwendigsten Dinge beschäftigt waren. Zum ersten Mal empfand Oda keine Wehmut, als der Sommer sich verabschiedete, die letzten Rosen an den Wänden des Pavillons aufblühten und die Sonnenschirme und Liegestühle vom Strand fortgeräumt wurden. Sie war froh. Nur das Leben unter der Erde würde jetzt, wo die kalte Jahreszeit bevorstand, noch härter werden.

Und die Kinder mussten das Sommerhaus, das Oda ihnen im untersten Garten hatte aufstellen lassen, räumen, auf die Freiheit der langen warmen Monate verzichten und wieder in die Enge der Kinderstube umziehen. Es fiel ihnen schwer. In der Zeit im Freien waren sie gehörig verwildert, waren zu kleinen Abenteurern geworden, und gerade der kleine Hanno strotzte vor neu erworbenem Selbstbewusstsein. Seit sie zu dritt waren, fiel es Oda leichter, mit ihnen umzugehen. Für Maxim zu sorgen, erleichterte ihr Gewissen, und ihre Söhne hatten den Dritten im Bunde vorbehaltlos akzeptiert.

Sie waren drei Musketiere, und es gefiel Oda, dass Brüder – auch wenn nur zwischen zweien und nur zur Hälfte Blutsverwandtschaft bestand – so liebevoll und fürsorglich miteinander umgingen. Maxim sprach nicht, und Dr. Milstein, Eduards Bruder, der als Arzt der Familie treu blieb, war überzeugt, dass er auch nicht gut sah, aber Edvard und Hanno sprachen für ihn und ersetzten ihm die Sehkraft.

Oda hatte diesen schmächtigen, bleichen kleinen Jungen lieb gewonnen. An Maxim konnte sie etwas gutmachen, und auch wenn sie in Schönheit und Luxus aufgewachsen war, er dagegen in Finsternis und unaussprechlicher Not, entdeckte sie in dem sprachlosen, einsamen Kind ein Stück von sich selbst.

Von dem Augenblick, als er in die Kammer gestürzt war, träumte sie noch immer. Sie hatten alle erstarrt und fassungslos um die halb verweste Leiche der armen Sonya gestanden, als aus dem Gang ein dünnes Weinen an ihr Ohr gedrungen war. Als Oda sich umdrehte, war der kleine Junge hereingestürmt, hatte sich auf die übel riechende Tote geworfen und sich weinend an sie geklammert.

Sie war seine Mutter. Auf welche Weise und aus welchem Grund sie auch immer nach hier unten geraten war, sie musste zum Zeitpunkt ihres Verschwindens ein Kind empfangen, es in der Düsternis der Katakomben zur Welt gebracht und aufgezogen haben. Zweifellos hatte ihr jemand geholfen, ihr die Kammer eingerichtet und sie mit dem Nötigsten versorgt. Dennoch musste das Leben, das Mutter und Kind hier in Dunkelheit und Stille geführt hatten, einer Hölle gleichgekommen sein, und irgendwann war ihr Versorger verschwunden und hatte sie hilflos zurückgelassen.

Mit größter Wahrscheinlichkeit war Sonya verhungert. Ihr

Sohn war verwahrlost und unterernährt, doch am Leben, wohl weil sie selbst verzichtet und ihr Kind gefüttert hatte, solange ihr noch Lebensmittel geblieben waren. Sie konnte nicht länger als ein paar Tage tot sein, und wäre Lidija Petrowna nur eine Woche später auf den Plan verfallen, sich vor den Bolschewiki zu verstecken, wäre der Junge ebenso elendig umgekommen.

Schweigend trugen sie Sonya nach oben in die verhangene Juninacht und begruben sie in der Senke. Etwas Ehrenvolleres war aufgrund der Situation nicht möglich, aber Andreja brachte ihr später ein hölzernes Kreuz und geweihtes Wasser aus der Kathedrale, auch wenn es gegen die Regeln ihrer Religion verstieß.

Den kleinen Jungen nahm Oda mit ins *Odessa,* gab ihn fortan als Kriegswaise aus der Familie ihres Mannes aus und zog ihn mit ihren Söhnen auf. Maxim nannte sie ihn, weil das der Name war, der in das zerlumpte Hemd auf seinem knochigen Körper eingestickt war. Ob Sonya es selbst getan hatte oder ob ihr Versorger ihr das Hemd eines Kindes namens Maxim für ihren Sohn gegeben hatte, würde sie nie herausfinden. Aber es machte sie froh, dass es wenigstens etwas gab, das der kleine Junge sich selbst mitgebracht hatte: seinen Namen.

Sprechen lernte er nicht, und in seiner Entwicklung lag er hinter gleichaltrigen Kindern weit zurück, aber er war nicht dumm. An einem der ersten regengrauen Tage nach dem Auszug aus dem Sommerhaus berichtete Rosa, Edvard bringe ihm das Lesen bei, wie er es sich selbst beigebracht hatte. Der liebevolle kleine Clown Hanno hingegen überschüttete ihn mit seiner Zärtlichkeit und fütterte ihn mit den besten Bissen von seinem Teller. Maxim gedieh. Er lächelte nicht, doch er begann zu summen, wenn die anderen sangen.

Odas einsames Leben schien sich zumindest in einem Gleichmaß einzupendeln. Bis zu dem Tag, an dem die Zeitungsjungen vom Platz mit dem Denkmal und von der Himmelsleiter her bis in alle Räume des *Grandhotel Odessa* ihre Schlagzeilen brüllten:

»Sturm auf den Winterpalast! Kerenski-Regierung gestürzt!«

»Lenins Bolschewisten siegen!«

»Einheiten von Rotgardisten in allen Oblasten des Reiches gebildet!«

Wieder griff die kalte Angst nach Oda, die sie in letzter Zeit kaum noch hatte unterdrücken können. Sie hatte die Menschen in Sicherheit gebracht, deren Leben gefährdet war, wenn die Rotgardisten hierherkamen, aber ihr Hotel konnte sie nicht in Sicherheit bringen. Die Führer der Bolschewisten hatten keinen Hehl daraus gemacht, dass sie den Privatbesitz reicher Leute enteignen würden. Dass das *Odessa* nicht ihr Privatbesitz war, sondern sie der Privatbesitz des Hotels, dass es ein Teil der Stadt war und jemanden brauchte, der sich ihm mit Haut und Haaren hingab, würde sie einer zornblinden Horde von Revolutionären kaum erklären können.

Oda hatte einen Termin, den sie unmöglich ausfallen lassen konnte, sie traf den alten Dimitri, einen ihrer Schwarzhändler, der ihr bisher noch sämtliche Gewürze besorgt hatte, die seit dem Kriegseintritt des Osmanischen Reiches auf den Märkten der Stadt nicht länger erhältlich waren. Kreuzkümmel, Kardamom, Zimt, Muskat, Anis und Kurkuma – wenn Sergej all das nicht mehr bekam, wurde er noch übellauniger, als er ohnehin schon war. Sergej war ein Snob des guten Geschmacks, ein innerer Aristokrat. Dass in seinem Land die Macht von nach Kuhdung stinkenden Bauern, Arbeitslosen in Hemden ohne Kragen, Analphabeten und ranglosen Soldaten übernommen werden könnte, empfand er als persönliche Beleidigung.

»Ich habe für Ihren Vater gekocht, und ich koche für Sie«, hatte er zu Oda gesagt. »Sie haben beide zu schätzen gewusst, dass eine gute Küche eine Frage von Stil und geistigem Adel ist, und dafür habe ich manche Unbill in Kauf genommen. Wenn aber dieser Dreck, der sich Bolschewisten schimpft, hier im Hotel Einzug hält, werden Sie mich nicht länger hier finden, *Madame*. Ich habe eine Ehre zu verlieren. Selbst ein alter Mann wie ich hat nie mehr zu verlieren als seine Ehre.«

Sie hatte ihn angesehen und plötzlich bemerkt, dass er an die siebzig Jahre alt sein musste. Wenn sie müde war und sich von allem, was diese neue Zeit bereithielt, überfordert fühlte, wie verwirrt und müde, wie zu Tode erschöpft musste dann er sein? Er hatte ein dürres Bündel trockener Petersilie, das er auf seinem Schneidebrett bearbeitet hatte, gepackt, in die Luft geworfen und es auf dem Boden liegen lassen. Weniger zornig als vollkommen ratlos starrte er vor sich hin.

»Ich bringe Ihnen Ihre Gewürze, Sergej«, hatte Oda ihm versprochen. »Ich kann Ihnen schon lange nicht mehr bieten, was ein Meister wie Sie wert ist, aber mit minderwertigen Zutaten brauchen Sie bei mir nicht zu kochen.«

Zu der Verabredung mit Dimitri, der sie in einem Kellerlokal in einer der vielen Seitenstraßen des Privoz-Markts zu treffen pflegte, würde sie gehen. Oda hasste den Privoz-Markt. Für sie war er auf immer mit jener Nacht von Sonyas Verschwinden verbunden, auch wenn Sonya von dem Markt ja mit Meerrettich zurückgekehrt und erst hinterher verschwunden war. Sie ging nicht dorthin, wenn sie nicht musste, schon gar nicht zu Fuß, doch die Unterredung mit Dimitri war wichtig, und die zwei verbliebenen Kutschen mussten den Gästen zur Verfügung stehen.

Dass der Weg zum Markt wiederum Gedanken an Sonya weckte, ließ sich nicht verhindern, und dass die Gefallenenlisten, die inzwischen vor jedem öffentlichen Gebäude aushingen, ihr Karol in den Sinn brachten, auch nicht. Hätte sie jetzt beweisen können, dass Karol Sonya nichts angetan hatte, hätte sie ihn mit der Nachricht empfangen können, dass er rehabilitiert war, weil Sonya in jener Nacht nicht gestorben, sondern bis zu diesem Frühsommer noch am Leben gewesen war?

Sie wusste, dass es eine Illusion war, sie hatte es bereits hundertmal durchdacht. Es war Krieg, es war Revolution, die alten Systeme stürzten zusammen, und das Letzte, für das irgendwer Zeit hatte, war die Rehabilitation eines vergessenen Balletttänzers. Und selbst wenn es anders gewesen wäre – Sonya hatte ein Kind von einem unbekannten Mann bekommen und war über Jahre in den Katakomben eingeschlossen und von jemandem versorgt worden. Die, die Karol bisher verurteilt hatten, würden jetzt kaum gnädiger urteilen. Sie würden behaupten, er hätte dem Mädchen Gewalt angetan und dann sie und ihr Kind fern von allem Licht, aller Wärme, allem Leben dahinvegetieren lassen.

Ihr Gedankenfluss wurde jäh unterbrochen. In der Deribasowskaya, deren sprudelnde Sorglosigkeit einer fernen Legende anzugehören schien, rollte ihr ein Zug Demonstranten entgegen, der die gesamte Breite der Straße nicht nur einnahm, sondern sie zu sprengen drohte, rote Fahnen schwenkte und mit aller Kraft das Lied sang, das Oda kannte:

»Wacht auf, Verdammte dieser Erde,
Die stets man noch zum Hungern zwingt.
Das Recht wie Glut im Kraterherde
Nun mit Macht zum Durchbruch dringt.«

Noch ein paar Augenblicke lang war sie überzeugt, an den Horden irgendwie vorbeizukommen, und ging weiter. Schließlich wollte sie ja nur Gewürze für ihren müden, alternden Meisterkoch kaufen, war politisch auf niemandes Seite und bereit, sich zur Not durch marschierende Reihen zu schlängeln. Als sie aber so nah an den Zug herangekommen war, dass sie den Anführern in die Augen sehen konnte, erkannte sie, dass hier kein Durchkommen war, dass sie einer Welle gegenüberstand, die unaufhaltsam war und sie überrollen würde.

Was die Männer aus sich herausbrüllten, war kein Gesang, sondern ein Schlachtruf, und er richtete sich gegen jeden, der sich ihnen nicht anschloss. Zwischen ihnen war kein Platz. Wer sich ihnen entgegenstellte, würde niedergetrampelt werden.

Oda hatte einen Atemzug lang Zeit, eine Entscheidung zu treffen. Solange sie lebte, hatte sie sich nie von etwas in die Flucht schlagen lassen, und die Vorstellung demütigte sie. Ihr entgegen wälzte sich jedoch eine Woge aus aufgebrachten Menschen, die seit Monaten oder sogar Jahren ohne Arbeit und Geld waren, denen womöglich Kinder verhungert waren, weil es nirgendwo Brot gab, während sie sich um Kaviar für ihre Gäste gesorgt hatte. Sie trug ein Kleid aus Seide und darüber einen warmen Pelz, während die, denen sie Auge in Auge gegenüberstand, in ihren dünnen Hemden und zerschlissenen Joppen froren. In einem Gürtel sah sie ein Messer blitzen, im nächsten eine Pistole. Eine ungeheure Kraft in ihrem Körper nahm ihr die Entscheidung ab, warf sie herum und ließ sie die Straße hinunterflüchten.

Das Trommeln ihrer Schritte hallte ihr in den Ohren, begleitet vom hundertfachen Echo des Liedes:

»Völker, hört die Signale,
Auf zum letzten Gefecht …«

Ihre Lunge schmerzte vom Rennen in der eisigen Luft, doch die Angst trieb sie weiter, und ihre Beine rasten wie von selbst. Als sie den Platz mit dem Denkmal erreichte, wollte sie aufatmen, doch der Anblick, der sich ihr bot, brachte sie zum Erstarren. Aus dem Prymorskyi-Boulevard drängte ein weiterer, noch viel breiterer grölender Zug.

»Oda! Oda, hilf mir!« Eine Frau schrie in höchster Not, so hoch, dass ihr die Stimmbänder reißen mussten.

Oda starrte wie gehetzt über den Platz und rannte im selben Augenblick schon wieder los. Auf der gegenüberliegenden Seite, wo der zweite Zug gerade aus der Straße herausgebrochen war, stand Tessa und versuchte ebenso verzweifelt wie vergeblich, in die Reihen einzudringen.

»Meine Tochter! Ihr trampelt mir meine Tochter tot!«

»Mascha!«, schrie Oda und rannte aus Leibeskräften. Im nächsten Moment war sie an Tessas Seite und hieb blindlings mit den Fäusten auf die Leute ein, die dicht an dicht weiterströmten, als wären sie keine Menschen, sondern eine leblose Masse. Zwischen den vorwärtsrollenden Körpern sah sie das Mädchen, das so schön singen konnte, auf dem Boden liegen, und unzählige Füße in Stiefeln trampelten über sie hinweg.

»Rosen blühen in der Picardie,
Aber eine Rose wie dich wird es nie mehr geben …«

»Da liegt ein Mädchen auf dem Boden!«, brüllte sie wie von Sinnen. »Lasst uns doch durch, meine Cousine ist gestürzt und braucht Hilfe!«

»Meine Tochter!« Tessa fiel kraftlos auf die Knie, und ihre Stimme erstarb. »Meine Tochter, meine kleine Tochter!«

Niemand hörte sie, niemand nahm sie auch nur wahr. Bis sich von hinten ein Mensch mit ungeheurer Kraft zwischen ihnen hindurchschob und mitten in den Zug hineinschnitt. Ein großer blonder Kerl in einem russischen Armeemantel, der über den breiten Schultern spannte. Er schlug eine Bresche in die vorwärtsstrebende Menge, bückte sich und hob Mascha auf seine Arme. Während er sich mit ihr aus dem Tumult herauskämpfte, konnte Oda ihr Gesicht sehen, die bleiche Haut, die geschlossenen Augen und das Blut, das aus einer Wunde an der Stirn in ihre schwarzen Locken sickerte.

»Mascha, meine Mascha!« Tessa sprang auf und wollte dem Mann ihr Kind aus den Armen reißen, doch ihr fehlte die Kraft.

»Ist ja gut«, sagte der Mann sanft auf Deutsch. »Jetzt tut ihr niemand mehr weh, jetzt kommt alles in Ordnung. Am besten, wir bringen sie hinüber ins Hotel und verrammeln uns dort, so gut es geht.«

»Sie kennen unser Hotel?«, brachte Tessa heraus und rang um Fassung.

Oda aber hatte den Mann erkannt und war sicher, in einem Wunschtraum gelandet zu sein. »Bodo? Blödsinn-Bodo? Bist das wirklich du?«

»Der eine und einzige. Nachahmung zwecklos.« Er grinste sie an. »Und Oda Odessa – auch noch frisch wie eh und je?«

»Nicht mehr ganz. Die Frische hat gelitten.« Sie musste lachen. Hätte sie sich von allen Menschen auf der Welt einen aussuchen und hierherwünschen dürfen, sie hätte keinen zu nennen gewusst als ihn.

»Ach was. Ich finde, du siehst noch immer aus, wie im Venuskostüm den Schaumkronen des Schwarzmeers entstiegen.«

»Und du bist noch immer nicht erwachsen.«

»Ich fürchte doch, Oda. Aber ich gebe mir alle Mühe, es zu verbergen.«

Er war ein Bild von einem Mann, hatte sie das nie zuvor bemerkt? Das Haar blond wie ein Weizenbündel und das Gesicht noch ein bisschen sonnenverbrannt, trotz Herbst und ewigem Regen. Er hinkte, aber Mascha trug er, als hätte sie kein Gewicht. Sie regte sich in seinen Armen, lehnte den Kopf an seine Brust und zeigte ihnen damit, dass sie am Leben war und es auch bleiben würde. Sie erreichten das Portal des Hotels und ließen sich nacheinander von Eduard durch die Drehtür schleusen.

»Herr von Arndt! Wie erfreulich, dass Sie uns wieder einmal beehren.«

»Herr Milstein. Niemanden würde ich lieber beehren als Sie.«

Oda atmete tief durch. Durch die Halle perlten Klaviertöne, und in der Luft hing ein leichter Duft nach Rosen. Es war ein bisschen wie im Frieden, und es würde alles gut werden. Sie war jetzt nicht mehr allein.

46

Er war noch immer so verrückt und dämlich und unerträglich wie damals. Nur wundervoller. Er war derselbe Tausendsassa, Abenteurer, Hansdampf in allen Gassen. Der Mann, der Lenin über vier Grenzen nach Russland gebracht hatte und sich danach nach Odessa hatte durchschlagen wollen.

»Ganz so einfach, wie ich es mir in meinem jugendlichen Leichtsinn vorgestellt hatte, ging es leider nicht. Ich bin nämlich desertiert. Jetzt schau mich bitte nicht an, als hätte ich die Krätze, denn die habe ich obendrein. Damit, dass niemand mir mehr traute, hatte ich nicht gerechnet, wo ich doch so ein vertrauenerweckender Mensch bin. Die eine Seite hielt mich für den Vaterlandsverräter, der ich vermutlich auch bin, und die andere für einen deutschen Spion, der ich theoretisch immerhin werden könnte. Ich habe ziemlich lange von einem Versteck ins nächste kriechen müssen, ohne wirklich vorwärtszukommen. Zu allem Unglück bin ich dann auch noch über meine eigenen Beine gestolpert und habe mir ein Sprunggelenk gebrochen.«

»Das ist einer deiner üblichen Witze, oder?«

Er schob ein Hosenbein hoch und zeigte ihr eine rote, wulstige Narbe, die sich um das gesamte Gelenk zog.

»Das ist doch eine Kriegsverletzung«, sagte Oda.

»Etwas in der Art«, sagte er. »Ich habe mir aus dem Krieg eine Krankheit für Memmen mitgebracht, mit der man sich vor seinem Vater schämen muss: Ich wandle im Schlaf durch die Gegend. Aber wie gewohnt erwies ich mich selbst dabei noch als Hans im Glück und fiel auf meine Füße. Mich hat ein Arzt, ein wahrer Menschenfreund, aufgelesen, zusammengeflickt und schließlich doch noch auf den Weg ins lang vermisste Odessa geschickt.«

Und da war er nun. In Odessa.

Er half Eduard und Sebastien, sämtliche Türen und Fenster zu verrammeln, während Oda mit Tessa bei Mascha blieb, bis Dr. Milstein eintraf. Das Grölen, die Schüsse und Schreie blieben draußen, und hinter der Drehtür des *Odessa* begann noch einmal eine andere, eine harmonischere Welt. Mascha erwachte aus ihrer Ohnmacht. Sie hatte eine Gehirnerschütterung und zahlreiche Prellungen davongetragen, aber nichts, von dem sie sich nicht erholen würde. Einzig der Schrecken würde ihr bleiben und einen anderen Menschen aus ihr machen, doch das einte sie mit einer ganzen Generation. Tessa weinte vor Erleichterung, und Oda schlich leise aus dem Zimmer, um Mutter und Tochter allein zu lassen.

Bodo flirtete mit ein paar aufgescheuchten Gästen, alberte, lachte und machte sich beim Servieren des Abendessens nützlich. Er selbst wollte jedoch lieber in der Privatsphäre eines Zimmers essen, ein Wunsch, den Oda mit ihm teilte.

Sie nahm ihn mit, um den Kindern eine gute Nacht zu wünschen, weil sie sie ihm zeigen wollte. Wie von ihm nicht anders zu erwarten, wurde er auf der Stelle selbst zum Kind. Er warf sich auf den Boden, gackerte wie ein Huhn und pfiff wie eine Lokomotive. Der kleine Hanno gluckste vor Vergnügen, Maxim überwand seine Scheu, und selbst Edvard musste lachen. »Deine Jungen sind prachtvoll«, erklärte Bodo strahlend, als sie die Kinderstube verließen, und zum ersten Mal spürte Oda, wie stolz sie auf sie war.

Dass er völlig durchgefroren war und unter dem Mantel nicht mehr als ein Unterhemd trug, bemerkte sie erst, als sie alle Aufgaben hinter sich gebracht hatten und sich in dem Zimmer, das sie für ihn hatte herrichten lassen, zu einer kalten Platte und einer sehr alten Flasche Burgunder zusammensetzten.

»Es ist mir durchaus peinlich. In meinem Rucksack sollten sich noch ein paar verdreckte Fetzen befinden, die sich nach einer gründlichen Wäsche wieder in Gebrauch nehmen lassen, aber würdest du mir zur Überbrückung vielleicht einen eurer hinreißenden himmelblauen Schlafanzüge mit aufgesticktem Schriftzug *Grandhotel Odessa* leihen?«

Bis auf eine kleine, grün beschirmte Lampe auf dem Beistelltisch schalteten sie alle Lichter aus. Sie lachten und tranken, redeten und schwiegen, streiften Erinnerungen, als wäre nur ein Sommer vergangen und nicht ein ganzes Leben. Bodo ließ sich das Essen schmecken wie als Heranwachsender, als er allein in einer Beistellkammer hatte essen müssen, weil Odas Vater sich für seinen unfeinen Appetit vor den Gästen schämte. Oda brachte kaum etwas hinunter und bestellte noch eine Flasche Wein. Glück machte ihr die Kehle eng, und sie wollte betrunken sein, damit das Glück nicht verflog.

»Ich war so einsam, Bodo.«

»Das glaube ich. Sooft ich an dich und Belle gedacht habe, habe ich mir vorgestellt, wie einsam ihr sein müsst.«

»Wieso Belle?«, fragte Oda, die von allem lieber reden wollte als von seiner Schwester.

»Ach komm«, sagte er, »ihr wart doch unzertrennlich. Selbst wenn wir in Berlin waren, ging es die ganze Zeit Oda-Oda-Oda. ›Ich muss das Oda erzählen‹ und ›Das kommt heute noch in meinen Brief an Oda‹. Irgendwann war ich sicher, eine von euch gibt es gar nicht ohne die andere. Wie zwei Seiten einer Münze. Wenn man die nun an ihrem schmalen Rand durchschneidet, wird ja so eine Münze ziemlich dünn.«

Oda überlegte. Dann schüttelte sie die Gedanken ab. »Ich kann ihr nicht verzeihen. Nicht nur, dass sie mir Karol gestohlen hat, sondern dass sie ihn zerstört hat. Er hat seinen Tanz verloren und hat sich in den Krieg ziehen lassen, weil er wusste: Im Innersten glaubt auch sie, dass er die kleine Sonya geschändet hat. Das hat er nicht ertragen.«

Bodo sah sie an, und in seinem Gesicht fand sich von der gewohnten Heiterkeit keine Spur.

»Ich weiß, du glaubst es auch«, fügte sie rasch hinzu. »Jeder glaubt es ja.«

»Um ehrlich zu sein, habe ich mir darüber nie Gedanken gemacht«, sagte Bodo. »Das spricht nicht für mich, ich weiß. Aber ich war einfach außer mir und hätte den Kerl erwürgen können für das, was er dir angetan hat. Seit ich zehn Jahre alt war, warst du für mich die einzige Frau auf der Welt, und dieser Idiot hat das unverschämteste Glück aller Zeiten. Doch statt seinem Schöpfer auf Knien zu danken, wirft er es einfach weg, um mit der kleinen Belle zu schäkern.«

Oda brauchte lange, um glauben zu können, was sie gehört hatte. Es musste das erste Mal sein, dass ein Mann ihr mehr Wert beimaß als Belle. Er hatte das immer getan, er hatte sie wirklich geliebt, doch hinter seinem jungenhaften Herumgealbere und den ewigen dummen Witzen hatte sie nichts davon bemerkt.

»Ich hätte auch meine Schwester ein bisschen würgen können«, sagte er. »Aber jetzt tut mir das leid. Belle ist, wie sie ist, unsere Macken haben wir alle, und es gibt wahrlich schlechtere Kerle. Dafür, dass sie sich in den Menschen verliebt hat, kann sie ja nichts. Und dafür, dass sie immer alles haben muss, was sie sieht, auch wenn es ihr nicht bekommt, eigentlich auch nicht. Auf dem Jahrmarkt hat sie immer Zuckerwatte in sich hineingestopft, bis sie dem Kindermädchen aufs Kleid gekotzt hat.«

Wider Willen musste Oda lächeln. Aber es war gleich wieder vorbei. »Sie hat mir auch meinen Vater weggenommen.« Es war das erste Mal, dass sie es aussprach. Sogar vor sich selbst.

»Dafür kann sie auch nichts«, gab Bodo zu bedenken. »Wir können alle für unsere Väter nichts, Oda. Und unsere Kinder nichts für uns.«

Verwundert sah sie ihn an. Der weiche Lichtschein der kleinen

Lampe lag auf seinem Gesicht, und seine langen, hellen Wimpern zeichneten Schatten auf seine Wangen. Sie fand ihn schön und trank mehr Wein. »Wirst du zu ihr gehen?«

»Zu Belle? Ja, in den nächsten Tagen. Geh mir nicht an die Kehle, Oda. Ich habe einen Ort namens Verdun hinter mir und eine Stadt namens Ypern. Ich werde mich nie mehr zwingen lassen, mich zwischen Menschen, die ich liebe, zu entscheiden, sondern froh über jeden sein, den ich nicht verloren habe.«

Oda nickte. »Das ist in Ordnung. Wir sind ja keine Kinder mehr.«

Wie ohne ihr Zutun neigten sie sich zueinander und nahmen sich in die Arme. Ihre Lippen fanden sich, und einen Herzschlag lang hatte der Kuss etwas von dem Luftanhalte-Wettbewerb unter der Akazie und verband die Vergangenheit mit der Zukunft, das Verlorene mit dem, was noch da war.

Sie wollte nicht aufhören, grub die Hände in sein Haar, strich an seinen Wangen und seinem Hals hinab, wollte mit allen Sinnen spüren, dass er und sie lebendig waren. Er streichelte mit beiden Händen ihren Rücken und mit seiner Zunge das Innere ihres Mundes. Erst als sie eine Hand unter den dünnen Stoff seines Unterhemds und auf die Haut über seinem Herzen schob, hörte er auf.

Er hielt sie noch immer in den Armen und lächelte sie an. »Du bist verheiratet.«

»Ich lasse mich scheiden«, sagte Oda, obwohl sie wusste, dass das nicht das Problem war. Karol war das Problem. Sie durfte nicht Karol lieben und Bodo glauben machen, sie liebe ihn. Auch nicht, wenn sie sich mit aller Kraft wünschte, er könne bleiben, ihr beistehen, ihre Einsamkeit vertreiben.

»Ich bin nicht verheiratet«, sagte Bodo. »Aber ich habe vor, das zu ändern. Meine Verlobte kommt her, sobald die neue Regierung mit Deutschland Frieden geschlossen hat. Sie ist Journalistin. Ihre

Zeitung wird sie hierherschicken, um über die Revolution zu berichten.«

Er klang, als würde er vor Stolz auf die verlobte Zeitungsfrau platzen, und Oda, um die sich der Raum drehte, war sprachlos.

»Ich darf doch hierbleiben und auf sie warten, oder?«

Oda konnte nur nicken.

»Und hinterher, irgendwann, musst du mit uns nach Berlin kommen.«

»Das wird vorläufig nicht möglich sein.«

»Ich weiß. Dann kommen wir eben hierher und machen Ferien bei dir. Sommerfrische. Ich glaube, das Wort wird nie wieder ein Mensch benutzen. Aber egal, wie es dann heißt – ich will, dass du nicht nur meine Frau kennenlernst, sondern auch mein Kind. Du bist doch so etwas wie die Schwägerin und Tante. Ich will, dass deine Kinder und mein Kind am Strand zusammen spielen, Oda Odessa. An der Stelle, wo das Wasser so endlos lange flach ist. Da, wo wir auch gespielt haben.«

»Du hast ein Kind, Bodo?«

Er nickte. »Eine Tochter mit dem Namen Clara. Ein kleines Mädchen, das so alt ist wie dein Hanno und seinen Papa noch nie gesehen hat.« Der Schatten auf seinem Gesicht blieb nur einen Moment. Dann kehrte der Stolz zurück, und er grinste wieder, wie Oda ihn kannte. »Ich habe in Petrograd von einem armen Spielzeughändler, den sie ausgeplündert haben, eine Lokomotive kaufen können. Keine *Märklin,* aber etwas genauso Gutes. Die bringe ich meinem kleinen Mädchen mit.«

47

Das Jahr ging zu Ende, ohne dass das *Grandhotel Odessa* die Katastrophe ereilte, vor der sie alle sich im Innersten fürchteten. Ein Waffenstillstand mit den Mittelmächten war geschlossen worden, und über den Friedensschluss wurde verhandelt. Jeder überstandene Tag, an dem das Hotel noch ihr gehörte, an dem ihre Kinder, alle Gäste und die drei Menschen in den Katakomben versorgt waren, war für Oda ein guter Tag. Aber das zu bewerkstelligen, wurde von Woche zu Woche härter. An manchem Abend schmerzte ihr Körper von der Anstrengung so sehr, dass sie trotz der Erschöpfung nicht schlafen konnte, und ohne Bodos Hilfe hätte sie es nicht geschafft.

Die Bolschewiki, die in Petrograd die Macht übernommen hatten, waren völlig damit überfordert, die Versorgung des Riesenreichs zu organisieren. Transportwege brachen zusammen. Schneestürme taten ein Übriges. Es herrschte immer noch Krieg, und als wäre das alles nicht genug, brach ein erbitterter Bürgerkrieg aus, geführt von den Rotgardisten, deren Einheiten überall wie Pilze aus dem Boden schossen, und der Weißen Armee, dem bewaffneten Arm der Menschewiki, und allen anderen, die sich der Machtübernahme Lenins entgegenstellten.

Über Odessa herrschte ein vom Rat der Volkskommissare eingesetztes Gremium namens *Rumtscherod,* das die Stadt zusammen mit der rumänischen Frontlinie und Bessarabien verwalten sollte. Was dieses Gremium tat und welche politischen Absichten es verfolgte, bekamen die Leute in der Stadt kaum mit. Es interessierte sie auch nicht. Odessa blutete aus, sie hatten nichts zu essen, und ihre Kinder starben am Schnupfen, weil ihre kleinen Körper keine Kraft mehr hatten, sich zu wehren.

Auch für das Hotel wurde die tägliche Lebensmittelbeschaffung zu einem Eiertanz, der sich endlos wiederholte. Bodo hatte sich angewöhnt, im Morgengrauen nach Holovna zum Bahnhof zu gehen und auf einen der vollgestopften Züge zu springen, die in die Bauerndörfer der Umgebung fuhren. Er nahm den stummen Maxim mit, gab sich seines Akzents wegen als Balte aus, und als rührendes Vater-und-Sohn-Gespann erbettelten sie bei den Bauern Säcke voller Kostbarkeiten. Maxim liebte diese Ausflüge, und auf einem von ihnen geschah es, dass er zum ersten Mal lächelte. Bodos Sohn hätte er durchaus sein können, denn sie waren beide strohblond, und der Kleine war genauso verrückt nach Eisenbahnen wie der Große.

Als Dessert zur Silvesterfeier gab es mit Kaffeegrund gefüllte Torte, und der Rest des Menüs bestand ausschließlich aus Vorspeisen, weil Sergej krank war. Aber der Kaffee war immerhin echt und nicht mit Eichelmehl oder Malz gestreckt, es gab noch Musik und Krimsekt dazu, und nach Mitternacht sagte eine polnische Bankiersgattin, die im Auge des Sturms ihre goldene Hochzeit feierte, zu Oda: »Bei Ihnen fühlen wir uns noch immer so umsorgt wie in Abrahams Schoß, Frau Liebenthal. Hier in Ihrem herrlichen Wellensaal könnte man meinen, all die Ballerei da draußen käme vom Feuerwerk, und Krieg und Bürgerkrieg und das alles wären endlich vorbei.«

»Im neuen Jahr, Frau Skogowska«, sagte Bodo, der dazutrat und sein Sektglas gegen ihres klirren ließ. »Im neuen Jahr.«

Er hatte sich einen Smoking von Sebastien geborgt und sah hochelegant aus, auch wenn die Ärmel ihm viel zu kurz waren. Zart legte er Oda den Arm um die Taille und tanzte mit ihr in das soeben geborene Jahr 1918. Keinen Tango wie einst, sondern ein langsames Stück, das zum Tanzen im Grunde nicht gemacht war, das aber den Leuten willkommen war, weil es ihnen erlaubte, sich nahe zu sein. *Roses of Picardy.* Mascha sang nicht mehr, sondern lebte in sich gekehrt in ihrem Zimmer, doch von irgendwoher hatte der unglaubliche Bodo eine Schellackplatte aufgetrieben, auf der ein Tenor das Lied herunterknödelte:

»Und die Jahre fliegen vorüber,
Bis die Schatten den Himmel verschleiern.
Er aber hält noch ihre kleinen Hände
Und blickt ins Meerblau ihrer Augen.
Sie sieht die Straße mit den Bäumen vor sich,
Wo sie sich vor all den Jahren trafen,
Und das süße Lied von den Rosen
Ist das letzte Lied, das sie hört.«

»Ich bin schon wieder betrunken, Bodo.« Oda hickste und lachte. »Und ich liebe dich. Ist eines davon schlimm?«

»Ich liebe dich sogar nüchtern«, sagte Bodo. »Das ist schlimmer. Aber wenn die Welt von allem, was wir mit ihr angestellt haben, nicht untergegangen ist, wird sie das auch noch aushalten.«

Es war wie immer: Als Oda wagte, ein wenig aufzuatmen, zu glauben, sie wäre noch einmal davongekommen, traf sie ein Schlag mit doppelter Kraft. Die Silvesterfeier lag kaum zwei Wochen zurück, und daran, dass draußen immer wieder Schüsse hallten, begann man sich beinahe zu gewöhnen. Sie saß im Büro über Zahlenkolonnen, berechnete, was ihr in den noch lange dauernden Wintermonaten an Geld zur Verfügung blieb und wie sie es am vorteilhaftesten zwischen Heizmaterial und Lebensmitteln aufteilen konnte, als die Tür aufflog und Eduard Milstein hereinstob. Eduard Milstein, der sein Portal nicht verließ, und wenn draußen der Teufel tanzte. Sein Kragen hing in Fetzen, er trug seinen Zylinder nicht mehr, und aus seiner Lippe troff Blut. Gleich darauf ertönten Geschrei und Gepolter.

»Sie sind da, *Madame.* Die Rotgardisten. Sie besetzen das Hotel.«

Der Mann war geschlagen worden. Er taumelte. Mechanisch stand Oda auf. »Setzen Sie sich hin, Eduard. Wer ist unten?« Tessa war nur noch selten im Empfangsbereich, weil Mascha sie um sich brauchte, Fräulein Rothmann wurde langsam klapprig, und Sebastien war ständig unterwegs, um sich mit Behörden herumzuschlagen.

»Ihre Mutter und Jurij.«

»Meine Mutter?«

Eduard nickte und ließ sich nach kurzem Zögern dankbar auf den Stuhl sinken, den Oda ihm hinrückte. »Sie ist allein. Jurij ist zu Boden gegangen. Ich glaube, er hat eine Kugel abbekommen. Wir sollen das Hotel sofort räumen, Frau Liebenthal. Unser Hotel, das Ihr Vater hier gebaut hat, als noch jeder ihn für verrückt erklärt hat. ›Hier stelle ich's hin, und hier bleibt es, solange der Faunenbrunnen sprudelt‹«, hat er gesagt.

»Er sprudelt noch«, erwiderte Oda tonlos gegen das Hämmern ihres Herzens. »Er wird immer sprudeln. Bleiben Sie hier und ruhen Sie sich aus, ich regle das. Wir gehen aus dem Hotel nicht weg.«

Was Eduard ihr noch hinterherrief, hörte sie schon nicht mehr. Die Empfangshalle war wie ein Meer aus Uniformen. Sie sah Gewehrläufe blitzen und dazwischen erhobene Knüppel und Stichwaffen. Mit einem Blick erkannte sie, was Eduard ihr offenbar hatte sagen wollen: Einer der beiden Anführer, die in der Mitte standen und ihre Gewehre auf die Frau ihnen gegenüber gerichtet hielten, war ihnen kein Unbekannter. Es war Rodja. Plötzlich hatte Oda von Neuem seine Stimme im Ohr und sah seine Augen voll wütender Mordlust, als er in jener Nacht Karol angeschrien hatte: ›Wo hast du die Kleine, du Dreck?‹

»Du gehst aus dem Weg, du verdammte reiche Schlampe«,

schrie er jetzt in dem gleichen Ton. »Ansonsten hab ich keine Hemmungen, dich über den Haufen zu schießen. Überhaupt keine Hemmungen. Ich hätte sogar diebisches Vergnügen daran.«

Der Gefährte, der neben ihm stand, hielt ebenfalls das Gewehr auf die kleine Frau gerichtet und tat nichts. Er war deutlich älter, ein ausgesprochen schöner Mann, der Oda vage bekannt vorkam, den sie aber nicht einordnen konnte. Sie hatte zu viel Angst. Die Frau, die den beiden entfesselten Männern und den Mündungen ihrer Schusswaffen gegenüberstand, war ihre Mutter.

»Dieses Hotel wird von einem guten, russischen Sozialdemokraten geleitet«, sagte die Mutter mit dünner Stimme, aber ohne Zittern. »Jurij Nikolaiewitsch Jatschenko, den Sie über den Haufen geschossen haben, weil er Ihnen erklären wollte, warum das Hotel nicht geschlossen werden kann, warum es für die Stadt wichtig ist. Mein Mann hat es mit seiner Hände Arbeit errichtet, und meine Tochter arbeitet Tag und Nacht, um es zu erhalten. Eines Tages werden wir aus diesen ganzen Trümmern doch wieder aufstehen müssen, die Leute brauchen wieder Arbeit und Brot und auch Freude. Dann kann doch das Hotel nicht weg sein, nicht unser Hotel, das die Menschen nach Odessa zieht.«

Oda schlug das Herz bis in den Hals. Sie wollten ihr Hotel schließen, sie wollten es ihr wegnehmen, aber ihre Mutter stellte sich dem entgegen.

»Halts Maul, Drecksweib.« Rodja schüttelte drohend den Gewehrlauf, um ihn sofort danach wieder auf den Kopf von Lene Liebenthal auszurichten. Oda sah den anderen zögern, sogar mit sich kämpfen, doch er sagte nichts.

Mit einem Satz war sie neben ihrer Mutter. Aus dem Augenwinkel sah sie Jurij, den die Mädchen von der Rezeption mit vereinten Kräften zur Seite gezogen haben mussten. Er blutete heftig. Ich kann Lidija nicht sagen, dass er tot ist, dass ich auf ihren Kleinen nicht aufgepasst habe, durchzuckte es Oda.

Sie legte den Arm um ihre Mutter. »Geh nach hinten zu den anderen«, sagte sie, ehe sie aufblickte und Rodja ins Gesicht sah. »Was haben wir dir getan?«, fragte sie ihn. »Du bist zu uns gekommen, als du zwölf Jahre alt warst, und hast hier mit uns gelebt.«

»Ich habe nicht mit euch gelebt, ich habe mir für euch den Buckel krumm geschuftet!«, schrie Rodja, aber er schien immerhin aus dem Konzept gebracht. Ihre Mutter rührte sich nicht vom Fleck.

»Mein Vater hat dafür gesorgt, dass du lesen lernen konntest. Er hat dir das Fahren beibringen lassen.«

»Und damit, meint ihr, sollen wir Arbeiter uns zufriedengeben? Mit Almosen, während ihr euren Kaviar fresst und Champagner dazu sauft? Die Zeiten sind vorbei! Wieso soll ich Krumen von eurem Tisch aufsammeln, wenn ich das Ganze haben kann?«

Dass er nicht mehr bei Sinnen war, war nicht zu übersehen, und offenbar hatte auch sein Gefährte es bemerkt. »Wenn Sie jetzt sofort alle im Hotel befindlichen Leute zusammentrommeln und das Gebäude verlassen, geschieht Ihnen nichts«, sagte er zu Oda. Seine Stimme war dunkel und rau. »Wir quartieren eine Einheit unserer Gardisten hier ein. Kleider und Papiere können Sie mitnehmen.«

»Das kann ich nicht«, sagte Oda. »Ich kann meine Gäste, die Sie ohnehin schon zu Tode erschreckt haben, nicht aus meinem Hotel jagen. Ich stehe bei ihnen im Wort. Sie haben im *Odessa* ein Zimmer gebucht und werden nicht mitten im Winter hungernd auf der Straße schlafen.«

»Ich knall dich über den Haufen!« Rodja richtete das Gewehr auf Oda und fingerte nach dem Abzug, doch in diesem Augenblick schwang die Drehtür, die dringend geölt werden musste. Beide Männer wandten die Köpfe, der ältere, ohne den Lauf, der noch auf Odas Mutter zielte, zu verziehen.

Bodo musste im Krieg gelernt haben, eine Lage in solcher Geschwindigkeit zu überblicken. Er stieß den kleinen Maxim, mit dem er auf Hamsterfahrt gewesen war, ins Innere der Drehtür zurück. »Auf den Boden, Oda!«, schrie er. Ob Oda auf seinen Schrei reagierte oder sich bereits vorher mit ihrer Mutter hingeworfen hatte, konnte sie später nicht mehr sagen. Bodo pflügte durch die Reihen, packte Jurijs Gewehr beim Lauf und riss ihn hoch, als der Schuss losging.

Die Kugel schoss pfeilgerade auf die Decke mit ihrer zierlich gearbeiteten Holztäfelung und den Kronleuchtern zu und schlug in eine der Tafeln ein.

Bodo hielt den Gewehrlauf mit beiden Händen fest und nutzte den Überraschungsmoment. »Hol Tessa«, zischte er Oda zu. »Und Mascha und Grischa auch.«

Oda war schwindlig, sie verstand nicht, was er von ihr wollte. Dafür verstand ihre Mutter. Schnell und ungehindert robbte sie aus der Schusslinie, sprang auf und rannte wie von Furien gehetzt die Treppe hinauf.

Ohne Jurijs Gewehr loszulassen, wandte sich Bodo dessen Gefährten zu. »Onkelchen? Sind das wirklich Sie?«

Die Erinnerung war unter so vielem anderen begraben gewesen. Als kleine Kinder, in jenem Sommer, ehe Tessa mit ihm floh, hatten sie sich zu Vitaly Pertsow aufs Zimmer geschlichen, hatten mit ihm Karten gespielt und ihn Onkelchen genannt.«

Vitaly Pertsow richtete sein Gewehr auf Bodo wie ein Automat mit einem Schwenkarm. Er wirkte völlig benommen.

»Tun Sie das nicht, Onkelchen«, sagte Bodo. »Entscheiden Sie nicht aus Zorn und innerhalb eines Augenblicks. Das Hotel ist voller Frauen und Kinder. Auch Ihre Frau und Ihre Kinder sind hier. Werfen Sie sie nicht hinaus auf die Straße, Sie wissen, dass sie dort umkommen würden.«

Geradezu bühnenreif erschien in diesem Augenblick Odas

Mutter mit Tessa, Mascha und Grischa wieder auf der Treppe. Oda hatte nie zuvor jemanden so langsam den Kopf wenden sehen wie Vitaly Pertsow. Genauso langsam sank der Gewehrlauf.

»Wir können Ihre Leute unterbringen«, sagte Bodo. »Lassen Sie sie im Restaurant warten, unsere Küche wird sich darum kümmern, dass sie verköstigt werden. In der Zwischenzeit erstellt Ihnen Frau Liebenthal einen Plan für die Einquartierung. Wir haben Platz genug, es sind derzeit viele Zimmer frei, und bei Frau Liebenthal sind Sie bestens aufgehoben. Sie macht gute Arbeit. Sie sollten ihr die Führung des Hotels übertragen. Denn ein Hotel werden Sie brauchen, wenn erst Staatsbesucher kommen und um die Anerkennung der Republik verhandelt wird. Sie werden auch Devisen brauchen, die die Touristen ins Land bringen, und gegen Frau Liebenthal ist politisch nichts vorzubringen. Die Papiere der Gäste sind auch alle in Ordnung. Unser Fräulein Rothmann wird sie Ihnen gleich vorlegen.«

Es gab keine tränenreiche Versöhnung, keine Umarmungen, noch nicht einmal Worte. Nur diesen einen langen Blick und einen zu Tode erschöpften Berufsrevolutionär, der seine Männer hinüber ins Restaurant kommandierte, wo ihnen Kartoffelbrot, Käse und Wodka serviert wurde. Lange dauerte es, ehe alle Beteiligten wieder in Bewegung kamen, wie nach der Erlösung Dornröschens, das sich vor hundert Jahren an einer Spindel gestochen hatte.

Die Letzte, die sich wieder regte, war Dornröschen selbst, obwohl Oda denkbar schlecht für die Rolle taugte. Sie rappelte sich auf die Füße, sah nach Jurij, der an der Schulter getroffen war und von mehreren Frauen versorgt wurde, und versicherte sich, dass es ihrer Mutter gut ging. Dann lief sie zu Maxim und Bodo, der vor dem Jungen im Innern der Drehtür kniete. Angstvoll blickte sie ihrem Ältesten ins Gesicht, in dem die gerade erlebten Geschehnisse altes Grauen wieder aufgewühlt haben mussten.

Ihre Sorge war umsonst. Maxim und Bodo sahen ihr mit dem gleichen Lächeln entgegen, und Maxim hielt ihr auf seiner kleinen Hand einen aus Holz geschnitzten Gegenstand hin. »Eisenbahn«, sagte er.

Als sie durch den Empfangsraum zurückging, um die Belegungspläne der Zimmer aus dem Büro zu holen, rief Babette Rothmann, die ihren Platz hinter dem Tresen wieder eingenommen hatte, hinter ihr her. »Es ist ein Brief für Sie gekommen, Frau Liebenthal«, rief sie und schwenkte den zerknitterten Umschlag. »Ich hätte ihn Ihnen gleich bringen wollen, aber ehe ich dazu kam, brach hier schon die Hölle los.«

Wäre sie nicht noch immer benommen gewesen, hätte Oda den Brief gar nicht aufgemacht. Er war von Ullrich.

48

Reval, Dezember 1917

Liebe Oda,
dass Du meine früheren Briefe gelesen hast, nehme ich nicht an, und kann daher nur hoffen, dass Du diesen liest. Dass jemand erfährt, was geschehen ist, und es weiterleitet. Ich wünschte, ich müsste nicht derjenige sein, der es Dir mitteilt. Du hast mich immer einen Schriftsteller, der nicht schreibt, genannt, und ich wünschte, das könnte ich endlich für immer bleiben.
Ich werde mir Mühe geben, mich kurz zu fassen. Viele Worte richten genauso nichts aus wie wenige, aber wenige haben wir beide schneller hinter uns. Mir kommt es vor, als hätte ich bereits Tage gebraucht, um die paar Sätze zu ersinnen, die mir jetzt noch immer nicht einfallen wollen. Den ganzen Weg von Petrograd bis hierher.
Hier also das, worauf Du ein Recht hast:
Ich bin bereits kurz nach Kriegsausbruch mit dem Bataillon, dessen Befehl man mir leichtsinnigerweise übertragen hat, an die Front am Kaukasus verlegt worden. Wie übrigens die meisten Russlanddeutschen. Ob man damit verhindern wollte, dass sie im Kampf gegen ihre sogenannten Landsleute in Loyalitätskonflikte gerieten, oder ob man sie stellvertretend für diese Landsleute bestrafen wollte, ist mir nicht bekannt. In meinem persönlichen Fall erscheint das mit den Landsleuten geradezu grotesk. Ich habe ein gutes Jahr lang in Berlin im *Schwarzen Ferkel* gesessen, mit Polen und Schweden gesoffen und ein schlechtes Buch geschrieben. Darin erschöpft sich meine Kenntnis von Deutschland.

Aber dieser Brief soll nicht von mir handeln, sondern von dem, was Dich betrifft:
In jede Kompanie der Kaukasus-Bataillone wurden bis zu fünfundzwanzig russlanddeutsche Soldaten eingeteilt. Im *Schwarzen Ferkel* hatten wir diesen Dichter Paul Scheerbart, einen komischen Vogel, der jedem Neuankömmling sein Credo mit auf den Weg gab: *Sei sanft und höhnisch.* Wenn ich versuche, mir den Zufall mit einem Sinn für Humor vorzustellen, dann müsste dieser wohl sanft und höhnisch sein.
In einer meiner Kompanien landete der Gefreite Anselm Fleißer.
In einer anderen der Soldat Karol Albus.
Jener sanfte und höhnische Scheerbart ist übrigens tot. Er ist in den Hungerstreik getreten, um gegen den Krieg zu protestieren, und hat ein Jahr gebraucht, um sich zu Tode zu hungern.
Aber zurück:
Ich habe mir gleich zu Beginn vorgenommen, dass ich Karol Albus schützen und ihn zu dir zurückbringen würde, dass ich alles dafür tun würde, was in meiner Macht steht. Ich, dem jede Art von Leibesertüchtigung ein Graus ist und der in seiner kurzen, aufgezwungenen Jagdkarriere keinen einzigen Vogel erlegt hat, bin mehrmals dekoriert worden und hege keinen Zweifel daran, dass ich die zweifelhafte Ehre allein diesem Entschluss verdanke.
Offenbar fällt mir das Kurzfassen nicht so leicht wie erhofft. Ich setze noch einmal an:
Ich war also entschlossen, Karol Albus heil durch den Krieg zu bringen, weil ich fand, ihr hättet es verdient, euch wiederzusehen. Ich fand, ihr hättet die Chance verdient, eine Entscheidung, die damals in Hast und unter dem Druck der Umstände gefällt worden war, noch einmal zu überdenken und gegebenenfalls rückgängig zu machen. Vielleicht hatte ich auch weni-

ger edle Motive. Vielleicht wollte ich einfach in Deinem Leben irgendeine Rolle spielen. Egal, welche.

In jedem Fall hat mir mein Entschluss Karol auf eine Weise nahegebracht, die ich nicht erwartet hätte. Ich gehöre nicht zu denen, die mit der Art von Männerkameradschaft und Verbrüderung, wie sie an Biwaks und in Armeezelten entstehen, etwas anfangen können, und ich habe mich auch mit Karol nicht verbrüdert. Ich war sein Befehlshaber, und er gab sein Bestes, um ein brauchbarer Soldat zu sein. Vielleicht machte auch das die Nähe zwischen uns aus: dass er zum Soldaten noch weniger taugte als ich.

Anselm Fleißers ständige Gegenwart erfüllte mich anfangs mit einer gewissen Beklemmung, die sich jedoch irgendwann legte. Kriege eignen sich ja nicht, um solche Befindlichkeiten lange zu hegen, ob es sich nun um eine Abneigung gegen Rindertalg handelt oder um einen uralten Zwist. Im zweiten Kriegsjahr wurde Anselm verwundet und auf lange Zeit ins Lazarett oder nach Hause geschickt. Ob er noch einmal an die Front musste, erfuhr ich nicht, er kam in jedem Fall nicht wieder in mein Bataillon.

Über den Krieg im Kaukasus schreibe ich Dir nichts. Wenn Du die Briefe, die ich Dir darüber zu schreiben versucht habe, nicht gelesen hast, wirst Du auch jetzt von mir nichts darüber lesen wollen. Also nur dies: Wir hatten Glück. Wir überlebten beinahe drei volle Jahre.

Wir, das heißt Karol und ich. Von uns abgesehen blieb von den tausend Mann des Bataillons ein knappes Drittel übrig. Dieses wurde im vergangenen Herbst in aller Hast nach Petrograd überführt, um dort gegen die Rotgardisten der drohenden Revolution eingesetzt zu werden. Wir hatten wieder Glück. Wir kamen zu spät. Die Kämpfe ebbten in Petrograd bereits ab, als wir eintrafen, während sie in anderen Teilen des Landes noch tobten oder gerade erst begannen. Nahezu umgehend suchte Lenin bei der Obersten Heeresleitung des Deutschen Reiches um einen Waffenstillstand nach, der in einen Friedensschluss münden sollte. Den Bolschewiki war klar, dass sie mit dem Machtkampf im eigenen Land mehr als genug zu tun haben würden. Sie wollten nicht länger Krieg führen.

Aus meiner Sicht war damit der Krieg zu Ende und unsere vaterländische Pflicht erfüllt. Da weder das Zarenregime noch die provisorische Regierung, oder deren militärische Vertreter, länger zur Verfügung standen, um uns aufzulösen, erklärte ich mich kurzerhand für berechtigt, dies selbst zu tun.

Ich habe meine Männer nach Hause geschickt. Sollte dies eine falsche, auf meinem mangelnden militärischen Verständnis beruhende Entscheidung gewesen sein, so nützt meine Reue niemandem mehr. Karol schlug ich vor, sich mit mir nach Reval durchzuschlagen. Es gab hin und wieder noch ein paar Züge, und selbst wenn wir lange Strecken zu Fuß gehen mussten, wie es schließlich auch kam, war der Weg nicht allzu weit. Ich hatte vor, mich mit ihm auf dem Gut meiner Familie zu erholen, bis die Lage im Land sich stabilisiert hätte und ich mit ihm gefahrlos die Reise nach Odessa antreten könnte.

Zu seinem Schutz wollte ich ihn begleiten. Offenbar habe ich mich tatsächlich unendlich wichtig gefühlt.

Wir kamen nicht weit. All das bedeutungslose Vorgeplänkel erspart es mir nicht, jetzt schreiben zu müssen, was einzig genügt hätte: Der Zug, den wir erwischten, wurde mitten auf der Straße von Rotgardisten aufgehalten und kontrolliert. Karol und ich wurden herausgezerrt und vom Kommandanten der Kompanie beschuldigt, der Weißen Garde anzugehören. Alle Beteuerungen, dass wir überhaupt keiner Garde angehörten, sondern den Krieg beendet hatten und nach Hause wollten, nützten nichts. Die Zeit, in der wir leben, erlaubt es nicht, kei-

ner Seite anzugehören. In unserem Fall wären die Beteuerungen wohl auch zu jeder anderen Zeit vergebens gewesen. Der Kommandant der Rotgardisten war Anselm Fleißer.
An einen Zufall glaube ich nicht.
Der Humor des Zufalls ist höhnisch und sanft.
Nachdem klar war, dass es keine Rettung für uns beide geben würde, habe ich Anselm beschworen, mich als verantwortlichen Offizier zur Rechenschaft zu ziehen und meinen Mann gehen zu lassen. Einen einfachen Soldaten. Einen, der ein Genosse werden könnte und ihm nie etwas getan hat.
Ich erzähle Dir das nicht, um mich als edlen Menschen darzustellen. An meinem Leben liegt mir nichts, und nichts in mir ist edel. Ich erzähle es Dir, weil ich glaube, dass Du wissen willst, was geschehen ist. Und weil Du es vielleicht wissen musst.
Anselm schickte seine Leute mit ein paar anderen Festgenommenen zur Seite. Ich fuhr fort, ihn zu beschwören, kam vom Politischen endlich zu dem, um was es ging. »Die Intrige gegen Sie habe ich eingefädelt!«, rief ich ihm zu. »Ich habe Ihnen die Frau genommen und, wenn Sie so wollen, auch das Hotel. Karol Albus hat nichts damit zu tun.«
»Du interessierst mich nicht«, hat er gesagt und sein Gewehr ausgerichtet. »Und Dein Kumpan auch nicht. Ich mache kaputt, was sie liebt. Dich liebt sie nicht. Dich lasse ich laufen. Geh nach Hause und sag ihr, als Nächstes geht es an ihr Hotel.«
Damit hat er Karol erschossen, und alles, was ich Dir noch sagen kann, ist, dass es sehr schnell ging, dass Anselm ihn in den Kopf traf und er beinahe sofort tot war. Nur seine Hände hat er noch ein paar Augenblicke lang fast wie tanzend bewegt. Anselm und seine Leute haben ihn liegen lassen und sind weitergezogen. Ich habe ihn begraben und wäre vermutlich in der Lage, auf einer Karte einzuzeichnen, wo er liegt.
Es tut mir leid, Oda.

Das nützt Dir nichts, und alles, was Dir nichts nützt, ist überflüssig.
Also nur noch dies: Davon, dass mein Besitz hier in Reval enteignet wird, gehe ich aus und empfinde darüber alles andere als Trauer. Allerdings hätte ich gern gehabt, dass das Vermögen Dir und Edvard zugutekommt, und habe deshalb auf die Seite geschafft, was mir mit meinen beschränkten Mitteln möglich ist. Ich denke, ich habe einen Weg gefunden, Dir das Geld zu übersenden, und hoffe, dass ein Beauftragter meiner Bank sich in den nächsten Wochen wegen der Einzelheiten an Dich wenden wird.
Ich danke Dir, Oda.
Achte auf Dich und das Hotel. Du gibst Menschen etwas, das sie, wenn sie überleben wollen, jetzt mehr als je zuvor brauchen werden.
Nur das Beste für Dich und für Edvard –
(Leo) Ullrich.

49

In den folgenden Tagen geschah so viel, dass Oda zu nichts kam. Nicht zum Weinen, nicht zum Schreien, nicht zum Sterben. Und erst recht nicht dazu, über das Problem mit Belle nachzudenken.

Der Rat der Volkskommissare fügte sich der Entscheidung des Genossen Vitaly Pertsow und ernannte Oda Liebenthal zur Kommissarischen Leiterin des *Grandhotel Odessa*. Die Einquartierung von hundert Mann der lokalen Rotgardisten stellte die Küche, die aufgrund von Sergejs Erkrankung allein Andreja und Theo unterstand, vor schier unlösbare Aufgaben, aber die Reste des Alkoholvorrats waren noch immer beträchtlich, und in Anbetracht der Umstände lief alles reibungsloser als erwartet.

Am Morgen des 18. Januar beschloss die Stadt Odessa, dass sie weder russisch noch ukrainisch oder rumänisch war, und erklärte sich zur Freien Stadt. Zur Sowjetrepublik Odessa. Dem Hotel wurde eine für die Wirtschaft der jungen Republik nicht unerhebliche Bedeutung bescheinigt, was bei den Zuteilungen von Zucker, Mehl und Fett eine geringfügige Verbesserung einbrachte. Der Rest würde sich finden. Die Gäste waren bescheiden geworden. Sie waren in Sicherheit und durften *Roses of Picardy* hören. Wo auf dem ganzen Kontinent wurde ihnen das schon geboten?

Jurijs Schulter würde Dr. Milstein zufolge steif bleiben. Wenn ihn etwas darüber hinwegtröstete, dann waren es die ununterbrochenen Liebkosungen von Lidija Petrowna, die jetzt allerdings Maria Peters hieß, in Riga gebürtig und im Hotel seit zwanzig Jahren als Zimmermädchen tätig. Ihre Papiere waren endlich eingetroffen. Und Traudel Pfannenschmidt und Luiserl Fassbrenner durften im Zuge eines Austausches, der im Rahmen des Waffenstillstands vereinbart worden war, ausreisen.

Ihr Abschied von Lidija kam Oda vor wie der einer Vorkriegsmutter, die ihre beiden Töchterchen auf Weltreise schickte. Die drei vergossen Tränen, die vermutlich auf dem gesamten Bahnhof für all jene ausreichten, die nicht mehr weinen konnten.

Zwei Tage später gab es in Holovna keinen Abschied zu beweinen, sondern eine Ankunft zu feiern. Valerie Schneider, Bodos Verlobte, hatte als Berichterstatterin einer sozialistischen Zeitung eine Einreiseerlaubnis erhalten. Sie hatte ihr Kind in die Obhut einer Freundin gegeben und war auf dem schnellsten Weg gekommen. Als sie aus dem Zug stieg, hörte Oda Bodo einen Glückslaut von sich geben wie als kleiner Junge, wenn er auf dem Rangierbahnhof auf einen alten Güterwagen hatte klettern dürfen.

Etwas von einem Güterwagen hatte diese Valerie Schneider durchaus an sich. In jedem Fall war sie in ihrem Kutschermantel und mit einem Hut, der einem Klodeckel glich, so ungefähr die letzte Frau, in der man die Verlobte des attraktiven, eleganten Bodo von Arndt vermutet hätte. Aber das machte sie alles andere als unsympathisch. Und ihn schon gar nicht. Er fing sie in seinen Armen auf, und die Umstehenden spendeten Applaus.

Oda wandte sich ab.

Bodo hatte darauf bestanden, dass sie mitkam, und das hatte durchaus etwas Rührendes. Jetzt aber war sie froh, als die Begrüßung vorbei war und sie hinaus in ihren Garten konnte. Es lag Schnee, und das Wasser des Faunenbrunnens musste beheizt werden, damit er nicht einfror und womöglich die Statue zum Platzen brachte. Es mochte Außenstehenden wie Verschwendung erscheinen, aber der Faunenbrunnen musste immer sprudeln.

Valerie und Bodo würden nicht lange bleiben. Sie brannte darauf, nach Petrograd zu kommen, um ihre Reportagen zu schreiben, und er brannte darauf, nach Berlin zu kommen und seine Tochter kennenzulernen. Oda gönnte es ihnen, und es war schön, wieder einmal glückliche Menschen zu erleben. Aber Bodo würde ihr fehlen, und Lidija, die ihren Jurij verhätschelte, fehlte ihr auch.

Sie würde Ullrich schreiben, dass er hierher zurückkommen sollte, wenn er enteignet wurde und gern kommen wollte. Ihr Zorn auf ihn war töricht gewesen. Auch wenn zu viel zwischen ihnen stand, um ihre Freundschaft noch einmal zu beleben, hatten sie immerhin miteinander ein Kind. Zwei Kinder sogar, denn Edvard schien Ullrich aufrichtig am Herzen zu liegen. Und wenn Ullrich dazu bereit war, würde es auch Maxim guttun, nach seinem vergötterten Bodo wieder einen Mann in seinem Leben zu haben.

Eine Scheidung war nicht nötig, zumindest soweit es Oda betraf. Es gab ja niemanden, den sie hätte heiraten wollen.

»Ich bin eben mit dir verheiratet«, sagte sie zu dem Faun und versuchte zu grinsen. »Wer kann mit dir schon mithalten? Das Beste an dir ist, dass du nie dumm schwatzt – aber das ist leider auch dein größter Nachteil.«

Vielleicht am meisten von allen fehlte ihr Karol. Nicht weil er gestorben war, was ihr unendlich leidtat. Sondern weil mit ihm auch die Illusion gestorben war. Er war Belles Mann gewesen, der Vater der kleinen Manon. Er und sie hatten nicht zusammengehört, und ihre Liebe zu ihm, die ihr wie eine Naturgewalt vorgekommen war, war sehr leise erloschen.

Mit einem wühlenden Schmerz in der Brust wünschte sie sich, es wäre früher geschehen. So früh, dass sie sich mit Belle hätte versöhnen und dem Wunsch ihres Vaters entsprechen können. Damals am Strand, ehe der Krieg begann, als die kleine Manon mit Rosa und Edvard gesungen hatte. Ihr Vater hatte Belle geliebt, und Karol hatte sie auch geliebt. Das war so wenig Belles Schuld, wie es Odas Schuld war, dass die beiden sie *nicht* geliebt hatten.

Sie würde es Belle sagen müssen, sie durfte es nicht länger aufschieben. Es wäre Belles Recht gewesen, es vor ihr zu erfahren.

»Oda Odessa!«, ertönte Bodos Stimme von der Terrasse her. Gewiss wollte er sie zu Valeries Begrüßungsessen rufen, und Oda musste sich zusammenreißen und es irgendwie hinter sich bringen. »Ich war in der Moldawanka, ich habe Kreuzkümmel bekommen. Sergej war so aus dem Häuschen, er ist vor Freude vom Krankenbett gesprungen und steht wieder in der Küche. Und dir habe ich auch etwas mitgebracht. Kommst du rauf und holst es dir, oder soll ich es zu dir runterschicken?«

Oda blickte nach oben, auf die weiße Fassade des Hotels, und sah durch den Winternebel ein Mädchen die Terrassen des Gartens hinuntereilen. Der Nebel lichtete sich, das verschneite Gras wurde grün, und das Mädchen trug ein weißes Kleid.

»Oda Odessa!«

»Belle Berlin!«

So hatte der Sommer begonnen. Jeder Sommer ihrer Kindheit. Wonach wir uns sehnen, ist immer Zeit.

Die wirkliche Belle trug einen Pelzmantel, der so abgewetzt war, als hätte das Tier, von dem er stammte, die Räude gehabt, und statt einer warmen Mütze nur ein Kopftuch. Auf dem hart gefrorenen Schnee glitt sie aus und schlitterte das letzte Stück. Oda öffnete die Arme, damit sie nicht stürzte. Sobald Belle die Arme um sie schlang, begannen beide zu weinen.

»Bodo hat es mir erzählt«, sagte Belle, als sie sich ausgeheult hatten und sich beide die Augen rieben. »Er wollte nicht, dass du das auch noch tun musst.«

»Es tut mir sehr leid, Belle.«

Belle sah sie an, und in ihren großen Himmelsaugen unter nassen Wimpern stand eine so völlige Ratlosigkeit, dass sie ein Bild ihrer Epoche hätte sein können, das Bild, das späteren Generationen von dieser Epoche erzählte. »Mir tut es auch leid, Oda. Ich habe ihn dir weggenommen, und am Ende weiß ich nicht, ob er dich nicht mehr geliebt hat als mich und mit dir glücklicher geworden wäre. Du hättest auf die Pauke gehauen und ihm seinen Tanz und sein Theater zurückgegeben. Du hättest ihn eingeschlossen, damit er nicht in den Krieg zieht. Die faule Belle dagegen lag auf ihrem ungemachten Bett und heulte.«

»Er wollte in den Krieg«, sagte Oda. »Er wollte für dich und Manon sorgen, das war ihm wichtiger als sein Tanz, und geliebt hat er dich, nicht mich.«

»Ach, Oda.«

Belle schluchzte noch einmal auf, und Oda hielt sie noch einmal fest, doch sie selbst weinte nicht mehr. Sie hörte zwischen Belles Schluchzern dem Plätschern des Brunnens zu und atmete auf, denn sie wusste nun, dass das Leben weitergehen würde.

»Danke.« Belle richtete sich auf und schniefte. »Du hast ihn mir zurückgegeben. Obwohl er nicht mehr kommt und Manon und ich jetzt niemanden mehr haben. Bodo geht wieder weg. Er hat mir angeboten, mitzukommen, zuerst nach Petrograd, dann nach Berlin. Aber das kann ich doch nicht. Ich wollte so gerne hier leben, und Berlin ist mir jetzt ganz fremd. In Bodos Haushalt würde ich nur stören. Seine Verlobte ist nett, sie passt gerade auf Manon auf, aber ich fürchte, sie kann mit mir überhaupt nichts anfangen.«

»Das fürchte ich auch.«

Belle lachte traurig. »Odessa ist Manons Heimat. Es war von klein auf der Ort, an dem ich glücklich war, und im September, in Holovna auf dem Bahnhof, habe ich immer wie ein Schlosshund geheult.«

»Nicht wie ein Schlosshund, Belle. Wie eine Fabriksirene.«

Ihre Blicke trafen sich von Neuem.

»Ich will hier nicht weg«, sagte Belle. »Mit dem Geld, das du mir schickst, müsste ich irgendwie durchkommen. Ich müsste nur endlich lernen, zu haushalten. Ich bin eine solche Verschwenderin, Oda.«

»Ich weiß.«

»Danke, dass du mir das Geld gibst. Ich war oft wütend, weil ich fand, du müsstest mir mehr geben, aber seit Bodo mit mir gesprochen hat, habe ich es begriffen. Du sorgst für deine Leute, du sorgst für die Gäste, auch für dich wächst das Geld nicht auf den Bäumen, und ich habe gefälligst mit meinem kleinen Packen selbst fertigzuwerden.«

»Ich müsste dir mehr geben«, sagte Oda. »Es stünde dir zu. Wenn mein Vater nur ein paar Stunden später gestorben wäre, wenn er es noch geschafft hätte, dich zu besuchen, hätte er es dir gesagt. Er hätte es testamentarisch festgelegt.«

Belle betrachtete den Brunnen und hielt eine Hand unter den Wasserstrahl, der trotz der Beheizung eisig sein musste. »Er hat es geschafft, mich zu besuchen«, sagte sie. »Er ist nicht gestorben, als er vor meinem Haus sein Pferd anhielt, sondern als er es nach dem Besuch bei mir wieder bestieg. Er hat mir gesagt, dass er für mich und meine Kleine eine Apanage aussetzen will, dass er die Festlegung der Summe aber dir überlässt. ›Es tut mir leid, dass ich Oda keine Liebe zeigen kann‹, hat er gesagt. ›Es hängt etwas an ihr und an ihrer Mutter, etwas, das viele Jahre her ist, das aber nicht aufhört, mich zu quälen. Und ich quäle Oda dafür. So ungerecht das ist. Mit dir habe ich es um vieles einfacher, aber Oda ist ein feines, kluges Mädchen. Sie hat eine Hand für das Hotel. Mehr sogar als ich.‹«

Oda wandte sich ebenfalls dem Brunnen zu und starrte in das niederströmende Wasser. Ihr Atem ging schwer, und ihr Herz hämmerte wie eine Faust an eine verschlossene Tür.

Aber die Tür stand offen. Etwas berührte ihre Hand, stupste sie an wie eine Hundeschnauze. Belles Hand – die, die sie nicht in den Wasserstrahl gehalten hatte – war so nass geschwitzt wie ihre.

Ohne es zu wollen, schlossen Odas Finger sich um die der anderen.

»Du hast ihn mir zurückgegeben«, sagte sie. »Auch wenn er nicht mehr kommt.«

Ihre Hände klammerten sich aneinander.

»Mehr Geld kann ich dir nicht geben. Ich habe keines. Wenn Ullrichs Überweisung eintrifft, muss ich die Lieferanten bezahlen, die mich schon seit Wochen anschreiben lassen.«

Belles Hand drückte ihre. »Ich weiß. Du gibst mir schon genug. Ich bin ein Loch, in dem alles versickert, egal, ob es viel oder wenig ist.«

»Ich gebe dir gar nichts mehr«, sagte Oda. »Komm hierher zurück. Wir werden uns in ziemlich regelmäßigen Abständen die Augen auskratzen, aber du gehörst ins *Odessa.*«

»Ich will nicht schon wieder heulen, Oda.«

»Machst du aber. Du kannst nicht anders.«

Von oben drangen ihnen Stimmen und Gelächter entgegen. Bodo und Valerie standen, umringt von allen vier Kindern, auf der Terrasse und winkten. »Kommt ihr? Oder soll die Suppe kalt werden?«

Oda warf einen Blick auf das Meer, das schwarzgrau zwischen den kahlen Bäumen aufblitzte, und einen in den Himmel, gegen den sich weiß ihr Hotel abhob. Das kleine, steile Stück dazwischen, die Leiter, war vermutlich das, was man Leben nannte.

»Wir kommen ja schon«, rief Belle nach oben. »Wenn sich zwei Mädchen lange nicht gesehen haben, wird eben erst einmal geschwatzt.«

Oda wollte ihre Hand befreien, aber Belle hielt sie fest, und gemeinsam machten sie sich an den Aufstieg.

GLOSSAR

Ajour: durchbrochene Spitzenstickerei.

Archi: mongolischer Milchschnaps.

Ashes of Gardenia: Parfüm der Pariser Firma Bourjois (später aufgekauft von Chanel), das 1910 auf den Markt kam.

Baba Jaga: Hexenfigur der slawischen Mythologie. In der Ukraine Gestaltwandlerin.

Baklava: griechisches Süßgebäck mit Nüssen und Honig.

Baedeker: Karl Baedeker war ein deutscher Verleger, der etwa ab 1835 die Reihe der Baedeker-Reiseführer herausgab. Diese erfreuten sich bald solcher Beliebtheit, dass ihr Name Baedeker als Synonym für alle Reiseführer verwendet wurde.

Ballets Russes: Vermutlich das bedeutendste Ballettensemble des 20. Jahrhunderts, gegründet 1909 von Sergei Djagilew.

Ballotté: Ballettfigur; Sprung von einem Bein auf das andere.

Banja: russisches Dampfbad, der Sauna ähnlich. In den Pausen zwischen den einzelnen Schwitzgängen werden kleine Gerichte und warmes Bier oder Tee serviert.

Beluga: teuerste Kaviarart; typisch sind die grobe Körnung und die hellgraue Farbe.

Bessarabien: historische Landschaft am Schwarzen Meer, die weitgehend mit dem Westen der heutigen Republik Moldau übereinstimmt. Zur Zeit der Romanhandlung wurde der jahrhundertelang zwischen dem Osmanischen, dem Österreichischen und dem Russischen Kaiserreich umkämpfte Landstrich vorwiegend von Rumänen bewohnt und gehörte als Gouvernement zum Reich des Zaren.

Bolschewiki: russ.: »Mehrheitler«. Der radikale, auf eine sofortige Revolution drängende, von Lenin geführte Flügel der Sozialdemokratischen Arbeiterpartei Russlands (SDAPR) errang 1903 auf dem Zweiten Parteitag die Mehrheit. Seither bürgerte sich diese Bezeichnung ein, während der gemäßigte Flügel Menschewiki – »Minderheitler« – genannt wurde.

Borsalino: berühmte Piemonteser Hutwerkstatt, gegründet 1857 in Alessandria/Piemont.

Borschtsch: traditionelle Rote-Bete-Suppe der russischen und ukrainischen Küche.

Britschka: schweres, großes, zweispänniges Pferdefuhrwerk, das sich im 19. Jahrhundert großer Beliebtheit erfreute und auch für Langstreckenfahrten geeignet war, während derer man im Wagen übernachten musste.

Burlaki: Treidler, die z. B. an Wolga und Newa mit ihren Pferdegespannen Schiffe zogen.

Chaise: leichter, zweisitziger Einspänner mit offenem oder aufklappbarem Verdeck.

Chlysten: Religionsgemeinschaft mit asketischen und ekstatischen Elementen, die vom 17. bis ins 20. Jahrhundert bestand und sowohl von der Russisch-Orthodoxen Kirche als auch von staatlicher Seite verfolgt wurde. Der Wanderprediger Rasputin sollte der Geheimgesellschaft angehört haben, was aller Wahrscheinlichkeit nach jedoch nicht der Wahrheit entspricht.

Corona Gorda: kein Virus, sondern die besonders dicke Variante der Corona-Zigarre.

De Dion-Bouton: französischer Automobilhersteller seit 1883; die Produktion wurde in den 1960er-Jahren eingestellt.

Demarche: Protestnote eines Staates an einen anderen; diplomatischer Vorgang.

Deribasowskaya: Odessas Flaniermeile, seine schönste, berühmteste Straße, die quer durchs Herz der Stadt bis zum Hafenviertel führt und – bis heute – eine Vielzahl von Restaurants, Bars, Kaffeehäusern und Geschäften aufweist. Das berühmte Nachtleben Odessas spielt sich bis heute vor allem hier ab.

Dernburg: erster Personenwagen der Daimler-Motoren-Gesellschaft mit Allradantrieb, ab 1907 produziert und verkauft.

Deruny: kleine, runde Kartoffelpuffer, die sowohl süß als auch herzhaft gegessen werden.

Dreadnought: britischer Kriegsschifftyp, der ab 1906 die bis dahin vorherrschenden Linienschiffe in jeder Hinsicht übertraf und sich als entscheidende Neuerung auf dem Gebiet der Kriegsführung zur See durchsetzte.

Duchesse: schweres, schimmerndes, reinseidenes Kettatlasgewebe, das zur Herstellung hochwertiger Garderobe wie z. B. Ballkleidern verwendet wird.

Duma: Seit der Revolution von 1905 wird der Begriff Duma vorwiegend für die seither bestehende Staatsduma verwendet, das gesamtrussische Parlament. Es stellt die zweite Kammer neben dem Reichsrat dar und entspricht ganz grob dem britischen Unterhaus.

Edeltopas: auffällig blau gefärbter Edelstein, auch ›blauer Topas‹ genannt. Edeltopas kommt sehr selten vor und ist daher auch sehr kostspielig.

Estländische Ritterschaft: seit dem 16. Jahrhundert bestehender Zusammenschluss des deutschbaltischen Adels in Estland. 1920 unter sowjetischer Herrschaft aufgelöst.

Favre: Antoine Favre war ein Schweizer Uhrmacher im 19. Jahrhundert.

Gartenlaube: erstes deutsches Massenblatt sowie erste deutsche Illustrierte. Erschien ab 1853 und wurde erst 1978 endgültig eingestellt.

Glissade: Gleitschritt beim Ballett.

Grüne Fee: im 19. Jahrhundert kreierter Beiname für den Absinth. Auch Grüne Muse genannt.

Hromada: ukrain.: Gesellschaft, Vereinigung. Im Roman spielt die Odesska hromada ukrajinskoji molodezi eine Rolle, die Odessaer Gesellschaft zur Befreiung der Ukraine. Um das Lesen zu vereinfachen, beschränke ich mich bei diesen und anderen Namen auf die deutsche Wiedergabe.

Iskra: russ.: Funke. Name einer 1901 gegründeten Zeitung der Sozialdemokratischen Arbeiterpartei.

Jaedicke: beliebtes Café in der Kochstraße des Berliner Zeitungsviertels. Hier trafen sich an Marmortischen die Journalisten der umliegenden Verlagshäuser bei Jaedickes Baumkuchen, der weit über Berlin hinaus berühmt war.

Jahrgangschampagner: ein Champagner, der lediglich aus Weinen eines einzigen Jahrgangs hergestellt wird. Ein solcher Champagner wird nur von besonders guten Jahrgängen erzeugt.

Kaiserpanorama: Bilderumlauf hinter einem mit Holz getäfelten und mit Guckfenstern versehenen Zylinder, der es den umstehenden Zuschauern ermöglichte, stereoskopische Bilder zu betrachten. Eine um 1900 höchst beliebte Unterhaltung, die nach der Einrichtung in der Berliner Kaiserpassage benannt war.

Kaltmamsell: Angestellte eines Restaurants oder Hotelbetriebs, die für die Zubereitung von kalten Speisen zuständig ist.

Karusselltür: engl.: revolving door. Drehtür. 1899 erstmals in einem Restaurant auf dem Times Square eingebaut.

Kataifi: griechische Süßigkeit mit Walnüssen und Zimt.

Knjaginja: russ.: Fürstin. Anrede für eine weibliche Angehörige des niederen Adels.

Kotlin: der Stadt Sankt Petersburg westlich vorgelagerte Insel im finnischen Meerbusen.

Kulesch: ukrainisches Nationalgericht. Ein aus Getreide zubereiteter Brei, der zwischen den verschiedenen Gängen eines Menüs gereicht wird.

Kutja: festliche Fastenspeise, die aus Graupen und Honig besteht und mit Nüssen, Mohn und Rosinen verfeinert wird. Häufig während des Fastens vor der orthodoxen Weihnacht gegessen.

Kwass: in Russland und der Ukraine bereits seit dem Mittelalter bekanntes Getränk, das durch Gärung aus Brot hergestellt wird und als Erfrischung im Sommer bis heute beliebt ist.

Märklin: seit 1859 bestehender schwäbischer Spielzeughersteller, der 1891 eine Modelleisenbahn auf den Markt brachte und damit mehr als ein Jahrhundert lang der Marktführer blieb.

Menemen: delikates türkisches Omelett mit Paprika, Peperoni und Zwiebeln.

Mensch ärgere dich nicht: bis heute beliebtes Brettspiel, das von der Firma Schmidt ab 1910 produziert wurde, zunächst aber ohne Erfolg blieb. Der Durchbruch erfolgte im Ersten Weltkrieg, als es in Lazaretten zur Unterhaltung und Ablenkung der Verwundeten eingesetzt wurde. Kurz nach Kriegsausbruch ging das Spiel in Serie.

Menschewiki: russ.: »Minderheitler«. Der gemäßigte, auf konservative politische Mittel setzende Flügel der Sozialdemokratischen Arbeiterpartei Russlands (SDAPR) war 1903 auf dem Zweiten Parteitag knapp in der Minderheit. Seither bürgerte sich diese Bezeichnung ein, während der radikale Flügel Bolschewiki – »Mehrheitler« – genannt wurde.

Mlada Bosna: »junges Bosnien«. Serbische nationalistische Vereinigung, der Gavrilo Princip angehörte. Eng verbunden mit und beeinflusst von der serbischen Geheimgesellschaft Schwarze Hand.

Mlynzi: ukrainische Variante der Blinis; dünne Pfannkuchen, die mit verschiedenen Füllungen gegessen werden.

Moldawanka: quirliges, in weiten Teilen von Juden bewohntes Armenviertel von Odessa.

Molle: Bierglas; in Berlin und Brandenburg auch häufig als Synonym für das Getränk selbst verwendet.

Molva: im russischen Reich verbreitete, überregionale liberale Zeitung.

Narodniki: sozialrevolutionäre Bewegung im russischen Kaiserreich, die sich Mitte des 19. Jahrhunderts formierte und in die Sozialrevolutionäre Partei überging.

Ochrana: zaristische Geheimpolizei und Zusammenschluss der Geheimdienste.

Odessaer Nachrichten: russ./ukrain.: Odesskija Novosti. Tageszeitung in Odessa.

Oladji: kleine, runde Pfannkuchen aus Buchweizenmehl; meist mit herzhaften Beilagen, z. B. Kaviar, verzehrt.

Organza: zartes, durchscheinendes Gewebe.

Panzerkreuzer Potemkin: bahnbrechendes Meisterwerk der Filmgeschichte unter der Regie von Sergei Eisenstein, 1925 fertiggestellt. Der deutsche Titel ist ein Übersetzungstitel – die Fürst Potemkin war ein Schlachtschiff. Die berühmte Schießerei-Szene auf Odessas großer Hafentreppe, die nach dem Film seither »Potemkinsche Treppe« oder Potemkin-Treppe heißt, hat vermutlich nicht dort, sondern anderswo im Hafen stattgefunden. Ich habe mich diesen und andere Umstände betreffend dennoch nach Sergei Eisensteins Film gerichtet, weil ich der Meinung bin, dass Geschichten, die so großartig erzählt werden und sich ins menschliche Gedächtnis einprägen, ihren eigenen Teil von historischer »Wahrheit« schaffen, Bilder, die uns noch mehr als hundert Jahre später mehr vom eigentlichen Geschehen vermitteln, als lückenhafte Orts- und Zeitangaben es könnten.

Pargolovo: mondäner, zur Sommerfrische beliebter Ort nördlich von Sankt Petersburg.

Peressyp: Außenbezirk von Odessa, vornehmlich von Arbeitern, kleinen Händlern und Handwerkern bewohnt.

Petersburger Blutsonntag: Ereignis im Zuge der Revolution von 1905, das sich am 22. Januar (nach dem julianischen Kalender am 9. Januar) zutrug. Bei einem Sternmarsch protestierender Arbeiter auf die Residenz des Zaren feuerten Soldaten in die Menschenmenge. Wie viele dabei zu Tode kamen, ist bis heute umstritten, eine Zahl um dreihundert ist aber realistisch.

Petruschka: Possenreißer des russischen Puppentheaters, dem deutschen Kasper ähnlich.

Pharo: Glücksspiel mit französischem Blatt. Im Russland des 19. und frühen 20. Jahrhunderts besonders beliebt und unsterblich geworden durch Puschkins Erzählung sowie Tschaikowskis Oper *Pique Dame*.

Pharisäer: im 19. Jahrhundert in Norddeutschland erfundenes Heißgetränk aus Kaffee, Zucker, Sahne und braunem Rum.

Poch: Kartenspiel, Glücksspiel, Vorläufer des Poker; wahrscheinlich im 15. Jahrhundert in Straßburg entwickelt.

Prawda: russ.: Wahrheit. Parteizeitung der SDAPR. Zum ersten Mal herausgegeben am 5. Mai 1912; löste die zuvor wöchentlich erschienene Zeitschrift Swesda ab.

Preußische Hauptkadettenanstalt: seit 1882 in Berlin-Lichterfelde ansässige Kadettenanstalt der preußischen Armee, eine weiterführende Schule bis zum Abitur, die vornehmlich der Ausbildung künftiger Offiziere diente und militärische Schwerpunkte setzte.

Privoz-Markt: großer, sehr beliebter offener Markt in Odessa, auf den die Bauern der Umgegend ihre Waren brachten, der aber auch feste Geschäfte und Lokale enthielt und bis heute existiert.

Protokolle der Weisen von Zion: antisemitisches, fiktives Pamphlet, mit dem eine Verschwörung des Weltjudentums zur Erreichung der Weltherrschaft nachgewiesen werden sollte. Die erste Fassung tauchte 1903 in russischer Sprache im Russischen Kaiserreich auf. Obwohl die Schrift relativ schnell als Fälschung entlarvt wurde, fand sie nach dem Ersten Weltkrieg immer weitere Verbreitung.

Pyroschky: ukrainische Variante der Piroggen; gefüllte, angebratene Teigtaschen.

Reva: bis 1918 amtlicher Name der estnischen Hauptstadt Tallinn. In Deutschland auch später noch gebräuchlich.

Rumtscherod: zentrales Exekutivkomitee der Rumänischen Front, der Schwarzmeerflotte und des Odessaer Gebiets. 1917 vom Rat der Volkskommissare gebildetes Gremium zur Verwaltung des südukrainischen Raumes und Bessarabiens.

Ruthenisch: veraltete Bezeichnung für die ukrainische Sprache.

Salem: Zigarettenmarke der Firma Yenidze, die aus dem Osmanischen Reich importierten Tabak verwendete.

Sarajishvili: georgischer Brandy.

Schammes: jidd.: Synagogendiener. Übt die unterste Funktion innerhalb der Synagoge aus, dem Küster vergleichbar.

Schampanskoje: Krimsekt. Der ab 1799 auf der Krim und zunächst exklusiv für den Zarenhof erzeugte Sekt gewann 1900 einen Preis auf der Weltausstellung und errang damit internationale Beliebtheit.

Schwarze Hand: serbischer nationalistischer Geheimbund, der ein Großserbien mit den Gebieten Bosnien und der Herzegowina anstrebte. Der offizielle Name der Schwarzen Hand lautete ab 1911 Ujedinjenje ili Smrt – »Einheit oder Tod«.

Schwarzmeerdeutsche: Dieser Begriff wurde von der für Umsiedlungen zuständigen Volksdeutschen Mittelstelle – einer nationalsozialistischen Organisation – geprägt und erst ab den 1940er-Jahren verwendet. Ich habe mich nach längerer Überlegung entschlossen, diesen schwierigen Begriff dennoch zu verwenden, da er heute für die gemeinten Siedler geläufig ist und dem Leser ein rasches Verständnis ermöglicht.

SDAPR: Sozialdemokratische Arbeiterpartei Russlands. 1898 in Minsk begründet, spaltete sie sich 1903 in Mehrheitler (Bolschewiki) und Minderheitler (Menschewiki). Die Bolschewiki (SDAPR-B) wurden 1918 zur Kommunistischen Partei.

Seestück: Gemälde mit maritimen Inhalten. Im Roman geht es um den Hafen von Odessa von Wassily Kandinsky (gemalt 1898).

Selekta-Klasse: Auswahl von Eliteschülern. Die Absolventen der Selekta-Klasse an der Hauptkadettenanstalt Groß-Lichterfelde wurden nach ihrem Abschluss nicht wie die Übrigen in den Rang eines Fähnrichs versetzt, sondern sofort zum Leutnant befördert.

Semechki: Sonnenblumenkerne.

Siegfriedlinie: Defensivstellung deutscher Truppen an der Westfront des Ersten Weltkriegs. Sie wurde im März 1917 errichtet und erstreckte sich in Nordfrankreich von Arras bis nach Soissons.

Smetana: Schmand. Als kalte Sauce beliebt.

Soubresaut: Ballettfigur; Sprung mit leichter Vorwärtsbewegung des Körpers.

Sowjet: Rat der Arbeiter- und Soldatendeputierten.

Stadttheater Odessa: auch: Opern- und Balletthaus Odessa. 1884 bis 1887 vom berühmten Wiener Architekturbüro Fellner & Helmer im prachtvollen Barockstil errichtetes Opernhaus, das trotz zweimaliger Zerstörung auch heute noch in Betrieb ist. Das alte Stadttheater stand zuvor an genau derselben Stelle.

Stärkekleister: Tapetenkleber, der den jahrhundertelang verwendeten Knochenleim zu Ende des 19. Jahrhunderts ablöste.

Subalternoffizier: Offiziere in Rängen unterhalb von Stabsoffizieren und Hauptleuten, also vorwiegend Leutnants- und Kapitänsrängen.

Südliche Rundschau: russ.: Juznoe obozrenie. Tageszeitung in Odessa.

Swesda: russ.: Stern. Zwischen 1910 und 1912 (dann abgelöst von der Prawda) mehrmals wöchentlich erscheinende Zeitschrift der SDAPR.

Syrniki: süße Quarkteilchen; häufig mit Nüssen, Rosinen und Trockenfrüchten in Öl ausgebacken.

Ulster: schwerer, robuster Stadtmantel mit breitem Revers und großem Kragen, oft als Reisemantel verwendet.

Veuve Clicquot: berühmte Champagnermarke.

Vidovdan: bedeutendster serbischer Feiertag. Am Namenstag des heiligen Veit wird alljährlich das Gedenken an die Schlacht auf dem Amselfeld gefeiert, die sich im 14. Jahrhundert zutrug. Bei dieser Schlacht gegen das Osmanische Reich verloren beide Seiten ihre Anführer, und der verlustreiche, unentschiedene Kampf stellte den Beginn von fünfhundert Jahren Fremdherrschaft in Serbien dar, auch wenn er nicht ursächlich dazu führte, wie der Mythos, der sich um ihn rankt, besagt.

Vorhemd: steifes Wäschestück; meist aus mit Stoff überzogenem Karton, das vorn über dem Hemd getragen und auf dem Rücken geschnürt wurde.

Vorwärts: Zentralorgan der Sozialdemokratischen Partei Deutschlands. Gegründet 1867 und seit 1902 im Berliner Zeitungsviertel, im Haus Lindenstraße 3, untergebracht.

Walcker: berühmter deutscher Orgelbauer (1794–1872).

Warenje: Kompott aus Früchten, häufig Beeren, das Marmelade ähnelt, aber kein Geliermittel enthält. Wird dem Tee zugegeben oder zu Syrniki und anderem Gebäck gereicht.

Wedgwood: englischer Kunstkeramiker, dessen Firma 1759 gegründet wurde. Neben Ziergegenständen stellte er später weltweit berühmtes Gebrauchsporzellan her.

Werschock: russisches Längenmaß, entspricht etwa viereinhalb Zentimetern.

Wolhynien: Landschaft im Nordwesten der Ukraine. Wolhynier stellten eines der Petrograder Garderegimenter, das erste, das während der Februarrevolution von 1917 zu den Revolutionären überlief.

Zainka: russ.: »Häschen«. Kosename.

Zentralna Rada: Zentraler Rat, Sowjet; im März 1917 im ukrainischen Teil des Russischen Reiches gegründet.

Die Bühne war ihr Leben – und ihr Leben eine Bühne

CHARLOTTE ROTH

DIE KÖNIGIN VON BERLIN

ROMAN

Wo sie auftritt, jubeln die Menschen der geheimnisvollen Carola Neher zu. Berlin liegt ihr zu Füßen in jenen letzten Jahren der Weimarer Republik. In durchfeierten Nächten verdreht sie einem berühmten Mann nach dem anderen den Kopf – doch im Herzen bleibt sie allein. Das ändert sich, als sie dem Dichter Klabund begegnet, ein Suchender und ein Getriebener wie sie selbst.

Ausgerechnet sie, die begehrte Femme fatale, verliebt sich in den scheuen, zurückhaltenden Dichter, der von der gleichen inneren Glut verzehrt wird wie sie selbst. Was keiner für möglich gehalten hätte, tritt ein: Sie heiratet ihn. Doch eine brave Ehefrau wird Carola nicht, denn schon bald lockt sie das wilde Leben – und die Künstler Berlins, darunter Bertolt Brecht, der ihr die Chance ihres Lebens bietet …

DROEMER

Nur wer zurückblickt, kann nach vorne blicken

CHARLOTTE ROTH

ALS WIR UNSTERBLICH WAREN

ROMAN

Berlin 1989: In der Nacht des Mauerfalls lernt die junge Ostberlinerin Alexandra den Geschichtsstudenten Oliver kennen, zu dem sie sich sofort hingezogen fühlt. Doch seine Familie reagiert ablehnend auf die Beziehung, und als Alexandra ihrer Großmutter den jungen Mann vorstellt, bricht die alte Frau zusammen.

Welches Geheimnis der Vergangenheit verbindet die beiden Familien? Die Suche führt das Paar in das Berlin Anfang des 20. Jahrhunderts, eine Stadt, deren Menschen auf dem Vulkan tanzen und in der sich die Studentin Paula leidenschaftlich für die Rechte der Frauen und Arbeiter engagiert. Ihre Träume von Gerechtigkeit und Frieden teilt sie mit dem charismatischen Clemens – doch ihre Ideale zählen wenig in einer Welt, die aus den Fugen geraten scheint …

Brillant recherchiert, hochdramatisch erzählt – Charlotte Roth erfindet in diesem Roman die Familiensaga neu und lässt den Leser gleichzeitig an den dramatischen Umbrüchen des 20. Jahrhunderts teilhaben.

KNAUR